Nicki Pawlow

Der bulgarische Arzt

Nicki Pawlow

Der bulgarische Arzt

Roman

LangenMüller

Für meinen Vater (1930–2007),
für meine Mutter

Und für K. E. Lerner

Zum Andenken an Iwan Wladislawow (1930–2003)
und Dr. med. Wolfgang Dreßke (1930–2012)

Die Übertragung der bulgarischen Texte erfolgte nach den Regeln der deutschen Transkription.

Lektorat: Gabriele Rieth-Winterherbst
Umschlaggestaltung: Wolfgang Heinzel
Umschlagmotiv: Pam Ullman, getty images
Gesetzt aus: 10,9/14 pt Adobe Garamond
Druck und Binden: GGP Media GmbH, Pößneck
Printed in Germany
ISBN 978-3-7844-3355-4
Auch als e book

www.langen-mueller-verlag.de

Prolog

Das Bett haben sie mitten ins Zimmer gerückt. Du liegst auf der Seite, mit dem Gesicht zur Wand. Deine Wangen sind eingefallen, dein Mund steht offen, das weiße Haar klebt an deiner feuchten Stirn.

»Hallo, Papa«, sage ich und gebe dir einen Kuss auf die Wange. Sie fühlt sich kühl an. Ich streiche dir die Haare zurück.

Mein Vater sieht mich an. Verständnislos. Verwundert.

»Ich bin's Papa«, sage ich. »Dein Kind-Kind.«

Seit ich selber Kinder habe, nennt er mich so: Kind-Kind.

Ich nehme seine Hand, mit deren Zeige- und Mittelfinger er sich an der Kabelschnur des Piepers festhält. Mit einem Mal kommt mir diese Hand, die mich einst streichelte, die mich einst schlug, so klein vor. Wie die Hand eines Kindes.

Zweimal öffnet und schließt Papa die Augenlider. Sein Atem geht schwer, die Lunge rasselt. Manchmal holt er tief Luft, es klingt wie ein Seufzen.

»Weißt du, wer ich bin, Papa?«

Jetzt verzieht er den Mund zu einem Grinsen. Als wolle er sagen: *Bist wohl bekloppt! Natürlich weiß ich, wer du bist!*

Du bist hier gegen deinen Willen, Papa. Aus Kurzzeit- wurde Langzeitpflege. Und du haktest dich fest, an diesem winzigen Zimmer, dem kleinsten des Heims. Zwei Meter breit ist es und vier Meter lang. Du wolltest nicht mehr raus, aus diesem kleinsten Zimmer. Als hättest du so die Gewissheit, dass dein Aufenthalt nur ein vorübergehender ist. Kein endgültiger.

Da das Bett seit einigen Tagen mitten im Zimmer steht, kann ich nicht wie sonst den wuchtigen Stuhl an das Kopfende rücken. Ich gehe raus auf den Flur und bitte die Schwester um einen Hocker. Ich setze mich so hin, dass ich dein Gesicht von Nahem sehen, deine Hand halten kann. Meine Knie stoßen an den Urin-Beutel. Er ist halb gefüllt. Ich schiebe ihn beiseite.

Ich erzähle ein bisschen. Dass wir mit den Kindern die Ostertage an der Elbe verbracht haben, auf dem Waldgrundstück von Steffens

Eltern; dass wir dort zwei morsche Birken und eine kranke Tanne gefällt haben; dass unsere kleinen Söhne mit Feuereifer dabei halfen; dass unser Jüngster gestern zum ersten Mal »Hose« gesagt hat. »Es klang wie Osse«, sage ich und muss lachen. Papa zeigt keinerlei Regung. Ich schweige und lausche auf sein Atmen. Noch immer hält er die Augen offen. Ohne zu blinzeln, fixiert er mal die Wand, mal mich. Wenn er mich ansieht, blicken seine Augen durch mich hindurch, auf einen fernen Punkt. Was siehst du, Papa? Wo bist du?

Es klopft. Die Schwester kommt herein.

»Guten Tag, ich bringe das Mittagessen.« Sie stellt das Tablett mit dem abgedeckten Teller und dem Schälchen mit Quarkspeise auf den fahrbaren Beistelltisch.

»Ich kann ihn füttern«, sage ich.

»Das ist schön«, sagt die Schwester und lächelt.

Sie beugt sich über Papa. »Ich drehe Sie jetzt um, Dr. Nikolow.« Dabei betont sie das letzte »o« und verschluckt das »w« des Nachnamens. Sie schlägt das Deckbett zurück, fasst Papa an der linken Schulter und dreht ihn behutsam auf den Rücken. Er stöhnt.

»Tut Ihnen das weh, Dr. Nikolow?«, fragt die Schwester und sieht ihm prüfend ins Gesicht. Er reagiert nicht. Liegt ganz starr.

»Heute früh hat er ›Schwester Ina‹ zu mir gesagt.« Sie zieht das Nachthemd glatt, damit sich keine Falten bilden, die das Wundliegen fördern.

»Er hat gesprochen?«

Die Schwester lächelt und nickt.

»Zu mir hat er seit vier Monaten nichts mehr gesagt.«

»Und er hat sich ganz allein seine Armbanduhr angelegt. Mit dem Verschluss musste ich ihm zwar helfen, aber immerhin.«

Sie streckt vorsichtig Papas Beine. Unter den Fersen sind mit Mullbinden kleine Kissen befestigt. Die Haut dort ist dünn wie Pergament. Das letzte Mal hat es acht Wochen gedauert, bis die offenen Stellen zugeheilt waren. Papa gibt ein leises Ächzen von sich. Sein linkes Bein ist viel kürzer und dünner als sein rechtes. Ein Kinderbein neben einem Männerbein.

Die Schwester fährt die Lehne des Bettes nach oben, bis sich Papa in einer halb liegenden, halb sitzenden Position befindet.

Ich hebe den Deckel vom Teller und augenblicklich duftet es nach Kartoffelsuppe und Maggi.

»Bitte lassen Sie etwas von der Nachspeise übrig«, bittet die Schwester, »für die Tabletten, die ich Ihrem Vater nachher gebe.« Sie verlässt das Zimmer.

Ich nehme eine Serviette aus dem Regal, eine große, aus Zellstoff, wie sie auch in Krankenhäusern benutzt werden, und lege sie Papa unters Kinn.

»Hast du Hunger, Papa? Es gibt Kartoffelsuppe.«

Kaum merklich schüttelt er den Kopf.

»Du musst aber was essen. Die Suppe riecht gut.«

Papa macht ein verdrießliches Gesicht. Hält den Mund geschlossen.

»Du musst was im Magen haben, bevor du die Tabletten nimmst!« Ich tue ein wenig Suppe auf den Löffel und halte ihn Papa unter die Nase. Er sieht mich an und öffnet leicht den Mund. Ich schiebe den Löffel hinein und achte darauf, die Suppe an der Oberlippe abzustreifen. Genauso habe ich die Kinder früher gefüttert.

Nach drei Löffeln macht Papa den Mund nicht mehr auf.

»Du bist schon satt?«

Er bewegt schwach die Lippen, haucht etwas. Ich halte mein Ohr an seinen Mund. Wieder versucht er etwas zu sagen.

»Wasser? Du möchtest trinken?« Ich nehme die Schnabeltasse und fülle Schlückchen für Schlückchen in Papas Mund.

Er isst noch drei Löffel Suppe und etwas von der Quarkspeise.

Danach fallen ihm die Augen zu.

Es klopft.

Papa schlägt die Augen wieder auf.

Die Schwester kommt herein. »Schön, dass Sie heute so viel gegessen haben, Dr. Nikolow.« Sie stellt einen kleinen Plastikbecher mit Tabletten auf den Beistelltisch. »Die gebe ich ihm später«, sagt sie und nimmt das Geschirr mit hinaus. Ihre gute Laune macht mich fertig.

Ich wische Papas Mundwinkel mit einem feuchten Lappen ab. Eigentlich könnte ich ihn jetzt rasieren. Doch warum ihn damit quälen, wenn er schlafen will.

Ich falte die Serviette zusammen und lege sie ins Regal zurück. Setze mich wieder ans Bett und nehme Papas linke Hand. Seine Finger greifen zu und halten mich fest. Die Haut, die sich über seine Knöchel spannt, sieht durchsichtig aus. Ich betrachte die vertraute Narbe in der Kerbe zwischen Daumen und Zeigefinger. Ein kleiner türkischer Halbmond. Hab' ich dich jemals nach ihrer Geschichte gefragt, Papa?

Mein Vater hält die Augen geschlossen. Er schläft ein. Draußen auf dem Flur wird mit Geschirr geklappert, eine weibliche Stimme ruft nach der Schwester, ein Hund bellt.

Ich fürchte, der Lärm wird dich stören. Doch mein Besuch und das Essen haben dich erschöpft. Du schläfst. Deine Brauen, die du vorhin so finster zusammengezogen hattest, sind nun entspannt. Deine Züge glatt. Dein Gesicht ist ein Gesichtchen, so zart, so klein.

1

Niemand würde heute noch glauben, dass Wantschos Schädel einst das Vorbild für eine Büste von Karl Marx gewesen ist.

Es war im Frühjahr 1962 in Ost-Berlin. Die Mauer stand seit einigen Monaten und Wantscho war zufällig auf eine Künstlerfete bei Rüdiger Kalmhäuser, einem Bildhauer, geraten. Mein Vater war einunddreißig Jahre alt und arbeitete als Psychiater und Neurologe in der Nervenklinik in Bernhausen an der Saale. Seit gut zwei Jahren lebte er in Deutschland. Ihn plagte das Heimweh nach Bulgarien. Er hatte dichtes welliges Haar, von solch tiefer Schwärze, dass es bläulich schimmerte. Er bürstete es sich sorgfältig aus der Stirn. Stets war er elegant gekleidet, immer trug er Anzug und Krawatte. Da er hinkte, benutzte er beim Gehen einen Stock. Ihn begleitete eine junge Frau, ein Mädchen noch, gerade zwanzig geworden: Rose. Mein Vater hatte sein Herz an ein deutsches Mädchen aus Sachsen-Anhalt verloren, eines mit hellblondem Haar und strahlend blauen Augen. Und dieses Mädchen hatte sich bis über beide Ohren in den dunklen melancholischen Bulgaren vom Balkan verliebt, der Arzt war, eine eigene Wohnung mit Telefon und Fernseher besaß und dazu noch einen Škoda, Baujahr 1957. Eine für die damalige Zeit unvorstellbare Anhäufung von Luxusgütern!

Der Bildhauer Rüdiger Kalmhäuser wurde von allen »Rosché« gerufen. Er lehrte an der Kunsthochschule in Berlin-Weißensee. Rosché war ein gut aussehender, großer Mann mit schulterlangen Haaren, dicken Koteletten und wildem Blick. Er trank gern irischen Whisky, den er sich über irgendwelche Kanäle aus dem Westen beschaffte. Er war ein Schwerenöter, ein verrückter Künstler.

»Schürzenjäger!«, nannte Rose ihn, »Frauenfänger!«, und in ihren Augen lag ein Glanz, der allerdings nicht Rosché, sondern Wantscho galt. Der lachte nur. Rosché war mit Christine zusammen, die er nur »Christín« rief. Christín war ein anmutiges Wesen, duldsam, sanft und belastbar bis zur Selbstaufgabe. Eine Muse mit einem langen geflochtenen Zopf, den sie seitlich trug und der ihr bis zur schmalen Taille reichte. Rosché und Christín hatten zwei Kinder und wohnten in einem Häuschen im Grünen, im Norden von Pankow. Doch die meiste Zeit verbrachte Rosché in seinem Atelier in Prenzlauer Berg. Hier arbeitete er bis tief in die Nacht, tagsüber schlief er auf der Couch. Auch mit anderen Frauen. Irgendwann hat er Christín und die Kinder sitzen lassen und ist in den Westen abgehau'n. Er soll heute in der Nähe von Dublin leben. Wegen des Whiskys. Aber das ist vermutlich Unsinn.

Damals jedenfalls, an jenem Abend, an dem Wantscho und Rose bei Rosché und Christín zu Besuch waren, wurde wie immer bei solchen Feten gesoffen, geraucht und lauthals diskutiert, über das Leben, die Liebe und vor allem über die Politik. Als sie die erste Flasche Whisky ausgetrunken hatten, stand Christín auf und schloss das Fenster. Als die Männer die zweite Flasche Whisky zur Hälfte geleert hatten, die Frauen waren bereits auf Kaffee umgestiegen (Westkaffee!), sagte Rosché zu Wantscho: »Genosse Nikolow, ich brauche deinen Kopf!«

Wantscho sah ihn fragend an.

»Du musst mir Modell sitzen!«

»Du machst Witze.«

»Ich soll eine Büste von Marx hauen. Für ein Hochhaus am Alex. Parteiauftrag!«

»Parteiauftrag?« Wantscho runzelte die Stirn. »Was für ein Hochhaus?«

»›Haus des Lehrers‹. H – d – L! Wird gerade gebaut. Von Henselmann.«

»Du bist ja völlig besoffen«, sagte Wantscho.

»Nein, nein«, rief Rosché, »die Büste soll im Foyer stehen, wenn das Haus eingeweiht wird.« Er sprang auf, wankte hinaus, ein kurzes Poltern war zu hören – und kam mit dem großen Flurspiegel zurück. »Du hast den idealen Kopf dafür. Groß und rund. Sieh her, wie mächtig dein Schädel ist!« Er hielt Wantscho den Spiegel vor. »Genau so brauche ich es.«

»Du hast wirklich einen Quadratschädel«, sagte Rose und zerwuschelte zärtlich Wantschos sorgfältig gebürstete Haare.

»Schaut mal, jetzt sieht er tatsächlich aus wie Karl Marx«, rief Christín und alle lachten. Alle außer Rose. Christín stand auf und holte eine neue Schachtel F6. Rosché öffnete eine Flasche Rotwein, der Whisky war alle.

»Was hast du denn, Rosi?«, fragte Rosché. Er sagte absichtlich »Rosi« zu Rose, weil er sie damit zu reizen hoffte.

»Hör mir bloß auf mit Marx und dem ganzen Mist!«

»So schlecht war der gute Karl doch gar nicht«, sagte Wantscho, der damals Mitglied der Kommunistischen Partei Bulgariens war und noch an die *Sache* glaubte. Doch Rose konnte er nicht überzeugen. Rose mochte keine Genossen und alles, was mit Sozialismus, Kommunismus und dem ganzen politischen Kram zu tun hatte, war ihr zuwider.

»Aber Modell sitzen darf mir der Wantscho schon?«, schmeichelte Rosché. »Auch wenn es um den Kopf von Marx geht?«

Und so kam es. Mein Vater saß Modell für Rosché. Der goss zunächst die Urform der Plastik in Gips, um anschließend aus einem riesigen weißen Alabaster-Block nach dem Vorbild von meines Vaters Schädel eine mächtige Karl-Marx-Büste zu hauen. Und die stand ganze fünfunddreißig Jahre lang im »Haus des Lehrers« am Alexanderplatz in Berlin-Mitte.

Anfang der Achtzigerjahre war ich mal dort und habe sie mir angesehen. Mit einem Tagesvisum besuchte ich Ost-Berlin. Niemand hinderte mich daran, das kastenförmige Hochhaus mit dem umlaufenden Fries zu betreten. Die Büste stand im Foyer, auf einem Sockel, links vom Eingang. Sie wirkte monströs und düster zugleich. Ich ging um sie herum. Stellte mich nah vor sie hin. Ich berührte den Mund, er glich dem meines Vaters. Ich strich über die Augenbrauen, es waren die seinen. Ich befühlte das steinerne Haar. Es war dicht, wellig und aus der Stirn gekämmt. Aber die Stirn? Die war viel zu hoch. Papas Stirn ist flach. Wie die seiner Mutter. Wie meine. Wie die meines ältesten Sohnes. Ich sah Karl Marx ins Gesicht, sein Blick war starr auf etwas in weiter Ferne gerichtet. Und mir fiel wieder ein, wie mein Vater einmal, am 1. Mai 1977, auf der Ehrentribüne gestanden hatte. Wir lebten damals noch in Nordroda in Thüringen und ich, der zwölfjährige Thälmann-Pionier, marschierte mit meinen Schulkameraden an der Tribüne vorbei. Als ich meinen Vater entdeckte, hüpfte ich in die Höhe, rief nach ihm und schwenkte die Winkelemente, die ich zu tragen hatte. Doch mein Vater sah mich nicht, stand reglos und starr auf der Tribüne wie jetzt die Büste hier auf ihrem Sockel.

Ich hatte meine Kamera in der Tasche, doch traute ich mich nicht, ein Foto von der Büste zu machen. Auf einem Schild, das am Sockel angebracht war, stand: »Rüdiger Kalmhäuser (1963)«.

Was ist aus der Büste geworden? Wurde sie nach der Wende zerstört, wie so viele Denkmäler und Symbole der Diktatur? Oder hat sie jemand gerettet? Lagert sie vielleicht irgendwo in einer Scheune, in einem Keller, in einem Garten? Um irgendwann wieder hervorgeholt zu werden? Für Filmarbeiten vielleicht? Oder im Zuge einer Nostalgiewelle?

In meiner Erinnerung erscheint mir die Büste riesig, monumental und kraftvoll. Ich werde sie suchen.

Ich will dich finden, Papa!

Deine Finger umfassen noch immer meine Hand. Du atmest ruhig und gleichmäßig. Ein und aus und ein und aus. »Das Wichtigste ist, dass du Luft holst«, hattest du mir erklärt, als ich klein war und große Angst vorm tiefen Wasser hatte. »Sieh mal, so!« Und dann bist du losgeschwommen. Wie sehr hast du das Schwimmen geliebt. Und das Meer. Weil du im Wasser schwerelos warst, beweglich wie ein Fisch. Und nicht versehrt. Im Wasser war es egal, ob dein linkes Bein gesund und kräftig war oder schmächtig und verkürzt. Du warst ein hervorragender Schwimmer. Oft habe ich dich dabei beobachtet, wie du aufs offene Meer hinausgekrault bist. Gleichmäßig hast du die Arme durchs Wasser gezogen, immer viermal und dann den Kopf nach rechts gedreht, um Luft zu holen. Nichts konnte diesen Rhythmus unterbrechen. Mama und ich blieben am Strand zurück. Du schwammst so weit hinaus, dass dein Kopf bald nur noch ein kleiner schwarzer Punkt am Horizont war. Ich saß aufrecht auf dem Handtuch und guckte. Nach einer Ewigkeit kamst du zurück. Abgekämpft, aber zufrieden.

Ich kann mich an meine Gefühle kaum mehr erinnern. Habe aber noch das Bild vor Augen: Papa humpelt lächelnd auf uns zu und schüttelt seinen Schopf wie ein Hund, der das Wasser loswerden will. Sein Körpergewicht lagert auf dem gesunden rechten Bein, in der Hüfte bildet sich ein Knick, eine Hautfalte. Richtig verwegen sieht mein Vater aus. Glücklich. Ich bin stolz auf ihn. Er hat einen so wohlgeformten Oberkörper und ein so schönes rechtes Bein.

Geschwommen ist Papa nur im Sommer. Im Urlaub. Und Urlaub bedeutet für mich bis heute: Ans Meer fahren! Jeden Sommer meiner Kindheit verbrachten meine Eltern und ich am Schwarzen Meer, in Bulgarien. Dafür mussten wir zweitausend Kilometer überwinden. Von unserer Heimatstadt Nordroda, in Ostdeutschland, bis nach Lom an der Donau, wo meine Großmutter und mein Großvater, Baba Sneza und Djado Christo, wohnten. Überwinden ist das richtige Wort! Die Strecke fuhren wir mit dem Auto. Wir brauchten dafür drei Tage. In den Sechzigerjahren saßen wir in einem weißen Škoda, in den Siebzigern in einem gelben Wartburg. Ohne besonderen Fahrkomfort. Anfangs gab es noch keine Anschnallgurte, keine Nackenstützen und eine Klimaanlage schon gar nicht. Wenigstens hatte der Wartburg dann ein Radio. Immer stank es nach Benzin und nach den Zigaretten, die meine Eltern rauchten. Mir wurde oft schlecht. Die Hitze war unerträglich. Die Fenster durften beim Fahren nicht geöffnet werden, weil Papa Angst hatte, Zug zu bekommen. Wir schwitzten am Tage und froren nachts. Wir schliefen im Auto, um Geld zu sparen, irgendwo am Wegesrand. In einem Wald in der damaligen Tschechoslowakei, in der Nähe des Balatons in Ungarn, neben einem Ziehbrunnen in Rumänien, in den Bergen in Jugoslawien. Ich hinten auf der Rückbank, Mama auf dem runtergeklappten Beifahrersitz, Papa auf dem runtergeklappten Fahrersitz.

Jedes Jahr das Gleiche. Und immer wieder war es ein grandioses Abenteuer. Wir stiegen in das bis unters Wagendach vollgepackte Auto und fuhren nachts los. Rüber in die ČSSR, weiter nach Ungarn, meistens mit einer Sondergenehmigung durch das blockfreie, westlich anmutende Jugoslawien, anstatt durch das bitterarme, trostlose Rumänien, und schließlich rein nach Bulgarien. Bei Baba Sneza und Djado Christo blieben wir eine Woche und fuhren dann weiter ans Meer. Dort erholten wir uns drei lange Wochen in einem Hotel in Warna, Nessebar oder Albena. Auf der Rückreise pausierten wir noch mal ein paar Tage in Lom. Schließlich ging es wieder zurück in die DDR. So war das Jahr um Jahr, Sommer für Sommer. Wir kamen raus aus der Isolation, erlebten was, sahen andere Länder. Wer konnte das drüben schon!

Vorsichtig löse ich deine Finger von meiner Hand und stehe auf. Ich gebe dir einen Kuss auf die Wange, atme deinen unverwechselbaren Geruch und denke, wie jedes Mal in den zurückliegenden Wochen: Vielleicht zum letzten Mal.

»Ich hab' dich lieb, Papa«, flüstere ich. »Ich komme bald wieder vorbei.«

Auf dem Flur treffe ich die Schwester.

»Entschuldigen Sie«, sagt sie, »ich möchte Sie um etwas bitten.«

Sind die Windeln schon wieder alle? Oder die Unterlagen? Die Tabletten?

»Verstehen Sie mich nicht falsch«, sagt sie und sieht mir direkt ins Gesicht. »Doch erkundigen Sie sich bitte nach einem Bestattungsinstitut und teilen Sie uns die Adresse mit.«

Ich halte die Luft an. »Jetzt schon?« Die Schwester sieht mich freundlich an. »Wir haben von allen Patienten eine solche Adresse. Nur von Ihrem Vater noch nicht.« Sie legt mir die Hand auf den Arm. »Es muss nichts bedeuten, verstehen Sie? Es ist alles möglich. Auch, dass es wieder aufwärtsgeht.«

2

Iwan Christow Nikolow, wurde an einem heißen Augusttag im Jahre 1930 in Lom geboren. Lom ist eine kleine Stadt im Nordwesten Bulgariens und liegt an der Donau. Es war eine schwere Geburt. Achtundvierzig Stunden lag meines Vaters Mutter, Majka Sneza, in den Wehen. Zwei Tage lang mühte sie sich ab, doch das Kindchen wollte und wollte nicht auf die Welt kommen. Sneza wand sich und schrie, sie weinte und betete, lag in ihrem Schweiß. Sie spürte ihre Kräfte schwinden. Als schließlich das Köpfchen zwischen ihren Beinen zum Vorschein kam, sich aber nicht weiterbewegen wollte, entschied der Arzt, das Kind mit der Zange zu holen. Wenig später erblickte ein gesunder Knabe das Licht der Welt, ein zartes feingliedriges Kerlchen mit einem tiefschwarzen, ungewöhnlich dichten Haarschopf. Seine Eltern, Sneza Ilijewa Nikolowa, geborene Petkowa, und Christo Georgiew Nikolow, waren überglücklich, dass ihnen, nach einer Tochter vor zwei Jahren, nun der ersehnte Stammhalter geschenkt worden war. Sie nannten ihren Sohn Iwan und riefen ihn, entsprechend der bulgarischen Tradition, alles nur Denkbare zu verniedlichen, Wantscho.

Sneza dankte dem Herrgott, sprach drei Vaterunser und pries den Popen Kyrill, der sie, während sie das Kind getragen hatte, bei jedem ihrer zwei täglichen Kirchenbesuche gesegnet hatte. Ihr Mann pries einfach den freundlichen Zufall, einen Jungen bekommen zu haben, und die Tatsache, dass das Haus, das er unweit des Donauufers erbaut hatte, noch vor der Geburt fertig geworden war.

Christo hatte früh gelernt, sich auf nichts anderes als auf die Realität zu verlassen. Glauben, hoffen, beten – so seine Überzeugung – brachten nichts ein. Seine Eltern, Majka Nadja und Tatko Georgi, waren einst wohlhabende Großbauern gewesen, bis sie 1920 im Zuge der Reformen des Bauernführers Alexander Stambolijski enteignet und ihre Ländereien umverteilt wurden. Alles Beten hatte damals nichts eingebracht. Christo war fünfzehn gewesen, als die Ländereien beschlagnahmt und ein Großteil des Viehs weggeführt worden waren. Nadja war schreiend zusammengebrochen, Georgi hatten die Schergen zu Pferde mit ihren Reitergerten traktiert, weil er die Ziegen nicht herausrücken wollte. Der Knecht, der ihm zu Hilfe eilte, war gar über den Haufen geritten worden und drei Tage später an seinen Verletzungen gestorben.

Bis zu diesem finsteren Tag hatte Christo ein schönes Leben gehabt. Auf den Feldern, die der Familie gehörten, waren Tabak, Sonnenblumen und Weintrauben angebaut worden. Auf den Wiesen weideten Kühe, Schafe, Ziegen und Esel. Auf dem Hof lebten Georgi und Nadja mit ihren Kindern, mit dem Gesinde, mit Hunden, Katzen, Hühnern und einem Hahn zusammen. Sie stellten Joghurt und Schafskäse her und handelten damit. Ebenso mit Eiern, Milch und Fleisch und allem, was das Getier noch zu bieten hatte. Als Großbauern beschäftigten sie Landarbeiter, die die Trauben lasen und stampften, um daraus Rakija zu brennen und Wein zu keltern. Und im Rosowa Dolina, im Tal der Rosen, besaßen sie riesige Rosenfelder. Jedes Jahr im Mai war Rosenernte und Christo liebte es, Tatko Georgi ins Rosowa Dolina zu begleiten, das windgeschützt zwischen dem Balkangebirge und der Sredna Gora lag, in dem es kilometerweit rot, weiß und rosa leuchtete, wo seit Hunderten von Jahren Rosenpflückerinnen millionenfach Rosenblüten ernteten. Der seifige Geruch, den die Blüten verströmten, hing dann über den Rosenfeldern, er haftete an der Haut, im Haar, in der Kleidung und verlor sich erst wieder Wochen nach der Ernte, wenn aus den Blüten das kostbare ätherische Rosenöl destilliert worden war.

Auch die Rosenfelder gingen der Familie verloren und wurden verstaatlicht. Christo dachte oft sehnsüchtig an die Zugfahrten zurück, die er mit Tatko Georgi ins Tal der Rosen unternommen hatte. Rosen bedeuteten für ihn Kindheit, Glück und Geborgenheit. Die Rose war das Symbol Bulgariens. Und die Frau, die Christos Sohn Wantscho eines Tages heiraten würde, sollte den Namen *Rose* tragen.

Christos Mutter war die Tochter einfacher Landarbeiter. Ihre Eltern hatten sich auf den Feldern wohlhabender Bauern verdingt. Nadja bereitete es nach der Enteignung, anders als Georgi, keine große Mühe, sich in ihrem neuen, nun wieder ärmlichen Leben zurechtzufinden. Ihnen wurden zehn Hektar Land zugewiesen, die sie bewirtschaften konnten. Sie begannen, Tabak anzubauen. Damit kannte Georgi sich aus. Von dem Vieh hatte man ihnen eine Kuh, zwei Ziegen und einen Esel gelassen. Es gelang, einen kleinen Weinberg am Rande von Lom hinzuzukaufen. So konnten sie ihr Überleben sichern.

Die Machthaber wechselte in den Folgejahren mehrfach: Stambolijski wurde 1923 weggeputscht und ermordet; die neue autoritäre rechtsgerichtete Regierung 1926 von einer demokratischen abgelöst; 1934 kamen diktatorische Kräfte ans Ruder, die schließlich 1936 von einer Königsdiktatur unter Zar Boris III. ersetzt wurden. Trotz dieser politischen Wechselspiele machten die jeweils neuen Regierungen kaum eine Reform rückgängig, die unter Stambolijski erzwungen worden war. Die vom Bauernbund enteigneten Großbauern hofften vergebens auf Wiedergutmachung und die Rückgabe ihrer verlorenen Besitztümer. Auch Georgi und Nadja. Aber die neuen Machthaber sorgten dafür, dass neues Weideland erschlossen und neue Felder angelegt wurden. Hin und wieder kaufte Georgi etwas Land hinzu, wenn er es sich leisten konnte, und die Familie Nikolow gelangte so zu neuem, wenn auch bescheidenem Wohlstand.

Christo brach mit der bäuerlichen Tradition und wurde Lehrer. Während des Studiums lernte er seine zukünftige Frau kennen. Sneza Ilijewa Petkowa war klein und kräftig. Ihr pechschwarzes halblanges Haar, das sie aus der Stirn kämmte, pflegte sie, wie es damals modern war, in Wellen zu legen. Sie entstammte einer bürgerlichen Familie. Der Vater betrieb eine Anwaltskanzlei in Lom, die Mutter repräsentierte und hütete das Haus. Sneza und ihre Schwester wurden streng nach griechisch-orthodoxem Glauben erzogen.

Im März 1928 heirateten Christo und Sneza. Der Brautvater willigte nur widerstrebend ein. Und auch erst nachdem seine Lieblingstochter unter Tränen angedroht hatte, sich über den Willen des Vaters hinwegzusetzen, sollte dieser nicht seine Zustimmung zur Eheschließung geben. Folglich war das Verhältnis zwischen dem jungen Paar und Snezas Eltern nicht gerade innig. Der Vater hätte sich einen Advokaten als Schwiegersohn gewünscht, oder wenigstens einen Kaufmann oder Gelehrten. Und die Mutter rümpfte die Nase über die angeheiratete bäuerliche Verwandtschaft, die noch dazu verarmt war. Sie hielt sich für überaus kultiviert und alles Bäurische war ihr zuwider. Die Tatsache, dass Christo kein einfacher Bauer, sondern Lehrer war, wie ihre Tochter auch, übersah sie geflissentlich.

Das junge Paar zog zu Christos Eltern auf den Hof. Der knurrige alte Georgi mochte seine Schwiegertochter, die zupacken konnte und sich auf ihre Herkunft nichts einbildete. Auch Nadja hatte an Sneza nichts auszusetzen. Und als anderthalb Jahre später Girgina, zärtlich Gintsche genannt, zur Welt kam, passte Baba Nadja tagsüber auf ihr Enkelchen auf, während Christo und Sneza an der Schule im benachbarten Dorf unterrichteten.

Als Georgi wenig später starb, war Sneza erneut schwanger und Christo hatte begonnen, nahe des Donauufers ein Haus zu bauen. Keine Hütte aus Holz, Lehm und Stroh, sondern ein stabiles Haus aus Backsteinen und mit richtigen Ziegeln auf dem Dach. Zwei Zimmer sollte es haben, eine Küche, ein Badezimmer und sogar einen Keller. Als Wantscho auf die Welt kam, wohnte die Familie bereits in dem neuen Haus. Nadja verkaufte Hof und Land und zog zu ihren Kindern. Nur der kleine Weinberg blieb in ihrem Besitz.

Vor dem Haus lag ein kleiner Garten, dahinter ein großer. Hier führte Christo in seiner Freizeit seine bäuerliche Tradition fort. Im Vorgarten zog er Rosen, allerdings mehr zur Zierde. Und im großen Garten gediehen Apfel-, Kirsch- und Pflaumenbäume, in Gemüsebeeten reiften Auberginen und Zucchini, Tomaten und Bohnen, Paprika und Kräuter, der Garten war Christos ganzer Stolz. Um das Haus herum scharrten und pickten Hühner, die nach und nach im Suppentopf oder im Küchenherd landeten, an dem die Frauen die köstlichsten Gerichte zubereiteten. Das Federvieh war oft betrunken und daher leicht mit der Hand zu fangen. Ein Brauereibetrieb lag nicht weit entfernt oben auf dem Berg, und täglich sickerten Rinnsale von Gerstensaft die Straße hinab. Nicht nur die Hühner waren verrückt danach, sondern auch Hunde, Katzen und Vögel. Für die Menschen hier war es alltäglich, betrunkene Tiere auf der Straße umhertorkeln zu sehen, die schließlich irgendwo im Schatten ihren Rausch ausschliefen.

Nur Marco, der Esel, nicht. Er wohnte in einem Holzverschlag hinter dem Haus. Allein hinaus durfte er nicht, er war ein kostbarer Besitz. Allmorgendlich spannte Christo ihn vor den Karren und ließ sich und Sneza ins benachbarte Örtchen bringen, wo die beiden die Dorfkinder in Bulgarisch und Mathematik unterrichteten.

An den Wochenenden fuhr Christo hinaus, um den Weinberg zu bewirtschaften. Aus den roten Trauben kelterte er nach der Ernte im Herbst Wein und Most, aus den weißen brannte er Rakij.

Oft ging er mit Sneza und den Kindern an die Donau. Die Sommer in Lom waren trocken und heiß, das Thermometer kletterte bis auf 40° C. Sie badeten oder saßen im Schatten der Trauerweiden und sahen aufs Wasser, das träge dahinfloss. Auf der anderen Uferseite, die stark bewaldet war, lag Rumänien.

Die Winter hingegen waren eisig und streng. Es konnte bis zu minus 30° C kalt werden. Sobald die Donau zugefroren war, spazierten sie auf dem Eis entlang. Manchmal sahen sie im Ufernebel Wölfe, die aus Rumänien über den zugefrorenen Fluss kamen, in den Nächten war ihr Heulen zu hören.

Als Wantscho noch ein Baby war, hob Baba Nadja ihn oft aus der Wiege und setzte ihn sich auf den Schoß. Mit dem Handteller massierte sie kreisförmig die Schädeldecke des Kleinen, dessen Kopf nach der Zangengeburt die Form eines Eies hatte. Sie hoffte, dass sich dies ändern würde, wenn sie nur lange genug mit sanftem Druck die Fontanelle des Köpfchens reiben würde. Beschwörend murmelte und sang sie vor sich hin: »Babina kuklitschka, Großmutters Püppchen, bekommt ein schönes rundes Köpfchen.« Stundenlang ging das so. Klein-Wantscho schien es zu genießen. Jedenfalls schrie er nicht, sondern schlief meist dabei ein. Baba Nadja wollte den Eierkopf ihres Enkelchens noch vor der griechisch-orthodoxen Taufe in einen Rundkopf verwandeln. Und bekanntlich wurde Wantschos Schädel groß, rund und Modell für eine mächtige Karl-Marx-Büste.

Im Februar 1932 begann Nadja wie jedes Jahr, Martenizi herzustellen, jene kleinen Glücksbringer, die in Bulgarien zum 1. März verschenkt werden. Sie bestehen aus einer weißen und einer roten Quaste, die durch eine rot-weiße Kordel miteinander verbunden sind. Es ist Brauch, sie so lange zu tragen, bis der erste Storch oder die erste Schwalbe gesichtet werden. Erst danach darf der Glücksbringer an einen Baum gebunden und sich etwas gewünscht werden. An jedem befestigte Nadja eine blaue Glasperle, die vor dem »bösen Blick« schützen sollte. Das Rot der Martenizi symbolisiert im Volksglauben Liebe, Sonne, Gesundheit und Kraft; Weiß steht für Reinheit, Unschuld, Fruchtbarkeit und ein langes Leben.

Am frühen Morgen des ersten Märztages, noch bevor die Sonne aufging, steckte Nadja erst Christo und Sneza, dann Gintsche und Wantscho eine Marteniza an den Kragen und beglückwünschte sie alle zum Frühlingsanfang. Da hatte die kleine Gintsche schon Fieber und rote Pusteln im Gesicht. Es grassierten die Masern. Viele waren schon daran gestorben. Eine Impfung gab es damals nicht.

Wantscho wurde in ein anderes Zimmer gebracht, damit er sich nicht ansteckte. Christo wich nicht vom Bett seiner Tochter. Sneza betete unablässig und Nadja suchte rote Kleidungsstücke von Gintsche heraus, ein Kleid, einen Rock, eine Bluse, um sie mit weiteren roten Tüchern draußen in die Sonne zu hängen. Der Aberglaube besagte, dass die Sonne die Kleider mit Energie anreichern und somit heilende Wirkung für denjenigen haben würde, der sie trug. Außerdem hieß es, sie würden böse Geister abschrecken. Doch weder die Martenizi noch die roten Kleider konnten der kleinen Gintsche helfen. Sie starb an einem Montag, genau in dem Augenblick, als ihre Eltern auf dem Eselskarren von der Arbeit nach Hause kamen und am Himmel den ersten Storch sahen. Er flog in Richtung Donau. Christo und Sneza deuteten dies als Zeichen der Hoffnung, lösten schnell die Martenizi, er vom Hemdkragen, sie von der Bluse, liefen in den Garten und hängten sie an einen Kirschbaum. Als sie kurz darauf ans Bett ihrer Tochter kamen, war diese bereits tot. Gestorben kurz vor ihrem dritten Geburtstag. Der Storch hatte die Seele des kleinen Mädchens mit sich genommen. Christo war stumm vor Schmerz, die Frauen weinten und wehklagten, dass es viele Straßen weit zu hören war. Und alle drei waren verrückt vor Angst um den Sohn. Gerade mal acht Monate alt, spürte er doch mit der Feinfühligkeit eines kleinen Kindes sehr genau, dass etwas Schlimmes passiert war. Richtig verstehen konnte er es freilich nicht. Doch er fühlte die Angst und weinte viel in dieser Zeit.

Als wäre nicht genug Unglück über die Familie gekommen, erkrankte auch Wantscho ein halbes Jahr später schwer. Eines Morgens wachte Sneza auf und wunderte sich, dass ihr Söhnchen nicht wie sonst nach ihr rief. Sie eilte zu seinem Bett und fand den Kleinen reglos und still. Mit großen Augen sah er seine Majka ängstlich und fragend an. Sneza hob ihn hoch und bemerkte, dass seine Beinchen sich nicht wie sonst um ihre Taille schlossen, sondern kraftlos herabhingen. Die Furcht griff wie eine Kralle aus Eis nach Snezas Herz und presste es zusammen. Voller Panik rief sie nach Christo. Der spannte in Windeseile Marco vor den Eselskarren. Sie fuhren ins Spital.

Der Arzt diagnostizierte Kinderlähmung. Wantscho war nicht mehr in der Lage, seine Beine, die noch nicht das Laufen gelernt hatten, zu bewegen. Die Lähmung ging vorüber. Doch dann bekam Wantscho hohes Fieber und eine Hirnhautentzündung. Sneza war mit ihren Kräften am Ende. Sie fand auch keinen Trost mehr im Gebet. Der Herrgott hatte sie im Stich gelassen. Tag und Nacht wachte sie am Bett ihres Kindes und beobachtete jeden seiner Atemzüge. Christo war nicht ansprechbar. Insgeheim fragte er sich, wofür er so bestraft wurde. Was hatte er falsch gemacht? Warum passierte das ausgerechnet ihm? Er schleppte sich zur Arbeit und war zugleich erleichtert, dem Krankenhaus, in dem es nach Blut, Schweiß und Sterben roch, zu entkommen. Baba Nadja schwor sich, erst wieder etwas zu essen, wenn ihr babina kuklitschka gesund würde. Sollte ihr geliebtes Püppchen sterben, so wollte auch sie nicht mehr leben. Täglich lief sie in die Kirche, entzündete Kerzen und betete, betete, betete.

Nach zwei Tagen fiel das Fieber und die Lähmung kam zurück. Sie setzte sich im linken Bein fest. Der Arzt sagte, dass das Kind niemals »normal« auf beiden Füßen würde stehen können, dass es dazu verurteilt sei, ein Leben lang zu hinken, dass es niemals würde rennen, tanzen und springen können. Es war für alle ein Schock. Sneza hörte nicht auf zu weinen, Nadja versank im Gebet und in Christos Leben hielt ein Gefühl Einzug, das ihm bisher fremd gewesen war: der Groll. Ein anderer Arzt sagte, sie sollten die Hoffnung nicht aufgeben, man müsse abwarten, wie sich das kranke Bein entwickeln würde. Es würde wahrscheinlich schmächtiger und kürzer bleiben als das gesunde, weil das Kind sich im Wachstum befände. Man müsse das Bein beobachten.

Und Christo beobachtete es. Mit Argusaugen. Tag für Tag. Und je größer sein Sohn wurde, umso mehr wuchs auch sein Groll.

Wantscho überstand die Hirnhautentzündung unbeschadet. Er, der vor der Krankheit bereits krabbeln konnte, lernte von Neuem, sich auf allen vieren vorwärtszubewegen. Geschickt vermied er, das geschwächte Bein zu belasten. Schon bald vermochte er, sich am Tisch, am Stuhl oder am Sofa hochzuziehen. Er richtete sich auf, stand auf beiden Fußsohlen und sah sich voller Stolz um. Baba Nadja klatschte vor Entzücken in die Hände. Sneza weinte vor Glück und übersäte ihr Söhnchen mit Küssen. Alles würde gut werden! Nur Christo traute der Freude nicht, die sein Herz wärmen wollte, der Groll war stärker und prophezeite: Der Kleine streckt sich, doch das kranke Bein bleibt kurz!

Nadja nähte für ihr Püppchen lederne Opanken. In den vorn spitz zulaufenden Schuhen hatte das Kind guten Halt. Sie hielt ihn an den Händchen und führte ihn hierhin und dorthin. Tip machte er mit dem gesunden Beinchen, tap mit dem kranken. Tip, tap, tip, tap. Beim Tap kippte Wantscho anfangs bedrohlich weit nach links und wäre gefallen, hätte ihn die Großmutter nicht festgehalten. Doch es dauerte nicht lange und er humpelte allein umher. Er brauchte keine Krücke, keine Beinschiene, keine orthopädischen Schuhe. Er war gehbehindert, doch er war beweglich und wendig. Eigentlich hatte er doch Glück gehabt. Tausende waren an der Kinderlähmung gestorben, Tausende hatte die grausame Krankheit, gegen die es kein Mittel gab, zu Krüppeln gemacht, doch er, Wantscho, konnte gehen!

Wantscho war vier Jahre alt, als Welina, genannt Lina, geboren wurde. Bis dahin hatte er bei den Eltern geschlafen, nun musste er in das Zimmer nebenan weichen, in dem Nadja sich eingerichtet hatte. Da sie des Nachts laut schnarchte, wollte sie mit dem Kleinen nicht in einem Raum liegen. So schlief Nadja Nacht für Nacht, in Bulgarien nicht unüblich, in der Küche auf dem Sofa.

Je größer Wantscho wurde, umso kürzer und schmächtiger blieb sein linkes Bein. Das Kind entwickelte einen Hängefuß und konnte bald nur mehr auf der linken Zehenspitze auftreten. Christo stellte seinen Sohn immer wieder Ärzten vor. In Lom, in Montana, in Berkowiza. Der Tenor war immer der gleiche: Das Gebrechen sei inoperabel.

Als er eines Tages hörte, dass am Orthopädischen Krankenhaus in Sofia angeblich ein außergewöhnlich erfolgreicher Chirurg praktizierte, setzte er sich mit seinem Sohn kurz entschlossen in die Eisenbahn und reiste in die Hauptstadt. Zu diesem Zeitpunkt war Wantscho fünf Jahre alt. Der Sofioter Chirurg machte Christo Hoffnung. Er riet zu diversen Eingriffen, um den Hängefuß so zu behandeln, dass der Kleine auf der Sohle laufen könnte. Außerdem riet er dazu, das Bein zu richten, sobald der Knabe achtzehn Jahre alt und sein körperliches Wachstum abgeschlossen sei.

Dreimal wurde Wantscho operiert. Danach konnte er mit der linken Fußsohle auftreten, obwohl er dabei immer noch hinkte.

Christo setzte all seine Hoffnung auf die große Operation, die seinen Sohn befähigen würde, wie ein *normaler Mensch* zu gehen und zu laufen.

Majka Sneza liebte ihr Söhnchen abgöttisch und verzog es mit zärtlicher Inkonsequenz. Auch Baba Nadja verwöhnte ihr Enkelchen. Tatko Christo hingegen war sehr streng mit Wantscho. Er verlangte absoluten Gehorsam und duldete keinerlei Widerspruch. Dabei zog er stets den Sohn der Tochter gegenüber vor. Es bestand kein Zweifel daran, dass für ihn ein Junge mehr galt als ein Mädchen.

Wann immer Wantscho niedergeschlagen war oder Kummer hatte, trösteten die Frauen ihn mit Essen und Trinken. Wantscho liebte es, bei den Frauen in der Küche zu sitzen. Hier war es gemütlich. Hier war er sicher. Sneza servierte ihm eine Tasse heiße Milch mit Bienenhonig, die er so gern mochte und von der er, sobald sie etwas abgekühlt war, die Haut fischte, um sie sich in den Mund zu stecken. Die Frauen ließen ihn vom selbst gemachten Sirup naschen, von Kompotten und Marmeladen, die mit Kirschen schmeckte ihm am besten. Sie tischten Cremetorten, süßes Gebäck und Honigspeisen wie Baklawa und Halwa auf. Wäre es nach Wantscho gegangen, so hätte er sich ausschließlich von Süßem ernährt. Doch die Frauen fütterten ihn auch mit all den herzhaften Gerichten, die sie Tag für Tag zubereiteten: gefüllte Paprikaschoten, Hühnchen mit Reis, Rippchen mit Sauerkraut oder Bohnensuppe.

Wantscho hing sehr an seiner Mutter. Er brachte sie in Verbindung mit wohlschmeckender Süße, milder Wärme, Weichheit und Güte. Ihr musste er nichts beweisen. Sie liebte ihn, wie er war. Ob er nun humpelte oder nicht. Aber Tatko Christo machte es dem Kind schwer. Laufend musste es sich dessen Anerkennung erkämpfen. Nie war etwas gut genug: Die Hände nicht sauber genug gewaschen, das Huhn nicht gut genug gerupft, der Weg nicht ordentlich genug geharkt. Manchmal setzte es auch Schläge. Christo war nicht imstande, seinen Sohn zu stärken. Er machte ihn klein. Sneza versuchte, dies auszugleichen. Immer war sie bemüht, Wantscho seinen körperlichen »Defekt« vergessen zu lassen, sein Selbstbewusstsein zu fördern.

In der Schule wurde Wantscho von seinen Eltern unterrichtet. Schnell entwickelte er sich zum Klassenprimus. Auf seinen Zeugnissen häufte sich die Note 6, in Bulgarien die beste Zensur, wie bei keinem anderen Kind. Da er ohnehin nicht in der Lage war, mit den anderen zu toben, Ball oder Verstecken zu spielen, lernte und las er viel. Trotzdem war Wantscho beliebt. Er hatte Freunde. Sein bester Kamerad, sein Batko, hieß Atanas Borissow Trokow und war zwei Jahre älter. Atanas war der Sohn jüdischer Eltern, die eine Schäferei betrieben, und wohnte nur wenige Straßen entfernt. Er wurde Nasco gerufen und war größer und kräftiger als die anderen Knaben seines Alters. Nasco und Wantscho wurden unzertrennlich und hingen mit inniger Zuneigung aneinander.

Als Wantscho sieben Jahre alt wurde, kaufte Christo seinem Sohn den ersten Gehstock aus Holz. Und jeweils im Frühling eines jeden Jahres fuhren Vater und Sohn nach Sofia in die Orthopädische Klinik. Christo gab viel Geld für die Behandlung aus. Er wollte nichts unversucht lassen, um seinem Sohn ein *normales* Leben zu ermöglichen. Dahinter stand, dass er den körperlichen Makel nicht akzeptieren konnte. Wie ein Stachel saß er in seinem Fleisch. Die Behinderung seines Kindes war ihm peinlich. Er schämte sich, wenn sein Junge neben ihm herhinkte. Wantscho spürte das und es machte ihn unglücklich. Doch er sprach nie darüber. Er verschloss dieses Leid tief in seinem Herzen.

Ich habe kein einziges Kinder-Foto gefunden, auf dem mein Vater lacht. Nicht ein Bild gibt es, auf dem er ausgelassen und fröhlich ist. Auf einem ist er etwa vier Jahre alt. Er sitzt zwischen Sneza und Christo auf einer Bank. Wie eingekeilt. Im hellen Kleid mit weißem Kragen und dunkler Jacke die Mutter, im feinen Zwirn, mit langem

Mantel und Krawatte der Vater. Das Kind trägt einen dunklen Anzug, umklammert einen Stab, an dessen Ende ein Holzwägelchen befestigt ist, das es hinter sich herziehen kann. Vater und Mutter schauen ernst und würdevoll in die Kamera. Das Kind wirkt angespannt. Es sitzt mit hochgezogenen Schultern da, seine Füße reichen noch nicht bis zur Erde hinab, der Blick ist zur Seite gehuscht. Ein Sonntagsbild.

Ein anderes Foto: Die Familie am Fuße einer steinernen Treppe. Die Mutter im selben hellen Kleid, an das dieses Mal ein dunkler Kragen geknöpft ist. Neben ihr, auf der nächsthöheren Stufe, Wantscho, sechs Jahre alt, kurz geschoren, eine Hand in der Hosentasche. Er trägt eine dicke Strumpfhose, darüber eine kurze Hose und eine Anzugjacke. Das linke Bein streckt er ein wenig nach vorn. Es ist jedoch nicht zu erkennen, dass es kürzer ist als das rechte. Auf der obersten Stufe der Vater. Dunkle Hose, helle Anzugjacke, weißes Hemd. Er hält die kleine Lina an der Hand, die wie ihr Bruder kurz geschoren ist. Sie steckt in einem weißen Kleidchen. Im Hintergrund eine prachtvolle Agave, die ihre fleischigen, an den Rändern gezackten Blätter in den Himmel reckt. Auch hier: kein Lächeln in den Gesichtern. Ziemte es sich damals nicht, auf Fotos zu lachen?

Eine weitere Aufnahme. Irgendwo auf dem Land. Christo zwischen seinen Kindern, mit geschultertem Gewehr und Patronengurt um die Taille. Mit der Linken hält er einen Fuchs an den Hinterläufen. Der buschige Schwanz hängt ebenso nach unten wie der Kopf, die Schnauze berührt den Staub. Christo im Anzug mit einem blütenweißen Hemd. Hat er den Fuchs erlegt? Im Hintergrund ein einfaches flaches Lehmhaus, dessen Dach ordentlich mit Schindeln gedeckt ist. Auf der Veranda ein Backofen und Schnüre, an denen gebündelte rote Paprikaschoten und Zwiebeln hängen. Ein lädierter Lattenzaun, dahinter ein spitz zulaufender Heuberg. Rechts neben Christo steht Klein-Lina im blütenweißen Kleidchen und mit kinnlangem Haar. Links vor ihm, jedoch drei Schritte entfernt: Wantscho. Eine Schülermütze auf dem kahlen Kopf. Er sieht aus, als habe er Haltung angenommen. Hände an die Hosennaht, Brust raus! Steh wenigstens gerade, wenn du schon nicht laufen kannst! Zu seinen Füßen ein Jagdhund, der sich an seine Wade schmiegt. Und hier ist es zu sehen: Wantscho steht schief. Sein Gewicht lagert auf dem gesunden rechten Bein, um das linke zu schonen. Ohnehin würde es ihn nicht tragen. Seine kurze Stoffhose wird von Hosenträgern gehalten und bedeckt die Knie. Das kurzärmelige Hemd ist kariert. Wantschos Blick ist fast feindselig. Hat der Vater ihn nicht zum Jagen mitgenommen? Musste er bei den Frauen auf seine Rückkehr warten?

Und dann sind da noch die Klassenfotos aus der Grundschule. Mein Vater, der Achtjährige, inmitten von vierzig anderen Kindern, auf dem Rasen, im Schatten einer mächtigen Platane. Auf dem einen Bild thront über allen die Lehrerin: Sneza; auf dem anderen der Lehrer: Christo.

Auf diesen Fotos wirkt Wantscho selbstbewusster als in früheren Jahren. Sein Blick ist zwar auch ernst, doch zugleich geradlinig, keck und unternehmungslustig. Auf dem einen Bild kniet er mit einigen anderen Schülern in der ersten Reihe. Die Schülermütze auf dem Knie. Das andere Bild zeigt ihn inmitten der anderen sitzend, ein unmerkliches Lächeln im Gesicht.

Zum achten Geburtstag bekam Wantscho von Majka und Tatko eine Geige geschenkt. Der Musiklehrer der Schule hatte Christo und Sneza darauf aufmerksam gemacht, dass ihr Sohn besonders musikalisch sei. Christo bestellte einen Geigenlehrer namens Angel. Angel war von der außerordentlichen Begabung des Kindes entzückt. Wantscho liebte Musik. Sie bedeutete ihm sehr viel. Und er liebte es zu musizieren. Bereitwillig übte er in jeder freien Minute, machte beharrlich Fingerübungen und strich ausdauernd mit dem Bogen über die vier Saiten, um die richtigen Tönen hervorzulocken. Insgeheim bewunderte er die Zigeuner, die die Geige so virtuos zu spielen verstanden. Wantscho wusste, das Tatko Christo das fahrende Volk von ganzem Herzen hasste. Fast noch mehr als die Türken, die Bulgarien über fünfhundert Jahre lang unterjocht hatten. Zigeuner waren für

Christo dreckiges Pack. Parasiten, die alles klauten, was ihnen unter die Finger kam. Vor denen er das Haus verschloss, als würden sie die Pest bringen. Wenn die Zigeuner durch die Straßen zogen, war ihre Musik schon von Weitem zu hören: die Geige, der Schellenkranz, der Kaval, ein kehliger weiblicher Gesang. Dann humpelte Wantscho heimlich zum Fenster, löste, sachte, sachte, ein Stückchen des weißen Seidenpapiers, das sommers vor den Scheiben klebte, um die große Hitze ein wenig abzuhalten, und spähte hinaus. Er wunderte sich, dass die Zigeuner stets fröhlich waren, obwohl sie in einer erbärmlichen Armut lebten, die sie zum Betteln und Hausieren zwang. Er sah den alten Zigeuner mit dem wettergegerbten Gesicht, der die Schar anführte, barfüßig, eine Geige unterm Kinn, der trotz der unerträglichen Hitze einen Mantel aus Katzenfellen übergeworfen hatte. Er sah die Männer, die ihm folgten, zwei Geigen, ein Schellenkranz, ein Kaval. Er sah die Frauen in ihren bunten Röcken, mit den langen schwarzen Haaren und den klimpernden goldenen Armreifen. Einige von ihnen zogen Handkarren, auf denen sich ihr Hab und Gut befand. Er sah die Kinder in löchrigen Hosen und Kleidern, mit schmutzigen Gesichtern. Sie balgten sich, tobten umher, spielten Fangen. Sie waren fröhlich und wild. Wantscho presste die Nase an die Scheibe, um besser sehen zu können. Die Zigeunerkinder hatten etwas, das er nicht hatte. Etwas, das ihm fehlte. Und mit einem Mal begriff er, dass diese Kinder im Gegensatz zu ihm frei waren. Frei wie die Vögel im Wind. So frei, wie er selbst, der achtjährige Junge mit dem geordneten Leben und dem kaputten Bein, niemals sein würde.

Wantscho begann, die Weisen der Zigeuner auf seiner Geige nachzuspielen. Immer dann, wenn er sicher sein konnte, dass Tatko Christo nicht zu Hause war. Er spürte keinen Hass auf die Zigeuner. Warum auch? Sie hatten ihm nichts getan.

Wenn Wantscho Geige übte, lehnte er sich mit der Hüfte an das abgewetzte Sofa in der Küche, auf dem nachts Baba Nadja schlief. So konnte er lange Zeit problemlos stehen und das Gleichgewicht halten. Angel führte ihn an Komponisten heran, von denen Wantscho vorher noch nie etwas gehört hatte. Bald schon spielte er Stücke von Brahms, Mozart und Schubert. Hatte Wantscho ein Stück einmal gespielt, brauchte er keine Noten mehr. Angel sagte zu Christo, sein Sohn habe das absolute Gehör, und er empfahl, den Jungen am Konservatorium anzumelden. Doch Christo wollte davon nichts wissen.

Wantschos Geigenspiel wurde mit der Zeit so virtuos, dass er bei jeder Schulfeier auf der Bühne stand, um vorzuspielen. Außerdem fragten Verwandte, Freunde und Nachbarn an, ob das Kind nicht bei einem Geburtstag, einem Namenstag, einer Taufe spielen könne. Wantscho tat es gern.

Mit zehn Jahren wechselte Wantscho auf das Gymnasium. Seine schulischen Leistungen blieben ausgezeichnet.

Mit zwölf Jahren fasste er sich ein Herz und ließ seine Familie eines Abends wissen, es sei sein sehnlichster Wunsch, Dirigent zu werden. Nein, nicht erster Geiger. Dirigent! Davon träumte er: Vor einem Orchester am Pult stehen, im Zentrum der Aufmerksamkeit, gestenreich mit dem Taktstock die Musiker dirigieren, die jeder seiner Regungen, jedem Wink folgten. Die Musik, die dieser Klangkörper erzeugte, würde durch ihn hindurchdringen, ihn durchlässig machen und unversehrt. Dirigent zu sein, so dachte er, sei das Größte. Das Wahrhaftigste. Es war sein großer Lebenstraum.

»Dirigent!«, bekräftigte Wantscho noch einmal. »Lieber noch als erster Geiger.«

Nadja wischte sich die Augen. Sneza lächelte stolz. Lina klatschte in die Hände. Christo musterte ihn. »So einer wie du«, sagte er dann und wies auf das kaputte Bein seines Sohnes, »kann nicht auf einer Bühne stehen und dirigieren.«

Wantscho erstarrte. Ihm war, als würde etwas in ihm zerbrechen. Etwas sehr Kostbares. Etwas, das hier und jetzt unwiederbringlich verloren ging. Für immer. Die Worte des Vaters nahmen ihm die Luft zum Atmen. Alle Energie entwich aus ihm. Wertlos!, hämmerte es hinter seiner Stirn. Wertlos!

Als Christo bemerkte, wie sehr er seinen Sohn getroffen hatte, fügte er hinzu: »Vielleicht nach der großen Operation. Wenn du richtig laufen und gerade stehen kannst.«

Wantscho wendete sich ab und humpelte hinaus. Sneza folgte ihm. Lina fing zu weinen an und Baba Nadja ergoss eine wüste Schimpftirade über ihren Sohn. Doch Christo zuckte nur mit den Achseln, war sich keiner Schuld bewusst.

Von diesem Tag an rührte Wantscho nie wieder eine Geige an. Er zerriss alle Fotos, auf denen er Geige spielend zu sehen war. Die Mutter weinte. Der Vater schwieg. Wie so oft. Es war ein vernichtendes Schweigen.

3

Draußen in der Welt herrschte Krieg. Hitler wütete in Europa. Sofia war im März 1941 nach langem Zögern schließlich doch dem Dreimächtepakt beigetreten. Deutschland war im Zuge des Balkanfeldzuges in Bulgarien einmarschiert und hatte Jugoslawien und Griechenland überfallen. Die große Mehrheit der Bulgaren begrüßte den Einmarsch der Deutschen enthusiastisch. Denn Hitler hatte ihnen 1940, scheinbar völlig uneigennützig, die südliche Dobrudscha »zurückgeschenkt«, eine Landschaft im Nordosten am Schwarzen Meer, die Bulgarien nach dem Zweiten Balkankrieg als Wiedergutmachung an Rumänien hatte abgeben müssen. Seit Hitler Rumänien gezwungen hatte, die Landschaft wieder herauszurücken, galt er als Beschützer und Heilsbringer, denn die Bulgaren konnten nun endlich wieder ihren Traum vom Großbulgarischen Reich träumen. Als sie 1941 als Dank für den Beitritt zum Dreimächtepakt auch noch das westliche Thrakien und große Teile Makedoniens »geschenkt« bekamen, fand die Begeisterung für die Deutschen kein Ende. Die Bulgaren befanden sich im Glückstaumel. Sie wollten nicht sehen, mit wem sie sich da eingelassen hatten. Der Preis war der Verlust ihrer Neutralität. Das Land befand sich wieder im Krieg.

Auch Christo hielt viel von den braunen Machthabern, die in der Welt wahre Wunder vollbrachten. Sie hatten dafür gesorgt, dass Bulgarien wieder ein Gesicht bekam, nachdem es nach den Balkankriegen und dem Ersten Weltkrieg so verstümmelt worden war. Christo war ein glühender Nationalist. Die Kommunisten lehnte er ab. Er konnte sehr gut damit leben, dass Zar Boris III. das Land regierte.

Die Ideologie der Nazis war Christo, wie fast allen Bulgaren, einerlei. Kaum einer hatte *Mein Kampf* gelesen. Vor solchen Termini wie »slawischer Untermensch« oder »lebensunwertes Leben« verschloss Christo, wie die überwiegende Mehrheit seiner Landsleute, konsequent Auge und Ohr. Und was die Nazis über die Juden verbreiteten, war doch nicht ernst zu nehmen. Christo hatte nichts gegen Juden. Er hatte jüdische Freunde, Kollegen, Schüler. Und bei aller Deutschfreundlichkeit fand er es richtig, dass sich sein Land der Deportation der bulgarischen Juden widersetzt hatte. Juden waren doch keine Zigeuner! Würden die Deutschen es jedoch schaffen, die Welt von Zigeunern, Türken und Kommunisten zu befreien, Christo hätte dagegen keinerlei Einwände.

Während all der Jahre wartete Christo unbeirrt darauf, dass Wantschos Bein doch noch vollständig korrigiert werden könnte. Wenn erst der Krieg zu Ende ist, dachte er jeden Tag, und hoffte, dass der Chirurg und die Orthopädische Klinik die Bombardierung Sofias heil überstanden haben mochten! Falls nicht, so würde er nach Deutschland reisen. In Berlin praktizierte ein berühmter Chirurg namens Sauerbruch. In der Zeitung hatte Christo von ihm gelesen.

Bisher waren an Wantschos Bein sieben Eingriffe vorgenommen worden. Zwei im Krankenhaus in Lom, fünf weitere in der Uniklinik in Sofia. Immer hatte Christo zu seinem Sohn gesagt: »Ich will nur dein Bestes.« Doch sensibel, wie das Kind war, spürte es, dass der Vater log. Nicht nur seinen Sohn log er an, auch sich selbst. Denn in Wirklichkeit wollte Christo nur sein eigenes Bestes. Er wollte, dass sein Sohn gefälligst *normal* sein sollte und kein Krüppel. Lieber schlechte Noten, aber dafür normal! Das Kind wusste, dass der Vater es nicht so annehmen konnte, wie es war. Das betrübte Wantscho so tief, dass er phasenweise sehr melancholisch wurde. Dann verwandelte sich der sonst so gesellige Junge, der trotz seines Gebrechens gern mit anderen Kindern spielte, in einen einsilbigen Burschen, der jeden Kontakt scheute. Nicht einmal seine geliebte Majka vermochte ihn dann aufzumuntern. An solchen Tagen stand Wantscho auf, aß, ging zur Schule, lernte, ging schlafen. Doch wirkte er dabei abwesend und sprach kaum ein Wort. Solange er noch Geige gespielt hatte, war dies sein Trost und seine Zuflucht, seine große Leidenschaft gewesen. Eine andere hatte er nicht. Und nachdem sie ihm abhandengekommen war, fühlte er sich oft, als sei ihm das Liebste genommen. Er verbrachte viele Stunden an der Donau. Er saß im Schatten der Weiden und starrte aufs Wasser. Der Einzige, der sich ihm nähern durfte, war sein Batko Nasco. Der hockte sich neben ihn, holte Tabak aus dem ledernen Beutel, den er stets am Gürtel trug, und begann, seine Pfeife zu stopfen. Abwechselnd rauchten die Jungen. Sie brauchten nicht miteinander zu reden. Sie verstanden sich ohne Worte.

Während solcher melancholischer Phasen kam es auch vor, dass Wantscho das Haus gar nicht mehr verließ, mit Lina spielte, der Mutter in der Küche half oder sich um die Tiere kümmerte. Er fütterte Marco, den Esel, und bürstete ihm das Fell. Er streute den Hühnern Körner hin, er lobte die Katze, wenn sie ihm einen gerissenen Vogel oder eine tote Maus vor die Füße legte. Die Füße. Er hasste sein zu kurzes Bein und er hasste seinen verformten Fuß. Niemals würde er sich damit versöhnen. Dabei lief er am Stock behände und flink. Nach dem einfachen Holzstock hatte der Vater nun einen höhenverstellbaren Gehstock aus Metall anfertigen lassen, der noch dazu über einen anatomischen Handgriff verfügte. Er war leicht und unzerbrechlich. Über das untere Ende war ein schwarzer Gummipfropfen gestülpt, so konnte der Stock auf glatter Fläche nicht wegrutschen. Von Zeit zu Zeit musste der abgenutzte Pfropfen gegen einen neuen ausgetauscht werden.

Im September 1944 marschierte die Rote Armee in Bulgarien ein. Sie wurden von der Bevölkerung genauso begeistert begrüßt wie die Deutschen drei Jahre zuvor. Durch einen Staatsstreich kamen die Kommunisten an die Macht. Tausende Bulgaren wandelten sich über Nacht zu Anhängern der neuen Bewegung und traten in die Kommunistische Partei ein. Christo war schockiert. Wantscho hingegen fand es spannend, wohl auch aus Opposition zum Vater. Zum ersten Mal tat der Sohn etwas gegen den Willen des Vaters. Er wurde Mitglied im bulgarischen Komsomol. Und er verschlang die Werke der kommunistischen Denker. Besonders begeisterte ihn *Das Kapital* von Karl Marx. Stundenlang diskutierte er mit Nasco und den Freunden über »Politische Ökonomie«, »Historischen und Dialektischen Materialismus« und die »Wissenschaftlichkeit des Sozialismus«. Er beeindruckte mit Textstellen, die er auswendig auf Deutsch wiedergab. »Das Sein bestimmt das Bewusstsein.« »Die Philosophen haben die Welt nur verschieden interpretiert, es kommt drauf an, sie zu verändern.« »Der Mensch ist, was er isst.«

In der Schule lernte Wantscho mit Hingabe die deutsche Sprache und er wurde zum Vorsitzenden des Komsomol in Lom gewählt. Sein Selbstbewusstsein wuchs. Er begann, sich von seinem Elternhaus abzunabeln.

Der Tag der großen Operation rückte heran. Ein letztes Mal fuhr Christo mit dem nun achtzehnjährigen Wantscho nach Sofia in die Uniklinik. Für diesen Eingriff hatte Christo viele Jahre lang gespart. Die Operation verlief gut. Die Narbe war zwanzig Zentimeter lang und zog sich vom Oberschenkel über die Kniescheibe bis zum Schienbein hinunter. Sein Sohn werde künftig noch besser auftreten können, ließ der Chirurg ihn wissen. Das Humpeln jedoch könne ihm nicht erspart werden. Christo war, als zöge ihm jemand den Boden unter den Füßen weg. Der Arzt ließ ein Glas Wasser bringen. Er kannte solche Reaktionen von Patienten und Angehörigen.

»Warum werde ich so gestraft!«, murmelte Christo voller Groll.

»Nur wenigen Menschen ist die Stille Feiung vergönnt«, sagte der

Arzt beschwichtigend. »Nur ganz selten schafft es der Körper, sich gegen diese Infektion selbst zu immunisieren, ohne dass die Krankheit ausbricht. Danken Sie Gott, dass Ihr Kind am Leben ist.«

Wantscho absolvierte sein Abitur mit 6,0. Er war der beste Schüler in ganz Lom. Als Auszeichnung erhielt er eine Urkunde und fünf rote Nelken. Am selben Tag trat er mit Nasco in die Kommunistische Partei Bulgariens ein.

4

Seltsamerweise weiß ich nicht viel über die Jugendjahre meines Vaters. Es existieren keine Briefe. Es gibt kaum Fotos, die Aufschluss geben könnten über Ereignisse, Stimmungen, Versäumnisse, Freundschaften, Zusammenhänge. Papa hat wenig von sich erzählt. Ich weiß nicht, wann er zum ersten Mal ein Mädchen geküsst hat. Nichts über seine erste große Liebe. Nichts darüber, was er tat, wenn er sich mit seinen Freunden traf. Nichts darüber, welche Aufgaben er als Funktionär in der Kommunistischen Partei hatte. Auch kaum etwas über sein Medizinstudium, das ihn nach Sofia führte.

Immerhin fallen mir ein paar Bruchstücke ein. Bruchstücke, aus denen ich mir ein Mosaik zusammensetze. Ein Mosaik, in dem viele Teile fehlen. Das, was ich weiß, habe ich von den Frauen meiner Familie erfahren. Das meiste von Mama, einiges von Tante Lina, ein wenig von meiner Großmutter, Baba Sneza.

So weiß ich, dass Papa wegen seines kranken Beines nicht tauglich für den Armeedienst war. Es muss ihn, den Achtzehnjährigen, sehr verletzt haben, ausgemustert zu werden. Bulgarische Männer sind Machos, sie definieren sich über ihre Körperlichkeit, ihre Stärke und Kraft. Sie verehren ihre Volkshelden, wie zum Beispiel Wassil Lewski, den »Apostel der Freiheit«, der gegen die Türken kämpfte, die Bulgarien jahrhundertelang beherrscht hatten. Die bulgarischen Männer eint der Hass auf die Türken. Sie verstehen sich als Nachfolger Lewskis, des führenden Revolutionärs der »Nationalen Wiedergeburt« Bulgariens. Der osmanische Sultan Abdülaziz ließ den Freiheitskämpfer 1873 hinrichten. In dieser Tradition wuchsen die bulgarischen Männer heran, Generation um Generation: Es war ehrenhaft, für sein Land zu kämpfen! Einen Beitrag zu leisten. Auch als mein Vater jung war, wurde immer und überall gekämpft: Gegen die kapitalistische Bedrohung, für den Weltfrieden, gegen den Hunger, für den Sozialismus, gegen die Unterdrückung. Und wo konnte *Mann* am besten kämpfen? Natürlich in der Armee. Alle jungen Männer wollten dahin. Es muss für Papas schwaches Selbstwertgefühl eine zusätzliche Kränkung gewesen sein, keinen Dienst an der Waffe leisten zu können.

Mama erzählte, dass Papa sich während seines Studiums mit Bojko Mladenoff anfreundete. Bojko, der ein enger Freund wurde, stammte aus Sofia und studierte Zahnmedizin. Er stand auf blonde (in Ermangelung echter blonder auch auf blondierte) Damen, hatte laufend wechselnde Freundinnen und versuchte, so Mama, Wantscho in die Liebe einzuführen. Einmal soll Bojko Papa mit einer jungen Frau, einer rassigen Schönheit, bekannt gemacht haben. Es gab wohl einige Rendezvous am Donauufer. Doch irgendetwas sei dann, so Mama, schiefgegangen. Was genau, wusste auch Bojko nicht. Wantscho habe ihm nichts erzählen wollen. Und er, Bojko, entsinne sich nur noch, dass er ihm geraten habe: »Verlieb dich besser nicht. Nimm es, wie es ist.«

Bojko hatte die Attribute eines Lebemannes: Frauen, die ihm hinterherliefen, ein eigenes Auto, stets genügend Geld. Er gab sich gern mondän. Trug Hut und das Hemd über der Brust offen. Kreuzte mit Ölfarben und Staffelei auf. Konnte allerdings tatsächlich phantastisch zeichnen und malen. Und sogar dichten. Er soff viel. Papa mochte an Bojko all das, was er selbst nicht war. Er bewunderte den extrovertierten, lebenslustigen Freund, der das Leben so leicht nahm, ihm stets nur das Schöne abgewann und das Schlechte einfach ausblendete.

Laut Bojko begann Papa in dieser Zeit, sich elegant zu kleiden und sein schwarzes Haar in Wellen zu legen. Er trug edle Hemden, helle Anzüge, und lederne Schuhe. Er besaß einen weißen Regenmantel und band sich Krawatten um, auch wenn es draußen sehr heiß war. So als wollte er mit seinem äußeren Erscheinungsbild den körperlichen Makel wettmachen.

Papa entschloss sich, Medizin an der Medizinischen Universität in Sofia zu studieren. Er verehrte Albert Schweitzer, zu dem er sich vermutlich auch wegen dessen musikalischer Passion hingezogen fühlte. Papa stellte höchste Ansprüche an sich selbst, die er nicht immer erfüllen konnte. Einmal erzählte er mir von seinem Pathologiekurs. Als die Reihe an ihm war, die Leiche zu sezieren, wurde ihm speiübel. So schnell er konnte, humpelte er aus dem Saal und übergab sich draußen auf dem Gang. Während er dies erzählte, lachte er.

Nach absolviertem Studium und erfolgter Promotion zum »Dr. med.« trat Papa seine erste Stelle auf der Kinderstation eines Sofioter Krankenhauses an. Damals grassierten wieder einmal Masern. Einen Impfstoff gab es immer noch nicht, es war Glücksache, die Epidemie zu überleben. Obwohl Papa noch zu klein gewesen war, um sich bewusst an seine Schwester Gintsche erinnern zu können, hatte ihn das Leid, das mit ihrem Tod über die Familie gekommen war, nachhaltig geprägt. Und so berührte ihn das Leiden der Kinder im Krankenhaus besonders. Viele starben ihm unter den Händen weg. Andere behielten durch Hirnhautentzündung dauerhafte körperliche oder geistige Schäden zurück. Papa begann, sich intensiver für die neurologische Problematik zu interessieren. Er setzte sich genauer mit der Lehre von den Erkrankungen des Nervensystems auseinander. Und damit vermutlich auch erstmals mit sich selbst und seinem eigenen Gebrechen, der Kinderlähmung. Vielleicht wollte er die neurologischen Zusammenhänge besser verstehen lernen. Warum schafft es der eine und die andere nicht? Vielleicht tat sich hier für ihn ein Weg auf, das eigene Leiden, das nicht ungeschehen zu machen war, besser anzunehmen und so anderen Menschen mit ähnlichem Schicksal helfen zu können.

Über die Neurologie kam Papa in Kontakt mit der Psychiatrie. Denn im Osten waren diese beiden Fachrichtungen untrennbar miteinander verbunden. Die Ärzte wurden in beiden Fachbereichen ausgebildet. Die bulgarische Psychiatrie Mitte der Fünfzigerjahre muss für Papa ein Schock gewesen sein. Baba Sneza hat einmal Andeutungen gemacht und Tante Lina hat einiges erzählt. Neuroleptika gab es damals noch nicht. Die Geschlossene Station glich einem Inferno. Es war ärmlich, es war schmutzig, es stank nach Desinfektionsmittel, nach Erbrochenem und nach Exkrementen. Es war eng und der Lärm ohrenbetäubend. Es gab Kranke, die man in Netzen fixiert hatte, Kranke, die mit Gurten an ihr Bett gefesselt waren, eine Frau sogar mit ihren langen geflochtenen Zöpfen. Es gab Schwerbehinderte, die apathisch herumlagen. Andere, die in Ecken hockten und den Oberkörper vor und zurück schaukelten, wieder andere, die sich, Schaum vor dem Mund, schreiend auf dem Boden wälzten. Auch Kinder. Manche konnten sich nur kriechend vorwärtsbewegen. Die Patienten waren unterernährt, ausgemergelt. Viele hatten Zähne verloren, sich büschelweise Haare ausgerissen, waren nackt. Alle Patienten mussten sich zusammen zwei Handtücher teilen. Es gab niemanden, der mit den Patienten an die frische Luft gegangen wäre. Niemanden, der zu Besuch kam. Niemanden, der sich mit ihnen beschäftigte. Hinzu kam, dass in der Anstalt eine streng hierarchische Ordnung herrschte. Kein Pfleger, keine Schwester wagte es, einem Arzt zu widersprechen. Was der Arzt verordnete, war Gesetz. Sowohl Ärzte als auch Pflegepersonal arbeiteten stoisch ihr tägliches Pensum ab. Sie waren infolge der Ausweglosigkeit ihres Tuns gegenüber den Patienten abgestumpft.

»Diese Menschen werden schlimmer gehalten als Hunde«, soll Papa gesagt haben. Und dabei hätte er es eigentlich belassen können. Doch diese *Unterwelt*, wie er die Psychiatrie bezeichnete, und das Leiden dieser Patienten ließen ihn nicht mehr los. Er spürte, dass diese Schizophrenen, Psychotiker, Manisch-Depressiven, Schwachsinnigen wirkliche Hilfe brauchten. Und menschliche Wärme.

Einige Zeit später wechselte Papa an die Universitätsklinik, um dort bei Professor Popow in der Psychiatrischen Abteilung zu arbeiten. Popow war eine Kapazität seines Fachs und muss den jungen Kollegen sehr geschätzt haben, denn er machte ihn zum »Aspiranten der Wissenschaft«. Mit dieser Aspirantur konnte das Studium fortgesetzt werden, an dessen Ende schließlich die Habilitation stand. Hatte Papa damals also vor, mehr wissenschaftlich als praktisch zu arbeiten? Und was lernte Papa in dieser Zeit? Wie sah die Ausbildung aus?

Was die Psychiatrie und Neurologie anbelangte, so standen jene Jahre im Ostblock ganz im Zeichen der Lehren des russischen Arztes und Physiologen Iwan Petrowitsch Pawlow. Dieser hatte 1904 für seine Arbeit den Nobelpreis erhalten und später mit seinen Forschungen über die Speichelabsonderung bei Hunden Furore gemacht. Außerdem hatte Pawlow die Schlaftherapie entwickelt, eine »Heilmethode«, die besagte, psychische Krankheiten wie Neurosen oder teilweise gar Schizophrenie heilen zu können, indem der Patient in einen künstlichen Dauerschlaf versetzt wurde. Die Lehre des Russen wurde von Stalin 1950 zum Dogma erhoben, seine Lehre die alleinige Grundlage der sowjetischen Psychologie. Sigmund Freuds Lehre hingegen wurde verteufelt. Freuds Menschenbild, das sich in erster Linie auf das Individuum bezog, musste zwangsläufig mit der kommunistischen Doktrin kollidieren. Die Psychoanalyse wurde als elitär, unwissenschaftlich und idealistisch verunglimpft und verboten.

Bulgarien, das nach 1945 zum treuesten Vasallen der Sowjetunion mutierte – Staatschef Todor Schiwkow schlug während des Kalten Krieges sogar vor, Bulgarien als Teilrepublik an die UdSSR anzuschließen –, eiferte dem »großen Bruder« in allem nach. Was Stalin von sich gab, war heilig. Und die »Erkenntnisse der Sowjetwissenschaften« waren das Maß aller Dinge. Daran änderte sich auch nach Stalins Tod nichts. Pawlow stand gegen Freud. Die Schlaftherapie gegen die Psychoanalyse. Letztere war im Ostblock schon bald und dann für sehr lange Zeit Geschichte.

Zu dieser Entwicklung passte auch die Leugnung einer geistigen Realität. Das galt sicher auch für den Werdegang meines Vaters, für seine Generation schlechthin. Professor Popow wird seinen Aspiranten vermittelt haben, dass bei den Patienten die körperlichen Ursachen ihrer geistigen Erkrankung behandelt werden müssten, in scharfer Abgrenzung zum Westen, wo es nun Mode war, nach den seelischen Ursachen der körperlichen Erkrankungen zu forschen. Das entsprach nicht nur der offiziellen Linie, sondern kam auch dem bulgarischen Lebensgefühl entgegen. Die meisten Bulgaren hatten und haben nicht viel am Hut mit einer sogenannten psychischen oder auch geistigen Realität. Was zählt, ist die materielle Realität, also alles, was man sehen, hören, riechen und anfassen kann. Der bulgarische Psychologe Dr. Nikola Atanassow drückte es einmal so aus: »Die ganze Geschichte der Bulgaren ist von Armut und dem Kampf ums Überleben geprägt. Und wenn man ums Überleben kämpft, dann ist es ziemlich egal, wie man sich dabei fühlt; man fühlt sich wohl, weil man überlebt hat.«

So gesehen war die rein somatische Auffassung der Mediziner in Bulgarien und im Ostblock überhaupt nur die logische Folge der eigenen geschichtlichen Erfahrung in Verbindung mit der kommunistischen Doktrin.

Trotz alledem muss es so gewesen sein, dass Professor Popow auch offen für Behandlungsmethoden war, die nicht denen des Russen Pawlow entsprachen. So lernte mein Vater beispielsweise mit Schlafentzug zu praktizieren, was bei depressiven Patienten zu guten Erfolgen führte. Außerdem eignete er sich die Technik des Autogenen Trainings an: Augen schließen, ruhig und tief atmen, sich auf die Schwere seiner Gliedmaßen konzentrieren, auf die Wärme darin, auf den eigenen Herzschlag »horchen« und sich so vollkommen entspannen.

Viele seiner Patienten sollten von dieser Technik profitieren. Und er lernte mit Hilfe der Elektroenzephalografie, auch EEG genannt, die Hirnströme von Kranken zu messen, die unter Epilepsie litten. Auf diesem Gebiet wurde er im Laufe der Jahre zu einer wahren Koryphäe.

Als an der Uniklinik in Sofia die Stelle eines Assistenzarztes ausgeschrieben wurde, bewarb sich mein Vater. Professor Popow lud ihn zum Gespräch ein und eröffnete ihm, dass er einem anderen Anwärter den Vorzug geben müsse. »Bitte, verstehen Sie doch«, bat der alte Professor, »vom fachlichen Standpunkt her, sind Sie der Bessere. Aber ich stehe bei dem Kollegen im Wort. Er muss eine Familie ernähren!« Papa war sehr enttäuscht. Gern wäre er in Sofia geblieben. Es schien ihm die beste aller Möglichkeiten zu sein. Wo sonst sollte er wissenschaftlich arbeiten, für seine Habilitation forschen, wenn nicht in der Hauptstadt? Er wollte nicht zurück nach Lom, in diese provinzielle Enge, wo ihm jeder Stein, jeder Grashalm vertraut war. Er wollte nicht mehr mit den Eltern unter einem Dach leben. Er wollte nicht im örtlichen Provinz-Krankenhaus arbeiten. Er wollte mehr! Eigenständig sein, sich weiterbilden, vorwärtskommen. Popow tat es weh, seinen jungen Kollegen, der ihm wie ein Sohn ans Herz gewachsen war, so frustriert zu sehen. Er schlug ihm vor, ins Ausland zu gehen, in die DDR. Viele Kollegen täten das derzeit, weil in Ostdeutschland ein dramatischer Ärztemangel herrsche. Unzählige Mediziner würden vom Ostteil in den Westteil des Landes wechseln. Inzwischen gäbe es ein Regierungsabkommen zwischen der VR Bulgarien und der DDR, in dessen Rahmen man gewiss auch ihn, Dr. Nikolow, mit Kusshand nehmen würde. Vor allem, weil er sehr gut Deutsch spreche. Hinzu komme, dass die Facharztausbildung in der DDR einen hervorragenden Ruf genieße. Und wenn er in zwei Jahren zurückkehrte, wäre bestimmt eine Planstelle für ihn frei.

Meinem Vater gefiel der Gedanke, Bulgarien zu verlassen. Wann kam man sonst schon so leicht ins Ausland! Und dann auch noch in den Westen des Ostens! Er würde keine Zeit verlieren und hoch qualifiziert als Facharzt für Neurologie und Psychiatrie in die Heimat zurückkehren. Er würde etwas Neues kennenlernen. Er würde Erfahrungen sammeln.

Professor Popow gelang es, Papa an das Bezirkskrankenhaus für Neurologie und Psychiatrie in Bernhausen in Sachsen-Anhalt zu vermitteln. Als Mitglied einer Delegation bulgarischer Ärzte flog er von Sofia nach Ost-Berlin.

Papa erzählte später gern von dieser Reise. Bevor er anfing in der Klinik zu arbeiten, gab es Gelegenheit für eine einwöchige Besichtigungstour durch Berlin und Potsdam. Ein Foto zeigt ihn inmitten einer Gruppe schwarzhaariger Kollegen, die auf den Stufen des Schlosses Sanssouci stehen und in die Kamera lachen. Alles bulgarische Ärzte, die damals in die DDR kamen, um den Exodus ihrer ostdeutschen Kollegen mit aufzufangen. Ein anderes Bild zeigt dieselbe Gruppe vor dem Eingang eines großen Gebäudes. *1960, Berlin – Akademie für Sozialhygiene, Arbeitshygiene usw. – unsere Wohnung* hat Papa schwungvoll mit blauer Tinte auf der Rückseite notiert. Er erzählte, er sei an all den Tagen, in denen sie sich Berlin und Potsdam angesehen hatten, unglaublich viel gelaufen. Die anderen, die auf zwei gesunden Beinen gehen konnten, hätten am Ende gestöhnt, weil ihnen die Füße wehtaten. Und auch ihm schmerzten am Ende die Knie. Doch er war glücklich, beweglich zu sein. Er war schlank und gut zu Fuß. Zwar humpelte er am Stock, doch er lief zügig.

5

Die Nervenklinik in Bernhausen war ein aus gelben Klinkersteinen errichteter, von einer hohen Mauer umsäumter Gebäudekomplex, dessen ursprünglicher Zweck im vorigen Jahrhundert einmal der einer Heilstätte gewesen war. Der obere Rand der Mauer war mit in Zement eingelassenen Glasscherben bedeckt, die Ausreißer von einer Flucht abhalten sollten. Die personelle Situation in der Anstalt war erbarmungswürdig. Die Anzahl der Patienten lag bei einigen Hundert. Für sie gab es ganze vier Ärzte, sechs Schwestern und drei Pfleger. Die Nervenklinik glich einem riesigen leckgeschlagenen Schiff, das auf offener See dahindümpelte, nachdem die Mannschaft fluchtartig von Bord gegangen war.

Der Ärztliche Direktor, Professor Dr. Alfred Findeis, war drei Wochen zuvor Klinikchef geworden, nachdem sein Vorgänger sich in den Westen abgesetzt hatte. Findeis' Ehefrau, ebenfalls Nervenärztin, gehörte zum Team, ferner ein junger Assistenzarzt namens Bernhard Helferich und der bulgarische Kollege, Dimiter Schipkowenski, den alle nur Schipko nannten.

»Willkommen in der Hölle von Bernhausen«, empfing ihn Findeis, ein kleiner Mann von schmächtiger Gestalt mit einer erstaunlich kräftigen und wohlklingenden Stimme. Wantscho fasste sofort Vertrauen zu seinem neuen Chef. »Dobar den«, begrüßte ihn dessen Frau und lächelte. »Guten Tag«, erwiderte Wantscho und machte einen Diener. Danach gab er erst Schipkowenski, dann Helferich die Hand. Helferich war ihm bereits aufgefallen. Wantscho war im Treppenhaus auf dem Weg zum Büro des Ärztlichen Direktors gewesen und hatte durch das Fenster im Klinikgarten beobachtet, wie der hoch aufgeschossene, schlaksige Mann, mit sich selbst sprechend, wild gestikulierend und mit großen Schritten auf das Gebäude zulief.

Wantscho begrüßte die Schwestern und die Pfleger. Findeis schlug vor, dass Kollege Helferich Wantscho das Haus zeigen möge. »Führen Sie ihn getrost auch ins *Kabinett*. Darum werdet ihr euch als Erstes kümmern müssen.«

»Was meint der Professor?«, fragte Wantscho, als er Helferich durch die Klinikgänge folgte.

»Das Kabinett ist eine schreckliche Altlast. Dort wurden schwerbehinderte Patienten wie Tiere gehalten. Keine Ahnung, wie lange schon. Drei Jahre, zehn Jahre? Es ist beschämend, aber wir kamen noch nicht dazu, das zu ändern. Wir haben in den wenigen Wochen, die wir hier sind, in erster Linie die akuten Fälle versorgt.

Das Kabinett befand sich in einem abgelegenen Teil des Klinikgebäudes. Je näher die beiden Ärzte kamen, umso deutlicher drangen Schreie und Klagelaute an ihre Ohren. Bevor Helferich den Schlüssel in das Schloss der massiven Tür steckte, sah er Wantscho an: »Sind Sie gewappnet?«

Wantscho holte tief Luft und nickte. Helferich schloss auf und sogleich bemerkte Wantscho den Gestank. Ihm war, als hätte er ein Déjà-vu, als sei er in die Psychiatrie in Sofia zurückgeschleudert worden. Da war er wieder, der altbekannte Geruch nach Desinfektionsmittel, Erbrochenem und Exkrementen. Da war es wieder, das Grauen und Entsetzen. Die Ärzte traten über die Schwelle. Das Kabinett war ein riesiger kahler Raum, der vor langer Zeit wohl als Tanzsaal gedient haben mochte. Es gab nichts außer ein paar schmutzigen Decken auf dem schäbigen Parkett und einigen durchgelegenen Matratzen. Keinen Stuhl, keinen Tisch. Wantschos Blick fiel auf ein etwa achtjähriges Kind, das nackt war und sich unaufhörlich im Kreis drehte. Seine Haare waren büschelweise ausgerissen. Ein paar andere Patienten krauchten auf dem Boden herum, ihre Gliedmaßen waren merkwürdig verrenkt. Einige Kranke lehnten apathisch und stumm an der Wand neben den vergitterten Fenstern. Einer hatte sich an den Gittern festgekrallt und gab dumpfe Laute von sich. Eine Frau mit verfilzten langen Haaren wälzte sich auf dem Fußboden und schrie aus Leibeskräften. Eine andere saß mitten im Raum, hatte die Arme um den Oberkörper geschlungen und schwang vor und zurück. Wieder ein anderer, ein älterer Mann, lief ruhelos auf Zehenspitzen hin und her und hielt sich dabei die Ohren zu.

»Die Unterwelt«, murmelte Wantscho.

»Ich brauche Ihre Hilfe«, sagte Helferich.

»Und ich dachte, so was gibt's nur bei uns auf dem Balkan.«

Helferich schüttelte den Kopf.

»Wie konnte es so weit kommen?«

»Eine Hinterlassenschaft der Nazis. Die Nachfolger haben dieses Gruselkabinett einfach bestehen lassen. Sie wissen, dass die Nervenklinik Bernhausen an T4 beteiligt war?

Wantscho sah seinen Kollegen fragend an.

Helferich holte tief Luft. »Aktion T4 sagt Ihnen nichts? Die Euthanasiemorde der Nazis? In Bernhausen wurden tausende Geisteskranke und Körperbehinderte umgebracht. Hier gibt es sogar eine Gaskammer. Auch andere Psychiatrische Kliniken wurden zu

Tötungsanstalten umgebaut: Grafeneck, Sonnenstein, Brandenburg-Görde, Hadamar.«

Wantschos Verstand versuchte zu begreifen, was Helferich ihm da sagte. Sein krankes Bein schmerzte mit einem Mal. Dann sagte er: »Diese Menschen müssen schnellstens medizinisch versorgt werden.«

Helferich nickte.

Das Kabinett wurde geschlossen und die zwölf Schwerkranken wurden auf die Geschlossene Station verlegt. Die ersten Arbeitswochen in Bernhausen verbrachte Wantscho, unterstützt von Helferich, mit dem Versuch, diese Trauergestalten zu integrieren. Jahrelang isoliert von der Außenwelt und wie Verbrecher hinter Gittern eingesperrt, hatten sie zu ihren eigentlichen Behinderungen weitere schwere Symptome entwickelt. Hospitalismus zählte dazu, Apathie und sogar körperliche Missbildungen, meist als Folge von Mangelernährung. Wantscho und Helferich konnten großenteils nicht mehr nachvollziehen, welche Symptome angeboren waren. Die Patienten, deren Arme und Beine nach Knochenbrüchen schief zusammengewachsen waren, stellten sie einem Orthopäden vor. Einige Gliedmaßen konnten operativ korrigiert werden, die meisten nicht.

Helferich zeigte dem neuen Kollegen auch die Gaskammer. Es handelte sich um einen kleinen fensterlosen Raum, der durchgängig gekachelt war und sich im Klinikkeller befand. »Hier war die sogenannte Dusche«, erklärte Helferich. »Die Patienten mussten nackt hier rein. Sie sollten bis zum Schluss glauben, dass sie wirklich duschen würden.« Bernhard wies nach oben an die Decke. »Dort! Die Reste der Duschanlage. Allerdings kam da nur Gas raus, kein Wasser.« Er wies auf ein zugemauertes Loch in der Wand. »Dahinter saß das Schwein, das den Gashahn aufgedreht hat.«

»Sind noch welche davon hier?«, fragte Wantscho matt. Was er da hörte, schnürte ihm fast die Luft ab.

»Findeis hat als Erstes den Oberpfleger rausgeschmissen, einen alten Nazi, der immer noch hier war und regelmäßig Patienten runterspritzte. Der Chef will hier eine Gedenkstätte errichten. Manchmal macht er auch Führungen. Und er hat eine Patientin beauftragt, ein Mahnmal zu schaffen. Die war, bevor sie schizophren wurde, Bildhauerin.«

Wantscho und Helferich wurden ein gutes Team. Wantscho mochte die Warmherzigkeit und Empathie seines Kollegen. Und Bernhard, der ein unruhiger Geist war, nicht still sitzen und nicht schweigen konnte, schloss den ruhigen und zurückhaltenden Bulgaren aufrichtig in sein Herz. Er bot dem Neuen das Du an, Wantscho willigte ein.

Wantscho fühlte sich sehr wohl in Bernhausen, obwohl es in der Nervenklinik teilweise noch unerträgliche Zustände gab. So mussten sich Ärzte, Pfleger, Schwestern und Patienten auf der Geschlossenen Station eine Toilette teilen. Viele der erwachsenen Patienten schliefen in Ermangelung anderer Schlafstätten in Kinderbetten. Und es waren keinerlei finanzielle Mittel vorhanden, mit denen diese Missstände hätten behoben werden können. Doch all das betrübte Wantscho nicht sonderlich. Er war zuversichtlich, dass sich alles zum Guten wenden würde. Das Wichtigste für ihn war: Er wurde gebraucht, seine Arbeit wurde hoch geschätzt. Und an ärmliche, ja primitive Zustände war er gewöhnt. Er hatte gelernt, zu improvisieren.

Wantscho bezog ein Zimmer auf dem Klinikgelände, das über der Klinikwäscherei lag und daher stets so gut beheizt war, dass er den Kohleofen, wenn überhaupt, nur bei Minusgraden anfeuern musste. Der einzige Nachteil war, dass sich die Wohnung nur über Stufen erreichen ließ, die steil und bei Nässe rutschig waren. Wantscho musste sich beim Hoch- und Runtergehen sehr konzentrieren, damit er nicht hinfiel.

Die Waschfrauen versorgten den jungen bulgarischen Arzt, der mit seinem schwarzen, aus der Stirn gekämmten welligen Haar so gut aussah und stets elegant gekleidet war, am Anfang einer jeden Woche mit frischen Handtüchern und Waschläppchen. Das war nicht selbstverständlich. Die Klinikwäscherei stand am Rande ihrer Kapazitäten. Vier Waschfrauen, drei veraltete Gewerbewaschmaschinen und zwei Schleudern waren zuständig für die Reinigung der gesamten Klinikwäsche. Die Maschinen waren oft defekt. Dann hieß es, einen Handwerker organisieren und Ruhe bewahren. Es kam vor, dass in verschmutzten Arztkitteln und ebensolcher Schwesterntracht gearbeitet, ja sogar operiert wurde. Dass Patienten ihre Schlüpfer eine Woche lang tragen mussten. Dass Handtücher und Bettwäsche nicht regulär gewechselt werden konnten. Frau Dr. Findeis regte schließlich an, dass Ärzte, Pfleger und Schwestern ihre Arbeitskleidung bei sich zu Hause waschen sollten, und verschaffte den Waschfrauen auf diese Weise ein wenig Erleichterung. Doch so prekär die Situation auch war, Dr. Nikolow bekam an jedem Montagmorgen einen Korb mit frisch geplätteter Wäsche vor die Haustür gestellt. Und einige Zeit später bot die Leiterin des Wäscherei-Kollektivs Wantscho an, auch seine Hemden zu waschen und zu bügeln und überhaupt die ganze »private« Wäsche für ihn zu erledigen. Denn sie wusste: Eine Waschmaschine gab es in der Dienstwohnung nicht. Wantscho nahm das Angebot dankbar an. Künftig wurden öfter Waschfrauen gesichtet, die die Treppe zur Wohnung des bulgarischen Arztes hinauf- oder gerade hinabstiegen, was ihm den Ruf eines Schwerenöters einbrachte.

Nun war Wantscho zwar alles andere als ein Frauenheld, dafür war er zu schüchtern. Er hatte jedoch Sinn für einen gehobenen Lebensstil und schaffte sich Dinge an, die in der damaligen Zeit Luxuswert besaßen. Er kaufte einen Fernseher und einen Plattenspieler. Er beantragte ein Telefon (um nicht immer vom Postamt aus nach Bulgarien telefonieren zu müssen). Er sparte für ein Auto und meldete sich bei der Fahrschule an.

Die Abende verbrachte Wantscho oft bei Bernhard und seiner Frau. Kam er zu ihnen, waren die beiden gerade dabei, ihre Söhne, drei und zwei Jahre alt, ins Bett zu bringen. Wantscho mochte die Jungs und er mochte Elke. Manchmal gingen sie, wenn die Kleinen schliefen, zu dritt ins Kino. Manchmal lud er Bernhard und Elke und auch Schipko zu sich ein, um mit den Freunden *Tagesschau*, *Stahlnetz* oder *Edgar-Wallace*-Filme zu gucken. Sie knabberten Salzstangen, rauchten Zigaretten der Marke Club, tranken Rotwein oder Schnaps. Wenn im Film eine besonders spannende Szene gezeigt wurde, hielt es Bernhard nicht mehr in seinem Sessel. Er sprang auf und rannte aus dem Zimmer. Wantscho und Schipko lachten und zogen den Freund auf. Elke schalt ihren zappeligen Ehemann. Bernhard lief unterdessen im Flur auf und ab und rief: »Ist es vorbei?« Die anderen riefen ihrerseits, er möge ruhig wieder hereinkommen, die schöne Frau sei jetzt eine Leiche, die Meuchelei vollbracht.

Ende Februar 1961 feierten sie am Rosenmontag gemeinsam Fasching. Mit bunten Papp-Hütchen auf dem Kopf, Konfetti und Luftschlangen. Sie soffen gehörig und spielten Karten. Elke, die junge Mutter, trank so viel, dass sie frühmorgens in einem Handwagen nach Hause gekarrt werden musste. Zwei Tage lang lag sie im Bett, um sich wieder zu erholen.

Wantscho bestand die Fahrprüfung und erhielt seine Fahrerlaubnis. Er kaufte einen gebrauchten weißen Škoda zu einem günstigen Preis. Nun fuhr Wantscho Auto! Darauf war er stolz! Und er genoss die neue Freiheit. Am Steuer war er ein Mann wie alle anderen Männer. Kein Stock minderte ihn. Kein Humpeln beeinträchtigte ihn.

Bernhard beneidete Wantscho um seine Unabhängigkeit. Fern der Heimat, fern der Verwandten und völlig auf sich gestellt, hatte dieser keine Mäuler zu stopfen. Zwar musste er sich komplett allein versorgen, doch Wantscho verstand es, sich Hilfe zu holen. So hatte sich in der Zwischenzeit eine Psychotikerin, die in der Klinikwäscherei arbeitete, das Privileg erworben, die Wäsche des Doktors allein machen zu dürfen. Sie war ihm eine liebevolle, freundliche Hilfe geworden. Genauso wie die Köchin, die die Krankenhausküche leitete. Sie versorgte Wantscho mit Essen, auch an Sonn- und Feiertagen. Oder wie ein manisch-depressiver Patient, der von Beruf Kfz-Mechaniker war und den Škoda des Herrn Doktor reparierte, wann immer ein Schaden auftrat. Für die Dienste seiner Helfer bezahlte Wantscho selbstverständlich. Er organisierte sich die Mühen des Alltags einfach weg, damit ihm Zeit und Energie für wichtigere Ding blieben: für seine Arbeit und für seine Freunde.

Bernhard und Elke liebten Wantscho. Er war so kultiviert! Und eine blendende Erscheinung! Markant, dunkel, bestens angezogen. Zugleich einfühlsam, großzügig und gebildet. Sie, die noch nie aus der DDR-Provinz herausgekommen waren, empfanden den Freund als eine weit gereiste Persönlichkeit, versiert und weltläufig. Wantscho war polylingual, sprach neben Bulgarisch fließend Deutsch, gut Französisch und Russisch. Seine Ausdrucksweise war gewählt. Immer war er wie aus dem Ei gepellt. Und er besaß nicht nur ein Telefon und einen Fernseher, sondern sogar ein Auto!

Einmal kratzte Wantscho sein Westgeld zusammen und machte mit Bernhard, Elke und den Jungs einen Ausflug ins hundertsiebzig Kilometer entfernte West-Berlin. Noch stand die Mauer nicht.

In der großen Stadt spazierten sie den Kurfürstendamm entlang, bestaunten die Schaufensterauslagen im Kaufhaus des Westens und kehrten ein ins Café Kranzler. Die Kinder bekamen ein Eis, die Erwachsenen tranken Kaffee. Bernhard und Elke waren zum ersten Mal in Berlin. Und zum ersten Mal im Westen!

Danach kutschte Wantscho die Freunde in den Prenzlauer Berg, wo sie Rosché in seinem Atelier besuchten. Der war außer sich vor Freude, Wantscho zu sehen, warf Hammer und Meißel zur Seite, ließ den Holzblock Holzblock sein und umarmte den Freund stürmisch. Er servierte Whisky in Kaffeetassen. Für die Kinder zauberte er Brause aus dem Kühlschrank. Nach seiner Arbeit befragt, wies er auf den behauenen Holzblock und sagte, dies sei ein Ausflug in den Surrealismus. Das könne er draußen aber keinem zeigen. Sein Geld verdiene er mit »dem hier«. Er wies auf ein Flachrelief, ein Fanfarenzug Junger Pioniere. Als sie Hunger bekamen, fuhren sie nach Pankow. Christín kochte für alle Kartoffelsuppe mit Würstchen. Die Kinder spielten.

Am Ende schliefen sie alle im Kinderzimmer. Die Erwachsenen tranken und redeten bis tief in die Nacht.

Auf dem Rückweg nach Bernhausen hielten sie am Mittag des nächsten Tages an der Raststätte Michendorf. Wantscho kaufte im Intershop eine Schachtel Camel für eine Mark fünfzig West und einen Lippenstift für Elke, weil ihr so die Augen glitzerten, als sie diesen entdeckte. Im Mitropa-Restaurant bestellten sie Hackepeter, der mit trockenen Brötchen serviert wurde. Elke schmierte Hackepeter auf eine Brötchenhälfte und biss hinein. Ihr blieb der Bissen im Halse stecken, als sie sah, dass Wantscho seine Hälfte gekonnt mit Messer und Gabel vertilgte. Bernhard grinste und rieb sich die Hände, dass es quietschte. »Neben dir sind wir die Dummchen vom Lande.« Wantscho hob nur die Augenbrauen und sagte: »Nicht doch.«

In den Briefen, die Wantscho seinen Eltern schrieb, bezeichnete er das Leben und Arbeiten in Bernhausen als »Volltreffer«. Vielleicht würde er ja auch sein Glück finden, schrieb Majka Sneza zurück. Darauf ging Wantscho nicht ein. Noch hatte er kein Mädchen gesehen, das ihm richtig gefallen hätte. Und selbst wenn, was für Chancen konnte er, der am Stock ging, sich schon ausrechnen?

In der Klinik lief für Wantscho alles bestens. Er freute sich auf die Mittwochvormittage, wenn Professor Findeis seine Chefvisite auf der Geschlossenen Station machte. Anfangs hatte er sich darüber gewundert, wie viel Zeit sich der Ärztliche Direktor dafür nahm. Ohne Hast ging er von Bett zu Bett und sprach mit jedem einzelnen Patienten. Kranken, die neu aufgenommen worden waren, widmete er besonders viel Zeit. Zunächst ließ er sich von Wantscho die Anamnese schildern, um danach selbst persönliche Fragen zu stellen. Findeis interessierte sich dafür, ob die Kranken verheiratet oder geschieden waren, ob sie Kinder hatten oder keine kriegen konnten, welchen Beruf sie ausübten und ob dieser ihnen Freude bereitete, ob sie gute Kontakte zu ihrer Familie hatten oder die Verbindung nach der Einlieferung in die Psychiatrie abgebrochen war. Allmählich dämmerte es

Wantscho, dass sich Findeis nicht allein auf somatische Ursachen für die jeweilige Erkrankung beschränken wollte. Aus den vielen kleinen Mosaiksteinchen, die ihm die Patienten durch ihre Antworten lieferten, setzte er sich ein ganzes Bild zusammen.

Findeis war kein Freund der Pawlow'schen Schlaftherapie. Er vertrat die Ansicht, sie nütze nur zum Ruhigstellen und nicht dazu, Neurosen zu heilen. Natürlich posaunte er seine Erkenntnis nicht laut heraus, denn ein aktueller Leitspruch lautete: *Jeder, der gegen Pawlow ist, ist gegen die Arbeiter- und Bauernmacht!* Nur in kleiner Runde ließ er verlauten: Vom Schlafen wird man nicht gesund! Und in seinem Wirkungskreis arbeitete er gegen die Schlaftherapie, indem er sie, soweit er sich dies erlauben konnte, ohne politisch anzuecken, als Behandlungsmethode einfach missachtete. Im Übrigen widersprach es seinem beruflichen Ethos, dass die Schlaftherapie in erster Linie für Privilegierte, also SED-Genossen und hohe Funktionäre, vorgesehen sein sollte.

Findeis hatte natürlich auch begriffen, dass Pawlows Lehre von den bedingten und unbedingten Reflexen, aus der der Russe die Schlaftherapie entwickelt hatte, in erster Linie ein ideologisches Bollwerk in der Zeit des Kalten Krieges war. Ein Bollwerk des Ostens gegen die im Westen boomende Psychoanalyse Freuds, das dazu dienen sollte, die DDR-Psychiatrie von der West-Psychiatrie abzugrenzen und zu positionieren. Findeis konnte mit Freuds Werk nicht viel anfangen und nannte ihn abschätzig den »Traumdeuter«. Trotzdem bedauerte er, dass von den starken psychoanalytischen Traditionen im Leipzig der Zwanzigerjahre nichts übrig geblieben war. Erst hatten die Nazi-Ideologie und der Krieg alles zunichte gemacht und nach '45 lief die kommunistische Ideologie Amok gegen Freuds Schriften. Findeis scherte sich nicht um Ideologien. Er war nicht in der Partei. Und er nahm das Recht für sich heraus, seine Klinik so zu leiten, wie er es für richtig hielt. Mehrfach hatte er im Speisesaal, in dem auch die monatliche Parteiversammlung abgehalten wurde, im Vorfeld sozialistischer Feiertage eigenhändig Wandzeitungen und Parolen entfernt, die die Genossen dort aufgehängt hatten. »Das ist nicht hilfreich für die Heilung unserer Patienten«, hatte Findeis geäußert und die jeweils mit SED-Logos, Fotos und Zeitungsartikeln gespickten, ein mal zwei Meter großen Papptafeln mit dem Gesicht an die Wand gelehnt. Die Genossen ließen den Ärztlichen Direktor zähneknirschend gewähren. Mediziner waren zu kostbar, als dass der Staat es sich hätte leisten können, einen noch größeren Ärztemangel durch noch mehr Republikfluchten zu riskieren.

Zum Anti-Freudianer war Findeis also nicht aus ideologischen Gründen geworden, sondern weil ihm, wie er verlauten ließ, der Grundsatz »Gewinne Lust, vermeide Unlust!« nicht gefalle. Außerdem fehle ihm bei Freud, wie er nicht müde wurde zu betonen, die »Zumischung des Geistigen«, die bei Pawlow doch immerhin vorhanden sei. Was genau Findeis damit meinte, blieb den jungen Ärzten verborgen. Sie schauten zu ihrem Chef auf. Was er sagte, nahmen sie als gegeben hin.

Erschwerend käme noch hinzu, dozierte Findeis gern weiter, dass der Wiener Kollege die Bedeutung des Sexuellen eindeutig überbetont habe. Woher Findeis diese Informationen bezogen hatte, war nicht nachvollziehbar, da er sich nicht scheute zuzugeben, Freuds Werke nie im Original gelesen zu haben.

Was die Pawlow'sche Lehre anbelangte, so fand er deren praktische Anwendung großenteils grotesk. Er konnte sich nicht damit anfreunden, neurotische Patienten in einen narkotischen Dauerschlaf zu versetzen und Medikamente bei grünem oder blauem Licht zu geben oder dabei gar mit ruhiger Stimme Märchen vorzulesen. Als schließlich in kurzer Folge zwei privilegierte Genossen durch eine unbeabsichtigte Überdosis im Schlaf zu Tode kamen, spürte Findeis Rückenwind. Er setzte sich für neu aufkommende, erfolgversprechende Therapiemethoden wie die Elektrokrampfbehandlung und die Insulinschockbehandlung ein. Zwar musste auch hier mit drastischen Nebenwirkungen gerechnet werden, doch Findeis war der Ansicht, diese seien eher in Kauf zu nehmen als die häufigen Vergiftungserscheinungen durch Beruhigungspräparate, die bei der Schlaftherapie verabreicht wurden und die oftmals eine Psychose zur Folge hatten. Schließlich kam ihm die zeitliche Entwicklung zu Hilfe: Anfang der Sechzigerjahre begann sich die Schlaftherapie im Ostblock rückläufig zu entwickeln und hatte bis Mitte des Jahrzehnts so gut wie ausgedient. Die offizielle Aversion gegen Freud aber blieb bestehen.

Findeis blieb offen für Neuerungen. Als Wantscho ihm erzählte, er habe in Sofia Patienten mit Autogenem Training und Schlafentzug heilen können, horchte der Professor sofort auf. »Ist Schlafentzug der Stiefbruder der Schlaftherapie?«, witzelte er und sah Wantscho über den Rand seiner Brille wohlwollend an. »Besser aufgeweckt mit Schlafentzug als sediert mit Schlaftherapie«, witzelte Wantscho zurück und setzte Findeis genauer über beide Behandlungsmethoden in Kenntnis. Außerdem berichtete er ihm von seinen positiven Erfahrungen mit der Elektroenzephalografie. Mit Hilfe der EEG-Kurven könnten Epilepsie und Hirntumore diagnostiziert und die Verläufe der jeweiligen Krankheiten kontrolliert werden. Findeis zeigte sich aufgeschlossen. Er sorgte nicht nur für die Anschaffung eines gebrauchten EEG-Gerätes, sondern auch dafür, dass Wantscho an Kursen teilnehmen konnte, die sein theoretisches und praktisches Wissen erweiterten.

Wantscho dankte es seinem Chef mit tief empfundener Loyalität. Und wie ihm ging es dem ganzen Kollegium. Denn »Papa« Findeis, wie der Ärztliche Direktor in der Klinik gern genannt wurde, förderte seine Mitarbeiter, wo er nur konnte und war zugleich ein hoch angesehener Mediziner. So kam es auch, dass es für Wantscho und Bernhard überhaupt keine Frage war, gegen Freud Stellung zu beziehen. Keiner aus dem Ärzte- und Pflegekollektiv verschwendete auch nur einen Gedanken daran, dass es lohnenswert sein könnte, sich um Freuds Schriften im Original zu bemühen, um sich eine eigene Meinung zu bilden. Ihnen genügten die Bruchstücke, die ihnen über das Werk des »Traumdeuters« zugetragen worden waren.

Professor Findeis wiederum war hochzufrieden mit Wantscho und Bernhard. »Sie haben mir die Klinik gerettet«, ließ er gern verlauten und meinte das auch so. Um seine jungen Kollegen auch weiterhin zu motivieren, vermittelte er ihnen sogenannte Zusatz-Stellen, »Z-Stellen«, die in der DDR eingerichtet worden waren, um die Belegschaften von Kleinbetrieben medizinisch versorgen zu können. Denn Mediziner waren rar. So fuhr Wantscho einmal in der Woche mit seinem Škoda nach Aschersleben, um im dortigen Halbleiterwerk eine Sprechstunde abzuhalten. Die Arbeiter, die zu ihm kamen, klagten über Kopf- oder Ohrenweh, Bauchkneifen oder Kreuzschmerzen. Wantscho tröstete, diagnostizierte, schrieb Rezepte aus. Waren die Beschwerden ernsterer Natur, überwies er die Patienten an Fachärzte oder schickte sie ins Krankenhaus. Bernhard nahm den Linienbus nach Calbe und tat Gleiches in der LPG »Fortschritt«. Auf diese Weise besserten die jungen Ärzte ihr bescheidenes Gehalt auf, das in jenen Jahren dem eines Klempners entsprach. Außerdem absolvierten Wantscho und Bernhard neben der täglichen Klinikarbeit ihre Facharztausbildung an der Universitätsklinik in Halle.

Im Sommer nahm Wantscho drei Wochen Urlaub und fuhr mit seinem Škoda nach Bulgarien. Von Bernhausen bis nach Lom brauchte er drei Tage. Die Eltern hatten ihren Sohn ein ganzes Jahr lang nicht gesehen. Alle weinten beim Wiedersehen.

Während Wantscho in der Donau badete, Nasco und Bojko traf oder mit den Eltern und Lina auf der Veranda Belot, ein in Bulgarien sehr beliebtes Kartenspiel, spielte, wurde in Berlin die Mauer hochgezogen.

6

Im November 1961 bekamen Wantscho und Bernhard eine eigene Sekretärin. Sie hieß Ilse Mohn. Ilse hatte als kleines Mädchen unter ihrem Vornamen sehr gelitten. »Ilse, Bilse, keiner will se, kam der Koch und nahm se doch, weil sie so nach Käse roch«, hatten ihr die Kinder hinterhergerufen. Und da sie einen dunklen Teint und dunkle Augen hatte, nannte sie sich, seitdem sie zwölf war, Carmen. Nachdem sie zwei Wochen zusammengearbeitet hatten, startete Wantscho bei der attrakiven Carmen einen Annäherungsversuch und lud sie zum Essen ein. Doch Carmen, die dem männlichen Geschlecht mehr als zugeneigt war und im Gegensatz zu ihrer besten Freundin Rose bereits mit zahlreichen Männern geschlafen hatte, wollte nicht mit dem Herrn Doktor ausgehen. Sie sagte, sie habe keine Zeit. Nein, auch morgen nicht. Und übermorgen ebenfalls nicht, denn Dienst sei Dienst und Schnaps sei Schnaps. Während Wantscho noch mit ihr verhandelte, kam Rose herein, die ihre Freundin abholen wollte. Schnell stellte Carmen ihre Stöckelschuhe in den Schrank und schlüpfte in die Winterstiefel. Sie griff nach Mantel, Kopftuch und Handtasche und verabschiedete sich von dem gut aussehenden jungen Arzt. Doch der hatte nur noch Augen für Rose. So blondes langes Haar! So strahlend blaue Augen! Ein richtiges deutsches Mädchen! Und Rose sah ihn an. Den verheißungsvollen dunklen Fremdling mit dem charmanten fragenden Lächeln.

»Komm!«, sagte Carmen, Rose aber rührte sich nicht. Carmen nahm die Freundin am Arm und zog sie hinter sich her. »Bis Morgen, Herr Doktor!«

»Auf Wiedersehen!«, sagte Wantscho und meinte es auch so.

»Wer ist das?«, fragte Rose, als die beiden jungen Frauen die Treppen des Klinikgebäudes hinunterliefen. Rose und Carmen waren neunzehn Jahre alt. Bis vor wenigen Wochen hatte Rose noch Zöpfe getragen.

»Der Neue. Dr. Iwan Nikolow. Macht jetzt die Station 1, zusammen mit dem Helferich.«

»Ein Iwan?« Rose sah Carmen erschrocken an.

»Nee, ein Bulgare.«

»Ach so.« Rose war erleichtert. »Er sieht gut aus«, schwärmte sie. »So gepflegt und so elegant.«

»Das weiß er auch! Bei dem geht's zu wie in 'nem Taubenschlag. Gerade hat er's auch bei mir versucht.«

»Und?« Roses Augen leuchteten.

Carmen winkte ab. »Hast du nicht gesehen? Er hinkt. Da halt' ich mich doch lieber an meinen Handballer. Also, ich sag dir, eine Figur hat der …«

Aber Rose hörte schon gar nicht mehr hin.

Ihr ging der bulgarische Arzt nicht mehr aus dem Kopf. Immerzu musste sie an ihn denken. Wie harmonierte doch sein schwarzes Haar mit dem blütenweißen gestärkten Arztkittel! Was hatte er für gütige Augen! Wie wohlklingend war seine Stimme!

Von Carmen erfuhr sie, dass Dr. Nikolow immer mittwochs um 12 Uhr 30 die Klinik verließ, um über Mittag nach Aschersleben zu fahren, wo er als Betriebsarzt arbeitete. Rose beschloss, sich bei diesem Mann bemerkbar zu machen. Dass er hinkte, störte sie nicht im Geringsten. Vielmehr wurde diese Unzulänglichkeit durch das faszinierend Exotische, das diesen Bulgaren umfing, vollkommen ausgeglichen. Über mögliche Konsequenzen dachte sie nicht nach. Sie verspürte große Lust auf ein Abenteuer. Sie wollte was erleben. Und sich endlich richtig verlieben!

Am nächsten Mittwoch aß Rose in der Mittagspause nicht mehr wie sonst ihre Schnitten im Aufenthaltsraum der Apotheke, in der sie Lehrmädchen war. Sie ließ ihre Kollegen wissen, sie brauche frische Luft. Um 12 Uhr 25 stand sie an der Straße, die nach Aschersleben führte. Hier wollte sie warten, bis der bulgarische Arzt in seinem weißen Škoda vorbeifuhr.

Fein gemacht hatte sie sich. Das hellblonde Haar, wie es damals Mode war, zu einem hohen Dutt toupiert und mit Haarspray fixiert. Eine kesse Locke fiel ihr in die Stirn. Sie trug eine lilane Mohair-Strickjacke, einen wollenen grauen Rock und darüber einen Regenmantel. Dazu Nylons und hochhackige Schuhe. Um ihren Hals wand sich ein seidener Schal. Alles abgelegte, doch gut erhaltene West-Klamotten, die einmal im Jahr in einem Westpaket bei ihr eintrafen. In Koblenz wohnten Onkel, Tante und Cousine. Letztere war von ähnlicher Statur wie Rose.

Und dann sah Rose den Škoda kommen. Am Steuer der bulgarische Arzt. Sie winkte. Er fuhr vorbei. Und bremste. Setzte den Wagen zurück. Beugte sich über den Beifahrersitz. Kurbelte das Fenster herunter. Lächelte sie einladend an. Rose öffnete die Wagentür, setzte sich ganz selbstverständlich neben Wantscho. Und das Schicksal nahm seinen Lauf. Wantscho verliebte sich in das lebhafte Mädchen mit dem blonden Haar und den blauen Augen, das ihm sein Herz zu Füßen legte. Ohne Wenn und Aber. Das nicht berechnend war wie die anderen Frauen. Denen er oft nicht gut genug war. Die ihm letztendlich Angst machten. Vor denen er sich irgendwie auch schämte. Wegen seiner versehrten Körperlichkeit. Nicht so bei Rose. Er spürte sofort, dass sie noch unerfahren war und zugleich ohne Scheu mit ihm umgehen konnte.

Und Rose war fasziniert von dem elf Jahre älteren Mann, der so selbstständig sein Leben lebte. Weit weg von zu Hause. Der ein angesehener und beliebter Arzt war. Und sich sein welliges Haar, dessen Schwärze bläulich schimmerte, aus der Stirn kämmte. Er war für sie wie eine Verheißung, wie eine Garantie, dass das Leben, ihr Leben, das ihr bislang eintönig und grau vorkam, das geprägt war von Verboten und Geboten, in der Zukunft spannend und abwechslungsreich sein würde. Diesem Fremden, der noch etwas anderes kannte als die kleine triste DDR, wollte sie sich hingeben, ganz und gar.

Sie war erleichtert, dass ihr Liebster »Wantscho« gerufen wurde. »Iwan« wäre ihr doch sehr schwer über die Lippen gekommen. Sie hatte eine Aversion gegen die Russen, die sich in ihrem Land breitgemacht hatten. Aber Bulgare war nicht Russe. Und es gab keinen Grund, sich nicht vorbehaltlos in diese Geschichte hineinzubegeben. Sie schrieb Wantscho seitenlange Briefe, in denen sie ihm Komplimente machte. Sie schenkte ihm schöne Dinge: einen großen Glasaschenbecher, einen modischen Schlips, einen ledernen Bucheinband. Auch Wantscho verwöhnte sein Mädchen mit Aufmerksamkeiten. Er erstand für sie einen Seidenschal, eine Schallplatte von Nana Mouskouri, eine Sonnenbrille.

Die Frischverliebten fuhren mit dem Škoda in der Gegend umher. Kehrten hier und da ein, um Kaffee zu trinken und Kuchen zu essen. Manchmal gingen sie ins Kino. Oder sie fuhren ins Grüne und gingen spazieren. Nie sehr weit, nie sehr schnell. Doch Wantscho war gut zu Fuß in jener Zeit. Mit seiner Rechten hielt er den Stock, mit seiner Linken Roses Hand. Sie passte sich seinem Schritt an. Wurde er müde, so setzten sie sich auf einen umgelegten Baumstamm in die Sonne. Ruhten aus, genossen die Stille und ihre Zweisamkeit. Einmal sahen sie ein Reh. Ein andermal fanden sie Unmengen von Pfifferlingen, die Rose in ihrer Strickjacke sammelte, dann wieder entdeckten sie im Regen einen Unterschlupf, der ihnen Schutz bot und wo sie sich küssten. All dies taten sie im Verborgenen. Außerhalb von Bernhausen. Monatelang ging das so. Denn noch hatte Rose zu Hause nichts von ihrer Liebe zu dem bulgarischen Arzt erzählt.

Mit der Zeit nahm Wantscho Rose, die er zärtlich »mein Röschen« und »meine einzige Rose« nannte, mit in seine Wohnung. Um sich dort auch abends sehen zu können, gab Rose zu Hause vor, sich mit Carmen zu treffen. Wenn sie dann im Škoda auf das Klinikgelände fuhren, rutschte sie in den Fußraum des Wagens, damit sie niemand sah. Auf einer Party, die Wantscho gab, lernte sie Elke und Bernhard kennen. Sie mochte die beiden sofort. Mit Elke rauchte Rose ihre erste Zigarette.

Nach einigen Wochen kam es zur Krise. Wantscho war fordernd, stürmisch und besitzergreifend. Er wollte zu schnell das *Eine*. Rose nicht. Sie ließ sich küssen und küsste ihn wieder. Seine Lippen schmeckten verheißungsvoll. Er zog sie aus und streichelte sie. Das gefiel ihr. Doch zugleich hatte sie das Gefühl, etwas Verbotenes zu tun. Und so war es ihr genug. Fürs Erste.

Denn Rose Ritterling war streng erzogen. Der Vater war im Krieg geblieben und ihre Mutter Viktoria hatte die Kinder alleine großgezogen. Rose hatte noch zwei ältere Geschwister: Harald und Egede.

Egede war Haralds und Roses Stiefschwester und stammte aus des Vaters erster Ehe. Nach dem Krieg blieben die Zeiten schlecht, sie hungerten, Viktoria fuhr hamstern.

Die Kinder sammelten Kippen, die Viktoria auf dem Schwarzmarkt gegen Essbares einzutauschen versuchte. Sie übertrug Tochter Egede, die die Älteste war, in der Zeit ihrer Abwesenheit den Haushalt und die gesamte Verantwortung. Doch Egede konnte Viktoria nichts recht machen. Immer öfter kam es zum Streit. Bis Egede eines Tages ihre Sachen packte und zu ihrer Tante nach West-Berlin abhaute. Viktoria war wütend. Undank war der Welten Lohn! Doch sie war auch erleichtert, weil künftig ein Mund weniger gestopft werden musste.

Nach der Währungsreform eröffnete Viktoria eine Drogerie. Von früh bis spät stand sie nun hinter dem Ladentisch und verkaufte ihrer Kundschaft Waschläppchen, Seife, Parfüm, Haarwasser und Waschpulver. Es ging aufwärts. Harald und Rose ließ sie nichts durchgehen, hielt sie an der kurzen Leine. Ihre Tochter lehrte sie, *sich aufzusparen*, sich nicht mit dem *Erstbesten* einzulassen, nicht auf *das bisschen Liebe* hereinzufallen, sondern auf sich selbst und auf Gott zu vertrauen. Und so saß Viktoria in Roses Kopf. Zwar wusste Rose, dass Wantscho nicht der Erstbeste war, ganz im Gegenteil, sie war sich sicher, dass er sogar der *Einzige* war! Doch das Eine, das sie eines Tages zu einer richtigen Frau machen würde – das Eine wollte sie nicht. Auch nicht mit dem Einzigen. Noch nicht.

Und so kam es zum Streit. Sie lagen in Wantschos Wohnung auf der Couch. Unter ihnen war das dumpfe Rumpeln der Waschmaschinen zu hören. Sie schmusten. Wantscho war so sehnsuchtsvoll, es drängte ihn so sehr zu seiner Liebsten, er wollte so gern endlich in ihr versinken, doch sie wehrte ihn ab. Sanft, aber bestimmt. Da verwandelte sich seine Erregung jäh in Zorn. Er herrschte sie an. Rose erschrak. Schnell stand sie auf, knöpfte ihre Bluse zu und suchte ihre Siebensachen zusammen. Wantscho hörte nicht auf zu wüten und Rose verließ, ohne ein Wort zu sagen, die Wohnung. Sie ging zu Fuß nach Hause. Sie weinte und war zornig. Noch am selben Abend schrieb sie Wantscho einen Brief und machte Schluss. Sie packte all seine Geschenke in ein Paket und brachte es am nächsten Morgen zur Post. Doch bereits am Tag darauf bereute sie ihr Tun und rief Wantscho wieder an. Er wurde von der Schwester auf Station ans Telefon gerufen, und als er ihre Stimme hörte, fingen seine Hände vor Freude an zu zittern. Seine Erleichterung war riesengroß. Er versprach, nie wieder grob zu ihr zu sein. Und auf sie zu warten, bis sie so weit sei.

Eines Abends, als sie wieder einmal auf das Klinikgelände fuhren, wurde Rose von der Küchenchefin gesichtet. Das Gör von der Ritterling und der bulgarische Arzt! Die Küchenchefin war eine gute Bekannte von Roses Mutter und hatte nichts Eiligeres zu tun, als Viktoria sogleich von ihrer Entdeckung zu berichten.

Das gab ein Theater, als Rose nach Hause kam!

Viktoria schimpfte. Sie verlangte Auskunft. Es war wie ein Verhör. Es fehlte nicht viel und sie hätte ihre Tochter geohrfeigt. »Wie kannst du dich nur so gehen lassen«, erregte sie sich. »Eine Herumtreiberin bist du! Meine Tochter! Damit ist jetzt Schluss! Und zwar ein für alle Mal!«

Doch es war nicht Schluss. Es ging immer weiter. Rose machte einfach, was sie wollte. Den Ärger mit der Mutter nahm sie in Kauf.

Einmal brachte Wantscho Rose spät abends nach Hause. Er parkte den Škoda vor dem Haus, in dem sie wohnte. Sie hielten sich an der Hand, sie küssten sich, rauchten zusammen eine Zigarette, küssten sich wieder. Es war Februar, auf der Straße lag noch Schnee und es war kalt im Inneren des Wagens. Doch Wantscho und Rose konnten einfach nicht voneinander lassen. Das Klopfen hörten sie erst nicht. Dann erschraken sie und fuhren auseinander! Viktoria schaute durch die Scheibe und machte Rose ein Zeichen, sie solle aussteigen. Die Mutter steckte im Morgenmantel, hatte nur Pantoffeln an den Füßen und trug bereits ihr Haarnetz für den Nachtschlaf. Schnell kletterte Rose aus dem Auto, Wantscho startete den Motor und fuhr davon.

»Du bist wohl nicht bei Sinnen!«, schimpfte Viktoria. »Da im Auto rumzumachen! Was sollen denn die Leute denken!«

Rose schwieg und betrat das Haus.

»Zum Rauchen stiftet er dich an!«, zeterte Viktoria und folgte ihr.

»Mutti, ich bin kein Kind mehr!«

»Wer raucht, wirft sein Leben fort«, polterte Viktoria. »Dieser Kerl!«

»Er heißt Wantscho!«, sagte Rose.

»Ach! Und woher soll ich das wissen?! Bis heute hat er sich nicht bei mir vorgestellt! So wie es sich gehört hätte!«

Am Sonntag darauf machte Wantscho am Nachmittag seinen Antrittsbesuch bei Viktoria. Ihm war mulmig zumute. Behände kletterte er die Treppen hoch, bis in die dritte Etage, betrat die kleine Wohnung mit den vielen Dachschrägen und überreichte der Mutter seiner Liebsten einen Strauß weißer Nelken und eine Schachtel Konfekt. Viktoria bemerkte den Gehstock, sah das feingeschnittene, doch fremdländische Gesicht, das schwarze Haar, die dunklen Augen mit den dichten Augenbrauen – und rang um Fassung. Sie nahm die Blumen, versuchte zu lächeln und schüttelte die Hand, die Wantscho ihr entgegenstreckte. Der fremde junge Mann machte einen Diener. Rose stand hinter ihrer Mutter, auch ihr gab Wantscho die Hand und zwinkerte ihr zu. Viktoria überragte die jungen Leute um einen halben Kopf. Sie war eine große stattliche Frau, die sich auch mit Anfang fünfzig noch immer sehr gerade hielt. Die jeden Morgen Gymnastik machte und jeden Sonntag, nach der Kirche, ausgiebig spazieren ging.

Sie bat den Gast ins Wohnzimmer. Es gab Kaffee und einen frisch gebackenen Apfelkuchen. Am Hals der Kaffeekanne aus Meißner Porzellan war ein Tropfschutz aus Schaumgummi befestigt. An der Wand hing ein Gemälde, das schneebedeckte Berge, Seen und Wälder zeigte. Daneben ein Wandkalender und ein Portrait von Johannes Heesters. Und auf dem verglasten Bücherschrank aus dunklem Kirschholz standen vier große Blumenvasen in einer Reihe, zwei bauchige, die eine hellgrün, die andere schwarz, und zwei schmale, eine ebenfalls hellgrün und eine weiß.

Wantscho antwortete höflich auf die Fragen, die Viktoria ihm stellte. Er erzählte, dass seine Eltern in Lom lebten. Dass beide Lehrer seien (*Wenigstens keine Bauern*, dachte Viktoria). Dass sie ein eigenes Haus besäßen *(bettelarm sind sie also nicht)*. Dass seine Schwester als Bibliothekarin in Lom arbeite *(immerhin ein ordentlicher Beruf)*. Dass er, Wantscho, sein Medizinstudium in Sofia mit Auszeichnung abgeschlossen habe und nach Deutschland gekommen sei, um eine bessere Zukunft zu finden *(Wärst du doch bloß in Bulgarien geblieben!)*. Aber Viktoria bemerkte auch: Die Manieren dieses Mannes waren tadellos. Er hatte einen offenen Blick, ein Lächeln, das ans Herz rührte, und er hatte erstaunlich gute Zähne! Und er war elegant. Die Brusttasche seiner Anzugjacke zierte ein Einstecktüchlein, das zur Krawatte passte. Und er roch nach einem teuren Rasierwasser. Sie hatte zu viele Duftwässerchen im Sortiment ihrer Drogerie, als dass sie so etwas nicht sofort registrieren würde. Aber ihr fiel auch ein kaum wahrnehmbarer Nikotingeruch auf. »Wie stellen Sie sich denn diese bessere Zukunft vor?«, hakte Viktoria nach.

»Nun«, sagte Wantscho und räusperte sich, »in Deutschland kann ich als Arzt viel mehr Geld verdienen als in Bulgarien. Und ich möchte natürlich auch eine Familie gründen.« Er sah sein Röschen an und lächelte. Wie blond sie war! Wie hell sie strahlte! Was war er doch für ein Glückspilz! »Also, später einmal, wenn es finanziell geht«, fügte er hinzu.

Viktoria spürte, wie sich in ihrer Magengegend etwas verhärtete, sie hörte das Ticken der Wanduhr überlaut und fragte, ob sie noch Kaffee nachschenken dürfe. Sie bemerkte nicht, dass ihre Tochter unter dem Tisch ihren Hausschuh abstreifte, um mit dem Fuß Wantschos Bein zu berühren. Roses Hände schwitzten. Sie hoffte, ihre strenge Mutter würde Wantscho mögen.

Nachdem Wantscho sich formvollendet von den Frauen verabschiedet hatte und seine Schritte im Treppenhaus verhallt waren, räumte

Viktoria den Tisch ab. Rose flüchtete auf die Toilette. Sie sehnte sich nach einer Zigarette. Viktoria kochte Wasser auf und stellte sich an den Spültisch, um das Geschirr abzuwaschen. Sie war beunruhigt. Sie witterte die Gefahr. Dieser Fremde vom Balkan, der noch dazu am Stock ging, wollte ihr das Kind wegnehmen!

Rose kam in die Küche, nahm ein Geschirrhandtuch und begann, Tassen und Teller abzutrocknen.

»Wie findest du ihn, Mutti?« Ihre Frage zerschnitt die Stille.

Jetzt ruhig bleiben, dachte Viktoria. Sie holte tief Luft und drückte die Kaffeekanne in das heiße Spülwasser. Es machte ein glucksendes Geräusch.

»Er ist sehr zuvorkommend und weiß, sich zu benehmen.«

Rose stapelte Teller über- und Tassen ineinander. Sie wartete ab.

»Er raucht, nicht wahr?«

»Ach, Mutti!«

»Und er kommt aus einer fremden Kultur.« Viktoria wusste, dass sie vorsichtig sein musste.

»Du magst ihn nicht, weil er humpelt.«

»Das stimmt so nicht. Aber natürlich macht sich eine Mutter Sorgen, wenn die Tochter sich einen Mann aussucht, der nicht richtig laufen kann. Du würdest niemals mit ihm spazieren gehen können oder wandern und auch nicht tanzen.«

»Das stört mich nicht.«

»Noch nicht.« Viktoria trocknete sich die Hände ab.

»Liebe kann so etwas aushalten!«

»Ach, Kind …« Viktoria nahm ihre Tochter in den Arm. »Liebst du ihn denn so sehr?«

Rose lehnte ihre Stirn an die Schulter ihrer Mutter und nickte. Sie war sich sicher: Ihre Liebe würde alles überwinden.

Später zog Rose im Schlafzimmer die Vorhänge zu. Sie bewunderte die Eisblumen an der Fensterscheibe. Dann kleidete sie sich aus, streifte ihr Nachthemd über und schlüpfte unter die Federdecke. Seit dem Tode des Vaters teilte sie das Ehebett mit der Mutter. Ihr Blick fiel auf die Äpfel, die auf Zeitungspapier oben auf dem Schrank lagerten. Hier im kältesten Zimmer der Wohnung, das nie geheizt wurde. Noch nie in ihrem Leben hatte sie ein eigenes Zimmer gehabt. Im Wohnzimmer auf der Couch schlief Roses Bruder Harald, und dann waren da nur noch die kleine Küche und das winzige Bad. Mit Wantscho würde sich ihr Leben ändern, das spürte Rose ganz genau. Viktoria kam herein, bereits in Nachthemd und mit Haarnetz. Sie legte sich neben ihre Tochter. Mutter und Tochter hingen ihren Gedanken nach, und bevor sie einschliefen, murmelte Viktoria: »Du musst ihn der Familie vorstellen.«

An einem Sonntag im März trafen sich alle bei Oma Else, um Roses neuen Galan in Augenschein zu nehmen. Else war die Mutter von Viktoria und damit Roses Großmutter. Sie bewohnte eine Dreizimmerwohnung in der Unterstadt, direkt an der Saale. Das Haus hatte den Krieg, abgesehen von zahllosen Einschusslöchern, unbeschadet überstanden. Die ehemals hochherrschaftlichen Wohnungen, die einst bis zu zehn Zimmer zählten und über Dienstboteneingänge sowie Wirtschaftsräume verfügt hatten, waren nach '45 in kleinere Einheiten geteilt worden. Elses Mann war vor einem Jahr gestorben, und seither teilte sie die Wohnung mit ihrer jüngsten Tochter Irmchen. Nach einer schweren Enttäuschung, die diese in sehr jungen Jahren erlitten hatte, war sie bei den Eltern wohnen geblieben.

Doch das jüngste Kind war nicht Irmchen, sondern Josef. Er lebte mit Frau und Kind in der Westzone, in Koblenz am Rhein.

Und dann waren da noch Viktorias ebenfalls jüngere Schwestern Gretel und Lotti, beide gut verheiratet. Sie hockten mit Irmchen im Wohnzimmer auf der Couch und schwatzten. Alle drei hatten graues Haar, in das sie alle vier Wochen eine Kaltwelle legen ließen. Irmchen und Gretel trugen Rock und Bluse, Lotti ein geblümtes Kleid. Eine jede von ihnen war, wie Mutter Else, klein und zierlich. Anders als Viktoria und Josef, die nach dem Vater kamen und groß und stattlich waren.

Irmchen und Gretel hatten Kuchen gebacken. Lotti hatte welchen gekauft. Auf der Kaffeetafel standen Pflaumenkuchen, Apfelkuchen, Kalter Hund und die Spezialität vom Bäcker Buttgereit: eine Zimt-Zitronen-Torte.

Viktoria rührte in der Küche mit dem Schneebesen süße Sahne.

Else brühte Kaffee.

Und Rose stand auf dem Balkon. Sie hielt Ausschau nach ihrem Liebsten. In den letzten Tagen war es milder geworden. Ein laues Lüftchen wehte, die Sonne schien ihr ins Gesicht, es roch nach Frühling. Nach Veränderung. Ihr Onkel Max, Lottis Mann, kam hinzu und zündete seine Zigarre an.

»Na, Mä'chen, bisse ufferecht?«

Rose lachte und schüttelte den Kopf, doch ihr war, als drehe sich in ihrem Bauch ein Kreisel. Sie ging zurück ins Wohnzimmer, wo die Tanten schwatzten, wo ihre Cousins vor dem Radiogerät kauerten. »Dich nehm' ich mit zu den Palmenhainen, dort wird für dich die Sonne scheinen«, jauchzte es aus dem Apparat. Das sang ein Junge aus dem Westen, der eine Schmalztolle hatte und Elvis nachahmte.

Gretels Mann Wilhelm saß im Sessel, las Zeitung und blickte jetzt missbilligend zu den beiden Halbwüchsigen, die im Rhythmus der Musik wippten. »Sweety, geh nicht an mir vorbei!« Wilhelm versuchte, sich wieder in die Zeitung zu vertiefen. Nesthäkchen Helene hockte auf der Sessellehne. Roses Bruder Harald war noch bei seiner Verlobten. Er wollte später nachkommen.

Rose gesellte sich zu ihren Cousins.

»Macht doch mal die Jabbelmusik leise!« Wilhelm raschelte gereizt mit den Zeitungsseiten. Widerwillig drehten die Halbwüchsigen am Radioknopf und nun tönte es leiser: »Auf einer Insel in fernen Zonen sollst du ganz alleine wohnen …«

»Und dann soll der Jahnke der Buttgereit doch tatsächlich an die Büsten gefasst haben«, hörte sie Tante Irmchen sagen.

»Un – ver – schämt!«, hauchte Gretel.

Lotti hielt sich die Hand vor den Mund und versuchte, ernst zu bleiben.

»Und ich sage euch«, fuhr Irmchen mit funkelnden Augen fort, »der Buttgereit hat's gefallen. Die hat dann erst richtig losgelegt!«

»Nein«, rief Gretel, »wie die Tiere!«

Lotti prustete los. Man sah ihre erstaunlich großen Zähne.

Gretel boxte sie an den Oberarm und gab ein empörtes »Lotti!« von sich, musste aber gleich darauf selbst lachen.

Irmchen guckte verkniffen.

Und plötzlich redeten alle drei gleichzeitig.

Die Flurklingel schrillte in einem langen klagenden Ton.

Rose sprang auf. Die Tanten verstummten, Onkel Max vergaß, an seinem Stumpen zu ziehen, die Cousins schalteten das Radiogerät ab, Wilhelm faltete die Zeitung zusammen, Helene popelte. Rose lief in den Flur und steckte eine blonde Haarsträhne zurück, die aus dem Dutt gerutscht war. Ihre Mutter kam aus der Küche, in der rechten Hand die Kaffeekanne, in der linken die Schale mit der süßen Sahne. Hinter ihr Großmutter Else, die nach ihrem Haarknoten tastete, das Kleid glatt strich und dann die Tür öffnete.

»Guten Tag, gnädige Frau«, sagte Wantscho.

Gnädige Frau! Alle reckten die Hälse, um besser zu hören und besser zu sehen. Wantscho trug einen cremefarbenen Anzug, ein blütenweißes Hemd, eine gepunktete Krawatte mit passendem Einstecktüchlein. Das Leder der braunen Schuhe war auf Hochglanz poliert. Er duftete nach einem teuren Rasierwasser. (»Das konnte ich schon riechen, als er noch mit Mutti an der Türe stand«, würde Lotti später sagen). Wantscho eroberte Elses Herz im Nu. Den Stock hatte er unter die linke Achsel geklemmt, in der linken Hand hielt er einen dicken Strauß gelber Tulpen (den hatte die freundliche Psychotikerin in der Klinikgärtnerei für den Herrn Doktor gepflückt!), in der rechten eine Flasche Likör. West-Likör aus dem Intershop!

Wantscho verneigte sich. »Sie erlauben, dass ich mich vorstelle: Iwan Christow Nikolow.« Er überreichte Else die Flasche.

»Oh, danke schön«, freute sie sich. »Angenehm, Else Giese.«

»Meine Freunde nennen mich Wantscho.« Er reichte Else die Hand. Und danach die Blumen.

»Wie liebenswürdig.« Else war entzückt. »Aber kommen Sie doch bitte herein, Herr Doktor Nikelkow.«

»Nikolow«, verbesserte Rose und nahm ihrer Großmutter die Tulpen und die Flasche ab. Wantscho streckte die Hand nach ihr aus, Rose nahm sie, drückte sie.

Wantscho folgte Rose und Else ins Wohnzimmer. Die vier Schwestern saßen auf der Couch, aufgereiht wie Perlen auf der Schnur. Drei von ihnen erwartungsvoll, und eine, Viktoria, mit Skepsis im Blick. Die Herren, die Cousins und Helene standen. Wantscho gab allen die Hand.

»Warum bist du so braun?«, fragte Helene und alle lachten. Wantscho beugte sich zu dem Kind hinab: »Da, wo ich herkomme, aus Bulgarien, sind alle so dunkel. Weil dort die Sonne so schön scheint, weißt du.«

»Wo ist Buragien?«, wollte das Kind wissen.

»Weit, weit weg«, sagte Rose und ihre Stimme klang sehnsuchtsvoll.

Wantscho strich der Kleinen übers Haar. »Ich bin drei Tage mit dem Auto gefahren, bis ich hier ankam.«

Helene bestaunte ihn mit offenem Mund. »Kommst du von da her, wo wir nicht hin dürfen?«

»Still jetzt, Helene!«, rief Gretel. Das Kind erschrak, lief zu ihr und kletterte auf den Schoß der Mutter.

Else klatschte in die Hände, wies Plätze zu, man setzte sich an die Kaffeetafel. Ob Wantscho sich in Deutschland wohlfühle, wollte Lotti wissen. Natürlich, sagte er und strahlte erst Lotti und dann Rose an. Ob er kein Heimweh habe, fragte Irmchen, so weit weg von zu Haus und dann ganz allein. Aber er sei doch gar nicht allein, sagte Wantscho, er habe nette Kollegen und Freunde. Wieder sah er Rose an. Die errötete. Lotti kicherte. Wantscho räusperte sich.

Was er denn beruflich mache, kam es jetzt von Max, dessen Stumpen im Aschenbecher glimmte.

»Ich bin Arzt«, sagte Wantscho. »hier an der Psychiatrischen Klinik.«

»Ist das denn nicht sehr anstrengend, mit solchen …«, Gretel zögerte, »… Verrückten umzugehen?«

Wantscho lächelte. »Sie glauben gar nicht, was man von solchen …«, an dieser Stelle legte er eine Pause ein, »Menschen alles lernen kann. Mir macht diese Arbeit sehr viel Freude.«

»In der Klinik soll es ja auch wieder viel besser laufen, seitdem Sie da sind«, sagte Wilhelm. »Zu viele Ärzte haben rübergemacht.«

»Nun ja«, Wantscho hob beschwichtigend die Hände, »wir wollen nicht gleich übertreiben. Wir haben ein hervorragendes Kollektiv. Und es tut gut, etwas bewirken zu können.«

»Wie oft besuchen Sie denn Ihre Heimat?«, wollte Else wissen.

»Einmal im Jahr.«

»Sind Sie eigentlich getauft, Herr Dr. Nikolow?«, fragte Viktoria unvermittelt mit undurchdringlicher Miene.

Else sah ihre Älteste strafend an.

»Als ich vier Monate alt war, haben die Eltern mich griechisch-orthodox taufen lassen. Die Mutter ist sehr gläubig.«

»Sie nicht?!«, stellte Viktoria fest.

»Viktoria!«, mahnte Else.

»Nein, ich nicht. Ich bin mit achtzehn in die Partei eingetreten.«

Viktoria verkniff sich eine Erwiderung. Sie schob sich stattdessen ein Stück Apfelkuchen in den Mund.

»Sind Sie ein Kommunist?«, fragte Irmchen und machte große Augen.

»Es gibt keine bessere Gesellschaftsordnung. Theoretisch wohlbemerkt. Was in der Praxis dabei herauskommt, ist nicht immer ideal.«

»Das haben wir schon gesehen. Im letzten August!« Max wischte sich mit einem karierten Taschentuch über Stirn und Augen.

»Eingesperrt haben sie uns!«, platzte Rose heraus. »Ich hasse diese Bonzen!«

Wantscho wiegte seinen Kopf hin und her, als wolle er etwas abwägen. »Du hast ja recht, Röschen. Diese Maßnahme war schlimm.«

Röschen! Lotti gluckste.

Wantscho sah sie irritiert an. Dann sprach er weiter: »Doch sie wird nicht von Dauer sein.«

»Das hör' sich einer an«, rief jetzt Viktoria und ballte die Hände zu Fäusten.

»Es stimmt doch«, mischte sich Wilhelm ein, »Tausende und Abertausende sind abgehau'n. Gut ausgebildete Leute. Haben hier gelernt und dann machen sie weg.«

»Ach, Ihr Roten redet doch alle dasselbe Zeug«, kam es empört von Viktoria.

»Bei uns im Betrieb is' immer noch Notstand«, pflichtete einer der Cousins seinem Onkel bei.

»Aber es geht doch um die Freiheit!«, rief Rose.

Und Lotti sagte: »Genau!«

»Von einem Schlamassel sind wa in den nächsten jerutscht«, kam es von Max, der nervös an seiner kalten Zigarre zog.

»Unser Bruder hat's richtig gemacht, der ist im Westen!«, sagte Lotti.

Und dann redeten alle erregt durcheinander und Gretel hielt dem Kind die Ohren zu.

Else hob ihr Glas in die Höhe, klopfte mit dem Kaffeelöffel dran. Alle verstummten und sahen sie an. »Schluss, meine Lieben!«, sagte sie energisch. »Wir wollen doch nicht streiten. Wir wollen heute ein bisschen feiern und uns mit Herrn Dr. Nikolow bekannt machen. Irmchen, hol' du bitte mal die Flasche Sekt aus dem Kühlschrank.«

Man stieß miteinander an und redete nun über das Wetter und den Frühling, der seit einigen Tagen in der Stadt Einzug hielt.

Wantscho fühlte sich wohl inmitten von Roses Verwandten. *Sieh sie dir alle genau an*, schien sein Röschen ihm sagen zu wollen, *damit du weißt, was dich in Zukunft erwartet.* Bereitwillig gab er Auskunft, stellte seinerseits Fragen und interessierte sich lebhaft für alles, was erzählt wurde. Dann kam auch Roses Bruder Harald mit seiner Verlobten Evi und eine weitere Flasche Sekt wurde geöffnet. Irmchen trank besonders viel und ließ es sich nicht nehmen, den Liebsten ihrer Nichte, den schönen fremdländischen Arzt, wegen ihres Gallenleidens und ihrer Krampfadern zurate zu ziehen. Die alte Jungfer neigte zur Hypochondrie. Geduldig und verständnisvoll ging Wantscho auf Irmchen ein. Und so kam es, dass mit einem Mal sogar Viktorias Mund lächeln musste. Als sie sich ihres Lächelns bewusst wurde, begriff sie unversehens, dass die Situation ihr mehr und mehr entglitt.

7

In diesem Frühjahr sahen Wantscho und Rose sich täglich. Rose sträubte sich jetzt nicht mehr gegen ihren Liebsten. Sie gab sich ihm hin. Wenn sie nicht beisammen lagen, machten sie mit dem Auto Ausflüge in die Magdeburger Börde, nach Köthen, einmal auch nach Dresden. Oft saßen sie abends mit Bernhard und Elke zusammen, spielten Karten oder guckten fern. Manchmal trafen sie auch Schipko oder gingen ins Kino oder ins Theater.

Im Mai erlitt der Ärztliche Direktor, Professor Findeis, einen Herzanfall und musste seinen Posten aufgeben.

Wantscho, Bernhard und Schipko versuchten, so gut es ging, den Klinikbetrieb in Gang zu halten. Sie warteten auf die Ankunft des neuen Ärztlichen Direktors. Der schickte als Erstes sein Pferd. Ein Rheinisches Warmblut. Am selben Tag trafen auch zwei neue Mitarbeiter ein, die die Aufgabe hatten, die braune Stute zu versorgen. Dann passierte wieder lange nichts.

Als der neue Klinikchef schließlich in Bernhausen eintraf, brachte er sechs Kollegen mit. Sie wurden allesamt in leitende Positionen gesetzt. Schnell wurde klar, dass der neue Chef keine Ausländer im Team haben wollte und Wantscho und Schipko nicht übernehmen würde. Wantscho spürte sofort, dass der Neue sie, die Bulgaren, nicht achtete. Er vergraulte die beiden Ärzte, die der Klinik, ja dem Land, während der Zeit des großen Ärztemangels so geholfen hatten.

Hinzu kam, dass Wantschos und Schipkos Aufenthaltsgenehmigungen abliefen. Sie mussten nach Bulgarien zurück.

Für Rose brach eine Welt zusammen. Da halfen auch alle Liebesschwüre nichts, die Wantscho ihr leistete. Sie war am Boden zerstört und weinte nächtelang. Doch einige Tage vor seiner Abreise flüsterte er ihr etwas ins Ohr. Ihr Gesicht hellte sich auf, sie lächelte, nickte und fiel ihm um den Hals.

Viktoria war zufrieden. Die Angelegenheit würde sich von selbst erledigen. Welche Liebe überdauerte schon eine Distanz von zweitausend Kilometern! Sie kaufte einen Pudel-Welpen, einen schwarzfelligen Rüden. Den schenkte sie ihrer Tochter. Rose freute sich wie ein Kind, sagte, sie wolle ihn Teddy nennen, nach Ted Herold. Ach ja, und da sei noch etwas, ließ sie die Mutter wissen und kraulte Teddy den Hals, sie beabsichtige, den bulgarischen Arzt zu heiraten. Und zwar noch in diesem Sommer. In Bulgarien!

Viktoria musste sich am Türrahmen festhalten, um nicht den Halt zu verlieren! Das konnte nicht sein! Das durfte nicht sein! Ihr blondes, blauäugiges, zartes Kind, ihr jüngstes, wollte diesen Kerl vom Balkan mit dem blauschwarzen Haar, den schwarzbraunen Augen ehelichen! Der noch dazu ein Krüppel war!

Sie rannte zu ihrer Mutter, um sich auszuheulen. Doch Else klatschte in die Hände und rief: »Eine Hochzeit! Wie wunderbar!« Sie freute sich. Sie mochte Wantscho! »Ich weiß gar nicht, was du hast. Doktor Nikolow ist ein charmanter junger Herr. Und noch dazu ein Arzt. Was willst du mehr?«

»Er raucht, Mutter!«, rief Viktoria in ihrer Verzweiflung.

Else winkte nur ab. »Dein Vater hat sein Leben lang geraucht. War er deshalb vielleicht ein schlechter Mensch?!«

»Er kommt vom Balkan! Das sind doch Primitive!«

Else atmete geräuschvoll aus. »Jetzt mach bloß nich' so viel Brühe, Viktoria!«, schalt sie ihre Älteste. »Doktor Nikolow ist sehr kultiviert. Und die jungen Leute lieben sich, das ist die Hauptsache!«

»Aber er glaubt nicht an Gott, sondern an den Kommunismus.«

»Das wird sich schon noch geben.«

»Und er hinkt!«, setzte Viktoria hinzu. »Heißt es nicht: Nur in einem gesunden Körper wohnt ein gesunder Geist!?«

»Viktoria!« Elses Stimme wurde streng. »Wir sind nicht mehr bei Adolf! Merk dir das und guck nicht wie ein bedrippter Pudel.«

Viktoria ließ den Kopf hängen. »Das Kind will weg«, schluchzte sie. »Sie will ihm in das fremde Land folgen.«

Wantscho verabschiedete sich von Bernhard und Elke. Er sagte Adieu zu seinen Kollegen, zur Psychotikerin, zur Köchin, zum manisch-depressiven Automechaniker. Er machte noch einen Besuch bei den Eheleuten Findeis. Einen Sonntagnachmittag verbrachte er im Kreise von Roses Familie. Er belud den Škoda mit seinen Habseligkeiten. Und dann kam Rose ein letztes Mal zu ihm in die Wohnung über der Klinikwäscherei. Zu gerne wäre Rose die ganze Nacht geblieben, doch das traute sie sich nicht, ihrer Mutter wegen. Wantscho fuhr Rose nach Hause. Als sie sich vor der Haustür umarmten, um Abschied zu nehmen, weinten beide.

Wantscho schlief vier Stunden. Um drei Uhr früh stand er auf und machte sich auf die große Fahrt. Aus Brünn, in der Tschechoslowakei, schrieb er die erste Ansichtskarte an sein Röschen. Das Kartenmotiv zeigte den Platz der Roten Armee. *»Recht schöne und noch muntere Grüße sendet Dir aus Brünn Wantscho.«* Weitere Karten folgten aus Bratislava (*»Herzliche Grüße aus Bratislava sendet Dir und Deiner Mutti, Wantscho. Morgen nach Ungarn und vielleicht nach Belgrad.«*) und schließlich aus Sofia (*»Recht herzliche Grüße aus meiner Heimat! Bin glücklich in Sofia angekommen. Später melde ich mich aus Lom. Wantscho«*).

Rose war erleichtert, den Liebsten in Sicherheit zu wissen. Nacht für Nacht hatte sie Albträume gehabt, in denen sie Wantscho mit dem Auto verunglücken sah.

Professor Popow sicherte Wantscho eine Stelle als Chefarzt der Geschlossenen Station an der Uniklinik Sofia zu. In drei Monaten würde er diese antreten und seine Habilitation in Angriff nehmen können. Bis es so weit wäre, wollte Wantscho in Lom in der psychiatrischen Abteilung des dortigen Krankenhauses arbeiten. Hier wurde ihm ebenfalls eine Chefarztstelle in Aussicht gestellt, wenn er nur in Lom bliebe. An sein Röschen schrieb er in jenen Tagen im Juni 1962:

Mein liebes Kind,
meine Weltreise verlief prinzipiell ohne Zwischenfälle. Ich machte Aufenthalt von je 2 Tagen in Bratislava u. in Belgrad. In Sofia blieb ich ebenfalls 4 Tage, da verschiedene dienstliche Sachen erledigt werden mußten. Seit etwa 10 Tagen bin ich zu Hause. Sei bitte nicht böse, daß ich mich bisher noch nicht gemeldet habe, aber hier mußten ebenfalls viele Fragen gelöst werden, die viel Zeit in Anspruch genommen haben. Vom 20.6. an bin ich schon im Dienst am Krankenhaus in Lom, was viel Arbeit und Verantwortung bedeutet. Ich fühle mich immer noch abgespannt.
Hier bei uns ist es seit einer Woche etwa schrecklich heiß. Die Temperaturen erreichen eine Höhe von über 30 °C im Schatten. Ich schwitze ununterbrochen und bin sehr schlapp u. müde. Bis jetzt finde ich noch keine Zeit zum Baden in der Donau. Hoffentlich klappt es etwas später. Etwas Interessantes kann ich Dir leider nicht mitteilen. Hab keine Lust auszugehen, obwohl meine Schwester versucht mir in dieser Beziehung behilflich zu sein. Ich bleibe zu Hause und sitze am Abend unter den Weintrauben und denke an Dich.
Wir haben zu Hause etwa 34 Hühner-Babys, die uns viel Freude machen.
Ich möchte hoffen, daß meine Stimmung mit der Zeit besser wird.
Schreibe mir bitte gleich – ich werde mich mächtig freuen.
Und nun muß ich Schluß machen. Grüße bitte Deine Mutter und Teddy von mir. Es grüßt und küßt Dich
Wantscho.
Schöne Grüße von meiner Schwester und den Eltern!

Auch Rose schrieb lange sehnsuchtsvolle Briefe an Wantscho. Die Post brauchte von Bernhausen nach Bulgarien ungefähr sieben Tage, wenn alles normal lief. Ab und zu rief Wantscho auch an. Da Viktoria kein Telefon besaß, meldete er sich bei Schefflers, die im Haus gegenüber wohnten. Für das Gespräch verabredete Wantscho sich schriftlich mit Rose. *»Ich rufe dich in 14 Tagen, am 18.7., um 20 Uhr an!«*, schrieb er zum Beispiel. An dem bewussten Tag musste er das Gespräch dann frühmorgens um sechs Uhr beantragen, und wenn es gut ging, klingelte bei Schefflers irgendwann abends das Telefon. Manchmal erst um zehn oder um elf oder gar nicht mehr. Rose stand die ganze Zeit am Fenster und behielt die Wohnzimmergardine der Nachbarn im Auge. Zog Frau Scheffler diese zurück und winkte, so rannte sie los. Treppe runter, über die Straße rüber, Treppe hoch, rein in die Wohnung, ran ans Telefon. Immer mussten sie damit rechnen, dass die Verbindung unterbrochen wurde. Das Wichtigste sagten sich die Liebenden daher stets am Anfang. Als sie einmal über ihre Hochzeit sprachen, Rose sollte mit der Mutter einen Urlaub in Nessebar am Schwarzen Meer buchen und alle nötigen Papiere mitbringen, brach das Gespräch ab, bevor Wantscho ihr alle Informationen durchgeben konnte. Am nächsten Tag klingelte es abends Sturm bei Viktoria. Frau Scheffler rief. »Telefon! Rose! Telefon! Dein Doktor! Komm schnell!« Die beiden Frauen eilten zurück in Schefflers Wohnung. Als Rose den Hörer ans Ohr riss, vernahm sie noch, wie Wantscho rief: »Globus, Globus!«, danach brach die Leitung zusammen. Tut, tut, tut, …

Eine Woche später traf ein Brief aus Lom bei ihr ein.

Mein liebes Kind,
telefonieren macht wirklich keine Freude! Deshalb diese Zeilen. Seit vorgestern befinde ich mich dienstlich in Sofia. Heute Nachmittag fahre ich nach Lom zurück. Meine Mutter und meine Schwester sind schon seit etwa 10 Tagen in Sofia, wo Mutti eine Rheumakur macht.
Gestern konnte ich noch etwas erfahren, was uns beide betrifft, d.h. Du brauchst folgende Papiere:

1. Zeugniß vom Rat der Stadt, daß unsere Ehe von der Regierung der DDR anerkannt wird.
2. Zeugniß, dass wir beide keine Verwandte sind (wieder vom Rat der Stadt)
3. Zeugniß für Staatsangehörigkeit und Wohnort, von Dir.
Die Bücher, welche Du zwecks Erlernens der bulgarischen Sprache haben möchtest, sind leider momentan nicht zu finden.
Mir geht's mittelprächtig, viel Arbeit und mächtige Hitze (die Temperaturen erreichen 35° C!).
Sobald Du in Nessebar angekommen bist, schreibe sofort, damit ich Bescheid weiß, wo Du genau zu finden bist.
Das wäre es für heute. Grüße Deine Mutter und Teddy von mir.
Kuß und Gruß von Deinem Wantscholein

8

Viktoria musste sich Roses Wunsch beugen, den bulgarischen Arzt zu heiraten, wollte sie ihr Kind nicht ganz verlieren. Sie buchte für ihre Tochter und für sich über »Balkantourist« eine einwöchige Reise nach Bulgarien, und im August flogen sie zusammen nach Varna.

Zum ersten Mal reiste Rose ins Ausland. Und zum ersten Mal flog sie mit einem Flugzeug. Als sie in der Tiefe das Schwarze Meer erblickte, wie es grün-bläulich und verheißungsvoll schimmerte, fühlte sie sich unendlich frei. Zum wiederholten Male prüfte sie, ob sich die Papiere, die sie zur Eheschließung benötigte, auch wirklich in ihrer Handtasche befanden. Ihr Herz schlug schnell. Sie war aufgeregt. Sie würde heiraten! Einen großartigen, liebenswürdigen, bulgarischen Arzt. Sie würde ein neues Leben leben! Sie konnte es nicht erwarten, Wantscho endlich wiederzusehen.

Viktoria hielt die Augen geschlossen, sie tat, als ob sie schliefe. Sie kämpfte gegen die Übelkeit. Sie würde ihr kleines Mädchen verlieren. Und noch nicht einmal der Herrgott, an den sie so innig glaubte, konnte ihr helfen. Ihr Herz schlug langsam und tat unendlich weh. So hatte sie sich das nicht vorgestellt. Sie grämte sich, dass Rose hier unter ärmlichen Umständen auf dem Balkan heiraten würde und nicht in Bernhausen, wo man sich im Schloss standesamtlich und in der Kreuz-Kirche kirchlich trauen ließ.

Als die beiden Frauen in Warna aus dem Flugzeug stiegen, schlug ihnen die Hitze wie eine Wand entgegen. Die Pass- und Gepäckkontrollen dauerten lange. Jeder Koffer, jede Tasche musste geöffnet werden. Die Grenzer waren unfreundlich. Sie sprachen laut und in strengem Tonfall. Ihr Bulgarisch klang wie Schimpfen. Zweieinhalb Stunden später kletterten Rose und Viktoria mit anderen Reisenden endlich in den Bus, der sie nach Nessebar bringen sollte. Ihre Kleider waren von Schweiß durchnässt. Im Bus gab es kein Fenster, das geöffnet werden konnte. Viktoria fächelte sich Luft mit ihrem Pass zu. Sie hasste es zu schwitzen! Wenigstens waren die Herzschmerzen weniger geworden.

Ihre Tochter hingegen fand alles wunderbar. Sie konnte sich nicht sattsehen an dem fremden Land. An den holprigen Landstraßen, an den von Bauern gelenkten Fuhrwerken, an den Eseln, die sie zogen, an den zerlumpten Zigeunerkindern, die am Straßenrand winkten, an den weiten Feldern, auf denen der Mais wogte und der Wein reifte. Am Himmel war kein Wölkchen zu sehen, die Luft flimmerte.

Sie fuhren jetzt eine schmale Küstenstraße entlang und rechts davon lag schimmernd das Meer. Rose fühlte sich verwegen und stark.

Das Hotel Globus in Nessebar lag direkt am Strand. Die beiden Frauen bezogen ein Doppelzimmer im zehnten Stock mit Blick auf die offene See. Rose schickte ein Telegramm an Wantscho. In Lom trug Sneza es gleich ins Krankenhaus. Als Wantscho Roses Nachricht las, spürte er, wie eine Last von ihm abfiel. Seit seiner Abreise aus Deutschland hatte er oft eine diffuse Furcht verspürt. Zweifel quälten ihn. Würde noch irgendetwas zwischen ihn und Rose kommen? Würde diese wunderbare, blonde, zarte Deutsche ihn tatsächlich heiraten? Immer wieder hatte eine wispernde Stimme hinter seiner Stirn gehöhnt: *Vergiss es, du bist ihrer nicht wert.*

Am Abend desselben Tages fuhr Wantscho nach Nessebar. Er saß am Steuer seines Škoda, auf dem Beifahrersitz Bojko. Sein Batko Nasco hatte vom Sportministerium, wo er arbeitete, keinen Urlaub bekommen. Auf dem Rücksitz saß Wantschos Schwester Lina. Bojko und Lina sollten seine und Roses Trauzeugen sein. Sie fuhren die ganze Nacht hindurch. Glücklicherweise hatten sie nur zwei Pannen: Erst riss der Keilriemen, Wantscho hatte Ersatz dabei. Später mussten zwei Zündkerzen gewechselt werden. Als der Morgen graute, nach stundenlanger Fahrt, trafen sie in Nessebar ein. Sie bezogen ihr Quartier in der Altstadt. Die Hotels am Goldstrand waren Gästen aus dem Ausland vorbehalten.

Im Hotel Globus trafen die drei Bulgaren auf Viktoria und Rose. Zuerst stellte Wantscho seine Schwester und Bojko vor. Erst danach umarmte er sein Röschen. Etwas unbeholfen tat er das. Er fühlte sich vor der künftigen Schwiegermutter befangen. Als Rose ihn auf den Mund küssen wollte, drehte er den Kopf zur Seite, sodass der Kuss ihn auf den Mundwinkel traf.

Danach drückte Lina Rose an sich. Sie war kleiner als ihr älterer Bruder und runder. Sie hatte das gleiche tiefschwarze wellige Haar wie er, das gleiche runde Gesicht mit den kräftigen Augenbrauen und das gleiche offene Lachen. »Schwesterrr!«, rief sie und lachte. Rose legte ihre Wange an Linas und nahm ihren Geruch wahr: ein schwacher blumiger Duft, in den sich Knoblauch und Schweiß mischten. Rose mochte keinen Knoblauch und auch keinen Schweißgeruch, doch angesichts der Herzlichkeit, die ihre baldige Schwägerin an den Tag legte, sah sie darüber hinweg. Lina drückte nun auch Viktoria, stellte sich auf die Zehenspitzen und gab ihr einen Kuss auf die Wange. »Libbe Mutterr«, radebrechte sie. Viktoria lächelte tapfer, was hätte sie auch tun können?

Bojko reichte erst Viktoria und dann Rose die Hand. Beide Male machte er eine tiefe Verbeugung und beteuerte die Freude und die Ehre, die Damen, wie er sagte, kennenlernen zu dürfen. Sein Deutsch war gut, reichte aber bei Weitem nicht an das von Wantscho heran.

Von der Trauung meiner Eltern gibt es kein einziges Foto. Kein Bild, auf dem das Brautpaar sich im Arm hält und in die Kamera lächelt. Kein Bild, das zeigt, wie sich Papa und Mama gegenseitig die Ringe überstreifen. Kein Bild vom Standesamt, von der Hochzeitsgesellschaft, vom Brautstrauß. Was trug meine Mutter für ein Kleid? Was für eine Frisur? Hatte sie einen Blumenkranz auf dem Kopf? Welchen Anzug hatte mein Vater für sich gewählt, er, der so großen Wert auf sein modisches und elegantes Erscheinen legte? Hatte Oma Viktoria einen Hut auf? »Eine Frau, die etwas auf sich hält, trägt Hut«, war stets ihre Rede, und daran hielt sie sich auch. Kam meine Tante Lina, diese kleine runde und herzliche Person, im ärmellosen Kleid? Wie viele Taschentücher hat sie vor Rührung voll geheult? Vollzog die Trauung ein Standesbeamter oder eine Standesbeamtin? Wurde danach Musik gespielt?

Meine Mutter sagt, sie könne sich nicht mehr an die Einzelheiten erinnern. Was sie allerdings noch ganz genau weiß, ist, dass die Trauung am 15. August 1962 am frühen Abend im Alten Rathaus in der Nessebarer Altstadt erfolgte. Anschließend wollte die kleine Hochzeitsgesellschaft eine Bar besuchen, um zu feiern. Bojko hatte seine Krawatte nach der Trauung abgelegt, ihm wurde der Zutritt verwehrt. Viktoria band ihm die Krawatte kurzerhand wieder um. Sie bestellten erst Sekt und später Rakija. Es wurde ein lustiger Abend.

Es gibt einige Fotos in Oma Viktorias Fotoalbum, die die Hochzeitsgesellschaft in Badekleidung am Strand zeigen. Alle hocken unter einem riesigen Sonnenschirm im Schatten. Alle außer Papa. Zwar sitzt er neben Mama, seine Hand auf ihrem Unterarm, doch der Schatten des Schirms reicht nicht bis zu ihm. Vielleicht trägt er deshalb Oma Viktorias breitkrempigen Sonnenhut aus Stroh. Auf dem nächsten Bild setzt Mama ihn sich gerade auf. Und auf einem anderen Lina. Alle lachen. Auch Oma. Mal fehlt Bojko auf den Fotos, mal Mama. Sie wechselten sich wohl mit Fotografieren ab.

Nur ein Schnappschuss aus jenen Tagen zeigt meine Eltern zu zweit auf dem Balkon des Hotels. Sie blicken aufs Meer hinaus. Papa steht in seiner typischen Haltung da, das Kreuz durchgedrückt, sein Körpergewicht auf dem gesunden Bein, und daher mit leicht eingeknickter, schiefer Hüfte. Er trägt eine lange Stoffhose, sein Oberkörper ist nackt. Beide Hände hat er auf den Bauch gelegt. Es sieht aus, als würde er sich streicheln. Mama ist an seiner Seite, dem Betrachter zugewandt, in kurzen Hosen und weißem Hemdchen, braungebrannt, das blonde Haar zum Pferdeschwanz gebunden.

Wie jung sie beide sind!

Er so dunkel, sie so hell – ein schöner Kontrast.

Wieder zurück in Bernhausen wartete Rose darauf, dass Wantscho ihr die Zuzugsgenehmigung und die Eheurkunde zuschicken würde, die er noch beglaubigen und übersetzen lassen musste. Als die Papiere eintrafen, beantragte sie beim Innenministerium ihre Ausreise aus der DDR. Und bei der bulgarischen Botschaft die Einreise in die Volksrepublik Bulgarien. Beide Behörden hatten ihren Sitz in Ost-Berlin und Rose fuhr zweimal dorthin. Einmal, um die Papiere im Innenministerium persönlich abzugeben, das zweite Mal, um sie wieder abzuholen. Carmen begleitete sie. Die Begegnung mit den Staatsbeamten war unangenehm. Sie ließen Rose ihre Macht und ihre Missgunst spüren und behandelten sie, als würde sie etwas Unrechtes planen. Beide Male wurde Rose ausführlich über die Motive ihres Weggangs verhört.

Ihre Mutter erleichterte ihr die Sache auch nicht gerade. Zwar äußerte sich Viktoria seit der Heirat kaum mehr über Wantscho, über Bulgarien und Roses bevorstehenden Umzug, doch Rose spürte, wie sehr Viktoria litt. Nur einmal fragte die Mutter sie, was sie denn »da unten« machen wolle. Rose verstand nicht. Die Mutter präzisierte: »Du wirst den ganzen Tag Däumchen drehen. Glaube ja nicht, dass du da arbeiten kannst.« Rose fühlte sich ertappt. Darüber hatte sie noch gar nicht nachgedacht. »Ich suche mir Arbeit in einer Apotheke.«

»In einer Apotheke?« Viktorias Stimme klang schrill. »Hast du da unten etwa eine Apotheke gesehen? Ich jedenfalls nicht.«

Rose ließ sich nicht beirren. »Ich werde schon etwas Passendes finden.« Sie war jetzt eine verheiratete Frau, die so schnell wie möglich zu ihrem Ehemann wollte!

Wantscho arbeitete nun in Lom am Krankenhaus und wohnte im Haus seiner Eltern. Er verzehrte sich nach seiner Liebsten. Er litt wie ein Hund und hatte große Mühe, sich auf seine Arbeit zu konzentrieren. Er beantragte ein Visum, um Rose mit dem Auto abholen zu können. Täglich schrieb er seitenlange Briefe an sie, in denen er ihr seine Liebe schwor und sich der ihren versichern wollte. So etwa im September 1962:

Meine liebe, kleine, süße Frau!
Besten Dank für Dein Telegramm u. besonders Deinen lieben Brief, der mir eine riesige Freude bereitet hat, da mitdrin auch Dein niedliches u. süßes Bild war. Ich danke Mutti herzlichst fürs Foto. Es tut mir wirklich leid, daß Mutti nochmals die unangenehmen Erscheinungen der Flugkrankheit überstehen musste, aber ich hoffe, sie ist schon wieder vollkommen auf dem Posten.
Für den Thermostat besten Dank. Ich muß noch diese Woche in Sofia bleiben, da an unserem Wagen noch verschiedene Kleinigkeiten zu reparieren sind u. noch dazu muß ich die eventuellen Möglichkeiten für eine Arbeitsstelle (in Klinik) in Sofia studieren.
Meine Liebe, ich denke nur an Dich! Wann kommst Du endlich zu mir? Ich bin traurig u. ziemlich nervös, Du fehlst mir so sehr!!!
Mit dem Visum ist es noch nicht alles klar. Ich muß erst die Einladung haben, bzw. vorlegen, dann wird es mir gesagt, ob's ginge oder nicht. Hoffentlich klappt's u. dann kriegst Du von mir 1000000000000000000000000000 u. 1 Küßchen.
Noch eine Bitte – kaufe ein Luftdruckmesser (ein billigeren) für Autoreifen u. einen Rasierklingenschärfer.
Bojko dankt für die Grüße u. schickt seinerseits viele herzliche Grüße an Dich u. Mutti. Wir sind mit Lina glücklich von Nessebar nach Lom gefahren, bloß ich war traurig – Du warst nicht mehr da …
Das wäre alles für heute, meine Kleine! Bestelle bitte herzliche Grüße

an Bernhard und Elke. Küße Mutti von mir. Vergiß Teddy nicht! Dich küße ich mit der größten Liebe – da du das teuerste u. liebste bist, was ich habe.
Dein Wantscho
P.S. Schreibe bitte öfter!

In den sechs Monaten, die die Frischverliebten und Jungvermählten voneinander getrennt waren, schickte Wantscho über fünfzig Briefe, Karten und Telegramme an seine Ehefrau. Leider waren die Briefe von Rose später nicht mehr auffindbar. Sie werden ebenso von Liebe und Sehnsucht geprägt gewesen sein, wie die Wantschos. Auf den Umschlägen der Briefe, die Rose aus Bulgarien erreichten, vermerkte sie stets das Datum ihrer Antwort.

Jeder von Wantschos Briefen beginnt mit: *»Meine liebe süße allerbeste Gattin!«* oder *»Meine allerliebste und kleine herrlichste Frau! Du große Liebe!«* Oft lauten die Anreden, die sich wie Beschwörungsformeln lesen, auch: *»Meine Kleinste!«* oder *»Du, meine zarte Liebe!«* und *»Meine ferne liebste blonde Gattin!«*

Wantscho schrieb, dass Lina und die Eltern ebenfalls auf Rose warteten. Dass sie in Sorge um ihr Wohlergehen seien. Er schickte auch Ansichtskarten an Viktoria, um sie miteinzubeziehen. Die ließ er von Sneza, Christo und Lina mit unterschreiben.

Er teilte mit, dass er kein Visum bekomme, wegen der Kuba-Krise. Er schrieb, dass Rose nicht mit dem Flugzeug, sondern mit dem Zug kommen solle, weil das günstiger sei. Immer wieder erzählte er auch von etlichen Wagenreparaturen, die er vornehmen musste, und von den Eheringen, die immer noch nicht zu kriegen waren. Er ging darauf ein, dass es aussichtslos sei, in Sofia eine Wohnung zu finden, dass er sich aber weiterhin bemühe. Er besprach mit Rose die Einrichtung des nicht vorhandenen Zimmers. Schließlich gab er bekannt, dass sie zunächst einmal bei Bojkos Eltern wohnen könnten.

Und immer wieder sandte Wantscho Liebesschwüre, immer wieder schimmerte aber auch sein besitzergreifendes Wesen durch. Einmal schrieb er, er sei *totverliebt* und: »*Ich liebe dich, wie die Sonne die Blumen liebt!*«

Wantscho schickte aber auch Bestellungen: Hausschuhe für die Mutter, Oberhemden für sich, einen Büstenhalter für Lina, Manschettenknöpfe für den Vater, einen Hut für Bojko.

Am 10. Februar 1963 sandte Wantscho aus Sofia seinen letzten Brief an Rose:

Meine süße Liebe!
Heute ist es Sonntag und ich bin wie immer allein. Bojkos Eltern sind rausgegangen u. Bojko selbst ist vor 1 Stunde auch in die Stadt gegangen (Den Bambinen nachlaufen). Ich bin somit allein u. denke wie immer an Dich: … an Deinen Nacken … an Deine Augen … an Deine Lippen …, weil ich Dich liebe.
Bisher habe ich mindestens Tausend Mal nach dem Postkasten geguckt, aber leider, leider vergeblich … Ich bin (Du weißt es schon) ein komischer Mensch, der sich immer denkt, jeden Tag einen Brief von seiner Geliebten bekommen zu dürfen (müßen ?!?!?).
Du sonnige Liebe, weißt Du, daß Du sehr zart bist? Du weißt ja sicherlich, daß ich Dein herrliches Herz so sehr liebe … Und nicht nur das – hinter Deiner hellen Stirn, hinter Deinen feinen Schläfen gibt es etwas, was mich neben allen Deinen zarten Frauenqualitäten so bezaubert …
Wenn ich Dich küße, küße ich nicht nur Deine Lippen, Deine herrlichen blauen Augen … sondern auch Deinen klugen, prompten und plastischen Gedanken … Das alles macht Dich das lebendigste, herrlichste u. für mich liebste Kind-Babylein, das aber auch das klügste Köpfchen besitzt …
Ich will bald wieder Dein herrliches Lachen hören u. sehen. Es ist so, wenn Du lachst, als ob die Maisonne in einen Garten voller Rosen u. Tulpen guckt u. gleich lacht alles mit der Zauberkeit u. der Kraft, die nur die Natur verleihen kann … Du bist das Leben und die Zukunft …
Wenn dieser Brief Dich irgendwie stört, so bitte, werfe ihn weg. Wenn nicht, dann gib mir bitte einen Deiner zärtlichsten Küße u. Blicke!

So und nun etwas Alltägliches – Dein Gepäck (Kiste u. Korb) sind schon beim Zoll in Lom.
Grüße recht lieb Mutti u. Teddy von mir. Dich, meine Maisonne, küße ich so wie ich es kann (Du weißt es) – Dein Wantscho.
P.S. Bojko trägt Hut mit Größe 60 u. nicht 63 wie ich geschrieben habe!

Wenig später war es dann so weit. Im März 1963 trat Rose ihre große Reise an. Sie fuhr mit der Eisenbahn nach Bulgarien.

9

Als Oma Viktoria im Jahr 1991 mit einundachtzig Jahren starb, stieß ich in ihrem Schreibtisch auf ein bunt verziertes Holzkästchen, wie es sie in Bulgarien zu kaufen gibt. Es war voller Briefe. Briefe, die Oma von ihrer Tochter und ihrem Schwiegersohn erhalten hatte, nachdem Rose 1963 nach Bulgarien gezogen war. Darunter befand sich auch ein fünfseitiger Briefentwurf, den Oma an Papa geschrieben hatte. Ich war erstaunt. Ich hatte geglaubt, bereits alle Briefe, die hin- und hergegangen waren, zu kennen. Ich zeigte Mama meinen Fund. Sie schüttelte den Kopf und wies auf den blauen Müllsack, in den wir die Dinge taten, die wir nicht aufheben wollten. Ich nahm die Briefe an mich und verstaute sie in meiner Wohnung im Kleiderschrank. Ich vergaß sie. Erst als Papa vor drei Jahren ins Pflegeheim kam, holte ich das Kästchen wieder hervor. Ich sortierte die Briefe nach ihrer zeitlichen Abfolge. Der älteste Brief, den meine Oma aufgehoben hatte, stammte von Papa. Beklommen zog ich das mit blauer Tinte beschriebene Papier aus dem Kuvert und faltete es auseinander. *»Sofia, den 24.II.1963«*, las ich. Und: *»Liebe Schwiegermutter!«* Richtig wohl war mir nicht dabei. Und zum ersten Mal fiel mir auf, wie sehr meine Schrift der meines Vaters gleicht. Wie er schrieb, so schreibe auch ich – großzügig, ausladend in nach rechts geneigten Buchstaben.

»Ich danke Dir für Deinen Brief vom 18.II.63«, las ich weiter.

»Jetzt, während meines Schreibens, lese ich ihn nun für dritten Mal.« Für dritten Mal! Entweder war Papa erregt, als er dies schrieb, oder sein Deutsch war im Schriftlichen nicht ganz so vollkommen.

Ich muß ganz ehrlich zugeben, Dein Brief hat mich ziemlich verstört u. etwas missmutig gemacht.
Nun aber der Reihe nach: gestern habe ich Rose telegrafiert, daß ihre Sachen nun gut in Lom gelandet sind. Ich habe vor vielleicht 2–3 Wochen Rose auch geschrieben, daß der Korb und die Kiste schon beim Zoll in Lom glücklich eingetroffen sind, aber anscheinend hat sie den o.g. Brief noch nicht erhalten. Also, in dieser Beziehung brauchst Du Dir keine Sorgen zu machen.
Nun ist es, wie Du schreibst, soweit u. das (für mich liebste) Kind kommt nun endlich zu mir. Du sollst mir glauben, daß ich, mindestens als ein Mensch, der sich mit der Menschenseele beschäftigt, einigermaßen verstehe, was für Dich (für die Mutter) die geistige Anstrengung, die Trennung von Deinem letzten Kinde, darstellt. Und noch dazu das, daß Rose von Dir etwa 2000 km entfernt wird.
Wie kann ich Dich nun trösten? Eins will ich hier noch einmal betonen – ich bin endlos dankbar, daß Du mir Dein Kind (das herrlichste Kind der Welt) gibst. Nur stört mich aber manches an Deinem Brief, was ich nun als gewisse Bedenken Deinerseits qualifizieren könnte. Wenn ich Deinen Brief lese, habe ich das Gefühl, als ob Du irgendwie bedauerst, daß Rose sich entschlossen hat, einen Fremden zu heiraten, der die materiellen Voraussetzungen des heutigen Lebens sehr schlecht und nicht ganz tatkraftig und mit Erfolg zu lösen weiß. Ich bin wirklich kein reicher Mann u. in dieser Hinsicht kann ich Deine Besorgniß verstehen, aber ich denke mir, Rose hat bei ihrer Wahl auch an andere Sachen gedacht – nämlich an das, daß ein Mensch bzw. ein Mann über gewisse geistige Eigenschaften verfügt, weil sie selbst intellektuell sehr begabt ist. Ich persönlich, vielleicht auf Grund meiner körperlichen Unzulänglichkeit, bin sehr geneigt, mich zu unterschätzen. Aber manche andere Leute (ich denke dabei an meinen sehr hochverehrten Lehrer in der Psychiatrie – Herrn Dir. Dr. Findeis) sind einer anderen

Meinung – nämlich, daß ich doch einiges für die anderen Menschen u. an erster Stelle für unsere unglücklichen Patienten, aufbringen kann. Herr Dr. Findeis hat für meine bescheidene Person einen sehr schönen Attest gegeben. Diese Tatsache u. noch mehr die Liebe meiner allerliebsten herrlichen Frau haben mich wiederum etwas ermuntert u. mir die Kraft gegeben, um für etwas besseres, d.h. etwas höheres zu kämpfen – es war nicht leicht – glaube mir. Und nun kommt Dein Brief, in dem ich lese, ich muß einsehen, daß wir uns kein Kind anschaffen möchten; und weiter wünschst Du von mir, daß ich die Kleine u. Dich nicht enttäusche. Wie soll ich dies verstehen? Wie soll ich mich nach so einer Bitte fühlen?
Liebe Mutti, vielleicht bin ich nicht so schlecht, wie ich auf den ersten Blick aussehe! Es ist wahr, daß ich zugeknöpft u. in manchen Momenten unsicher bin, aber so bin ich geworden unter der 32-jährigen, ständigen u. schrecklichen Einwirkung des Bewußtseins, daß ich körperlich unzulänglich bin u. für immer auf viele kleine aber doch ganz menschliche Freuden verzichten muß! Ich kann nicht einfach mit meiner Liebsten tanzen, nicht ein längeres Spazierengehen mit ihr machen, nicht ins Gebirge wandern usw., usw. … Kannst Du Dir nur für einen Augenblick vorstellen, was das für mich bedeutet? Im meinen ganzen Leben war ich nie einmal richtig glücklich gewesen. Ich habe mit »ausgezeichnet« das Gymnasium beendet, ich wurde Arzt, ich wurde in Deutschland Facharzt, aber mir fehlte immer die einfache menschliche Freude, das einfache menschliche Glück. Erst als ich mich in Deine zarte Tochter verliebt habe u. als ich festgestellt habe, daß sie mich trotz allem liebt, dann erst habe ich verstanden, was das viel gebrauchte Wort »Glück« bedeutet, und daß es wirklich Glück gibt!
Und nun, was soll ich zu dem bekannten Refrain sagen? Ich bin mir bewußt, daß »ich ein Herz geschenkt bekommen habe« u. das ist der Hauptgrund meines unendlichen Glücks! Nur aber sagst Du weiter nichts dazu u. ich bekomme den Eindruck, ich habe dieses Herz nicht verdient, als ob ich diesem Glück gar nichts entgegen bringe. Das ist ein schlechtes Gefühl, das mich sehr, sehr bedrückt. Entschuldige, bitte, wenn ich Dich falsch verstanden habe, aber jetzt, nach einem über 6-mona-

tigen Warten, statt voller Freude u. Glück zu sein, zwingen mich Deine Gedanken wiederum zu meinen schrecklichen Grübeleien.
Mutti, ist es für Dich wirklich so schwer zu denken u. zu glauben, daß ich Rose wirklich unendlich liebe u. hochschätze? Bitte, bitte, Du sollst es glauben, weil es wirklich so ist!
Nun, ich weiß nicht, ob Rose über Deinen Brief Bescheid weiß. Jedenfalls sage ich ihr nichts davon, bis Du es mir erlaubst. Also schreibe mir bitte sofort, ob ich mit Rose über das Verzichten auf ein Kind usw. diskutieren muß oder nicht, da ich sie nach all den Anstrengungen sehr schonen will.
Und nun etwas Sachlicheres. Ich habe schon mal geschrieben, daß wir bei Bojkos Eltern ein Zimmer bekommen, dabei gibt es Bad, Küche, usw.
So, und nun, das wäre alles für heute. Entschuldige bitte die schlechte Schrift u. den schlechten Stil und noch, daß ich Dir gegenüber auch ganz offen bin, aber die Angelegenheiten, die wir diskutieren, sind sehr ernst u. ich glaube, es lohnt sich, darüber alles ganz offen u. ehrlich zu sagen.
Mutti, ich bitte Dich noch einmal um baldige Antwort!
Es grüßt Dich herzlichst
Dein Schwiegersohn Wantscho.
PS: Bojko dankt für die Grüße u. läßt seinerseits Dich herzlich grüßen!

Ich las Papas Zeilen in einem Zug durch. Hinter meinen Schläfen pochte es. Ich bekam Kopfschmerzen, legte Papas Zeilen beiseite und griff nach Omas Antwortbrief. Besser gesagt: Omas Entwurf für den Antwortbrief, den sie mit Kopierstift geschrieben hatte. Das passte zu ihr: Briefe erst ins Unreine schreiben. Nur die Kontrolle nicht verlieren, nichts dem Zufall, dem Aufwallen der Gefühle überlassen, stets den Überblick behalten. Omas Schrift war etwas zittrig, doch sehr aufrecht. Die Schrift eines Menschen, der es gewohnt ist, sich durchzusetzen und recht zu behalten. *»Lieber Schwiegersohn Wantscho!«*, stand da. Und das nächste Wort gleich durchgestrichen. *»~~Herzlichen~~ Vielen Dank für Deine lieben Zeilen vom 24. ds. Mts, es hat mich sehr in Erstaunen versetzt, ein so ausführliches & langes Schreiben von Dir zu erhalten.«* Natürlich ersetzte Oma *»herzlichen«* durch *»vielen«*! Um es dem Schwiegersohn, den sie für ihre Tochter niemals ausgewählt hätte, bloß nicht zu einfach zu machen. Jetzt wurde ich richtig wütend. Und ich sah, dass es noch weitere Streichungen und Ersetzungen gab.

Auch mir geht es so, ich lese es bereits zum dritten Mal, es war mir unmöglich, Dir sofort zu antworten, denn meine Nerven waren nach Roses Abreise zum Zerreißen angespannt. Ich werde mich bemühen, der Reihe nach auf Deine Zeilen einzugehen. Hoffentlich finde ich den rechten Ton, damit Dein Feingefühl & Deine Empfindsamkeit nicht verletzt werden.
Du schreibst da nun, Du hättest das Gefühl, als ob ich es bedauerte, daß Rose einen Fremden geheiratet hätte. Dazu muß ich etwas zurückgreifen, im ganzen kennen wir zwei uns wohl drei Wochen. Nun sage einmal selbst, ist das nicht ein bißchen herzlich wenig für eine Mutter, welche ihr Kind 2000 km weit weg gibt. Ihr seid beide so oft weggefahren, ist Dir da nie zu Bewußtsein gekommen, daß Du Dich mir hättest viel früher vorstellen müssen. Trotz Deiner körperlichen Unzulänglichkeit (wie Du selbst schreibst) hättest Du das tun müssen, der Erfolg wäre gewesen, daß wir uns näher kennengelernt hätten, und das Vertrauen wäre gestiegen. Du hättest auch manche nette Stunden bei uns verbringen können. Wenn man ein offenes Herz empfangen will, muß man auch das gleiche dafür geben, gelt, das siehst Du doch ein?
Daß Du über viele geistige Qualitäten verfügst, in Deinem Beruf sehr begabt u. auch bei den Patienten hier sehr beliebt warst, das weiß ich u. habe ich auch nie angezweifelt.
Ferner schreibst Du, Du seiest kein reicher Mann u. wüßtest die materiellen Voraussetzungen des heutigen Lebens nicht ganz tatkräftig zu lösen. Was nennst du reich, Wantscho? Wir sind es auch nicht. Als mein Mann noch lebte, hatten wir eine Rücklage von 50 000 Mk. Nach Kriegsende machte der Staat daraus 5000, wovon ich heute ein paar hungrige Zinsen bekomme. Seit 10 Jahren muß ich wieder arbeiten & muß alles selbst verdienen, genau so wie Du auch. Ich bin dem Herrgott dankbar, daß er mir Kraft gibt u. ich soweit gesund bin, um den Strapazen, der Leitung eines Geschäftes, in der heutigen Zeit gewachsen zu sein. Den Grund der schlechten, materiellen Seite, wie Du schreibst, kann ich nun aber nicht bei Dir sehen, ich meine, daß nicht Du es verschuldest, ich glaube viel-

mehr, daß man bei Euch in Deinem Lande nicht die Beachtung & den Verdienst gibt, welcher Euch zusteht. Du warst ja fast drei Jahre hier u. kannst es ja am besten beurteilen. Bei uns ist der Beruf eines Arztes sehr geschätzt & geachtet (aber nicht nur z. Zeit, bedingt durch die hohe Zahl der abtrünnigen Ärzte).

Und nun weiter: Daß Du von Direktor Findeis sehr geschätzt wirst, ist mir bekannt, ich freue mich sehr darüber, und daß Du durch die Liebe Deiner kl. Frau zu höherem Streben ermuntert wirst, freut mich gleichfalls. Möge Rose die Kraft finden, Dich von Deinen Hemmungen zu befreien, damit auch Du das Glück findest, nach dem ein Menschenherz sich sehnt.

Du hast keinen schlechten Eindruck auf mich gemacht & Du bist auch nicht schlecht, so etwas fühlt man doch, glaubst Du, ich hätte Dir sonst mein Kind gegeben?

Daß Du auf Grund Deines körperlichen Befindens auf so vieles verzichten mußt, ist sehr hart & bitter, welches wohl eine Mutter am besten versteht & mitfühlt, ich habe des öfteren mit Rose darüber gesprochen & sie auf alles aufmerksam gemacht, denn sie ist jung & lebenslustig & ist an Geselligkeit gewöhnt. Sie glaubt jedoch, alles überwinden zu können, ja wenn man so herrlich jung ist, steht eben der Himmel offen. Vielleicht findet Ihr ein nettes Ehepaar, wo Du mit dem Wagen fahren kannst & Rose wandert mit ihnen zu Fuß in die Berge, denn sie muß viel an der frischen Luft sein. ~~Ich wünsche Dir von ganzem Herzen, daß Du mit Rose das Glück findest, was Du Dir so ersehnst.~~

Was sollte ich Dir denn noch sagen, wenn ich Dir schrieb, Du hast ein Herz geschenkt bekommen? Natürlich hast Du ihr auch das Deine gegeben u. ich glaube Dir auch, daß Du sie von Herzen lieb hast.

Nun noch etwas, Du großer Junge, wenn ich Dir schrieb, Ihr ~~solltet~~ könntet Euch jetzt noch kein Kind anschaffen, so meinte ich natürlich nicht, daß Ihr darauf verzichten sollt, sondern vorläufig, solange wie ihr noch keine Wohnung habt. Siehst Du das denn nicht ein, dass es noch nicht geht in dem einen Zimmer. Was meinst Du, wie Dir zu Mute sein würde, wenn das Würmchen zu nachtschlafender Zeit losbrüllen würde. Wo willst Du es denn hinbugsieren, vielleicht in's Auto?

Natürlich kannst Du mit Rose über meine Zeilen sprechen, über all' diese Probleme haben wir zwei oft genug geredet, sie ist nicht so robust, wie sie gern erscheinen möchte, sie ist ein weicher, anschmiegsamer Mensch. Hoffentl. schafft sie alles, wie sie es sich gedacht & erträumt hat. Wenn man jung ist, geht man mit Elan an die Dinge heran.
Ihr Bulgaren seid ein einfacher, schlichter Menschenschlag & Du siehst die Dinge aufgrund dessen mit anderen Augen an. Für Dich sind daher auch unsere Verhältnisse, in die wir z. Zt. gezwungen werden zu leben, ganz normal, ja vielleicht ~~sehr~~ gut, wir aber wissen, wie man schöner & besser leben kann. Denke nur nicht, ich sei so materiell veranlagt, was ist denn so ein Menschenleben, man kann ja nicht immer bloß arbeiten, man muß sich mal etwas leisten oder eine Anschaffung machen können & vor allem sehen, dass man vorwärts kommt.
So ~~mein Sohn~~ Wantscho, das wäre es für heute, seht nun erst einmal zu, wie Ihr beide miteinander zurecht kommt & wie Rose die Umstellung verträgt, ~~denn darauf kommt es an.~~ Wird sie den anderen Verhältnissen & der großen Sommerhitze bei Euch gewachsen sein?

Hier bricht Omas Briefentwurf ab. Wie hat sie den fertigen Brief schließlich abgeschickt? Hat sie das Durchgestrichene wirklich weggelassen? Und wie hat sie letztendlich unterschrieben? »Herzliche Grüße von Deiner Schwiegermutter«, oder vielleicht nur »Viele Grüße, Viktoria«?

10

In Dresden musste Rose umsteigen. Ihr graute davor. Ein Herr, der mit im Abteil saß, erbot sich, ihr beim Tragen zu helfen. Rose nahm es dankend an. Sie eilte voran, verließ Gleis 2, fand Gleis 11 und bestieg den Zug der Deutschen Reichsbahn, an dem Schilder angebracht waren, auf denen in lateinischer und kyrillischer Schrift »Sofia« stand. Rose fand ihr Schlafwagenabteil und nahm es in Beschlag. Der nette Herr empfahl sich mit gezücktem Hut. Rose ließ sich auf das Sitzpolster plumpsen und gab einen Seufzer der Erleichterung von sich. Sie freute sich, dass Viktoria ein ganzes Schlafwagenabteil für sie allein gebucht hatte. Der Zug fuhr an. Er würde über Prag, Bratislava und Budapest bis nach Sofia durchfahren.

Der Zug passierte Pirna und Bad Schandau. Nun war es nicht mehr weit bis zur Grenze. Es begann zu regnen. Rose sah am Waldrand einen Wachturm aus Holz, auf dem sie zwei Soldaten mit Gewehren ausmachte. Der Zug fuhr langsamer und erreichte Děčín, den Eisenbahngrenzübergang zur Tschechoslowakei. Die DDR-Grenzer und die der ČSSR betrieben ihn gemeinsam. Rose sah Uniformierte in Regencapes auf dem Bahnsteig patrouillieren. Zwei von ihnen hielten Deutsche Schäferhunde mit Beißkörben kurz an der Leine. Die Hundeführer blieben draußen, während die anderen in den Zug stiegen. Die Tür zu Roses Abteil wurde aufgerissen, ein DDR-Grenzer und ein tschechischer traten ein. »Grenzkontrolle!«, schnarrte der deutsche, »Papiere vorzeigen!« Von seinem Regencape tropfte Wasser. Die Dienstmütze unter der Kapuze hatte er tief in die Stirn gezogen. Sein tschechischer Kollege trug einen Riemen um den Hals, an dem auf Nabelhöhe ein Brett hing, auf dem er die Pässe ablegte und stempelte. Eingeschüchtert reichte Rose dem Deutschen ihren Reisepass. Sie sah, dass der Tscheche sie aus blauen Augen kalt fixierte und senkte den Blick.

»Bis nach Bulgarien!?«, blaffte der Deutsche und verzog keine Miene. Er reichte den Pass an seinen Kollegen weiter. Rose nickte.

»Etwas zu verzollen?« Es klang drohend.

Rose schüttelte den Kopf und dachte an den Büstenhalter für Lina, den Hut für Bojko, die Puschen für die Schwiegermutter und all die anderen Mitbringsel.

»Aufmachen!« Der Grenzer wies auf Koffer und Taschen. Rasch öffnete Rose die Gepäckstücke. Der Deutsche hob mit spitzen Fingern Wäschestücke und Kleider an, tastete den Boden des Koffers ab. Dann ließ er es sein. Der Tscheche haute zwei Stempel in Roses Pass. Einen für die Ausreise aus der DDR, den anderen für die Durchreise durch die ČSSR. Der Deutsche verließ das Abteil grußlos.

»Šťastnou cestu! Gute Reise!«, sagte der Tscheche mit den kalten Augen und gab Rose das Dokument zurück. Dann ging auch er. Rose klopfte das Herz bis zum Hals.

Längere Zeit stand der Zug still auf dem Gleis. Rose aß eine Leberwurstschnitte. Fünf Schnitten blieben ihr noch. Sie trank einen Becher gesüßten Pfefferminztee. Draußen dunkelte es. Sie zog die kleinen Stoffgardinen vor das Fenster und sah, dass es immer noch regnete.

Sie zündete sich eine Zigarette an und holte ihren Kulturbeutel aus dem Koffer. Das Waschbecken war in die Waggonwand eingelassen und konnte hin- und zurückgeschwenkt werden. Sie bewegte es so, dass sie ihre Utensilien auf den Waschbeckenrand stellten konnte. Sie wusch sich Hände und Gesicht, putzte sich die Zähne und legte sich anschließend auf das schmale Bett. Sie hörte die Hunde bellen und schlief ein.

Kurz darauf setzte sich der Zug wieder in Bewegung. Bald schon hatte er Prag hinter sich gelassen, durchquerte die Regionen Böhmen und Mähren und dann den slowakischen Teil der Republik. Um halb fünf in der Früh wachte Rose auf, weil sie pinkeln musste. Der Morgen graute, es hatte aufgehört zu regnen und Rose erblickte vom Zugfenster Getreidefelder, hinter denen sich eine Gebirgskette erhob: die Kleinen Karpaten. Rose sah auf steile Anhöhen und sanfte Täler und sie dachte an Wantscho, an sein Einfühlungsvermögen, an seine Zärtlichkeit und sie fühlte sich unendlich frei. Die Welt stand ihr offen.

In Bratislava wurde Rose bewusst, dass sie sich hier im Dreiländereck befand und dem Westen für kurze Zeit ganz nah war. Nur wenige Kilometer entfernt lag Österreich.

Der Zug ratterte durch die Ungarische Pforte und erreichte endlich die tschechoslowakisch-ungarische Grenze. Wieder kontrollierten Grenzer die Reisenden und das Gepäck. Wieder gaben sie mit steinernen Gesichtern Anweisungen in barschem Ton, waren unnahbar und herrisch. Wieder knallten sie Stempel in Roses Pass. Und wieder fühlte sich Rose beklommen.

Es war Vormittag und spürbar wärmer geworden. Rose zog ihre Strickjacke aus und legte sie über den Waschbeckenrand. Hinter Esztergom folgte der Zug dem Lauf der Donau und Rose musste daran denken, dass Wantscho vielleicht gerade jetzt in der Donau badete. Er schwamm für sein Leben gern. Das hatte er ihr erzählt.

Am Nachmittag traf der Zug in Budapest ein. Als er die Nördliche Eisenbahnbrücke überquerte, kam eine Durchsage, zunächst in ungarischer, dann in russischer Sprache. Roses mangelhafte Russischkenntnisse reichten aus, um zu verstehen, dass der Zug in Budapest endete und alle Fahrgäste aussteigen mussten. Rose war entsetzt. Sie sah aus dem Fenster. Was sollte sie tun? Budapests Straßen, Häuser, Menschen glitten vorüber. Die Durchsage wurde wiederholt. Der Zug fuhr in den Bahnhof ein. Panisch begann sie all ihre Sachen zusammenzuraffen. Sie nahm ihren Kulturbeutel und sprang zum Waschbecken. In diesem Moment hielt der Zug mit einem Ruck und sie fiel so unglücklich gegen das Becken, dass es in der Wand verschwand. Sie schrie auf, schwenkte das Becken wieder zurück, doch alles war verschwunden: Zahnbürste, Zahnpasta, Seife, Creme, Waschläppchen und sogar die lila Mohair-Strickjacke, die sie dort abgelegt hatte. Das Einzige, was ihr blieb, war ein Fläschchen Kölnisch Wasser, das bei dem Aufprall zu Boden gefallen war. In ihrer Verzweiflung schwenkte sie das Becken immer wieder vor und zurück. Dann überlegte sie, ob ihre Sachen wohl, ähnlich wie beim Zugklo, durch ein Loch auf den Gleisen gelandet waren. Sie rannte auf den Gang, kletterte aus dem Zug und kniete sich auf den Bahnsteig, um unter den Waggon zu gucken. Doch es war nichts zu sehen. Ein paar Hosenbeine tauchten neben ihr auf, der Schaffner packte sie am Arm, half ihr hoch und schob sie wieder in Richtung Zug. Rose befreite sich, gestikulierte wild und versuchte, ihr Problem verständlich zu machen. Der Schaffner führte sie zur Zugtür. Ein ungarischer Wortschwall ging auf sie nieder. Und schließlich sagte er: »Umsteig! Umsteig!«

Rose fügte sich. Sie eilte zurück ins Abteil, sammelte ihre Sachen ein und verließ den Schlafwagen.

Der Zug, der Rose nun nach Sofia bringen sollte, war so hoffnungslos überfüllt, dass sie keinen Sitzplatz fand. An ein eigenes Schlafwagenabteil war überhaupt nicht zu denken. Als sie die Schaffnerin, die ihre Fahrkarte kontrollierte, darauf hinwies, dass ihr ein eigenes Abteil zustand, zuckte die nur mit den Schultern.

Rose richtete sich auf dem Gang ein und hockte sich auf ihr Gepäck. Sie fluchte und hätte heulen können. Noch fünfzehn Stunden Fahrt bis nach Sofia! Sie versuchte, an ihren Liebsten zu denken und daran, dass sie bald, sehr bald!, für immer mit ihm zusammen sein würde. Das war es doch wert!

Es war Abend geworden. Draußen dämmerte es. Rose bedauerte, dass sie von Ungarn nicht viel zu sehen bekam. Sie hatte sich auf die Puszta gefreut, auf Mais- und Tabak- und Sonnenblumenfelder, doch sie hatte vergessen, dass es erst März war und noch keine Pflanze in voller Blüte stand. Der Zug stieß einen Pfiff aus und verschwand in einem Tunnel. Rose merkte, wie hungrig sie war. Seit Stunden hatte sie nichts mehr gegessen und getrunken. Ihre Vorräte waren längst alle. Durch das Zugfenster sah sie einen riesigen Schwarm Vögel, die am Himmel in perfekter Formation entlangzogen. Waren das Störche? Kraniche? Kamen die jetzt schon aus Afrika zurück? Der Zug fuhr durch die ungarische Tiefebene, Dörfer und Ziehbrunnen, Felder und Wäldchen glitten schemenhaft vorüber. Und plötzlich hörte Rose, dass jemand in ihrer Nähe deutsch sprach. Eine Frau und ein Mann unterhielten sich. Rose sprach die beiden an. Das Paar stammte aus Rostock und reiste ebenfalls nach Sofia. Rose fragte, ob einer von ihnen auf ihre Sachen aufpassen könne, da sie in den Speisewagen gehen wolle, sie falle um vor Hunger. Die Frau erklärte sich bereit und folgte Rose zu ihrem Koffer und ihren Taschen. Rose machte sich auf den Weg zum Speisewagen. Draußen senkte sich die Nacht herab. Viele Reisende schliefen oder dösten vor sich hin. Rose sah eine Bäuerin, die ein braunes Huhn in einem Drahtkäfig auf dem Schoß hatte. Vor einem anderen Abteil standen Kisten im Weg, über die sie hinwegsteigen musste. Sie waren gefüllt mit roten Paprikaschoten und Salamiwürsten.

Nach den Stunden, die Rose auf dem Gang verbracht hatte, erschien ihr das Zugrestaurant wie eine Oase der Behaglichkeit. Die Sitze waren dick gepolstert, auf den Tischen standen, auf weißen Tischdecken, Kugellampen aus milchigem Glas, deren Licht eine heimelige Atmosphäre bewirkte. Die Gäste sprachen leise miteinander. An den Wänden, zwischen den Zugfenstern, hingen Ketten von kleinen getrockneten Paprikas. Es roch nach Brathähnchen und nach Kraut. Rose fand einen leeren Platz, sie bestellte sich einen Teller Kesselgulasch und eine Selter. Sie fühlte sich, als säße sie im Orientexpress. Oder besser gesagt: so, wie sie sich den Orientexpress vorstellte. Das Essen wurde serviert, Rose aß mit großem Appetit, es schmeckte ihr ausgezeichnet. Die Leute am Tisch sprachen Rumänisch. Rose verstand kein Wort, doch sie nickten ihr wiederholt freundlich zu. Bevor sie das Restaurant verließ, kaufte sie ein Päckchen Zigaretten und steckte sich auch gleich eine an. Wieder zurück bei ihrem Gepäck, bedankte sie sich bei der Frau aus Rostock und machte es sich auf den Taschen so bequem wie möglich. Sie deckte sich mit ihrem Mantel zu. Die Zugräder ratterten monoton über die Weichen. Darüber schlummerte Rose ein.

Am frühen Morgen erreichten sie hinter Szeged die rumänische Grenze. Wieder bedeutete dies: warten, Ausweise und Gepäck vorzeigen, unfreundliche Kontrolleure ertragen. Einer hatte sich darauf verlegt, kein Wort zu sprechen. Er machte sich ausschließlich durch Handzeichen verständlich, die er zackig und selbstsicher gab.

Vom Zugklo zog ein Uringeruch herüber, der mit der Zeit immer penetranter wurde. Rose verspritzte Kölnisch Wasser, doch es half nichts. Sie litt unter schlechten Gerüchen. Ihre Nase war überaus empfindlich. Als einige Reisende ausstiegen, gelang es Rose und dem Paar aus Rostock, ein Abteil zu ergattern. Das mussten sie mit drei Landarbeitern teilen, von denen einer eine Geige dabei hatte. Nun roch es nicht mehr nach Urin, sondern nach Tabak und Leder, nach Schweiß und Knoblauch. Einmal noch konnte Rose sich ins Zugrestaurant flüchten, dann war ihr Geld alle.

Draußen glitt hügeliges Land vorbei, Häuschen mit strohgedeckten Dächern duckten sich neben Ziehbrunnen, auf der Landstraße überholte ein klappriger Bus ein Pferdefuhrwerk. Die Lok zog den Zug nun mit voller Geschwindigkeit, und es schien, als würden Bus und Fuhrwerk sich nicht von der Stelle bewegen. Der Zug kämpfte sich durch die Ausläufer des Apuseni-Gebirges, ratterte Berge hinauf und Täler hinab. Bevor er in einen Tunnel fuhr, gab er einen klagenden langgezogenen Pfiff von sich.

Nachdem sie die Südkarpaten passiert hatten, die Siebenbürgen von der Walachischen Tiefebene trennten, hielten sie auf offener Strecke. Es hieß, die Lok müsse ausgetauscht werden. Die Nacht brach herein, die Landarbeiter entzündeten neben den Gleisen ein Feuer. Der mit der Geige spielte rumänische Weisen, ein anderer sang dazu. Ein Flasche Schnaps machte die Runde. Die Musik klang wehmütig und machte Rose traurig. Sie hatte sich eine Ewigkeit nicht gewaschen, nicht die Zähne geputzt. Sie fühlte sich schmuddelig und hatte einen üblen Geschmack im Mund. Sie hatte nichts mehr zu essen und zu trinken. Sie tröpfelte einige Spritzer Kölnisch Wasser auf eine Papierserviette, tupfte sich Stirn und Hals und wischte ihre Handflächen ab. Der Geruch, den das Tüchlein verströmte, versetzte sie in die Drogerie der Mutter. Wie mochte es ihr wohl gehen, so alleingelassen? Und mit einem Mal traf sie das Heimweh mit solcher Wucht, dass sie zu weinen anfing. Der Mann aus Rostock kam vom Zugrestaurant zurück. Er brachte süßes Blätterteiggebäck mit und gab Rose davon ab. Die putzte sich die Nase und biss danach herzhaft in die Leckerei. Gleich ging es ihr besser.

Die alte Lok wurde weggeschleppt. Stunden vergingen. Dann wurde die neue gebracht und angehängt. Die Fahrt konnte weitergehen. Sie näherten sich der Walachei und der Stadt Craiova. Von hier aus war es nicht mehr allzu weit zur bulgarischen Grenze. Der Zug verlangsamte sein Tempo und kam, nachdem Wärterhäuschen und Laternen vorübergeglitten waren, zum Stehen. Die Landarbeiter verließen grußlos das Abteil. Von der Donau her drang durch die geöffneten

Türen das Quaken der Frösche. Die Grenzer bestiegen den Zug. Rose zeigte ihren Pass, er wurde gestempelt. Sie öffnete Koffer und Taschen, die von einer stämmigen Grenzbeamtin kontrolliert wurden, die sogleich den Büstenhalter hervorkramte, der für Lina vorgesehen war. Sie hielt ihn Rose hin, sagte etwas zu ihr. Als Rose zugreifen wollte, zog die Grenzerin ihre Hand wieder weg. Sie steckte in einer Uniformjacke, die über ihrem Bauch spannte, war grell geschminkt und roch stark nach Rosenparfüm. Die Grenzerin wiederholte noch einmal, was sie zuvor gesagt hatte. Rose zuckte mit den Schultern. Sie verstand nur so viel, dass die Frage mit »nali?« endete, was auf Deutsch »nicht wahr?« bedeutete. Doch was um Himmels willen wollte diese Frau? Die redete jetzt auf Rose ein und es klang, als würde sie schimpfen. Dabei wackelte sie mit dem Kopf. Dann wendete sie sich abrupt ab und verließ das Abteil. Den Büstenhalter drückte sie fest an sich. Rose war so überrumpelt, dass sie gar nicht reagieren konnte. Sie wechselte einen Blick mit den Rostockern. Der Mann hob die Hände und flüsterte in beschwichtigendem Tonfall, sie solle bloß ruhig bleiben, es handle sich doch nur um ein Wäschestück. Das sei keinen Ärger wert. Er griff nach seiner Thermoskanne, goss ein wenig Tee in einen Becher und reichte ihn Rose. Die trank einen Schluck, dann verschloss sie ihre Taschen und den Koffer und setzte sich ans Fenster. Wenn sie das Wantscho erzählte! Wie würde der schimpfen! Wäre er doch nur hier, um sie zu beschützen.

Sie hatten das Glück, dass nur ein einzelner Fahrgast in ihr Abteil kam. Er wünschte »Dobar den«, verstaute seine Reisetasche und setzte sich. Der junge Bulgare hatte blaue Augen und dunkelblondes Haar. An seinem Jackettaufschlag steckte eine Marteniza.

Der Zug fuhr nun durch die Donautiefebene, die Schienen folgten dem Flussbett des Iskar, der kurioserweise von Süden nach Norden fließt, und passierten schon bald die Stadt Plewen. Endlich in Bulgarien!, ging es Rose durch den Kopf. An den Bäumen sah sie Martenizi hängen. Das Land hieß sie willkommen! Sie konnte sich nicht sattsehen. In den weiten Tälern weideten Schafherden. Schäfer mit hohen Lammfellmützen standen reglos auf Hirtenstöcke gestützt, kauten Tabak, manche winkten. Hütehunde rannten Schafen nach, die sich zu weit von der Herde entfernt hatten. Spätestens im Mai würde sich die malerische Tiefebene in ein Blumenmeer verwandelt haben. Dichte Wälder wechselten mit Feldern, auf denen noch nichts wuchs. Sie sah, wie ein Bauer auf einem Acker einem Pflug folgte, den ein Ochse zog. Ein anderer karrte mit einem Pferd Holz aus dem Wald. Eselskarren zogen über Landstraßen, bogen schwerfällig in Feldwege ein, einer war umgekippt. Männer mühten sich, ihn wieder aufzurichten.

Sie erreichten das Balkangebirge, das sich vom Osten in den Westen Bulgariens erstreckte und das Land in eine Nord- und eine Südhälfte teilte. Bergklöster schmiegten sich an schroffe Felsen, deren Gipfel noch von Schnee bedeckt waren. Und einmal war es Rose, als sehe sie auf einer Lichtung ein Rudel Wölfe. Meine neue Heimat, ging es Rose durch den Kopf. Sie fühlte sich beschwingt, sie fand alles wunderbar und aufregend.

Nur noch zwanzig Kilometer bis Sofia! Rose bat die Rostockerin um einen Klecks Zahnpasta. Mit dem Zeigefinger rieb sie über ihre Zähne. Sie kämmte sich. Sie betupfte Unterarme, Achselhöhlen, Hals und die Rückseite der Ohren mit etwas Kölnisch Wasser. Als der Zug in den Hauptbahnhof von Sofia einfuhr, hatte Rose alle Beschwernisse der Reise, Hunger und Durst, Schmutz und Gestank, die Grenzkontrollen und sogar den beschlagnahmten Büstenhalter vergessen.

11

Wantscho und Bojko warteten schon seit Stunden auf dem überfüllten Bahnsteig. Immer wieder hatten Lautsprecherdurchsagen die Verspätung des Zuges verkündet. Wantscho rauchte nervös eine Zigarette nach der anderen, die Kippen warf er auf den Boden und zerdrückte sie mit der Gumminoppe seines Stockes. Er trug einen hellen Anzug und darüber einen zweireihigen dunkelblauen Mantel. Um den Hals hatte er einen Schlips gebunden. Neben ihm stand Bojko und kaute Sonnenblumenkerne. Der berührte plötzlich Wantschos Arm und wies auf einen schwarzen Punkt in der Ferne, der stetig größer wurde. Im gleichen Augenblick erklang ein durchdringender Pfiff. Der Zug näherte sich dem Bahnhof. Wantscho holte eine kleine Bürste aus der Hosentasche hervor, gelb war sie und rund, mit einem Nippel auf der Rückseite, und kämmte sein Haar zurück.

Rose sah ihn schon von Weitem. Sie stand in einem der ersten Zugwaggons am offenen Fenster und winkte. Jetzt erblickte Wantscho sie auch und winkte zurück. Er sah Roses blondes Haar, ihr Lachen, das feingeschnittene Gesicht und vor Liebe, Glück und Verlangen zog sich sein Herz schmerzlich zusammen. Mit einem Ruck kam der Zug zum Stehen. Und als habe jemand einen Hebel umgelegt, setzte in diesem Moment ein unglaubliches Tohuwabohu auf dem Bahnsteig ein. Wantscho humpelte an Wartenden, Ankommenden, Schubsenden und Keifenden vorbei und setzte hin und wieder seinen Stock ein, um jemanden beiseitezuschieben. Er näherte sich dem Waggon, in dem sich Rose befand. Bojko hatte Mühe, ihm zu folgen.

Wantscho sah, wie Rose aus dem Zug stieg. Ein Mann half ihr beim Tragen des Gepäcks, es war der Rostocker. Sie reichte ihm zum Abschied die Hand. Wantscho war nur noch wenige Meter entfernt. Er war außer Atem, wegen der Rennerei und weil das Röschen nun tatsächlich, endlich, wahrhaftig zu ihm kam. Rose reckte den Hals und schaute suchend in seine Richtung. Als sie ihn entdeckte, rannte sie auf ihn zu. Sie fielen einander um den Hals.

»Mein liebstes Kind«, stieß er aus, es klang wie ein Schluchzen. Er drückte sein Gesicht in ihr Haar.

»Wantscho«, stammelte Rose, »mein geliebter Mann.«

Bojko stand ein wenig abseits, schaute verlegen auf seine Schuhspitzen und ließ dabei Roses Gepäck nicht aus den Augen. Als Rose ihn begrüßte, verneigte er sich und deutete einen Kuss auf ihren Handrücken an. Mit dem Koffer und den Taschen bepackt gingen sie dann zu dritt durch die Bahnhofshalle in Richtung Ausgang.

Das Erste, was Rose ins Auge fiel, als sie auf die Straße traten, war ein riesiges Transparent, das an dem Gebäude gegenüber angebracht war. Es zeigte Lenin und den bulgarischen Parteiführer Georgi Dimitroff, mitsamt einem roten Stern.

»Da schiwee …«, buchstabierte Rose.

»… mir i sozialism!«, ergänzte Wantscho auf Bulgarisch und lachte. »Na, verstehst du das schon?«

»Es lebe der Frieden und der Sozialismus!«, sagte Rose und lachte ebenfalls. Ihr fiel auf, dass von Dimitroff viel mehr zu sehen war als von Lenin, da das Profil des Bulgaren das des Russen halb verdeckte. Auf dem Parkplatz luden Wantscho und Bojko das Gepäck in den Kofferraum des Škoda. Rose legte kurz ihre Hand auf die Motorhaube und begrüßte den alten Bekannten. Dann stieg sie ein und setzte sich auf den Beifahrersitz. Wantscho nahm hinter dem Steuer Platz und Bojko auf dem Rücksitz.

»Ich habe einen riesigen Hunger!«, sagte Rose.

»Ich lade euch zum Essen ein«, sagte Wantscho und fuhr los. »In das schönste Restaurant Sofias.« Er streichelte Roses Knie und nahm ihre Hand in die seine.

Rose kramte in ihrer Handtasche nach der Zigarettenschachtel. Sie zündete sich eine Zigarette an, nahm einen tiefen Zug und fühlte eine große Geborgenheit, hier in diesem Auto mit den beiden Männern, von denen der eine ihr Ehemann war. Sie war in ihrem neuen Leben angekommen. Endlich! Sie betrachtete die Stadt, die von nun an ihr Zuhause sein würde. Sie bewunderte die breiten mehrspurigen Kopfsteinpflasterstraßen, die bürgerlichen Bauten und die großzügigen Bürgersteige, auf denen es von Menschen nur so wimmelte. Und sie staunte über die Menge der Autos, über die Autoschilder mit weißen Zeichen auf schwarzem Grund, über die Busse und Straßenbahnen, die an Oberleitungen durch die Straßen fuhren. Sie sah Polizisten in dunkler Uniform und mit weißen Überziehern an den Unterarmen den Verkehr regeln. Ihre weißen Mützendeckel leuchteten im Sonnenschein. Großstädtisch war das alles. Noch nie hatte Rose in einer so riesigen Stadt gewohnt! In einer Hauptstadt noch dazu.

Und entgegen ihren Erwartungen war es sauber hier. Und schön! Wenn das doch ihre Mutter sehen könnte! Das Wetter zeigte sich von seiner allerbesten Seite, Tulpen und Osterglocken blühten auf den Grünstreifen am Straßenrand, an den Alleebäumen schimmerte erstes Grün. An Bäumen und Büschen hingen weiß-rote Martenizi. »Baba Marta« war dem Land milde gestimmt.

Sie fuhren an der Alexander-Newski-Kathedrale vorbei und Wantscho wies Rose auf das Wahrzeichen Sofias hin, dessen Kuppeldächer mit echtem Gold bedeckt waren. Wantscho musste bremsen, weil ein Trupp junger Matrosen in weißen Uniformen die Straße überquerte. Sie trugen weite Hosen, die Bänder ihrer Bordmützen flatterten hinter ihnen her. Ein paar Straßen weiter hielt Wantscho an. Das Restaurant, in dem sie ihr Wiedersehen feierten, hieß »Waraschdane«, zu Deutsch »Wiedergeburt«.

Spät am Abend fuhren sie zum Haus von Bojkos Eltern, das im Westen von Sofia lag, im Bezirk Owtscha Kupel. Hier würden Wantscho und Rose zur Untermiete wohnen, bis sie eine eigene Bleibe gefunden hätten. Die Straßen waren menschenleer. Straßenbahnen und Busse fuhren nicht mehr. Nur wenige Autos waren noch unterwegs. Rose lehnte ihren Kopf an die Scheibe. Sie hatte große Mühe, nicht einzuschlafen. Ab und zu sah sie einen herrenlosen Hund umherstreunen. Manchmal waren es auch zwei. Oder war das Einbildung? Wantscho lenkte den Škoda. Er schwieg und rauchte. Ihm war beklommen zumute. Er fürchtete sich vor dem Augenblick, in dem Rose über die Schwelle des Zimmers treten würde. Und was hieß schon Zimmer! Ein Büdchen war es. Klein und denkbar einfach. Früher war es das Arbeitszimmer von Bojkos Vater gewesen, als dieser noch als Lehrer gearbeitet hatte. Ein schmales Bett stand darin sowie ein Tisch, zwei Stühle, ein schiefer Kleiderschrank und ein alter Schreibtisch. Der Teppich rollte sich an den Enden auf. Wantscho kurbelte sein Fenster einen Spalt runter und warf die noch glimmende Zigarette raus. Er hatte versagt! Die Hacken hatte er sich abgelaufen! Und doch war es ihm nicht gelungen, eine Wohnung zu finden. Sein Röschen war

Besseres gewohnt. Mein Gott, sie kam aus Deutschland, aus dem Westen des Ostens! Und er wollte ihr doch etwas bieten, sie glücklich und zufrieden machen. Und nun hatten sie noch nicht mal ein Waschbecken im Zimmer, geschweige denn ein eigenes Klo.

Bojko plapperte im Fond des Wagens. Er erzählte, dass Owtscha Kupel ein schöner ruhiger Stadtteil sei. Dass Rose gut mit dem Bus ins Zentrum fahren könne, um einzukaufen. Dass ein Park in der Nähe sei, wo sie spazieren gehen könne.

Das Haus vor dem Wantscho schließlich den Wagen parkte, sah aus wie ein kleiner Bungalow. In keinem der Fenster brannte noch Licht. Rose gähnte herzhaft und stieß dabei einen Seufzer aus. Bojko lachte und Wantscho streichelte ihr die Schulter.

»Mein armes Kind«, sagte er. »Wir sind da. Gleich kannst du dich ausruhen.«

Bojko ging voran und führte sie in ihr Zimmer. Rose trat über die Schwelle und fand es – w u n d e r v o l l ! Sofort bemerkte sie, dass alles sauber und ordentlich war. Sauberkeit war die Hauptsache! Es war schlicht, na und! Es war ihr erstes eigenes Zuhause. Ihr erstes Zuhause, das sie mit Wantscho teilte. Ihr Blick fiel auf den Kohleofen in der Ecke, die elektrische Herdplatte auf dem Schreibtisch und die altmodische Lampe, die von der Decke hing.

Die Einfachheit und Kargheit dieser Dinge stimmte sie froh. Sie vermittelten ihr das Gefühl, dass alles, das ganze Leben, noch vor ihr lag. Hier, das spürte sie ganz deutlich, war der Anfang von etwas, nach dem sie sich so lange gesehnt hatte. Von nun an, da sie eigenständig und mit Wantscho zusammen war, würde alles immer nur besser werden.

Als Bojko das Zimmer verlassen hatte, fragte Wantscho: »Für den Anfang wird es gehen?« Unsicher sah er Rose an.

»Aber natürlich!«, rief sie und lachte ihn an.

»Auch wenn wir das Bad mit Bojkos Familie teilen müssen?«

Rose antwortete nicht, sondern verschloss ihm den Mund mit einem Kuss.

Später lagen sie eng aneinandergeschmiegt in dem schmalen Bett, wohlig ermattet von der Liebe. Er hielt sie im Arm, sein Gesicht ganz nah an ihrem Nacken, der so gut roch, sie umfasste seine Hand und murmelte: »Einen Kühlschrank werden wir brauchen und eine Couch.« Sofort danach schlief sie ein. Und Wantscho, der spürte, wie die Lust sich in ihm erneut regte, lag noch lange wach.

Am nächsten Morgen, es war Wochenende, schien die Sonne ins Zimmer. Rose lief zum Fenster und schrie auf, als sie das Gebirge sah. Es schien zum Greifen nah. So als könnte sie jede Furche, jede Rille, die sich im Laufe der Jahrtausende in das Gestein gekerbt hatte, nicht nur sehen, sondern sogar berühren. Der Himmel war weit, strahlend blau und nur hier und da mit weißen Quellwolken betupft. Häuser schmiegten sich in den Talkessel, etwas weiter oben wuchsen Nadelgehölze und darüber wiederum erhob sich schließlich pures Bergmassiv. Wantscho stellte sich hinter Rose und legte seinen Arm um ihre Schultern.

»Ist das prächtig!«, sagte Rose.

»Der Tscherni Wrach«, sagte Wantscho, »der Schwarze Gipfel, der höchste des Witoscha-Gebirges. Über zweitausend Meter.«

»Und die Gipfel noch voller Schnee.«

»Wir können hinfahren, wenn du willst.« Er küsste Roses Schläfe. »Aber nicht jetzt.« Er zog sie weg vom Fenster, zurück in Richtung Bett.

Sie frühstückten mit Bojko, seinen Eltern und seiner Schwester Marina. Rose überreichte Bojko den Hut, den sie in Ost-Berlin für ihn erstanden hatte. Zwar war dieser nicht dunkelgrau, sondern braun, doch zierte ihn eine Feder, so wie er es sich gewünscht hatte. Bojko freute sich wie ein kleines Kind, er behielt den Hut das ganze Frühstück über auf. Für die Mutter hatte Rose einen kleinen Osterhasen mitgebracht, eine Schnitzerei aus dem Erzgebirge, für den Vater eine Flasche Korn und für Marina einen metallenen Brieföffner. Die Eltern bedankten sich überschwänglich, die Schwester sagte »merci« und schwieg danach die ganze Zeit.

Die Mutter hieß Branka. Sie war eine kleine, schlanke Frau, mit herzförmigem Gesicht und sonnigem Wesen, die nicht stillsitzen konnte, immerfort eilte sie in die Küche und zurück, brachte neuen Kaffee, neuen Tee, noch mehr Schafskäse, Küfteta, also gebratene Hackfleischbällchen, und Lukanka, eine bulgarische Salamispezialität, noch mehr Weißbrot und Tomaten.

Die Schwester stand nicht einmal auf. Äußerlich glich sie der Mutter aufs Haar. Nur war sie nicht sonnig, sondern nörgelig und phlegmatisch. Sie trug eine klobige Brille und wirkte, obgleich drei Jahre jünger als ihr Bruder, schon jetzt wie ein »altes bitteres Mädchen«. Sie erinnerte Rose an Tante Irmchen.

Mladen, der Vater, war sehr groß, sehr korpulent und sehr gesprächig. Er redete laut und ununterbrochen. Dabei saß er nach vorn gebeugt da, den linken Unterarm auf den linken Schenkel und die rechte Hand auf den rechten Schenkel gestützt. Seine Sätze beendete er mit einem donnernden »nali«.

»Er will dir Bulgarisch beibringen«, übersetzte Bojko, »und er will dir Sofia zeigen.«

Rose nickte artig und lächelte. Sie sah, dass sich in des Vaters Mundwinkeln weiße Speichelreste sammelten.

»Aber nicht heute, Mladen«, sagte Wantscho auf Bulgarisch an den Vater gerichtet. »Heute fahren wir nach Lom zu den Eltern. Sie kennen Röschen ja noch nicht und warten sehnsüchtig auf uns. Außerdem muss ich drei Wochen Urlaub abbummeln.

Nach dem Frühstück fuhren Wantscho und Rose zum Postamt, um ein Telegramm an Viktoria zu schicken, damit sie sich um Rose keine Sorgen machte. Während sie im Auto saßen, sagte Rose: »Also, dieser Mladen!«

»Er meint es gut«, erwiderte Wantscho.

Rose seufzte nur.

Später auf der Landstraße, gleich hinter der Stadtgrenze von Sofia, wurde Rose übel. Sie hatten einhundertsechzig Kilometer und mindestens fünf Stunden Fahrt vor sich. Im Auto roch es stark nach

Benzin. Sie kurbelte das Fenster ein Stück herunter und und holte aus dem Proviantpaket, das Bojkos Mutter ihnen mitgegeben hatte, ein Stückchen Baniza. Sie hoffte, dass der salzige Blätterteig mit der zarten Spinatfüllung ihren Magen beruhigen würde. Während sie aß, überlegte sie, ob ihre Mutter vielleicht schon einen Brief an sie abgeschickt hatte. Nach Lom, da Viktoria doch wusste, dass Wantscho und Rose dort eine ganze Weile bleiben würden.

Als sie den Schipkapass mit seinen vielen Serpentinen hinauffuhren, um das Balkangebirge zu überqueren, bat Rose Wantscho, er möge anhalten. Sie stürzte aus dem Wagen und erbrach sich am Wegesrand, auf Steine und Geröll. Hier oben wuchs nichts mehr, außer ein bisschen wildes Gras und Disteln. Es nieselte, war bitter kalt, der Wind pfiff eisig. Neben ihr fiel der Berg steil ab. Unten im Tal sah sie Schafe grasen, schwach drang ab und zu ihr Mähen an Roses Ohr. Wantscho reichte ihr sein Taschentuch und goss aus einer bauchigen Korbflasche etwas kaltes Wasser in den Deckel der Thermoskanne. Dankbar nahm Rose das Tuch und das Wasser. Und danach auch die Zigarette, die er für sie angezündet hatte. Sie sog das Nikotin tief in ihre Lungen, noch einmal und noch einmal und langsam wurde ihr wieder wohler.

Schon bald erreichten sie das Tal und die Stadt Berkowiza am Fuße des Gebirges. Rose war froh, dass die Steigungen hinter ihnen lagen. Jetzt, da sie durch die Donauebene fuhren, waren die Straßen gerade und es wurde milder. Die Gegend hier war flach wie ein Brett und versteppt. Dann folgten wieder Felder über Felder. Hinter der Stadt Montana machten sie eine kurze Pause. Nach einer weiteren Stunde Fahrt füllte Wantscho Benzin aus dem Reservekanister in den Tank nach.

Lom war ein ärmlicher Ort. Kaum eine Straße war geteert. Die meisten Häuser wirkten heruntergekommen, ja baufällig. Die paar Autos, die auf der Straße unterwegs waren, machten einen schrottreifen Eindruck. An vielen Hausmauern waren Einschusslöcher zu sehen – Überbleibsel aus dem Krieg. An anderer Stelle wurden gerade neue

Wohnblöcke hochgezogen, die schon jetzt, im Bau, verwahrlost und heruntergekommen aussahen. Heute, am Sonntag, standen die Kräne still. Die schwarzen Fensterhöhlen glichen toten Augen.

Alles wirkte stumpf und staubig und trist. Die einzigen Farbkleckse waren die allgegenwärtigen roten Banner mit sozialistischen Parolen und den Konterfeis von Schiwkow, Marx und Lenin.

Rose wurde bange zumute. Wo war sie da hingeraten?

»Dort ist es«, sagte Wantscho und zeigte auf ein Haus an der nächsten Kreuzung. Rose rutschte das Herz in die Hose, denn dieses Haus sah erbarmungswürdig aus. Besser gesagt, war es gar kein richtiges Haus, sondern eher eine Art Schuppen. Auf dem Dach fehlten Ziegel, einige Fenster waren mit Pappe vernagelt, der Schornstein war kaputt. Im Garten türmten sich Wellblech-Stapel und Holzlatten.

»Nein, Röschen, nicht dieses Haus!« Wantscho lächelte sie an. »Das gegenüber!«

Das Haus auf der anderen Straßenseite war ein sehr schönes Haus. Und Rose entspannte sich augenblicklich. Es stach aus den übrigen hervor, war ordentlich verputzt, das Dach tadellos mit leuchtend roten Schindeln gedeckt, der Gartenzaun in frischem Gelb gestrichen. Alle Fenster hatten Scheiben und das Geländer des Treppenaufgangs war mit gedrechselten Säulen verziert.

»Ein hübsches Haus«, sagte Rose.

»Die Eltern haben es sich am Munde abgespart«, sagte Wantscho.

»Vom Munde«, verbesserte Rose. Wantscho lächelte sie an.

»Der Vater hat es selbst erbaut, Stein um Stein. Im Sommer, wenn es richtig heiß wird, ist es drinnen angenehm kühl, und im Winter trotz des Frostes und der Kälte warm.«

Kaum hatten sie den Wagen vor dem Haus Nr. 23 in der Uliza Wassil P. Kolarow geparkt, wurde auch schon die Haustür aufgerissen und eine kleine, rundliche Frau stürzte heraus. Sie eilte erstaunlich flink die Treppen hinab und rannte mit ausgebreiteten Armen auf sie zu. Sie trug eine ärmellose Kittelschürze und Puschen an den Füßen. Ihr Freudengeschrei klang wie ein Wehklagen. »Wantscheto, Wantscheto«, schrie sie, warf sich ihrem Sohn in die Arme und übersäte ihn mit Küssen, wobei sie hemmungslos weinte. Rose stand daneben und wusste nicht recht, was sie davon halten sollte. Wantscho ließ die Zärtlichkeiten seiner Mutter geduldig über sich ergehen und klopfte ihr beruhigend auf den Rücken.

»Majka, tuka e mojata prekrasna Rose, Mutter, hier ist meine bezaubernde Rose«, sagte er, der nun selbst feuchte Augen bekam. Da ließ Sneza von ihrem Söhnchen ab und wandte sich Rose zu. Sie weinte jetzt still vor sich hin und streckte die Hände nach der Schwiegertochter aus, wobei sie mit dem Kopf wackelte. »Mojata daschterja Rosa! Mojata sladka mila daschterja Rosa!«, wimmerte sie, was so viel bedeutete wie: Meine Tochter Rose! Meine süße, niedliche Tochter Rose!« Und Rose sah, dass Mutter und Sohn die gleichen vollen, sinnlichen Lippen hatten und das gleiche wellige Haar. Nur dass ihr Haar weiß und das Wantschos pechschwarz war. Rose ließ sich umarmen und herzen und küssen, obwohl sie sich unbehaglich fühlte. Ihr Gesicht war nass von den Tränen der Mutter, ihr Pulli an der Schulter feucht. Die Mutter stammelte Unverständliches und Rose nahm ihren eigentümlichen Körpergeruch wahr: Knoblauch und Schweiß, wohinein sich noch etwas Fremdes, Undefinierbares, sehr Aromatisches mischte. Rose konnte noch nicht wissen, dass es sich um Tschubritza handelte, eine für die bulgarische Küche unentbehrliche Gewürzmischung aus Salz, Pfeffer, Kumin und Fenchel, die der Mutter vom stundenlangen Kochen an den Fingern haftete. Inzwischen waren auch der Vater und die Schwester aus dem Haus gekommen. Rose und Lina umarmten sich, der alte Herr klopfte seinem Sohn auf die Schulter. Wantscho stellte Tatko Christo seine blonde deutsche Frau vor. Der war gerührt, er verneigte sich vor Rose, nahm behutsam ihre Hand und legte die seine oben drauf. Der Vater hatte ein schmales Gesicht und etwas zu eng stehende graue Augen, die einen Hang zu Bitterkeit und Strenge erahnen ließen. Sein Haar war sehr kurz geschnitten. Er trug ein weißes Hemd und eine braune Stoffhose, deren Bund oberhalb der Taille gegürtet war.

Sie gingen ins Haus. Im Vorgarten blühten Märzenbecher und

Krokusse. An den Rosenstöcken zeigten sich erste Sprossen. Es gab Apfel-, Pflaumen- und Kirschbäume, die kurz vor der Blüte standen und an deren Ästen Martenizi hingen. In den Beeten scharrten Hühner. Der Vater ging voran, er hatte gewaltige O-Beine, und als er die Treppe zur Eingangstür hochstieg, musste er sich am Geländer festhalten. Der Mutter entfuhr ab und an noch ein Schluchzer. Wantscho humpelte neben ihr her, den Arm um sie gelegt. Lina hakte sich bei Rose ein und sagte ein ums andere Mal bestens gelaunt: »Dobre doschli! Dobre doschli!«, was bedeutete: Herzlich willkommen!

Neben der Eingangstür war ein großes schwarzes Schild angebracht, auf dem in goldfarbenen kyrillischen Lettern stand: IWAN C. NIKOLOW. Und darunter: NEWROLOG, zu Deutsch: Neurologe.

In der Küche setzten sich alle zum Essen an den großen runden Tisch. Zuerst gab es Schopska-Salat, eine Vorspeise aus klein geschnittenen Tomaten, Paprika, Gurken und Zwiebeln, die mit Salz, Zitronensaft, Petersilie, Öl gemischt und mit geriebenem Schafskäse bestreut wird. Danach holte Sneza das Letscho aus dem Backofen, ein Gericht aus geschmorten Paprika, Zwiebeln und Tomaten. Dazu gab es Schweinerippchen mit Kartoffeln und frisches Weißbrot.

Die Mutter weinte nun nicht mehr. Sie strahlte übers ganze Gesicht, freute sich und blinzelte Rose vergnügt zu. Die blinzelte zurück und lobte das gute Essen. Es schmeckte ihr wirklich ausgezeichnet. Der Vater entkorkte eine Flasche Rotwein und erzählte, dass der Fuchs ein Huhn geholt habe und Stanko ihm helfen wolle, die Tür des Hühnerstalls zu reparieren.

»Stanko wohnt mit seiner Familie in dem verfallenen Haus nebenan«, erläuterte Wantscho Rose. »Er hilft den Eltern viel. Und wie oft er schon meinen Wagen repariert hat, das kann ich gar nicht mehr zählen.«

Der Vater sagte, Rose müsse nun schnell Bulgarisch lernen. Wantscho übersetzte. Rose nickte. Die Mutter und Lina standen auf, um den Tisch abzuräumen. Rose wollte helfen, doch die Mutter und der Vater bedeuteten ihr, sie solle sitzen bleiben und sich ausruhen.

Doch Rose wollte sich nicht ausruhen. Sie war nicht müde. Und außerdem konnte sie nicht einfach sitzen bleiben, wenn andere arbeiteten. So war sie nun einmal erzogen. Doch sie durfte nicht einen Finger krumm machen. Also stand sie auf, ging in den Flur und kam mit ihrer Reisetasche zurück. Sie sagte zu Wantscho, sie wolle nun den Eltern und Lina die Geschenke überreichen. Wantscho übersetzte. Die Mutter hob abwehrend die Hände und kämpfte mit den Tränen. Lina setzte sich an den Tisch und sah Rose erwartungsvoll an. Der Vater tat unbeteiligt und steckte sich ein Pfeifchen an. Rose packte aus: Für die Mutter die Hausschuhe, eine Kittelschürze und zwei Packungen Rheumamittel. Für den Vater ein hellblaues Oberhemd, Manschettenknöpfe und einen Schlips. Für Lina zwei Exemplare der DDR-Zeitschrift *Sybille*, einen Schal – der Büstenhalter fehlte. Rose bat Wantscho zu erzählen, wie sie den Büstenhalter hatte opfern müssen. Die Mutter schlug die Hand vor den Mund, Lina fluchte und der Vater lachte und sagte: »Koschtramba!«, was ein übles Schimpfwort war und so viel wie »elende Riesenschlampe« bedeutete.

Die Mutter umarmte Rose, bedankte sich mehrmals überschwänglich mit »mnogo blagodarja«, drückte dann Schürze und Hausschuhe an die Brust und ging hinaus. Lina gab Rose auf jede Wange einen Kuss, sie freute sich. Der Vater strich mit der Hand über den Stoff von Krawatte und Hemd und hielt sich die Manschettenknöpfe dicht vors Auge. Die Mutter erschien, angetan mit den neuen Sachen, und drehte sich vor Rose einmal im Kreis. Die nickte ihr zu. Dann bat sie Wantscho, die Eltern zu fragen, ob ein Brief von ihrer Mutter eingetroffen sei. Sneza und Christo nickten, doch ihre Gesichter waren ratlos. Rose fiel ein, dass die Bulgaren nickten, wenn sie verneinten, und den Kopf schüttelten, wenn sie bejahten.

»Bestimmt ist ein Brief unterwegs!«, sagte Wantscho tröstend. Doch jetzt wollte er ihr das Haus und den Garten zeigen. Er stand auf, Rose folgte ihm. Neben der Wohnküche lagen das Schlafzimmer der Eltern und noch ein kleinerer Raum, sein altes Kinderzimmer. Heute schlief Lina hier, und hin und wieder diente es als Sprechzimmer, wenn Wantscho Patienten empfing. Am Ende des Flurs befand sich das Klo. Es war winzig und hatte einen Steinfußboden. Anstelle von Klopapier gab es in Streifen geschnittenes Zeitungspapier. Kein Waschbecken. Wantscho machte Rose darauf aufmerksam, dass die Eltern ein richtiges Wasserklosett und nicht nur das übliche Loch im Boden hatten. Hierzulande ein großer Luxus! Nach der Hochzeit hatte Wantscho nicht geruht, bis er eine Kloschüssel in Sofia ergattert hatte. Er brauchte zwei weitere Wochen, bis er, mit Nascos und Bojkos Hilfe, einen Spülkasten, eine Klobrille samt Deckel und alle Rohre zusammengesucht hatte. Diese Schätze kutschierte er in seinem Škoda nach Lom und ließ die Toilette von Nachbar Stanko einbauen.

Die Tür neben dem Klo führte in den Keller. Hier befanden sich die Vorratskammer und eine große Waschküche, in der ein riesiger Wasserkessel stand, an dessen Rand eine große aus Kürbis gefertigte Schöpfkelle hing. Daneben lag eine Matratze und darauf eine Wolldecke. Rose fragte, wer hier schliefe, und Wantscho sagte, dass die Eltern während ihres Besuches das Schlafzimmer räumten. Rose war das unangenehm, lieber hätte sie hier unten neben dem Kessel gelegen. Das sagte sie Wantscho, doch der erklärte, die Eltern würden darauf bestehen und sie solle sich keine Sorgen machen. Tatsächlich war er froh, dass sein Röschen, sein Stern, sein Alles, in einem richtigen Bett schlafen konnte. Lieber mutete er der Mutter und dem Vater zu, die Nacht auf einer Matratze auf dem Kellerfußboden zu verbringen.

Wantscho führte Rose zurück in die Wohnküche und hinaus auf die Veranda, durch die man auf den Hof gelangte. Das Dach der Veranda war über und über mit Weinranken bedeckt, die im Sommer angenehmen Schatten spendeten.

»Hier hast du also immer gesessen und mir Briefe geschrieben«, sagte Rose.

Wantscho lachte und nickte. »Wenn erst die Trauben reif sind! Nirgendwo schmecken sie so gut wie hier!« Der Wein wuchs üppig, er rankte sich sogar die Hauswände hinauf.

Sie gingen in den Garten. »Erdbeeren, Kürbisse, Auberginen, Paprika, Kräuter«, erläuterte Wantscho und zeigte auf die Beete, aus denen zarte grüne Pflanzen wuchsen. »Johannisbeeren, Brombeeren, Stachelbeeren.« Dabei wies er auf die Sträucher. »Feigen, Aprikosen, Walnüsse, Kirschen, Äpfel.« Und nun auf die Bäume.

»Wer macht die ganze Gartenarbeit?« Rose war beeindruckt.

»Der Vater kümmert sich um alles. Stanko geht ihm zur Hand. Die Mutter bereitet zu«, antwortete Wantscho gut gelaunt.

Im hinteren Teil des Gartens gab es einen Brunnen, auf dessen Öffnung ein massiver Holzdeckel lag. Darauf stand ein schwarzes Huhn mit nur einem Bein. Wantscho klatschte in die Hände und scheuchte es fort. Gackernd flatterte es auf die Erde hinab und hüpfte auf seinem Bein flügelschlagend in Richtung Hühnerstall, wo noch anderes Federvieh im Sand scharrte. »Warum hat es denn nur ein Bein«, fragte Rose voller Mitleid.

»Keine Ahnung.« Wantscho zuckte mit den Schultern. »Ich verstehe gar nicht, warum der Vater es nicht längst geschlachtet hat.«

»Du solltest freundlich zu ihm sein«, sagte Rose vorsichtig und meinte damit: *freundlich zu dir!*

Sie wusste, dass Wantscho nicht gern über sein krankes Bein sprach. Er mied dieses Thema und Rose respektierte das. Sie wusste, dass er sich schämte, Hemmungen hatte und seine Behinderung am liebsten vergessen wollte. Dass er es nicht zuließ, dass sie sein krankes Bein berührte oder streichelte. Rose nahm Wantschos Hand. Sie war überzeugt, dass sich das mit der Zeit ändern würde.

Komm!«, rief Wantscho und führte Rose zu einem Schuppen.

»Hier wohnt Marco«, sagte er und öffnete den oberen Teil der zweigeteilten Schuppentür.

Rose blickte in das Innere des Schuppens, und als sich ihre Augen an das Schummrige gewöhnt hatten, sah sie den kleinen grauen Esel.

»Der ist ja niedlich«, rief sie. »Warum kommt er denn nicht raus?«

»Marco hält immer Siesta um diese Zeit. Danach kannst du die Uhr stellen. Später kannst du ihn streicheln.«

»Muss er schwer bei euch schuften?«

Wantscho lachte. »Wenn die Eltern irgendwohin wollen, wird er vor den Karren gespannt. Ansonsten kriegt er sein Gnadenbrot. Er ist schon sehr alt.«

Am Nachmittag erschienen zum Kaffeetrinken einige Verwandte: Snezas Schwester und die beiden Schwestern von Christo. Eine jede brachte Kinder und Kindeskinder mit. Alle wollten sie die junge blonde Deutsche sehen, die Wantscho geheiratet hatte. Sneza tischte Cremetorte und Lokum auf, eine geleeartige Süßigkeit aus Sirup, Stärke und Zucker und eines der wenigen Dinge, die die Bulgaren gern von den Türken übernommen hatten.

Anschließend gingen Wantscho, Lina und Rose an die Donau. Sie setzten sich an das mit unzähligen Kieselsteinen übersäte Ufer und blickten aufs Wasser. »Da drüben, am anderen Ufer, ist Rumänien«, sagte Wantscho und drückte Rose an sich. »Es gibt eine Fähre, siehst du dort, sie legt gerade ab.«

Rose sah den Fähranleger. »Da darf ich als DDR-Bürger aber nicht hin«, sagte sie.

»Brauchst du auch nicht. Hier ist es viel schöner. Und ich freu mich auf den Sommer, wenn wir erst wieder schwimmen können. Das kann dir keiner verbieten.« Er gab ihr einen Kuss auf die Schläfe.

Abends kam Stanko vorbei. Ein untersetzter stämmiger Bulgare, der in stark verschmutzter Arbeitskleidung steckte und eine Schirmmütze auf dem Kopf trug, die er sich fortlaufend in den Nacken schob. Er verbreitete den Geruch von Tabak, seine Finger waren gelb vom Nikotin. Der Vater stellte ihm Rose vor, die er aus aufgerissenen Augen anstaunte und er wagte es nicht, der blonden feinen Dame seine schwielige, schmutzige Hand zu reichen. Stattdessen nahm er, entgegen seiner Gewohnheit, die Mütze ab und drehte sie verlegen in den Händen. Wantscho erlöste ihn, indem er Stanko auf die Schulter klopfte und mit ihm zu seinem Škoda ging. Es gab Probleme mit der Kurbelwelle, Stanko hatte ein Ersatzteil besorgt und würde es in den nächsten Tagen einbauen.

Stanko blieb zum Abendessen. Er zog seine verdreckte Joppe aus und wusch sich in der Küche gründlich die Hände. Sneza hatte Bob Chorba gekocht, eine Suppe aus dicken weißen Bohnen, Speck und Zwiebeln, die durch die Zugabe von mildem rotem Paprikapulver ihre rote Färbung bekam. Außerdem standen Schafskäse, Sauermilch, Weißbrot und Küfteta auf dem Tisch. Bob Chorba war Wantschos Leibgericht und Sneza nahm sich vor, der Schwiegertochter, der lieblichen, süßen, herrlichen, die noch dazu so vortrefflich zu ihrem Wantscho passte, beizubringen, wie die Suppe zu kochen sei. Sneza befüllte die Teller.

Es wurde eine Menge Wein getrunken an diesem Abend. Es wurde viel erzählt, gelacht und gescherzt. Der Vater stellte eine Flasche vom Selbstgebrannten auf dem Tisch. Die Männer tranken auch davon reichlich. Als Sneza und Lina die Teller ineinander stellten, erhob sich Stanko schwerfällig und wankte nach Hause. Auch Wantscho und Rose gingen zu Bett. Sie sanken in die weichen Kissen und schmiegten sich aneinander. »Leka noscht«, flüsterte Wantscho seinem Röschen ins Ohr. »Auch dir eine gute Nacht«, erwiderte sie zärtlich. Dann schliefen beide sofort ein.

Am nächsten Morgen erwachte Rose vom Gurren der Tauben, das durch das geöffnete Fenster drang. Sie war allein. Wo war Wantscho? Sie sah, dass sein Kissen voller roter Flecken war. Hatte er sich verletzt? Warum hatte er sie nicht geweckt? Schnell stieg sie aus dem Bett und ging raus in den Flur. Aus der Küche drangen Stimmen. Sie lief dorthin und sah Wantscho auf einem Stuhl sitzen, unversehrt und vergnügt. Oben herum hatte er nur ein Unterhemd an, um seinen Hals lag ein Handtuch, seine Haare waren feucht. Die Mutter stand hinter ihm, hatte einen Kamm in der Hand und war dabei, ihm das Haar zu trocknen und in Wellen zu legen. Die Berührungen der Mutter an des

Sohnes Scheitel waren so voller Zärtlichkeit, so voller Vertrauen, dass es Rose schmerzte. Dabei unterhielten sie sich leise, und auch wenn Rose kein Wort verstand, so spürte sie doch am Tonfall, wie eng die beiden miteinander verbunden waren. Irritiert ging Rose zurück ins Schlafzimmer und kroch wieder ins Bett. Sie fühlte sich einsam. Sie betastete die klebrigen roten Flecken auf Wantschos Kopfkissen. Als Wantscho wenig später zu ihr kam, duftete er nach dem Rosenwasser, das die Mutter ihm in die Haare massiert hatte. Rose sah die frisch gelegten Wellen und war voller Unwillen.

»Was hast du mit dem Kopfkissen gemacht!«, sagte sie vorwurfsvoll und wies auf die roten Flecken.

»Oh«, Wantscho lächelte schuldbewusst. »Das ist Kirschmarmelade. Ich hatte heute Nacht einen so großen Appetit auf Süßes. Und ich habe mich nicht getraut, dich zu wecken.«

Rose biss sich auf die Zunge und nannte Wantscho nicht den wahren Grund ihres Unmutes. Doch sie nahm sich vor, ihm abzugewöhnen, sich von der Mutter frisieren zu lassen.

Es sprach sich in Windeseile herum, dass Wantscho wieder in Lom war und dass ihn seine junge, wunderschöne deutsche Ehefrau begleitete, die blonde Nemkinja. Bald tauchten jede Menge Besucher auf, klopften an Christos Haus und wollten wissen, wann der Herr Doktor seine Sprechstunde abhalten würde. Und natürlich waren sie neugierig und reckten die Hälse, um einen Blick auf Rose zu erhaschen, sie, wenn möglich, willkommen zu heißen, an sich zu drücken, in ihrer rauen bulgarischen Herzlichkeit. Das junge glückliche Paar war Gesprächsthema Nummer eins in Lom.

Die ganze nächste Woche empfing Wantscho Patienten. Die kamen nie allein, stets hatten sie irgendwelche Familienangehörige im Schlepptau, die gar keine Behandlung brauchten. Die Schlange reichte von der Eingangstreppe in den Flur des Hauses und endete vor dem Sprechzimmer. Die Leute warteten geduldig, manchmal stundenlang, bis Wantscho, den die meisten schon von klein auf kannten, sie hereinbat. Währenddessen bewachte der Vater die Tür zur Wohnküche, die sich nicht abschließen ließ. Denn hinter dieser Tür saß Rose, das Objekt aller Begierden, und wartete auf das Ende der Sprechstunde. Sie hörte die Menschen im Flur laut durcheinanderreden, es wurde gelacht, gerufen und gescherzt.

Wantscho verwandelte sich in diesen Stunden vom Neurologen und Psychiater in einen Feld-Wald-und-Wiesen-Doktor. Ein altes Mütterchen klagte über Bauchschmerzen, der Bauer von gegenüber über Herzrasen. Ein Kind hatte Durchfall, ein anderes einen bellenden Husten und Fieber. Die Schuldirektorin kam mit Mumps, eine Schwangere schickte Wantscho mit Verdacht auf Masern sofort in die Klinik.

Rose hatte zwar noch keinen Brief aus Deutschland erhalten, trotzdem schrieb sie ihrer Mutter:

Wantscho untersucht gerade Patienten. Wir haben uns geeinigt, daß er in dieser Woche von 11.00 Uhr bis 13.00 Uhr Sprechstunde machen kann. Aber die Patienten nehmen hier überhand, heute sind es weit über zwanzig. Du denkst vielleicht, das ist gar nicht so viel, aber für jeden Patienten braucht er mindestens 10 Minuten und Du kannst Dir ja vorstellen, daß er da bis 13.00 Uhr nicht fertig ist. Gestern war er erst um 14.00 Uhr fertig. Heute wird es bestimmt noch später. Na, macht nichts, er bekommt von jedem Patienten mindestens 1 Lew und das sind am Tag mindestens 20 Lewa. Ganz schön viel, gelt?

Doch nicht alle Patienten zahlten mit Geld. Viele brachten stattdessen Naturalien mit. Geschlachtete Lämmer etwa oder frisch geschossene Hasen und Rebhühner, einmal gar eine abgehangene Schweinehälfte. Auch lebendige Hühner und frische Eier waren darunter. Einer brachte sogar einen Korb mit zehn frisch geschlüpften Küken. Andere hatten selbst gebackenes, noch warmes Brot dabei, das herrlich duftete, oder Baniza, Lokum und Kuchen. Sie schleppten große Töpfe heran mit fertig gekochten Speisen oder auch Schafskäse, Lukanka und mit Wein oder Rakija gefüllte Ziegenlederschläuche.

Christo nahm all diese Gaben würdevoll entgegen, trug sie zur Küche, öffnete schnell die Tür, huschte hinein, schloss die Tür rasch wieder hinter sich und reichte alles an Sneza und Lina weiter. Die wiederum verstauten die Schätze, so gut es ging, in Küche, Keller und Vorratskammer.

Am Ende zählte Christo die Lewa, die Wantscho verdient hatte, und weigerte sich, ebenso wie Sneza, auch nur eine Stotinka für sich zu behalten. Alles stopfte er den Jungverheirateten in die Tasche. Und aus den Naturalien zauberte Sneza die köstlichsten Gerichte.

Rose behagten die Menschenmassen nicht, die in die Uliza Wassil P. Kolarow Nr. 23, gepilgert kamen, sich freudig auf Wantscho stürzten und auch nach ihr Ausschau hielten, um sie, wenn sie ihrer habhaft wurden, innig zu umarmen und zu küssen. Und so schrieb sie im zweiten Brief an Viktoria:

Wantscho und ich können uns überhaupt nicht retten vor Leuten hier. Jeder will mich sehen. Zuerst war ich ganz eitel, aber jetzt fällt es mir auf die Nerven. Wantscho tut sein Möglichstes, um mich zu schützen. Am Freitag war ich mit Welina auf der Post. Nie wieder! Es war das reinste »Spießrutenlaufen«.

In Oma Viktorias Fotoalbum fand ich ein Bild aus jenen Tagen. Es zeigt Mama am Fuße der Treppe vor dem Haus in Lom. Sie trägt ein eng anliegendes dunkles Kleid, das ihr bis kurz übers Knie reicht und das links neben dem Nabel einen großen Perlmuttknopf sitzen hat. Ihre rechte Hand ruht auf dem steinernen Treppengeländer, die linke hält eine Zigarette. An den Füßen trägt sie schwarze hochhackige Schuhe und auf der Nase sitzt eine schwarze Sonnenbrille. Das blonde Haar ist zum Dutt toupiert. Mama sieht mondän aus, wie ein Filmstar. Und das mitten in der bulgarischen Pampa!

Baba Snezas Rücken und Hinterteil sind am linken Bildrand zu sehen. Scheinbar ist sie schnell noch aus dem Bild gehuscht. Sie und Mama nebeneinander – das hätte auch zu komisch ausgesehen! Der

Kontrast zwischen meiner gut genährten, stämmigen bulgarischen Großmutter, Baba Sneza, und meiner schmalen, blonden deutschen Mama hätte größer nicht sein können.

Immer war Wantscho sehr in Sorge um seine zarte junge Frau, die von zu Hause doch »was Besseres« gewohnt war. Wantscho wollte seiner Liebsten etwas bieten und kutschte sie stundenlang mit dem Škoda in der Gegend herum. Lange spazieren gehen konnte er ja nicht. Rose war zufrieden. Ihrer Mutter schrieb sie:

Wir haben die ersten Spritztouren schon hinter uns. Die Umgebung von Lom ist sehr schön, nur die Straßen sind zum Teil sehr schlecht. Am Sonntag sind wir mit Welina zur Bezirksstadt Michailowgrad gefahren, sie ist ganz modern gebaut. Heute wollen wir in die Stadt fahren und sehen, was wir für Möbel bekommen können. Mutti, bis jetzt habe ich leider noch keinerlei Post von Dir erhalten, schade. Laß mich doch nicht so lange warten. Ich weiß, es fällt Dir schwer zu schreiben, aber sieh einmal, eine Frau gehört doch zu ihrem Mann und ich habe bis jetzt noch nichts bereut, ich bin sehr glücklich, das mußt Du mir glauben.

Rose brachte den Brief, es war der dritte an Viktoria, zur Post. Sie war nun schon zwei Wochen in Lom und wunderte sich, warum die Mutter ihr nicht schrieb. Rose war voller Unruhe. Sie sprach mit Wantscho darüber und der entschloss sich, ebenfalls an Viktoria zu schreiben:

Rose macht sich Sorgen, da wir bis heute keinen Brief von Dir erhalten haben, obwohl Du unser Telegramm und die ersten Briefe sicherlich schon längst erhalten hast. Über Rose sollst Du Dir keine Sorgen machen – ihr geht's gut. Rose schreibt heute nicht. Sie wartet auf Post von Dir, dann wird sie Dir gleich antworten.

Natürlich raffte sich Viktoria dann doch noch auf und schickte Post nach Lom. Sie wollte ihr Kind ja nicht ganz verlieren. Rose war überglücklich, als sie endlich einen Brief von ihrer Mutter in den Händen hielt. Und antwortete ihr auch gleich:

Wenn wir nach Sofia kommen, werden wir unser Zimmer einrichten. Was findest Du denn richtiger, ein breites Doppelbett oder eine Schlafcouch? Ich bin für das erstere. Wantscho findet eine Couch besser. Er richtet sich in allem nach mir, das ist an und für sich ganz schön, aber trotzdem möchte ich gern von Dir wissen, was Du für besser hältst, liebe Mami.

Nach drei Wochen kehrten Wantscho und Rose wieder nach Sofia zurück. Stanko hatte den Wagen repariert, die Chancen standen gut, die Strecke ohne größere Panne zurückzulegen. Sie beluden den Škoda. Ihr Gepäck war schnell verstaut. Mehr Zeit brauchte es, all die Lebensmittel einzupacken, die Sneza vorbereitet hatte. Bald stapelten sich die Vorräte bis zum Überquellen im Kofferraum und auf der Rückbank. Die Mutter weinte schon seit dem Aufstehen. Lina quasselte ununterbrochen, der Vater blieb still. Schließlich war es Zeit, sich zu verabschieden. Die Mutter schluchzte und wollte erst Wantscho und dann Rose gar nicht mehr loslassen. Lina schaute betreten und der Vater hatte feuchte Augen. Wantscho und Rose stiegen in den Škoda, schlugen die Türen zu und kurbelten die Fenster runter. »Chajde! Los!«, rief Wantscho, startete den Motor und fuhr langsam an. Rose reckte ihren Arm aus dem geöffneten Autofenster, um Sneza ein letztes Mal die Hand zu drücken. Die Mutter klammerte sich an diese Hand, die so zart war und so weiß, und tippelte einige Meter neben dem Wagen her. Sie weinte nun laut und bat Gott, er möge ihre Kinder beschützen.

»Majka, lass los!«, rief Wantscho ihr zu. Die Rührseligkeiten waren ihm unangenehm.

Vom Gartenzaun gegenüber winkte Stanko. Neben ihm seine Frau und die drei Töchter, die neugierig beobachteten, was sich vor dem Haus in der Uliza Wassil P. Kolarow Nr. 23 abspielte.

Die Mutter ließ nicht los. Jetzt schrie der Vater: »Sneza, stoj!« (Bleib stehen!)

»Dowischdane! Auf Wiedersehen!«, rief Rose. Da lockerte die Mutter den Griff. Der Vater kam angelaufen und packte seine Frau an der Schulter. Rose drehte sich um und sah, dass er mit ihr schimpfte. Sneza winkte mit einem Tuch. Und auch Wantscho und Rose winkten, bis sich hinter ihnen eine mächtige Staubwolke bildete, die alles verschluckte.

12

In Sofia begann der Alltag. Wantscho und Rose standen werktags um sieben Uhr auf. Rose holte aus dem Badezimmer eine große Schüssel mit Wasser. Die eine Hälfte erhitzte sie auf der elektrischen Herdplatte, die andere nutzten sie, um sich zu waschen. Kochte das Wasser, so goss Rose etwas davon in eine Schale, damit Wantscho sich nass rasieren konnte. Dazu stellte er sich vor den kleinen Spiegel, den sie neben der Tür aufgehängt hatten. Mit dem restlichen heißen Wasser brühte Rose Kaffee. Den tranken sie schwarz und mit Zucker. Dazu aßen sie Weißbrot, das sie mit Snezas Kirschmarmelade bestrichen. Kurz vor acht Uhr küsste Wantscho seine Frau und verließ das Haus, um in die Klinik zu fahren. Rose winkte ihm vom Fenster aus nach.

Danach dauerte es meist nicht lange und es klopfte. Mal war es Mladen, mal Branka. Bojkos Eltern wollten sich um die junge Deutsche kümmern, die so allein in der fremden Stadt war. Sie unternahmen Ausflüge mit Rose, fuhren mit ihr kreuz und quer mit Straßenbahnen und Bussen durch die Stadt und zeigten ihr Sofia. Manchmal blieb die Mutter auch zu Hause, kaufte ein, kochte, putzte und wusch. Kamen Rose und Mladen dann zurück, gab es ein warmes Essen. Außerdem waren Roses und Wantschos Zimmer geputzt, das Bett gemacht, ihre und Wantschos Wäsche gewaschen und auf die Trockenleine gehängt.

Aber schon bald hatte Rose die liebevolle Fürsorge der beiden Alten herzlich satt. Keinen Schritt konnte sie ohne Aufsicht machen, keinen Tritt ohne liebevolle Ermahnung. Doch sie konnte ihren

Unmut Mladen und Branka nicht mitteilen, da sie kein Bulgarisch sprach. Und unhöflich wollte sie auch nicht sein. Sie beklagte sich bei Wantscho. Der erklärte ihr, dass dies sicher nur am Anfang so sein würde, weil Bojkos Eltern sich um sie sorgten und ihr helfen wollten. Und er sagte, dass dies eben die bulgarische Gastfreundschaft sei. Rose hatte gehofft, Wantscho würde ein Machtwort sprechen, doch das tat er nicht. Er konnte nicht recht nachvollziehen, warum Rose die Hilfsbereitschaft von Mladen und Branka nicht zu schätzen wusste. Denn er war froh darüber, dass seine Frau nicht auf sich allein gestellt war, wenn er arbeitete.

Rose erkannte, dass sie so schnell wie möglich Bulgarisch lernen musste. Sie nahm ihr Wörterbuch, ging zu Mladen und gab ihm zu verstehen, sie sei bereit für den Unterricht. Der war hocherfreut, und fortan saßen sie vormittags zwei Stunden beisammen und paukten bulgarische Vokabeln und Grammatik. Mladen staunte, wie schnell die junge Deutsche seine Muttersprache aufnahm. Er lobte sie überschwänglich. Dass Rose Bulgarisch in erster Linie erlernen wollte, um sich aus seiner und Brankas liebevoller Umarmung zu befreien, begriff er freilich nicht.

Wantscho und Rose gingen gern aus. Mal ins Kino, mal ins Theater. Doch meist besuchten sie Freunde. Sie fuhren zum Beispiel zu Dimiter Schipkowenski. Schipko arbeitete seit seiner Rückkehr aus Bernhausen ebenfalls an der Uniklinik, bei Professor Popow. Er lebte mit seiner Frau Jenina, dem vierjährigen Letschesare und seinem Vater in einer für bulgarische Verhältnisse sehr komfortablen Vierzimmerwohnung, nicht weit entfernt von Bojkos Eltern, im Bezirk Ljulin. Sie spielten mit großer Begeisterung Belot. Immer zwei gegen zwei. Dabei aßen sie die Häppchen, die Jenina zubereitet hatte, und tranken Wein und Rakija. Je später der Abend, umso saftiger die Flüche, umso lauter das Gelächter.

Mit der Zeit besuchte Rose Jenina auch ohne Wantscho. Jenina arbeitete halbtags in einem Kurzwarengeschäft. An den Nachmittagen spielten die beiden Frauen dann zu zweit Karten und unterhielten sich, so gut es Roses Bulgarischkenntnisse zuließen. Rose half Jenina, die reichlich unorganisiert war, ihren Haushalt in Ordnung zu halten. Oft gingen die Freundinnen auch zusammen einkaufen, nahmen Letschesare mit oder ließen ihn in der Obhut des Großvaters. Jenina half Rose, sich in Sofia einzuleben. Rose war froh, aus ihrem Zimmerchen im Haus von Bojkos Eltern rauszukommen. Ihr Bulgarisch wurde besser und besser.

Und dann waren da noch Nasco, Wantschos Batko seit Kindertagen, und seine Frau Dantsche. Auch mit ihnen trafen sich Rose und Wantscho häufig. Nasco, der schon jetzt, mit Mitte dreißig, schlohweißes Haar hatte, war im Begriff, die Karriereleiter im Sportministerium hinaufzuklettern. Mit den Jahren sollte er es bis zum stellvertretenden Minister bringen. Er hing mit einer zärtlichen Freundesliebe an Wantscho und schloss auch Rose in sein Herz. Das Paar hatte zwei Töchter.

Mit Bojko gingen Wantscho und Rose ebenfalls ab und zu aus. Bojkos Begleiterinnen wechselten ständig, doch hatten sie eins gemeinsam: Immer waren sie blond, besser gesagt, blondiert. Manchmal fragten die drei Bojkos Schwester Marina, ob sie mitkommen wolle. Doch die wackelte jedes Mal nur mit dem Kopf und sagte, sie habe keine Zeit. Wie ein Geist schlich sie durchs Haus und blieb lieber mit sich allein.

Wantschos Freunde wurden auch Roses Freunde. Sie war die Jüngste von allen, das Küken. Die Freunde waren alle in Wantschos Alter, also um die dreiunddreißig oder älter. Rose hingegen war erst zweiundzwanzig. Doch das störte weder Rose noch die anderen. Alle mochten die junge Deutsche, die schon bald recht gut Bulgarisch sprach. Die sich nun traute, auch mal »ne!« zu sagen, wenn Mladen und Branka ihr Gutes tun wollten. Rose aß nicht mehr täglich mit ihnen zu Mittag. Sie wollte auch nicht mehr mit Mladen, sondern mit Jenina Bulgarisch üben. Sie bestand darauf, ihre und

Wantschos Wäsche selbst zu waschen. Branka stellte ihr ein Waschbrett und Schüsseln ins Bad. Nur was die Zimmerreinigung anging, konnte Rose sich nicht durchsetzen. Branka war wild entschlossen, diese niedere Tätigkeit auf gar keinen Fall die junge Deutsche verrichten zu lassen.

Manchmal saß Rose in ihrem Zimmer und las. Oder verfasste Briefe an ihre Mutter und an ihre Freundin Carmen. Ihren Absender schrieb sie inzwischen mit kyrillischen Buchstaben auf das Kuvert: Rose Nikolow, Sofia 13, A. P. Tschechow 46, Bulgarien. Das kyrillische Alphabet war ja nicht neu für sie. In der DDR hatte sie Russisch lernen müssen, die Sprache des »großen Bruders«. Rose hatte Russisch nie gemocht. Schon in der ersten Schulstunde sollten sie und ihre Mitschüler diesen dämlichen Vers auswendig lernen: »Nina, Nina i kartina / eto traktor i motor!« Das hieß so viel wie: »Nina, Nina und die Karte / das ist ein Traktor und ein Motor!« Diese Verse waren in ihrem Hirn haften geblieben. Vom Schulrussisch hingegen war kaum noch etwas übrig. Und doch trug das wenige nun dazu bei, dass Rose so geschwind die bulgarische Sprache erfassen konnte.

Rose fühlte sich nicht mehr wohl bei Bojkos Eltern. Keinen Fuß konnte sie vor die Tür setzen, ohne dass Mladen oder Branka sie ansprachen. Sie ermahnten sie, sich warm genug anzuziehen, gaben ihr Ratschläge, wie sie den Tag verbringen könnte, wen sie wo treffen, was sie essen und trinken sollte. Rose hatte sich mit großer Anstrengung dem eisernen Griff ihrer Mutter entzogen und wollte endlich nach ihrer eigenen Façon leben. Sie wollte nur noch weg! Und sie beschloss, mit Hilfe ihrer neuen Freunde ein anderes Zimmer, vielleicht sogar eine Wohnung zu finden.

An den Wochenenden fuhren Wantscho und Rose oft nach Lom. Sie brauchten dringend Geld und dank der Sprechstunden, die Wantscho im Haus der Eltern abhielt, konnte er einiges hinzuverdienen. Inzwischen war es Sommer geworden. Die Rosen in Christos Garten blühten prachtvoll. Obst und Gemüse reiften. Der Wein rankte sich üppig über das Dach der Veranda, es gab Trauben im Überfluss. Stunde um Stunde saßen sie dort im Schatten, spielten Belot, rauchten, unterhielten sich, aßen und tranken. In dieser heißen Jahreszeit bereitete Sneza gern Tarator zu, eine kalte Suppe aus klein geschnittenen Gurken, Joghurt, Knoblauch und Olivenöl, in die sie außerdem zerstoßene Walnusskerne mischte. Es gab Kompott in Hülle und Fülle – aus selbst geernteten Pflaumen, Birnen und Beeren. Und Unmengen von frischem Obst. Davon konnte Rose gar nicht genug bekommen. Sie stopfte sich mit allem voll, was Christos Garten zu bieten hatte. Noch nie zuvor hatte sie so viel Vitamine zu sich genommen wie in diesem Sommer 1963. Wantscho, Sneza und Christo freuten sich über ihren Appetit. War er doch ein Zeichen dafür, dass sich die blonde deutsche Zartheit wohlfühlte.

Wurde es über die Mittagsstunden auch im Schatten der Veranda zu heiß, so hielten sie Siesta. An den Fensterscheiben hatte die Mutter längst wieder das weiße Seidenpapier angebracht, um die Hitze abzuhalten. Gern hätte Rose in der Waschküche geschlafen, wo die Eltern sich eingerichtet hatten. Denn im Keller war es erheblich kühler als oben im Schlafzimmer. Rose schwitzte permanent. Die Bulgaren waren daran gewöhnt, doch Rose war das unangenehm. Morgens wuschen Wantscho und sie sich in der Waschküche, schöpften Wasser mit den Kürbisschöpfkellen und begossen sich damit. Der Vater praktizierte dies in den heißen Sommermonaten sogar dreimal täglich: morgens, mittags und abends. Immer zu den gleichen Zeiten verkündete er: »Banja!«, das bedeutete »Bad!«, und verschwand im Keller.

Rose und Wantscho verbrachten viel Zeit an der Donau. Am liebsten gingen sie vormittags an den Strand, wenn es noch nicht so heiß war. Sie suchten sich ein schattiges Fleckchen und breiteten unter einer Weide ihre wollene Decke aus. Sogleich entledigte sich Wantscho seines Hemdes, seiner Sandalen, seiner Hose. Darunter trug er eine schwarze Badehose. Rose zog ihr Kleid aus, auch sie hatte ihren Badeanzug schon an. Seinen Stock ließ Wantscho auf der Decke liegen. Hand in Hand gingen sie zum Wasser. Die

Sonne brannte auf die beiden herab. Vorsichtig setzte Wantscho einen Fuß vor den anderen. Rose stützte ihn. Der Strand bestand aus unzähligen runden Kieselsteinen, deren Oberflächen glatt und warm waren. Das Wasser war angenehm kühl. Sie konnten bis auf den Grund sehen, so klar war es. Ein Schwarm winzig kleiner Fische stob auseinander, als sie in seine Nähe kamen. Sie wateten jetzt über Sand, das Wasser reichte ihnen hier bis zu den Knien. Wantscho ließ Roses Hand los, benetzte seinen Oberkörper, seine Arme, sein Gesicht mit Wasser, gab ein wohliges »Aah!« von sich und stürzte sich kopfüber in den Fluss. Sofort begann er zu kraulen, was das Zeug hielt. »Warte!«, rief Rose und schwamm ihm nach. Wantscho hielt dann bisweilen inne, drehte sich nach Rose um und winkte. Er steckte den Zeigefinger ins Ohr und schüttelte ihn und lachte. Dann schwamm er weiter. Er schwamm und schwamm, als wollte er bis rüber an das rumänische Ufer. Er liebte es, so zu schwimmen. Es machte ihn frei. Er spürte keine Müdigkeit. Sein Herz schlug schnell, seine Arme durchpflügten das Wasser, er widerstand der Strömung, die hier nicht besonders stark war, er kam gut voran. Er fühlte sich stark und unbezwingbar, alles schien möglich. In der Mitte der Donau kehrte er um. Als er wieder das Ufer erreichte, wartete Rose schon in ein Handtuch gehüllt auf der Decke. Sie packte den Korb aus, den die Mutter ihnen mitgegeben hatte: Baniza, Obst, eine Flasche Rotwein, Spielkarten. Manchmal begleitete Lina sie. Ab und zu auch Nasco und Dantsche, wenn die beiden zu Besuch bei Nascos Mutter waren.

Kamen sie wieder nach Hause, so saß Sneza häufig auf der Veranda, eine Schüssel auf dem Schoß. Da hinein schnitt sie Paprika. Ihre Finger glänzten rot vom Fruchtfleisch der Schoten. Christo werkelte im Garten, er grub ein Beet um, reinigte den Brunnen oder schlachtete ein Huhn. Oft ging Stanko ihm zur Hand. Das Haus, der Garten, die Tiere waren Christos ein und alles.

In Sofia setzte Rose alles daran, eine neue Bleibe zu finden. Doch es war unmöglich. Es herrschte eine große Wohnungsnot. Und es war üblich, dass Eltern, Großeltern, Kinder und andere Verwandte auf engstem Raum zusammenlebten. Schließlich kam das Glück Rose zu Hilfe. Oder besser gesagt: Nasco. Der hatte einen Genossen, der nach Sofia versetzt worden war und sich ein »Appartement« gekauft hatte. Nun durfte er nach zwei Jahren zu seiner Familie nach Plowdiw zurückkehren, wo die Partei ihm einen Posten zugesagt hatte. Das Appartement wollte er vermieten. Rose war überglücklich. Sie sagte zu, ohne sich das Zimmer vorher anzusehen. Auch Wantscho freute sich, obwohl er sich insgeheim Sorgen machte, ob das Geld reichen würde. Denn nun mussten sie Miete bezahlen, bei Bojkos Eltern waren sie zu Gast gewesen.

Als die beiden zum ersten Mal ihr neues Zuhause betraten, das sich im Süden Sofias und dort wiederum im südlichsten Zipfel des Bezirkes Pantscharewo befand, brach Rose in Tränen aus. Das Zimmer war ärmlich und starrte vor Schmutz. Es gab keine Küche. Nicht einmal eine elektrische Herdplatte. Keinen Teppich, keinen Tisch, keinen Stuhl. Das Einzige, was sie zunächst in das Zimmer stellen konnten, war ihr neues Doppelbett. In dem winzigen Bad gab es nur ein Waschbecken, und aus der Wand ragte ein Schlauch, der offenbar als Dusche diente. Wenigstens war ein Klo vorhanden. Sah man aus dem Fenster, dessen Scheibe einen Sprung hatte, so fiel der Blick auf öde Plattenbauten. Trotzdem wollte Rose umziehen. Sie redete sich ein, es sei eine Übergangslösung. Sie verbrachte zwei ganze Tage damit, das Appartement von Grund auf zu säubern. Jenina half ihr dabei. Bojkos Eltern schenkten ihr die elektrische Herdplatte. Nasco schleppte zwei Stühle, einen Tisch und ein Regal herbei. Und Dantsche brachte Teller, Tassen und Besteck.

Da sie keinen Kühlschrank hatten, brachte Rose an der Zimmerdecke einen Haken an und bastelte aus Schnüren und Stoff eine Art Korb, in dem sie Vorräte aufbewahrte. Sie kochte nie. Nur Wasser erhitzte sie für den Kaffee. Während der ganzen Zeit, in der sie und Wantscho in Pantscharewo wohnten, gab es dort nie warmes Essen. Abends wurden sie oft von den Freunden eingeladen, und an den

Wochenenden fuhren sie nach Lom. Bei Sneza aßen sie sich so richtig satt, und was die Eltern ihnen an Essensvorräten in den Škoda packten, reichte für eine ganze Woche.

Von Montag bis Freitag sah Rose Wantscho nicht viel. Er arbeitete von früh bis spät und sie war viel allein. Oft übernahm Wantscho zusätzlich Nachtdienste, um mehr Geld zu verdienen. Dann schlief er in der Klinik. In den Nächten, die Rose allein im Appartement in Pantscharewo verbringen musste, gruselte sie sich. Sie hörte die Mäuse rascheln, zog sich die Decke über den Kopf und bereute es, hier zu sein. Doch an den Tagen fühlte sie sich frei. Endlich konnte sie tun und lassen, was sie wollte. Sie fuhr mit dem Bus nach Sofia rein, ging einkaufen, traf sich mit Freunden. Doch manchmal langweilte sie sich auch.

Eines Tages sagte sie zu Wantscho: »Ich möchte wieder arbeiten. Dann hätten wir auch mehr Geld.« Wantscho sah sie überrascht an. »Meine Frau muss nicht arbeiten.« Rose wollte etwas entgegnen, doch Wantscho setzte hinzu: »Als Deutsche bekommst du keine Arbeitserlaubnis. Du müsstest Bulgarin werden. Doch selbst dann würde ich nicht wollen, dass du arbeitest.« Wantschos Stimme klang herrisch. Rose nahm es hin und die Angelegenheit war für beide zunächst einmal erledigt.

Wantscho hörte von einem Kollegen, der nach Algerien ausgewandert war. Er fragte Rose, was sie davon hielte, ins Ausland zu gehen. Sie war sofort Feuer und Flamme. Das mittlere der drei Maghrebländer befand sich nach dem Erringen der Unabhängigkeit von der Kolonialmacht Frankreich auf sozialistischem Kurs und brauchte dringend Leihärzte. Auch bulgarische. Gezahlt wurde in westlicher Währung. Es winkte die stattliche Summe von viertausend (!) *D-Mark*. Davon würde der bulgarische Staat zweitausend kassieren, die anderen zweitausend durfte der Arzt für sich behalten. Das war unbeschreiblich viel Geld. In der Klinik in Sofia verdiente Wantscho rund dreihundert Lewa.

Wieder war Nasco zur Stelle. Er wollte helfen, den Weg nach Algerien zu ebnen. Allerdings gab es einen Haken: »Als DDR-Bürgerin darfst du nicht nach Algerien reisen«, sagte Nasco zu Rose. »Du musst Bulgarin werden.« Rose überlegte, ob sie die bulgarische Staatsbürgerschaft annehmen sollte. Sie wog das Für und Wider ab. Als Bulgarin würde sie Arbeit finden. Und sie hätte ein freieres Leben hier. Sie hatte sich inzwischen abgenabelt und stand nicht mehr unter der Fuchtel ihrer Mutter. Jedoch litt sie unter Heimweh. Wenn sie *zu Hause* sagte, meinte sie immer noch Bernhausen. Sie fühlte sich oft einsam und fremd hier. Würde sie nun Bulgarin werden, so wäre ihr der Rückweg auf Dauer versperrt. Nicht, dass sie nach Deutschland zurückkehren wollte, doch …

Wantscho drängte sie, sich zu entscheiden. Er hätte es gern gesehen, wenn seine Frau Bulgarin geworden wäre, da er sich ihrer hätte sicherer fühlen können. Doch je länger Rose darüber nachdachte, umso mehr hatte sie das Gefühl, in eine Falle zu tappen, wenn sie die Staatsbürgerschaft wechselte. So verlockend der Gedanke auch war, nach Afrika zu gehen, Rose bekam Angst vor ihrer eigenen Courage. Die Angst wog schwerer als ihre Lust auf Abenteuer.

Immer öfter fühlte Rose sich niedergeschlagen und einsam. Wantscho war in der Klinik, die Tage dehnten sich endlos in die Länge. Sie sehnte sich nach Bernhausen, nach ihrer Mutter und dem Bruder, nach der Großmutter und allen Tanten, Onkeln, Cousins und Cousinen. Ihre Freunde fehlten ihr. Die Kollegen und ihre Arbeit fehlten ihr. Sie sehnte sich nach Regen und Kälte, nach Graubrot und Leberwurst! Sie weinte und wusste nichts mit sich anzufangen. Es gab kein Telefon. Der Briefträger brachte keinen Brief. Sie lag im Bett und hatte keine Lust, aufzustehen.

Einmal raffte sie sich dann doch auf, trat vor das Haus und stellte sich an die Bushaltestelle. Der Bus kam, sie stieg ein und kaufte einen Fahrschein. Sie setzte sich ans Fenster. Auf der linken Seite lagen die Ausläufer des Witoscha-Gebirges, die Kulisse war gewaltig. Kurz drauf passierte der Bus Sofias Stadtgrenze. Der Verkehr wurde dichter, die Passanten wurden zahlreicher. Das städtische Treiben tröstete Rose. Sonst stieg sie immer im Zentrum aus. Heute blieb sie sitzen. Sie hatte kein Ziel. Sie starrte aus dem Fenster. Hin und wieder ragten Minarette in den Himmel, Überbleibsel der jahrhundertelangen türkischen Herrschaft. Der Bus kam am »Denkmal der Befreier« vorbei, das den russischen Zaren Alexander II. hoch zu Ross zeigt. Er hielt an der Alexander-Newski-Kathedrale und am Nationaltheater »Iwan Wasow«. Und immer wieder waren auch rote Spruchbänder und Transparente mit sozialistischen Parolen zu sehen, die die Köpfe von Schiwkow, Marx, Engels und Lenin zeigten. Der Bus verließ das Stadtzentrum und fuhr weiter in nördliche Richtung. Rose beschloss, einfach sitzen zu bleiben. Als der Busfahrer schließlich »posledna spirka!«, zu Deutsch »Endstation!«, schrie, wurde Rose mit einem Mal klar, wo sie gelandet war. Vor ihr erhob sich ein hohes Gebäude und auf dem neben dem eisernen Eingangstor angebrachten Schild stand: »Universitetska Klinika Sofia«. Hier arbeitete Wantscho! Rose stieg aus dem Bus und sah sich unschlüssig um. Was sollte sie tun? Der Busfahrer rauchte und sah sie neugierig an.

»Ili na tuk ili natam?«, fragte er jetzt, was bedeutete: »Hierhin oder dorthin?«, und wies mit seiner Zigarette erst auf die Klinik und dann auf den Bus. Er hatte ein rundes freundliches Gesicht, sein Hemd war bis zur Brust geöffnet. Ohne ihn weiter zu beachten, ging Rose auf das Klinikgebäude zu.

Der Pförtner trug einen mächtigen Schnurrbart und eine blaue Mütze auf dem Kopf. Doch er verstand nicht, was Roses Anliegen war. Er wollte die Schranke nicht öffnen. Er war nicht unhöflich, doch er nickte immerzu. Also wollte er sie nicht durchlassen. Er kam aus dem Pförtnerhäuschen und redete auf sie ein. Als das Telefon klingelte, sprang er wieder hinein. Rose hatte die Faxen dicke, sie kletterte einfach unter der Schranke hindurch. Der Pförtner hinderte sie nicht daran, er schrie in sein Telefon. Schnell lief Rose über das Klinikgelände. Sie entzifferte die kyrillischen Buchstaben auf den Schildern, die an den jeweiligen Eingängen angebracht waren. Auf einem stand »Psichiatria«.

Sie betrat diesen Gebäudekomplex, stieg die Treppen in den ersten Stock hinauf und kam an eine massive Tür mit einer Klingel. Diese schrillte so laut, dass Rose zusammenzuckte. Eine Schwester öffnete und Rose sagte nur: »Dr. Nikolow!« Die Schwester riss die Augen auf: des Doktors blonde Frau! Sie machte auf dem Absatz kehrt und rannte den Flur entlang. Ein übler Geruch und ein vielstimmiges Gezeter wehten Rose entgegen, sie wartete. Kurz darauf stand Wantscho vor ihr. »Röschen!«, rief er überrascht. Er trug einen weißen Arztkittel und ein Stethoskop um den Hals.

»Störe ich dich?«, fragte Rose unsicher und erzählte dann von ihrer Busfahrt und dem Zufall ihrer Anlandung in der Klinik. Wantscho nahm sie am Arm: »Komm rein.« Er zog sie über die Schwelle. »Aber erschrick bitte nicht.«

Rose betrat die Geschlossene Station und der üble Geruch wurde zu einem bestialischen Gestank.

»Du musst entschuldigen«, erklärte Wantscho, »aber heute ist Abführtag.«

Rose hielt die Luft an. Und am liebsten hätte sie sich auch noch die Ohren zugehalten. Es war unbeschreiblich laut. Irgendwo schrie jemand. Dahinein mischten sich Rufe, Gelächter, irrer Gesang. Als die Patienten, die sich auf dem Flur befanden, sahen, dass der Doktor ihnen mit einer Fremden entgegenkam, stürzten sie auf Rose zu. Einer versuchte, sie zu umarmen. Wantscho wehrte ihn ab und drängte auch die anderen Patienten mit seinem Stock zurück, den er waagerecht mit beiden Händen hielt. Er rief nach Walentina, der Oberschwester. Die Kranken waren nicht bösartig, nur neugierig. Sie mochten den Doktor, der jetzt mit strenger Stimme zu ihnen sprach. Sie wichen zurück. Walentina kam gerannt und hinter ihr weitere Pfleger und Schwestern, alle in Weiß. Die Schwestern trugen im Nacken gebundene Tücher auf dem Kopf.

»Wsitschko e nared! Alles in Ordnung!«, sagte Wantscho und hob beschwichtigend die Hand. Es war eine gespenstische Situation. Auf der einen Seite ein Dutzend geistig Kranker, auf der anderen der Arzt, das Pflegepersonal und Rose. Beide Seiten beäugten einander. Bis sich aus der Reihe der Kranken eine Frau löste. Ihr graues Haar war struppig, ihre Augäpfel milchig, ihr Mund lächelte. Mit ausgestrecktem Arm ging sie langsam auf Rose zu. Wantscho wollte eingreifen, doch Rose gab ihm zu verstehen, er solle innehalten. Die Blinde berührte Roses Arm, ihre Schulter, ihr Gesicht. Auch die anderen Patienten rückten jetzt näher. Alle wollten Roses goldenes Haar berühren. All das geschah in völliger Harmonie. Nur die Schreie, die von der anderen Seite des Flures kamen, verstummten nicht. Wantscho entspannte sich, als er sah, dass Rose die Berührungen nichts ausmachten. Rose hatte keine Angst. Ihr kam es vor, als stünde sie inmitten von lauter Märchen- und Fabelwesen und nicht inmitten bedauernswerter Geschöpfe.

Schließlich gingen Wantscho und Rose weiter. Auf dem Fußboden saß reglos ein junger Mann und stierte vor sich hin.

»Stupor!«, sagte Wantscho und zeigte auf ihn. »Armer Kerl.«

Weiter vorne, am Fenster, stand eine Alte, die im ewig gleichen Rhythmus vor und zurück schaukelte. Eine andere Frau kam ihnen entgegen, sie wirkte verschlossen und in sich gekehrt. Sie näherten sich drei vergitterten Türen, durch deren Eisenstäbe die Kranken ihre Hände reckten. Einer schrie aus voller Kehle. Ein anderer heulte monoton. Wieder ein anderer sang und lief im Kreis. Als sie sahen, dass es der Doktor war, der sich ihnen näherte, verstummten sie. Wantscho trat dicht an das Gitter heran, drückte die Hände, die ihm entgegengestreckt wurden, und sagte etwas, das Rose, die sich lieber fernhielt, nicht verstand. Am Tonfall erkannte sie jedoch, dass es etwas Liebevolles, Freundliches war. Es schien, als hätte Wantscho die Kranken verzaubert. Sie kamen zur Ruhe.

Alle hatten größten Respekt vor Dr. Wantscho Nikolow. Sein Wort war Gesetz. Er war sehr autoritär. Seine Anweisungen wurden umgehend befolgt. Von seinem Personal verlangte er viel. Doch von sich selbst ebenso. Eigentlich war Wantscho ein weicher Mensch, doch in seinem Beruf konnte er sehr hart sein. Wehe, seine Mitarbeiter machten Fehler, die auf Kosten der Patienten gingen. Dann wurde er fuchsteufelswild. Es war bekannt, dass er die Kranken liebte, sich für sie aufopferte und bereit war, alles nur Menschenmögliche zu tun, um die elenden Bedingungen, unter denen sie hausten, zu verbessern. Am Psychiatrischen Krankenhaus in Bernhausen hatte er bei Professor Findeis die klaren Strukturen und die deutsche »Zucht und Ordnung« schätzen gelernt. Er versuchte, einiges davon in Sofia umzusetzen, wobei für ihn an erster Stelle die Menschenwürde stand. Seit er hier als Chefarzt arbeitete, hatte sich schon so manches zum Guten gewandelt. Gleich am ersten Tag entließ Wantscho einen Pfleger, den er dabei überraschte, wie er einen Kranken beschimpfte und schlug. Und das, weil dieser seine Suppe nicht am Tisch sitzend, sondern lieber im Stehen essen wollte.

Bei der Klinikleitung setzte er durch, dass alle Kranken, die bislang nicht raus durften, mit Pflegern und Schwestern Spaziergänge an der frischen Luft machen konnten. Die, die körperlich behindert waren, wurden abwechselnd in den alten, wackligen Rollstuhl gesetzt oder von kräftigen Patienten Huckepack genommen und nach draußen gebracht. Bis zu diesem Zeitpunkt hatten sich diese Patienten nur drinnen aufgehalten. Manche hatten Angst, das Haus zu verlassen, und es dauerte Wochen, ihr Vertrauen zu gewinnen.

Als Nächstes wollte Wantscho den Abführtag abschaffen. Doch hiervon wollte die Klinikleitung nichts wissen. Denn so, wie es war, war es am einfachsten: Tagelang bekamen die Patienten nichts als stopfende Kost und schließlich, am bewussten Tag, Abführmittel. Da wusste man, woran man war. Das war leichter zu bewerkstelligen.

Als Wantscho sich von den Gittertüren löste, um mit Rose weiterzugehen, begannen die Kranken wieder zu lärmen.

»Kannst du denen denn nicht etwas Dämpfendes geben?«, fragte Rose.

»Wir haben nicht genug Neuroleptika«, antwortete Wantscho.

Er führte sie in sein Büro am Ende des Flurs. Rose registrierte den wuchtigen Schreibtisch, auf dem ein aufgeschlagenes Heft mit festem Einband und ein Stapel Papier lagen. Den Federkiel, das Tintenfass, den Tintenroller und den schwarzen Telefonapparat. Die mit Wasser gefüllte Joghurtflasche mit dem Strauß Wiesenblumen. Die einfache Liege in der Zimmerecke. Darauf, wie vergessen, ein kleiner Hammer zum Auslösen von Kniereflexen. Und an der Wand ein Kalender und ein Plakat vom 1. Mai 1963, auf Letzterem grüßte ein Bauer mit roten Nelken.

Wantscho sagte zu Rose, sie solle Platz nehmen, er müsse schnell etwas notieren. Er hängte seinen Stock an die Schreibtischplatte, setzte sich an den Tisch und zündete zwei Zigaretten an. Die erste reichte er Rose, die zweite steckte er sich selbst in den Mund. Er öffnete das Tintenfass, tauchte die Feder ein und schrieb in das aufgeschlagene Heft. Rose bemerkte eine Tür, ging hin, um sie zu öffnen. Sie führte in einen winzigen Raum von zwei mal zwei Metern, in dem ein richtiges Bett stand. Hier schlief Wantscho, wenn er Nachtdienst hatte.

Am Abend verließen Wantscho und Rose die Klinik gemeinsam. Langsam rollte der Škoda auf das Pförtnerhäuschen zu und hielt vor der geschlossenen Schranke. Der Pförtner kam heraus, er und Wantscho begrüßten sich freundlich. Der Alte beugte sich hinab, um zu sehen, wer neben dem Doktor im Wagen saß. Als er die junge blonde Frau sah, mit der er sich am Vormittag nicht hatte verständigen können, erschrak er so furchtbar, dass sein Schnurrbart zitterte. Er stammelte Worte der Entschuldigung. Wantscho winkte nur ab und lachte. Der Pförtner richtete sich auf, nahm Haltung an und knallte die Hacken zusammen. Anschließend machte er einen tiefen Diener und öffnete die Schranke, um danach wieder Haltung anzunehmen, eine Hand zum militärischen Gruß an der Schläfe.

»Der gute Petko war bis zu seiner Pensionierung Soldat«, sagte Wantscho gut gelaunt. »Er hat in beiden Balkankriegen gekämpft.«

Rose winkte dem Pförtner zu. Doch dessen Blick war starr geradeaus gerichtet.

Von nun an besuchte Rose Wantscho öfter in der Klinik. Hatte er Nachtdienst, so kam sie abends und blieb bis zum nächsten Morgen. Sie teilte mit ihm das Bett in seinem Dienstzimmer. Denn nachts, allein in ihrem Appartement in Pantscharewo, gruselte sie sich zu sehr.

Immer fuhr sie mit dem Bus bis zur Endstation. Sah Petko sie kommen, öffnete er sofort die Schranke, grüßte und nahm Haltung an. Er war wirklich ein komischer Kauz. Rose lief über das Klinikgelände, klingelte an der Tür der Geschlossenen Station. Eine Schwester öffnete und ließ sie ein. Und jedes Mal kamen die Patienten auf sie zu, um sie zu begrüßen. Sie wussten, dass Rose ihnen etwas mitbrachte. Irgendeinen lustigen Schnickschnack, den sie gleich im Dutzend erstanden hatte. Bunte gehäkelte Bällchen etwa, die knisterten, wenn man sie in die Hand nahm, die hatte Rose für ein paar Stotinki vom Markt geholt. Oder gehäkelte Püppchen, die sie einer Zigeunerin abgekauft hatte, oder einfach nur in buntes Papier eingewickelte süße Lutschbonbons. Die Kranken nahmen die kleinen Gaben mit leuchtenden Augen entgegen. Manche trugen sie den ganzen Tag mit sich herum. Andere verstauten sie in ihrem Bett oder versteckten sie an einem sicheren Platz.

Rose bewunderte es, wie Wantscho mit den Kranken umging. Er war geduldig mit ihnen, wie ein liebender Vater mit seinen störrischen Kindern. Sprach Rose mit Freunden darüber, so sagte sie: »Wantscho bleibt immer Mensch.« Und Wantscho machte keine Unterschiede. Einmal schickten Kollegen eine Zigeunerin zu ihm, bei der sie eine Hirnhautentzündung, also ein neurologisches Problem, diagnostiziert hatten. Doch kein Mittel half. Die Zigeunerin, eine Roma von sechzig Jahren, hielt sich die linke Seite und jammerte vor Schmerzen. Sie hatte hohes Fieber. Wantscho untersuchte sie und stellte am Ende eine Lungenentzündung im fortgeschrittenen Stadium fest. Er überwies die Zigeunerin ins städtische Krankenhaus. Als er sich einige Tage später nach ihr erkundigte, hieß es, sie habe sich, noch nicht genesen, davongemacht. Vielleicht war sie mittlerweile an der Lungenentzündung gestorben? Wantscho empfand Mitleid mit der Frau. Und das obwohl er im Geiste inzwischen eine Entwicklung genommen hatte, die ihn, wie sein Vater, Zigeuner ablehnen ließ. Unmerklich war das geschehen und Wantscho konnte sich auch nicht mehr daran erinnern, wie er als Knabe die Zigeuner und ihre Musik bewundert hatte. Doch, wenn ein Mensch krank war und litt, kannte er keine Vorurteile. Dann sah er nur noch den Patienten, dem er helfen musste, auch wenn dies ein Zigeuner oder gar ein Türke war.

Wenn Abführtag war, hielt sich Rose von der Klinik fern. Zu grässlich war der Geruch. Zu empfindlich ihre Nase.

An einem solchen Abführtag war Rose in Pantscharewo geblieben. Es war abends, sie lag schon im Bett und las, als plötzlich eine Feldmaus über ihre Bettdecke huschte. Rose war wie erstarrt, doch sie sah genau, dass das graue Mäuschen viele Haare auf dem Kopf hatte und dafür am Bauch ganz kahl war. Die Maus verschwand so plötzlich, wie sie gekommen war, und Rose sprang aus dem Bett. Sie spürte eine wilde Verzweiflung und brach in Tränen aus. Wie, zum Teufel, war die Maus in ihr Zimmer gekommen? Warum musste sie in einem so schäbigen Loch hausen! Warum war sie ständig allein? Wo war Wantscho! Heulend kroch sie auf dem Fußboden herum und suchte in allen Ecken des Zimmers nach einem Loch in der Mauer. Doch sie fand keins und die Maus blieb verschwunden. Es beunruhigte Rose, dass es hier irgendwo einen Eingang für das Tier geben musste. Sie stellte sich vor, wie große fette Ratten, haarige riesige Spinnen, Wanzen und anderes elendes Ungeziefer sich den Weg in das Zimmer bahnen würden. Und mit einem Mal wurde sie so panisch, wie noch nie in ihrem ganzen Leben. Schnell zog sie sich an, verließ die Wohnung und rannte auf die Straße. Sie hatte Glück, es fuhr noch ein letzter Bus. Eine Stunde später war sie in der Klinik bei Wantscho. Abführtag hin, Abführtag her.

Wantscho und Bojko suchten das gesamte Zimmer und das Bad ab. Die Männer betasteten alle Ecken, jeden Winkel, verrückten die Möbel, durchforsteten den Schrank. Hinter dem Bücherregal fanden sie schließlich das Loch. Wantscho brachte aus der Klinik Luminal mit, steckte das Schlafmittel in ein Stückchen Schafskäse und legte es unter den Tisch. Am nächsten Morgen war der Käse verschwunden. Rose fand die tote Maus im Badezimmer.

»Die Ärmste«, sagte sie und fing an zu weinen.

»Sie ist friedlich eingeschlafen«, versuchte Wantscho sie zu trösten. »Ein schöner leichter Tod. Und sie hat sogar noch was Leckeres zu fressen gekriegt.«

Doch da weinte sein Röschen nur umso heftiger. »Ich will nach Hause«, schluchzte sie, »ich will nach Hause.«

Am Freitag fuhren Wantscho und Rose wie immer nach Lom. Wantscho überredete Rose, bei den Eltern zu bleiben. Dort wusste er sie gut aufgehoben. Er versprach, jedes Wochenende zu kommen. Und so war es dann auch.

Rose bewohnte das elterliche Schlafzimmer. Sneza und Christo bestanden darauf, im Keller zu schlafen. Rose fühlte sich einsam. Zwar kümmerten sich Wantschos Eltern rührend um sie, doch sie konnten ihr den Liebsten nicht ersetzen. Und die Freunde fehlten ihr. Sie vermisste Jenina und die Einkaufsbummel, die sie gemeinsam in Sofia unternommen hatten. Sie dachte daran, wie sie mit Bojko und Wantscho ins Kino und ins Theater gegangen war und daran, dass sie sich öfter mit Nasco und Dantsche getroffen hatten. Sie hatte keinen zum Reden. Auch Lina nicht. Die Schwägerin hatte in Plowdiw, dreihundert Kilometer entfernt von Lom, eine Stelle als Bibliothekarin angetreten. Sie kam nur selten zu Besuch.

Rose wusste nicht viel mit sich anzufangen. Abends spielten die Eltern zwar immerhin Belot mit ihr. Und natürlich unterhielten sie sich auch. Bulgarisch konnte Rose inzwischen ja recht gut. Trotzdem schien es ihr, als dehnte sich jeder Tag endlos in die Länge. Nachts schlief sie schlecht. Im Zimmer war es stickig. Häufig plagten sie die Mücken. Bevor sie die nicht alle erwischt hatte, war an Schlaf sowieso nicht zu denken. Sie wälzte sich von einer Seite auf die andere. Wenn sie aufstand, um sich in der Küche ein Glas Wasser zu holen, hörte sie die beiden Alten im Keller schnarchen. Sie neidete ihnen die frische Kühle des Untergeschosses.

Sie lebte für das Wochenende, wenn Wantscho kam. Der fragte sie, ob sie nicht nach Lom umziehen sollten. Er würde auch hier eine Arbeit finden. Und eine Wohnung dazu. Doch das wollte Rose auf keinen Fall. Aufs Land ziehen! In die bulgarische Pampa! Wo sie sich abgeschnitten und isoliert fühlte. Doch zurück in das schäbige Appartement in Sofia wollte sie auch nicht mehr. Da war guter Rat teuer. Es blieb Wantscho nichts anderes übrig, als Ausschau nach einer neuen, besseren Bleibe zu halten. Und das konnte, angesichts der Wohnungsnot, die in Sofia herrschte, dauern.

Für Rose gab es in Lom nichts zu tun. Keine Aufgabe war zu erledigen, keine Pflicht zu erfüllen. Sie verbrachte ihre Tage mit Warten. Fast schlimmer noch als die Sehnsucht nach dem Liebsten und das Heimweh nach Deutschland war die quälende Langeweile. Zu gerne hätte Rose sich abgelenkt, etwas »Richtiges« getan. Doch die Schwiegereltern behandelten sie wie ein rohes Ei. Wollte Rose in der Küche helfen, so runzelte Sneza die schwarzen Brauen und nickte energisch. Sie schob die junge Frau in Richtung Tür. »Chajde! Gradina!«, rief sie und bedeutete Rose, sie solle in den Garten gehen. Verschnitt Christo draußen gerade Rosen und wollte Rose ihm zur Hand gehen, kriegte sie nur ein energisches »Ne! Ne!« zu hören, wobei er auf einen Liegestuhl wies.

Rose, zur Untätigkeit angehalten, vertrieb sich die Zeit mehr und mehr mit Essen und nahm fünf Pfund zu. Sie schrieb Briefe an ihre Freundin Carmen, packte Päckchen für Viktoria und schickte ihr gepresste Rosenblätter, süßen Honig und Lukanka.

An den Freitagen bereiteten sich alle auf die Ankunft Wantschos vor. Die Mutter kochte aufwändige Gerichte (mindestens einen riesigen Topf mit Rippchen und Sauerkraut!) und bereitete Süßspeisen und kalte Suppen zu. Überall duftete es nach diesen Köstlichkeiten. Der Vater kümmerte sich wie immer um den Garten und die Tiere und fegte am Nachmittag den gepflasterten Weg im Vorgarten. Dann zog er sich in den Keller zurück (Banja!), und wenn er wieder nach oben kam, hatte er ein frisches Hemd und eine saubere Hose an und in jeder Hand eine Flasche: Rotwein und Rakija. Die Mutter geriet jedes Mal in Zeitnot, schrie »Bosche moj! Bosche moj!«, hastete vom Herd zum Kühlschrank, von der Speisekammer in den Keller und von dort wieder zurück zum Backofen. Meist schaffte sie es gerade noch in letzter Minute, ihre Kittelschürze gegen ein Kleid zu tauschen und sich das wellige Haar zu richten.

Derweil wartete Rose längst vor der Eingangstür. Sie hatte ja genug Zeit und Muße gehabt. Ihr blondes Haar hatte sie gewaschen, toupiert, zum Dutt frisiert und mit Haarlack besprüht. Hinter jedes Ohr hatte sie einen Tropfen Rosenparfüm getupft. Sie war in ihr gutes Kleid, das dunkelgraue mit dem Perlmuttknopf, geschlüpft und hatte schwarze Pumps an den Füßen. Auf der Treppe sitzend, rauchte sie, das vertrieb die Mücken. Ab und zu sah sie Stanko im Nachbargarten. Sie winkte. Er winkte zurück.

Traf Wantscho endlich ein, war es jedes Mal ein Fest. Sie aßen, tranken, erzählten bis tief in die Nacht. Oft kamen noch Verwandte, Nachbarn und Freunde hinzu. Rose sehnte sich nach dem Augenblick, in dem sie endlich mit Wantscho allein sein würde. Sie beobachtete, wie Sneza ihren Sohn vergötterte. Wie sie sich hinter ihn stellte, wenn er am Tisch saß, ihm durch das wellige Haar strich und hingebungsvoll seinen Kopf küsste. Rose mochte das gar nicht. Konnte die Alte denn nicht endlich von ihm lassen! Dass Wantscho ihr aber auch nicht Einhalt gebot!

Als Rose Mutter und Sohn wieder einmal am nächsten Morgen in der Küche antraf und Sneza gerade dabei war, Wantscho das Haar in Wellen zu legen, machte sie auf der Stelle kehrt und warf die Tür hinter sich zu. Wantscho folgte ihr und fragte, was denn los sei. Und Rose antwortete ihm, dass sie es nicht leiden könne, wie die Mutter stets an ihm rumfummeln würde, dass er aussehe wie ein Weib, mit diesen Wellen im Haar, dass sie das alles nicht mehr ertragen könne.

Alles! Und überhaupt! Wantscho erschrak. Dass es so schlimm um sein Röschen stand, hatte er nicht für möglich gehalten. Ab sofort untersagte er Sneza, ihn am Kopf anzufassen. Er ließ sich von ihr auch nicht mehr die Haare frisieren und in Wellen legen. Fortan kämmte er sie sich einfach aus der Stirn und war zufrieden damit. Die Mutter fügte sich demütig und ohne Groll dem Wunsch ihres Sohnes.

So verging der Sommer 1963. Die Trauben wurden reif. Gelb und rund umrankten sie die Veranda. Rose pflückte sie im Vorübergehen und konnte nicht genug von ihnen kriegen. Eines Nachts bekam Rose Durchfall. Sie schob es darauf, dass sie zu viele Trauben gegessen hatte. Am Morgen war ihr übel, ihre Brüste spannten und sie musste sich übergeben. Sie spülte sich den Mund mit kaltem Wasser aus und sah in den Spiegel. Wann hatte sie zum letzten Mal ihre Mensis gehabt? Sie betrachtete ihr Gesicht, das ihr runder und weicher vorkam. Und langsam, ganz langsam wurde ihr klar, dass sie ein Kind erwartete.

Im Oktober hielt es Rose in Lom nicht mehr aus. Sie fuhr mit Wantscho zurück nach Sofia. Schließlich war sie ja mit ihm und nicht mit seinen Eltern verheiratet. Gemeinsam bemühten sie sich mit aller Kraft, eine neue Bleibe zu finden. Es war aussichtslos. In ganz Sofia schien es nicht eine freie Wohnung zu geben. Es wurde November. Rose fror in dem Zimmer in Pantscharewo. Durch die Fensterritzen pfiff der eisige Wind, der alte eiserne Ofen brannte schlecht und rußte mehr, als dass er Wärme spendete. Wantscho sorgte sich um seine schwangere Frau, die ständig unter Übelkeit und Stimmungsschwankungen litt. Er bat sie, zusammen mit ihm zurück zu Bojkos Eltern zu ziehen. Doch das lehnte Rose kategorisch ab. So oft sie es vermochte, besuchte sie Wantscho in der Klinik. Immer wenn er Nachtdienst hatte, übernachtete sie in seinem Arztzimmer. Tags darauf fuhren sie gemeinsam nach Hause.

So auch am Freitag, den 22. November des Jahres 1963. Es war ein trüber Tag, sie kämpften sich durch den Sofioter Verkehr. Als sie in den Lenin-Boulevard einbogen, bot sich ihnen ein gespenstisches Bild. Alle Autos und Busse, alle Straßenbahnen und Lastwagen standen still. Die Wagentüren waren geöffnet, die Menschen ausgestiegen, und ein jeder verharrte auf seinem Platz. Niemand sagte etwas. Keiner rührte sich. Es war still. Toten-still. Eine Szene wie eingefroren. Wantscho hielt an, er und Rose stiegen ebenfalls aus. Vor ihnen ein Mann neben seinem Shiguli. Auch er starr und stumm. Wantscho humpelte auf ihn zu, Rose folgte ihm. Der Mann sah sie an und flüsterte heiser: »Katastrofa. Kennedy ist ermordet worden.«

Der bulgarische Winter fiel über das Land her. Es war bitterkalt und schneite unaufhörlich. Im Dezember verlangte Rose: »Ich will nach Hause!« Wantscho war fassungslos. Wieder versuchte er sie zu überreden, zu Bojkos Eltern zurück, oder ganz nach Lom zu ziehen. Rose blieb fest. Sie telegrafierte ihrer Mutter. Wantscho borgte sich Geld für ein Flugticket. Wenige Tage vor Weihnachten flog Rose nach Ost-Berlin.

13

Rose hielt die Augen geschlossen und lauschte auf das eintönige Brummen der Motoren. Das schlechte Gewissen nagte an ihr, weil sie Wantscho alleine zurückgelassen hatte. Sie rief sich den Moment in Erinnerung, in dem sie ihm gesagt hatte, sie sei schwanger. Ungläubig hatte er sie angesehen, nur langsam den Sinn ihrer Worte begriffen. Dann hatte er sie angestrahlt und so heftig umarmt, dass ihr die Luft wegblieb. Und schließlich hatte er vor Freude geweint. Es zerriss ihr das Herz, ihn jetzt leiden zu sehen, doch es würde ja nicht von Dauer sein. Sie würde ja zurückkehren. Sie nahm es sich fest vor.

Sie war froh, dem bulgarischen Winter entronnen zu sein. Schon die letzten Wochen in Lom hatte sie gefroren. Christos Hauptbetätigung hatte darin bestanden zu heizen. Man hielt sich am besten in der

Küche auf, dem einzigen Raum, in dem es warm war. Rose fror trotzdem. Auch in ihrem Bett fror sie, obwohl sie drei Decken über sich legte und einen Pullover über dem Schlafanzug trug. Sie dachte an die beiden Alten im Keller, wo es frostiger war als im Erdgeschoss. Die Tatsache, dass die Alten dort unten in der Kälte auf Matratzen lagen, die Mutter mit ihrem Rheuma, der Vater mit seiner Gicht und sie, die Junge, hier oben im weichen, wenn auch nicht sehr warmen Nest, ließ Rose noch schlechter in den Schlaf finden. Und dann diese Eintönigkeit! Diese Armut! Und immer nur mit den Alten zusammen. Zwar lasen ihr die Schwiegereltern jeden Wunsch von den Augen ab, zeigten ihr ihre Zuneigung. Und Rose mochte die beiden auch wirklich gern. Trotzdem hatte sie sich mehr und mehr wie ein Fremdkörper gefühlt. Hinzu kam, dass Stanko, der Nachbar, angefangen hatte, ihr hinterherzustarren. Sein lüsterner Blick traf sie, wann immer sie einander über den Weg liefen. Rose war irritiert. Sie erzählte Wantscho nichts davon. Sie wusste nur eins: Hier wollte sie ihr Kind nicht zur Welt bringen! Und in Sofia schon gleich dreimal nicht!

Ab und zu steuerte das Flugzeug durch eine Wolke, dann rüttelte die Maschine. Doch Rose hatte keine Angst. Vor ihr zündete sich jemand eine Zigarette an. Sofort bekam sie Lust zu rauchen. Seit sie wusste, dass sie schwanger war, hatte sie keine Zigaretten mehr angerührt. Das Kindchen regte sich in ihr. Es fühlte sich an, als würde ein Schmetterling mit den Flügeln schlagen. Sie streichelte ihren Bauch und lächelte versonnen.

Die Maschine landete pünktlich in Berlin-Schönefeld. Rose reihte sich in die Schlange der anderen Reisenden ein, die zur Gepäckausgabe eilten. Sie freute sich, die Leute deutsch sprechen zu hören. Die uniformierten Grenzpolizisten, die überall zu sehen waren, kamen ihr fast freundlich vor. Schon von Weitem sah sie ihre Mutter. Viktoria überragte alle, die um sie herumstanden: Roses Bruder Harald und dessen Verlobte Evi, Oma Else und Tante Irmchen. Viktoria winkte. Sie wollte nicht heulen, doch als sie ihre Tochter erblickte, konnte sie die Tränen nicht zurückhalten. Sie hatte ihr kleines Mädchen wieder. Rose winkte zurück. Sie atmete auf. Sie war zu Hause.

Wantscho war wie vor den Kopf geschlagen. Er würde seine Rose, seine Einzige, die schönste aller Blumen, verlieren. Wie sollte es weitergehen? Sie da drüben, er hier, 2000 Kilometer von ihr getrennt. Rose hatte ihm versichert, dass sie zu ihm zurückkommen werde, sobald das Kind geboren sei. Doch der Zweifel nagte an Wantschos Herz, denn ihm war klar: War Rose erst einmal in der DDR und würde dort die Annehmlichkeiten genießen, die es in Bulgarien nun einmal nicht gab, sie würde nicht mehr nach Bulgarien zurückkehren wollen. Die DDR war und blieb nun einmal der Westen des Ostens.

Wantscho versank in Trübsinn. Am Abend von Roses Abreise betrank er sich mit Bojko und Nasco. Am nächsten Morgen kam er zum ersten Mal in seinem Leben zu spät zur Arbeit. Abends saß er wieder mit seinen Freunden zusammen und gemeinsam suchten sie nach einem Ausweg. Sie fanden keinen. Nasco war sich sicher: Rose kommt zurück. Bojko wackelte zweifelnd mit dem Kopf. Sie überlegten, ob es möglich wäre, dass Wantscho Rose in die DDR folgte. Nasco gab zu bedenken, dass es derzeit sehr schwer, ja nahezu unmöglich sei, eine Ausreisegenehmigung zu bekommen. Denn was hätte der bulgarische Staat davon, wenn der hervorragend ausgebildete Dr. Iwan Christow Nikolow das Land verließe? Nichts. Rein gar nichts. Anders wäre es, wenn er nach Algerien ginge. Das würde dem sozialistischen Staat Devisen einbringen. Doch in der DDR war der Dr. med. für Bulgarien verloren. Der Staat hatte ihn ausgebildet! Unentgeltlich, doch nicht uneigennützig! Und nun hatte das Individuum seiner gesellschaftlichen Verpflichtung nachzukommen! Was sollte da das Geschwafel von der Freiheit. Welche Freiheit überhaupt? Im Sozialismus galt nur eine Freiheit, die Einsicht in die Notwendigkeit!

Wantscho nickte. »Hast ja recht, Nasco, hast ja recht.«

Nasco legte seinem Batko den Arm um die Schulter. »Vergiss es«, sagte er. »Egal, wie du dich entscheidest, ich helfe dir. Bleibst du hier, gut. Willst du weg, auch gut.«

Wantscho schwankte. Mal dachte er, er müsse Rose auf der Stelle folgen, egal, welche Schwierigkeiten es auch zu überwinden galt. Dann wieder wusste er, dass er seine Heimat nicht verlassen mochte. Er war durch und durch Bulgare. Hier waren seine Wurzeln. Hier hatte er eine Aufgabe. Hier wollte er leben. Mit Frau und Kind. Was also war zu tun?

Am nächsten Tag traf Roses Telegramm ein: »Gut angekommen, liebe Dich unendlich, Rose.« Diese paar Worte bewirkten, dass ihm schwindelte und er sich setzen musste. Er kämpfte mit den Tränen, als er zum Telefonhörer griff, Nasco anrief und diesen bat, ihm bei der Ausreise aus Bulgarien behilflich zu sein.

Rose zog wieder in die winzige Zweizimmerwohnung zu Viktoria. Ein paar Dinge hatten sich verändert: Im Klo lag nun ein Frotteeläufer, in der Stube stand ein kleines Fernsehgerät und Harald wohnte inzwischen bei seiner Evi.

Rose sagte zu Viktoria, sie wolle fortan im Wohnzimmer auf der Couch schlafen und nicht mehr im Ehebett.

»In deinem Zustand!«, erwiderte Viktoria. »Das kommt ja überhaupt nicht in Frage.« Und wieder war es so: Rose lag im Bett und die Mutter, jetzt ihre eigene, nicht. Rose fügte sich widerwillig. Auch sonst fiel es ihr schwer, sich Viktoria unterzuordnen. Die dachte wohl, sie könne nahtlos an das frühere Zusammenleben mit der Tochter anknüpfen. Wo gehst du hin? Wen triffst du denn? Zum Abendbrot bist du aber zurück! Du rauchst doch nicht etwa oder trinkst Alkohol?

So ging das die ganze Zeit. Rose fühlte sich eingeengt und immer öfter kam es zum Streit. Die Situation gipfelte in einer Auseinandersetzung, die Viktoria angezettelt hatte, weil es ihr nicht passte, dass Rose sich mit Carmen traf. »Diese lose Person ist kein Umgang für dich«, wetterte sie.

Rose verbat sich diese Einmischung.

»Du wirst diese Herumtreiberin nicht mehr treffen«, legte Viktoria nach.

Rose versuchte, sich zu beherrschen.

»Ich verbiete es dir!«

Rose verschränkte die Arme vor der Brust.

»Solange ich für dich aufkommen muss, ...«

Rose lachte nur.

Da rutschte Viktoria die Hand aus. Die Wucht der Ohrfeige ließ Roses Kopf an den Türrahmen knallen. Gleich nach dem Aufprall fühlte sie einen stechenden Schmerz. Tränen schossen ihr in die Augen. Auch vor Wut! Viktoria schrie auf, sprang auf ihre Tochter zu und wollte sie in den Arm nehmen. Doch Rose stieß sie zurück. »Lass mich!«, fauchte sie und verließ die Wohnung.

Später wurde über den Vorfall nicht mehr gesprochen. Das Einzige, was davon blieb, war die Beule, die Rose von dem Aufprall davongetragen hatte.

Viktoria stand unter Schock. Sie hatte ihr Kind geschlagen, das selbst ein Kind trug! Sie machte sich Vorwürfe. Doch Rose um Verzeihung zu bitten, kam ihr nicht in den Sinn. Einen Fehler zuzugeben, ebenso wenig. Wo kämen wir denn da hin! Viktoria machte keine großen Worte, sie ließ Taten sprechen. Künftig nahm sie sich merkbar zurück. Sie ließ Rose größtenteils in Ruhe und mischte sich nicht mehr in alles ein. Die war froh und nutzte Viktorias schlechtes Gewissen aus. Wurde ihr die Mutter zu streng, griff sie sich an den Hinterkopf und verzog das Gesicht. Auf diese Weise erreichte sie, dass die Mutter sie in Frieden ließ.

Täglich traf Rose sich mit Carmen. Die arbeitete immer noch als Sekretärin in der Psychiatrischen Klinik. Und so kam Rose auch wieder in Kontakt mit Wantschos ehemaligem Kollegen Bernhard Helferich. Der sagte, sie solle doch mal vorbeikommen, auch Elke, seine Frau, würde sich freuen. Je größer Roses Bauch wurde, umso kleiner wurde ihre Lust, abends durch die Gegend zu streifen, in der verrauchten Gaststätte an der Saale zu hocken, sich von Jungs ansprechen zu lassen, die sich letztendlich sowieso nur – wie früher schon – für die attraktive Carmen interessierten.

Eines Abends zog Rose nicht mehr mit Carmen los, sondern besuchte die Familie Helferich. Elke öffnete ihr die Tür, sie hatte eine Schürze um und ihr jüngstes Kind auf dem Arm. Die Kleine hatte eine Rotzfahne und hielt einen hölzernen Kochlöffel in der Hand. »Komm schnell rein«, rief Elke, »ich habe Milch auf dem Herd!« Rose trat ein, zog ihren Mantel aus, hängte ihn an die Garderobe und folgte Elke. Als sie am Wohnzimmer vorbeikam, sah sie die Jungs, Andreas und Volker, vier und fünf Jahre alt, in Bademänteln vor dem Fernseher sitzen. In der Küche füllte Elke heiße Milch in zwei Tassen und in eine Nuckelflasche. Die Tassen brachte sie den Jungs. Dann holte sie die Nuckelflasche. »Ich bringe schnell Sabine ins Bett«, sagte sie. »Setz dich doch, ich bin gleich zurück.«

Rose sah sich unschlüssig um. Ihr Blick fiel auf den großen Topf auf dem Herd, in dem Elke Windeln auskochte. Auf dem zerkratzten Holztisch lagen in Scheiben geschnittenes Brot, eine dicke Fleischwurst, eine halbe Gurke, ein Stück Butter. In der einen Ecke ein Wäscheberg, in der anderen ein Puppenwagen. Daneben auf dem grauen Steinfußboden ein brauner Teddy und eine Puppe mit blonden Zöpfen. An der Wand van Goghs »Sonnenblumen«. Der Küchenboiler zischte. Aus dem Wohnzimmer erklang die Musik des *Abendgrußes*. »Sandmann, lieber Sandmann, es ist noch nicht so weit …«

Rose ging ins Wohnzimmer und setzte sich neben die Jungs aufs Sofa. Die Kleinen sahen sie kurz an und blickten gleich darauf wieder gebannt auf den Bildschirm. Ihr Haar war feucht und frisch gekämmt, ihre Gesichter strahlten rosig, es roch nach Badesalz. Elke kam zurück. Sie sah müde aus und lehnte sich an den Türrahmen. Gerade traf der Sandmann in einem Armeejeep in einer Kaserne der NVA ein. Elke und Rose blickten sich an. Beide rollten mit den Augen. Sie mussten lachen. Dann sahen sie zu, wie Herr Fuchs seine Höhle renoviert und Frau Elster dabei helfen will, aber alles falsch macht. Nachdem der Sandmann Schlafsand gestreut und gewinkt hatte, schaltete Elke den Fernsehapparat aus und sagte: »Ab geht's.« Andreas und Volker rutschten vom Sofa runter und rannten aus dem Zimmer. »Nicht so laut«, mahnte Elke, »Biene schläft schon.« In der Küche holten sich die Jungs warmes Wasser. Sie balancierten die gefüllten Becher zurück ins Badezimmer, wo sie sich die Zähne putzten. Andreas war als Erster fertig und spurtete ins Kinderzimmer. Volker fing an zu weinen. Elke nahm ihn auf den Arm und trug ihn ins Kinderzimmer. Sie gab jedem Kind einen Gutenachtkuss, löschte das Licht und lehnte die Tür so an, dass von innen ein Lichtstreif zu sehen war. Bald bin ich auch eine Mutter, die ihr Kind ins Bett bringt, dachte Rose. Sie hörte Elke seufzen. Es klang erleichtert. »Der schönste Augenblick des Tages«, sagte Elke und lächelte Rose an.

Die Frauen gingen in die Küche. Rose setzte sich an den Tisch. Elke holte ein Stück Käse aus dem Kühlschrank und legte es neben die Wurst. Sie begann, Schnitten zu belegen und auf einen großen Teller zu schichten.

»Wann kommt Bernhard?«, fragte Rose.

»Halb acht«, sagte Elke. »Bis dahin muss hier Ordnung sein.«

»Wie meinst du das?« Rose betrachtete sehnsüchtig die fertigen Schnitten.

»Na ja, Kinder im Bett, Essen auf dem Tisch, alles aufgeräumt.«

Rose betrachtete die Unordnung, die in der Küche herrschte. Elke bemerkte es und zuckte mit den Schultern. »Kinder im Bett, Essen auf dem Tisch muss reichen.« Sie lachte.

Die Haustür klappte, Bernhard kam in die Küche. Als er Rose sah, rieb er sich erfreut die Hände. Er ging zum Waschbecken und wusch sie sich. Dann küsste er seine Frau. Rose gab er die Hand und zwinkerte ihr zu. Er setzte sich an den Tisch und nahm sich ein Brot mit Käse. Auch Rose griff jetzt zu. Elke stand auf, holte eine Flasche Bier und eine Flasche Selters aus dem Kühlschrank. Das Bier stellte sie vor Bernhard hin. Der fragte Rose, ob es ihr gut ginge und ob das Kindchen auch schön strampeln würde. Rose bejahte. Was sie sich denn wünsche, wollte er wissen, einen Jungen oder ein Mädchen.

»Es wird ein Junge«, erwiderte Rose, »das spüre ich. Er wird Peter heißen.« Bernhard lachte und fragte nach Wantscho und wie nun alles werden solle. Rose sagte, erst solle mal das Kind kommen, dann würden sie weitersehen. Ob sie denn zurück nach Bulgarien wolle.

Rose schluckte.

Vielleicht könne Wantscho ja auch hierherkommen, setzte Bernhard hinzu. Rose nickte stumm.

Elke griff nach ihrer Hand. »Lass mal, das wird schon«, sagte sie.

»Aber ja«, rief Bernhard, »das wird schon.«

Dann schwiegen sie eine Weile und jeder hing seinen eigenen Gedanken nach. »Mir fehlt er auch«, sagte Bernhard schließlich. »Gleich, nachdem er fort war, habe ich uns einen Fernseher gekauft.« Er lächelte in sich hinein. Rose fühlte, wie sich das Kind in ihrem Bauch bewegte und musste nun auch lächeln.

Nach dem Essen spielten sie Offiziersskat. Elke gewann viermal hintereinander. Bernhard fluchte, doch er meinte es nicht so. Roses Stimmung besserte sich. Abends um zehn brach sie auf, um nach Hause zu gehen. Elke begleitete sie bis zur Brücke, die über die Saale führte. Da war Rose schon fast daheim.

Von nun an ging Rose jeden Tag zu Elke. Elke arbeitete nicht. Sie war *nur* Hausfrau. Sie hatte *nur* drei kleine Kinder und den Haushalt zu versorgen. Rose half ihr hier und da ein bisschen. Mal bügelte sie, wenn Elke abwusch. Mal legte sie die Wäsche zusammen, wenn Elke kochte. Mal räumte sie die Küche auf, wenn Elke die Hosen der Jungs flickte. Mal nahm sie Sabine auf den Schoß, wenn Elke putzte.

»Wird es dir auch nicht zu viel?«, fragte Elke besorgt. Rose schüttelte den Kopf: »Mir geht's doch gut«, sagte sie. »Ich bewege mich gern.«

Während der Hausarbeit unterhielten sich die beiden Frauen. Rose fühlte sich wohl bei der fünf Jahre älteren Freundin. Mit Elke konnte sie über alles reden. Elke besaß Tiefgang, viel mehr als Carmen, die nur Männer im Kopf hatte.

Rose feierte Weihnachten im Schoß ihrer Familie.

Zur gleichen Zeit geriet Wantscho in ein Schneegestöber auf der Landstraße zwischen Montana und Lom. Keine Menschenseele war unterwegs. Wantscho musste höllisch aufpassen, um nicht von der Straße abzukommen. Immer wieder hielt er an und kratzte den Schnee von der Windschutzscheibe, da die Scheibenwischer der Schneemassen nicht mehr Herr wurden. Dass er heil über den Schipkapass gekommen war – er hatte Schneeketten aufziehen müssen – grenzte an ein Wunder. Doch Wantscho war guter Dinge. Er dachte an Röschen. Er dachte an sein ungeborenes Kind. Er war ein Ehemann! Er würde Vater werden! Er wurde gebraucht und würde auf sich achtgeben. Trotz der anstrengenden Fahrerei war ihm leicht ums Herz.

In Lom hockte Sneza in der Küche und wurde fast verrückt vor Sorge um ihr Söhnchen. Den ganzen Tag hatte sie am Herd gestanden. Hatte für den heutigen Abend des 24. Dezember zwölf verschiedene fleischlose Gerichte zubereitet. Für jeden Monat des Jahres eins, so wie es Brauch war. Aus Bohnen, Linsen, Walnüssen, getrockneten Pflaumen. Sneza hatte Cremetorte gebacken, Baklawa, Lokum und Halwa zubereitet. Sie hatte das Festmahl für den 25. Dezember gekocht, Lammfleisch und Letscho. Denn in Bulgarien wurde einen Tag später als in Deutschland Koleda, Weihnachten, und Roschdestwo Christowo, die Geburt Christi, gefeiert.

Nun war die Arbeit getan und Sneza wurde immer nervöser. Rastlos lief sie vom Herd ans Fenster – es schneite und schneite –, vom Fenster wieder zum Herd. Es war nichts mehr zu tun. Sie setzte sich hin und begann, an den Fingernägeln zu kauen. Christo ermahnte sie. Sie kaute an der Unterlippe. Christo sah sie missbilligend an. Schließlich brach Sneza die Fastenzeit, die erst am morgigen Tag zu Ende gegangen wäre. Sie stopfte sich ein Stück Lokum in den Mund und blickte trübsinnig vor sich hin. Ab und zu kullerten ein paar Tränen über ihre Wangen. Nun verlor Christo die Geduld, er herrschte Sneza an. Er hasste es, wenn die Weiber heulten. Dabei ging es ihm auch nicht besser. Das endlose Warten zerrte auch an seinen Nerven.

Lina versuchte, die beiden Alten so gut es ging zu beruhigen.

Als es draußen dunkelte, traf Wantscho endlich in Lom ein. Alle waren überglücklich, ihn zu sehen: die Eltern, Lina, Christos Schwestern, Snezas Schwester und deren Tochter. Die Familie versammelte sich in der Küche, im einzigen geheizten Raum des Hauses. Man aß und trank und feierte.

Wantscho unterrichtete seine Eltern und Lina erst am folgenden Tag von seinem Entschluss, Bulgarien zu verlassen. Die Mutter schlug die Hände über dem Kopf zusammen. »Bosche moj! Und das am Tage der Geburt Christi!«, wehklagte sie. Der Vater sank in sich zusammen und bekam einen bitteren Zug um den Mund. Und Lina wurde ganz still.

In Sofia ließ Nasco seine Beziehungen spielen und verteilte Bakschisch. Wantscho musste Briefe an Ämter und ans Ministerium für Inneres schreiben. Er musste bei der Partei vorstellig werden und Fragen beantworten: Warum willst du die Bulgarische Volksrepublik, die so viel für dich getan hat, verlassen, Genosse?

Er musste Anschuldigungen zurückweisen: Du bist egoistisch und undankbar, Genosse!

Er musste Drohungen wegstecken: Das wird die Partei dir niemals verzeihen, Genosse!

Hinzu kam die quälende Erinnerung an die unausgesprochenen Vorwürfe der Eltern. Nur Lina war auf seiner Seite gewesen und hatte ihm Mut gemacht.

Doch Wantscho hielt stand. Er hatte sein Ziel klar vor Augen: Ein Visum für die DDR! Er kämpfte, wie noch nie zuvor in seinem Leben.

Und einem weiteren Kampf musste Wantscho sich stellen: der Auseinandersetzung mit seiner Schwiegermutter. Ein Brief, den er im Januar 1964, vier Monate vor Roses Niederkunft, an Viktoria schrieb zeugt davon ebenso, wie die Antwort, die er von ihr erhielt:

Liebe Schwiegermutter!
Ich danke Dir für Dein Schreiben vom 16.1.64, welches ich erst vorgestern zu lesen bekam, als ich von Lom nach Sofia zurückkam. Der Brief hat also etwa 2 Wochen hier auf mich gewartet. Obwohl das Neue Jahr 1964 schon etwas veraltet ist, möchte ich Dir meinen Wunsch für alles Gute u. vorwiegend für Gesundheit aussprechen!

Und nun zur Sache.
Deinem Brief nach bin ich im vorigen Jahr unehrlich gewesen, da ich nicht »mit offenen Karten« gespielt habe. Ich bin gezwungen, hier noch einmal zu sagen, daß ich noch in Bernhausen Rose offen gesagt habe, daß es bei uns in verschiedenen Beziehungen schwieriger ist als bei Euch. Aber, da wir uns liebten u. lieben, haben wir trotzdem geheiratet.
Meine Wirtschaftslage ist zur Zeit hier in Sofia nicht gut – das stimmt. Aber in Lom hätten wir eine bessere, bzw. eine gute gehabt. Ich gebe zu, daß mein Schritt – nach Sofia zu kommen – ein Fehler war. Wir hatten aber die Möglichkeit, diesen zu korrigieren – nämlich im Sommer 1963, als wir Bojkos Haus verlassen haben. Damals habe ich Rose gesagt – vor uns sind zwei Möglichkeiten – entweder nach Lom zu den Eltern zu ziehen für ein paar Jahre, um genug Geld sparen zu können, oder in Pantscharewo zu wohnen. Sie hat die zweite Möglichkeit vorgezogen. Ich wollte sie nicht kränken u. habe mich damit einverstanden erklärt, obwohl ich dagegen war.
Ich habe Dir schon mehrmals persönlich erklärt, daß ich nach Sofia gekommen bin, damit Rose die Möglichkeit hätte, in einer größeren Stadt zu leben u. damit wir nicht für ewig in Lom bleiben brauchen. Ich gebe es zu, daß ich leider kein so praktischer Mensch bin wie z.B. Du. Mein großer Wunsch ist, zu meiner Frau nach Deutschland zu ziehen, aber es hängt nicht nur von meinem Wunsch ab.
Aus Deinem Brief ist zu ersehen, daß ich ein Betrüger bin, obwohl Du es nicht direkt schreibst, da ich »ohne jegliche Grundlage« geheiratet habe. Vielleicht könntest Du mir glauben, daß es für mich sehr unangenehm ist zu wissen, daß Du jetzt schon wieder Unterhalt für Rose bezahlen mußt. Deswegen war ich dagegen, daß Rose wieder nach Deutschland fliegt. Sie war sehr traurig darüber, hat geweint, da über Weihnachten Du allein zu Hause feiern solltest. Letzten Endes habe ich mich einverstanden erklärt, habe Geld geborgt (für die Flugkarte), damit sie diese Freude hat.
Bevor Rose zu Dir kam, haben wir so vereinbart – sie bleibt über den Winter bei Dir u. dann, wenn ich bis dahin noch nicht in Deutschland bin, kommt sie zurück und wir bleiben in Lom bei den Eltern. Dabei

hoffe ich, daß ich bis dahin doch auf irgendeine Weise zu meiner Frau kommen kann. Die ganze Zeit versuche ich ununterbrochen, dies zu erreichen, jedoch es ist nicht so leicht. Ich bitte Dich, frage Rose dazu – sie kann Dir einiges erzählen. Im Fall, daß es mir gelingt, dann werden wir Dir das Geld, welches Du für uns ausgegeben hast, zurückgeben. Es ist nicht wahr, daß ich hier weit weg von meiner Frau sitze u. gar nicht daran denke, daß der Unterhalt meiner Frau u. meines Kindes Geld kostet. Aber zur Zeit kann ich leider nicht viel unternehmen.
Rose hat Dir sicherlich erzählt, daß ich zur Zeit versuche, einen Paß für ständiges Verbleiben in der DDR zu bekommen. Ob es klappt – weiß ich noch nicht. Man hat mir einige Hoffnung gemacht.
Du hast die Absicht, es zu verhindern, daß Rose wieder zu mir zurückkommt. Ich bitte Dich – überlege es noch einmal gründlich ganz ruhig und denke daran, daß Du damit unsere Ehe zerstören würdest. Natürlich werde ich abwarten, was Rose dazu zu sagen hat. Ich bin davon überzeugt, daß sie nicht so leicht auf unsere Ehe verzichten wird, denn ohne eine gute Wirtschaftslage ist es nicht leicht zu leben, jedoch ohne Liebe ist es noch viel schlimmer.
Das wär's für heute. Ich werde mich freuen, wenn ich von Dir wieder etwas hören kann.
Herzliche Grüße von Deinem Schwiegersohn Wantscho

Lieber Schwiegersohn!
Du hast einmal gesagt, Du würdest einsehen, daß das Leben, so wie es z. Zeit in Sofia für Euch wäre, nicht mehr so weiter gehen könnte, doch Du stehst noch immer auf demselben Fleck u. hast noch nichts geändert. Weißt Du W., was Dir fehlt, etwas mehr Willenskraft u. Selbständigkeit im Handeln. Ein Mann in Deinem Alter hat das bitter nötig u. noch dazu, wenn er sich eine Familie gründet und dafür Sorge tragen muß. Da muß man vor allem zuerst an das Wohl der Familie denken u. darf sich durch nichts von einmal gefaßten Entschlüßen abbringen lassen. Wohl gebe ich zu, daß alles mit großen Schwierigkeiten für Dich verbunden ist, aber diese sind ja da, damit man ihnen zu Leibe rückt u. sie mit aller Kraft, die man besitzt, überwindet, wenn man kein Schwäch-

ling sein will. Ich als Frau habe im Leben auch schon vor schwierigen Problemen gestanden, jedoch mit Gottes Hilfe habe ich sie gemeistert, ein Kapitulieren gab es bei mir nicht. Für einen Atheisten allerdings ist es schwer, er hat keinen anderen Halt, ihm fehlt der Glaube.
Mit Deinem letzten Brief hast Du etwas schönes angerührt. Rose hat sich sehr erregt u. ich muß sehr bitten, sie jetzt in ihrem Zustand zu schonen. Glaube nicht, daß es ihr leicht fällt, ein Kind zu tragen, ohne den Mann zur Seite zu haben; aber es geht nun einmal so im Leben, man muß bei aller Liebe, welche man einem Menschen entgegenbringt, auch den Verstand mit sprechen lassen. Sollten Dich die kommenden Wochen vor der Entbindung schwierige Probleme beschäftigen, womit Du glaubst nicht allein fertig zu werden, kannst Du Dich an mich wenden, ich werde versuchen, mich in Deine Lage hineinzudenken. Rose verschone jetzt bitte damit, ich muß mich ja auch beherrschen.
Ich freue mich auf mein Enkelkind. Jedoch was mich bewegt, ist der Gedanke, wie soll es dann, wenn das Kind da ist, weitergehen. Von Rose kann ich vorerst nicht verlangen, daß sie gleich wieder arbeitet, denn es geht ja dann um das kleine Würmchen, es muß umsorgt werden, damit es gedeiht & ein Baby braucht viel Pflege. Ich müßte dann für drei Menschen sorgen, mir fällt auch nichts vom Himmel herunter, ich muß mir auch alles erst erarbeiten. Und mit meinen 54 Lenzen muß ich auch mal an später denken, wenn ich mal nicht mehr kann. Ja, das sind meine Sorgen, welche Ihr beiden mir gemacht habt, es würde natürlich in dem Moment wieder gut, wo Du nach Deutschland kommen würdest u. hier arbeiten könntest. Ich würde versuchen, meine Wohnung gegen eine größere einzutauschen, 3 ½ Zimmer mit Küche, aber bevor Du uns nichts positives mitteilen kannst, hat natürlich alles keinen Zweck. Noch etwas: Du kannst Rose nicht zwingen, daß sie sich von Deinen Eltern versorgen lassen soll, auch sieht sie in Deinem Land kein Weiterkommen und das sind schreckliche Gefühle. In diesem Sinne sei gegrüßt von Deiner Schwiegermutter Viktoria.

An einem Sonntagnachmittag im Mai 1964 kam das Kind auf die Welt. Rose lag im Kreißsaal unter einer großen runden Lampe, deren gleißendes Licht sie blendete. Die Wehen folgten nun rasch aufeinander und sie fühlte sich dem Schmerz völlig ausgeliefert. Ein Gesicht beugte sich über sie. »Pressen!«, befahl der Mund in diesem Gesicht. Rose traute sich nicht, sie hatte Angst, etwas in ihr könnte kaputtgehen. »Pressen!«, sagte der Mund noch einmal, lauter jetzt und streng. Da presste Rose. Sie presste und schrie und presste weiter, ihr Damm riss, doch sie merkte das nicht. Sie spürte, wie in ihrem Unterbauch etwas ruckte und in Bewegung kam, etwas, das langsam und beständig aus ihr herausdrängte und schließlich, nach einer letzten Kraftanstrengung, herausrutschte. Sofort spürte sie eine endlose Erleichterung. Sie zitterte am ganzen Körper und hob den Kopf, um ihren Sohn sehen zu können. Der Arzt hielt das mit Blut und Käseschmiere bedeckte Neugeborene an den Fußgelenken in die Höhe und gab ihm einen Klaps auf den Po. Das Kindchen tat seinen ersten Schrei.

»Herzlichen Glückwunsch«, sagte der Arzt, »Sie haben ein gesundes Mädchen geboren!«

»Keinen Jungen?«, fragte Rose schwach. »Ach bitte, seh'n Sie noch mal richtig nach!«

14

Nasco war es zu verdanken, dass Wantscho ausreisen durfte. Als er endlich sein Visum erhalten hatte und sich mit dem Škoda auf die große Fahrt von Bulgarien nach Ostdeutschland machte, war seine Tochter bereits drei Monate alt. Übernächtigt, mit rot umränderten Augen und Bartstoppeln im Gesicht kam Wantscho in Bernhausen an. Rose fiel ihm um den Hals und schluchzte vor Erleichterung. Wantscho drückte sie an sich. Nie wieder würde er sie allein irgendwohin ziehen lassen!

Rose nahm ihn an der Hand und führte ihn hinter das Haus, in den Garten, wo das Baby in einem nagelneuen, von Viktoria erworbenen Kinderwagen mit geflochtenem Korb und Hartgummireifen schlief. Lange, dichte Wimpern hatte die Tochter und erstaunlich dichte, dunkelbraune Haare. Wantscho beugte sich über das Kind, um es genauer betrachten zu können. Nie zuvor in seinem Leben hatte er etwas Schöneres gesehen. Unser Kind!, dachte er, wie klein und zart es ist. Er fühlte sich wunderbar und verwundbar zugleich.

Rose nannte ihre Tochter »Schnäuzchen«, »kleiner Liebling«, »Häschen«. Sie überlegte hin und her, wie die Kleine heißen sollte. Viktoria mahnte jeden Tag, ihrem Enkelkind doch endlich einen Namen zu geben. Denn erst, wenn der Name feststand, konnte getauft werden. Und darauf legte Viktoria großen Wert.

Alle Namen, die Rose vorgeschlagen wurden, gefielen ihr nicht. Weder wollte sie ihr Kind Antje, Bettina, Kerstin noch Katrin oder Birgit nennen. Wantscho hielt sich zurück. Er bezeichnete seine Tochter nur als kuklitschka, als Püppchen.

»Wär's ein Junge, müssten wir nicht rätseln«, sagte Rose eines Abends zu Wantscho. Sie hatte den Säugling an der Brust. Zu dritt lagen sie in Viktorias Ehebett.

»Ich freue mich, dass wir ein kleines Mädchen haben«, erwiderte Wantscho und lächelte.

»Na, ich doch auch«, sagte Rose.

»Wollen wir sie Petra nennen?«

Rose schüttelte den Kopf. »Petra hieß die FDJ-Leiterin an meiner Schule, 'ne oberrote Ziege.«

»Oder Petronella. Dann könnten wir sie Nelli rufen.«

»Nelli, Nelli«, sprach Rose vor sich hin. Sie nahm die Kleine auf den Arm und klopfte ihr leicht auf den Rücken. Der Säugling legte sein Köpfchen auf ihre Schulter, satt und müde und zufrieden.

»Meine Urgroßmutter hieß so«, sagte Wantscho.

»Die Mutter von Baba Nadja?«

Wantscho nickte.

»Nelli gefällt mir«, sagte Rose.

Der Säugling stieß auf.

»Und dem kleinen Schnäuzchen auch.«

Wantscho lachte. Rose ebenfalls. Sie waren glücklich.

Petronella! Viktoria schlug die Hände über dem Kopf zusammen. So konnte man doch kein Kind nennen. Ihre Enkeltochter! Petronella! Das war doch kein Name! Und ein christlicher schon gar nicht!

»Wantschos Uroma hieß so«, sagte Rose unbeirrt.

»Mit Vornamen Petronella, mit Nachnamen Nikolow«, erwiderte Viktoria mit zusammengepressten Lippen und musste an sich halten, nicht die Beherrschung zu verlieren. »Wir sind hier nicht auf dem Balkan! Das Kind braucht einen deutschen Namen!«

»Deshalb werden wir es auch Nelli rufen«, beharrte Rose und genoss die Ohnmacht ihrer Mutter.

Das Kind wurde Petronella getauft und fortan Nelli gerufen.

Wantschos vage Hoffnung, eventuell doch wieder an der Psychiatrischen Klinik in Bernhausen arbeiten zu können, erwies sich als trügerisch. Auch Bernhard suchte eine neue Stelle. Elke erwartete das vierte Kind.

Wantscho fragte seinen alten Chef, Professor Findeis, der sich infolge seiner Herzschwäche inzwischen im Ruhestand befand, um Rat. Findeis empfahl ihm, sich an der Kreisnervenklinik im thüringischen Nordroda zu bewerben. Der dortige Ärztliche Direktor, Professor Kuno Engelbrecht, sei ein guter Freund von ihm und bekannt für seine Vorliebe für bulgarische Kollegen. Seit vielen Jahren gehörten dem Ärztekollegium immer wieder auch Nervenärzte aus Bulgarien an.

Wantscho schickte seine Unterlagen nach Nordroda. Die Antwort kam prompt. Engelbrecht schrieb, die Stelle eines Stationsarztes in der Psychiatrie sei vakant, er lade herzlich zu einem Vorstellungsgespräch ein.

Mit seinem Škoda fuhr Wantscho von Bernhausen in Sachsen-Anhalt nach Nordroda in Thüringen. Bei Eisleben geriet er in eine Kolonne der Nationalen Volksarmee. Die Lastwagen zu überholen, war gefährlich und schwierig. Für die hundert Kilometer Landstraße brauchte er anstatt der üblichen drei Stunden fünf. Zum Glück war er zeitig genug losgefahren. Hinter Sangerhausen bog die Kolonne in Richtung Erfurt ab. Bei Roßla passierte er den Kyffhäuser. Auf der Kuppe des Mittelgebirges war deutlich der Turm des Barbarossadenkmals zu erkennen. Die Sicht war so klar, dass Wantscho sogar einen Teil des kupfernen Reiterstandbildes ausmachen konnte: das hinter dem Turm hervorlugende rechte Bein des Pferdes, auf dem Wilhelm I. ritt. Wantscho war guter Dinge. Ihm gefiel die hügelige Thüringer Landschaft mit ihren dichten Buchenwäldern, ihren bunten Bergwiesen, den Obstbäumen entlang der Landstraße. Die Sonne schien, es war warm, die Welt meinte es gut mit ihm. Wantscho erreichte die Kreisstadt Nordroda, froh darüber, ohne Panne durchgekommen zu sein. Hier würde er Arbeit finden. Er würde seine Familie ernähren können, ein neues Zuhause suchen, die Schwiegermutter loswerden, zufrieden sein.

Die Kreisnervenklinik lag in der Oberstadt. Das Gebäude erinnerte an ein Kloster oder an ein Gefängnis. Es handelte sich um eine typische Heil- und Pflegeanstalt im alten Stil, erbaut gegen Ende des 19. Jahrhunderts. Bis 1945 war hier herkömmliche Verwahrpsychiatrie mit geschlossenen streng bewachten Stationen praktiziert worden. Neben dem Pflegepersonal hatte es eigenes Wachpersonal gegeben, wobei sich Pfleger und Wächter in nichts voneinander unterschieden. Der Ton war rau gewesen, von den Patienten war unbedingter Gehorsam verlangt worden. Neuroleptika waren noch nicht entdeckt und die Tage in der Anstalt bestimmt von Gewalt und Aggression. Widerspenstige oder tobende Patienten hatte man kurzerhand in das »Netz« oder in den »Käfig«, eine winzige fensterlose Kammer, gesteckt. Und immer wieder war es zu Ausbruchsversuchen und Selbstmorden gekommen.

Das änderte sich grundlegend, als Kuno Engelbrecht Klinikchef wurde. Im Juni 1945 war sein Vorgänger von amerikanischen Besatzungssoldaten verhaftet worden, weil er im KZ Buchenwald aktiv an Fleckfieberversuchen an Sinti und Roma beteiligt gewesen war. Engelbrecht rückte nach. Der Dreiundfünzigjährige stammte aus

Bochum, war Sohn eines Bergmanns und überzeugtes Mitglied der Kommunistischen Partei. Die Nazis hatten ihn ins Lager Dora gesteckt, wo er unter Tage mit tausenden anderen Zwangsarbeitern für den Bau und den Transport der V2-Rakete Stollen in den Kohnstein treiben und Schienen verlegen musste. Die Lebensbedingungen der Häftlinge waren verheerend. Tausende starben an Entkräftung, an Unterernährung oder an Lungenentzündung. Engelbrecht überlebte. Ein Magenleiden blieb, zwei tiefe Falten vom Nasenflügel bis zum Mundwinkel zeugten davon. Er hatte sich geschworen, niemals zu vergessen: Die Ankunft in Salza am frühen Morgen. Wie sie aus dem Viehwaggon getrieben wurden. Die nackten Füße in Holzpantinen. Die zugezogenen Gardinen vor den Fenstern, die runtergelassenen Rollläden. Es hieß, das sei eine Anweisung des Gauleiters gewesen. Keiner sollte die Sträflinge sehen, diese jämmerlichen Gestalten in Holzpantinen und Sträflingskleidern. Und die Einwohner sahen nichts. Doch Engelbrecht wusste, dass das Klappern der Holzpantinen auf dem Kopfsteinpflaster unüberhörbar war. Trotzdem würden sie später sagen: Wir haben nichts gewusst.

Es war eine Genugtuung für Engelbrecht, als bekannt wurde, dass sein Vorgänger 1946 in den Nürnberger Ärzteprozessen angeklagt und verurteilt wurde. Wegen des großen Ärztemangels in der sowjetischen Besatzungszone verschlossen die zuständigen Behörden nämlich gern die Augen, wenn es darum ging, ehemalige Nazi-Ärzte vor Gericht zu stellen. Vielmehr wurde ihnen sehr schnell ein Persilschein ausgestellt, vor allem dann, wenn sie bereit waren, Genossen der neu gegründeten Sozialistischen Einheitspartei Deutschlands, der SED, zu werden. Engelbrecht zählte zu jener Spezies von Genossen, die aufgrund ihrer Herkunft und persönlichen Erfahrungen wirklich überzeugt von der *Sache* waren. Er begrüßte den Abzug der Amerikaner aus Thüringen und die Ankunft der Sowjets. Er glaubte an den Aufbau des Sozialismus, den er als Vorstufe zum Kommunismus für die beste aller Gesellschaftsordnungen hielt. Zugleich war er ein toleranter, verständiger Chef mit Sinn für Humor und fürs Menschliche. In der Anstalt ließ er als Erstes die Gitter von den Fenstern entfernen. Nur nicht in den Schlafräumen der Geschlossenen Station, um möglichen Selbstmördern ihre Absicht nicht zu erleichtern. Wohl aber im Aufenthaltsraum der Geschlossenen. Und er sorgte dafür, dass dort Bilder an die Wände gehängt wurden, Gardinen vor die Fenster kamen, ließ ein Sofa und Sessel sowie einen Teppich und Topfpflanzen anschaffen. Der Raum glich bald einem ganz normalen, gemütlichen Wohnzimmer.

Engelbrecht öffnete alle Stationen, schaffte die Netze ab, der Käfig wurde Wäschekammer, Medikamente wurden maßvoller verabreicht. Eine zusätzliche Erleichterung brachte die Entdeckung der Psychopharmaka Ende der Fünfzigerjahre. Auch trat Beschäftigung an die Stelle der bloßen Verwahrung. Engelbrecht vertrat die Ansicht, seine Patienten vertrügen ein höheres Maß an Freiheit, als ihnen bislang zugebilligt worden war. Er begann, diejenigen, die dazu in der Lage waren, an ländliche Betriebe in den Nachbardörfern zu »verleihen« und nahm damit eine alte psychiatrische Tradition wieder auf. Künftig konnten die Kranken ihre so lange ungenutzten Körperkräfte dafür einsetzen, Getreide zu dreschen und aufzuladen, Kühe zu melken, Gänse oder Ziegen zu hüten. Die Atmosphäre des Hauses änderte sich. Es wurde ruhiger und friedlicher. Die Zahl der Fluchtversuche ging stark zurück. Die der Selbstmorde ebenso. Und eine Anzahl von Kranken fand sogar zurück ins Leben »draußen«.

Als im Mai 1963 einige engagierte Psychiater im sächsischen Rodewisch die »Rodewischer Thesen« entwickelten, war Engelbrecht maßgeblich an der Ausarbeitung dieses Reformprogrammes beteiligt. Zehn Thesen zur »Rehabilitation psychisch akut und chronisch Kranker« wurden niedergeschrieben. Und acht Thesen über die »Grundsätze moderner psychiatrischer Arbeitstherapie« formuliert, die allesamt darauf abzielten, Geisteskranke in der Gesellschaft nicht mehr länger wie Aussätzige zu behandeln und die Fachrichtung Psychiatrie aufzuwerten. In den Thesen wurde unter anderem gefordert, die Geschlossenen Anstalten zu öffnen, geschützte Werkstätten einzurichten, Zwangsmaßnahmen abzubauen, psychisch Kranke genauso zu versorgen wie körperlich Kranke und ambulante Behandlungs- und Betreuungsmöglichkeiten zu schaffen. Engelbrechts Klinik zählte zu den wenigen, in der das Personal sich bemühte, diesen Forderungen nach humaneren Bedingungen für psychisch Kranke gerecht zu werden.

Die Patienten, das Pflegepersonal und die Ärzte der Nervenklinik liebten und verehrten Kuno Engelbrecht. Alle nannten ihn nur den »Engel«. Auch Wantscho mochte ihn auf Anhieb. Der Ärztliche Direktor empfing ihn herzlich, ließ Kaffee und Gebäck servieren und erzählte von den vielen bulgarischen Ärzten, die bereits unter seiner nunmehr fast zwanzigjährigen Ägide hier gearbeitet hätten. Insgesamt kam er auf zwölf, Wantscho sollte der dreizehnte sein.

Engelbrecht wollte wissen, wie es Wantscho in Bernhausen ergangen sei und wo seine Familie in Bulgarien lebe. Er erkundigte sich nach Frau und Kind und nach dem lieben Kollegen Findeis. Er ließ Wantscho wissen, dass niemand außer ihm, Engelbrecht, sich mit dem EEG auskenne und dass er froh sei, in Wantscho einen Spezialisten in Sachen Gehirnstrommessung vor sich zu haben. Und am Ende fragte er: »Wann fangen Sie bei uns an, Herr Kollege?«

Gemeinsam gingen sie auf die Geschlossene Station, die im zweiten Stock des Klinikgebäudes lag. Engelbrecht machte Wantscho mit seinen neuen Kollegen bekannt. Zum Kollektiv gehörten die Stationsschwester Rita und deren Stellvertreterin, eine Hilfsschwester und zwei Schwesternschülerinnen, zwei Pfleger und der Assistenzarzt Dr. Kai Freund. Und dann gab es noch den Verwaltungschef, ein kurz vor der Pensionierung stehender kauziger Zahlenmensch.

Schwester Rita nahm sich sogleich ihres neuen Chefs an. Sie führte Wantscho durch die Station, in welcher es siebenundvierzig Betten gab. Männer und Frauen waren voneinander getrennt untergebracht. Wantscho sah, dass es sehr sauber war. Das gefiel ihm. Der Baderaum war geräumig und hellblau gefliest. An den Wänden die Waschbecken, in der Mitte eine extragroße Badewanne. Die Aufenthaltsräume für die Patienten waren freundlich und hell, die Patientenzimmer ebenfalls. Überhaupt war die Atmosphäre angenehm, ja regelrecht friedlich.

Rita war eine verantwortungsvolle, patente Person von stämmiger Statur, die die Kranken liebte, aber auch nicht zögerte, kräftig zuzupacken. Sie hatte kurzes rotbraunes Haar, an dem die weiße Schwesternhaube mit Klemmen befestigt war. Wantscho registrierte sofort, dass diese Frau fachlich und menschlich hoch kompetent war. Er dachte voller Dankbarkeit an Schwester Walentina, mit der er in Sofia so vertrauensvoll und eng zusammengearbeitet hatte. Ein älterer Patient kam breitbeinig und mit tapsigen Schritten auf sie zu. »Sie sind der Kapitän!«, sprach er Wantscho mit leuchtenden Augen an. Und an die Schwester gewandt: »Nicht wahr, Schwester, er ist endlich gekommen. Ich darf das Schiff nicht verpassen.«

»Sie werden rechtzeitig an Bord sein«, sagte Schwester Rita sanft, »das verspreche ich ihnen, Herr Skowronek.« Einer der Pfleger kam und nahm den Alten in seine Obhut.

»Morbus Binswanger«, sagte sie knapp, als sie mit Wantscho weiterging. »Erwin Skowronek ist seit zwölf Jahren bei uns. War vorher sechs Jahre in der Psychiatrie Waldheim. Wurde '47 aus Ostpreußen, Masuren, vertrieben. Er hat immer noch Angst, sein Schiff zu verpassen.«

Am Ende des Klinikflures lag das Dienstzimmer des Stationsarztes. Es war spartanisch eingerichtet: Schreibtisch, Bürostuhl, ein schmaler Schrank, eine Liege mit Wolldecke, in der Ecke ein Elektrokrampfgerät.

»Ein altes Siemens«, stellte Wantscho fest.

»Das habe ich organisiert«, sagte Schwester Rita und in ihrer Stimme schwang Stolz mit. »Da kann man ganz genau die Zeit und die Milliampere einstellen.« Sie streichelte fast zärtlich mit der Hand über den Kasten.

»Wird hier viel geschockt?«

»Ja, seit wir das Siemens haben. Vorher hatten wir einen ›Minikoma‹

aus der Tschechei. Der war aber zu ungenau«, sagte die Schwester und sah den neuen Chef fragend an. »Haben Sie was gegen die Elektroheilkrampfbehandlung, Herr Doktor?«

»Nun«, Wantscho räusperte sich, »ich hatte immer gute Erfolge mit Schlafentzug und Autogenem Training.«

»Aber sind diese Verfahren denn nicht sehr langwierig?«

»Es braucht sicher mehr Geduld. Hat aber keinerlei Nebenwirkungen.«

»Das ist wohl richtig«, erwiderte die Schwester und dachte an den homosexuellen Schauspieler vom Städtischen Theater. Er litt unter Depressionen, war geschockt worden und hatte danach sämtliche Texte aus dem Gedächtnis verloren. »Mit Schlafentzug haben wir noch nicht praktiziert.« Schwester Rita kratzte sich am Ellenbogen.

»Dann werden wir das ändern«, sagte Wantscho.

Die Schwester nickte und machte eine einladende Geste. »Kommen Sie, ich zeige Ihnen den Rest.«

Wantscho begutachtete das Schwesternzimmer und den Raum, den sich der Assistenzarzt mit den Pflegern teilte. Die Schwester führte ihn in den Klinikgarten. Einige Patienten knieten in den Beeten und jäteten Unkraut. Andere waren damit beschäftigt, unter Anleitung eines Pflegers Spinat- und Radieschensamen auszusäen. Wieder andere bauten gerade ein Holzgerüst für ein Gewächshaus, oder schnitten die Hecke mit Heckenscheren. Eine junge Frau kam ihnen entgegen, in der Hand hielt sie eine geschnittene rote Rose. Sie war erschreckend dünn, hatte ein fahles Gesicht, die Augen wie erloschen. Vor Schwester Rita und Wantscho blieb sie stehen und überreichte dem Arzt mit gesenktem Blick die Rose. Wantscho war gerührt. Er steckte seine Nase in den Blütenkopf. »Sie duftet wunderbar«, sagte er. »Ich danke Ihnen.« Die Frau drehte sich um und ging, ohne ihn eines Blickes zu würdigen, mit hängenden Schultern davon. »Das ist Carla«, sagte Schwester Rita. »Seit einem Jahr wird sie zwangsernährt. Sie verweigert jegliche Nahrung und sie spricht nicht mehr.«

Die beiden liefen ein Stückchen weiter. »Dort vorn ist unsere Wäscherei«, sagte die Schwester. Aus dem flachen Klinkerbau am Ende des Klinikgartens kamen gerade zwei Männer, die jeweils einen geflochtenen Wäschekorb trugen. In der Wäscherei stand eine gewaltige alte Heißmangel. Hier wurde nicht nur die Wäsche der Klinik gewaschen und geplättet, sondern jeder aus Nordroda konnte Laken, Bettbezüge oder Tischdecken vorbeibringen. Auf diese Weise hatte Engelbrecht eine weitere Einnahmequelle geschaffen, die der Klinik zugute kam.

Als Wantscho und Schwester Rita nach einem kurzen Rundgang die Wäscherei wieder verließen, ertönte plötzlich ein martialischer Schrei, der sogleich mit Gebrüll beantwortet wurde. Die Schwester beschleunigte ihren Schritt: »Entschuldigen Sie mich, Herr Doktor, ich muss nach dem Rechten sehen.« Sie rannte zum Klinikgebäude zurück. Wantscho blieb unschlüssig stehen. Ein Patient, der bis eben im Beet gekniet hatte, kam auf ihn zu, machte eine bedeutungsvolle Miene und flüsterte: »Dr. Freund!« Dabei schlug er sich mit der Faust auf die Schläfe.

Im Oktober 1964 zogen Nikolows nach Nordroda in Thüringen. Die Wohnung, die ihnen dank Engelbrechts Beziehungen zugesprochen wurde, war klein und einfach. Sie lag an der Hauptstraße in der Unterstadt. Vor dem Haus ratterten auf dem Mittelstreifen gelbschwarze Straßenbahnen. Daneben brausten auf der einen Fahrspur die Autos hinauf, auf der anderen hinunter. Es war laut, die Luft voller Abgase und es war eng, doch im Vergleich zu ihrer Bleibe in Pantscharewo war die Wohnung ein Palast. Rose war glücklich. Rose lebte auf. Sie genoss es, weit weg von ihrer Mutter zu sein. Sich endlich abgenabelt zu haben. Selbst entscheiden zu können, was sie tat, wann sie es tat und wie sie es tat.

Die Wohnung hatte zwei Zimmer, ein winziges Bad mit Dusche, die Küche war ein schmaler Schlauch. Rose bestand darauf, dass ein Raum als Kinderzimmer diente. Wantscho war dagegen. Wozu brauchte Nelli ein eigenes Zimmer? »Sie läuft doch noch nicht mal«, maulte er. »Sie ist ständig bei dir.« Doch Rose bestand darauf, dass ihre Tochter ein eigenes Zimmer bekam. Sie selbst hatte ein solches nie besessen und unter der Enge gelitten, in der sie sich mit Mutter, Bruder und in den ersten Jahren auch noch mit der Halbschwester hatte einrichten müssen. Ihr Kind sollte es besser haben. Und ihr machte es nichts aus, mit Wantscho im Wohnzimmer auf der Couch, die man ausziehen konnte, zu schlafen. Wantscho fügte sich. Das Zuhause war Roses Bereich. Da hatte sie das Sagen. Die Zuständigkeiten innerhalb der Familie waren klar verteilt. Wantscho ging zur Arbeit, Rose kümmerte sich um den Rest. Wantscho brachte das Geld nach Hause, Rose versorgte das Kind, den Haushalt und kümmerte sich darum, neue Bekanntschaften zu schließen und alte Freundschaften zu pflegen.

Oft sagte sie zu Wantscho: »Wenn Nelli erst laufen kann und dir die Tür aufmacht, wenn du abends nach Hause kommst!« Wantscho lächelte dann und dachte bei sich: Ganz gut, dass die Kleine abends schon schläft. Er machte nie pünktlich Schluss. Vor acht Uhr abends kam er selten nach Hause. Und dann war Wantscho meistens so erledigt, dass er nur noch eins wollte: ein Abendbrot mit Rose, zum Entspannen etwas Bier oder Wein, ein bisschen Musik hören und dann schlafen. Wenn die Kraft noch ausreichte auch mit seiner Frau.

Sein Tagesablauf in der Klinik sah so aus: Morgens früh um acht Uhr kam er in sein Dienstzimmer. Er sah die Papiere durch, die sich auf seinem Schreibtisch angesammelt hatten. Währenddessen erschien auch schon Schwester Rita und brachte ihm ein Kännchen frische warme Milch. Darum hatte er gebeten. Er liebte warme Milch. Das schmeckte nach Kindheit, nach Heimat. Er mochte die Gefühle, die sich einstellten, wenn er sie trank. War die Milch alle, räumte Rita das Kännchen wieder ab.

Wantscho wusste, was er an der Schwester hatte. Schnell war sie zu seiner wichtigsten Stütze geworden. Und Rita war dankbar, einen Vorgesetzten zu haben, der zuhörte, der sich mit ihr von gleich zu gleich austauschte und ihr das Gefühl gab, ebenbürtig zu sein. Doch sie spürte auch die Untiefen, die in seinem Gemüt schlummerten.

Oft wirkte er in sich gekehrt, ja melancholisch. Manchmal auch hilflos. Nicht in fachlichen Belangen, aber in menschlichen, die ihn selbst betrafen. Ständig hatte sie das Bedürfnis, ihn zu beschützen.

Schwester Rita trat ihren Dienst bereits um sechs Uhr morgens an. Zuerst wurden die Patienten geweckt. Die sich allein versorgen konnten, wuschen sich, putzten sich die Zähne und zogen sich an. Die übrigen wurden betreut. Dann hieß es, auf das Frühstück warten. Viele legten sich wieder ins Bett. Andere hingen herum. Manchmal gab es Streit. Bis Rita eines Tages auf die Idee kam, vor dem Frühstück mit den Patienten spazieren zu gehen. Sie schlug dies ihrem Doktor vor. Der fand das sinnvoll und stimmte zu. Vom nächsten Tag an lief Schwester Rita mit ihren Schützlingen vor dem Frühstück eine Dreiviertelstunde durch den hügeligen Stadtpark. Alle Insassen der Geschlossenen Station, die gut zu Fuß waren, traten an der Tür, dem Tor zur »Draußen-Welt«, in Zweierreihen an. Auf dem Flur vor der Tür warteten schon die Patienten der Offenen Station. Rita ging voran, gefolgt von zwei Dutzend Nervenkranken. Unter ihnen auch Erwin Skowronek und die verstummte Carla. Zwei Pfleger bildeten die Nachhut. Die Patienten, die nicht gut laufen konnten oder im Rollstuhl saßen, begaben sich mit den anderen Schwestern in dieser Zeit in den Klinikgarten.

Nach der Rückkehr gab es um sieben Uhr Frühstück mit Marmeladenbroten und Kräutertee. Die Patienten waren von der Bewegung an der frischen Luft belebt und hungrig. Um neun war Visite. Außer Wantscho waren daran auch Schwester Rita und der Assistenzarzt Dr. Freund beteiligt.

Dr. Freund verzichtete seit Kurzem darauf, Patienten anzubrüllen oder gar handgreiflich zu werden. Nachdem Wantscho seinen Dienst angetreten hatte, war es zu einem Zwischenfall gekommen. Freddi, ein mongoloider junger Mann, der unter epileptischen Anfällen litt, war von dem manisch-depressiven Rudolf attackiert worden, der sich gerade in einer manischen Phase befand und zudem von Wahnvorstellungen heimgesucht wurde. Rudolf hörte Stimmen, die ihm einflüsterten, Freddi sei eine hinterlistige Schlange, die ihm, Rudolf, nach dem Leben trachte und deren Kopf abgeschlagen werden müsse. In solchen Phasen, die mehrere Wochen andauern konnten, verbrachte Rudolf viel Zeit fixiert und schlimmstenfalls sediert in dem für derartige Fälle eingerichteten Einzelzimmer. Doch nicht an jenem verhängnisvollen Tag.

Freddi litt an einer Reflexepilepsie. Wenn er sich erschreckte, konnte es passieren, dass er anfing zu krampfen. Und er hatte mächtige Angst vor dem kräftigen Rudolf. Als dieser nun urplötzlich auf ihn losging, eilten Pfleger und Schwestern herbei. Sie drehten dem tobenden Rudolf die Arme auf den Rücken und schleppten ihn aus dem Aufenthaltsraum. Auf dem Flur rangen sie den um sich Schlagenden nieder und Schwester Rita spritzte ihm eine Dosis Sedativum. Als er ruhiger wurde, schleppten ihn die Pfleger in das Schwesternzimmer und betteten ihn dort auf die Liege. Die Hilfsschwester legte Rudolf die Elektroden an die Schläfen. Rudolf versuchte, sich zu wehren. »Nein«, lallte er, »nein!« Die Elektroden hielten nicht, Rudolfs Stirn war nass von Schweiß. Ein Pfleger drückte ihm den Gummiknebel in den Mund, um Bissverletzungen vorzubeugen. Der andere hielt Rudolfs Beine fest. Die Hilfsschwester trocknete Rudolfs Stirn und Schläfen. Jetzt hielten auch die Elektroden. Schwester Rita schaltete das Elektrokrampfgerät ein, Rudolf bäumte sich augenblicklich auf, es schüttelte seinen ganzen Leib. Als der künstliche epileptische Anfall vorüber war, trat Stille ein. Rudolf hielt die Augen geschlossen. Die Hilfsschwester entfernte Elektroden und Knebel. Rita fühlte den Puls und wies den Pfleger an, den Patienten in sein Zimmer zu bringen und ans Bett zu fixieren.

Im Aufenthaltsraum lag Freddi noch immer auf dem Fußboden, mit zuckenden Augenlidern und krampfenden Armen und Beinen. Dr. Freund hockte neben ihm, tätschelte ihm die Wange. Freddi öffnete die Augen und sah den Arzt ängstlich an. »Ist ja wieder gut«, sagte der. »Kannst aufsteh'n.« Doch Freddi wollte lieber liegen bleiben. Dr. Freund versuchte, ihn aufzurichten. Freddi war schwer wie ein Sandsack. Der Arzt griff dem Jungen von hinten unter die Arme und hob ihn mit einem Ruck hoch. Die Folge war, dass Freddi kotzen musste. Sofort verlor Dr. Freund die Beherrschung. »Du verdammter Idiot«, schrie er und ließ Freddi los, der zurück auf den Boden plumpste. »Das machst du absichtlich, du Depp!« Freddi begann zu wimmern. Dr. Freund fluchte aus Leibeskräften. Schwester Rita kam angerannt und kümmerte sich um Freddi. Wantscho humpelte ebenfalls herbei. Mit seinem Stock schob er den Kollegen beiseite. Am liebsten hätte er ihn geschlagen. Der war verdattert. Er sah dem Bulgaren ins Gesicht und schauderte: Der Blick unter den dichten schwarzen Brauen war so unerbittlich, dass ihm die Worte im Munde stecken blieben.

»In mein Büro!«, herrschte Wantscho ihn an und seine Stimme drang wie ein Donnern durch die gesamte Station. »Sofort!« Er humpelte im Sturmschritt voran, Dr. Freund folgte ihm.

Als er Wantschos Dienstzimmer wieder verließ, war er sehr blass und sehr still. Fortan übte er sich in Beherrschung.

Die morgendliche Visite dauerte zwei Stunden. Wantscho ging von Patient zu Patient, sprach mit jedem einzelnen. Hörte zu, wenn einer etwas erzählen wollte. Maß Blutdruck, hörte Herztöne ab, kontrollierte den Zungenbelag, erkundigte sich nach dem Stuhlgang. Schwester Rita hielt die Mappe mit den Patientenblättern vor ihrer Brust, trug alle Werte ein, informierte den Herrn Doktor über Verbesserungen oder Verschlechterungen bei den Patienten.

»Frau Kramers Angstzustände haben sich verschlimmert, Herr Doktor«, sagte sie beispielsweise. »Sie ist unruhig und schläft nicht, seit sie das neue Medikament bekommt. Vermutlich besteht eine Unverträglichkeit.«

»Was hat Frau Kramer davor bekommen?«

»Proxytalon.«

»Wissen Sie was, Rita, reduzieren Sie mal die Dosierung«, lautete Wantschos Antwort. »Und wenn das nicht hilft, setzen Sie das neue Medikament ab und geben wieder das alte.«

Dr. Freund stand dabei und schwieg. Er fühlte sich überflüssig und fehl am Platz. Ihm war es schleierhaft, wie der Doktor so uneingeschränkt auf die Schwester hören konnte. Wer war denn hier der Chef? Doch Wantscho hatte im Gegensatz zu vielen seiner Kollegen überhaupt keinen Dünkel. Er war froh, Schwester Rita an seiner Seite zu wissen. Er vertraute ihr. Er hatte die Gewissheit, dass sie absolut zuverlässig war. Hinzu kam, dass sie der Mensch war, der die meiste Zeit auf Station zubrachte und daher die Patienten am besten kannte. Ihr Rat war Wantscho gut und teuer.

Schwester Rita war ihrerseits froh darüber, dass die Zusammenarbeit mit dem Herrn Doktor so schöpferisch war, dass es einen wunderbaren Einklang auf fachlichem Gebiet gab und dass der bulgarische Arzt ihr zuhörte. Sie registrierte dabei auch, dass es ihm zuweilen schwer fiel, sich auszudrücken, dass er unsicher war. Zwar sprach er akzentfrei Deutsch, ganz anders als die bulgarischen Kollegen, die vor ihm hier gearbeitet hatten, doch war es so, als fehle ihm manchmal das richtige Wort für den richtigen Sachverhalt. Er beherrschte die fremde Sprache, doch redegewandt war er nicht.

15

Nelli war ein zartes Kind. Nachdem Rose ihr die Brust abgewöhnt hatte, verweigerte Nelli den Brei. Aß sie doch etwas, behielt sie es nicht bei sich. Sie spuckte viel und nahm rapide ab. Rose bekam es mit der Angst zu tun. Der Kinderarzt sagte, wenn das Kind nicht äße, müsse es künstlich ernährt werden. Er diagnostizierte einen Spasmus am Mageneingang und gab ihnen noch eine Woche Zeit. Dann müsse die Kleine operiert werden. Rose telegrafierte ihrer Schwester in West-Berlin. Egede reagierte prompt und schickte Babynahrung. Milupa schmeckte dem Kind. Nelli nahm zu und erbrach sich nicht mehr. Rose und Wantscho atmeten auf.

Wantscho fühlte sich von seinem Kind oft gestört. Am besten, Nelli lag schon im Bett, wenn er nach Hause kam. Rose richtete sich danach. Wantschos Beruf war anstrengend und kräftezehrend, Rose wusste das. Sie versuchte, ihren Mann so gut wie möglich zu schonen. Für Wantscho war dies eine Selbstverständlichkeit, entsprach es doch seiner Mentalität, dass auf ihn Rücksicht genommen wurde. Zwar war er sanft und einfühlsam auf der einen Seite und auch großzügig, doch hatte er – wie die meisten bulgarischen Männer – auch etwas Autoritäres, ja Machohaftes an sich. Im Haushalt rührte er keinen Finger. Er erwartete, dass sich seine Frau ihm hingab, wenn ihm danach war, und die Kindererziehung betrachtete er nicht als seine Angelegenheit. Nur dann, wenn es nicht so lief, wie er es sich vorstellte, mischte er sich ein.

So kam es, dass Rose Nelli auf Abstand zu Wantscho hielt. Von klein auf. Wenn das Kind nachts schrie, war es selbstverständlich, dass Rose aufstand und nach ihm sah. War Nelli krank, legte sich Rose auf eine Matratze neben das Kinderbett, um bei ihr zu sein. Natürlich war auch Wantscho dann besorgt um seine Tochter, sah nach ihr, fühlte die Stirn, legte das Stethoskop an, fühlte den Puls. Entschied, ob sie zum Kinderarzt musste, oder nicht. Doch im Grunde war Rose gefordert und die nahm es gern so hin. Das Kind war ihr Ein und Alles, es gehörte ihr, war in ihr herangewachsen, war eins mit ihr. Sie trennte da nicht. Sie begriff sich und das Kind als ein Wesen.

Und Nelli verlangte immer nur nach Rose. Sie brauchte die Mutter wie die Luft zum Atmen. Die Mutter war wie der liebe Gott für das Kind. Ihre Anwesenheit war die Gewähr, dass es sich wohlfühlen konnte. Das Kind war völlig fixiert auf die Mutter, die ständig verfügbar war.

Allerdings würde sich Nelli später daran erinnern, dass auch der Vater an ihrem Bett gesessen hatte, wenn sie krank war. Da hatte es Momente der Nähe gegeben. Er las ihr aus Kinderbüchern vor oder spielte Karten mit ihr. Nelli bekam Ziegenpeter. Später waren es Windpocken. Irgendwann Masern. Sie musste zehn lange Tage das Bett hüten. Sie hatte hohes Fieber, wollte nichts essen, der Hals tat ihr höllisch weh, sie bekam Ausschlag. Abend für Abend wachte Wantscho an ihrem Bett. Das Kind hatte Masern! Er dankte Gott, an den er gar nicht glaubte, dass es einen Impfstoff gab, der den Verlauf dieser tückischen Krankheit abmilderte. Dennoch war er in Sorge, wie die Kleine es überstehen würde. Nelli wunderte sich, dass der Vater sie mit weichen Augen ansah.

Es gibt ein Schwarz-Weiß-Foto von Papa und mir. Da hält er mich, die Einjährige, auf seinem Arm. Er trägt ein weißes Hemd, die beiden oberen Knöpfe stehen offen, und Hosenträger. Sein Mund ist geöffnet. Er lächelt und ist mir ganz zugewandt. Singt er mir gerade etwas vor?

Ich blicke gelassen, wenn auch mit zusammengepressten Lippen in die Kamera. Dunkle Löckchen umrahmen mein Gesicht, in der einen Hand halte ich einen Kuli, die andere liegt auf Papas Schulter. Ich habe einen selbst gestrickten Pullover an und eine karierte Latzhose. Bin ich gelassen, weil Mama das Foto knipst und ich die Gewissheit ihrer Nähe habe?

Wantscho telefonierte regelmäßig mit Bulgarien. Ihn plagte das Heimweh, obwohl es ihm ja gut ging in der DDR. Er vermisste die Mutter und die Schwester. Den Vater nicht so sehr. Ihm fehlten seine Freunde. Er sehnte sich nach dem kleinen Haus in Lom, nach dem Garten, dem Weinberg. Nachts träumte er, dass er in der Donau schwamm, frei wie ein Fisch. Im Traum sprach er Bulgarisch.

Die Eltern und Lina schickten seitenlange Briefe nach Nordroda und baten um Fotos. Vor allem um Fotos von Nelli. Bojko, Nasco und Schipko schrieben ebenfalls. Bojko erzählte, er habe sich nach Cottbus beworben, um dort als Zahnarzt an der Poliklinik zu arbeiten; Nasco, dass er wieder befördert worden sei; Schipko, dass sein Vater gestorben sei. Zum Briefeschreiben kam Wantscho nicht. An den Wochenenden meldete er R-Gespräche an und wartete. War die Verbindung hergestellt, war sie wie immer eher miserabel. Wantscho schrie ins Telefon. Am anderen Ende schrien sie auch. Manchmal brach die Verbindung zusammen. Dann fluchte Wantscho auf Bulgarisch. Nelli bekam es mit der Angst. Der Vater schrie Sachen, die sie nicht verstand. Worte, die hart und fremd klangen. Zugleich spürte sie, dass der Vater traurig war.

Nach den Telefonaten verzog sich Wantscho ins Wohnzimmer und legte Schallplatten mit Opernmusik auf. Da hatte er dann schon etwas Wein getrunken. Manchmal stellte er sich mitten in den Raum und dirigierte dazu. Rose versuchte, ihm, so gut sie es vermochte, beizustehen. Sie sorgte sich um ihren Mann, doch seine Schwermut befremdete sie auch. Eine solche Melancholie war ihrem Wesen völlig fremd. Sie wusste mittlerweile, dass ihre Schwiegermutter immer wieder unter Depressionen litt. Offensichtlich trug auch Wantscho diese Veranlagung in sich.

16

Im Juni des neuen Jahres zogen Nikolows um. Rose hatte in der Sickstraße, in der Oberstadt von Nordroda, nahe der Klinik, eine Wohnung gefunden. Dort war alles viel besser – die Wohnung größer und schöner, die Luft sauberer, der Lärmpegel gering, das soziale Ansehen höher. Sie hatten nun eine Garage, in der Wantscho seinen Škoda unterstellen konnte. Und sie bekamen ein Telefon bewilligt! Denn es war wichtig, dass der Herr Doktor stets erreichbar war. Rose und Wantscho freuten sich, ein Telefon zu besitzen. Es bedeutete auch, dass Wantscho nicht mehr in seinem Büro schlafen musste, wenn er für den Nachtdienst eingeteilt wurde.

Die Nikolows bewohnten nun drei Zimmer, die ordentlich in Wohnzimmer, Schlafzimmer und Kinderzimmer aufgeteilt wurden. Außerdem gab es eine geräumige Küche, ein Badezimmer mit Badewanne und einen großen Flur. Wenn Wantscho nach Hause kam, stellte er seinen Stock in der Flurecke hinter der Haustür ab.

Die monatliche Miete betrug vierundsiebzig Mark. Das Geld brachte Rose zu Beginn eines jeden Monats in den ersten Stock. Dort wohnten die Eigentümer, ein Ehepaar in den sechzigern, Trudchen und Benno Pudenz. Und im zweiten Stock wohnte eine alleinstehende, sehr alte Dame. Die hieß Lore Jakubeit und zählte schon achtundneunzig Jahre. Sie residierte in zwei kleinen Dachkammern, von denen eine einen Erker hatte, in der ein Himmelbett mit Vorhang stand. Lore war die Tante von Trudchen.

Benno war der unbeschränkte Herrscher über Haus und Garten. Er trug mit Vorliebe kariertes Hemd, Joppe und eine von Hosenträgern gehaltene schwarze, verwaschene Manchesterhose. Und Haus und Garten waren schmuck und gut in Schuss. Immer hatte Benno zu werkeln und zu basteln: Die Tür am Geräteschuppen erneuern, Rost von der Teppichklopfstange entfernen, Salat und Tomaten aussäen, Büsche zurückschneiden, das kleine steinerne Teichbecken von Kaulquappen und Algen säubern, Johannisbeeren und Stachelbeeren ernten, Wurzeln unter Gehwegplatten entfernen. Bennos Garten war weit und breit der einzige, in dem auf den Beeten schmale Bewässerungsrohre verlegt waren.

Trudchen umsorgte Benno. Pünktlich stand mittags das Essen auf dem Tisch. Wie Kaffee und Kuchen am Nachmittag und das Abendbrot am Abend. Die Mahlzeiten nahmen Trudchen und Benno gemeinsam mit Tante Lore ein.

Trudchen war eine liebenswerte Person, groß und dick, sie sprach mit zittriger, bisweilen weinerlicher Stimme, trug Perlon-Kittelschürzen, Stützstrümpfe wegen ihrer Krampfadern und orthopädische Maßschuhe, die klobig aussahen.

Als Nelli laufen konnte, kletterte sie gern die Treppen im Hausflur hinauf, um Tante Trudchen und Onkel Benno zu besuchen. Und die beiden Alten waren vernarrt in die Kleine. Hatten keine eigenen Kinder, keine Verwandtschaft mehr, nur ihre Tante Lore und einen Neffen im Westen. Sie freuten sich über die jungen Leute, die ins Haus gezogen waren. Über die blonde sympathische Frau, die ein so zupackendes Wesen hatte, und über den fremdländischen Herrn Doktor, mit dem melancholischen Charme, den man gewiss gelegentlich ansprechen konnte, wenn Trudchens Herz wieder einmal vor sich hin stolperte oder es in Bennos Ohren erneut zu sausen anfing, so als würde wieder die Flak unmittelbar neben ihm abgeschossen – ein Überbleibsel aus dem letzten großen Krieg.

Nelli saß gern auf Tante Trudchens Schoß, um andächtig der kleinen Spieluhr zu lauschen, die Trudchen dann zur Hand nahm. Öffnete sie den Deckel, erklang sogleich eine liebliche Melodie und das Porzellanpüppchen darin begann, sich um sich selbst zu drehen. Tante Lore, wenn zugegen, lockte das Kind mit Schokolade. Doch an die alte Dame wagte sich Nelli nicht nahe heran, weil ihr schwarze Haare aus dem Kinn wuchsen, weil sie so gebrechlich war und sie einen leicht säuerlichen Geruch verströmte. Dafür ritt Nelli umso lieber auf Onkel Bennos Knien. Der sang mit dröhnendem Bass das immer gleiche Lied: »Wenn die Soldaten durch die Stadt marschieren, öffnen die Mädchen die Fenster und die Türen. Ei warum? Ei darum! Ei warum? Ei darum! Ei bloß wegen dem Schingderassa, Bumderassasa! Ei bloß wegen dem Schingderassa, Bumderassasa!« Nelli liebte das. Sie juchzte und hopste und lachte, ihre braunen Löckchen wippten, ihre Wangen glühten vor Vergnügen.

Viktoria kam zu Besuch. Sie lobte die neue Wohnung, die schöne Gegend, das ordentliche Gehalt, das der Schwiegersohn nun verdiente. Sie regte an, einen Wartburg zu bestellen. Die Wartezeit betrug ja viele Jahre und in dieser Zeit sei es doch möglich, die 25 000 Mark, die so ein Wagen kostete, anzusparen. Sie machte sich nützlich, hängte im Wohnzimmer das Bild auf, das sie Rose geschenkt hatte, kochte für alle, bügelte, nähte, wusch ab. Sie herzte ihr Enkelchen, lehrte Nelli das Beten, »Ich bin klein, mein Herz ist rein …«, und hielt sie davon ab, in den ersten Stock zu Tante Trudchen und Onkel Benno zu klettern. Was sollte das denn auch! Nelli brauchte doch keine Ersatz-Großeltern! Solange Viktoria da war, musste die Kleine auf Spieldose, Schokolade und Soldatenlied verzichten. Dafür spielte die Oma viel mit ihr. Sie sang ihr Volkslieder vor, erzählte ihr das Märchen von der *Kleinen Seejungfrau* und ging viel mit ihr an die frische Luft.

Die Sickstraße, in der Nikolows wohnten, war schmal und stieg steil an. Eigentlich war sie gar keine richtige Straße, sondern ein Sandweg. Alle drei Meter stand ein großer grauer Stein, der den Fußweg von der Fahrbahn abgrenzte. Am oberen Ende mündete der Weg in einen Wendekreisel, dessen Mitte mit Gras bewachsen war. Doch es fuhren nur wenige Autos hier entlang. Eher kam mal ein Moped vorbei. Oder ein Fahrrad. Die Leute gingen zu Fuß. Hinter dem Kreisel lag ein wildes Wäldchen, in das ein verschlungener Trampelpfad führte. Und neben dem Wäldchen gab es eine Kleingartenkolonie.

Nelli hatte einen großen Bewegungsdrang. Seit sie laufen konnte, war es mit der Ruhe vorbei. Rose rannte den lieben langen Tag hinter Nelli her, die nicht mehr im Kinderwagen sitzen wollte. Die laufen wollte! Die die Welt entdecken, alles anfassen und schmecken wollte. Rose kaufte ein Geschirr, das sie Nelli anlegte, um das Kind halten zu können. Wer da wen an der Leine spazieren führte, war nicht immer klar. Da sie nun so viel draußen auf der Straße unterwegs waren, lernten sie auch die Nachbarn besser kennen.

Ihnen genau gegenüber, in der Nummer zwei, wohnten der Uhrmachermeister Theodor-Gustav Halmer, genannt T. G., und seine Frau Gitti. Und unterm Dach wohnten die Eltern des Uhrmachers. Wenn Nelli auf den Uhrmacher traf, blieb sie wie angewurzelt stehen und staunte ihn an. Der Mann humpelte wie Papa! Nur dass er in die andere Richtung kippte, den Gehstock in der Linken hielt. Auch er hatte ein verkürztes, verkrüppeltes Bein. Der Uhrmacher reparierte Uhren in seiner Werkstatt, hier in der Oberstadt, die die Kunden in seinem Uhrengeschäft in der Unterstadt abgaben. Er baute auch selber welche. Größere, die man an die Wand hängen oder aufstellen konnte. Der Uhrmacher verstand sich auch darauf, Radios zu bauen. Er hatte »goldene« Hände. Viele seiner selbst entworfenen Produkte standen in den Regalen des Ladengeschäftes, das seine Frau führte. Die Uhrmacherleute hatten eine Tochter, die vier Jahre älter war als Nelli. Hin und wieder machte Rose mit der Frau des Uhrmachers ein Pläuschchen. Die Frauen mochten sich. Später tranken sie ab und zu eine Tasse Kaffee miteinander. Und später war es auch, dass Nelli zum Uhrmacher lief, wenn sie ihn auf der Straße sah, seine Hand ergriff, treuherzig zu ihm aufsah und haspelte: »Nicht wahr, Te-te-ge, du bist mein Freund?«

Im Haus daneben, in der Nummer vier, wohnten zwei Parteien, die sich spinnefeind waren. Im Erdgeschoss ein Lokführer der Deutschen Reichsbahn, ein grober Kerl, der Frau und Kind schlug. Im ersten Stock ein altes Ehepaar und im Dachgeschoss, sehr beengt, deren Kinder: ein Schlosser und eine Krankenschwester, mit ihren drei Töchtern. Der Lokführer und der Schlosser gerieten öfter aneinander. Einmal trafen sie sich auf der Kellertreppe, keiner wollte dem anderen den Vortritt lassen, es kam zu einer wüsten Prügelei. Der Schlosser lag eine Woche im Krankenhaus, der Lokführer wurde von der Volkspolizei verhaftet. Auch hierbei wurde er handgreiflich. Er bekam ein Verfahren wegen Körperverletzung und Tätlichkeit gegen ein Organ der Staatsgewalt. Ein Dreivierteljahr saß er im Gefängnis.

Ein Haus weiter, in Nummer sechs, lebte eine sehr dicke Frau mit ihrer Mutter und zwei Söhnen. Ihr Mann war in den Westen abgehauen. Seither trug die Frau schwarz und gewann zunehmend an Körperfülle. Ihre beiden Söhne, einer klein, der andere halbwüchsig, waren spindeldürr. Hinter dem Haus der dicken Frau lagen Wiese und Wald.

Die Nummer fünf auf der gegenüberliegenden Seite gehörte einer Frau, die in der Gaststätte im Stadtpark als Kellnerin arbeitete. Ihr Mann war ebenfalls in den Westen getürmt. Ihre Tochter ging schon zur Schule. Das Obergeschoss hatte die Kellnerin an einen Ingenieur mit Frau und Sohn vermietet. Der Ingenieur war ein großer, schöner Mann. Und es hieß, seine Frau, eine üppige Rothaarige mit großer Oberweite, würde fremdgehen.

Nebenan befand sich die Nummer drei, mit Rose, Wantscho und Nelli, Onkel Benno und den Tanten Trudchen und Lore. Und wiederum daneben, in der Nummer eins, wohnte ein älteres Ehepaar. Er war ein pensionierter Straßenbahnschaffner mit nur einem Arm, der oft durch seinen Garten strich und mit lüsternem Blick den Frauen hinterhersah. Sie war Hausfrau und verteilte gern Bonbons an die Kinder auf der Straße und erzählte jedem, dass sie keine eigenen hätte bekommen können.

Dies war also der kleine, überschaubare Kosmos, zu dem nun auch Nikolows gehörten.

Christo schrieb, dass er mit Sneza in der warmen Jahreszeit gern zu Besuch kommen würde, um endlich einmal das Enkelchen in die Arme schließen zu können! Den Brief hatte er per Express geschickt. Auf dem Kuvert klebte ein roter Aufkleber, auf dem stand in weißer Schrift: »Barsa Poschta«, Eilpost. Rose freute sich. Wantscho würde es guttun, seine Eltern wiederzusehen, sich ein Stückchen Heimat ins Haus zu holen. Wantscho telefonierte mit Nasco, der versprach, zu helfen, dass Christo und Sneza gemeinsam reisen durften. Normalerweise erhielt nur ein Mitglied einer Familie eine Reisegenehmigung ins Ausland.

Im Oktober trafen Wantschos Eltern am Dresdener Hauptbahnhof ein. Rose musste an ihre eigene Zugfahrt nach Sofia denken. Ein großes Abenteuer war das gewesen und eine große Strapaze. Rose liebte Abenteuer, doch noch einmal würde sie diese Tour mit der Eisenbahn nicht machen wollen. Wenn sie nur daran dachte, stieg ihr sofort wieder der Geruch in die Nase, den das dreckige Zugklo verströmt hatte.

Wantscho fuhr nach Dresden und holte die Eltern ab. Sie brachten Lukanka mit, Rakija und Tschubritza, Rosenöl und Lokum. Und eine Puppe für Nelli. Doch Nelli mochte die Puppe nicht, weil die komisch roch. Auch die bulgarische Oma, die die Mutter von Papa sein sollte, roch komisch. Nicht so wie die Puppe zwar, doch anders, streng. Das Kind wand sich aus ihrer Umarmung. Es wehrte sich gegen die nassen Küsse dieser Oma und fremdelte. Es verstand nicht, was Baba Sneza, wie es die Frau nennen sollte, zu ihr sagte. »Babina kuklitschka!«, trällerte Sneza, sobald das Enkelchen in ihr Blickfeld geriet, kriegte dabei feuchte Augen und wackelte mit dem Kopf.

Der Opa war weniger bedrohlich. Er ließ sie in Ruhe. Ab und zu hob er Nelli hoch und setzte sie auf seine Schultern, hopste mit ihr durch die Wohnung und rief dabei: »Chajde! Chajde!« Das gefiel Nelli.

Baba Sneza und Djado Christo blieben drei Wochen. Die meiste Zeit kümmerte sich Rose um die zwei. Wantscho musste ja arbeiten. Und nach ein paar Tagen hatte Rose das Gefühl, dass Wantscho morgens nur zu freudig das Haus verließ, um in die Klinik zu fahren.

Sneza kochte jeden Tag. Christo ging mit Rose einkaufen und hielt Nelli an der Hand. An den Wochenenden, wenn auch Wantscho Zeit hatte, machten sie Ausflüge. Sie besichtigten das Kyffhäuserdenkmal, fuhren nach Thale und von dort mit der Schwebebahn zum Hexentanzplatz, sahen sich die Roßtrappe an.

Beim Abschied weinten die beiden Alten. Nelli drückte ihren kleinen braunen Stoffhund an sich, damit sie nicht zu Djado Christo und Baba Sneza auf den Arm musste. Sie musste doch. Erst die stoppelige Wange von Djado, dann die feuchten Küsse, der flehentliche Blick von Baba. »Babina kuklitschka!« Nelli ließ es über sich ergehen. Wantscho klopfte dem Vater auf die Schulter, umarmte die Mutter. »Wsitschko chubawo!« Rose war erleichtert, als die zwei in den Zug stiegen. Christo öffnete das Fenster, streckte beide Hände hinaus. »Kommt uns bald besuchen!« Der Pfiff des Schaffners ertönte, der Zug fuhr an. »Dowischdane! Dowischdane!« Alle winkten. Und als der Zug außer Sicht war, sagte Nelli: »Baba!« und lachte.

17

Nelli wurde selbstständiger. Stück um Stück eroberte sie sich ihre kleine Welt. Gern lief sie in den Garten, der aber nur auf den Gehwegen betreten werden durfte. Darüber wachte Onkel Benno streng. Und auch Rose, die keinen Ärger haben wollte. Außerdem war sie stets in Sorge, Nelli könnte in den Gartenteich fallen, der das Kind magisch anzog, weil Seerosen darauf blühten und Goldfische darin schwammen.

Ab und zu saßen Rose und Nelli auf den Stufen vorm Haus in der Sonne, Rose mit einer Tasse Kaffee, Nelli mit einem Glas Apfelsaft. Nelli betrachtete den Vorgarten. Da die Birke, an deren Fuß im Februar das Schneeglöckchen geblüht hatte. Dort der Rhododendron unterm Küchenfenster, der im Frühling in so prachtvoller lilaner Blüte gestanden hatte. An der Hauswand der Efeu. Und dann die kleine grüne Hecke entlang des Weges bis zur Gartentür. Draußen die Straße, auf der sie spielen durfte, solange die Mutter sie vom Küchenfenster aus sehen konnte.

Manchmal hatte Nelli Albträume. Dann bedrohten sie Frauen, die alle aussahen wie die Mutter und die riesige blonde Dutts auf dem Kopf hatten. Ihre Gesichter waren kalt und verzerrt. Diese Gespenstermütter rannten hinter ihr her, drohten sie einzuholen und sie, Nelli, wollte fliehen, doch sie kam nicht von der Stelle. Später ging sie im Traum dazu über, einfach stehen zu bleiben, sich umzudrehen und die Gespenstermütter anzusprechen. Das erforderte ihren ganzen Mut. Die Gespenstermütter waren verblüfft und sofort geneigt, Nelli, anstatt zu verfolgen, nun zu beschützen. Nelli war stolz darauf. Sie erzählte es der Mutter. Allerdings machte Nelli aus den Gespenstermüttern normale Gespenster. Sie traute sich nicht, der Mutter zu sagen, dass in Wirklichkeit sie es war, die sie im Traum verfolgte.

Was bekam Nelli in dieser Zeit von ihrem Vater mit? An den Wochentagen nicht viel. Morgens sahen sie sich kurz, wünschten einander »Guten Morgen«, dann verließ Wantscho auch schon das Haus. Das Kind frühstückte mit der Mutter. Abends, wenn der Vater nach Hause kam, lag Nelli bereits im Bett. Manchmal durfte sie dem Papa noch »Gute Nacht« sagen und ein Küsschen geben. »Schlaf gut«, sagte Wantscho und Rose brachte Nelli ins Kinderzimmer. Sie las ihr noch etwas vor oder erzählte ihr eine Geschichte. Dann hieß es: Licht aus und Ruhe! Wehe, das Kind kam noch einmal heraus. Dann schimpfte Wantscho. Er wollte sich entspannen, mit Rose abendbroten, sie endlich für sich allein haben, ihr von seinem Tag erzählen.

Wie zum Beispiel von dem depressiven Tischler, der versucht hatte, sich in seiner Werkstatt aufzuhängen. Als er eingeliefert wurde, sagte Schwester Rita trocken: »Ein alter Bekannter.« Viele der Patienten waren alte Bekannte. Sie kamen in unregelmäßigen Abständen immer wieder in die Klinik mit den gleichen Krankheitsbildern. Wantscho hatte angeordnet, den Tischler nicht, wie die Male zuvor, mit Elektroschocks zu behandeln. Er entschied, ihn mit Schlafentzug und Autogenem Training zu therapieren. Die ersten drei Wochen verbrachte der Tischler auf der Geschlossenen Station. Dann hatte sich seine Stimmung so weit aufgehellt, dass er auf die Offene verlegt werden konnte, wo er weitere vier Wochen verbrachte. Wantscho nahm sich jeden Tag vor der Visite eine halbe Stunde Zeit, um mit dem Tischler zu reden. Der Mann erzählte von seiner Scheidung, davon, dass seine Tochter ihn ablehnte, dass auch sein Vater und sein Bruder unter Depressionen litten. Noch nie zuvor hatte er sich einem anderen Menschen auf diese Weise anvertraut. Noch nie zuvor über Gefühle gesprochen. Nach und nach ging es ihm besser. Er wurde sich einiger Dinge bewusst. Wollte etwas ändern in seinem Leben. Noch war es nicht zu spät, auch wenn er schon dreiundvierzig Jahre alt war. Er war dem bulgarischen Arzt unendlich dankbar. Heute war er entlassen worden. Als er sich von Wantscho verabschiedete, hatte er Tränen in den Augen.

»Meinst du, er schafft es?«, fragte Rose.

Wantscho zuckte mit den Schultern. »Ich hoffe es. Falls nicht, weiß er, wo ich bin.«

»Du bist wirklich ein sehr guter Arzt«, sagte Rose und legte ihren Arm um Wantschos Schultern.

»Deshalb hat mich der ›Engel‹ auch gefragt, ob ich zusätzlich noch die Neurologische Abteilung übernehmen möchte und mir außerdem vorstellen könnte, sein Stellvertreter und damit Chefarzt zu werden.«

»Das ist ja großartig!«, rief Rose und klatschte in die Hände.

»Ja nun«, sagte Wantscho bedächtig und griff nach seinem Bierglas. »Ich könnte den Posten sofort antreten, müsste mich aber nebenher habilitieren.«

»Du hast doch in Sofia schon damit angefangen.«

»Über den Anfang bin ich nie hinausgekommen.«

»Dann tust du es jetzt.«

»Will ich das?«

»Natürlich!«

»Ich will nichts tun, was mich von meinen Patienten fernhält. Ich habe schon genug Bürokratie am Hals: Versammlungen, Zettelkram, Berichte schreiben und so weiter.«

»Du kannst beides schaffen. Bis wann müsstest du die Habilitation geschrieben haben?«

»Ich kriege so viel Zeit, wie ich brauche. Drei Jahre dürften reichen.«

»Was war das denn gleich für ein Thema?«

»Ich wollte über Epilepsie schreiben.«

Rose schmiegte sich an ihn. »Das klingt gut«, sagte sie. »Du musst es nur wollen.«

Wantscho gähnte. Er war müde vom Tag und sehnte sich nach Ruhe. Rose gab ihm einen Kuss und stand auf. Er würde noch ein, zwei Bierchen trinken, etwas fernsehen, Nachrichten und vielleicht einen Krimi. Anschließend ins Bett gehen, nicht zu spät, sich an sein Röschen schmiegen, eventuell eine kleine Entspannung finden, dann schlafen. Rose stellte den Fernseher an, gerade erklang die Erkennungsmelodie der *Tagesschau*. Wantscho zog die Beine auf die Couch und machte es sich bequem. Rose begann, den Tisch abzuräumen.

Im Zimmer nebenan lag das Kind und schlief nicht. Es hörte, wie die Wohnzimmertür geöffnet wurde und jemand in die Küche ging. Das waren die Schritte der Mutter, leicht und regelmäßig. Das Kind freute sich, die Mutter zu hören und nicht den Vater, dessen Hinken sich so sehr vom Gang der Mutter unterschied. Der eine Schritt leise und vorsichtig, der andere Schritt laut und dumpf – tip tap, tip tap. Das

Kind hörte, dass die Mutter mehrmals hin und her lief. Dann schloss sich die Wohnzimmertür und es wurde wieder ruhig.

Das Kind lag wach. Wie gerne wäre es jetzt zu den Eltern hinüber gelaufen. Doch es fürchtete den Unwillen des Vaters. Seinen Zorn. Doch genauso fürchtete es die Dunkelheit, in der es lag. Obwohl etwas Licht durch die Ritzen der Holz-Jalousien hindurchschimmerte. Diese waagrecht angeordneten Lichtlinien liebte das Kind. Die waren seine Freunde. Auch die Zimmertür, die oben mit einer rechteckigen Glasscheibe versehen war, war ein Freund. Vor der Glasscheibe befand sich eine grüne Stoffgardine, durch die ebenfalls Licht fiel. Und unten, zwischen Türholz und Fußboden, zeichnete sich noch ein Streif Licht ab und verlieh dem Türgebilde den Anschein eines Gesichtes. Oben das gütige grüne Glasscheibenauge und unten der freundlich lächelnde Lichtritzenmund. Das Gesicht hatte nur so lange Bestand, wie im Wohnzimmer die Stehlampe brannte. Das Licht fand seinen Weg durch die Glasscheibe der Wohnzimmertür, hinaus in den dunklen Flur und wieder hinein in das Kinderzimmer. Die Tür war die Freundin des Kindes. Die Tür beschützte das Kind. Sie spendete auch dann noch Helligkeit, wenn das Licht in den Ritzen der Jalousie längst dem Dunkel der Nacht gewichen war. Die Tür war ein Trost. Doch der größte Trost war die Mutter. Ihr liebes Gesicht, ihr Wohlgeruch, ihre zärtliche Stimme. Und wenn die Furcht vor Gespenstern, Kobolden und Albträumen übermächtig wurde, noch größer als die Furcht vor der Dunkelheit und dem zürnenden Vater, dann kletterte Nelli doch aus dem Bett. Das Türgesicht wies ihr den Weg. So leise wie möglich drückte sie die Klinke hinunter, lauschte in den Flur, hörte die Stimmen und Melodien, die der Fernseher ins Wohnzimmer schickte, tapste durch den Flur, um dann die Hand auf die Klinke der Wohnzimmertür zu legen. Oftmals kam Rose ihr schon entgegen. Ließ sie gar nicht bis dahin vordringen, wo der Vater auf der Couch ausruhte. Rose beschwichtigte Wantscho, brachte das Kind zurück ins Bett, beruhigte es und ließ sich dazu überreden, die Kinderzimmertür einen Spalt offen zu lassen.

Dabei liebte Wantscho seine Tochter. Auf seine Art. Schließlich war sie sein Fleisch und Blut. Ihm war wichtig, dass es ihr gut ging, dass es ihr an nichts mangelte, dass sie gesund war. Aber es interessierte ihn nicht sonderlich, was in Nellis Kopf vor sich ging, warum sie so war, wie sie war. Hauptsache, sie gehorchte. Und zwar sofort, ohne Widerworte. Doch das klappte nicht immer so, wie er es sich vorstellte. Weil Nelli ein wildes Kind war, immer in Bewegung, nicht in der Lage, still zu sitzen. Ein Kind, das zudem Widerworte gab, das »warum?« fragte, wenn es nicht einsah, weshalb es dieses tun und jenes lassen sollte. Verlangte Wantscho etwas von Nelli und befolgte sie dies nicht umgehend, wurde sein Ton scharf, sein Blick böse. Half auch das nichts, konnte es passieren, dass er sie schlug.

»Hast du dir die Hände gewaschen?«, war eine Standardfrage, die er seiner Tochter streng stellte, denn Nelli vergaß das Händewaschen nur allzu gern. Hatte er ihr erklärt, warum dies so wichtig war? Dass es dabei half, gesund zu bleiben? Er hätte ihr von seinem Kollegen Ignaz Semmelweis, dem Retter der Mütter, erzählen können, der als erster Arzt Hygienevorschriften an seinem Krankenhaus eingeführt hatte. Das Kind hätte »warum?« gefragt und Wantscho hätte weitererzählen können. Weil Semmelweis nämlich herausgefunden hatte, dass das Kindbettfieber Tausende Mütter und Säuglinge hinwegraffen konnte, da Ärzte erst Leichen sezierten und anschließend mit ungewaschenen Fingern Schwangere und Niedergekommene untersuchten. Kinder lieben solchen Geschichten. Und Nelli hätte sicher auch gern erfahren, dass ihr Papa von seinem Vater, von Djado Christo, ebenfalls stets streng dazu angehalten worden war, sich nach dem Nachhausekommen und vor dem Essen die Hände zu waschen. Hatte er es versäumt, setzte es Schimpfe und Backpfeifen. Doch Wantscho erklärte nicht, er verlangte blinden Gehorsam. Aus seiner Sicht war ein Kind kein gleichberechtigter Partner, dem man eigene Vorstellungen und Gedanken zugestehen musste. Ein Kind blieb ein Kind und damit ein Befehlsempfänger. So hatte er es gelernt, so war er aufgewachsen, unter dem Drill seines Vaters. Und das gab er nun weiter. Er konnte nicht anders.

Kam Nelli endlich mit gewaschenen Händen aus dem Badezimmer, stellte Wantscho oft die zweite Standardfrage: »Hast du Wasser getrunken?« Wassertrinken hatte er streng verboten. Ohne es zu erklären, natürlich. Nelli wusste nur so viel, dass es für sie nicht gut war, kaltes Wasser zu trinken. Doch das hielt sie nicht davon ab, sich an den Wasserhahn zu hängen. Sie hätte es vermutlich gelassen, wenn ihr erklärt worden wäre, dass das Wasser chlorhaltig war und vor dem Trinken abgekocht werden sollte. Konnte Nelli dem Vater glaubhaft versichern, kein Wasser getrunken zu haben, war es gut, doch wehe, falls nicht. Oder wenn er sie gar auf frischer Tat ertappte! Das gab ein Donnerwetter!

Noch schlimmer war es, wenn sie behauptete: »Nein, ich habe kein Wasser getrunken«, und es doch getan hatte. Nelli konnte nicht schwindeln, ohne rot zu werden. Lügen nannte der Vater das dann. Und Lügen war für ihn das übelste Vergehen. Dann schrie er sie an und Nelli weinte.

Rose mochte das gar nicht. Zwar rutschte auch ihr manchmal die Hand aus, doch ihr widerstrebte Wantschos herrische Art, seine autoritäre Haltung. Rose stand Nelli oft bei, sie schob sich zwischen Wantscho und das Kind. Sie versuchte auszugleichen. Doch in Nelli wuchs eine Angst heran, die sich aus dem unberechenbaren, unbeherrschten Zorn des Vaters speiste. Diese Angst war immer gegenwärtig, wenn der Vater anwesend war. Sie saß in ihr drin, wie ein schlafender Dämon, der immer dann erwachte, wenn sie mit dem Vater alleine war. Auch wenn er freundlich war und liebevoll mit ihr umging. Das Kind konnte die zwei Gesichter des Vaters, das gute, das es liebte, und das böse, das es bedrohte, nicht miteinander vereinbaren. Es begann, seine Nähe zu meiden und sich an die Mutter zu klammern. Es wollte um keinen Preis mit dem Vater allein bleiben. Und auch Nelli selbst entwickelte zwei Seiten: Die eine, darauf bedacht, Wohlgefallen durch Wohlverhalten zu erzeugen, die andere, angefüllt mit Abwehr, Widerwillen und Trotz.

Und immer gab es Ärger mit der Esserei. Nelli mäkelte an allem herum, verweigerte das Brot, die Makkaroni, die Suppe. Eines Sonnabends hatte Wantscho die Nase voll und sagte zu Rose: »Nelli kriegt vierundzwanzig Stunden nichts zu essen. Daraus lernt sie.« Rose zweifelte, doch sie wusste sich ebenfalls nicht mehr zu helfen und willigte ein. Natürlich bekam Nelli irgendwann Hunger und verlangte nach etwas zu essen. Doch Rose hielt sich an das, was Wantscho angeordnet hatte. Und es wirkte. Vom nächsten Tag an aß das Kind normal.

Doch es gab Ausnahmen: Porreesuppe und heiße Milch mit Bienenhonig. Porreesuppe verursachte Nelli Brechreiz. Einmal drohten die Eltern, sie dürfe erst dann die Sendung im Kinderfernsehen anschauen, wenn der Teller geleert sei. Nelli zwang sich Löffel um Löffel in den Mund. Die weichen glibberigen Porreestückchen und der Geruch der Suppe ekelten sie. Kurz darauf erbrach sie sich auf die Fliesen in der Küche. Der Vater schimpfte, die Mutter hatte ein Einsehen.

Ebenso verhielt es sich mit heißer Milch mit Bienenhonig. Nelli wurde schon schlecht, wenn ihr nur der Geruch in die Nase stieg. War sie erkältet, so redeten Rose und Wantscho ihr gut zu, sie solle die heiße Milch schlürfen. Das würde helfen! Nelli saß am Tisch, vor sich die Tasse, in der die verhasste Mich dampfte. Am Herd der Vater, der den Finger in die Kasserolle mit der restlichen Milch senkte, die Haut von der Oberfläche fischte, um sich diese »Delikatesse« in den Mund zu stecken. Nelli drehte sich der Magen um. Sie schluckte und schluckte, um die aufsteigenden Magensäfte runterzukämpfen. Sie konnte die Milch nicht trinken!

»Nimm doch ein Trinkröhrchen«, ermunterte die Mutter sie und legte einen Halm aus Stroh auf den Tisch. Nelli griff nach dem Halm. Am liebsten wäre sie aufgesprungen, um Wasser und ein bisschen »Fit« in einen Becher zu füllen. Dann hätte sie die herrlichsten Seifenblasen machen können. Sie sagte es der Mutter.

»Wenn du die Milch getrunken hast«, sagte die und setzte hinzu: »Wenn du so gehungert hättest, wie ich als kleines Mädchen, würdest du nicht so viel Brühe machen.«

Doch Nelli ertrug lieber das nagende Hungergefühl, als Porreesuppe zu essen und heiße Milch zu trinken. »Hat dein Papa dir auch einen Tag lang nichts zu essen gegeben?«, fragte sie.

»Nein, Dummerle«, sagte Rose, »es war Krieg. Da gab es nichts zu essen.«

18

Nun war Wantscho also stellvertretender Ärztlicher Direktor und Chefarzt der Nervenklinik. Damit einher gingen zahlreiche Einladungen zu offiziellen Anlässen. Mit Rose tauchte er in das soziale Leben Nordrodas ein. Sie besuchten den jährlichen Bühnenball im Städtischen Theater, den Faschingsball an gleicher Stätte, den Sportlerball und den Ärzteball in der »Parkterrasse«. Sie lernten Leute kennen, freundeten sich an. Zum Beispiel mit dem Kreisapotheker Fritz Parente aus Bleicherode. Parente war ein lebenslustiger Typ mit rotblonden Locken und hellen Augen. Wantscho und Parente mochte einander gut leiden. Parente konnte unaufhörlich Witze erzählen und brachte Wantscho zum Lachen.

Die Sympathie, die die Männer füreinander hegten, äußerte sich auch in praktischer gegenseitiger Hilfe. Im Frühjahr 1968 fing Rose wieder an zu arbeiten, obwohl Wantscho davon nicht begeistert war. Rose fand eine Halbtagsstelle in der Löwen-Apotheke am Rande des Stadtparks, gegenüber dem Theater. Mit der Kreisapotheke in Bleicherode hatte sie nun öfter Kontakt. Legte ein Patient ein Rezept vor, auf dem ein Medikament verordnet wurde, bei dem es sich um einen Westimport handelte, so musste dieses Mittel eigens bei der Kreisapotheke, die allen Apotheken im Kreis übergeordnet war, bestellt werden. Dort wiederum wurde entschieden, ob das Medikament erhältlich war und falls ja, wer dazu berechtigt war, es zu beziehen. Einmal rief Viktoria aufgeregt in Roses Apotheke an und sagte, Irmchen ginge es sehr schlecht. Die Galle mache der Schwester so zu schaffen, dass sie schon ganz gelb sei. Und die Tabletten seien nicht zu bekommen. Rose rief bei Wantscho in der Klinik an. »Du musst für Irmchen Bilagit besorgen!« Abends fuhr Wantscho nach Bleicherode, trank mit Parente einen ganzen Abend lang, fuhr nachts mit dem Taxi heim. In der Tasche eine Packung Bilagit. Dafür vermittelte Wantscho Parente an seinen Automechaniker, als der Wartburg des Kreisapothekers liegen blieb und dringend Ersatzteile benötigte.

Rose arbeitete gern in der Löwen-Apotheke. Das Kollektiv bestand aus fünf Frauen, die allesamt ihre Haare blondierten: ein Apotheker, ein Pharmazie-Ingenieur, drei Apothekenhelfer. Egal, ob Mann oder Frau, im Osten galt für jede und jeden immer die männliche Berufsbezeichnung. Die Chefin leitete die Apotheke mit lockerer Hand. Sie erwartete Pünktlichkeit, Ehrlichkeit und Können. Sie selbst war aufgrund ihrer fachlichen Qualifikation hoch angesehen und beliebt. Es gab klare Regeln: Am 1. Mai musste das Kollektiv geschlossen im Block Gesundheitswesen demonstrieren; an sozialistischen Feiertagen musste die DDR-Fahne aus dem Apotheken-Fenster gehängt werden; im Aufenthaltsraum, neben dem Verkaufsraum, durfte im Radio kein Westsender eingestellt werden. Damit hatte es sich aber auch schon. Die Chefin war eine zurückhaltende, liebenswürdige Person, die ihre Untergebenen an der langen Leine hielt und sich eisern siezen ließ. Rose kam gut mit ihr klar.

Von den anderen Kolleginnen mochte sie Irene und Margit am liebsten. Irene Hentschel war, wie sie, Apothekenhelferin und wohnte ebenfalls in der Oberstadt. Als Irene erfuhr, dass Rose mit ihrer Familie in der Sickstraße lebte, fragte sie diese, ob sie den Uhrmacher kennen würde. Ja, sagte Rose, mit dessen Frau habe sie schon Kaffee getrunken. Nicht möglich!, rief Irene und erzählte, der Uhrmacher sei ein Schulfreund ihres Mannes Hajo und bis heute sein engster Freund. Man würde öfter zusammen feiern. Ob sie und ihr Mann nicht mal dazukommen wollten. »Und ob!«, sagte Rose und freute sich.

Margit, ebenfalls Apothekenhelferin, hieß mit Nachnamen Stanischew und war mit Todor, einem Bulgaren verheiratet. Es dauerte nicht lange und Stanischews luden Nikolows zu sich ein. Sie wohnten in einem Häuserblock in der Unterstadt und hatten einen Sohn. Dobri war vier, so wie Nelli. Die Kinder spielten im Kinderzimmer. Die Männer genossen es, in ihrer Muttersprache zu plaudern. Die Frauen sprachen über den bevorstehenden Sommerurlaub und die lange Fahrt nach Bulgarien. Rose sagte, sie freue sich unbändig, endlich mal wieder rauszukommen. Margit sagte, sie hoffe darauf, dass ihnen endlich die Durchreise durch Jugoslawien genehmigt würde. Ständig renne sie zum Rat des Kreises, um nachzufragen. Sie hätten ja immer noch kein Telefon. Seit vier Jahren sei der Anschluss bestellt und noch immer nicht zu bekommen. Plötzlich kam Nelli heulend aus dem Kinderzimmer gelaufen, Dobri, mit Gebrüll, hinterher. Die beiden hatten sich gezankt.

Wantscho wurde die Unruhe zu viel, er drängte zum Aufbruch. Nikolows bedankten sich für die Gastfreundschaft und sprachen eine Gegeneinladung aus. Nelli hörte nicht auf zu schluchzen. Händeschütteln. Winken.

Auf dem Nachhauseweg mussten sie in einer Straße halten, weil dort Möbel in einen weißen Transporter geladen wurden. Gerade schleppten vier Arbeiter einen schwarzen Flügel über die Straße. Hinter ihnen mühten sich zwei andere mit einem antiken Sekretär ab. Auf dem Nummernschild des Transporters stand als erster Buchstabe ein »I«, was bedeutete, dass der Wagen in Ost-Berlin zugelassen war. Zog hier jemand um?

Seit Rose wieder arbeitete, besuchte Nelli den Kindergarten, der in einer alten Stadtvilla untergebracht war. Jeden Morgen belegte Rose Schnitten für sich und für Nelli – Wantscho aß in der Klinik –, und Viertel vor acht verließen sie das Haus. Voller Stolz trug Nelli ihre braunlederne Brottasche um den Hals. Darin hüpften ein Brot und Apfelstückchen auf und ab, bei jedem Schritt, den sie tat. An der Hand der Mutter lief sie die Sickstraße hinab, bog nach rechts in den Weg ein, der zur Hauptstraße führte, auf der die Straßenbahnen fuhren. In ihrem weiteren Leben würden diese Augenblicke in Nelli immer wieder wie Erinnerungslichter aufleuchten: Sie an Mamas Hand. Die Wärme von Mamas Hand. Die große Straße. Mamas hoher blonder Dutt. Ihr kurzer Rock, der Mantel darüber, die Sonnenbrille, die Schuhe mit den hohen Absätzen. Die Schräge der Straße. Das schnarrende Geräusch, wenn Mamas Absatz über das Gehwegpflaster ratschte. Immer wieder tat sie das nach ein paar Schritten, so als müsse sie auf der abschüssigen Straße bremsen. Ein Geräusch, das Nelli vertraut war, das sie in ihrer Erinnerung konservierte, später aber niemals mehr hören würde und deshalb so manches Mal an ihrer Kindheits-Wahrnehmung zweifelte. Da auch die Mutter vorgab, sich dieses Details nicht mehr erinnern zu können. Doch Nelli wusste, sie glaubte nicht, sie *wusste* einfach, dass auch andere Frauen, die ebenfalls die Straße hinabliefen, dieses scharrende Geräusch mit den Absätzen verursacht hatten. Nelli konnte dies in ihrem Kopf abrufen wie einen Film. Dieses Geräusch gehörte dazu, ebenso wie das Knattern der Zweitaktmotoren, das Rattern der Autoräder auf dem Kopfsteinpflaster, das Quietschen der Straßenbahn.

Neben dem Kindergarten, auf einer öden Freifläche, wo früher mal ein Haus gestanden hatte, das im Krieg weggebombt worden war, schleuderte ihnen eine Plakatwand weiße Buchstaben auf rotem Grund entgegen: »Solidarität mit Vietnam!« las Rose und las es auch wieder nicht. Nahm es wahr und übersah es zugleich.

Im Kindergarten wurde Nelli von der Kindergartenleiterin in Empfang genommen. Nelli mochte sie sehr gern. Sie hatte dunkle kurze Locken und ein gütiges Lächeln. Sie brachte Nelli in ihre Gruppe, die von einer jungen Erzieherin betreut wurde. Nelli, bislang als Einzelkind aufgewachsen, konnte sich schnell an das Spielen in der Gruppe gewöhnen. Sie hatte kein Problem damit, sich regelmäßig die Hände zu waschen, nach dem Spielen das Spielzeug aufzuräumen, gemeinsam zu essen, zu schlafen, zu basteln. Die Kinder spielten viel draußen. Im Garten gab es ein Klettergerüst und eine große Sandkiste, zwei Schaukeln, ein Karussell und eine eiserne Mini-Lokomotive. Auf deren Bauch standen die kyrillischen Buchstaben »CCCP«. Die junge Erzieherin wurde nicht müde, den Kindern beizubringen, dass »SSSR« die Abkürzung von »Sojus Sowjetskich Sozialistitschcskich Respublik«, zu Deutsch »Union der Sozialistischen Sowjetrepubliken« war. Auch »Sowjetunion« genannt oder »Brudervolk«. Trotzdem spielte Nelli in der Lok am liebsten. Mit einigen Kindern freundete sie sich an. Gemeinsam suchten sie schöne Steine oder spielten Fangen.

Wenn es draußen regnete, las ihnen die junge Erzieherin vor. Sie hatte eine sanfte Stimme und die Kinder spürten, dass sie liebte, was sie tat. Sie hingen an ihren Lippen und lauschten den Geschichten vom *Schnurrpfeifland am Schnurrpfeifstrand*, von *Bibi und dem himmelblauen Schweinchen Jo aus der Anschlagsäule*, vom *kleinen Maulwurf* und von *Ferdinand*, dem Clown. Die Erzieherin las ihnen auch Märchen vor und alle zwei Wochen kleine Passagen aus der Kinderzeitschrift *Bummi*. Diese hier zum Beispiel: »Wie oft fragt ihr, warum gibt es diese Grenze. Und warum müssen unsere Grenzer auf Wache ziehen? Hinter dieser Grenze gibt es böse Menschen, die nicht wollen, dass alle Kinder und ihre Eltern zufrieden sind. Sie wollen zu uns kommen und vieles zerstören, was ihr lieb habt. Auch durch das Wasser! Ein Glück: Wir haben die Grenzer! Hier auf dem Wasser. Und die Flieger. Und die Panzer und die Raketen. Wir lassen uns nichts zerstören.«

Nelli hatte, wie die anderen Kinder auch, aufmerksam zugehört. Die Erzieherin sah die Kleinen mit samtenen Augen an. »Aber mein Onkel Hermann ist nicht böse«, sagte plötzlich Maik, der im September eingeschult werden würde. »Der wohnt in der Lüneburger Heide und schickt Westpakete.« Nelli dachte an Muttis Schwester, Tante Egede, in West-Berlin und an Muttis Onkel Josef aus Koblenz. Waren die etwa böse?

Die Erzieherin strich Maik übers Haar. »Dein Onkel ist bestimmt ein guter Mensch«, sagte sie, »aber er wohnt in einem bösen Land. Glaubst du etwa, dass es in der BRD so schöne Kindergärten gibt wie hier? Dort wäre der Fabrikbesitzer nicht enteignet worden, damit Kinder in einer Villa und einem großen Garten spielen können.«

Maik zuckte nur mit den Schultern und sagte nichts mehr. Die Erzieherin klatschte in die Hände und schickte die Kinder zum Händewaschen. Es roch nach Mittagsessen.

Auf dem Nachhauseweg erzählte Nelli der Mutter, was sie erlebt hatte. Rose erschrak. »Hast du auch was gesagt?«, fragte sie.

Nö«, sagte Nelli, »aber der Maik.«

»Gut.« Rose war erleichtert. »Es ist besser, wenn du nur mit mir über solche Dinge sprichst, hörst du.«

»Ist Tante Egede denn böse?«

»Natürlich nicht«, erwiderte Rose und blieb stehen. Sie ging in die Hocke, sodass sie Nelli in die Augen blicken konnte. »Wir reden nur zu Hause über solche Dinge. Verstehst du das?«

Nelli legte ihre Ärmchen um den Hals der Mutter. Sie war zwar erst vier Jahre alt, doch sie verstand.

Am Abend erzählte Rose Wantscho, was sich ereignet hatte. Der nahm es gelassener hin als sie, weil, wie er sagte, daran sowieso nichts zu ändern sei.

»Du machst es dir sehr einfach«, sagte Rose.

»So schlimm ist es nun auch wieder nicht«, sagte Wantscho.

»Natürlich ist es schlimm, dass die Kinder infiltriert werden.« Rose wurde laut.

»Du übertreibst«, erwiderte Wantscho gereizt.

»Und du tust gar nichts.«

»Dafür besteht auch kein Anlass, wir leben auf der besseren Seite.«

»Auf der besseren Seite!«, höhnte Rose. »Richtig muss es heißen: Eingesperrt auf der besseren Seite!«

Sie lief aus dem Wohnzimmer in die Küche, setzte sich an den Tisch und zündete sich eine Zigarette an.

Wantscho humpelte ebenfalls in die Küche. Er holte eine Flasche Rotwein aus dem Schrank und den Korkenzieher aus dem Schubfach.

»Du musst ja unbedingt wieder arbeiten gehen«, sagte er, »anstatt dich um das Kind zu kümmern«, und humpelte zurück ins Wohnzimmer.

»Du bist so ungerecht!«, rief Rose ihm nach.

Nelli lag wach in ihrem Bettchen und drückte ihren Stoffhund an sich. Warum schrie Mutti? Sie traute sich nicht, hinauszulaufen, eben hatte sie Vatis Tip-tap-Schritte gehört.

Wantscho stellte den Fernsehapparat lauter, entkorkte die Flasche und legte sich auf die Couch. Dass Rose sich auch immer gleich so aufregen musste. Na, sie würde sich schon wieder beruhigen. So schlimm war es nun auch nicht. Er trank einen Schluck Rotwein. Im Großen und Ganzen konnte er zufrieden sein mit seinem Leben. Mit Rose lief es gut. Abgesehen von kleineren Meinungsverschiedenheiten, die Roses Tätigkeit in der Apotheke oder die Erziehung des Kindes betrafen, gab es keinerlei Probleme. Er fand ja, dass Rose nicht arbeiten gehen musste. Verdiente er etwa nicht genug? Und er fand, dass Rose mit Nelli oft zu weich, zu nachgiebig war. So ein Kind brauchte doch eine feste Hand. Aber im Grunde überließ er Rose gern dieses Feld, schließlich konnte er sich ja nicht um alles kümmern. Im Fernseher schossen Polizisten auf einen flüchtigen Ganoven mit Hut.

Wantscho goss sich Wein nach. Die Misstöne, die gelegentlich entstanden, wenn sich wieder einmal seine und Roses politische Ansichten nicht deckten, schob er lieber beiseite. Rose reagierte für sein Empfinden viel zu emotional und sah das Potenzial nicht, welches in der marxistischen Philosophie steckte. Er hatte es ihr oft zu erklären versucht. Bestimmte etwa nicht das Sein das Bewusstsein? Und ist der Mensch etwa nicht, was er isst? Er war nie weit gekommen mit seinen Ausführungen. Rose war, was diese Themen anging, voller Abwehr. Sie kam immer gleich mit der Freiheit. Er war auch für die Freiheit, verdammt noch mal. Warum verstand Rose nicht, dass es das Ziel des Kommunismus war, die *wahre Freiheit* zu verwirklichen?! Von der *Einsicht in die Notwendigkeit* wollte sie nichts wissen. Überhaupt war es nicht so sehr Roses Sache, sich mit philosophischen Gedankenkonstrukten auseinanderzusetzen. Sie war doch eher praktisch veranlagt. Sie wusste, wie man einen Nagel in die Wand schlug oder ein verstopftes Abflussrohr reparierte. Er nicht. Oder besser gesagt: Nicht mehr. Da verließ er sich jetzt ganz auf sie. Sogar was das Ankleiden anbelangte. Sie hatte angefangen, ihm die Sachen rauszulegen. Und er hatte nichts dagegen, sich helfen zu lassen. Sie ergänzten sich hervorragend.

Wantscho gähnte und trank noch etwas Wein. Der Ganove schien der Polizei zu entkommen. Er brauste gerade in einer geklauten Corvette durch eine staubige Wüstengegend. Wantscho dachte daran, dass in ein paar Wochen sein neues Auto vor der Tür stehen würde. Ein Wartburg 353. Das neueste Modell. Farbe: gelb. Wenigstens dieses eine Mal war es ein Vorteil gewesen, ein Krüppel zu sein. Das kaputte Bein und die Tatsache, dass er als leitender Arzt im sozialistischen Gesundheitswesen tätig war, hatten zu einer verkürzten Wartezeit von nur zwei Jahren verholfen. Darauf ein Glas Rotwein! Und bald ging es im neuen Auto nach Bulgarien! Er freute sich auf die Heimat. Auf die Eltern und vor allem auf Lina. Mit dem Wartburg würde die lange Fahrt viel angenehmer werden als bisher. Rose würde begeistert sein. Natürlich würde er seine Frau auch ans Steuer des neuen Wagens lassen. Hoffentlich kam vom Rat des Kreises bald die Genehmigung, über Jugoslawien nach Bulgarien fahren zu dürfen. Trotz des Durcheinanders, das bei den Tschechen derzeit herrschte. Vielleicht könnten sie die große Fahrt ja gemeinsam mit Todor und Margit machen? Die beiden schienen ganz vernünftig zu sein. Die Polizei hatte den Ganoven umzingelt, es gab eine wilde Schießerei. Wantscho zündete sich eine Zigarette an. Der Ganove fing sich einen Schuss in die Brust. Der Hut landete im Staub. Der Ganove ebenfalls. Endlich, du Schweinehund! Und die schöne Corvette ein Schrotthaufen. Abspann. Wantscho drückte die Zigarette aus, trank den letzten Schluck Rotwein. Er stand auf, stellte den Fernseher ab. Dann ging er pinkeln, wusch sich die Hände, putzte sich die Zähne. Rose schlief wohl schon. Schade. Leise humpelte er ins Schlafzimmer und legte sich hin. Rose atmete ruhig und gleichmäßig. Wantscho überlegte, ob er sich an sie schmiegen und wecken sollte. Darüber schlief er ein.

Am nächsten Morgen sprach Rose mit Wantscho nur das Nötigste. Er trank seinen Kaffee allein in der Küche. Rose verließ mit Nelli früher als sonst das Haus. Und grußlos. Wantscho sah die beiden auf die Straße treten, Mutter und Tochter, Hand in Hand. Diese beiden gehören zu mir, dachte Wantscho mit einem plötzlichen Glücksgefühl. Das Kind warf noch einen Blick zum Küchenfenster hin, hinter dem es den Vater vermutete. Wantscho hob die Hand und winkte, obgleich er wusste, dass er hinter der Gardine unsichtbar blieb.

Das Wetter war schön, Wantscho entschloss sich, mit dem Klapprad in die Klinik zu fahren. Er hättte auch den Klinikchauffeur anrufen können, damit dieser ihn mit dem Wagen abholte. Doch Wantscho ließ es bleiben. Rose würde es gefallen, wenn er mit dem Fahrrad fuhr. Bewegung tat ihm gut. Er klemmte seinen Stock auf den Gepäckträger und trat in die Pedale. Die Sickstraße hinauf, über den Kreisel, den Trampelpfad entlang, über die Wiese, durch das Wäldchen, dann links abbiegen und weiter über die Hauptstraße, rein in die Clara-Zetkin-Straße, die geradewegs zur Klinik führte. Wantscho stellte das Rad im Hof ab. Als er die Treppen bis zum zweiten Stock hochhumpelte, spürte er, wie sein Herz kräftig in seiner Brust schlug. Er ging gern zur Arbeit. Die Stelle in Nordroda war ein Glücksfall für ihn. Sein Kollektiv, angeführt von Schwester Rita, war eine eingeschworene Gemeinschaft, die ihn in ihre Mitte aufgenommen hatte. Ohne Wenn und Aber.

Wantscho betrat sein Dienstzimmer, zog sein Jackett aus und hängte es in den Schrank. Nahm den weißen gestärkten Kittel, streifte ihn über. Er blickte in den kleinen Spiegel an der Schranktür und rückte den Knoten seiner Krawatte zurecht. Dann tastete er nach der Plastik-Bürste in seiner Gesäßtasche und kämmte sich das Haar zurück.

Es klopfte. Schwester Rita kam und brachte ein Kännchen mit

warmer Milch. Wantscho dankte ihr, goss sich die Tasse voll und stellte sich ans Fenster. Im Klinikgarten sah er den Kollegen Jobst Heintze herumspazieren. Er setzte bedächtig einen Fuß vor den anderen und ging exakt in der Mitte des Weges, die Arme vom Körper abgespreizt. So, als würde er auf einem Hochseil balancieren. Wantscho lächelte. Er mochte Heintze, den es aus Mecklenburg hierher verschlagen hatte. Er konnte ein sturer Hund sein, doch er war ein hervorragender Nervenarzt. Jeden Morgen lief er im Klinikgarten auf seinem unsichtbaren Strich entlang.

Einmal hatte Wantscho mit Heintze gesoffen. Es war der »Tag des Gesundheitswesens«, im letzten Dezember. Die Preisverleihungen waren bereits über die Bühne gegangen. Das Kollektiv Erwachsenenpsychiatrie war mit dem Titel »Kollektiv der sozialistischen Arbeit« ausgezeichnet worden. Weitere »Aktivisten der sozialistischen Arbeit« waren geehrt, Medaillen »für treue Dienste im Gesundheits- und Sozialwesen« verliehen worden und eine Kollegin hatte sogar die Hufeland-Medaille in Silber erhalten. Das musste gefeiert werden! Erst hatten sie Bier getrunken und dann Schnaps gekippt. Nach dem fünften Glas lallte Wantscho: »Warum laufen 'Se eigentlich imma wie an 'ner Schnur gezogen übers Gelände?«

»Keine Ahnung«, antwortete Heintze mit schwerer Zunge. »Is nua so, wenn ich's nicht mache, dann geht's mia ganz schlecht.« Heintze kicherte. Wantscho rülpste mit geschlossenem Mund und schob ein »T'schuljung« hinterher.

Heintze kicherte erneut und schenkte nach. Er hob sein Schnapsglas und prostete Wantscho zu. »Ich – Jobst.«

Wantscho tat es ihm nach. »Wantscho.«

Seit diesem Abend verbrachten die Männer öfter mal eine Zigarettenpause miteinander. Jobst Heintze war ein außergewöhnlich befähigter Spezialist für Zwangsneurosen.

Inzwischen war der Kollege aus Wantschos Sichtfeld verschwunden und die Milch ausgetrunken. Wantscho öffnete das Fenster einen

Spalt. Dann stellte er die leere Tasse zurück auf das Tablett, setzte sich an den Schreibtisch und zündete sich eine Zigarette an. Ein paar Tage später hatten er und Heintze ihr Gespräch fortgeführt. »Du denkst wohl auch: Wie kann so einer, der auf'm Strich geht, Kranke behandeln?«

Wantscho hatte nur gelacht.

»Ich glaube, wer selbst eine Macke hat oder einen Defekt«, dabei wies Heintze erst auf seinen Kopf und dann auf Wantschos verkürztes Bein, »der kann sich umso besser in kranke Hirne einfühlen.« Danach hatte der Mecklenburger kurz gegrüßt und war seiner Wege gegangen. Wantscho war völlig verdattert zurückgeblieben. Macke! Defekt! Mit welcher Leichtigkeit Heintze seine eigene Zwanghaftigkeit thematisiert und dann auch noch Wantschos verkrüppeltes Bein angesprochen hatte. Niemand sonst traute sich das. Sein Bein war ein Tabu. Es war sozusagen gar nicht vorhanden. Und das war Wantscho auch ganz recht so. Obwohl ihn die Worte Heintzes unangenehm berührt hatten, nahm er sie dem Kollegen nicht übel.

Er sah die Unterlagen durch, die ihm Schwester Rita fein säuberlich aufgefächert hingelegt hatte. Die Krankenakten zweier Patienten, die in der Nacht eingeliefert worden waren. Eine Brandstifterin, die in Krimderode Feuer in einer Kirche gelegt hatte. So, las er, glaubte sie, den Feuerengel zu besänftigen, der sie holen wollte. Und ein junger Mann, der von der Polizei gebracht worden war, tobend und in Handschellen, nicht mehr Herr seiner Sinne. Er war in der Klinik kein unbeschriebenes Blatt, war schon zweimal hier gewesen. Immer wieder hatte er wahnhafte Vorstellungen und Angst vor Strahlen aus dem Weltraum. Wantscho legte die Akten beiseite, griff nach der neuen Ausgabe von *Psychiatrie, Neurologie und medizinische Psychologie* und überflog das Inhaltsverzeichnis der Fachzeitschrift. Anschließend sah er einige EEG-Kurven von Patienten durch. Dann war Zeit für die Visite. Er nahm seinen Stock und humpelte auf den Flur. Vor der Tür zur Geschlossenen Station wartete bereits Schwester Rita auf ihn, einen Stapel Krankenakten im Arm. Neben ihr standen zwei Pfleger, eine Schwesternschülerin und Dr. Freund. Als sie den Doktor kommen sah, winkte Rita ihm sogleich zu. Dann setzte sich der ganze Tross in Bewegung..

Auch die Patienten warteten schon. Wantscho ließ sich von Schwester Rita ausführlich über den Zustand des jeweiligen Patienten informieren. Er sprach mit jedem Einzelnen. Besonders lange hielt Wantscho sich am Bett einer jungen Frau namens Grit auf, die unter katatonem Stupor litt und hohes Fieber hatte. Die Kranke lag bereits seit sechs Wochen auf der Station. Wantscho hatte als Ursache für die Bewegungsstarre eine schizophrene Psychose diagnostiziert. Grit bekam Neuroleptika und wurde mit Elektroschocks behandelt. Doch bisher war keine Besserung eingetreten. Die junge Frau rührte Wantscho und er fühlte sich ohnmächtig, weil er nicht mit ihr sprechen konnte. Er wusste nur so viel, dass sie zwanzig Jahre alt war, Krippenerzieherin lernte und bei ihren Eltern wohnte. Der Vater war ein pensionierter Mathematik- und Physik-Professor, die Mutter Hausfrau. Bisher hatten die beiden ihre Tochter nur ein einziges Mal besucht. Professor Engelbrecht hatte einen Brief an die Eltern gesandt und daran erinnert, dass ihre Tochter Besuch empfangen dürfe. Daraufhin hatte der Vater geantwortet, er wolle seine Tochter erst wiedersehen, wenn sich deren Zustand normalisiert hätte. Im Übrigen bitte er ausdrücklich darum, beim nächsten Mal nicht mehr den Stempel der Nervenklinik auf dem Brief zu hinterlassen. Ihm sei doch sehr daran gelegen, dass niemand erfahre, dass das Kind verrückt geworden sei. Wantscho schnitt das alles ins Herz, er nahm die Hand der jungen Frau, sie fühlte sich schlaff und sehr warm an.

»Irgendetwas Neues?«, fragte er Schwester Rita.

»Leider nicht, Herr Doktor.«

Wantscho drückte noch einmal die Hand der Kranken, dann verließ er mit seinem Gefolge den Raum.

Nach der Visite gab es Frühstück für das Personal im Schwesternzimmer: Kaffee, Tee und belegte Brötchen. Anschließend diktierte

Wantscho zahlreiche Gutachten für Versicherungen, Staatsanwälte und Gerichte. Es ging darum, Straftäter einzuschätzen, die sich zum Teil schon in Haft befanden. Darunter solche, die sich wegen abnormen Sexualverhaltens verantworten mussten: Exhibitionisten, Fetischisten, Pädophile, Homosexuelle. Aber auch solche, die eines politischen Vergehens bezichtigt wurden, wie versuchter Republikflucht, staatsfeindlicher Hetze oder der Verbreitung verunglimpfender Schriften.

Bei der Erarbeitung der Gutachten galt es jedes Mal abzuwägen, ob der Beschuldigte zur Tatzeit voll zurechnungsfähig gewesen war oder nicht. Dies war eine zweischneidige Angelegenheit: Kam der Betroffene infolge einer attestierten neurotischen Störung um eine Haftstrafe herum, blieb nur noch die stationäre Behandlung in einer Nervenklinik. Und die Menschen, die in der Psychiatrie verwahrt wurden, galten in der Öffentlichkeit nicht weniger aussätzig als Menschen, die im Gefängnis saßen. Beide Gruppen trugen das Brandmal des sozial Ausgestoßenen auf ihrer Stirn.

So war es auch im Falle eines jungen Mannes, der im Sperrgebiet an der Elbe von Grenzpolizisten aufgegriffen worden war. Der Mann gab im Verhör an, er habe sich im Wald verirrt. Er wurde in die Psychiatrie gebracht. Gegenüber Wantscho, zu dem er Vertrauen gefasst hatte, gestand er später ein, er habe abhauen wollen. Und er flehte Wantscho an, ihn vor dem Gefängnis zu bewahren. Wantscho attestierte ihm eine verminderte psychische Belastbarkeit infolge einer neurotischen Störung und empfahl die Zwangseinweisung in eine psychiatrische Einrichtung. So wurde der Mann vor einer Haft bewahrt, zahlte jedoch den hohen Preis, nun auf unbestimmte Zeit in der Psychiatrie festzusitzen.

Heute nun lag ein ähnlicher Fall auf Wantschos Schreibtisch: eine Frau, die in Grenznähe festgenommen worden war. Bevor er das Gutachten in Angriff nahm, telefonierte er mit der Erfurter Staatsanwaltschaft und einem Rechtsanwalt in Jena. Danach empfing Wantscho Patienten und deren Angehörige zu Einzelgesprächen. Und wie jeden

Freitag hielt er anschließend in einem Behandlungsraum im Erdgeschoss eine ambulante Sprechstunde ab.

Manchmal kamen Rose und Nelli Wantscho besuchen. Das Kind gruselte sich vor dem Klinikgebäude, vor allem vor den Gesichtern, die sich im zweiten Stock an die Fenstergitter pressten, und vor den Armen, die da durchgesteckt wurden und winkten. Aber es freute sich auch, den Vater zu sehen. Weil der ihm mit ausgebreiteten Armen entgegengehumpelt kam, in einem blütenweißen Arztkittel, lächelnd und gütig, sich von seiner liebsten Seite zeigend. Dieser Vater hob Nelli hoch, küsste sie und präsentierte den Kollegen stolz sein Töchterchen. Die Ärzte, Schwestern und Pfleger kamen herbei und sie sagten: »Aah, die entzückende Kleine! Ganz der Vater!« und »Ooh, die Frau Doktor.« Rose und Nelli wurden hofiert und bestaunt.

Alle vierzehn Tage brachte Rose einen Korb Bügelwäsche zum Mangeln in die Klinikwäscherei. Nelli begleitete sie. Die Patientinnen, die hier arbeiteten, waren nicht von den normalen Waschfrauen zu unterscheiden. Alle waren sehr freundlich, hatten hochrote, verschwitzte Gesichter und weiße Hauben auf dem Kopf. Im Waschhaus war es heiß und stickig. Es roch herrlich nach sauberer, geplätteter Wäsche. Sobald die Waschfrauen Rose sahen, kam eine von ihnen auf sie zu, grüßte zuvorkommend und nahm ihr den Korb ab. Dann begab sie sich zu einer großen, mit Steinen beschwerten Maschine aus Holz, die mitten im Raum stand. Eine Neurotikerin war damit beschäftigt, die Wäschestücke zu rollen. Sie unterbrach ihre Arbeit und kümmerte sich sogleich um die Bettlaken, Bettbezüge und Tischdecken der Frau Doktor. Wäschestück für Wäschestück wurde zwischen die zwei mächtigen stoffbespannten Walzen gezogen, die sich unablässig gegeneinander drehten und von einem Elektromotor mit Lederriemen angetrieben alle Falten glätteten. Das hölzerne Ungetüm knarrte, ächzte und rumpelte. Nelli starrte auf die Walzen, die sich unablässig in Zeitlupe gegeneinander drehten. Sie stellte sich vor, wie es wäre, dazwischenzugeraten. Ihr grauste bei diesem Gedanken. Sie dachte an die Geschichte von einem Mann namens Wilhelm Busch, die die Mutter ihr schon oft vorgelesen hatte, und an die Bilder, die in dem Buch abgebildet waren. Auf denen der alte Diogenes friedlich in seiner Tonne liegt, bis zwei böse Buben ihn zu piesacken beginnen. Schließlich schieben sie die Tonne sogar einen Abhang hinab und dem armen Diogenes wird ganz schwindelig. Doch: Die Bengel bleiben an einem Nagel hängen, werden mitgezogen und überrollt. Nelli konnte die Verse auswendig: *»Da hilft kein Weinen und kein Schrein / Sie müssen unter's Fass hinein. / Die bösen Buben von Korinth / Sind platt gewalzt, wie Kuchen sind.«* Sie bekamen ihre gerechte Strafe. Verstohlen griff Nelli nach der Hand der Mutter.

Wenn sie die Wäsche wieder abholten, war diese geplättet und akkurat, Kante auf Kante zusammengelegt. Die Waschfrauen wollten von der Frau Doktor kein Geld für ihre Dienste annehmen. Sie hätten dies gern dem Herrn Doktor zum Gefallen getan. Doch Rose bestand darauf, die eine Mark, die das Wäscherollen kostete, zu bezahlen.

Irene, Roses Arbeitskollegin, feierte Geburtstag und lud Rose und Wantscho dazu ein. Zu der Fete kamen auch der Uhrmacher T. G. und dessen Frau Gitti. Man lernte sich besser kennen. Wantscho unterhielt sich lange mit dem Uhrmacher. Er mochte dessen ruhige, überlegte Art. Er mochte auch Irene und ihren Mann Hajo, der von allen nur »der Große« gerufen wurde. Der Große überragte seine Frau um zwei Köpfe, sie gaben ein ulkiges Paar ab. Er arbeitete als Rundfunkmechaniker im VEB Fernmeldewerk, hatte ein loses Mundwerk und war gegen das System. Er erzählte einen politischen Witz nach dem anderen. Na und?, dachte Wantscho. Er konnte das trennen. Leben und leben lassen, lautete seine Devise.

Dann waren da noch Sigmar und Annegret. Er wirkte auf Wantscho ziemlich humorlos und sie war sehr schüchtern. Aber vielleicht täuschte das auch und man musste sich erst einmal näherkommen. Im Gespräch erfuhr Wantscho, dass Sigmar und Annegret eine

Textilreinigung in der Unterstadt betrieben. Als Wantscho auf die Frage, was denn sein Beruf sei, »Nervenarzt« sagte, entfuhr Sigmar: »Ach, du liebes bisschen!« Auch Annegret blickte entsetzt.

Trotzdem amüsierten sich Rose und Wantscho köstlich. Es wurde gegessen, getrunken, getanzt, geratscht, geraucht und viel gelacht. Nikolows fanden Aufnahme in die Clique um den Uhrmacher, in der man sich reihum einlud, um zu feiern. Rose und Wantscho waren endlich richtig in Nordroda angekommen. Sie fingen an, Wurzeln zu schlagen.

19

Es wurde Sommer. Rose und Wantscho freuten sich auf die große Fahrt. Anfang August wollten sie in die Ferien starten. Lina erzählte am Telefon, dass sie ihren Verlobten Andrej im Herbst heiraten wolle. Und sie sagte, dass die Eltern Lom verlassen wollten, um sich in Plowdiw anzusiedeln. Damit Lina sich um sie kümmern könne.

Eines Abends rief ein Oberstleutnant Wilke an und wünschte Dr. Nikolow zu sprechen. Wilke war Leiter der Kreisdienststelle des Ministeriums für Staatssicherheit in Nordroda. Einmal im Monat bat Wilke um eine private Sprechstunde beim Herrn Doktor. Er litt unter Depressionen und wollte sich von niemand anderem behandeln lassen. Der Stasi-Mann mied die öffentliche Ambulanzsprechstunde. Er betrat die Klinik durch einen Hintereingang und legte großen Wert darauf, inkognito zu bleiben. Offiziell war sein Aufenthalt in der Klinik dienstlich. Er besuchte Engelbrecht, befragte den Ärztlichen Direktor nach diversen Kollegen und Sachverhalten, um anschließend den bulgarischen Arzt zu konsultieren. Er bat um absolute Diskretion. »Wissen Sie, Herr Doktor, Depressionen zu haben, ist schlimmer, als Krebs oder Schulden zu haben. Und ein Mitarbeiter des Staatssicherheitsdienstes, der zum Psychiater geht, gilt als unbrauchbar.«

Einmal sprach Wilke Wantscho an, ob er sich vorstellen könne, sich ab und zu auch über andere Themen mit ihm zu unterhalten. Wantscho sah Wilke fragend an. Zum Beispiel interessiere es ihn, wie der Kollege Heintze zur aktuellen Entwicklung in der ČSSR stünde. Wantscho schüttelte den Kopf. »Wir wollen hier doch nicht den wahren Grund Ihres Besuches aus den Augen verlieren, Herr Oberstleutnant.«

»Meine Aufgabe ist es, Informationen zu sammeln, um die Sicherheit unseres Staates zu gewährleisten, Herr Doktor.«

»Und meine Aufgabe ist es, Sie zu heilen, nicht mehr und nicht weniger.«

Die Stille, die jetzt folgte, war unangenehm. Die Männer taxierten einander mit Blicken. Schließlich räusperte sich der Oberstleutnant und sagte: »Nun gut.« Er wollte es sich mit dem Doktor nicht verscherzen und nahm sich vor, später noch einmal auf diese Angelegenheit zurückzukommen.

Und nun rief Oberstleutnant Wilke bei Nikolows zu Hause an. Rose holte Wantscho ans Telefon.

»Bitte entschuldigen Sie die späte Störung, Herr Doktor«, sagte Wilke, »aber ich wollte es Ihnen am Telefon sagen, ehe Sie es schriftlich kriegen.«

»Guten Abend, Genosse Oberstleutnant«, erwiderte Wantscho erstaunt. »Was ist denn passiert?«

»Die Bezirksverwaltung in Erfurt wird Ihre Fahrt durch Jugoslawien nicht genehmigen.«

»Aber warum denn nicht? Wir sind doch im letzten Jahr auch über Jugoslawien gefahren.«

»Jugoslawien ist nicht das Problem, Herr Doktor. Aber bei den Tschechen braut sich was zusammen. Keiner weiß, wohin das noch führt.«

»Ist es so kritisch?«

»Es heißt, dass die Gefechtsbereitschaft der Grenztruppen bereits erhöht wurde. Aus diesem Grund dürfen Sie nicht in die ČSSR einreisen.«

»Das ist nicht Ihr Ernst!«, rief Wantscho und sah Rose betroffen an.

»Man hat mir allerdings signalisiert, dass die Möglichkeit besteht, die Route über Polen, Sowjetunion und Rumänien zu nehmen.

»Du meine Güte!«

»Das wäre natürlich ein großer Umweg.«

»Ja, das wäre es.«

»Sie können es sich ja überlegen und sich dann bei mir melden.«

»Das werde ich, Genosse Oberstleutnant.« Wantscho beendete das Telefonat und informierte Rose. Auf keinen Fall wollte Rose über Russland fahren. Sie war sehr enttäuscht. Und besorgt um Wantscho. Sie wusste, wie sehr er sich auf Bulgarien gefreut hatte. Und wie sehr ihm die Aussicht, nach Hause fahren zu können, über sein Heimweh hinweghalf. Doch auch Wantscho wollte einen so gewaltigen Umweg von achthundert Kilometern nicht auf sich nehmen. Er telefonierte mit Todor Stanischew. Der fluchte: »Goljama mrda! Riesenscheiße!« Jetzt noch einen Urlaubsplatz über den FDGB zu kriegen, sei ja völlig aussichtslos. Nun würden sie ihren Urlaub gezwungenermaßen bei Margits Eltern im Thüringer Wald verbringen.

Am nächsten Morgen rief Wantscho beim Freien Deutschen Gewerkschaftsbund an. Dort arbeitete die Frau eines ehemaligen Patienten, der sich dem bulgarischen Arzt zu großem Dank verpflichtet fühlte. »Sie haben mir das Leben gerettet, Herr Doktor«, hatte er nach erfolgter Behandlung zum Abschied gesagt und eine Schachtel Pralinen und eine Flasche Korn auf den Tisch gestellt. »Falls Sie mal Hilfe benötigen. Meine Frau ist übrigens beim FDGB …« Nun brauchte Wantscho Hilfe. Und er hatte Glück. Die Frau seines alten Patienten wies ihm ein Quartier in Heiligendamm an der Ostsee zu. Besser als nichts, dachte Rose und hielt sich zum Trost vor Augen, dass sie eine Menge Geld sparen würden. Gerade jetzt, wo sie den neuen Wartburg gekauft hatten.

In Heiligendamm schwamm Wantscho ausgiebig im Meer. Er genoss es, in der Sonne zu liegen. Seine Haut wurde tiefbraun wie Schokolade. Jeden Abend bestellte er im Restaurant Bœuf Stroganoff. Obwohl die Champignons in der Soße nicht frisch zubereitet waren, sondern aus der Dose kamen, schmeckte es ihm ausgezeichnet. Er setzte seinen Namen unter die Ansichtskarten, die Rose schrieb.

Er verfasste selbst vier Karten auf Bulgarisch: Eine erste an die Eltern, eine zweite an Lina und Andrej, eine dritte an Nasco und Dantsche, eine vierte an Bojko. Der arbeitete inzwischen an der Poliklinik in Cottbus, war Vater von Zwillingen geworden und hatte Barbara, eine (naturblonde!) Friseuse, geheiratet. Ein paar Mal hatten sie einander schon besucht.

Rose las in den Ferien drei dicke Bücher. Sie legte sich jeden Tag nach dem Mittagessen eine Stunde hin. Von der Sonne bekam sie unzählige Sommersprossen, auf der Nase, den Armen, dem Dekolleté. Sie schrieb siebzehn Ansichtskarten. Eine davon an ihre Schwester Egede in West-Berlin.

Nelli buddelte nackig am Strand und hopste durchs Wasser. Sie baute Sandburgen und grub Tunnel hinein. Sie suchte Muscheln, weiße, graue, bläuliche, und schmückte die Burgen damit. Sie buddelte tiefe Löcher, in denen sich das Meerwasser sammelte. Nellis Rücken war viel brauner als der Rest ihres Körpers.

Das Wetter war wunderschön. Die Sonne schien und schien.

Auf der Rückfahrt begegnete ihnen eine Militärkolonne nach der anderen. Und dann hörten sie im Deutschlandfunk, dass Truppen des Warschauer Paktes in der Nacht in die Tschechoslowakei einmarschiert waren. Der Prager Frühling war blutig niedergeschlagen worden. Die Rede war von brennenden Panzern, getöteten Zivilisten und Soldaten, vielen Verletzten. Vom Widerstand der Tschechen, von Sitzstreiks, vom Bau von Barrikaden.

Rose hielt sich die Hand vor den Mund. Wantscho stand das Entsetzen ins Gesicht geschrieben. Er hielt am Straßenrand und zündete sich eine Zigarette an. Nelli sah, dass die Hände des Vaters zitterten. Sie verstand nicht, worum es ging, doch sie blieb ganz still. Sie dachte an das Lied, das Onkel Benno ihr immer vorsang und in dem sich die Mädchen freuten, wenn die Soldaten marschierten. Doch nun sah die Wirklichkeit anders aus. Weder Mutti noch Vati freuten sich, Soldaten zu sehen.

»Lauter Russen«, sagte Wantscho.

»Diese Schweine!«, sagte Rose mit tränenerstickter Stimme.

»Es sind arme Schweine«, sagte Wantscho.

»Ich hasse die!«, sagte Rose. »Aber du nimmst sie ja immer in Schutz!«

»Nein«, Wantscho schüttelte den Kopf. »Dieses Mal nicht.«

Nelli war bewusst, dass derlei Reden nur für ihre, des Vaters und der Mutter Ohren bestimmt waren. Dass so nicht in der Öffentlichkeit gesprochen werden durfte. Die Vierjährige wusste, dass sie die »Schweine« im Kindergarten »Friedenssoldaten« zu nennen hatte oder besser schwieg.

Hin und wieder mussten sie den olivgrünen Fahrzeugen Platz machen. In der Nähe von Potsdam lenkte Wantscho den Wartburg beinahe auf einen Acker, weil er drei entgegenkommenden Panzern ausweichen musste. Das klirrende Geräusch, das die Panzerketten auf den Pflastersteinen der Landstraße verursachten, ließ Rose schaudern. Das ist wie Krieg, dachte sie. Wie damals, als die Russen nach Bernhausen kamen. Sie an ihrer Mutter Hand, auf dem Marktplatz, ein paar Kohlrüben in der Tasche, das klirrende sirrende Geräusch, ein Panzer, der um die Ecke bog, dunkel, bedrohlich, voll verkrustetem Schlamm, der rote Stern auf dem Metall, das Kanonenrohr. Der Panzer bremste abrupt, schaukelte dann etwas, Viktoria und Rose erstarrten wie all die anderen Menschen, die hier gerade entlangliefen, eine gespenstische Szene, die Angst, die durch die Luft flirrte, die Panzerluke, die geöffnet wurde, völlig geräuschlos, das Gesicht des jungen Russen, ein schönes Gesicht, ein kindliches Gesicht, wenn auch verdreckt, die Kalaschnikow, sein »Dawaj! Dawaj!«. Und die Erleichterung, als sie merkten, dass er nur wollte, dass sie weitergingen. Vieles war ihnen schon zu Ohren gekommen. Jeder kannte irgendwen, dem der Iwan irgendetwas angetan hatte. Viktoria hasste die Russen. Rose hasste sie, weil die Mutter sie hasste.

Öfter mussten sie noch anhalten, um Militär, auch NVA war darunter, vorbeizulassen. Es bildeten sich lange Pkw-Schlangen. Jedes Mal mussten sie warten, bis die gesamte Kolonne sie passiert hatte. Den »Friedenskräften« gebührte absoluter Vorrang. Erst mitten in der Nacht trafen Nikolows zu Hause in Nordroda ein.

Zur gleichen Zeit kämpfte Christo in Bulgarien mit ernsten Schwierigkeiten. Dreimal schon war der Erste Parteisekretär von Lom, ein gewisser Ilja P. Botschew, an ihn herangetreten und hatte gefordert, Christo solle an seinen Sohn, den Genossen Iwan C. Nikolow, appellieren, in die Heimat zurückzukehren. Das Land brauche ihn, Spezialisten seines Faches seien knapp. Doch Christo, der mit den Kommunisten nichts im Sinn hatte, war nicht besonders freundlich zu dem Apparatschik, der erst vor Kurzem in die Provinz versetzt worden war. Vermutlich um sich zu bewähren. Wer weiß, was er ausgefressen hatte. Vielleicht soff er, vielleicht hatte er sich schmieren lassen oder was mit der Frau seines Vorgesetzten gehabt, wer wusste das schon? Christo mochte Botschew nicht und ließ ihn das spüren.

Doch Botschew ließ nicht locker. Einmal im Monat stand er vor der Tür, begehrte Einlass und stahl Christo die Zeit. Saß auf der Veranda, trank, was Sneza ihm anbot, und rauchte seine Zigarillos. Stets war er zuvorkommend und höflich, doch hinter der Fassade lauerte etwas anderes. Christo war auf der Hut. Bald verlegte sich Botschew darauf, Andeutungen zu machen. »Sollte Ihr Sohn nicht zurückkehren, wird das Folgen haben.« Und: »Genosse Nikolow schuldet unserem Staat etwas. Das Land hat seine Ausbildung finanziert.«

Christo ödeten diese Gespräche an. Er antwortete immer das Gleiche: »Mein Sohn entscheidet selbst, ob er in Bulgarien oder in Deutschland leben will.« Was konnte dieser Bonze ihm schon anhaben? Er und Sneza würden Lom bald verlassen, und bis nach Plowdiw reichte Botschews Arm bestimmt nicht.

Schließlich blieben die Besuche Botschews aus. Sneza atmete auf. Christo traute dem Frieden nicht.

Er gab eine Zeitungsannonce auf, in der er Haus und Grund mitsamt allem Getier und dem kleinen Weinberg zum Verkauf anbot. Vergeblich suchte er die Annonce in der Zeitung zu finden. Er dachte, es sei ein Fehler, und reklamierte. Doch wieder erschien die Annonce nicht.

Christo ging aufs Amt für Wohnungsangelegenheiten, um auch dort sein Haus anzubieten. Der Sachbearbeiter schrieb es in die Akten und sagte, Christo würde von ihm hören.

Doch er hörte nichts. Niemand kam vorbei, um sich das Haus oder den Weinberg anzusehen.

Sneza rang mit den Händen. Was sollte nun werden? Sie brauchten doch das Geld, um in Plowdiw ein neues Haus kaufen zu können.

Am Ende war es Stanko, der Nachbar, der ein Gebot abgab. Es lag weit unter dem, was Christo sich erhofft hatte. Er zeigte Stanko den Vogel und lehnte ab. Stankos Gebot blieb das einzige, das er erhalten sollte. Eine Ahnung beschlich Christo und er sollte sich nicht irren: Es war ein abgekartetes Spiel. Die Partei rächte sich und machte Stanko zu ihrem willfährigen Werkzeug. Für Christo war dies ein schwerer Schlag. Er kannte Stanko, seit dieser das Licht der Welt erblickt hatte, war ihm nach dem frühen Tode seiner Eltern wie ein Vater gewesen. Immer hatte er Stanko großzügig entlohnt, wenn dieser Arbeiten für ihn verrichtet hatte. Wie oft hatte Stanko bei ihnen gesessen, mit ihnen gegessen und getrunken, von seinen Sorgen und Nöten erzählt! Und nun fiel der Junge ihm in den Rücken. Gram nagte an seinem Herzen und die Gicht fuhr ihm in die Knie, dass das Laufen ihm schwerfiel.

Er fasste sich ein Herz und suchte Botschew in seinem Büro auf. Der zuckte jedoch nur gleichgültig mit den Achseln, als Christo ihm sein Leid klagte. Da könne er nichts tun, sagte Botschew, zog an seinem Zigarillo und blies den Rauch in die stickige Büroluft. Er könne sich ja bei der übergeordneten Bezirksleitung in Michailowgrad beschweren. Unverrichteter Dinge ging Christo wieder nach Hause, der Groll wühlte schrecklich in ihm, und das Schlimmste daran war die Ohnmacht, die er spürte, das Ausgeliefertsein. Sneza hörte nicht auf zu weinen. »Ruf Wantscho an«, flehte sie. »Vielleicht kann er Nasco bitten, uns zu helfen.«

Doch dazu war Christo zu stolz. So blieb ihm nichts anderes übrig, als Haus, Grund und Weinberg an Stanko zu verkaufen. Erst danach informierte er seinen Sohn über sein Unglück.

Das Geld reichte gerade aus, um in Plowdiw in einem Plattenbau in der Uliza Lenin eine Zweizimmerwohnung mit Balkon zu kaufen. Mit ihrer Lehrerpension kamen Christo und Sneza monatlich über die Runden. Immerhin lag der Wohnblock mit der neuen Bleibe direkt am Fluss Mariza, an einer von Platanen gesäumten Straße. Im Schatten der Bäume saßen Sneza und Christo hin und wieder mit den neuen Nachbarn auf der Bank, unterhielten sich oder spielten Karten. Lina wohnte nicht weit entfernt mit Andrej, der mittlerweile ihr Ehemann war, und dessen Eltern. Nach wie vor arbeitete Lina in der Bibliothek. Sie besuchte Sneza und Christo oft. Sie ging mit ihnen spazieren, einkaufen, blieb zum Essen, wenn Sneza kochte. Sie hoffte, die beiden Alten würden sich bald einleben. Doch Christo und Sneza taten sich schwer. Der Verlust ihres Hab und Gutes machte ihn bitter und sie noch schwermütiger.

20

Am Morgen des Heiligen Abends fuhr Wantscho nach Bernhausen, um Viktoria abzuholen. Die freute sich auf Nordroda. Denn zu ihrem Sohn Harald wollte sie nicht, da sie sich überhaupt nicht mit dessen Frau Evi verstand.

Die ungarische Gans für den ersten Weihnachtsfeiertag, die Rose immer vier Wochen vor dem Fest im Konsum bestellte, schmurgelte im Backofen. Es duftete köstlich in der ganzen Wohnung. Viktoria würde sich später um die Soße kümmern, die sie aus Bratensud, etwas Mehl und den in kleine Stückchen geschnittenen Innereien zubereitete. So wie jedes Jahr.

Nelli wartete ungeduldig auf die Ankunft ihrer Oma. Sie freute sich, weil Oma Viktoria schöne Geschenke mitbrachte und bei ihr im Kinderzimmer schlafen würde. Erst kürzlich war ein Klappbett angeschafft worden, das am Tage wie ein Kasten mit einem Vorhang aussah und nachts zu einer Schlafstatt umfunktioniert werden konnte.

Nachmittags trafen Wantscho und Viktoria in der Sickstraße ein. Es schneite wie verrückt. Beider Mäntel und Viktorias Hut waren mit Schnee bedeckt. Nelli sah, dass die Oma Strümpfe über den Stiefeln trug. Viktoria lachte und herzte erst Nelli, dann Rose. Wantscho war erschöpft von der elenden Fahrerei. Viele Unfälle, Glatteis, und hinter Eisleben kam der Schnee. Jetzt brauchte er erst mal einen Schnaps. Den fand er in der Küche. Rose hob missbilligend die Brauen, sagte aber nichts. Im Wohnzimmer setzten sie sich an die Kaffeetafel und aßen Oma Viktorias selbst gebackenen Stollen.

»Weißt du, Nelli, als deine Mutti ein kleines Mädchen war, so wie du jetzt, konnte ich den Christstollen nicht zu Hause backen.«

»Warum denn nicht, Oma?«

»Kaum einer hatte nach dem Krieg einen funktionierenden Backofen. Und so habe ich in der Adventszeit immer den Teigklumpen zum Bäcker gebracht.«

»Ich kann mich noch an die Frauen erinnern, die ihre mit Tüchern abgedeckten Schüsseln durch die Straßen geschleppt haben«, sagte Rose.

»Oh ja«, seufzte Viktoria, »es waren schlechte Zeiten damals.«

Am Abend trug Rose die Schüssel mit dem Kartoffelsalat ins Wohnzimmer und stellte sie auf den gedeckten Tisch. Auf dem Herd zogen die Bockwürste in heißem Wasser.

»Senf fehlt«, rief Wantscho, der gerade die Schallplatte mit Weihnachtsliedern umdrehte. »Schöner Baum«, lobte er, als Rose den Senf brachte. Sie hatte den Weihnachtsbaum bereits mit Strohsternen und Lametta, mit silbernen Kugeln und Holzfigürchen geschmückt. Weihnachten zählte zu den Dingen, die Wantscho an Deutschland wirklich mochte. Er sog den Duft ein, den die Tannennadeln verströmten.

»Du hältst dich heute Abend etwas zurück?« Rose sprach diese Worte leise, wie zu sich selbst.

»Ja, ja«, sagte Wantscho beschwichtigend, doch das beruhigte Rose nicht. Immer öfter verspürte sie so einen Druck auf der Brust. Vor allem, wenn Feste anstanden, so wie heute. Sie hatte Angst davor, dass Wantscho zu viel trank. Dann gab es nur zwei Möglichkeiten, eine gute und eine böse. Die gute war, dass er lustig und albern wurde wie ein Kind. Das war nicht schön, aber zu ertragen. Die böse war, dass er grimmig und ausfallend wurde und sich von einer üblen Seite zeigte. Sie sah ihn mahnend an. Er nickte ihr zu und wiederholte sein »Ja, Ja«. Er wirkte nicht mehr so abgekämpft wie vorhin. Rose entspannte sich etwas.

»Zünde doch die Kerzen an«, sagte Rose. »Ich hole einen Eimer Wasser.«

Wantscho nickte und griff nach der Streichholzschachtel. Was hieß das schon: sich ein wenig zurückhalten! Nicht mit der Schwiegermutter zanken? Schließlich fing nicht er damit an! Nicht so viel saufen? Mensch, heute war Weihnachten! Und er hatte verdammt noch mal ein Recht darauf, sich auf das Bier zum Abendbrot und auf den Wein danach zu freuen. Er hatte genug geschuftet, nun musste er sich auch mal entspannen dürfen.

Nach der Bescherung gab es Würstchen und Kartoffelsalat. Viktoria schmeckte das Bier, das ihr der Schwiegersohn einschenkte. Rose trank keinen Alkohol. Nelli durfte recht bald aufstehen und mit ihren neuen Sachen spielen. Der Abend verlief friedlich.

Am nächsten Morgen wachte Nelli sehr früh auf. Sie schlüpfte zu Oma ins Bett. Die lag mit Haarnetz auf dem Rücken und schnarchte leise. Nelli hatte ihren neuen Stoffaffen im Arm und drückte Viktoria ein Stoffreh in die Hand. Sie wollte spielen. Doch Oma hielt die Augen geschlossen, murmelte etwas Unverständliches und bewegte das Reh nur auf und ab. »Oma, nicht nur hüpfen lassen, richtig spielen«, quengelte Nelli. Doch Oma war nicht zu etwas anderem zu bewegen, als das Reh auf der Stelle hüpfen zu lassen. Nelli quengelte weiter.

Etwas später verspürte Viktoria einen Drang, der sie aus dem Klappbett zur Toilette trieb. Und als sie wieder zurückkam, war sie richtig munter. Oma und Enkelin kuschelten sich aneinander und spielten mit den Tierchen.

Bald waren nebenan in der Küche Geräusche zu hören. Etwas polterte zu Boden. »Dein Vater spielt wohl mit den Kochtöpfen Fußball«, sagte Viktoria und kicherte. Nelli kicherte erst mit, hielt dann aber inne. »Du magst den Vati nicht«, sagte sie.

»Dein Vater ist ein labiler Mensch.«

In Nelli sträubte sich etwas. Instinktiv erfasste sie das, was ihre Oma eben gesagt hatte. Gleichzeitig wehrte sie es ab. Ohne zu wissen, was *labil* bedeutete. Doch so, wie Oma es gesagt hatte, musste es etwas Schlechtes sein. Die Tür öffnete sich und Rose kam herein. »Frohe Weihnachten«, rief sie gut gelaunt, kam zum Bett, in dem ihre Tochter und ihre Mutter lagen, und gab Nelli einen Kuss. Dann machte sie sich am Ofen zu schaffen. Mit dem Schürhaken kratzte sie über den Rost, damit sämtliche Asche in den Schieber darunter fiel. Diesen ruckelte sie einige Male kräftig vor und zurück, trug ihn hinaus und leerte ihn in die Aschetonne. Danach stopfte sie Papier, Kohlen und Anzünder in den Ofen und feuerte an.

Viktoria stand auf und ging aus dem Kinderzimmer ins Bad. Sie wusch sich den Oberkörper mit Seife und kaltem Wasser. Nachdem sie sich abgetrocknet hatte, putzte sie sich die Zähne. Den Mund spülte sie ebenfalls mit kaltem Wasser aus. Dann nahm sie ihr Haarnetz ab und kämmte sich die silbergrauen dauergewellten Locken. Für den Rückweg zum Kinderzimmer streifte sie nochmals ihr Nachthemd über. Nelli lag noch immer im Bett. Im Ofen bollerte es, langsam wurde es wärmer. »Na, du alte Motte«, sagte Viktoria zu Nelli. Die antwortete nicht, blieb still liegen und sah zu, wie die Oma sich mit der rechten Hand an der Tischkante festhielt und begann, ihr linkes Bein hin- und herzuschlenkern. Zehnmal vor, zehnmal zurück. Dann drehte sie sich um und tat das Gleiche mit dem anderen Bein. Als Nächstes machte sie zehn Kniebeugen, danach ließ sie die Arme kreisen. Erst den linken zehnmal vorwärts, zehnmal rückwärts, dann den rechten ebenso. Zum Schluss noch zwanzigmal Rumpfbeugen und ebenso viele Male die angewinkelten Arme zur Seite federn, bis es in den Schulterblättern knackte, und schließlich das Gleiche mit gestreckten Armen. Fertig war die Morgengymnastik.

»Man muss was für die Glieder tun, wenn man gesund bleiben will«, sagte Viktoria zu Nelli. »Nur in einem gesunden Körper wohnt ein gesunder Geist, mein Kind.« Sie geriet allmählich etwas aus der Puste. »Charakterschwache Menschen rauchen und trinken. Fang das mal nicht an.«

Nelli schüttelte den Kopf. Sie wollte nicht schwach sein. Sie beobachtete, wie die Oma sich nun ihres Nachthemdes entledigte, um sich anzukleiden. Faszinierend fand sie Omas Brüste, deren Haut viel weißer war, als die des restlichen Körpers, die straff und voll aussahen, mit dicken dunkelroten Warzen. Die Brüste schienen viel jünger zu sein als die Oma. Der Schlüpfer war fast so groß wie ein Zelt, schien es Nelli. Aber die Oma hatte auch einen mächtig großen und dicken Hintern. Faszinierend fand Nelli auch den Hüftgürtel, an welchem die Strumpfhalter befestigt wurden. Diese waren mit Klipsen versehen, an denen die Oma ihre hautfarbenen langen Strümpfe festmachen konnte. Das war immer eine arge Fummelei.

Einige Tage später gab es dann doch noch schlimmen Streit. Erst schrie Wantscho, dann Viktoria, zum Schluss auch Rose. Viktoria packte ihren Koffer. Sie bestand darauf, mit dem Zug nach Hause zu fahren. Drei Tage früher als geplant. Sie drückte Nelli an sich und sagte ihr Auf Wiedersehen. Von Wantscho verabschiedete sie sich nicht. Rose brachte Nelli in den ersten Stock zu Tante Trudchen und Onkel Benno und Viktoria zum Bahnhof. Am Schalter kaufte Viktoria eine Fahrkarte. Der Abschied zwischen Mutter und Tochter auf dem Bahnsteig fiel kühl aus. Viktoria suchte sich im Abteil einen Platz und verstaute ihren Koffer im Gepäcknetz. Keinen Blick hatte sie mehr für ihre Tochter. Die wandte sich zum Gehen, bevor der Zug abfuhr.

Zu dieser Zeit saß Wantscho bereits beim Uhrmacher. Er war immer noch wütend auf Viktoria. Was ging es sie an, ob er und Rose rauchten oder nicht. Sie waren erwachsen, verdammt noch mal. Sollte die Alte doch bleiben, wo – wie hieß das im Deutschen gleich – der Pfeffer sprießt? Ach, egal. Er hatte es jedenfalls satt! So satt, dass sie immer an allem herumkritteln, sich immer in alles einmischen musste. Er ließ sich das nicht mehr länger gefallen. Um seiner Schwiegermutter aus dem Weg zu gehen, hatte er schon vor dem Frühstück nach seinem Stock gegriffen, das Haus verlassen, die Straße überquert und beim Uhrmacher geklingelt. Der werkelte immer schon sehr früh in seiner Werkstatt. Seine Frau war bereits auf dem Weg zum Ladengeschäft in der Unterstadt. Der Uhrmacher schrak zusammen, als die Klingel schrillte. Er legte die Pinzette beiseite, mit der er eben ein Zahnrad und einen Trieb miteinander hatte verbinden wollen. Er ließ die Lupe, die er sich ins linke Auge geklemmt hatte, in seine rechte Hand fallen und humpelte zur Tür. Er war nicht überrascht, den Nachbarn zu erblicken. Schon öfter war Wantscho an den Wochenenden vorbeigekommen. »Hallo, T.G.«, sagte Wantscho.

Der Uhrmacher spürte sofort, dass der andere angespannt war. Er bat ihn herein. Gemeinsam humpelten sie in die Werkstatt. Wantscho registrierte das allgegenwärtige Ticken. Überall an den Wänden hingen Uhren. Alle gingen ganz genau. Und zu jeder viertel, halben und vollen Stunde entfachten sie ein Konzert: Es gongte, es schrillte, Vögel zirpten, tschilpten, tirilierten. Sogar auf dem Klo hingen Zeitmesser. Eine hatte die Form einer Spalt-Tablette und stammte aus dem Westen.

Der Uhrmacher wies auf einen gepolsterten Holzstuhl, der neben der Werkbank stand, und nahm selbst wieder auf seinem Schemel Platz. Er klemmte die Lupe vors Auge und fummelte weiter mit millimeterkleinen Rädchen, Federchen und Nägelchen, um das Getriebe einer Armbanduhr zu reparieren. Wantscho setzte sich und sah ihm dabei zu. Er sog tief die Luft ein. Er liebte den Geruch der Werkstatt, eine Mischung aus Metall, Schmiere, Politur und altem Holz. Er betrachtete die Kuckucksuhr an der Wand, die er besonders mochte, weil sie wunderbar gearbeitet war und weil der Vogel, der zur vollen Stunde heraussprang, ihn zum Lachen brachte. Langsam entspannte er sich. Keiner der Männer sagte etwas. Sie verstanden einander ohne Worte. Ab und zu rauchten sie eine Zigarette. Manchmal stand der Uhrmacher auf, humpelte zu dem großen Schrank mit den vielen Schüben und holte sich die Teile, die er brauchte. An den Schubladen waren kleine weiße Karten befestigt, die über den Inhalt Auskunft gaben. Räder und Triebe, Gangteile, Zeiger, Batterien, Gongs, Gewichte, Pendel, Kugellager-Magnete und Röhren waren nur einige davon. Wantscho stützte den Ellenbogen auf die Werkbank, legte den Kopf auf den Handteller. Anderthalb Stunden saßen sie beieinander, genossen den wundersamen Einklang, dann verabschiedete Wantscho sich. »Komm wieder vorbei«, sagte der Uhrmacher. Dann schloss er behutsam die Tür hinter Wantscho.

Die Wohnung zu Hause fand Wantscho leer vor. Erst sah er in die Küche, dann ins Kinderzimmer. Der Teppich fehlte. Er humpelte ins Wohnzimmer und sah aus dem Fenster. Rose und Nelli waren im Garten. Rose war gerade dabei, den Kinderzimmer-Teppich über die Teppichklopfstange zu hieven. Sollte er zu ihr gehen, ihr helfen? Unentschlossen öffnete er das Fenster. »Soll ich kommen?«, rief er. Doch Rose hatte es bereits geschafft, der Teppich lag über der Stange, sie zog ihn an den Enden gerade, sodass er gleichmäßig hing. Hatte sie Wantscho nicht gehört? Auch das Kind beachtete ihn nicht. Es hockte im verschneiten Beet und rollte eine Schneekugel. Rose griff nach dem Ausklopfer und drosch mit grimmiger Miene auf den Teppich ein, dass der Staub nur so wirbelte. Und Wantscho war, als schöbe sich langsam und unaufhaltsam eine Scheibe zwischen ihn und die anderen. Auf der einen Seite war er, auf der anderen waren seine Frau und sein Kind. Noch einmal rief er. Erneut reagierten sie nicht. Wantscho schloss das Fenster, ging zum Schallplattenspieler und schaltete ihn an. Die Platte, die er hören wollte, lag noch auf dem Plattenteller. *Der Barbier von Sevilla* von Gioachino Rossini. Er holte sich ein Bier, legte sich auf die

Couch und lauschte der Musik. Seine Gedanken trugen ihn nach Lom. Er lief durch sein Elternhaus, ging von der Küche auf die Veranda, sah die reifen Weintrauben zum Greifen nah, durchquerte den Garten, wo die Hühner scharrten, der Hund wachte, der Esel rief. Der Schmerz, den er empfand, weil die Stätte seiner Kindheit für immer verloren war, ließ ihn in schwermütige Grübeleien versinken.

Ein Foto aus jenen Tagen: Wir drei sitzen vor einem hellen Vorhang. Mama rechts von mir, Papa links von mir. Mama trägt ein schwarzes ärmelloses Oberteil, Papa Anzug und Schlips. Ich, die Fünfjährige, stecke in einem weißen Kleidchen. Meine Haare sind ganz kurz, ich sehe aus wie ein Junge, der ein Kleid trägt. Für diesen Fototermin fuhren wir eigens in die Unterstadt, ins »Fotostudio Leuckfelt«. Kurz bevor uns die Fotografin vor der Kamera platzierte, hat Papa mich gehauen. Auf die nackte Haut des Oberschenkels unterhalb des Hinterns. An das Klatschen, das Brennen, kann ich mich noch erinnern. Nicht daran, warum Papa zugeschlagen hat. Vielleicht war ich wieder zu wild. »Wie ein Junge!« Oder ich hörte nicht »aufs Wort«.

Noch heute fühle ich das Unbehagen jenes Augenblicks. Mein Blick ist finster, meine Lippen sind ein Strich. Ich erinnere mich daran, dass ich mich ungerecht behandelt fühlte. Und ich entsinne mich der Wut, die ich im Bauch hatte und die sich gegen Papa richtete. Meine Liebe zu ihm wurde im Laufe der Zeit erdrückt von Angst, Abwehr, Zorn.

Auch Mama war sauer auf Papa. Sie solidarisierte sich mit mir. Sie tröstete mich und ließ ihn spüren, dass er einen Fehler gemacht hatte. Nach dem Fototermin sagte sie ihm das auch. Sie begannen zu streiten. Ich lief an Mamas Hand und gönnte Papa von ganzem Herzen, dass Mama böse auf ihn war.

An den Wochenenden besuchten Nikolows oft Helferichs in Kromberg, einem kleinen Kaff in Sachsen-Anhalt. Bernhard war inzwischen Ärztlicher Direktor der dortigen Nervenklinik geworden.

Diese befand sich in einem ehemaligen Schloss, das in einem Park lag, der verwunschen und märchenhaft wirkte. Helferichs hatten nahe der Klinik ein Haus gebaut. Mittlerweile hatten sie fünf Kinder, das jüngste war wenige Monate alt.

Nelli freute sich immer sehr auf Kromberg. Sie, das Einzelkind, beneidete die Helferich-Kinder leidenschaftlich darum, dass sie so viele waren. Dass sie nie allein oder einsam waren. Dass sie immer wen zum Spielen hatten. Nelli verstand sich gut mit der um ein Jahr älteren Sabine und dem um ein Jahr jüngeren Konrad. Die großen Brüder, Andreas und Volker, zehn und elf Jahre alt, nahmen Reißaus vor den kleineren Kindern, die sie nervig fanden. Manchmal durften Nelli und Sabine mit dem neuen Schwesterchen, das Almut getauft worden war, im Schlosspark spazieren gehen. Und Nelli war dankbar, wenn Sabine ihr erlaubte, den wuchtigen Kinderwagen zu schieben. Einmal spielten sie Mutter, Vater, Kind. Zu Konrad sagten die Mädchen, er sei auch ein Kind. Da fing Konrad zu weinen an. Er wollte auch ein Vater sein oder wenigstens ein Onkel. Doch die Mädchen blieben dabei, entweder Kind oder gar nichts. Da wurde Konrad wütend und bewarf sie mit Kastanien und Steinen.

Zur gleichen Zeit hockten Rose und Elke in der Küche und redeten. Dabei rauchten sie F6 und tranken Kaffee. Rose erzählte der Freundin von Wantschos schwermütigen Anwandlungen und von seinem Jähzorn, sie vertraute ihr an, dass sie noch nie einen Orgasmus gehabt habe und dass sie sich um Nelli sorge, weil die als Einzelkind aufwuchs. Elke, die um zehn Jahre Ältere, hörte der Jüngeren zu, tröstete sie, beriet sie und vertraute ihr wiederum an, dass sie oft gar nicht mehr wisse, wie sie alles schaffen solle: Haushalt, Kinder, Ehemann, dass Letzterer ein Pascha geworden sei, der in der Klinik wie ein Gott verehrt würde und zu Hause keinen Finger krumm mache, dass sie es herzlich bereue, keine richtige Ausbildung zu haben, und dass Bernhard, seitdem die Jüngste auf der Welt sei, kein einziges Mal mehr mit ihr geschlafen habe.

Dann schwiegen die Frauen eine ganze Weile. Sie rauchten und hingen ihren Gedanken nach. Elke wog ab, ob sie wohl gern mit der Jüngeren tauschen würde, und Rose dachte, dass ihre Sorgen vielleicht doch nicht so existenziell waren, wie es ihr schien. Sie betrachtete die Freundin, die eine weiße Kittelschürze und darunter nur Büstenhalter und Schlüpfer trug, die nach den vielen Schwangerschaften stark zugenommen hatte und durch deren lange aschbraune Haare sich silbrige Fäden zogen. Und mit einem Mal tat Elke, die so klug und so lebenserfahren war und heute so hilflos wirkte, Rose leid. Ihre eigenen Kümmernisse schrumpften zusammen und sie verspürte nur noch das Bedürfnis, der Freundin zu helfen. Elke stand auf, um *etwas zu tun*, wie sie sagte. So war es immer. Hatten sie einige Zeit miteinander geredet, stellte sich Elke an den Herd, hinters Bügelbrett, stopfte Socken, fing an zu kochen oder einen Kuchenteig anzurühren. Rose half ihr dabei. Jetzt zum Beispiel brühte sie neuen Kaffee für die Männer. Die saßen im Wohnzimmer und fachsimpelten. Bernhard lümmelte im blauen Elastik-Trainingsanzug im Schaukelstuhl und Wantscho, wie immer mit Anzug und Schlips, ihm gegenüber im Ohrensessel.

»Im Übrigen denke ich«, sagte Bernhard und zupfte sich am Ohrläppchen, »dass wir Freud falsch eingeschätzt haben.«

»Den Traumdeuter falsch eingeschätzt?« Wantscho war überrascht.

Bernhard schaukelte mit seinem Stuhl vor und zurück. »Jawohl. Und Pawlow wurde völlig überschätzt.«

»Ja, ja«, winkte Wantscho ab, »dagegen sage ich auch gar nichts. Schlaftherapie ist ein alter Hut. Das wussten wir schon Ende der Fünfziger in Sofia.«

»Sie nützte nur zum Ruhigstellen, sie lähmte alles«, sagte Bernhard. »Genau wie das geistige Leben in der DDR und im gesamten Ostblock. Wohin man auch blickt: geistige Stagnation. Neurosen lassen sich nicht einfach wegschlafen. Die Ursachen für die Störungen müssen erforscht werden!«

»Deshalb arbeiten wir auch mit Gesprächen und Autogenem Training. Meistens funktioniert es aber nicht ohne Medikamente.«

»Ich habe alles von Freud im Original gelesen.«

»Wie das?« Wantscho klappte die Kinnlade runter.

»In der Psychiatrischen Klinik in Uchtspringe.«

»Wie kommst du nach Uchtspringe?«

»Ein Studienfreund arbeitet dort. Er hat mich eingeladen. Ab und zu fahre ich hin und setze mich einen Tag lang in die Bibliothek. Die haben alle Westliteraturen, die du dir denken kannst. Sogar Zeitschriftenabonnements.«

Wantscho sah seinen Freund ungläubig an.

»Und die gesammelten Werke von Freud. Es geht darin auch um den Widerspruch zwischen Psychoanalyse und Psychiatrie, den es in Wirklichkeit gar nicht gibt.«

»Aber wir waren uns doch einig, dass bei Freud die Beimischung des Geistigen fehlt«, erwiderte Wantscho, »und dass er das Triebhafte völlig überbewertet.«

»Weil wir Freud nie im Original gelesen haben!« Bernhard rieb sich die Hände und breitete sie dann aus. »Seine Bücher stehen auf dem Index. Die wollen uns dumm halten! Doch ich habe Zugang zu einigen hochinteressanten Westraritäten bekommen.«

»Westraritäten?«, fragte Wantscho. »Fachliteratur?«

Bernhard nickte bedeutungsvoll.

Rose kam herein und stellte neuen Kaffee auf den Tisch.

»Ich hab's noch hier.« Bernhard sprang auf, ohne Rose zu beachten, und lief zum Bücherregal. Er zog eine blaue DIN-A4-Mappe hervor und reichte sie Wantscho. Der legte die Mappe ungeöffnet neben sich auf den Couchtisch. »Ich halte davon nicht viel. Das weißt du«, sagte er. Rose strich ihm über die Schulter und ging wieder hinaus.

»Dies zu lesen war für mich wie eine Offenbarung«, sagte Bernhard. Wieder rieb er sich die Hände. »Freud weist anhand eines Falles nach – er hat mal eine Frau behandelt, die unter Wahnideen litt –, dass Psychoanalyse und Psychiatrie einander ergänzen.«

»Die Psychoanalyse ist höchst spekulativ!«, entgegnete Wantscho. »Ich möchte mich damit gar nicht erst befassen.«

»Solltest du aber. Die Kollegen experimentieren jetzt damit«, redete Bernhard unbeeindruckt weiter. »Offiziell umschreiben sie es mit ›Dynamischer Gruppentherapie‹, weil das Wort ›Analyse‹ nicht auftauchen darf. Bisher werden sie auch in Ruhe gelassen. Die machen so ziemlich alles autodidaktisch. Ich werde hier in der Klinik auch eine Selbsthilfegruppe gründen. Allerdings weiß ich noch nicht, wie ich es am schlausten anstelle. Ich will mir vom Parteisekretär nicht den Vorwurf der ›unerlaubten Gruppenbildung‹ einhandeln.« Bernhard lachte. »Bei Freud hat das Unbewusste die führende Rolle, bei uns die Partei.«

Jetzt musste auch Wantscho lachen. Er goss Kaffee in die Tassen. »Pass auf, dass du keine Schwierigkeiten bekommst.«

Bernhard lächelte listig. »Um es mit dem Kollegen Freud zu sagen: Ich weiß, dass ich nicht Herr im eigenen Haus bin. Und so lange ich danach handle, werde ich auch nicht anecken.«

Von Ferne war das Schreien eines Kindes zu hören. Die Männer verharrten lauschend, entspannten sich jedoch, als sie bemerkten, dass die Frauen sich kümmerten. Sabine kam gerannt und blutete am Knie. Nelli folgte ihr mit dem Kinderwagen, darin die schlafende Almut.

Am frühen Abends schmierte Elke Leberwurstbrote für die Rückfahrt der Freunde. Als sie Rose die in Butterbrotpapier eingepackten Schnitten und ein paar Äpfel in die Hand drückte, sagte sie: »Ich sehne mich nach einem neuen Kind.«

»Du bist nicht bei Trost!«, entfuhr es Rose.

Elke antwortete nicht. Sie wandte sich ab, ging zum Waschbecken und begann, Tassen und Teller abzuwaschen.

Auf der Rückfahrt von Kromberg nach Nordroda hörten Nikolows immer den *Aktuellen Plattenteller* im Radio. Sie lauschten der Schlagermusik. Oft beschien die untergehende Sonne die Felder und tauchte die Welt in ein heimeliges Licht. Manchmal sahen sie Rehe und Hasen. Ab und zu auch einen Fuchs. Manchmal spielten Nelli und Rose »Ich sehe was, was du nicht siehst«. Manchmal gerieten sie in eine Armee-Kolonne. Manchmal mussten sie anhalten und Benzin aus dem Reservekanister nachfüllen. Manchmal zog Wantscho seine braunledernen durchbrochenen Autofahrerhandschuhe über, weil er so das Lenkrad besser halten konnte. Und manchmal hatten sie eine Panne.

Einmal blieb der Wartburg im Harz, am Fuße der Wendefurther Berge, liegen und sprang nicht mehr an. Es dunkelte bereits, leichter Nieselregen fiel. Wantscho stieg aus, humpelte zur Motorhaube, öffnete sie. Rose folgte ihm. Gemeinsam beratschlagten sie, was zu tun sei. Die Zündkerzen waren intakt, der Keilriemen ebenfalls. Genug Öl war auch vorhanden. Wantscho versuchte nochmals, den Motor zu starten. Fehlanzeige.

»Du lenkst, ich schiebe«, sagte Rose schließlich. Und so war es dann auch: Wantscho blieb hinter dem Steuer sitzen und Rose schob den Wagen mitsamt Mann und Kind die Wendefurther Berge hinauf. Wantschos Hände in den braunen Autofahrerhandschuhen umkrampften das Lenkrad. Er ließ zu, dass seine blonde, zarte Frau Männerarbeit erledigte! Sollte er die Handbremse ziehen, Rose ans Steuer holen und selber schieben? Doch wie sollte das gehen? Mit dem kaputten Bein konnte er das nicht. Sollte er Hilfe holen? Aber wie? Ein Auto anhalten? Ab und zu überholte sie eins oder eins kam ihnen entgegen. Wantscho zerbrach sich den Kopf, währenddessen sich Rose gegen die Kofferraumhaube stemmte und den Wagen höher und höher schob. Sie schwitzte, sie keuchte, sie fluchte. Es war ungerecht, dass sie sich hier draußen abmühte und Wantscho drinnen im Warmen und Trockenen saß. Ihr kamen Fotos in den Sinn, die irgendwo in der bulgarischen Pampa gemacht worden waren und die ihren Wantscho hemdsärmelig und zupackend beim Reifenwechsel zeigten. Wie lange war das her?

Nelli kniete auf dem Rücksitz und beobachtete, wie sich die Mutter abmühte. In ihrer kindlichen Einfalt dachte sie, das müsse so sein: Der Vater am Steuer, die Mutter schiebend. Der Vater schwach, die Mutter stark. Sie sah Blätter von den Bäumen fallen, sie sah den Nieselregen in Regen übergehen und sie sah die Haarsträhne, die sich aus dem Dutt der Mutter löste.

Zwei Stunden später waren sie auf der Bergkuppe angekommen. Wantscho zog die Handbremse. Rose atmete schwer und setzte sich wieder auf den Beifahrersitz. Sie war nass vom Regen und nass vom Schweiß. Fluchend zündete sie sich eine Zigarette an.

»Armes Kind«, sagte Wantscho und wollte ihr über die nasse Wange streichen.

Rose zog den Kopf weg.

Ein Trabi fuhr hupend vorbei. Der Fahrer schüttelte die Faust.

»Wir müssen hier weg«, sagte Rose, »nicht dass uns noch einer drauffährt.«

Wantscho löste die Handbremse, der Wartburg setzte sich langsam in Bewegung und rollte abwärts. Wantscho legte den ersten Gang ein und startete den Motor. Er sprang sofort an.

21

Anfang 1970 ging Professor Kuno Engelbrecht in den Ruhestand. Wantscho und alle Kollegen betrübte der Weggang ihres »Engels« sehr. Gern hätte der alte Herr noch länger gearbeitet, doch sein Magenleiden zwang ihn, seine geliebte Tätigkeit aufzugeben.

Neuer Ärztlicher Direktor der Nervenklinik wurde der SED-Genosse Professor Dr. med. habil. Thilo Rückwart. Er war wegen einer, wie es hieß, »politischen Unregelmäßigkeit« aus der Metropole Leipzig in die thüringische Provinz vermittelt worden. Rückwart hatte Selbstkritik geübt und die Partei hatte ihm seinen »Ausrutscher« verziehen.

Bernhard erzählt Wantscho, er habe gehört, dass Rückwart, um seinen eigenen Hals zu retten, Kollegen an die Stasi verraten habe. Allesamt würden sie jetzt wegen »konterrevolutionärer Gruppenbildung« angeklagt und eingebuchtet. Alle außer ihm und seinem Adjutanten, der nur »die Echse« genannt wurde. Die Echse, so erzählte Bernhard weiter, sei der Ziehsohn Rückwarts, ein intriganter Mensch und nur auf den eigenen Vorteil bedacht. Es hieß, der Ältere würde nach der Pfeife des Jüngeren tanzen. »Du bist nicht zu beneiden, Wantscho. Wappne dich!«

Es klang wie eine Drohung. *Wappne dich!* Wantscho hatte keine Ahnung, wie er sich wappnen sollte. Ihm war bang ums Herz. Was würde ihn erwarten? Was würde sich ändern? Fünf Jahre lagen hinter ihm. Fünf gute Jahre, in denen er sich hier etwas aufgebaut hatte.

Rückwart war ein kleiner gedrungener Mann von Mitte fünfzig, mit tiefliegenden Augen und schütterem Haar. An seinem ersten Tag hielt er vor dem Kollegium eine kurze Ansprache, in der er sich und seinen Begleiter, Dr. Jakob Hacker, vorstellte. Der Adjutant!, die Echse!, schoss es Wantscho durch den Kopf. Jetzt verstand er auch, warum der Kollege diesen Spitznamen hatte: Er hatte ein fliehendes Kinn. Die Kinnpartie war so wenig ausgeprägt, dass es schien, als sei der Unterkiefer, wie bei einem Reptil, direkt mit dem Hals verbunden. Hacker war auffallend groß und hielt sich sehr aufrecht.

In der ersten Woche führte Rückwart Gespräche mit allen leitenden Mitarbeitern. Auch mit Wantscho. Er hatte schon von dem bulgarischen Arzt gehört, der so beliebt bei Patienten und Personal war und noch dazu eine gefragte Kapazität auf dem Gebiet der EEG-Auswertung. Das konnte der Klinik und damit ihm als deren Ärztlicher Direktor nur von Nutzen sein. Im persönlichen Gespräch forderte Rückwart Wantscho auf, die Habilitation innerhalb der nächsten zwölf Monate fertigzustellen. Wantscho war entsetzt. Wie sollte er das neben der täglichen Arbeit schaffen? Rückwart bot an, über »entlastende Maßnahmen« nachzudenken. Dabei ging ihm im Stillen durch den Kopf, dass dieser Ausländer, der noch dazu ein körperliches Gebrechen hatte, gewiss nicht mehr lange stellvertretender Ärztlicher Direktor bleiben würde.

Im Sommer wurde das wilde Wäldchen oberhalb der Sickstraße gerodet. Planierraupen rückten an, walzten über Graskreisel und Trampelpfad hinweg. Die Kleingärten wurden dem Erdboden gleichgemacht und Baugruben ausgehoben. Monatelang donnerten Baufahrzeuge durch die kleine Straße, verursachten enormen Lärm und Dreck. Schließlich wurden riesige Kräne aufgestellt. Ein Transparent verkündete: »Alle Kraft dem Wohnungsbauprogramm – dem Kernstück unserer Sozialpolitik!«

Nelli war traurig, dass es den kleinen Wald nicht mehr gab, in dem sie und die Nachbarskinder immer gespielt hatten, dass die Wiese mit den wilden Blumen zerstört war, auf der sie ihre ersten Grashüpfer gefangen hatte. Wo sollten sie nun Verstecken spielen? Wo auf Bäume klettern?

Für einige Zeit verzogen sich die Kinder in die Gärten, die hinter den Wohnhäusern lagen. Nicht in den Garten von Onkel Benno freilich. Doch im Garten von Kerstin, einer der drei Töchter des Schlossers von gegenüber, durften sie spielen. Im Garten des Nachbarjungen Roland ebenso. Die Straße blieb wegen der vielen Baufahrzeuge tabu. Doch schon bald begannen die Kinder nach Arbeitsende und an den Wochenenden, wenn die Maschinen stillstanden und keine Bauarbeiter mehr da waren, die Baustelle zu erkunden. Zwischen riesigen Rohrteilen, die für das Abwassersystem vorgesehen waren, spielten sie Fangen, inmitten von Betonfertigteilen und Stahldrähten Verstecken. Riesige Pfützen wurden zum Meer, Holzpaletten zu Ozeandampfern. Alle Mann an Deck! Und ab ging es nach China! Doch ein riesiges Seeungeheuer in Gestalt des Kranes griff das Schiff an und versenkte es. Die Mannschaft ging über Bord, alle trieben hilflos in den Wellen. Konnten sich dann aber an leeren verbeulten Tonnen festklammern, die sich wundersamerweise in die Lüfte erhoben, zu Raketen wurden, die zwar nicht nach China, aber ins All flogen. Mit Kurs auf die verlassenen Baugruben, die sich in eine bizarre Mondlandschaft verwandelten. Nelli Gagarin flog mit Roland Armstrong um die Wette. Die Mondlandung hatten die Kinder im vergangenen Jahr im Fernsehen verfolgt. Vom Baugruben-Mond schlugen sie sich zu den Sandbergen durch, die die Wüste waren, mit dem Ziel, den höchsten Gipfel, den Kilimandscharo, zu erklimmen. Vom Kilimandscharo ging es auf dem

Pferderücken weiter, es galt die Höhlen, also die Rohrteile aus Beton, zu durchwandern, um tief unter der Erde einen verwunschenen, sagenhaften Schatz zu finden. In der Höhle stieß sich Nelli einmal so heftig, dass sie ein Loch im Kopf hatte und das Blut ihr über Stirn, Schläfe und Hals rann. Laut heulend rannte sie zur Mutter, die sie tröstete und verarztete. Das Sepso brannte höllisch und tat viel mehr weh als die Wunde selbst. Doch es roch so gut. Und schon eine halbe Stunde später balancierte Nelli wieder mit den anderen über Bretter, die über Aushubgruben lagen, als wären dies schwankende Hängebrücken, die von einer Klippe zur anderen führten.

Irgendwann karrten Schwertransporter sperrige Fertigbauteile heran und dreistöckige Plattenbauten wurden hochgezogen. Vier an der Zahl. In den Rohbauten rannten die Kinder nun die noch ungesicherten Treppen hoch und runter. Im Dachstuhl der Wohnblöcke konnten sie von einem Ende bis ans andere laufen. Es war ein großes Abenteuer.

Einmal erwischte sie ein Mann mit Helm und jagte ihnen mit viel Geschimpfe hinterher. Er schrie etwas wie »verrückt geworden«, »lebensgefährlich« und »Arsch voll«. Vom folgenden Tag an waren die Rohbauten verschlossen.

Ein paar Mal stockten die Bauarbeiten. Onkel Benno wusste zu berichten, dass Dosen und Leerrohre für die Elektroinstallation seitenverkehrt in die Platten einbetoniert worden waren. Sie mussten wieder demontiert und abtransportiert werden. Es dauerte Wochen, bis die Ersatzplatten hergestellt und geliefert wurden. Dann ging es nicht weiter, weil keine Fensterscheiben vorrätig waren oder Materialien von der Baustelle geklaut worden waren, einmal sogar ein kompletter Betonmischer.

In der Nervenklinik wehte nun ein anderer Wind. Rückwarts Führungsstil war autoritär und streng. Anders als Engelbrecht legte er größten Wert auf Hierarchie. Das gab ihm Sicherheit, denn von Natur aus war er unsicher und wankelmütig. Es leuchtete ein, dass er sich mit einem wie Hacker zusammengetan hatte, der sein Defizit an Dominanz und Durchsetzungsvermögen wie ein Alter Ego ausglich. Was sie beide einte, war eine gehörige Portion Eigensucht und Machtstreben.

Es gab einige Neuerungen. Rückwart ordnete an, dass Patienten an Staatsfeiertagen keinen Ausgang erhielten. Das wurde von offizieller Seite ausdrücklich gewünscht. Kein Geisteskranker sollte an sozialistischen Ehrentagen das Stadtbild verschandeln oder Ärger machen. Engelbrecht hatte dies stets lax gehandhabt, doch Rückwart achtet hochnotpeinlich darauf, keinen Fehler zu machen. Er konnte es sich nicht leisten, die Partei nochmals zu erzürnen. Und so blieben die Patienten am 1. Mai oder am 7. Oktober kaserniert. Kein Spaziergang vor dem Frühstück in den Stadtpark, ja, die von der Geschlossenen durften nicht einmal in den Klinikgarten. Schwester Rita protestierte gegen so viel vorauseilenden Gehorsam und wurde von Rückwart prompt verwarnt.

Dr. Freund wechselte in die Abteilung von Hacker. Es dauerte nicht lange und er fing wieder an, Patienten anzuschreien. Die Echse ließ ihn gewähren. Das Wichtigste für ihn war, dass Freund ihm treu ergeben diente.

Rückwart erweiterte die Arbeitstherapie der Patienten insoweit, als diese nun einmal in der Woche die Autos der Ärzteschaft im Hof wuschen und auch sonst für »nützliche Zwecke« eingesetzt wurden. So hatte Hacker begonnen, nahe der Klinik ein Einfamilienhaus zu bauen, und durchgesetzt, dass täglich drei Patienten für sechs Stunden abgestellt wurden, um bei den Arbeiten zu helfen. Bezahlt wurden sie dafür nicht.

Hacker flüsterte Rückwart ein, es sei nicht statthaft, wenn Kollegen die Fahrdienste des Klinikchauffeurs ihn Anspruch nähmen und meinte damit den gehbehinderten Kollegen Nikolow. Künftig lief Wantscho nach Hause, wenn Rose mal das Auto brauchte, oder fuhr mit dem Fahrrad.

Ansonsten wurde Wantscho in Ruhe gelassen. Rückwart hatte schnell bemerkt, dass der bulgarische Arzt die Geschlossene – eine Station, die keiner haben wollte – gut im Griff hatte. Er fand zwar, dass er sich zu sehr von der vorlauten Stationsschwester dominieren ließ, doch solange alles reibungslos lief, sollte dies seine Sorge nicht sein.

Wantschos Kollegen standen wie eine Eins hinter ihm, angeführt von Schwester Rita. Während der Visite wurden die beiden in jenen Tagen von den Patienten oft mit den Worten empfangen: »Da kommen Vater und Mutter.«

Geprägt hatte dies ein Patient, der tobend eingeliefert worden war. Er ließ sich nicht bändigen, obwohl zwei Pfleger versuchten, ihn niederzuringen. Als Schwester Rita mit der aufgezogenen Spritze angerannt kam, um dem Tobenden ein Beruhigungsmittel zu verpassen, entwickelte dieser Bärenkräfte. Er riss die Pfleger mitsamt Rita zu Boden. Die Schwester fiel über den einen Pfleger, rammte diesem dabei aus Versehen die Kanüle in den Hintern und injizierte ihm das Beruhigungsmittel. Noch ein Pfleger kam herbei, um zu helfen, den Tobenden zu bändigen. Schwester Rita holte eine neue Spritze und mit vereinten Kräften gelang es endlich, den Patienten zu überwältigen. Am Ende gab es zwei Sedierte: den Patienten und den Pfleger.

Die unter katatonem Stupor leidende Grit war immer noch nicht von ihren Eltern besucht worden. Es war ihr nicht anzumerken, ob sie darunter litt. Sie hatte Zutrauen zu einer gleichaltrigen Schwesternschülerin gefasst, die die Patientin dazu bewegen konnte, öfter mit in den Klinikgarten zu kommen. Dort beaufsichtigte die Schwesternschülerin gemeinsam mit einem Pfleger Patienten, die Laub harkten, Gartenabfall in Schubkarren luden und zum Komposthaufen fuhren oder in den Beeten Unkraut jäteten. Die ersten Tage stand Grit nur da und rührte sich nicht vom Fleck. Doch dann, als niemand mehr damit rechnete, griff sie zur Harke und begann, mit langsamen Bewegungen den Weg zu harken. Zwei Wochen lang ging das gut. Grit beteiligte sich an der Gartenarbeit und blieb unauffällig. Doch eines Tages nutzte sie eine Situation aus, als die Schwesternschülerin und der Pfleger sich gerade um einen anderen Patienten kümmerten, der gestürzt war, und rannte davon. Die beiden schlugen sofort Alarm, doch Grit entwischte durch die Tür im hinteren Teil des Klinikgrundstücks neben der Wäscherei, die unglücklicherweise kurz offen stand, weil Schmutzwäsche angeliefert wurde. Wenig später waren Polizeisirenen und das Martinshorn eines Krankenwagens zu hören. Das Mädchen hatte sich in voller Absicht vor die Straßenbahn geworfen.

Am folgenden Tag kamen erstmals die Eltern in die Klinik. Der Ärztliche Direktor bat die Mutter und den Vater des toten Mädchens sowie Wantscho, als den behandelnden Arzt, in sein Büro. Die Mutter weinte still vor sich hin, der Vater erhob schwere Vorwürfe gegen die Klinik, weil erlaubt worden war, dass seine nicht zurechnungsfähige Tochter die Geschlossene Station verlassen durfte. Wantscho war am Boden zerstört und bemühte sich, die richtigen Worte zu finden. Er versicherte den Eltern, dass niemand einen derartigen Unfall habe vorhersehen können, dass Grit durchaus Fortschritte gemacht habe, die Anlass zu der Hoffnung gaben, das Mädchen nicht für immer kasernieren zu müssen. Der Vater zeigte sich uneinsichtig. Er behalte sich vor, Strafanzeige zu stellen. Daraufhin sagte Rückwart, dass es durchaus üblich sei, an katatonem Stupor leidende Patienten zu leichter Arbeit anzuhalten, niemand habe in Grit hineinsehen können, Dr. Nikolow habe sein Bestes getan.

Wantscho fühlte sich schuldig am Tod der jungen Frau. Doch er wusste auch: Wenn ein Mensch sich das Leben nehmen wollte, dann fand er einen Weg. Schon öfter hatte er Patienten durch Selbstmord verloren. Und jedes Mal war es eine Katastrophe für ihn, ein Zeichen seines Versagens.

Als Wantscho am nächsten Tag in die Klinik kam, eröffnete ihm der Ärztliche Direktor, dass ab sofort der Kollege Hacker die ambulante Sprechstunde am Freitag übernehmen würde. Wantscho hatte Mühe, den Worten Rückwarts zu folgen. Ihm sollten Patienten weggenommen werden?

»Aber warum?«, fragte er.

»Ich hatte Ihnen zugesagt, Sie zu entlasten, Herr Kollege«, antwortete Rückwart. »Sie haben wahrlich genug zu tun. Und wenn Sie außerdem noch eine Habilitationsschrift fertigstellen wollen, benötigen Sie mehr Zeit.« Insgeheim hoffte Rückwart, der bulgarische Arzt würde diese nie fertigstellen. Er wollte seinen »Adjutanten« Hacker auf diesem Posten sehen. Zwar konnte der auch keine Habil vorweisen, jedoch war er ein überzeugter Genosse, mit einem vertrauensvollen Posten in der SED-Kreisleitung. Niemand würde sich also daran stören.

22

Am 1. September 1970 wurde ich eingeschult. Die Fotos zeigen mich lachend und mit stolz geschwellter Brust. Ein Dreikäsehoch steht da – Jungenhaarschnitt, kurzes Kleid, Kniestrümpfe – in Onkel Bennos Garten, eine voll bepackte Schultüte in den Händen, und präsentiert sich so der Kamera, dass auch der aus braunem Schweinsleder genähte Ranzen zu sehen ist. Meine Mutter im hochgeschlossenen, kurzärmligen Minikleid, das blonde Haar kunstvoll toupiert, mein Vater im hellen Anzug mit Schlips. Meine Eltern strahlen mit mir um die Wette. Es sind alles Farbfotos, die zu diesem Anlass von T.G., dem Uhrmacher, geknipst wurden. Wir sehen aus wie eine glückliche Familie. Wir lachen in die Kamera, die Dahlien blühen satt tiefrot und kräftig rosa. Späte Rosen ragen ins Bild. Und im Hintergrund sind Tomaten zu sehen, an Sträuchern, die mit einem Stab gestützt werden. Im Nachbargarten eine Wäscheleine, an der Hosen und Pullis hängen. Oma Viktoria ist zu Besuch gekommen. Auf einem der Fotos steht sie hinter mir und zwischen meinen Eltern. Sie überragt meinen Vater um einen halben Kopf. Die Bilder im frühherbstlichen Garten zeigen eine schöne heile Welt.

In der Schule saß Nelli neben Kerstin. Nelli war wild, redete ununterbrochen und konnte nicht still sitzen. Kerstin war verschlossen, schüchtern und sprach nur, wenn sie dazu aufgefordert wurde. Die Klassenlehrerin hieß Frau Heise. Am ersten Schultag klappte Nelli plötzlich ihre Fibel zu, packte das Buch in ihren Ranzen und stand auf. Es gefalle ihr hier nicht, ließ sie die Lehrerin wissen, sie werde jetzt nach Hause gehen. Frau Heise gelang es, Nelli zurückzuhalten, indem sie mit Engelszungen auf das Kind einredete. Und sie hatte auch Verständnis, als Nelli am zweiten Tag in der Schulstunde ihr Frühstücksbrot auspackte und zu essen anfing. Frau Heise erklärte noch einmal, sie hatte es bereits mehrfach erwähnt, dass die Pausenbrote »Pausenbrote« hießen, weil sie nur in den Pausen verzehrt werden dürften. Am Ende sah Nelli das ein. Sie mochte Frau Heise sehr.

Die Kinder lernten lesen und schreiben. Als sie im Alphabet bei M angelangt waren und alle diesen Buchstaben auch schreiben konnten, war es Dezember und Zeit, als Junge Pioniere in die Pionierorganisation Ernst Thälmann aufgenommen zu werden.

Sie lernten antreten für den Fahnenappell. Sie übten marschieren auf dem Schulhof, wenn hohe sozialistische Feiertage nahten. Sie lernten addieren und subtrahieren und zogen nachmittags los, um Altpapier und Flaschen zu sammeln. Sie spendeten Geld für Vietnam und für Angela Davis. Sie sammelten kiloweise Hagebutten, Kastanien und Eicheln, die in der Schule abgewogen wurden. Schließlich brauchten die Wildtiere im Winter einen Futtervorrat. Im Frühjahr darauf verschwanden die Bilder des Staatsoberhauptes von den Wänden in der Schule. Anstelle des Herrn mit Spitzbart hingen da nun Portraits eines Mannes mit schwarzer Hornbrille.

Nelli verlor ihren ersten Zahn. Sie lag schon im Bett und konnte nicht schlafen. Mit der Zunge befühlte sie den Schneidezahn, der schon einige Tage lang wackelte. Sie nahm die Finger zu Hilfe. Drehte das Zähnchen hierhin und dorthin und hatte es schließlich in der Hand. Steckte es wieder in den Mund. Es fühlte sich an wie ein kleiner Kieselstein. Sie nahm den Zahn wieder heraus und steckte die Zungenspitze in die Lücke. Der neue Zahn war schon zu spüren. Nelli schmeckte Blut. Der erste verlorene Zahn, so dachte sie, ist ein Ereignis! Ein Grund, aus dem Bett zu klettern, ins Wohnzimmer zu gehen, um es die Eltern wissen zu lassen. Den Zahn in der Faust lief sie in den Flur und drückte langsam und vorsichtig die Klinke der Wohnzimmertür herunter. Wantscho ließ das Kind nicht zu Wort kommen, er schimpfte gleich los. Nelli kam nicht dazu, ihren Zahn zu zeigen, von dem Blut zu erzählen, sich bewundern und trösten zu lassen. Rose stand auf, sagte zu Wantscho: »Es reicht!«, nahm Nelli bei der Hand und zog sie mit sich. In diesem Moment hasste Nelli den Vater.

Doch Wantscho fühlte sich im Recht. Er verstand nicht, dass Rose immer nur dem Kind beistand. Das Kind musste doch lernen, was richtig war und was falsch. Und ein Kind gehörte abends ins Bett! Warum fiel Rose ihm in den Rücken? Der Groll, den er schon den ganzen Tag in sich trug, bekam neue Nahrung. In der Klinik hatte er sich noch dumpf angefühlt, doch nun rumorte er in seinen Eingeweiden wie ein Feuer, das schnell um sich greift. Er sah sich wieder in seinem Dienstzimmer sitzen, er hörte es klopfen, er hörte sich »Herein« sagen, er sah den Patienten Frentzel eintreten. Dieser war sehr erregt und klagte, nicht den Herrn Doktor, sondern »so einen anderen« in der Ambulanz angetroffen zu haben. Er wolle sich aber nur vom Herrn Doktor behandeln lassen, sonst habe das alles keinen Sinn mehr. Er wolle nicht wieder bei null anfangen, einem Neuen erzählen, dass er im Stadtpark Frauen auflauere, vor denen er den Mantel öffne, um sein Geschlecht zu reiben. Wantscho hatte versucht, Frentzel zu beruhigen und ihm die neue Situation zu erklären, als Hacker hinzukam und den Patienten dazu bewegen wollte, in die Ambulanz zurückzukehren. Der weigerte sich und Hacker packte Frentzel am Arm. Der riss sich los und schubste den Arzt so heftig beiseite, dass dieser mit der Stirn an den Schrank knallte. Der Patient stürmte aus dem Dienstzimmer, Hacker hielt sich den Kopf, Wantscho saß da wie erstarrt. Hacker schrie Wantscho an, es sei unerträglich, wie er die Patienten manipuliere, das würde er sich nicht länger bieten lassen, das würde Folgen haben. Später stellte sich heraus, dass Frentzel nicht der einzige Patient gewesen war, der nach Dr. Nikolow verlangt hatte. Von den zwölf Patienten, die die Sprechstunde aufgesucht hatten, ließen neun die Sprechstundenhilfe wissen, sie würden erst wiederkommen, wenn der bulgarische Arzt wieder im Dienst sei. Einer hatte sich direkt beschwert – eben der bewusste Frentzel. Nur zwei hatten nichts dabei gefunden, sich von Hacker behandeln zu lassen. Wovon einer ein Neuzugang war. Das Klinikpersonal feixte. Die Echse hatte eine Schlappe erlitten.

Wantscho konnte sich darüber nicht freuen. Er war tief gekränkt. Er fühlte sich ohnmächtig. Er war wehrlos gegenüber der Rücksichtslosigkeit seines Kollegen. Es kam zu einer Aussprache beim Ärztlichen Direktor. Doch der bezog nicht eindeutig Stellung, sondern lavierte herum. Man solle darüber nachdenken, sich die Arbeit in der Ambulanz künftig zu teilen, sagte Rückwart. Wie genau das vonstattengehen sollte, sagte er nicht. Wantscho war ein nachgiebiger Mensch, doch eins wusste er ganz genau: Mit Hacker wollte er gar nichts teilen.

Und nun saß er zu Hause auf der Couch und grollte und grübelte. Was fiel ihnen als Nächstes ein? Wer konnte ihm helfen? Wilke vielleicht? Der Oberstleutnant war ein einflussreicher Mann, ihm tief ergeben und fest davon überzeugt, dass nur der bulgarische Arzt helfen konnte, wenn ihn seine Depressionen quälten. Antidepressiva lehnte er ab. Obwohl Wantscho ihm erklärt hatte, richtig dosiert könnten Tabletten Wunder wirken. (Dass er selbst zur Schwermut neigte und sich gelegentlich medikamentierte, erzählte er ihm freilich nicht.) Doch der Oberstleutnant wollte keine Pillen schlucken. Er zweifelte keine Sekunde daran, dass einzig die Gespräche und das Autogene Training mit dem Herrn Doktor das Richtige für ihn wären. Vielleicht konnte dieser Stasi-Mann, der half, wenn es um die zügige Erteilung der Reisevisa durch Jugoslawien ging, ja auch in der Klinik seinen Einfluss in Wantschos Sinne geltend machen? Doch was, wenn er nochmals versuchen würde, ihn als Informant zu werben? Wantschos Gedanken drehten sich immer schneller im Kreis.

Währenddessen brannte im Kinderzimmer Licht. Rose ließ sich die Zahnlücke zeigen und Nelli erzählte, wie sie den Zahn schließlich mit einem Ruck rausgedreht hatte. Rose hörte aufmerksam zu, lobte Nelli und schob sie sanft wieder in Richtung Bett. Sie deckte das Kind zu, gab ihm einen Kuss. »Schlaf jetzt, mein Schätzchen«, sagte sie, löschte das Licht und verließ das Kinderzimmer.

Als sich Nellis Augen an die Dunkelheit gewöhnt hatten, nahm sie das Licht wahr, das durch die Ritzen der Jalousie fiel. Ein Auto fuhr vorbei.

Nelli lag still und lauschte. Sie konnte hören, wie die Eltern sich im Wohnzimmer stritten. Sie wandte ihr Gesicht zur Tür. Das grüne Glasscheibenauge und der lächelnde Lichtritzenmund trösteten sie. »Es wird alles gut«, sagte der Lichtritzenmund und das Glasscheibenauge blinkerte ihr zu. Das, was der Lichtritzenmund sagte, legte sich wohltuend über die Streiterei im Wohnzimmer.

Am nächsten Morgen wusch sich Nelli im Badezimmer mit kaltem Wasser. Sie rieb sich mit dem Waschläppchen den Oberkörper ab. Oma Viktoria kam ihr in den Sinn. Vor ihrem geistigen Auge sah sie Oma ihr morgendliches Gymnastikprogramm absolvieren. *Nur in einem gesunden Körper wohnt ein gesunder Geist!* Nelli putzte sich die Zähne. *Abhärtung ist das halbe Leben!* Sie stellte die Zahnbürste in ihren Zahnputzbecher und griff dann nach der des Vaters, um sie in den Becher der Mutter zu stellen. Sie presste den Bürstenkopf von Vaters Zahnbürste in den von Mutters Zahnbürste. Vati und Mutti sollten sich wieder vertragen! Dann lief sie zurück in ihr Zimmer und zog sich an. In wenigen Minuten würde Kerstin klingeln, um sie abzuholen.

Immer mittwochs, wenn die Mädchen mittags von der Schule nach Hause liefen, trafen sie im Lilienweg, der zur Sickstraße führte, einen alten Herrn mit Hut und Lodenmantel. Er hatte nur noch einen Arm. Dort, wo der Arm fehlte, war der Mantelärmel nach innen gestülpt. Der Mann war groß und hager. Bedächtig setzte er einen Schritt vor den nächsten. Die Ruhe, die er ausstrahlte, stand im Gegensatz zur Hektik seines Rehpinschers, der unablässig um ihn herumsprang. Der Hund war außer Rand und Band, rannte hin und her, bellte wie verrückt. Der Alte war freundlich.

»Der Rudi freut sich so sehr«, erklärte er den Mädchen. »Weil er weiß, dass Punkt zwölf die Sirene losheult.« Er zeigte auf die Sirene auf dem Hausdach gegenüber. Die Sirene hatte schon im Krieg ihren Dienst getan. Sah sie deshalb aus wie ein Stiel mit einem Stahlhelm drauf? Jetzt blickte der Alte auf seine Armbanduhr und hob den Zeigefinger in die Luft. Der Heulklang der Sirene setzte ein. Langsam schwoll der Ton an, schraubte sich hinauf, bis er in ein reines hohes Geheul mündete, das alles überwand, das Kläffen des Pinschers, die Worte des Alten. So geschah es in ganz Nordroda. In allen Orten in Thüringen. In der gesamten DDR. Das Sirenengeheul markierte die Mitte der Woche, wusste Nelli. Und – so hatte die Lehrerin, Frau Heise, die Kinder wissen lassen – die wöchentliche Sirenenprobe sollte zugleich ein wichtiger Beitrag zu Erhaltung des Friedens sein. Denn nur wenn der Sozialismus wachsam blieb, konnte er sich gegen den bösen Imperialismus schützen. Noch immer hielt der Dauerton an. Rudi heulte auch. Der Hund war jetzt völlig außer sich, drehte sich um die eigene Achse, hetzte hierhin, dorthin, sprang an seinem Herrchen hoch, rannte um es herum. Als das Sirenengeheul abebbte, der Ton immer tiefer wurde und schließlich erstarb, stand auch der Rehpinscher still und zitterte am ganzen Leib.

»Woher weiß er denn, dass die Sirene angeht?«, fragte Nelli den Alten, dem ein Tropfen an der Nasenspitze hing.

»Er hat den siebten Sinn der Tiere«, antwortete der. »Eine innere Uhr.«

Zu Hause angekommen, ließ Nelli ihren Schulranzen auf den Küchenboden fallen und rief: »Mutti, ich wünsche mir einen Hund!« Sie umarmte die Mutter, die sie ihrerseits auf die Stirn küsste. »Und einen Bruder wünsche ich mir auch«, setzte sie hinzu. »Aber einen großen.«

Rose lachte.

»Das geht wohl nicht?«, fragte Nelli und lachte ebenfalls.
»Über einen Hund lässt sich reden«, sagte Rose.

Abends erzählte sie Wantscho davon. Einen Hund! Einen großen Bruder! Wantscho schmunzelte.

Rose fragte, ob er sich denn vorstellen könne, noch ein Kind zu haben. Da sah er sie erstaunt an. So, als hätte er noch nie darüber nachgedacht. Und Rose gab zu bedenken, dass es nicht gut sei, wenn Nelli als Einzelkind aufwüchse.

»Wünscht du dir denn unbedingt noch ein Kind?«, fragte Wantscho.

»Es wäre schön«, sagte Rose und lächelte.

»Aber du bist rhesus-negativ, Röschen.«

»Ich weiß.«

»In den meisten Fällen sind die Kinder nicht gesund, falls sie überhaupt lebend auf die Welt kommen.«

»Rhesus-Inkompatibilität.« Rose seufzte.

Wantscho nahm ihre Hand. »Es ist gut, wie es ist, Röschen. Wenn Nelli größer ist, kaufen wir ihr einen Hund.«

In der zweiten Klasse bekam Nelli eine neue Klassenlehrerin. Sie hieß Gotzkowsky, hatte eine enorme Hakennase und war so ganz anders als Frau Heise. Nelli war untröstlich. Sie kam mit der neuen Lehrerin nicht zurecht. Kerstin hingegen mochte Frau Gotzkowsky.

Bald schon gab Nelli es auf, um die Zuneigung der neuen Lehrerin zu buhlen. Was sie nicht wusste: Frau Gotzkowsky hatte einen eindeutigen Klassenstandpunkt. Ihr Vater war ein Dreher gewesen, die Mutter Fabrikarbeiterin. Sie wurde nicht müde, darauf hinzuweisen, dass sie dem Proletariat entstamme. Und mit der Zeit begriff Nelli: Sie war, anders als Kerstin, kein Arbeiterkind. Ihr Vater hatte einen Hochschulabschluss. Somit war sie ein Kind der *Intelligenz*. Und die Intelligenz galt im Sozialismus als die gesellschaftliche Schicht, die kleingehalten werden musste. Sie wurde gebraucht, doch sie war auch suspekt und sollte sich nicht aus sich selbst heraus reproduzieren.

Doch dann kam Nelli in den Sinn: Hatten denn nicht auch Lehrer einen Hochschulabschluss? Also gehörte die Gotzkowsky doch auch zur Intelligenz. Würde sie selbst denn wollen, dass ihr Kind einen Arbeiterberuf ergriff, nur um sich nicht zu reproduzieren? Nelli traute sich nicht, die Lehrerin danach zu fragen.

Einmal sollten die Kinder in Heimatkunde die Berufe ihrer Eltern nennen. Polizist, Maurer, Verkäuferin wurden aufgezählt, Ärztin, Elektriker, Ingenieur, Textilfacharbeiterin, Kranführerin, Tischler, Schlosser, Klavierlehrer, Zootechniker. Als die Reihe an Nelli kam und sie sagte, die Mutter sei Apothekenhelferin und der Vater Nervenarzt, kicherten die Klassenkameraden. Maik, der vor ihr saß, drehte sich um, verdrehte die Augen und grunzte. Dass auch Kerstin sie im Chor mit den anderen auslachte, kränkte Nelli. Am liebsten wäre sie hinausgelaufen. Doch sie blieb stumm und reglos sitzen. Die Gotzkowsky griff nur halbherzig ein und ermahnte die Schüler zur Ruhe. Das registrierte Nelli sehr genau. Und noch etwas bemerkte sie. Dass sie sich nämlich des Berufes des Vaters überhaupt nicht schämte. Natürlich war die Situation unangenehm. Doch was konnte denn der Vater dafür, dass die anderen so blöde waren. Sie sah ihn vor sich, in seinem blütenweißen Arztkittel, sah, wie er freudestrahlend auf sie zuhumpelte und sie auf den Arm nahm. Wie er sie seinen Kollegen präsentierte. Und sie empfand Stolz, ja Liebe.

Später, nach dem Turnunterricht, die Mädchen zogen sich in der Kabine um, baute sich Heike, ein stämmiges Mädchen, ebenfalls Intelligenzkind und Tochter eines Arztes, vor Nelli auf und sagte süffisant: »Meine Mutter meint, dass man selber verrückt wird, wenn man sich jeden Tag mit Irren abgibt.«

Die Mädchen hielten inne und blickten abwechselnd von Heike zu Nelli und von Nelli zu Heike. Nelli, äußerlich vollkommen ruhig, stopfte ihr Turnzeug in den Turnbeutel. »Stimmt das?«, fragte Heike. Nelli behandelte die andere wie Luft. »He, antworte!«, setzte Heike nach und tippte mit ihrer Fußspitze an Nellis Schienbein. Da sprang

Nelli auf, holte aus und schlug der anderen mit voller Wucht ins Gesicht. Heike stolperte rückwärts, prallte gegen die Tür und fiel zu Boden. Die Mädchen schrien auf. Mit einem Satz war Nelli über Heike und setzte sich auf ihre Brust. »Über alles kannst du Witze machen«, fauchte sie und schlug wieder zu. »Aber nicht über meinen Vater!« Erneut holte sie aus. Heike hielt schützend die Hände vors Gesicht und brüllte. Da ließ Nelli von ihr ab, nahm ihren Turnbeutel und stürmte hinaus.

Erst auf dem Weg von der Turnhalle zum Schulgebäude bemerkte sie, dass sie weinte. Ihr kam der Dicke Peter in den Sinn. Mit dem war sie einmal stundenlang Straßenbahn gefahren, obwohl die Mutter ihr aufgetragen hatte, Brot zu kaufen. Auf dem Weg zum Bäcker war er ihr begegnet.

»Wollen wir spielen?«, fragte er und lächelte schief. Wie immer trug er seinen Ringelpullover, der über dem mächtigen Bauch spannte, und seine dazu passende Bommelmütze. Beides hatte seine Mutter für ihn gestrickt.

»Ich habe keine Zeit«, sagte Nelli und blickte zu dem Mann auf, der groß und massig war, dem die Bartstoppeln aus Wangen und Kinn sprossen und der vielleicht Mitte zwanzig sein mochte.

»Oder Straßenbahnfahr'n!«, rief er und beugte sich zu Nelli runter. Die musste lachen.

Sie erinnerte sich auch noch genau an den Tag, als sie mit anderen Kindern den Dicken Peter mit Kastanien beworfen und ihm hässliche Worte hinterhergeschrien hatte. Feige waren sie auf Abstand bedacht gewesen, weil sie Angst vor dem Schwachsinnigen hatten. Der trottete davon, murmelte in seinen Bart: »Peter traurig, Peter weint.« Die Kinder folgten ihm johlend und zielten weiter auf sein breites Kreuz, bis plötzlich ein Auto am Wegesrand hielt. Erschrocken erkannte Nelli den Wartburg des Vaters und rannte mit der Bande davon. Als sie nach Hause kam, saß der Vater nicht wie sonst im Wohnzimmer, sondern wartete im Kinderzimmer auf sie. Er rauchte eine Zigarette und war ganz ruhig. Er sagte, sie solle zu ihm kommen. Nelli stellte sich vor ihn hin und senkte den Blick. Sie schämte sich und mit einem Mal spürte sie ein so brennendes Mitleid mit dem Dicken Peter, dass ihr die Tränen kamen.

»Der Dicke Peter ist zwar geisteskrank«, hörte sie den Vater sagen, »doch er hat ein freundliches Gemüt.«

»Ich tu's nicht wieder«, schluchzte Nelli.

»Er ist ein guter Junge«, sagte der Vater, griff nach ihrem Arm und drückte ihn sanft. Nelli zog die Nase hoch.

»Er ist ein Mensch wie du und wie ich«, sagte Wantscho nachdrücklich. »Verstehst du das?«

Nelli nickte.

»Gut!« Wantscho stand auf, küsste seine Tochter auf die Stirn und humpelte hinaus.

Von diesem Tag an hatte Nelli den Dicken Peter nie wieder gehänselt und sogar versucht, die anderen Kinder davon abzuhalten. Sie verspürte auch keine Angst mehr vor dieser Kinderseele in Männergestalt. Und an jenem bewussten Nachmittag, als sie den Dicken Peter auf dem Weg zum Bäcker traf, ließ sie sich von ihm überreden, Straßenbahn zu fahren.

Er war um Nelli herumgehüpft und hatte immerzu gerufen: »Wir fahr'n Straßenbahn, wir fahr'n Straßenbahn«. Nelli musste lachen. Sie ließ sich bei der Hand fassen und in Richtung Haltestelle fortziehen.

Der Dicke Peter liebte die Straßenbahn. Er fuhr jeden Tag. An der Endhaltestelle, die am Rande der Oberstadt lag, dort, wo die Äcker und Felder begannen, wo die Bahn eine halbe Acht fuhr, um den Rückweg antreten zu können, kletterte er in den Wagen, setzte sich ans Fenster, freute sich wie ein kleines Kind, wenn die Klingel ertönte und die Bahn anfuhr. Er winkte den Passanten zu und deren Hunden, den Autos, den Krafträdern, den Vögeln, den Häusern. Er fuhr bis in die Unterstadt, wo die Bahn am Bahnhof wendete. Als Einziger durfte er sitzen bleiben, bis der Wagen wieder losfuhr. Er war stadtbekannt. Immer war er gut gelaunt. Er tat keiner Fliege was zuleide. Die Schaffner hatten sich an den sonderbaren Fahrgast gewöhnt. Sie gönnten ihm die freie Fahrt.

Nelli setzte sich neben den Dicken Peter, der sich voller Freude die Hände rieb. Die Schaffnerin kam und Nelli hielt ihr das Mark-Stück hin, das die Mutter ihr für den Brotkauf gegeben hatte. Die Schaffnerin nahm die Münze, steckte sie in den Einwurfschlitz des Münzspeichers ihres Galoppwechslers. Der hing an einer ledernen Umhängetasche vor ihrem Bauch. Durch mehrmaliges Drücken der Hebel, die unten am Galoppwechsler angebracht waren, kamen die Münzen für das Wechselgeld zum Vorschein. In den nächsten drei Stunden gab Nelli ihr gesamtes Geld für Fahrscheine aus. Den ganzen Nachmittag verbrachte sie, neben dem Dicken Peter sitzend, in der Straßenbahn, fuhr hinunter in die Unterstadt und wieder hinauf in die Oberstadt.

In der Sickstraße wartete Rose auf das Kind. In der ersten Stunde versuchte sie, ruhig zu bleiben. In der zweiten lief sie los, um Nelli zu suchen. Beim Bäcker war das Kind nicht eingetroffen. In der dritten Stunde dachte sie an den Kindermörder Schrott, den Gert Fröbe in *Es geschah am hellichten Tag* so eindrucksvoll gegeben hatte. Den Film hatten sie erst kürzlich beim Uhrmacher in Farbe gesehen. Wantscho konnte sie nicht erreichen. Er war nach Erfurt zu einem Gerichtstermin gefahren.

Gerade überlegte Rose, ob sie die Polizei alarmieren sollte, da klingelte es. Nelli kam zur Tür herein, gut gelaunt, sich keiner Schuld bewusst. Rose gab ihr eine Ohrfeige und nahm sie gleich darauf in den Arm.

23

Eines Tages kam Wantscho früher nach Hause. Durch die geöffnete Tür hörte Nelli ihn sagen, er fühle sich nicht wohl und wolle sich hinlegen. Ob er Temperatur habe, wollte die Mutter wissen. Der Vater verneinte. Abgeschlagen sei er, ohne Antrieb, dunkler Stimmung.

»Ach herrje«, hörte Nelli die Mutter sagen.

»Ach herrje«, flüsterte das Kind und kaute am Griff des Füllfederhalters.

Von einer Gruppe Soldaten halten 3 Soldaten Wache. Die anderen 25 Soldaten sind in der Unterkunft.

»Ist etwas vorgefallen?«

Wantscho winkte ab. »Nicht jetzt.«

Wie viel Soldaten gehören zu dieser Gruppe?

»Soll ich Kaffee kochen?«, fragte die Mutter.

Nelli rechnete im Kopf und schrieb das Ergebnis ins Matheheft.

Der Vater antwortete nicht. Er ging ins Wohnzimmer und schloss die Tür hinter sich.

Da stand Wantscho dann, die Klinke in der Hand. Er war verzweifelt und verwirrt. Rückwart hatte ihn heute zu sich bestellt. Als er dessen Dienstzimmer betrat, zuckte er zusammen, weil auch die Echse anwesend war. Rückwart hatte ihn wissen lassen, dass es Klagen gegeben habe, weil Dr. Nikolow noch immer keine Habilitationsschrift vorgelegt habe.

»Klagen von wem?«, hatte Wantscho wissen wollen.

Außerdem errege es Unwillen, sprach Rückwart weiter, ohne auf Wantschos Frage einzugehen, dass er in seiner Position als stellvertretender Ärztlicher Direktor noch immer kein Genosse der SED sei.

»Ich verstehe nicht«, sagte Wantscho.

In der Bezirksleitung beschäftige man sich damit, sagte jetzt Hacker und lächelte süffisant.

»Ich bin Genosse der Kommunistischen Partei Bulgariens«, gab Wantscho zurück.

»Es wäre besser, Sie wären Mitglied der SED«, beharrte Rückwart.

»Ich bin aber bulgarischer Staatsbürger.«

»Dann werden Sie eben DDR-Staatsbürger! Das würden wir alle gern sehen«, sagte Hacker.

Wantscho lehnte noch immer am Türrahmen des Wohnzimmers. Wir?, dachte er. Wer ist »Wir«? Seine rechte Hüfte und sein rechtes gesundes Bein, auf dem sein Körpergewicht ruhte, schmerzten. Er gab sich einen Ruck und humpelte zum Telefon. Aus der Hosentasche holte er sein Portemonnaie hervor, suchte den Zettel raus, auf dem die Nummer stand. »Wenn Sie mich mal brauchen, Herr Doktor«, hatte Oberstleutnant Wilke gesagt und seine Dienstnummer aufgeschrieben. Wantscho legte den Zettel neben den Apparat und strich ihn glatt. Dann nahm er den Hörer ans Ohr und steckte den Zeigefinger in die Wählscheibe, um die erste Ziffer zu wählen. Er hielt inne … und legte den Hörer wieder zurück auf die Gabel.

»Willst du was essen?«, fragte Rose Wantscho, als er wieder aus dem Wohnzimmer kam.

»Ich will meine Ruhe.«

Ruhe.

Nellis Füller kleckste.

»Ich leg' mich hin«, hörte das Kind den Vater sagen. »Ins Bett.«

Nelli lief auf Zehenspitzen durch die Wohnung. Mit der Mutter unterhielt sie sich flüsternd. Als das Telefon klingelte, schrak sie zusammen und zählte die Sekunden, bis die Mutter den Hörer endlich abgehoben hatte. Sie lauschte. War der Vater aufgewacht? Würde er gleich aus dem Zimmer kommen und schimpfen, wie er es oft tat, wenn jemand anrief? Wenn jemand es wagte zu stören?

Ruhe. Störung.

Doch der Vater kam nicht heraus. Er blieb, wo er war. Im Bett. Er hatte was eingenommen und hörte nichts.

Es klingelte. Kerstin war an der Tür. »Kommst du raus spielen?« Nelli durfte. Die Hausaufgaben waren gemacht. Die Kinder rannten auf die Straße.

Rose legte Wäsche zusammen. Auch sie kannte das ungute Gefühl, wenn gestört wurde. Und Störungen gab es viele. Die Patienten dachten voller Zuneigung und Hingabe an den bulgarischen Arzt, der ihnen so sehr geholfen hatte. Sie wollten sich ihm gegenüber erkenntlich zeigen. Sie suchten den Herrn Doktor gern zu Hause auf. Am Abend, nach der Arbeit. Es war üblich, einfach vorbeizukommen. Die meisten besaßen ja kein Telefon. Wie also hätte man sich anmelden können? Man begab sich einfach zu dem hin, den man sehen wollte, klingelte und guckte, ob er da war.

Diejenigen, die abends bei Nikolows klingelten, ahnten ja nicht, dass der Herr Doktor um diese Zeit auf der Couch lag, hundemüde und abgespannt vom Tag, in den Fernseher guckte und seine Ruhe haben wollte. Sie wussten nicht, dass er zwei Gesichter hatte. Sie kannten nur das eine Gesicht, das heiter-gelassen, liebevoll und geduldig war. Das liebten und verehrten sie. Das zweite Gesicht hingegen, das unbeherrschte, grollende, ja zeitweilig bösartige und ungezügelte, blieb ihnen verborgen. Das zeigte Wantscho nur zu Hause bei seiner Familie.

Und Rose sorgte dafür, dass dies so blieb. Um keinen Preis sollte nach außen dringen, wie Wantscho sich zeitweise in ihrer Gegenwart aufführte. Dass er trank. Oft unbeherrscht und labil war. Klingelte es des Abends, sprang immer Rose auf und eilte zur Tür. In ihrem Rücken hörte sie Wantscho auf Bulgarisch grollen und Flüche zwischen den Zähnen hervorpressen. Rose schloss die Wohnzimmertür hinter sich. Das tat sie mit Nachdruck, so als wollte sie Wantscho für sein unfeines Benehmen rügen. Sie drückte auf den Türöffner, hörte, wie die Eingangstür im Hausflur aufgedrückt wurde, hörte Stimmen und Schritte. Sie öffnete die Wohnungstür und sah das immer gleiche Bild: Patienten ihres Mannes, die sich scheu und ehrfurchtsvoll im Hausflur bewegten, sich die paar Treppen zum Hochparterre hinauftasteten und schließlich vor ihr standen, ihr die Hand reichten. Sie wollten nicht stören, so die Rede, nur schnell etwas abgeben, mit einem herzlichen Dankeschön an den Herrn Doktor. Und sie überreichten in Geschenkpapier eingewickelte Spirituosen, Konfekt, Blumensträuße und Topfpflanzen, selbst gemachte Würste und Fleischwaren. Ein Bauer brachte eine Lage Eier, ein Gärtner Gemüse aus seinem Garten. Sogar Bananen und Apfelsinen wurden abgegeben, auch West-Kaffee. Rose fühlte sich nach Lom zurückversetzt, als all die Bulgaren in großen Scharen zum Haus der Schwiegereltern gepilgert waren, um Wantschos Sprechstunde zu besuchen.

In Zeiten, in denen Klopapier knapp war und man sich mit Streifen des *Neuen Deutschland* oder der Tageszeitung *Das Volk* den Hintern abwischte, brachte eine Frau, die Wantscho schon öfter wegen ihrer Paranoia behandelt hatte, einmal zehn Rollen der begehrten Bückware vorbei, die sie schüchtern Stück für Stück aus ihrem Rucksack holte. Sie hatte einen weiten Weg hinter sich, war mit ihrer »Simson Schwalbe« aus Leinefelde im Eichsfeld gekommen. Andere wohnten direkt in Nordroda, doch viele auch vor der Stadt in Altberga, Büßstedt oder Zellgröba. Sie kamen mit dem Bus, mit der Straßenbahn, mit dem Fahrrad oder zu Fuß.

Rose empfing jeden Einzelnen von ihnen mit einer freundlichen Distanziertheit. Sie war die Frau Doktor, das war ihr sehr wohl bewusst. Und sie hatte mit diesen Menschen nichts gemein. Nicht, dass sie die Patienten gering schätzte, so war es nicht. Kamen einem, der vor ihrer Türe stand, die Tränen, weil ihn die Gefühle überwältigten und er sich nochmals vergegenwärtigte, wie schlecht es ihm oder einem nahen Angehörigen gegangen war, bevor der Herr Doktor geholfen hatte, so nahm Rose ihn sogar gerührt in den Arm. Dennoch spürte sie, dass sie anders war. Zwar war sie die Frau eines Nervenarztes, jedoch lag ihr der Gedanke völlig fern, jemals selbst seine Hilfe oder die eines seiner Kollegen in Anspruch nehmen zu müssen. Sie brauchte so etwas nicht. Und genau das machte die Distanz aus, die sie ausstrahlte und die die Patienten verunsicherte. Dennoch war die Frau Doktor für sie genauso anbetungswürdig wie der Doktor selbst. Rose entschied in Sekundenschnelle, wen sie einließ und wen nicht. Sie wusste, dass Wantscho, auch wenn er gerade grollend auf der Couch lag, sofort zur Stelle wäre, ginge es einem Patienten schlecht. Er konnte sich nur schwer abgrenzen, war durchlässig für alles, was seine Kranken betraf. Rose musste ihn schützen.

Natürlich gab es auch Ausnahmen. Einmal stand abends – die *Tagesschau* lief gerade und die zu sehen, war Wantscho heilig – Meister Gäbler vor der Tür. Gäbler war Automechaniker. In der Unterstadt betrieb er eine Kfz-Werkstatt, zu der auch eine Tankstelle gehörte – mit nur einer Zapfsäule. Meister Gäblers Händedruck war so fest, dass jeder, der ihn begrüßte, Angst vor dieser eisernen Klammer hatte. Vor einem halben Jahr war sein Sohn Jürgen in die Psychiatrie eingeliefert worden, da er, gerade mal siebzehnjährig, versucht hatte, sich das Leben zu nehmen. Er war in der Werkstatt in ein Auto gestiegen und hatte die Auspuffgase ins Wageninnere geleitet. Wantscho diagnostizierte eine frühkindliche Störung, mutmaßlich verursacht durch die übermächtige Allgegenwart des Vaters, der den Sohn zu erdrücken drohte. Der alte Gäbler hatte für Jürgen vorgesehen, ebenfalls Automechaniker zu werden. Doch der Junge war im Gegensatz zu seinem Erzeuger von sanftem Gemüt und musisch hochbegabt. Er spielte hervorragend Geige und wünschte sich nichts sehnlicher, als das jahrelang in privaten Musikstunden erworbene Wissen und Können zu vertiefen.

Als Wantscho zum ersten Mal hörte, dass der Junge Geige spiele, versetzte ihm das einen gehörigen Stich. Ein Bild trat vor sein geistiges Auge: der kleine Wantscho, ans Küchensofa in Lom gelehnt, Geige übend. Das Gesicht seines Vaters schob sich darüber. Da beschloss er mit dem Automechaniker Tacheles zu reden. Zuvor führte er mit dem Sohn zahlreiche Gespräche und überließ ihn dann der Obhut eines Psychologen, der die Therapie in der Klinik fortführte. Er bat den Vater zu sich, der voller Gram war und zugleich voller Unverständnis reagierte. Wantscho machte ihm unmissverständlich klar, dass er Jürgen seinen eigenen Weg finden lassen müsse. Dass er ihn ansonsten verlieren würde. Dass Jürgen immer wieder versuchen würde, sich umzubringen. Da brach der alte Gäbler in Tränen aus und stammelte, er wolle doch nur das Beste für das Kind. Und Wantscho erwiderte: »Jürgen ist kein Kind mehr.«

Und nun stand der alte Gäbler vor der Tür, trug einen Karton unter dem Arm, grinste breit und drückte Roses Hand so fest, dass es sich anfühlte, als wäre sie in einen Schraubstock geraten. Sie biss die Zähne zusammen und nahm schwach den Geruch von Maschinenöl wahr.

Gäbler präsentierte den Karton. »De Nogg'nwelle für'n Wartburg«, dröhnte er durch das Treppenhaus.

»So schnell?!«, entfuhr es Rose. Ungläubig sah sie Gäbler an. Blitzschnell entschied sie, Wantscho heute Abend nicht zu schonen, und bat den Gast herein.

Wantscho hörte die fremde Stimme im Flur und spürte einen mächtigen Unwillen in sich aufsteigen. Er setzte sich auf, stellte den Fernseher ab. Jetzt würde er nicht mehr erfahren, wann sich die US-Truppen aus Vietnam zurückziehen würden. »Mrda!«, grollte er und schlüpfte in seine Hausschuhe. Die Wohnzimmertür wurde geöffnet, Rose erschien und hinter ihr Meister Gäbler.

»Stell dir vor, Wantscho«, sagte Rose. »Herr Gäbler hat tatsächlich die Nockenwelle bekommen.«

Wantscho erhob sich lächelnd. Keine Spur mehr von Unwillen oder Groll. »Meister!«, rief er aus. »Nicht möglich!« Er reichte Gäbler die Hand.

»N'Abend, Herr Doktor, will nicht ungelegen kommen, nur das hier vorbeibringen.« Gäbler stellte den Karton mit der Nockenwelle auf den Couchtisch.

»Ein Teufelskerl sind Sie!«, lobte Wantscho und hob vorsichtig den Deckel an.

»Hab 'nen Kumpel im Automobilwerk Eisenach.«

»Darf ich Ihnen etwas anbieten?«, fragte Rose.

»Nee, nee«, wehrte der alte Gäbler ab und rieb sich seine Hände mit den schwarz geränderten Nägeln. »Ich rooche eene, wenn's erlaubt is', und hau' dann wieder ab. Dachte, ich nehm' Ihren Wagen gleich mit, bau' die Welle ein und bring' ihn morgen zurück?« Fragend sah er Wantscho an.

»Gut!«, sagte der. »Ich weiß gar nicht, wie ich Ihnen danken kann.«

»Ach, Herr Doktor«, Gäbler winkte ab und setzte sich in den Sessel, den Rose ihm anbot. Gemeinsam rauchten sie jeder eine Zigarette, dann verabschiedete sich der Automechaniker. Rose brachte ihn zur Tür und händigte ihm Autoschlüssel und Wagenpapiere aus. Als sie zurück ins Wohnzimmer kam, lag Wantscho schon wieder auf der Couch, der Fernseher lief.

Von nun an geschah es hin und wieder, dass Wantscho aus der Klinik früher nach Hause kam, weil er sich »nicht fühlte«. Er zog sich dann ins Schlafzimmer zurück und nahm etwas ein, das er sich für seinen

Eigenbedarf selbst verschrieben hatte. Rose brachte ihm die Medikamente aus der Apotheke mit. So gesehen, war es doch ein Segen, dass sie wieder arbeiten ging.

Auch heute war wieder solch ein Tag. Wantscho schluckte zur Beruhigung zwei Faustan. Er hatte ein schlechtes Gewissen, weil Rita in der Klinik alles allein bewerkstelligen musste. Ihn plagten Schuldgefühle, weil er seine Patienten im Stich ließ. Doch dagegen stand ein anderes Gefühl, das mächtiger war: Angst. Lebensangst. Sie lähmte ihn und nahm von ihm Besitz wie ein Krake. Er trank ein Glas Rotwein, das entspannte ihn. Er legte sich hin, schlief durch bis zum nächsten Morgen. In der Früh fühlte er sich besser, doch noch nicht imstande, seinen Dienst in der Klinik wieder anzutreten.

Nachdem Rose und Nelli aus dem Haus waren, trank er – in Schlafanzug und Bademantel – in aller Ruhe zwei Tassen Kaffee und rauchte eine Zigarette. Danach humpelte er ins Wohnzimmer und rief kurzentschlossen Oberstleutnant Wilke an. Der war überrascht, die Stimme seines Doktors zu hören. Wantscho druckste herum, sagte, es sei ihm unangenehm, den Herrn Oberstleutnant zu bemühen. Der fiel ihm ins Wort und sagte, er freue sich, wenn er etwas für ihn tun könne. Wantscho erzählte von seinen Schwierigkeiten in der Klinik, und am Ende hatte Wilke auf einen Notizblock notiert: Habil, Ambulanz, SED, StaBü. Er versprach, sich wieder zu melden. Nach dem Gespräch blieb Wantscho noch eine Weile neben dem Telefon stehen und sah in den Garten. Einesteils fühlte er sich erleichtert, dass er sich Wilke anvertraut hatte. Andernteils wusste er, dass er auf der Hut sein musste. Wilke war zwar sein Patient und abhängig von ihm. Zugleich war er auch sein Gönner und ein hohes Tier bei der Staatssicherheit.

Wenig später saß Wantscho beim Uhrmacher in der Werkstatt.

»Was ist los?«, fragte der Freund.

Wantscho zuckte nur mit den Schultern und winkte ab.

Eine Weile schwiegen sie. Wantscho rauchte, der Uhrmacher polierte das Gehäuse einer filigranen Porzellanuhr mit einem weichen Tuch.

»Ich soll in einen Konsum integriert werden.«

Wantscho hob die Augenbrauen in die Höhe und kniff dabei die Augen zusammen, weil der Rauch ihn störte.

»Enteignung?«

Der Uhrmacher nickte. »Die große Welle gab es ja im vergangenen Jahr. Ich bin der letzte selbstständige Uhrmacher hier in Nordroda. Alle anderen haben sie weichgeklopft, die gehören jetzt zur HO oder zum Konsum. Und im Konsum gibt es nun eine zentrale Annahmestelle für kaputte Uhren. Von dort werden Uhren nach Sondershausen geschickt und in einem VEB repariert.« Der Uhrmacher tippte sich an die Stirn. »Vollkommen idiotisch!« Geschickt fixierte er ein Uhrengehäuse im Schraubstock und setzte eine Schutzbrille auf. »Mich dulden sie noch, als sogenannten privatwirtschaftlichen Kleinstbetrieb.« Er stellte den elektrischen Bohrer an und bohrte ein millimeterkleines Loch. Dann holte er zwei Zahnräder gleicher Größe aus dem Schubladenschrank und humpelte wieder zurück an die Werkbank.

»Und was jetzt?«

»Ich bleibe privat! Ein selbstständiger Stachel im Fleisch der staatlichen Handelsorganisation und des staatlichen Konsums!« Der Uhrmacher lachte.

»Schikanieren sie dich?«

»Natürlich. Mir werden schon lange keine Uhren und Armbänder mehr geliefert. Schmuck auch nicht. Ich stehe ganz am Ende der Versorgungskette. Erst kommen die VEBs, dann der Konsum, danach die HO und zum Schluss die Privaten. Wir leben jetzt von der Uhrenreparatur.«

»Kommt ihr zurecht?«

»Uhren sind teuer. Die Leute tragen ihre Uhren lange und lassen sie lieber immer wieder reparieren, als sich eine neue zu kaufen. Und so repariere ich zurzeit von früh bis spät Uhren.«

Wantscho schüttelte den Kopf.

»Übrigens sind viele dazu übergegangen, breite Gummibänder zu Armbändern umzufunktionieren. Armbänder sind Mangelware. So ein Saftladen ist das hier!«

Wieder schwiegen sie miteinander. Dann sagte Wantscho: »Vielleicht solltest du in die Partei eintreten, damit du deine Ruhe hast. Also nicht in die SED! Aber vielleicht in die LDPD, so wie der Große. Hajo will ja auch privat bleiben, den lassen sie in Ruhe.«

»Niemals werde ich Mitglied bei diesen Verbrechern«, sagte der Uhrmacher heftig. »Ich war kein Pimpf, ich war kein Nazi und ich werde mich auch diesen Bonzen hier nicht beugen!«

»Ich bewundere deinen Mut.« Wantscho fasste den Oberschenkel seines kranken Beines und legte ihn über das gesunde. Er seufzte. »Mir hat man nahegelegt, in die Partei einzutreten.«

»Was? Du bist doch Ausländer.«

»Ich soll DDR-Bürger werden.«

»Mach das bloß nicht!«

»Dann wäre ich ihnen völlig ausgeliefert.« Wantscho hustete. »Ich traue mich gar nicht, es Rose zu erzählen.«

Der Uhrmacher lachte bitter.

»Bis jetzt hilft es immer noch, wenn ich mit meinem Mitgliedsbuch von der KP Bulgarien wedele.«

»Wir sind gefangen in einem schmutzigen System, das ein anderes schmutziges System abgelöst hat. Von einer Diktatur nahtlos in die nächste.«

»So kannst du das nicht sagen.«

»Das kann ich sehr wohl«, sagte der Uhrmacher.

»Die Sache an sich ist gut«, beharrte Wantscho. »Die Lehre ist gut. Nur der Mensch und seine Taten sind unvollkommen.«

»Was meiner Ansicht nach ein untrügliches Zeichen dafür ist, dass diese theoretische Lehre für die lebendige Praxis nichts taugt.« Der Uhrmacher stand auf und humpelte hinaus. Und mit einem Mal begannen alle Uhren zu schlagen.

Als Wantscho Rose schließlich erzählte, dass Rückwart ihn aufgefordert hatte, die bulgarische Staatsbürgerschaft abzulegen, um Bürger der DDR zu werden, war sie außer sich. Das würde gerade noch fehlen, schimpfte sie, das könnte denen so passen. Rose fürchtete um die Sommerurlaube, um ihre kleinen Fluchten, um ihr großes Abenteuer. Solange Wantscho Bulgare blieb, konnte sie gewiss sein, einmal im Jahr rauszukommen aus diesem Gefängnis. Für vier lange Wochen das tägliche Einerlei und das Einheitsgrau, das aufs Gemüt drückte, hinter sich zu lassen. Dem Staat aus eigener Kraft ein Schnippchen zu schlagen. Dieses Privileg, das sie von den anderen abhob, die froh sein mussten, wenn sie es bis in die Sächsische Schweiz oder in die Hohe Tatra schafften, wollte Rose auf keinen Fall verlieren.

»Ich habe mit Wilke gesprochen«, sagte Wantscho. »Er wird mir helfen.«

»Der Stasi-Leutnant?« Rose holte tief Luft. »Dir helfen? Um welchen Preis?«

»Es hat keinen Preis. Er ist mein Patient, das genügt.«

Rose sah ihn skeptisch an. »Wantscho, denk doch mal nach. Wilke ist bei der Stasi *und* in der Partei. Rückwart ist ebenfalls Genosse und hat gute Beziehungen zur Kreisleitung. Die ziehen doch am gleichen Strang! Alles, was du Wilke erzählst, wird Rückwart auch erfahren.«

»Das glaube ich nicht. Wilke kann nicht mit der Kreisleitung. Er ist in erster Linie Angehöriger der Staatssicherheit. Und die rangelt ständig mit der Partei darum, wer wem was zu sagen hat. Das hat er mir erzählt.«

»Ach, hör doch bloß damit auf, das ist doch alles ein und dieselbe Mischpoke!«

»Wilke ist kein Schuft. Ich kenne ihn gut, behandle ihn schon eine ganze Weile. Er vertraut mir. Ich habe ihm schon viel geholfen.«

Rose winkte ab. »Du machst dich abhängig.«

»Du dich doch auch! Wer genehmigt denn Jahr für Jahr die Fahrt durch Jugoslawien? Kein anderer als Wilke.«

Rose schwieg bekümmert.

»Ich habe Wilke mehr als einmal das Leben gerettet. Ich habe keine Scheu, ihn zu bitten. Das Leben besteht nun einmal aus Geben und Nehmen.«

Oberstleutnant Wilke handelte. Während eines Routinebesuchs beim Ärztlichen Direktor sprach er unter anderem auch den Sachverhalt »Dr. med. Nikolow« an. Rückwart wurde schnell klar, dass Wilke seine Hand über den bulgarischen Arzt hielt, und signalisierte umgehend sein Einverständnis, die Frage der Staatsbürgerschaft und der SED-Mitgliedschaft ruhen zu lassen. Der Kollege Nikolow sollte nur zügig seine Habilitation verfassen, dann würde man weitersehen. Als der Oberstleutnant dies Wantscho mitteilte, fiel dem ein Stein vom Herzen.

24

Wantscho wurde aktiv. Er schrieb an Professor Popow in Sofia und fragte an, ob er mit einer Arbeit zum Thema »Epilepsie bei Kindern« einverstanden sei. Die Habil musste von der Universität Sofia akzeptiert werden. Dort, wo er sein Medizinstudium absolviert hatte.

Als Popows Zusage eintraf, ließ sich Wantscho beurlauben und quartierte sich für vier Wochen in der Nervenklinik in Kromberg ein. Bernhard stellte ihm eine kleine Turmkammer zu Verfügung, die sonst als Krankenzimmer diente, und Wantscho ging in Klausur. Das Zimmer verließ er nur, wenn es Zeit für die Mahlzeiten war. Dann stieg er – dreimal täglich – die vielen Treppen hinab und humpelte rüber zum Haus der Freunde, wo Elke für ihn, Bernhard und die Kinder das Essen zubereitet hatte. Anschließend lief er wieder zurück, stieg hinauf unters Dach, um weiterzuarbeiten. Oft tauschte er sich fachlich mit Bernhard aus. Doch er quälte sich mit der Arbeit. Früher war ihm das Schreiben leicht von der Hand gegangen, immer war er brillant gewesen, konnte auf seine Eingebungen und sein Fachwissen vertrauen. Dieses Mal nicht. Zu Bernhard sagte er: »Ich weiß gar nicht, wofür ich diese Habil überhaupt schreibe.« Er wurde missmutiger von Tag zu Tag.

Gleichzeitig entging ihm nicht, dass bei den Freunden offensichtlich etwas aus den Fugen geraten war. Als er Bernhard fragte, was los sei, sagte der, dass er nicht mehr zu Hause, sondern in der Klinik schlafe. Elke sei krankhaft eifersüchtig. Manchmal glaube er, seine Frau leide an Verfolgungswahn. Unter jedem Rock vermute sie ihn. Wantscho getraute sich nicht, Elke anzusprechen. Er registrierte aber sehr wohl, dass die Freundin blass und abgespannt aussah, nur das Allernötigste sprach und eindeutig Anzeichen von Erschöpfung und Schwermut zeigte.

Wantscho schloss seine Habilschrift ab. Zu Bernhard sagte er: »Sie ist mir nicht gelungen.«

Rose kam mit Nelli nach Kromberg, um Wantscho abzuholen. Es war wie immer: Nelli spielte mit Sabine, Volker und Almut, deren große Brüder sich verdrückt hatten; Wantscho und Bernhard saßen im Wohnzimmer, tranken Kaffee, rauchten und fachsimpelten; die Frauen redeten in der Küche. Rose sah in Elkes trauriges Gesicht und wollte wissen, ob sie Sorgen habe. Da brach die Ältere in Tränen aus und konnte gar nicht mehr aufhören zu weinen. Rose sprang auf und schloss die Küchentür. Die Männer sollten nichts von Elkes Gefühlsausbruch mitbekommen. Schluchzend erzählte sie Rose, dass Bernhard schon seit Wochen in der Klinik übernachte und was mit der Oberschwester habe.

»Mit dieser Schreckschraube?« Rose war fassungslos.

»Sie ist zehn Jahre jünger als ich.«

»Und hat ein Gebiss wie'n Pferd!«

»Bernhard frisst ihr aus der Hand.« Elke putzte sich die Nase.

»Bist du wieder schwanger, Elke?«

Elke schüttelte den Kopf. »Ich möchte einen Adoptionsantrag stellen.«

»Du möchtest *was*?«

»Für ein kleines Mädchen. Die Mutter ist eine Trinkerin. Sie kann die Kleine nicht behalten.«

»Was halst du dir da auf, Elke!?«, sagte Rose und dachte: Kein Wunder, dass der Mann abhaut.

»Ich will dieses Kind unbedingt!« Elkes Stimme wurde fest, ihr Blick hart. »Koste es, was es wolle!«

Am späten Nachmittag fuhren Nikolows zurück nach Nordroda. Rose saß am Steuer. »Jetzt will Elke auch noch ein Kind adoptieren«, sagte sie.

»Also doch?«, sagte Wantscho.

»Hat dir Bernhard davon erzählt?«

»Andeutungsweise.«

»Will er überhaupt?«

Wantscho zuckte die Achseln. »Ich nehme an, er hat ein schlechtes Gewissen.«

»Weil er Elke betrügt?«

Wantscho nickte.

Rose ging zur Post und schickte die Habilitationsschrift per Einschreiben nach Sofia. Sie sorgte sich um Wantscho. Er zog sich mehr und mehr in sich zurück, sprach nicht über das, was ihn bewegte. Seine gesamte Kraft steckte er in seine Arbeit in der Klinik. Seine Patienten vermissten nichts. Doch sobald er nach Hause kam und die Wohnungstür hinter sich geschlossen hatte, war es so, als würde jegliche Energie aus ihm entweichen. Und je mehr Rose versuchte, auf ihn einzugehen, ihm zu helfen, umso mehr kapselte er sich ab. Er trank jeden Abend, ließ sich gehen, beschimpfte Rose auf Bulgarisch mit üblen Ausdrücken. Er ließ an nichts und niemandem ein gutes Haar. Dann fiel er erschöpft ins Bett, schlief sofort ein, und es kümmerte ihn nicht, dass seine Frau heulend zurückblieb und an ihm und ihrer Ehe zu zweifeln begann. Er schnarchte so laut, dass Rose sich in das Gästebett in Nellis Zimmer legte. Im Gegensatz zu Wantscho konnte sie meist nicht einschlafen und lag lange wach. Am nächsten Morgen kam es vor, dass Wantscho sich bei Rose entschuldigte. Doch so manches Mal schien er sich an seine Ausfälle vom Abend davor gar nicht mehr zu erinnern. Das kränkte Rose besonders. Wantscho wunderte sich, dass Ehefrau und Tochter so schweigsam waren und ihm aus dem Weg gingen. Rose und Nelli fürchteten sich vor den Abenden. Rose war unglücklich, hatte jetzt oft Magenschmerzen. Nelli hatte Angst vor dem Vater, zerbiss sich die Mundschleimhäute. Und wünschte sich nichts sehnlicher, als dass die Eltern sich wieder vertragen würden.

Zur Versöhnung kam es meist am Wochenende, immer Sonnabend früh beim Frühstück. Die Familie saß in der Küche. Der Toaster summte. Die Stimmung war gedämpft und niedergedrückt vom Ballast der Woche. Rose verteilte die getoasteten Brote, sie aß und trank schweigend. Nelli plapperte, wollte die Stimmung aufhellen. Wantscho ging auf ihre Späßchen ein und lachte mit ihr, wobei sie beide immer wieder zu Rose schielten. Doch Rose blieb still. Irgendwann traute Wantscho sich, Rose zu fragen, ob er ihr noch Kaffee einschenken dürfe. Schüttelte sie den Kopf, sah er Nelli an und hob bedauernd die Augenbrauen in die Höhe. Nelli blinzelte ihm zu. Später bot Wantscho Rose eine Zigarette an. Lehnte sie ab, so atmete er hörbar aus und sah seine Frau lammfromm an. In Nelli regte sich Unwillen. Warum ging die Mutter nicht darauf ein? Nelli hoffte, dass die Mutter sich erweichen ließe und nicht wieder bis zum morgigen Sonntag böse auf den Vater sein würde. Wantscho versuchte es meist erneut, manchmal über einen kleinen Umweg. »Hast du was geträumt, Nelli?«, fragte er an einem dieser bewussten Sonnabende.

Das Kind zuckte mit den Achseln und sagte: »Kann mich nicht erinnern. Und du, Vati?«

Wantscho fuhr sich durch das dichte schwarze Haar. »Eine Katze sprang über den Zaun.«

Nelli sah den Vater erst erstaunt an und fing dann an, herzhaft zu lachen. Und Wantscho registrierte, dass auch Roses Mundwinkel zuckten. »Du spinnst ja«, sagte sie.

»Aber es stimmt!«, rief Wantscho, lächelte Rose an und bekräftigte: »Eine Katze sprang über den Zaun!« Er griff nach ihrer Hand. Sie zog sie weg.

»Hör mir bloß auf«, sagte sie vorwurfsvoll, jedoch mit einem humorigen Unterton.

Wantscho senkte schuldbewusst den Blick.

Der Tanz der Versöhnung begann. Nelli hätte jubeln können. Der Zeitpunkt war gekommen, dass sie die Eltern allein lassen konnte. Die Weichen für das erlösende Gespräch waren gestellt, das Wochenende war gerettet. Draußen schien die Sonne, das Lärmen von Kinderstimmen war zu hören. Nelli sprang auf, fragte atemlos glücklich, ob sie auf die Straße dürfe. Die Eltern nickten. »Meld dich ab und zu mal«, sagte Rose und zündete sich eine Zigarette an. Nelli rannte hinaus.

»Soll das jetzt immer so weitergehen?«, fragte sie, sah Wantscho an und stützte ihr Kinn auf die Hand.

Wantscho gab sich zerknirscht. »Ich werde mich bessern.«

»Hm, bis zum nächsten Mal.« Und Rose begann ihm auseinanderzusetzen, dass er sich zu Hause nicht so hängen lassen dürfe. Das könne er in der Klinik ja schließlich auch nicht. Und sie beschwor ihn, nicht mehr so viel zu trinken.

Wantscho hörte schweigend zu, sah Rose treuherzig an und alles ein. Er versprach alles, was sie von ihm verlangte. Rose seufzte. Er konnte ja so charmant sein.

In der Zwischenzeit tobte Nelli frohgemut mit den anderen Kindern zwischen den Wohnblöcken in der Sickstraße herum. Sie spielten erst »Landwegnehmen«, dann «Doppeltes E«, danach Fußball. Später sausten sie den Gehweg auf Rollschuhen hinab. Die Stimmung würde gut sein, wenn sie wieder nach Hause kam. Die Mutter würde dem Vater nicht mehr böse sein. Sie würden eine ganz normale Familie sein. Und wirklich, beim Mittagsessen saßen die Eltern und das Kind friedlich beisammen. Heiter der Vater, entspannt die Mutter, hoffend, dass sich etwas ändern würde.

Seit Rose Wantschos Habilitationsschrift nach Sofia geschickt hatte, waren mehr als drei Monate vergangen. Wantscho fasste sich ein Herz und meldete ein R-Gespräch nach Sofia an. Ein Mitarbeiter

Popows sagte ihm, der Professor sei krank. Einige Tage später klingelte abends das Telefon, Nasco war am Apparat und teilte seinem Batko mit, dass Popow gestorben sei. Wantscho war wie vor den Kopf geschlagen. Sein väterlicher Freund tot? Seine letzte berufliche Verbindung nach Bulgarien abgeschnitten? Nun war ihm der Rückweg in die Heimat endgültig versperrt. Die Aussicht, wenn alle Stricke reißen würden, doch noch nach Bulgarien zurückkehren und dort arbeiten zu können, war Wantscho stets ein Trost gewesen.

Wantscho fiel in ein tiefes Loch. Er trauerte um Popow. Um die Tage zu überstehen, schluckte er Tabletten. Morgens nahm er Aufputschmittel, abends Schlaftabletten. Tagsüber versah er seinen Dienst wie immer gewissenhaft und engagiert, die Patienten konnten auf ihn zählen. Schwester Rita, die instinktiv spürte, dass es ihrem Chef nicht gut ging, versuchte, so viel wie möglich von ihm fernzuhalten und ihn immer wieder aufzumuntern. »Herr Doktor, Sie dürfen sich das alles nicht so zu Herzen nehmen!«, sagte sie. »Lassen Sie sich nicht alles gefallen!« Da lächelte Wantscho nur müde und winkte ab.

Wenn Nelli nicht mit den anderen Kindern draußen spielte, Besuch von einer Freundin bekam, an Pioniernachmittagen oder anderen schulischen Veranstaltungen teilnehmen musste, half sie der Mutter gern im Haushalt. Sie wischte Staub in ihrem Zimmer, räumte dafür alle Stofftiere, Match-Box-Autos und Bücher aus den Regalen und wieder zurück; sie kämmte die Teppichfransen im Wohnzimmer, trocknete Geschirr ab oder scheuerte die Wanne und das Waschbecken im Badezimmer mit scharfem ATA-Pulver.

Gern ging sie auch mit der Mutter einkaufen. Brot holten sie bei Bäcker Mückisch, die Wurst gleich nebenan bei Fleischer Müller. Sonstige Nahrungs- und Genussmittel gab es im privat geführten Lebensmittelladen Spangenberg, der wiederum nur etwa hundert Schritte entfernt von Bäcker und Fleischer lag. Der Inhaber Kurt Spangenberg war ein zuvorkommender Dienstleister. Stets trug er einen grauen Kittel und darunter Hemd und Schlips. Allen bisherigen Bestrebungen der Konsumgenossenschaft, seinen Laden in das »große Ganze« einzugliedern, hatte er beharrlich widerstanden. Rose war eine gern gesehene Kundin, die Spangenberg persönlich bediente. Jedes Mal erkundigte sie sich nach dem Befinden seiner Frau Mutter.

Gerda Spangenberg, die den Laden gemeinsam mit ihrem Mann gegründet und bis zu dessen Tode geführt hatte, war schon weit über achtzig. Eigentlich ging es ihr gut. Nur war sie auffällig geworden, weil sie, sobald sie das Haus verließ, anfing, mit hoher zittriger Stimme zu singen. Sie ging zum Friedhof, um Blumen auf das Grab ihres verstorbenen Gatten zu stellen, und sang. Sie besuchte eine Freundin, um mit dieser Kaffee zu trinken, und sang auf dem Weg dorthin. Sie absolvierte ihren täglichen Spaziergang durch den Stadtpark, singend. Traf sie Leute, die sie kannte, ignorierte sie diese – denn sie sang. Sobald sie wieder über die Schwelle eines Hauses getreten war, stellte sie die Singerei ein. Darauf angesprochen, stritt sie es ab. Mit anderen Worten: Gerda Spangenberg sang auf der Straße und wusste nichts davon. Nun war dies kein schwerwiegender Verstoß gegen die öffentliche Ordnung. Doch wenn der 1. Mai oder der 7. Oktober näher rückten, wurde der Abschnittsbevollmächtigte vorstellig und bat darum, die singende Mutter an den Feiertagen nicht auf die Straße zu lassen. Ansonsten störte sich niemand an dem Tick der alten Dame. Bis auf ihre Schwiegertochter. Der Ehefrau von Kurt war es peinlich, dass sich die Leute über die alte Dame lustig machten. Und so kam es, dass eines Abends der Lebensmittelhändler bei Nikolows klingelte, eine Flasche Korn auf den Tisch stellte und den Herrn Doktor um Hilfe bat.

Wantscho wollte Gerda Spangenberg nicht zumuten, in seine ambulante Sprechstunde zu kommen. Er suchte sie zu Hause auf. Sie wohnte gemeinsam mit Sohn und Schwiegertochter in der Wohnung, die sich über dem Laden befand. Insgesamt besuchte er die alte Dame drei Mal. Beim ersten Mal saß er bei ihr im Wohnzimmer und unterhielt sich mit ihr. Beim zweiten Mal schlug er vor, ein paar

Schritte vor die Tür zu gehen. Kaum hatte Gerda Spangenberg die Haustür hinter sich gelassen, begann sie auch schon zu singen und war nicht mehr ansprechbar. Sanft bugsierte Wantscho sie zurück ins Haus. Ihr Gesang verstummte. »Was machen Sie denn hier, Herr Doktor?« Erstaunt sah die alte Dame ihn an. »Wir wollten ein bisschen an die frische Luft«, sagte Wantscho, fasste die alte Dame am Ellenbogen und führte sie wieder hinaus. Sogleich begann sie wieder mit der Singerei. Und zurück im Haus wusste sie erneut von nichts.

Später erklärte Wantscho dem Sohn, die Mutter leide offensichtlich an einer beginnenden Demenz. Wobei »leiden« das falsche Wort sei. Die alte Dame sei wohlauf, freue sich ihres Lebens, und man müsse sich vorerst keine Sorgen machen. Gegen die Singerei sei allerdings kein Kraut gewachsen, man solle diese kleine Fehlfunktion des Gehirns einfach hinnehmen, sich vielleicht sogar daran erfreuen. Es sei doch niemandem zum Schaden. Kurt Spangenberg war erleichtert und dankbar. Und das Ehepaar Spangenberg hing seither mit einer zärtlichen Zuneigung an der Familie Nikolow.

Trat nun Rose über die Schwelle des Ladens, so reichte ihr Kurt Spangenberg seine Rechte über die Theke, die Rose drückte. Nickte er ihr dabei zu und wies mit dem Kinn nach hinten in Richtung Lagerraum, überließ sie ihm sogleich ihre leere Einkaufstasche. Spangenberg verschwand im Lagerraum, kam kurz darauf wieder und gab ihr die Tasche zurück, die nun mit etwas gefüllt war. Rose schenkte Spangenberg ein dankbares Lächeln, das das Herz des Krämers höher schlagen ließ, und ignorierte tapfer die verstohlenen Blicke der anderen Kundinnen. »Darf es außerdem noch etwas sein, Frau Doktor?«

Rose kaufte noch Camembert, Zetti-Schokolade, Zigaretten der Marke F6, Rot-Weiss-Zahnpasta, Sigella-Bohnerwachs und zwei Flaschen Milch. Rondo-Kaffee gab es mal wieder nicht, sodass sie den von Mocca-Fix nahm, der aber eigentlich zu bitter schmeckte. Nelli bekam eine Lakritzstange. All diese Waren verstaute Rose für jeden sichtbar in einem Einkaufsnetz. Was Spangenberg in ihre Einkaufstasche getan hatte, packte sie immer erst zu Hause aus. Irgendwann geschah das, wovor Rose sich insgeheim stets fürchtete: Eine Kundin, die beobachtet hatte, wie Rose Spangenberg zunächst den leeren Beutel reichte, um ihn kurz darauf befüllt zurückzubekommen, rief: »Genau das hätte ich auch gern, Herr Spangenberg!« Rose fühlte sich ertappt. Spangenberg hingegen blieb ruhig: »Dann müssen Sie das nächste Mal bitte rechtzeitig vorbestellen, meine Dame, Toilettenpapier ist zurzeit Mangelware.«

Packte Rose zu Hause die Einkaufstasche aus, so fand sie eine Dose mit Pfirsichen oder Halloren-Schokoladenkugeln oder Apfelsinen und ganz selten auch mal Bananen. Die Südfrüchte bewahrte Rose im kühlen Schlafzimmer auf, damit sie sich möglichst lange hielten. Jeden Tag bekam Nelli eine Banane zu essen. Das Kind brauchte Vitamine! Sie und Wantscho aßen keine einzige davon.

Und einmal hatte ihr Spangenberg ein Paar Strumpfhosen in ihrer Größe mitgegeben. Weiß der Kuckuck, was Spangenberg sich dabei gedacht hatte. Und weiß der Kuckuck, wo er die Nylons, Marke Kunert, also Westware!, hergezaubert hatte. Vielleicht hatte er ein Westpaket bekommen und seiner fülligen Frau passten die Nylons nicht? Rose war entzückt. Die Nylons hatten keinen lästigen Zwickel im Schritt, wie die Ost-Strumpfhosen, die aus der Kunstfaser Dederon gefertigt und, wenn überhaupt, nur als Bückware zu kriegen waren.

Manchmal verbrachten Rose und Nelli die Nachmittage auch damit, zum Konsum oder zur Kaufhalle zu laufen. Oder mit der Straßenbahn in die Unterstadt zu fahren, um im Kaufhaus nach Schuhen für Rose, einem neuen Anorak für Nelli oder einem Oberhemd für Wantscho zu suchen. Meistens gab es nichts, was ihnen gefiel.

Manchmal landeten sie im »Exquisit«, wo es schicke westlich anmutende Anziehsachen für teures Geld gab. Doch Rose überlegte es sich zweimal, ob sie für eine blaue Baumwollhose achtzig oder für eine Krawatte vierzig Mark ausgeben wollte.

Manchmal wurden sie in der Bücherei fündig. Hier arbeitete eine Freundin von Rose. Die holte dann entweder eine Amiga-Langspielplatte von Juliette Gréco unter dem Ladentisch hervor, einen exotischen Roman oder einen Band von »Knabes Jugendbücherei«. *Zwirni träumt vom Weltrekord, Der Adler vom Hoheklimp, Der Dieb vom Alexandra Dock* standen bei der Leseratte Nelli schon im Regal. Sie liebte diese Bücher, weil sie spannend waren.

Manchmal kauften Mutter und Tochter frisch gebackene süße Mohnhörnchen in der Bäckerei am Rathaus, die aßen beide gern. Der Duft, den die Bäckerei verströmte, war betörend. Allerdings befand sich gleich nebenan ein HO-Fischwarengeschäft, und da stank es mächtig nach Fisch.

Mit dem Vater war Nelli nur einmal einkaufen gegangen, als dieser Blumen für die Mutter besorgen wollte. Wantscho ließ es sich nicht nehmen, seiner Frau alljährlich zum Internationalen Frauentag einen Strauß zu kaufen. Dafür fuhr er eigens mit dem Auto zu einer ehemaligen Patientin, die in der Unterstadt ein kleines Blumengeschäft hatte und Wantscho herzlich zugetan war. Hatte er ihr doch geholfen, eine depressive Verstimmung zu überwinden, die – wie sich herausstellte – keine endogene Ursache hatte, sondern in den Gefühlsschwankungen begründet lag, die die Wechseljahre mit sich brachten. Die Blumenhändlerin hatte sehr gut auf das Autogene Training angesprochen, das Wantscho mit ihr praktiziert hatte, und konnte bereits nach zwei Wochen als vollkommen geheilt entlassen werden. Wantscho mochte die üppige Rothaarige, die ein schlichtes und liebevolles Gemüt besaß und mit ihren Anfang fünfzig noch immer adrett aussah. Sie erinnerte ihn an seine Schwester Lina. Wann immer Wantscho Blumen zu besorgen hatte, fuhr er zu ihr. Einmal begleitete Nelli ihn. An der Hand des Vaters lief sie die Backhausstraße entlang, passte sich seinem Tip-tap-Schritt an.

Im Laden begrüßte sie die Blumenhändlerin und strahlte übers ganze Gesicht. »Guten Tag, Herr Doktor, was darf's denn heute sein? Wieder ein schöner Strauß frische Schnittblumen. Ich nehme an für die werte Frau Gemahlin?« Die Blumenhändlerin redete wie ein Wasserfall und suchte dabei weiße und rote Nelken zusammen.

»Mutti mag keine Nelken«, flüsterte Nelli dem Vater zu. Schon öfter hatte die Mutter verächtlich über diese Blumen gesprochen, mit denen die Parteioberen beschenkt wurden, die an Denkmälern niedergelegt wurden, mit denen auf Kundgebungen herumgewedelt wurde. Außerdem galt die Nelke als Symbol des Kampf- und Feiertages 1. Mai und der Arbeiterklasse. Nelli wusste auch, dass die Mutter nichts auf den 8. März gab. Der Muttertag war ihr wichtig. Nicht jedoch der Internationale Frauentag.

»Nelken also nicht?« Die Blumenhändlerin legte den Kopf schief und blinzelte Nelli an. »Vielleicht ein Alpenveilchen?«

»Hat Mutti schon«, sagte Nelli abweisend.

»Oder Gerbera?«, wandte sie sich nun wieder an Wantscho. Der sah fragend Nelli an. Die nickte dem Vater zu.

»Gerbera!«, zwitscherte die Blumenhändlerin, und während sie den Strauß band, in Papier wickelte und abkassierte, redete sie unaufhörlich. Ihrem Lehrlingsmädchen erklärte sie wortreich, der Herr Doktor sei ihr Lieblingskunde, ihm habe sie zu verdanken, dass es ihr heute wieder ausgezeichnet ginge, dass man das ja eigentlich gar nicht weitersagen dürfe, wo sie gewesen sei, der Leute wegen und so weiter und so fort. Am Ende reichte Wantscho ihr die Hand. Sie nahm diese, zog Wantscho näher zu sich heran und umarmte ihn. Nelli sah es mit Befremden.

25

Hin und wieder gingen Rose und Wantscho an den Samstagabenden groß aus. In die Oper oder zum Bühnenball ins Städtische Theater, zur Silvesterparty oder zum »Ärztevergnügen« in die noble »Parkterrasse«. Vor diesen Abenden hatte Nelli große Angst. Schon bei dem Gedanken daran, in der Wohnung allein bleiben zu müssen, stiegen ihr die Tränen in die Augen. Einmal, als die Mutter Nelli ins Bett brachte, klammerte sich das Kind an sie. Rose versuchte, Nelli zu beruhigen, sagte ihr, dass Tante Trudchen nach ihr sehen würde. Doch zwischen Tante Trudchen und Nelli lag das finstere Treppenhaus. Wie sollte sie sich bemerkbar machen, wenn ein Gespenst sie ängstigte, ein Kobold Feuer legte oder eine Hexe sie zu fressen drohte? Rose strich ihrer Tochter übers Haar und gab ihr einen Kuss. Wie schön die Mutter aussah. Mit ihrer Hochfrisur, dem schwarzen ärmellosen Kleid. Und wie gut sie roch! Nelli fing an zu weinen. Warum konnte die Mutter sie nicht mitnehmen. Sie würde auch ganz leise sein und bestimmt nicht stören. Rose lachte und deckte das Kind zu. »Wir sind bald wieder da«, sagte sie und ging hinaus. Die kleine Lampe neben Nellis Bett durfte anbleiben.

Die Eltern verließen das Haus. Draußen war es bereits dunkel. Nelli hörte den Motor des Wartburgs starten, der Wagen fuhr an, das Motorengeräusch wurde schwächer und war bald gar nicht mehr zu hören. Nelli war allein. Mutterseelenallein. Schnell stand sie auf, lief von Zimmer zu Zimmer und knipste überall das Licht an. Sie trank kaltes Wasser aus dem Wasserhahn im Bad. Sie schlüpfte in Muttis Stöckelschuhe und stolzierte durch die Wohnung. Sie spielte mit dem antiken Spinnrad, das Geschenk eines Patienten, das im Flur stand. Sie drehte das Rad. Dass es quietschte, gefiel ihr. Sie gähnte. Legte sich hin. Schlief schließlich ein. So fand Tante Trudchen das Kind. Auf dem Teppich, ohne Zudecke, inmitten von verstreuten Damenschuhen, die Finger in die Weichen des Spinnrades gehakt.

Derweil feierten Rose und Wantscho Bühnenball. Die Prominenz der Stadt war geladen. Eintrittskarten fürs »normale Volk« hatte es beim Kulturbund nur »mit Beziehungen« gegeben. Wantscho hatte acht Stück organisiert, die Clique war versammelt: Er und Rose, der Uhrmacher T.G. und Gitti, der Große und Irene, Sigmar und Annegret. Sie saßen in Cocktailsesseln im Foyer des Stadttheaters an einem mit grauem Sprelacart beschichteten Nierentisch. Darauf zwei Flaschen Weißwein, gefüllte und schon geleerte Gläser. Dreischirmige Tütenlampen an den Wänden. Die Frauen in schwarzen ärmellosen Cocktailkleidern, über den nackten Schultern weiße oder schwarze Häkelstolen. Die Haare, wenn nicht raspelkurz geschnitten, zum Dutt frisiert. Die Arme vor der Brust verschränkt. Rauchend. Die Männer in dunklen Anzügen, weißen Hemden und mit Schlips, manche gar mit Fliege. Die Haare mit Pomade aus der Stirn gekämmt. Ebenfalls rauchend. Zigarettenqualm hing in der Luft.

Es wurde ein launiger Abend. Ein Abend, an dem die Männer soffen und die Frauen sich, ebenfalls angeheitert, Blicke zuwarfen, die so viel bedeuteten wie: *So ist es nun mal, da kann man nichts machen.* Ein Abend, an dem Unmengen von Zigaretten geraucht, Witze erzählt (hinter vorgehaltener Hand auch politische), laut gelacht, gefrozzelt und geflirtet wurde. Ein Abend, an dem zahlreiche mehr oder minder stadtbekannte männliche Schauspielgrößen an den Tisch der Freunde traten, um die blonden Apothekerinnen zu begrüßen, bei denen sie ihre Medikamente einkauften und sich Tipps holten, wenn sie unter Halskratzen, Lampenfieber oder Schlafstörungen litten. Ein Abend, an dem sich Ljubomir Letschkow zu ihnen gesellte, ein Opernsänger aus Plowdiw, der seit einigen Monaten ein Engagement an der städtischen Bühne hatte und seinen Blick nicht von Rose lassen konnte, deren blondes Haar im Lichte der Tütenlampen so golden schimmerte, dass es den bulgarischen Heldentenor in helles Entzücken versetzte. Rose ignorierte Letschkow, so gut es ging. Sie trank kaum Alkohol. Ein Glas Wein stand vor ihr. Sie hatte mit den anderen angestoßen, das genügte ihr. Sie machte sich nichts daraus. Und schließlich musste ja jemand das Auto nach Hause fahren.

Der Kellner kam und servierte mit steifer Geste Schnäpse. Der Große forderte seine Irene wortreich und mit Verbeugung zum Tanzen auf. Die beiden verschwanden im Gewühl. Wantscho sah ihnen hinterher. Wantscho musste lächeln. Wantschos Knie wippte im Takt des Twists, den die Kapelle spielte. Der Große und Irene wirbelten über die Tanzfläche. Irene trug ein mit kessen Rüschen besetztes selbst geschneidertes Kleid. Dass sie drei Töchter geboren hatte, sah man ihr nicht an. Sie war gertenschlank. Wantscho sah zu Rose. Sie erwiderte seinen Blick, lächelte ihn an. Dass er nicht mit ihr tanzen konnte! Das schmerzte. Verdammtes Bein!

Letschkow, der am Stadttheater zuletzt den Mohr in Verdis *Otello* gegeben hatte, erhob sich, umrundete den Tisch und blieb vor Rose stehen. »Darf ich bitten, Gnädigste?« Er verneigte sich tief und streckte die Hand nach ihr aus. Der hält sich für unwiderstehlich, dachte Rose und schüttelte den Kopf. »Danke«, sagte sie, »ich möchte nicht tanzen«. Sie machte keinerlei Anstalten aufzustehen. Vielmehr legte sie ihren Arm um Wantschos Hals. Der blinzelte seinen Landsmann durch den Rauch seiner Zigarette an und nickte ihm zu. Der Heldentenor stand drei, vier, fünf Sekunden unschlüssig da, dann trollte er sich. »Lackaffe«, flüsterte Rose Wantscho ins Ohr. Der musste lachen und sah Rose dankbar an. Der Uhrmacher saß ihnen gegenüber und hielt Händchen mit seiner Gitti. Wantscho und er wechselten einen Blick miteinander.

»Ich muss euch was erzählen«, sagte T.G. und beugte sich vor, ohne Gitti loszulassen. »Ich habe vor Kurzem erfahren, dass es in Karl-Marx-Stadt noch einen privaten Betrieb gibt, der Lederarmbänder herstellt. Den konnten sie noch nicht enteignen, weil da wohl noch ein Brite Miteigentümer ist. Jedenfalls habe ich denen eine Karte geschickt und gefragt, ob sie mir Armbänder liefern würden.« Er lehnte sich zurück und grinste. Gitti kicherte.

»Na und?«, sagte Rose. »Mach es nicht so spannend!«

T.G. beugte sich wieder vor. »Vorgestern kam ein Paket.« Gitti wand sich aus seinem Griff und breitete die Arme aus. »So groß!«, sagte sie und schob ihre Hand wieder in die seine. »Voller Armbänder! In dem Brief hieß es: Wir wussten nicht, was Sie genau wollen, deshalb anbei eine kleine Auswahl!« Gitti kicherte wieder und der Uhrmacher prustete los. Rose und Wantscho staunten die Freunde an. »Das ist ja toll!«, rief Rose.

»Ich habe von früh bis spät nur Armbänder angepasst«, sagte Gitti. »Das war sofort rum. Die Leute standen Schlange bis auf die Straße.«

»Unglaublich!«, Wantscho haute sich auf die Schenkel.

»Das hilft uns jetzt erst mal weiter. Obwohl wir nur fünfzehn Pfennige pro Stück verdienen, dank der törichten staatlichen Subvention. Nichts darf teurer werden!«

Später am Abend sah Rose den Heldentenor noch einmal wieder. Auf dem Weg zur Toilette kam sie an den Garderoben vorbei und sah, wie Ljubomir Letschkow hinter einer Säule wild mit einer Ballett-Tänzerin knutschte. Sie hatte ihren grazilen Schenkel um seine Lenden geschlungen, er seine Hand unter ihr Abendkleid geschoben. Sein Keuchen und ihr Stöhnen waren zu hören. Schnell lief Rose vorbei.

Morgens um zwei packten die Musiker ihre Instrumente ein. Wantscho und Rose, der Uhrmacher und Gitti, der Große und Irene, Sigmar und Annegret brachen auf. Sie verließen das Theater, stiegen – mehr oder weniger schwankend – die breite Außentreppe hinab. Die Frauen stützten die Männer. Die kalte Morgenluft wirkte belebend. Im Stadtpark nebenan hörten sie eine Frau kreischen und gleich darauf laut lachen. Äste knackten. Es klang, als spielte sie dort im Dunkeln mit jemandem Haschen.

Da die Straßenbahn nicht mehr fuhr, hatte sich Rose bereit erklärt, den Uhrmacher und Gitti, den Großen und Irene nach Hause zu bringen. Sie hatte kaum Alkohol getrunken und konnte das Auto fahren. Sie alle wohnten in der Oberstadt.

Auf dem Parkplatz verabschiedeten sich Sigmar und Annegret, sie wollten zu Fuß nach Hause gehen. Sie wohnten in der Unterstadt.

Rose schloss das Auto auf. Da erst realisierte sie, dass sie einer zu viel waren. Nur fünf Erwachsene passten in den Wagen. Sie sagte es den anderen. Alle brachen in schallendes Gelächter aus. Der Große öffnete den Kofferraum und wollte hineinklettern. Der Uhrmacher versuchte, ihn davon abzuhalten. Wantscho setzte sich schon mal auf den Beifahrersitz. Irene murmelte, sie sei hundemüde, sie könne nicht mehr, und stieg, ohne sich um ihren Mann zu kümmern, in den Fond des Wagens. Gitti folgte ihr. Inzwischen war der Große tatsächlich in den Kofferraum geklettert, hatte seine zwei Meter Körpermaß zusammengefaltet und lag dort wie ein Embryo. »Du spinnst!«, sagte T.G. und haute den Kofferraum zu. »Kriegste Luft, Großer?« Er klopfte auf die Kofferraumhaube. Ein gedämpftes »Alles in Ordnung« war zu hören. T.G. setzte sich auf den Platz hinter Wantscho. Er und Rose waren die Einzigen, die noch fit waren. »Bis nach Hause wird er schon nicht ersticken«, sagte er.

Normalerweise waren bis in die Oberstadt nur wenige Minuten zu fahren. Dummerweise gerieten sie in eine »Mausefalle« der Polizei. Die Beamten wussten, dass im Stadttheater Bühnenball gefeiert worden war und dass man mit alkoholisierten Verkehrsteilnehmern rechnen konnte.

Die Blaulichter von zwei Polizeiwagen flackerten durch die Schwärze der Nacht. Rose sah einen Verkehrspolizisten, der sie mit der Kelle heranwinkte, und augenblicklich rutschte ihr das Herz in die Hose. »Oh Gott«, stieß sie hervor, »bitte nicht!«

»Bleib ganz ruhig«, hörte sie den Uhrmacher sagen.

Rose fuhr rechts ran. Drei Wagen standen bereits da. Sie stellte den Motor ab und kurbelte das Fenster runter. Ein Polizist trat an das Auto heran. »Fahrerlaubnis und Wagenpapiere!«, schnarrte er und blendete Rose mit einer Taschenlampe ins Gesicht. Rose stieß Wantscho etwas unsanft in die Seite. »Gib mir den Fahrzeugschein!«, sagte sie und kramte selbst in der Handtasche nach ihrer Fahrerlaubnis.

»Beim Bühnenball gewesen?«, fragte der Beamte, beugte sich jetzt zu Rose herunter, um das Wageninnere inspizieren zu können. Gitti schlief mit offenem Mund, Irene knabberte an den Fingernägeln, Wantscho klaubte den Kfz-Schein aus seinem Portemonnaie, T.G. schien ganz gelassen. Insgeheim hoffte er, der Große möge sich ruhig verhalten.

»Ja, Bühnenball«, bestätigte Rose.

»Riecht wie in 'ner Kneipe«, sagte der Polizist. »Wie viele Gläschen haben wir denn intus?«

»Ich habe nichts getrunken«, sagte Rose mit fester Stimme.

»Keinen Tropfen?«

»Sie können mich ja pusten lassen.«

»Und die anderen?« Der Beamte beleuchtete mit der Taschenlampe die Rückbank.

»Sind betrunken«, sagte Rose. »Deshalb sitze ja auch ich am Steuer.« Sie reichte Fahrerlaubnis und Kfz-Schein durchs offene Fenster. Als der Polizist nach den Papieren griff und sich aufrichtete, hörte Rose erst ein Klopfen und dann ein gedämpftes Rufen. »Haaallooo, iiihr daaa!« Der Polizist beugte sich wieder herab. »Sagten Sie was?«

»Nichts«, beteuerte Rose und sah ihn mit großen Augen an.

Wieder klopfte der Große von innen an die Kofferraumhaube. Der Wartburg vibrierte. Rose gab vor, husten zu müssen. Nur schnell irgendein Geräusch produzieren, das das Rumoren des Großen übertönte. Rose wusste sich nicht anders zu helfen, als immerfort zu husten und sich zu räuspern. Auch Wantscho begann zu husten. »He! Sind wir schon da?«, rief der Eingesperrte.

»Wer ruft denn da?« Der Beamte leuchtete erneut die Rückbank ab.

T.G. schaltete sich ein: »Ich wollte nur wissen, ob wir schon da sind, Genosse Polizist.«

Der Beamte musterte den Uhrmacher misstrauisch, schüttelte den Kopf, richtete sich dann aber wieder auf und ging, die Papiere in der Hand, zu den Polizeiwagen, wo seine Kollegen mit der Überprüfung von Dokumenten beschäftigt waren. »Der Idiot ist so blau, dass er nicht mal mehr weiß, wo er ist«, murmelte er vor sich hin.

Rose, Wantscho, T.G. und Irene atmeten auf. Gitti schlief ungerührt weiter. Der Große klopfte.

»Ich steige mal aus!«, sagte T.G.. Behände kletterte er aus dem Wagen und humpelte die paar Schritte zum Kofferraum. Er öffnete die Haube, so als suche er nach etwas, er musste vorsichtig sein, denn hinter ihm befand sich ein weiterer Verkehrspolizist, der gerade einen Shiguli an den Straßenrand winkte.

Der Große lag zusammengefaltet im Kofferraum, sah aus wie ein Kind, das sich versteckt, und öffnete den Mund, um etwas zu sagen. Der Uhrmacher zischelte ihm zu: »Weiße Mäuse!«

»Ach soooo!«, flüsterte der Große und kicherte. Er legte sich die Hand auf den Mund.

T.G. haute die Kofferraumhaube zu und stieg wieder in den Wagen. Gitti war aufgewacht. Alle rauchten. Sie sahen, wie ein Trabi-Fahrer ins Röhrchen pusten musste. Ein Škoda durfte weiterfahren.

Etwa eine Viertelstunde später kam der Polizist zurück, der sie kontrolliert hatte. Schnell gab Rose ihre Zigarette an Wantscho weiter.

Der Polizist hielt Rose die Papiere hin, legte seine Hand an den Mützenschirm und wünschte eine gute Fahrt. Rose startete den Motor, fuhr langsam an und die Hauptstraße weiter hinauf.

»Dieser Scheißkerl«, lachte Wantscho, »also nein.«

»Stellt euch vor, die hätten den Großen gefunden!«, rief der Uhrmacher.

»Gott sei Dank«, sagte Gitti.

»Der macht aber auch immer Sachen, mein Großer«, nuschelte Irene.

Rose war erleichtert, fuhr links rum, rechts rum, wieder links rum und hielt schließlich vor dem Haus, in dem Irene und der Große wohnten. Alle stiegen aus. Wantscho öffnete die Kofferraumhaube. Da lag Hajo, schlief tief und fest und schnarchte. Sie riefen ihn, sie schüttelten ihn, der Große blinzelte und schmatzte, doch nichts und niemand konnte ihn aufwecken. Inzwischen ging es auf drei Uhr zu. Sie waren ratlos.

»Ihr nehmt unser Auto«, sagte Irene und stützte sich am Kofferraum ab.

»Wir können ein Taxi rufen«, schlug Gitti vor.

»Um diese Zeit? Du träumst wohl«, sagte Rose.

Irene suchte die Hosentaschen des Großen ab. Sie fand das Schlüsselbund, löste den Autoschlüssel und gab ihn Rose.

»Was machen wir mit ihm?«, fragte der Uhrmacher und wies auf den Freund im Kofferraum.

»Der schläft sich erst mal aus«, sagte Irene und gähnte.

»Wir können ihn doch nicht im Kofferraum lassen«, sagte Gitti.

»Hast du vielleicht eine bessere Idee?« fragte Irene spöttisch und schwankte. »Ich geh' jetzt jedenfalls ins Bett.« Sie stapfte in Richtung

Hauseingang, wobei sie sich an den Streben des Eisenzaunes entlanghangelte. Unter ihrem Mantel blitzten die Rüschen ihres Kleides hervor.

»Gute Nacht, Irene«, rief Rose, »und danke!« Irene hob die Hand in die Höhe, sah sich aber nicht mehr um. Rose, Wantscho, T. G. und Gitti stiegen in den weißen Trabant-Kombi, der vor dem Wartburg parkte, in dem der Große schlief.

Am nächsten Vormittag erzählte T. G. Rose und Wantscho, der Große habe, laut Irene, bis um fünf in der Früh im Kofferraum seinen Rausch ausgeschlafen. Danach sei er ins Haus gestolpert und zu Irene ins Bett gekrochen. Zum Glück hatte es nicht geregnet.

Mit den Freunden feierten Rose und Wantscho auch oft im privaten Kreis. Man lud sich reihum ein, beging Geburtstage oder feierte einfach so. Immer Sonnabendabend. Es gab Schnittchen, belegt mit Käse und Wurst, mit Gürkchen und hartgekochten Eierscheiben. Oben drauf ein Klecks Mayonnaise und etwas Petersilie. Es gab Braten und Kuchen, »Würmchen« und Salzstangen. Es wurde geraucht, getrunken, manchmal auch getanzt. Es wurde diskutiert. Meistens über Politik, über die Missstände im Land, über das Eingesperrtsein. Manchmal gerieten Wantscho und Sigmar aneinander. Wantscho verteidigte die Idee des Sozialismus, Sigmar war alles an dieser Ideologie verhasst. Der Große gab Sigmar in allem recht. Der Uhrmacher versuchte zu schlichten. Wurden die Männer laut, sah Rose zu, dass die Fenster geschlossen waren. Die Frauen verzogen sich in die Küche, hockten um den Tisch herum, rauchten, redeten und naschten vom Büffet. Auch sie hatten ihre Ansichten. Alle hatten große Sympathien für den Westen, für das freie leuchtende Leben dort, das allabendlich mit dem Westfernsehen in ihre Wohnzimmer flimmerte. »Freiheit geht über alles«, sagte Rose. Gitti, Irene und Annegret stimmten ihr zu.

Manchmal spielte die Clique später am Abend Flaschendrehen. Fand die Party in der Sickstraße 3 bei Nikolows statt, so legte Wantscho gern *Andalucia* auf, eine Amiga-Langspielplatte, die T.G. ihm geschenkt hatte. Die Plattenhülle zeigte den traumhaften Strand der Copacabana. Sobald die ersten Takte der von Percy Faith arrangierten Musik aus Kuba und Mexiko erklangen, gerieten alle aus dem Häuschen. Rose rannte in die Küche, um eine leere Weinflasche zu holen. Und los ging's. Immer derjenige, auf den der Flaschenhals zeigte, musste sich vor aller Augen eines Kleidungsstückes entledigen.

Irgendwann einmal kam es an einem dieser Abende so weit, dass die scheue Gitti nur noch in Büstenhalter und Schlüpfer im Sessel saß. Und als der Flaschenhals wie durch Zauberhand wieder in ihre Richtung wies und die Freunde, ebenfalls schon halb nackt, lachten und johlten, zierte sie sich nicht, unter den dramatischen Klängen von *Granada* die Häkchen des Bügel-Büstenhalters aus den Ösen zu lösen und ihre prächtigen Brüste zur Schau zu stellen. Einerseits schämte sie sich, andererseits genoss sie, enthemmt durch einige Gläser Weinbrand, die Aufmerksamkeit, die ihr zuteil wurde. Sigmar machte Stielaugen, der Große rief: »Oi oi oi!«, Wantscho klatschte in die Hände. Die Frauen kicherten. Und der Uhrmacher war zu blau, um sich anmerken zu lassen, was er davon hielt, dass seine Gitti sich hier diese Blöße gab. Im Gegensatz zu Gitti war er nicht dazu zu bewegen, sich weiter auszuziehen. Die braune Manchesterhose behielt er an. Sein Oberkörper war nackt, die Füße bloß. Die Verformung des Fußes an seinem kranken Bein war deutlich zu sehen. Er hatte genug von sich gezeigt. Dieser Ansicht war auch Wantscho. Egal, wie betrunken er auch war: Die lange Hose behielt er an. Jetzt entledigte er sich gerade seines Unterhemdes, wobei er mit dem Fuß im Takt zu *La Cucaracha* wippte. Die Freunde klatschten Beifall.

Es war ein großer Spaß. Der Große lümmelte in einer weißen Doppelripp-Unterhose auf dem Sofa, die Arme hinter dem Kopf verschränkt. Irene hockte aufreizend und gar nicht verlegen im rosaseidenen Unterkleid auf dem Teppich. Sigmar steckte in langen Unterhosen, machte auf Macho und präsentierte seine Oberarmmuskeln und dichtes Kräuselhaar auf der Brust. Er rief nach seiner Annegret. Die hatte sich in die Küche verzogen. Sie habe zehn Kilo

Übergewicht, rief sie, und überhaupt mache sie diesen Quatsch nicht mehr mit. Rose hatte bislang Glück gehabt, die Flasche drehte immerfort an ihr vorbei. Noch trug sie Rock und Bluse, hatte lediglich Schuhe und Strumpfhose ausgezogen. Als Erste begann Gitti, sich wieder anzuziehen. Ihr sei jetzt kalt, sagte sie. Die anderen taten es ihr nach.

Nachts um zwei brachen die Gäste auf.

Zurück, inmitten einer Partywüste, blieben Rose und Wantscho. Sie wie immer nüchtern, er betrunken. Rose stellte Teller zusammen, trug leere und noch halb volle Gläser in die Küche, Flaschen auch. Leerte Aschenbecher. Stapelte das schmutzige Geschirr neben der Spüle und auf den Herdplatten. Wantscho saß im Sessel. Er schien zu grübeln und machte ein grimmiges Gesicht.

»Was ist mit dir?«, fragte Rose.

Keine Antwort.

»Geh doch schlafen, Wantscho.«

»Hör auf, mich immer herumzukommandieren«, knurrte er.

»Warum trinkst du auch so viel«, sagte Rose.

»Lass mich in Ruhe.« Die Stimme klang schleppend.

»Dann veränderst du dich immer so sehr.«

»Sei still!«, fuhr Wantscho sie an. Mühsam stand er auf und humpelte schwankend vom Wohnzimmer in die Küche.

»Was habe ich dir denn getan?« Rose folgte ihm.

»Wo sind die Zigaretten?«, rief Wantscho jetzt. »So eine Scheiße! Mrda!« Mit der Hand fegte er drei leere Bierflaschen vom Tisch. Sie zerschellten auf den Fliesen.

»Reiß dich gefälligst zusammen!«, herrschte Rose ihn an.

Wantscho wandte sich zu ihr um, sein Blick war so hasserfüllt, dass Rose erschrak. Er griff nach dem Messer, das auf dem Küchentisch lag und mit dem Rose am frühen Abend den Braten in Scheiben geschnitten hatte.

»Bist du verrückt?!«, rief sie.

»Halt den Mund, du Unglückliche!«, brüllte Wantscho.

»Du bist ja völlig schizophren!« Rose geriet außer sich.

»Schweig, Weib!« Wantschos Stimme überschlug sich. »Du hast ja keine Ahnung, was es heißt, schizophren zu sein!«

Er holte aus und warf das Messer nach Rose. Mit voller Wucht. Rose sprang zur Seite, das Messer krachte gegen die Tür und fiel zu Boden. Die Stahlklinge schepperte auf den Steinfliesen. Rose flüchtete sich ins Badezimmer und schloss die Tür hinter sich ab. Dann durchfuhr es sie: Nelli! Er würde doch dem Kind nichts tun! Sie schloss die Tür wieder auf und öffnete sie vorsichtig.

Nichts war zu hören, zu sehen.

Auf Zehenspitzen schlich sie durch den Flur in Richtung Kinderzimmer.

Noch immer war es vollkommen ruhig.

Als sie auf der Höhe der Küche war, trat Wantscho auf die Schwelle. Er musste sich am Rahmen festhalten. Das schwarze Haar hing ihm wirr in die Stirn, die Augen waren gerötet.

»Ich muss mich ausruhen«, brachte er mühsam hervor und humpelte, ohne seine Frau noch eines Blickes zu würdigen, an ihr vorbei.

Zurück blieb Rose. Fassungslos und tief verletzt. Sie sah das Messer auf dem Küchenboden, sie sah die Glasscherben. Die Klinge funkelte im Licht der Küchenlampe. Und eigentlich schön, wie die grünen Scherben schimmerten. Grausam schön. Nicht nur das Glas, auch in Rose war etwas zerbrochen.

Am nächsten Morgen konnte Wantscho sich an nichts erinnern. Rose wusste nicht, was für sie schmerzhafter war: dass ihr Mann das Messer nach ihr geworfen hatte oder dass er den Vorfall scheinbar vergessen hatte. Sie strafte ihn mit Schweigen. Tagelang.

Wantscho fühlte sich hilflos. Was war passiert? Seine Frau sprach nicht mit ihm. Er hatte sich danebenbenommen, so viel war ihm klar. Doch: Was genau war passiert?

Er besuchte seinen Freund, den Uhrmacher.

»Rede mit ihr«, riet der ihm. »Frauen wollen immer reden. Das weißt du doch.«

Wantscho versuchte es. Rose ging nicht darauf ein. Doch Wantscho blieb hartnäckig. Er nahm ihre Hand, sie zog sie weg. Er berührte sie wie zufällig im Vorübergehen. Sie wich ihm aus. Er sah sie liebevoll an. Sie ignorierte es. Er trank keinen Tropfen. Sie blieb gleichgültig. Er flüsterte ihr zu: »Ich liebe dich, Röschen.« Sie tat, als höre sie nicht, doch seine Worte sickerten in sie ein, wie flüssiger Honig in heiße Milch. Ihr Widerstand bröckelte. Sie setzten sich an einen Tisch und redeten. Sie erzählte ihm, was sich in der bewussten Nacht zugetragen hatte. Er schwor, nie wieder so etwas zu tun. Das schlechte Gewissen war ihm eine drückende Last.

26

Die Wandlung hielt drei Wochen an. Dann begann Wantscho wieder zu trinken. Erst hielt er sich zurück, trank in Maßen. Er ließ sich nicht gehen, doch Rose spürte sofort, wenn er etwas intus hatte, wie sie es nannte. Und mit der Zeit wurde er nach dem Alkoholgenuss wieder griesgrämig, trübsinnig oder zornig. Alles war wieder wie zuvor. Und Rose über alle Maßen enttäuscht. Sie überlegte, wie sie ihr Leben ändern könnte. Nein, Wantscho verlassen, das wollte sie nicht. Aber sich einen neuen Inhalt suchen, neben dem Mann und dem Kind. Ein zweites Kind wollte Wantscho ja nicht haben, obwohl er doch wusste, wie sehr sie sich das wünschte. Was, wenn nicht Kinder, waren denn der Sinn des Lebens! Sie war noch jung genug. Auch andere Frauen wurden mit über dreißig noch schwanger.

Rose rief Elke in Kromberg an und klagte der Freundin ihr Leid.

»Tu was für dich«, riet ihr Elke. »Lern noch mal was.«

»Noch mal zur Schule?«, fragte Rose.

»Warum denn nicht! Ich würde, wenn ich könnte.«

»Ich habe schon mal an ein Fernstudium gedacht. Ich könnte meinen Diplom-Ingenieur für Pharmazie machen.«

»Das klingt gut!«

»Wenn nur nicht der ganze theoretische Kram wäre, Marxismus-Leninismus, politische Ökonomie …« Rose bremste sich, ihr war bewusst, dass sie telefonierte, und da wusste man nie, wer gerade mithörte.

»Ach was«, rief Elke in den Hörer. »Wantscho kann dir dabei helfen, der kennt das doch in- und auswendig.«

»Ich muss darüber nachdenken«, sagte Rose. »Auf jeden Fall will ich was ändern. So geht es nicht weiter.«

»Bei mir wird sich auch was ändern«, erklärte Elke.

»Du adoptierst das Kind?«

»Nein, nein, das lasse ich doch lieber sein.« Elke lachte. »Ich erzähl's dir, wenn es so weit ist.«

Im Frühjahr 1974 meldete sich Rose für ein Fernstudium an der Ingenieur-Fachhochschule in Leipzig an. Einmal im Monat musste sie die Tage Mittwoch, Donnerstag und Freitag in Leipzig verbringen. Die Apotheke stellte sie für die Zeit des Fernstudiums frei.

In der Praxis bedeutete dies: um drei Uhr früh aufstehen, Katzenwäsche, anziehen, Reisetasche schultern und zum Bahnhof laufen. Jawohl, laufen! Um diese Zeit fuhr keine Straßenbahn. An ein Taxi war nicht zu denken. Um vier Uhr ging der Regionalzug nach Halle. Nach zweieinhalb Stunden stieg Rose dort um und fuhr weiter bis Leipzig. Das dauerte noch einmal anderthalb Stunden. Die Zeit in der Eisenbahn verbrachte Rose dösend.

Ihre Mutter hatte sie vor ihrem Ehemann in ihre Pläne eingeweiht und sie gebeten, sich während ihrer Abwesenheit um Nelli und den Haushalt zu kümmern. Viktoria hatte zugesagt, zu helfen. Fuhr Rose nach Leipzig, so gab Viktoria die Leitung ihrer Drogerie und den Pudel Teddy in die Hände ihrer Angestellten Ursel und kam mit dem Zug nach Nordroda. Sie fand es gut, dass ihre Tochter etwas für ihr berufliches Fortkommen tat. Eine Frau musste schließlich ihr eigenes Geld verdienen. Und ein Mehr an Qualifizierung bedeutete ein Mehr an Einkommen!

Wantscho war da anderer Ansicht. Er hatte schon daran zu knabbern gehabt, dass Rose überhaupt wieder zu arbeiten anfing. Als seine Frau ihm ihren Entschluss mitteilte, in Leipzig ein Fernstudium absolvieren zu wollen, fiel er aus allen Wolken. »Ein Fernstudium? In Leipzig! Warum denn? Wofür soll das bitte gut sein?«

Rose sagte, sie brauche eine neue Aufgabe.

»Hast du hier denn nicht genug zu tun?«, fragte Wantscho.

»Ich will aber was für mich tun«, sagte Rose.

Wantscho schwieg.

»Es sind doch nur drei Tage im Monat, Wantscho«, bat sie und legte ihre Hand auf seinen Arm.

Er reagierte nicht. Eigentlich hatte er Rose von dem jungen Patienten erzählen wollen, der heute früh aus der Geschlossenen ausgerissen war. Der mit den Tieren sprach und sich immer so lange aufs Ohr schlug, bis es blutete. Er hatte Angst um den Jungen. Doch kein Wort kam mehr aus seinem Mund. Ihm war kalt. Er brauchte Rose. Keinen Tag wollte er ohne sie sein. Niemals würde er es aushalten, sie in einer anderen Stadt zu wissen. Auch nicht einmal im Monat für drei Tage.

Rose sprach mit Nelli. Sie versuchte, dem Kind zu erklären, warum sie dieses Studium aufnehmen wollte. »Bin ich dann mit Vati alleine?«, fragte Nelli ängstlich.

»Nein, Oma kommt und hilft euch.«

Da war Nelli erleichtert.

Rose saß mit den anderen Apothekenhelferinnen im Hörsaal. Die ausschließlich weiblichen Studentinnen waren aus der ganzen Republik in die sächsische Bezirkshauptstadt gekommen. Roses Banknachbarin zur Linken kam aus Plauen im Vogtland, die zur Rechten aus Sassnitz auf Rügen. Es ging auf zwölf Uhr zu. Eine Doppelstunde Chemie lag hinter ihnen, jetzt lauschten die Frauen den Ausführungen von Professor Dr. Ernst Jakobi, der über den dialektischen Materialismus referierte. Rose verabscheute die marxistisch-leninistische Philosophie. Und doch konnte sie ihre Augen nicht eine Sekunde von diesem Dozenten abwenden. Jakobi war Mitte vierzig, nicht sehr groß, aber von kräftiger Statur. Das braune, schon etwas schüttere Haar trug er seitlich gescheitelt und hinter der dunklen Hornbrille strahlten seine Augen im schönsten Hans-Albers-Blau. Professor Jakobi registrierte Roses Blick. Auch er hatte einige Mühe, nicht ständig nur die junge blonde Frau anzuschauen.

Sie waren einander bereits am Morgen im Treppenhaus begegnet. Sie war die Stufen hinaufgeeilt, er hinunter. Sie hatten sich in die Augen geblickt, ohne sich zu grüßen, waren einander ja fremd. Doch in diesem Augen-Blick des Vorübergehens war etwas mit ihnen geschehen. Als hätte sich die Zeit und damit ihr Herzschlag verlangsamt, als wären ihre Bewegungen einen Nu lang einfroren, als hätte sich eine Sekunde zu einer Stunde ausgedehnt.

Rose richtete nach dieser endlosen Sekunde ihren Blick wieder nach vorne und hastete weiter. Der Zug hatte Verspätung gehabt, die Straßenbahn, die sie vom Hauptbahnhof zur Fachhochschule bringen sollte, war ihr vor der Nase weggefahren. Sie hatte auf die nächste warten müssen. Rose eilte jetzt weiter die Treppen hoch, zwei Stufen auf einmal nehmend, und verlor dabei einen Handschuh. Jakobi, der ihr nachsah, bemerkte es und hob das Leder auf. Er lief Rose hinterher. »Verzeihen Sie«, rief er.

Rose hörte nicht.

»Entschuldigung?«, rief er und rannte jetzt.

Rose bezog sein Rufen nicht auf sich.

Jakobi holte sie ein. »So warten Sie doch!« Er verstellte ihr den Weg.

Rose blieb stehen. Zum zweiten Mal sah sie dem Fremden in die Augen und empfand etwas, das sie noch nie zuvor gefühlt hatte. Es nahm ihr den Atem. Es war durch und durch körperlich. Es zuckte in ihrem Unterleib, bewegte sich zum Herzen hinauf und hüpfte wieder zurück. Es hatte etwas Unausweichliches. Und es war – das spürte Rose sofort – verboten.

»Ihr Handschuh, Fräulein?«, sagte Jakobi mit rauer Stimme, hielt ihr das Leder hin und räusperte sich.

Rose griff danach. Das Blau seiner Augen! Sie öffnete den Mund, sagte aber nichts. Als ihre Hand die seine berührte, durchzuckte es sie beide. Rose schauderte und lachte auf. Auch Jakobi lachte. Verwundert. Was widerfuhr ihnen hier gerade?

Wie festgewachsen standen sie beide auf dem Gang, im zweiten Stockwerk der Fachhochschule Leipzig, zwischen dem Fachraum für Chemie und dem Lehrerzimmer. Rose war es, die sich schließlich einen Ruck gab. »Danke«, murmelte sie und lief weiter.

Und dann entpuppte sich dieser Mensch, der den Boden unter ihren Füßen ins Wanken gebracht und ihr Herzrasen und Unterleibzucken verursacht hatte, als Dozent für marxistisch-leninistische Philosophie!

Das durfte nicht wahr sein! Rose rief sich zur Ordnung, sie musste sich zusammenreißen. Wo sollte das denn hinführen! Sie war eine verheiratete Frau! Es war eine Frage des Willens!

Als Jakobi sie zum ersten Mal zu einer Tasse Kaffee einlud, sagte Rose: »Nein!« und ließ ihn stehen. Beim zweiten Mal, sagte sie: »Heute nicht«. Beim dritten Mal ging sie mit ihm mit. Sie schliefen miteinander in einem Hotelzimmer im Leipziger Stadtteil Connewitz. Rose bekam zum ersten Mal in ihrem Leben einen Orgasmus. So ging es dann weiter. Kam Rose nach Leipzig, stahl sie sich abends aus der Pension, in der sie sich mit einer Kommilitonin ein Zimmer teilte, stieg zu Jakobi in seinen Lada und fuhr mit ihm ins Hotel. Auf dem Meldeschein trug er ein: *Herr und Frau Jakobi, Ehepaar*. Der Portier verlangte nach den Personalausweisen, gab sich aber mit dem des Herrn zufrieden und ließ den Zwanzigmarkschein, der aus dem Dokument hervorlugte, unauffällig in der Jackentasche verschwinden.

Jakobi erzählte Rose, dass er sich mit seiner Frau auseinandergelebt habe. Die Töchter seien erwachsen und gingen ihre eigenen Wege. Er fragte nach ihrer Ehe. Rose schüttelte nur den Kopf, sie wollte nicht über Wantscho reden. Von Nelli erzählte sie. Das fiel ihr leicht.

Immer wenn Rose nach Nordroda zurückkam, plagten sie schreckliche Schuldgefühle. Sie bemühte sich, den Alltag so gut wie möglich zu bewältigen. Der Mann, das Kind, der Haushalt, die Arbeit in der Apotheke. Und dabei sehnte sie sich nach dem Tag, an dem sie wieder nach Leipzig fahren würde.

Wantscho bekam von alledem nichts mit. Er benahm sich tadellos. Er trank in Maßen. Er wurde nicht ausfallend. Er ertrug, dass seine Frau sich ihm nicht hingab. Gleichwohl fiel Rose auf, dass Wantscho niedergeschlagen wirkte, dass er schlecht schlief und unruhig war. Dies alles machte es für Rose umso schlimmer. Wäre er ausfallend und bösartig gewesen, sie hätte die Situation besser ertragen können. Sie fragte, ob er krank sei. Wantscho erklärte, er fühle sich abgespannt und würde die ganze Zeit nur grübeln. Rose versuchte, ihn aufzumuntern. Doch es gelang ihr nicht. Der Druck, unter dem sie stand, zeitigte Wirkung. Sie bekam Magenschmerzen, ging zum Arzt. »Ulcus duodeni«, diagnostizierte der Internist und verordnete Ruhe und Famotidin, ein Magenmittel. Rose stellte für einige Zeit das Rauchen ein, anstelle von Kaffee trank sie Kamillentee, doch das Magengeschwür ließ sich nicht besänftigen.

Wantscho sorgte sich um Rose. Er verstand nicht, was mit ihr los war. Nicht im Traum wäre er auf den Gedanken gekommen, dass Rose einen anderen hätte. Nicht im Traum hätte er sich vorstellen können, dass seine Rose fremdging. Er bemühte sich um seine Frau. Er war sanft zu Rose und liebevoll. Alles sollte wieder so werden wie früher.

Für Rose war die Situation unerträglich. Sie dachte unverwandt an Jakobi. Sie verabscheute ihre Schwäche. Wäre sie diesem Mann doch bloß nie begegnet! Sie versuchte, nicht an Jakobi zu denken, wollte ihn aus ihrem Herzen verbannen. Sie führte sich vor Augen, dass er überzeugter Kommunist und Mitglied der verhassten Partei war. Sie wurde zornig auf ihn, glaubte, sich wieder im Griff zu haben. Sie redete sich ein, es sei eine Frage des Willens. Doch ihre Vorsätze schmolzen unversehens wie Eis in der Sonne dahin, sobald sie Ernst

Jakobi in Leipzig wieder traf. Sie musste ihn nur von Weitem sehen, schon war es um sie geschehen.

Und irgendwann ließ sie zum ersten Mal einen Gedanken zu, den sie sich bislang strikt verboten hatte: Sie dachte daran, wie es wäre, Wantscho zu verlassen, um mit Jakobi zusammenzuleben.

Einmal saß Rose daheim heulend in der Küche, als Nelli aus der Schule nach Hause kam. Das Kind sah die Mutter weinen und erschrak. Rose stand auf, wischte sich die Augen und ging auf Nelli zu. Die rechte Hand auf den Oberbauch gepresst, wo der Magen ist. Nelli breitete die Arme aus und umfing die Mutter, tröstete sie, so gut sie es vermochte. Rose schluchzte leise und legte ihre Wange auf Nellis Kopf. Erwachsensein ist schrecklich!, dachte Nelli. Erwachsensein bedeutet, traurig zu sein. Erwachsensein bedeutet, Schmerzen zu haben.

Eines Morgens konnte Wantscho nicht aufstehen. Er klagte über einen Druck in der Brust und wirkte apathisch. Rose bekam es mit der Angst zu tun und wollte einen Arzt zu rufen. Wantscho verbot es ihr. Gegen Abend erholte er sich. Er spielte mit Nelli eine Runde Mau-Mau, sah sich die *Tagesschau* an, aß von der Nudelsuppe, die Rose für ihn gekocht hatte. Später nahm er zwei Faustan. Aber einschlafen konnte er nicht. Unaufhörlich musste er an die missglückte Habilitation denken, die nach Popows Tod in Sofia festhing, und daran, was dies für Konsequenzen haben würde. Er wälzte sich von einer Seite auf die andere, bis er schließlich die Nachttischlampe anknipste. Er wühlte in seinem Arztkoffer, der neben dem Bett stand. Waren da nicht noch Beruhigungsmittel gewesen? Als er immer schwerer Luft bekam und ein Druck sich auf seine Brust legte, der immer schmerzhafter wurde, weckte er Rose.

Vier Wochen blieb Wantscho in der Klinik in Halle. Natürlich hatte er nicht in Nordroda in die Psychiatrie gewollt. Wie hätte das denn ausgesehen: Der Arzt, der nun selbst zum Patienten wurde!

Halle war weit genug weg. Wantscho kannte das Haus, er hatte hier seine Facharztprüfungen absolviert. Der behandelnde Arzt diagnostizierte bei ihm eine endogene Depression mit einhergehender Hypertonie und erhöhtem Cholesterinspiegel. Auslöser, so meinte der Kollege, seien beruflicher Dauerstress und das Überschreiten der Belastungsgrenze. Er verschrieb Wantscho ein Antidepressivum und behandelte ihn – auf Wunsch des Patienten – mit Schlafentzug. Täglich nahm er sich Zeit, um mit Wantscho zu reden. Er erfasste sehr schnell, in welcher schwierigen Lage sich der bulgarische Kollege befand. Er empfahl ihm dringend, sich nicht mehr alles so zu Herzen zu nehmen. Im Umgang mit dem Chef, im Umgang mit den Kollegen und auch im Umgang mit den Patienten. »Sie dürfen sich nicht so verausgaben«, mahnte er.

»Wie soll ich das machen?«

»Investieren Sie nicht mehr so viele Emotionen. Schützen Sie sich. Sonst sehen wir uns hier bald wieder.«

Wantscho war ratlos. Er hatte nicht gelernt, sich abzugrenzen. Die Dinge gingen einfach in ihn hinein und durch ihn hindurch. Im Grunde seines Herzens war er eine sensible Künstlerseele geblieben, auch wenn er seit über dreißig Jahren keine Geige mehr angerührt hatte. Er verfügte dennoch über all die feinen Sinne eines musisch begabten Menschen. Und mit diesen Sinnen nahm er das Leid seiner Patienten in sich auf. Sie waren wie eigene Kinder für ihn. Sie berührten ihn zutiefst und er wollte nur: helfen, lindern und heilen. Dass dann noch die Sache mit der Habilitation geschehen war und dass Rückwart und Hacker ihm im Nacken saßen, war einfach zu viel.

Zur gleichen Zeit stürmte Rose in der Nervenklinik in Nordroda die Treppen hoch. Sie lief schnurstracks zum Büro des Ärztlichen Direktors, trat ohne anzuklopfen ins Vorzimmer ein, rauschte an der Sekretärin vorbei, die nicht wusste, wie ihr geschah, riss die Tür zu Rückwarts Dienstzimmer auf und preschte hinein. »Ha!«, rief sie grimmig, als sie ihn hinter seinem Schreibtisch erblickte. Mit drei

Sätzen war sie bei ihm, stützte die Hände auf die Schreibtischplatte, wobei sie einen Becher mit Stiften umwarf. »Frau Dr. Nikolow«, rief Rückwart erschrocken, wobei er sich zurücklehnte, als habe er Angst, Rose könnte ihm die Nase abbeißen. Die Sekretärin stolperte herein und stammelte Worte der Entschuldigung, Rückwart beachtete sie gar nicht.

»Dass mein Mann Depressionen hat, ist ganz allein Ihre Schuld!«, stieß Rose hervor und hieb mit der Faust auf die Tischplatte.

»Was erlauben Sie sich!«, empörte sich Rückwart.

»Wenn Sie und Ihr intriganter Handlanger Hacker meinem Mann nicht solche Schwierigkeiten gemacht hätten, müsste er sich jetzt nicht behandeln lassen!«

»Sie können überhaupt nicht ermessen …«

»Ich werde überall rumerzählen, was Sie für einer sind!«

»Ich verbitte mir …«

»Pfui Teufel!« Eine Millisekunde überlegte Rose, ob sie auf den Schreibtisch spucken sollte, doch sie beherrschte sich. Stattdessen sagte sie: »Sie werden Ihre gerechte Strafe bekommen!« und wandte sich zur Tür.

»Was fällt Ihnen ein!«, rief der Ärztliche Direktor und schnappte nach Luft. »Bleiben Sie gefälligst hier, Frau … »

»Ich gehe, wenn ich es für richtig halte!«

»Ich beende das Gespräch!«, brüllte Rückwart jetzt und fuchtelte mit der Hand in der Luft herum.

»Da irren Sie sich aber gewaltig!«, sagte Rose, verließ das Büro und warf die Tür hinter sich zu. Als sie die Treppe hinunterlief, hörte sie, wie Rückwart seine Sekretärin anschrie.

Nach vier Wochen ging es Wantscho wieder so gut, dass der behandelnde Arzt ihm sagte, er brauche das Bett für einen anderen Patienten. Aber er könne Wantscho noch für zwei Wochen in Magdeburg unterbringen. Wantscho lehnte ab. Er rief Bernhard an und fragte, ob er sich eine Weile bei ihm einquartieren dürfe. Er sei über den Berg, brauche aber noch Ruhe. Bernhard sagte sofort zu.

In der Kromberger Nervenklinik zog Wantscho wieder in das kleine Turmzimmer, in dem er die Habilitation geschrieben hatte. Bernhard hielt ihn, so gut er konnte, vom normalen Klinikalltag fern. Mehrmals täglich schaute er bei dem Freund vorbei. Eines Abends sagte Bernhard: »Einige meiner Patienten haben einen ähnlichen Krankheitsverlauf wie du. Sie wurden Anfang der Dreißigerjahre geboren, gehören zur Aufbaugeneration und definieren sich in erster Linie über die Arbeit, über das materielle Wachstum und den sozialen Aufstieg. Bei allen kam es erst zum Zusammenbruch, nachdem sie sich etabliert hatten. Wie bei dir.«

»Was willst du mir damit sagen, Bernhard?«

»Dass es Parallelen gibt. Ein Orthopäde, so alt wie du, er lebt in Erfurt, wurde als Kind mit seiner Familie aus Ostpreußen vertrieben; eine Kranführerin aus Neustrelitz hat mit sechs Jahren beide Eltern bei einem Luftangriff verloren; wieder ein anderer wuchs im Heim auf, nachdem er von seinem Vater lange misshandelt worden war.«

»Was soll das?«

»Warte, gleich!«, sagte Bernhard und drückte Wantschos Arm. »Diese Patienten sind alle angekommen: Sie stehen erfolgreich im Beruf, haben Familie, genügend Geld, und sie haben sich mit diesem Staat hier arrangiert. Äußerlich läuft alles gut – und ausgerechnet jetzt kriegen sie eine Depression. Alle diese Krankheitsfälle haben eins gemein: ein schreckliches Erlebnis in der Kindheit, das ins Unterbewusstsein verdrängt wurde und erst nach langer Zeit wieder an die Oberfläche kommt.«

»Willst du mir eine Psychoanalyse verordnen?«

»Wir arbeiten seit geraumer Zeit mit einer Gesprächstherapie, die sich eng an der Psychoanalyse orientiert, und haben sehr gute Erfahrungen damit gemacht.«

»Ich wurde nicht vertrieben, meine Eltern leben noch, ich war nicht im Heim.«

»Du hattest Kinderlähmung.«

Wantscho erwiderte nichts. Seine rechte Hand umspannte die Stuhllehne so fest, dass die Knöchel weiß hervortraten.

»Das war sehr wohl ein traumatisches Erlebnis in deiner frühen Kindheit.« Bernhard ließ nicht locker.

Wantscho winkte ab. »Meine Depression ist endogen. Meine Großmutter hatte diese Veranlagung, meine Mutter hat sie ebenfalls. Es besteht eine eindeutig genetische Disposition.«

»Eine solche kommt erschwerend hinzu«, sagte Bernhard. »Trotzdem möchte ich dir eine Gesprächstherapie anbieten. Nicht mit mir. Ich kann das als dein Freund nicht leisten, wir kennen uns zu gut. Doch der Kollege Winkler ...«

»Nein«, fiel Wantscho ihm ins Wort. »Ich nehme die Tabletten, mache Autogenes Training und praktiziere Schlafentzug.«

»Bitte, gib der Sache eine Chance.«

»Ich will kein Versuchskaninchen sein. Und du kennst meine Einstellung zu diesem Thema.«

Bernhard atmete geräuschvoll ein. Dann legte er seinem Freund die Hand auf die Schulter und stand auf. Bevor er die Tür hinter sich schloss, sagte er: »Überleg es dir noch mal.«

An den Wochenenden fuhr Rose mit Nelli nach Kromberg und besuchte Wantscho. Noch immer war er nicht vollständig genesen. Er gab sich alle Mühe, heiter zu erscheinen, doch es strengte ihn über Gebühr an.

»Was hat der Vati denn?«, fragte das Kind, als es mit der Mutter auf dem Weg zu Helferichs Haus war.

»Er ist müde und muss sich ausruhen«, sagte Rose.

Bei Elke und Bernhard gab es Kaffee und Kuchen. Die Kinder bekamen Brause und liefen hinaus und spielten Verstecken.

»Wantschos Zustand bereitet mir große Sorgen«, sagte Bernhard.

»Ich dachte, es geht ihm besser?«, fragte Rose.

»Er vertraut nur auf die Medikation, Schlafentzug und Autogenes Training. Eine Gesprächstherapie lehnt er ab. Ich hatte gehofft, er würde sich dafür öffnen.«

»Aber Wantscho braucht doch keine Therapie!«, sagte Rose entrüstet.

»So?!« Bernhard sah Rose ärgerlich an. »Was braucht er denn deiner Meinung nach?«

»Therapie ist doch nur was für wirklich kranke Patienten«, beharrte Rose.

»Ach, du liebe Güte! Wo bin ich denn hier gelandet?« Bernhard fuhr sich durchs Haar. »Wantscho – ist – wirklich – krank!« Jedes einzelne Wort betonte er. »Und er will nicht an die Wurzel seines Problems rühren.«

»Was verstehst du denn unter *Wurzel seines Problems*?«, fragte Rose mit einer Spur Verachtung in der Stimme.

Da sprang Bernhard auf und lief hinaus. In seinen ganzen Bewegungen lag Wut. Er warf die Haustür hinter sich zu, dass es krachte. Die Frauen zuckten zusammen.

»Warum bist du so voller Abwehr?«, fragte Elke.

»Nie im Leben würde Wantscho eine Therapie machen. Er weiß doch um die Dinge. Er ist vom Fach.«

»Und wenn es ihm helfen würde?«

»Aber was sollen denn die Kollegen und Patienten denken!« Rose zündete sich eine Zigarette an.

»Es ist doch egal, was die denken. Man sollte sich neuen Erkenntnissen nicht verschließen.«

»Das tue ich auch nicht«, erwiderte Rose und musste plötzlich mit einer Intensität an Jakobi denken, dass ihr schwindelte.

Elke sah sie prüfend an. »Was ist los?«

Rose seufzte und schwieg.

»Du ziehst an deiner Zigarette, als wolltest du sie auffressen.«

»Elke?«

»Ja, Rose?«

»Ich habe mich verliebt.«

»Nein!«, entfuhr es Elke. Sie lachte einmal laut auf und haute sich auf die Schenkel. Rose erzählte der Freundin von Ernst Jakobi, von ihrem ersten Aufeinandertreffen im Treppenhaus der Fachhochschule, von seinen Marxismus-Leninismus-Vorlesungen, von ihren Begegnungen im Hotel.

»Ausgerechnet ein Dozent für M-L«, prustete Elke.

»Ich habe mich gewehrt, das kannst du mir glauben!«

»Ja, und nun?« Elke war ganz Ohr.

»Ich will mich scheiden lassen.«

Elke sah Rose entgeistert an.

»Das kannst du nicht machen!«

»Aber du weißt doch, wie unglücklich ich mit Wantscho bin.« Rose fing an zu schluchzen.

»Du kannst nicht gleich alles hinwerfen«, rief Elke. »Sieh mich an: Mein Mann betrügt mich und ich haue auch nicht einfach so ab.«

»Was heißt hier ›Einfach so‹!«, sagte Rose verächtlich und putzte sich die Nase.

»Rose, Wantscho ist ernsthaft krank. Wenn du jetzt gehst, würde er das nicht überleben. Er braucht dich!«

»Aber er ändert sich einfach nicht.«

»Wenn du ihn jetzt im Stich lässt, bist du ein Schwein!«

»Ich weiß.« Rose kamen erneut die Tränen.

»Wantscho muss erst gesund werden. Gib ihm noch diese eine Chance. Dann kannst du ihn immer noch verlassen.«

Wantscho schluckte Psychopharmaka. Er mied Alkohol, aber aufs Rauchen konnte er nicht verzichten. Er absolvierte sein Autogenes Training, schlief viel und las. Täglich drehte er ein paar Runden im Park der Klinik. Er blieb für sich. Er wollte keinen Kontakt mit den anderen Patienten. Diese hielten Abstand. Sie spürten: Das ist keiner von uns.

27

Wieder in Nordroda medikamentierte Wantscho sich weiter selbst. Was er benötigte, brachte Rose aus der Apotheke mit, obwohl sie Sorge hatte, Wantscho könnte sich von den Tabletten abhängig machen. Der Arztkoffer neben dem Bett war stets gut mit Stimmungsaufhellern, Schlafmitteln, Aufputschmitteln, Beruhigungsmitteln, Betablockern und Psychopharmaka gefüllt.

Die Mitarbeiter bereiteten Wantscho einen herzlichen Empfang. Schwester Rita hatte mit den Patienten ein Willkommens-Transparent gebastelt, das über und über mit Blumen bemalt war. Wantscho freute sich, wieder zurück zu sein, hatte gleichzeitig aber auch die Mahnungen seines behandelnden Arztes im Kopf. Als Rita in sein Dienstzimmer kam, um ihm das allmorgendliche Kännchen Milch zu bringen, sagte er, sie möge dies künftig nicht mehr tun. Es sei bei ihm ein erhöhter Cholesterinspiegel festgestellt worden. Milch würde ihm schaden. Rita nahm die Milch wieder mit hinaus und spürte dabei instinktiv, dass etwas anders war. Während der Visite wurde ihr klar: Der bulgarische Arzt war nicht mehr derselbe, er war nicht mehr so geduldig, hörte nicht mehr so aufmerksam zu, ließ nicht mehr das alte Feingefühl erkennen. Das änderte sich auch an den folgenden Tagen nicht. Hin und wieder kam es sogar vor, dass er unwirsch reagierte, kalt und reserviert wirkte. »Lassen Sie mich jetzt in Ruhe!«, sagte er dann, und in seiner Stimme schwang ein böser Unterton mit. Es war etwas Aufbrausendes in sein Naturell geraten, etwas, das die Schwestern ängstigte und die Pfleger erstarren ließ.

»Was ist denn mit dem Herrn Doktor los?«, tuschelten die Patienten. Und zu ihrer Liebe und Verehrung gesellte sich Furcht.

Wantscho war dies nicht bewusst. Er versuchte nur, sich selbst zu schützen. Dass er dies ungeschickt tat, indem er die anderen vor den Kopf stieß, kam ihm nicht in den Sinn. Es war ein Zeichen von Hilflosigkeit. Er war unfähig, das richtige Maß zu finden. Sich einzutakten zwischen *sich verschwenden* und *sich um sich selbst kümmern.* In seinem Innern paarte sich auf unglückselige Weise die gnadenlose Unerbittlichkeit seines Vaters mit der grenzenlosen Opferbereitschaft seiner Mutter. Diese Verhaltensweisen waren ihm von klein auf vorgelebt worden. Und auch die Eltern hatten sich verschwendet, jeder auf seine eigene Art. Wantscho wusste es nicht besser. Hinzu kam, dass er sehr wohl merkte, dass sein Verhalten Wirkung zeigte. Er wurde in Ruhe gelassen, wenn er es darauf anlegte.

Mit Rückwart besprach er, was der Klärung bedurfte. Nicht mehr und nicht weniger. Als dieser ihm vorschlug, ihn vom Posten des stellvertretenden Ärztlichen Direktors zu entbinden, willigte Wantscho sofort ein. Ja, er war sogar erleichtert.

Rose machte Schluss mit Jakobi. Mit aller Kraft wollte sie ihre Ehe retten. Sie litt wie ein Tier. Und als sie ihn wiedertraf, fegte die Leidenschaft all ihre Vorsätze wie ein Sturmwind dahin. So kam es, dass Rose es eines Tages nicht mehr aushielt und Wantscho sagte, dass sie die Trennung wolle. Dass sie einen Geliebten hatte, verschwieg sie.

Wantscho war wie vor den Kopf geschlagen. Erst schwieg er, dann bettelte er, dann betrank er sich. Zum Schluss wurde er schrecklich wütend. »Das Kind kriegst du nicht«, schrie er. »Ich habe gute Kontakte. Ich sage denen, was du für eine bist.«

»Das wagst du nicht!« Rose war fassungslos.

»Wenn du mich verlässt, gehe ich nach Bulgarien zurück und Nelli nehme ich mit.«

Fortan schlief Rose auf dem Klappbett im Kinderzimmer. Nelli gegenüber begründete sie dies damit, dass der Vati zu laut schnarche.

Nelli litt unter der frostigen Atmosphäre. Sie hoffte auf die Aussprache am Wochenende.

Wantscho tat es schon wieder leid. Er wollte Rose nicht wehtun. Er wollte, dass sie bei ihm blieb. Er konnte ohne sie nicht sein. Sie war ihm das Liebste auf der Welt. Und er wusste, dass er sie nur halten konnte, wenn er drohte, *ihr* das Liebste zu nehmen: das Kind.

Die Aussprache am Wochenende kam nicht zustande. Rose schwieg eisern. Da hielt Wantscho es eines Tages nicht mehr aus. Nur um das Schweigen zu beenden, schlug er vor, einen Spaziergang zu machen.

»Wie du meinst«, sagte Rose tonlos.

Nelli hätte lieber mit den Kindern auf der Straße gespielt, doch sic musste die Eltern begleiten. Vielleicht, dachte sie, würden sich die beiden ja auf dem Weg versöhnen. Die Familie fuhr in den Harz. Wantscho parkte den Wartburg auf einem von Eichen und Ahornbäumen gesäumten Parkplatz mitten im Wald. Er stieg aus, wartete, dass auch Rose und Nelli aus dem Wagen kletterten, und schloss das Auto ab. Nelli blickte von der Mutter zum Vater und vom Vater wieder zur Mutter. Der Vater sah die Mutter an. Die Mutter sah auf den Boden und schubste mit der Schuhspitze Steinchen hin und her.

»Hier entlang?«, fragte Wantscho schließlich, wies mit dem Stock nach rechts und setzte sich in Bewegung. Rose tat nichts dergleichen. Sie schubste weiter Steinchen.

Nelli widerstand dem Impuls, dem Vater nachzulaufen.

Rose wandte sich mit einem Mal abrupt in die entgegengesetzte Richtung, nach links und lief einfach los. Zurück blieb Nelli. Sie sah dem Vater nach. Sah seinen Rücken, seinen humpelnden Gang, sah, wie er sich bei jedem Schritt auf seinen Stock stützte, und empfand mit einem Mal brennendes Mitleid mit ihm. Sie blickte der Mutter hinterher. Zorn kroch in ihr hoch, Zorn auf die Mutter, weil sie so unversöhnlich und so nachtragend war und sich nicht mit dem Vater vertragen wollte. Rechts Vaters Rücken. Links Mutters Rücken. Beide entfernten sich mehr und mehr, keiner von beiden sah sich um. Nelli war, als würde etwas in ihrem Innern zerreißen. Sie gab sich einen Schubs, rannte der Mutter nach und umklammerte ihre Hand.

»Mutti?« Das Kind sah, dass die Mutter weinte.

Später, als sie wieder zu Hause waren, legte Rose sich nach dem Mittagessen hin, Nelli spielte im Kinderzimmer, Wantscho brühte Kaffee. Im Wohnzimmer legte er eine Schallplatte auf. Die Stimme des Opernsängers drang an Nellis Ohr. Sie lief hinaus in den Flur und lauschte, unschlüssig, ob sie zum Vater gehen sollte oder nicht. Sie schnupperte. Kaffeeduft! Sie ging in die Küche, füllte eine Tasse mit Kaffee, tat etwas Milch und zwei Löffel Zucker hinein, rührte um. Die würde sie dem Vater bringen. Doch erst die Türe zum Wohnzimmer öffnen, dann die Tasse aus der Küche holen, und ja nichts verschütten. Nur den Vater nicht verärgern! Nelli ließ die Tasse auf dem Küchentisch stehen, ging in den Flur und drückte behutsam die Klinke der Wohnzimmertür herunter. Sie lugte in den Raum und sah den Vater in der Mitte auf dem Teppich stehen. Die Arme ausgebreitet, die Augen geschlossen. Er schwang einen imaginären Taktstock und bewegte den Kopf dabei so temperamentvoll, dass ihm das Haar in die Stirn fiel. Ohnehin war sein schwarzes Haar völlig zerstrubbelt. Nelli blickte den Vater gebannt an. Lustig sah es aus, was er da machte. Es erinnerte an die tollpatschigen Figuren aus den alten Quatschfilmen, die sie manchmal zusammen im Fernsehen sahen. *Dick und Doof* hießen diese schwarz-weißen Stummfilme, oder auch *Väter der Klamotte*. Über die konnte sich der Vater kugelig lachen. »Guten Abend, liebe Gäste, wir erfreuen euch aufs Beste. Mit Klamotten, Komödianten, die schon unsre Väter kannten.« Er wurde dabei immer ganz fröhlich und gelöst. Auch Nelli lachte dabei, weil sie die Filme toll fand, und weil sie sich freute, dass der Vater so gut gelaunt war. Das waren Momente, in denen Nelli sich ihm nah fühlte. In denen sie keine Angst vor ihm hatte. In denen sie ihn liebte.

Die Opernmusik mündete in ein dramatisches Crescendo und der Vater dirigierte pathetisch und voller Inbrunst. Und erst jetzt bemerkte Nelli: Das Gesicht des Vaters war voll Grimm, der Mund verzerrt, die Augen waren zusammengekniffen. Da schloss das Kind leise die Tür und ging in die Küche zurück. Den erkalteten Kaffee schüttete es in den Ausguss.

Die Zeit, die verging, Roses schlechtes Gewissen und ihre Angst, Nelli zu verlieren, trugen dazu bei, dass Rose sich mit Wantscho versöhnen konnte. Sie fällte die Entscheidung, bei ihm zu bleiben. Was aus der Sache mit Jakobi werden sollte, wusste sie nicht und schob alle Gedanken daran beiseite. Wantscho war unendlich erleichtert, dass Rose es noch einmal mit ihm versuchen wollte. Alles andere interessierte ihn nicht.

Im Frühjahr des Jahres 1975 gab Viktoria ihre Drogerie ab und ging in Rente. Das Geschäft wurde von ihrer Angestellten Ursel übernommen. Viktoria zog nach Nordroda. Den betagten Pudel Teddy ließ sie bei Ursel in Bernhausen.

Nelli war untröstlich. Sie hatte fest damit gerechnet, dass Teddy mit umziehen würde. Sie hatte sich darauf gefreut, endlich einen Hund in ihrer Nähe zu wissen, den sie ausführen, mit dem sie spielen konnte. Und nun das. Doch Viktoria wollte dem greisen Hund, der inzwischen dreizehn Jahre alt war, keine neue Umgebung mehr zumuten. Und Teddy hing mit zärtlicher Zuneigung an Ursel. Er würde es gut bei ihr haben. Abends weinte sich Nelli in den Schlaf.

Und so kam es, dass Rose einen Hundezüchter im Eichsfeld ausfindig machte und aus dem Wurf, den dessen Rauhaardackelweibchen in die Welt setzte, einen männlichen Welpen bestellte. Dieser tapste bald schon in Nikolows Wohnung umher. Er fiepte, wedelte mit dem Schwanz und setzte Häufchen auf den Teppich. Nelli war selig. Sie taufte ihren Dackel »Tapsi«.

Kurz darauf, an einem Sonntagvormittag, klingelte es plötzlich. Rose stand gerade in der Küche am Herd und rührte eine Mehlschwitze an. Sie trug nur einen Pulli und Strumpfhosen, hatte den Rock ausgezogen, weil sie den eben bekleckert hatte. Nelli hockte, Tapsi auf dem Schoß, am Küchentisch und las im neuesten *Mosaik*. Wantscho saß im Wohnzimmer und blätterte in einer Fachzeitschrift. Rose zog den Rock wieder an und öffnete die Tür. Da stand Trudchen, in Tränen aufgelöst. »Lore ist von uns gegangen«, stammelte sie und presste ein Taschentuch vor den Mund. »Ob der Herr Doktor«, sie schluchzte, »wohl nach ihr sehen konnte?« Rose nahm Trudchen in den Arm und rief nach Wantscho. Als dieser aus dem Wohnzimmer gehumpelt kam, schluchzte Trudchen abermals: »Lore ist von uns gegangen!«

»Ach Gott!«, entfuhr es Wantscho.

Trudchen weinte bitterlich. Wantscho holte sein Stethoskop und folgte Trudchen die Treppen hinauf, bis in Lores Dachwohnung.

»Wohin ist Tante Lore gegangen?«, wollte Nelli wissen.

»Sie ist wohl gestorben«, sagte Rose und strich ihrer Tochter über den Kopf. »Ich werde jetzt ebenfalls nach oben gehen. Du bleibst hier.«

»Ich will aber mitkommen«, bettelte Nelli.

»In deinem Alter sollst du noch keinen Toten sehen!«

»Bitte, Mutti, ich bin doch schon elf!«

»Auf gar keinen Fall.« Rose verließ die Wohnung.

Nelli schlich der Mutter hinterher, in der Hoffnung, einen Blick auf die tote Tante erhaschen zu können. Oben angelangt, lauschte sie an der Tür, die einen Spalt offen stand. »Mutter!«, hörte sie Trudchen schluchzen. »Mutter!« Jemand schnäuzte sich die Nase, da es wie ein Trompeten klang, musste das Onkel Benno sein. Drinnen standen Trudchen, Benno und Rose am Fuße des Himmelbettes, in dem Lore lag. Wantscho hatte sich auf die Bettkante gesetzt und horchte mit dem Stethoskop ihren Brustkorb ab. Er befühlte mit dem Zeigefinger ihre Halsschlagader. Dann schüttelte er den Kopf und drückte der Toten die Augen zu.

Trudchen heulte auf.

»Sie ist friedlich eingeschlafen«, sagte Wantscho leise. »Dort, wo sie jetzt ist, wird sie es gut haben.« Trudchen versagten die Beine. Rose und Benno halfen ihr, sich auf das Sofa zu legen. Unter Tränen erzählte sie, dass sie Lores uneheliches Kind sei. Um der Schande zu entgehen, hatte Lore ihre Tochter zeitlebens als ihre Nichte ausgegeben und ihr verboten, die Wahrheit zu sagen.

Plötzlich roch es im Hausflur verbrannt. Nelli rannte in die elterliche Wohnung zurück. In der Küche, auf dem Herd, qualmte es aus dem Topf. Die Mehlschwitze war zu einer klumpigen schwarzen Masse verbrannt.

Am folgenden Tag kam Nelli dann doch noch auf ihre Kosten. Sie wollte mit Rose einkaufen gehen. Als Rose die Wohnungstür öffnete, stolperte sie geradewegs über Tante Lore. Der offene Sarg stand im Hausflur, genau vor Nikolows Tür. Rose fiel auf die Tote, schrie auf, rappelte sich hoch und stieß einen Fluch aus. Nelli trat dazu und starrte fasziniert auf das wächserne Gesicht der Leiche. Die Augen waren geschlossen, das Kinn hochgebunden. Deutlich konnte sie die schwarzen Haare am Kinn sehen. Zwei Bestattungsunternehmer kamen die Treppe herunter, der erste rückwärts, der zweite vorwärts, vorsichtig den Sargdeckel bugsierend. Rose schimpfte. Die Männer waren zerknirscht und baten um Verzeihung. Der Sarg, so erklärte der eine, habe samt Deckel nicht durchs Treppenhaus passen wollen.

Onkel Benno renovierte die Dachwohnung, in der Tante Lore, die eigentlich die Mutter von Tante Trudchen gewesen war, fast dreißig Jahre lang gelebt hatte. Die zwei Zimmer mit Dusche und winziger Küche vermietete er kurz darauf an eine alleinstehende Frau mit zwei halbwüchsigen Söhnen. Ohne Trudchen zu fragen. Die beschwerte sich bitterlich und erzählte jedem, was passiert war. Eine Balletttänzerin habe Benno ihr ins Haus gebracht! Ein loses Frauenzimmer mit Bälgern von zwei verschiedenen Männern! Mit nur einem sei sie verheiratet gewesen. Und schuldig geschieden! Und schon der Name klinge anrüchig: Yolanda Schmeichel!

Die Gute schien völlig verdrängt zu haben, dass sie selbst ein »Bastard« gewesen war. Ein Kind ohne Vater, von der Mutter verleugnet. Und nun zog eine Tänzerin in ihr Haus und hielt ihr, ohne etwas davon zu ahnen, einen Spiegel vor.

Als Rose erstmals auf die Neue traf, erkannte sie in dieser sofort die Frau wieder, die beim Opernball so hemmungslos mit Ljubomir Letschkow, dem Heldentenor, geknutscht hatte. Sie war entsetzt. Mit so einer im gleichen Haus! Wie konnte Benno diesem Flittchen nur Lores Wohnung geben! Sie fiel in den Chor der Nachbarinnen ein, die sich über die Tänzerin die Mäuler zerrissen und die Nasen rümpften. Die Männer schwiegen und blickten der schlanken grazilen Gestalt hinterher, ja, sie konnten den Blick nicht abwenden, wenn sie auf hohen Hacken, mit aufgestecktem Haar und mondänem Wuschelschal um den Hals die Sickstraße hinabstöckelte, um sich zur Probe ins Stadttheater zu begeben.

Nelli mochte die Tänzerin und ihre Söhne. Der eine war so alt wie sie, der andere schon fünfzehn. Nelli wusste, dass von ihr erwartet wurde, die neuen Nachbarn ebenfalls zu ächten. Doch sie verstand nicht, weshalb. Die Tänzerin war immer freundlich zu ihr, brachte sie sogar zum Lachen. Einmal, als sie auf der Straße mit dem jüngeren Sohn spielte, lud dieser sie zu sich nach Hause ein. Die Tänzerin trug einen Morgenmantel, rosa Pantoffeln und rauchte Zigaretten, die in einer Zigarettenspitze steckten. Sie kochte für die Kinder Kakao, buk Waffeln und servierte diese mit Apfelkompott. Sie lachte herzlich über Nellis Witze und erzählte selber welche. Danach spielten sie Halma. Als Rose erfuhr, wo ihre Tochter den Nachmittag verbracht hatte, schimpfte sie und verbot ihr, jemals wieder einen Fuß über die Schwelle der Dachwohnung zu setzen.

Einmal schickte die Mutter Nelli in den Keller, Kartoffeln holen. Als sie an der Waschküche vorbeikam, hörte sie ein Plätschern und sah, wie Yolanda Schmeichel über dem Gitterrost hockte und pinkelte. Nelli stand mit offenem Mund und aufgerissenen Augen, sah das nach oben geraffte Kleid, den nackten Hintern und den Urinstrahl in das Abflussgitter spritzen. Als dieser versiegte, wippte die Tänzerin in der Hocke noch ein paar Mal auf und ab und zog dann ihre Unterhose hoch. Sie bemerkte Nelli. »Ich musste so dringend!«, sagte sie und lächelte. Danach hängte sie weiter ihre Wäsche auf die Leine und summte dabei vor sich hin. Nelli ging wieder nach oben. Wo denn die Kartoffeln seien, fragte die Mutter ärgerlich. Die hatte Nelli in der Aufregung ganz vergessen.

Es sollte zu einer weiteren Begegnung im Keller kommen: Der Neffe von Trudchen war mit Ehefrau und Tochter aus dem Sauerland angereist. Der Westbesuch wollte sieben Tage bleiben und quartierte sich bei Trudchen und Benno in der Sickstraße 3 ein. Lothar Frauenknecht war ein großer, knochiger Mann mit Glatze, der etwas schüchtern wirkte und stets auf eine Weise lächelte, als wolle er um Verzeihung bitten. Seine Frau war zwei Köpfe kleiner als er, hielt sich dafür sehr aufrecht, und hatte ein forsches Naturell. Nelli schnappte auf, wie die Mutter zum Vater sagte, sie halte die Frau Frauenknecht für sehr dominant. Der arme Mann dürfe ja nicht mal Luft holen, ohne seine Frau zu fragen.

Mit der Tochter durfte Nelli spielen. Rebecca war zwar erst neun und damit zwei Jahre jünger, doch das störte Nelli nicht. Rebecca interessierte sie allein schon, weil sie aus dem Westen kam und auch nach Westen *roch*. Das fremde Mädchen trug echte Wrangler-Jeans und farbenfrohe Pullover, deren Wolle sich so fein und so weich anfühlte, dass Nelli ab und zu verstohlen darüberstrich, wenn sie glaubte, Rebecca würde es nicht bemerken. Besonders gut gefiel ihr ein kanariengelber Rollkragenpulli mit dunkelblauen Flicken an den Ellenbogen. Außerdem gab Rebecca Nelli großzügig von Mars-Riegeln, Smarties und den bunten Kaugummikugeln ab.

Eines Nachmittags, draußen regnete es in Strömen, spielten die Mädchen Verstecken in Nellis Wohnung. Sie spielten so lange, bis ihnen die Verstecke ausgingen. Nelli schlug vor, das Spiel auf das Treppenhaus und den Keller auszudehnen. Rebecca war begeistert. Nelli begann zu zählen, und Rebecca schlich die Treppen zum Keller hinab, in dem es nach Kohlenstaub und alten Kartoffeln roch. Sie verbarg sich in dem Verschlag, in dem Benno seine Kohlenvorräte aufbewahrte. Kaum hatte sie sich hingekauert, hörte sie auch schon Nellis gedämpfte Stimme von oben: »Eckstein, Eckstein, alles muss versteckt sein. Eins, zwei, drei, ich komme!«

Und gleich darauf hörte Rebecca jemand anderen rufen: »Ich komme!« Unwillkürlich duckte sie sich tiefer in die Kohlen. Nelli kam auf leisen Sohlen die Kellertreppe hinab, und als sie ein Stöhnen hörte, das aus der Waschküche drang, dachte sie, Rebecca wolle sich einen Scherz mit ihr erlauben. Behutsam öffnete sie die Tür zur Waschküche, und was sie zu sehen bekam, ließ sie erstarren. Yolanda Schmeichel hing bäuchlings und splitterfasernackt über Mutters Waschmaschine. Hinter ihr stand Lothar Frauenknecht mit runtergelassenen Hosen und machte schnelle ruckartige Bewegungen. Er stöhnte. Hatte er Schmerzen? Auch der Nachbarin schien etwas wehzutun. Gerade stieß sie einen spitzen Schrei aus. Nelli bemerkte

Rebecca neben sich, und just in diesem Moment rief die Tänzerin abermals: »Ich komme!« Als Rebecca ihren Vater und die Nachbarin so sah, begann sie gellend zu schreien. Sie rannte davon, die Treppe hoch, geradewegs zu ihrer Mutter. Dabei schrie sie die ganze Zeit. Noch am gleichen Tag reiste Familie Frauenknecht ab.

Tags darauf kündigte Benno der Mieterin. Er tat dies persönlich, indem er an ihrer Wohnungstür klingelte und das Schreiben nicht, wie von Trudchen gefordert, durch den Türschlitz warf. Yolanda öffnete und lächelte ihn an. Sie hatte Augen wie ein Reh! Hugo hielt ihr das Kündigungsschreiben hin und stammelte, es täte ihm leid. Sein Mund war trocken, und er fuhr sich mit der Zunge über die Lippen. Yolanda nahm erst den Brief, griff dann nach Bennos Hand und zog ihn in die Wohnung. Wortlos schmiegte sie sich an ihn. Sie öffnete den Reißverschluss seiner Hose und ging vor ihm in die Hocke. Wie gut, dachte Benno, dass Trudchen einkaufen gegangen ist.

Als Trudchen von Spangenbergs Laden zurückkam, traf sie Benno im Hausflur an, er tauschte eine kaputte Glühbirne aus. Er pfiff vor sich hin und begrüßte sie bestens gelaunt. Trudchen ging nach oben und sortierte die Einkäufe weg. Danach klingelte sie bei Nikolows, um eine Plastiktüte abzugeben. Die habe Rebecca für Nelli dagelassen, sagte sie. Darin fand Nelli den gelben Rollkragenpullover mit den blauen Ellenbogenflicken. Er spannte über der Brust, die Ärmel waren etwas zu kurz. Nelli trug ihn trotzdem.

28

Der Ärztliche Direktor lud Wantscho zum Gespräch und eröffnete ihm, dass es in seinem Falle wegen der Führung des akademischen Grades einige Schwierigkeiten gäbe. Infolge neuer gesetzlicher Bestimmungen sei er als Bulgare nach der Approbationsordnung lediglich dazu berechtigt, den Titel »Dr.« zu führen, nicht den Titel »Dr. med.«. Ihm sei ja sicherlich bekannt, dass in der VR Bulgarien der Titel »Dr.« nur eine Berufsbezeichnung und kein akademischer Grad sei.

Degradieren, schoss es Wantscho durch den Kopf, jetzt wollen sie mich auch noch degradieren!

Rückwart erklärte mit großer Geste, dass zurzeit die Approbationsurkunden aller ausländischen Ärzte in der DDR überprüft würden und dass er natürlich auch weiterhin das Recht habe, sich »Dr. Nikolow« zu nennen, mit »Dr. Nikolow« zu unterschreiben und einen solchen Stempel zu benutzen.

»Ich arbeite seit über zwanzig Jahren als Nervenarzt«, sagte Wantscho. »Das Medizinstudium habe ich mit Auszeichnung abgeschlossen. Die Promotion mit summa cum laude. Meinen Facharzt habe ich in Halle gemacht und außerdem Hunderte von Patienten behandelt. Ich werde nie und nimmer auf meinen rechtmäßig erworbenen Titel ›Dr. med.‹ verzichten.« Er stand auf. »Ich verstehe nicht, warum ich wie ein Feind behandelt werde, nachdem ich so viel für dieses Land getan habe. Immer habe ich mein Bestes für die Klinik und die Patienten gegeben!« Er verließ das Büro seines Chefs. Er war sehr erregt. Wieder zurück in seinem Büro, rief er bei Oberstleutnant Wilke an. Der Genosse Oberstleutnant befinde sich auf Dienstreise, sagte die Sekretärin. Wantscho fragte, wann er zurückkäme. Das könne sie nicht sagen. Wantscho bat darum, dass der Oberstleutnant ihn nach seiner Rückkehr anrufen solle. Die Sekretärin versicherte, sie werde es aufnehmen. Danach wählte Wantscho Bojkos Telefonnummer in Cottbus und erfuhr, dass sein Freund sich in der gleichen misslichen Lage befand. Auch seine Approbation stand auf dem Prüfstand. Bojko fürchtete um seinen Doktortitel und sagte, dass er in Erwägung ziehe, nach Bulgarien zurückzukehren.

Als Rose dies alles hörte, wurde sie schrecklich wütend. Wantscho saß traurig auf der Couch und sah vor sich hin.

»Können die uns nicht einfach in Ruhe lassen«, schimpfte Rose.

Wantscho erzählte von Bojko. »Er will zurück nach Bulgarien.«

»Aber wir wollen das nicht!«, sagte Rose.

»Was wollen wir denn?«

»Am liebsten würde ich abhau'n!«

Wantscho sah Rose erschrocken an.

»Wohin denn?«

»In den Westen natürlich!«

»Du machst Witze!«

»Ich hab' die Schnauze so gestrichen voll, das kannst du dir gar nicht vorstellen.«

Rose zündete sich mit fahrigen Bewegungen eine Zigarette an. Wantscho starrte weiter trübsinnig vor sich. Abzuhauen hatte er noch nie in Erwägung gezogen. Sicher, er suchte verzweifelt nach einem Ausweg aus der Misere. Er dachte darüber nach, wie es wohl wäre, nach Bulgarien zurückzukehren. Doch in seiner Heimat war er in Ungnade gefallen. Und Rose wollte dort nicht leben. Er überlegte, wie es wäre, an eine andere Klinik, in eine andere Stadt zu gehen. Nach Cottbus, wo Bojko arbeitete, oder nach Kromberg zu Bernhard? Vielleicht sogar nach Berlin? Hauptsache: Irgendwie weg von hier, wo er mit Füßen getreten wurde. Aber flüchten? Rübermachen? Ein vollkommen abwegiger Gedanke. Ein verbotener Gedanke. Und doch auch – verlockend. Das spürte er jetzt zum ersten Mal. Die Verlockung, mit allem hier zu brechen. Neu anzufangen. In Freiheit zu leben. Zum Teufel mit den Lichtgestalten, die so lange über sein Leben bestimmt hatten, Marx, Engels, Lenin. Was brachten ihre schönen Theorien? Die Praxis sah so hässlich aus.

Doch eigentlich verspürte Wantscho wenig Lust, nach Cottbus, Kromberg oder Berlin auszuweichen. Rückwarts Einfluss reichte weit in der kleinen DDR. Und die Probleme, die man ihm in Nordroda wegen seines Doktortitels machte, wären überall dieselben. Er saß in der Falle. Wantscho fühlte sich müde und zerschlagen. Er war verzweifelt. Das Leben ging über seine Kräfte. Er sah, dass Rose leise weinte. Er war außerstande, sie zu trösten.

In den folgenden Wochen wurde Wantscho zu mehreren Aussprachen geladen, an denen neben dem Ärztlichen Direktor auch sein frisch gekürter Stellvertreter Dr. Hacker und die Bezirksärztin teilnahmen. Die Bezirksärztin, eine attraktive dunkelhaarige Endvierzigerin mit Parteiabzeichen an der Kostümjacke, erläuterte den Sachverhalt: Das Ministerium für Hoch- und Fachschulwesen der DDR habe jetzt eine Bestimmung erlassen, wonach die Approbationen aller ausländischen Ärzte zu überprüfen seien. Man hoffe auf Kooperation und Einsicht bei den betroffenen Kollegen. Die Maßnahme entfiele, wenn man Staatsbürger der DDR werde. Wantscho lehnte ab.

Die Schwermut legte sich wie Mehltau auf sein Gemüt. Wantscho ließ sich krankschreiben.

»Du bist wieder depressiv«, sagte Rose zu ihm. »Fahr nach Halle und lass dir helfen.«

Wantscho schüttelte den Kopf. »Ich mach' es allein. Hier zu Hause. Mit Tabletten und Schlafentzug. Wenn du mich unterstützt, schaffe ich es.«

Und so therapierte Wantscho sich selbst. Er sah fern, bis das Standbild das Ende des Programms ankündigte. Er hörte Musik. Er las. Wenn die Müdigkeit ihn zu übermannen drohte, humpelte er durch die Wohnung. Vom Wohnzimmer in die Küche und wieder zurück. Tip-tap, Tip-tap. Manchmal wachte Nelli davon auf.

Wantscho trank keinen Tropfen, aber er rauchte. Manchmal wurde Rose nachts wach und stand auf, um nach ihm zu sehen. Nicht einmal fand sie ihn schlafend vor. Er hatte dunkle Ringe unter den Augen, doch er wirkte entspannt. Morgens, wenn Nelli sich fürs Zähneputzen heißes Wasser aus der Küche holte, sah sie den Vater das Frühstück zubereiten. Ein ungewohntes Bild.

Innerhalb von zwei Wochen erholte Wantscho sich so weit, dass er wieder arbeiten konnte.

Kollege Heintze beantragte bei der Klinikleitung, einen medizinischen Kongress in Wien besuchen zu dürfen. Der Verwaltungsdirektor ließ ihn jedoch wissen, dass jemand, der im Jahre 1968 mit der sogenannten Liberalisierung in der ČSSR sympathisiert habe, kein Reisekader werden könne. Eine Woche später stellte Heintze einen

Ausreiseantrag und bezog sich dabei auf die Schlussakte von Helsinki, die ein Jahr zuvor unterzeichnet worden war.

Einige Zeit später klopfte Wantscho an Heintzes Tür, weil er den Kollegen sprechen wollte. Die Tür war abgeschlossen, doch er hörte Geräusche. Er wandte sich zum Gehen, hörte, wie der Schlüssel sich im Schloss drehte und sah, wie die Tür von innen geöffnet wurde. Zwei Männer, die nicht zum Klinikpersonal gehörten, verließen das Dienstzimmer. Zur gleichen Zeit saß Heintze beim Ärztlichen Direktor, der ihn vorgeladen hatte.

Einmal blieb Nelli abends mit dem Vater allein zu Hause. Die Mutter besuchte den Elternabend in der Schule. Rose hatte Abendbrot vorbereitet.

Ein Teller mit Schnitten stand auf dem Küchentisch, dazu eine Flasche Bier, ein Tellerchen mit Tomaten und Gurkenscheiben. Gleich gab es *Väter der Klamotte* im Fernsehen. Nelli musste sich ranhalten. Einerseits freute sie sich auf die Sendung, die sie mit dem Vater sehen würde. Andererseits war sie angespannt, weil die Mutter nicht da war. Nelli bemühte sich, alles richtig zu machen. Sie deckte den Tisch im Wohnzimmer. Sie holte den Teller mit den Schnitten vom Küchentisch. Nur nichts fallen lassen! Sie brachte zwei Gläser herbei, eins war mit Apfelsaft gefüllt, das andere leer. Bloß nichts verschütten! Sie holte die Flasche Bier für den Vater. Den Öffner nicht vergessen!

»Hände gewaschen?«, fragte Wantscho.

Nelli nickte. »Darf ich den Fernseher anmachen, Vati?«

»Ja, mach an.« Der Vater humpelte ins Badezimmer, Nelli hörte Wasser rauschen und ging ins Wohnzimmer. Der Anblick, der sich ihr dort bot, nahm ihr den Atem. Dackel Tapsi stand mit den Hinterläufen auf dem Sofa, zwischen den beiden Sofakissen mit Kerbe und verschlang, die Vorderpfoten auf den Wohnzimmertisch gestützt, über den Teller gebeugt die Schnitten. Hap, hap, hörte Nelli den Hund fressen. Hap, hap, hap. Nelli stand da wie tot. Als der Vater den Hund so sah, begann er zu brüllen. Nelli drückte sich in den Spalt zwischen Kachelofen und Wand. Sie zitterte. Der Vater tobte.

Tapsi sprang von der Couch und floh in eine Zimmerecke. Der Vater hinterher. Er fluchte auf Bulgarisch und versuchte, den Dackel zu erwischen. Er schlug nach ihm mit allem, was ihm in die Hände geriet. Nelli war vor Angst wie gelähmt. Tapsi entwischte immer wieder. Seine Krallen wetzten über das Parkett, er flitzte aus dem Wohnzimmer und verkroch sich im Kinderzimmer unter Nellis Bett.

Wantscho schrie Nelli an, weshalb sie nicht besser auf den verdammten Scheißköter aufgepasst habe. »Trag das raus!«, befahl er und wies auf den geplünderten Teller. Nelli gehorchte, froh aus dem Wohnzimmer rauszukommen. Sie hörte, wie der Vater die Bierflasche öffnete, und schlich ins Kinderzimmer. Sie weinte eine Weile. Dann versuchte sie, Tapsi unter dem Bett hervorzulocken, doch der Hund hatte sich in der hintersten Ecke zusammengekauert und sah sein Frauchen ängstlich an. Nelli hörte den Vater in die Küche gehen. Gleich kommt er her, dachte sie. Doch er holte sich nur eine weitere Flasche Bier. Und später noch eine und noch eine. Den Hund ließ er Hund sein. Die Tochter ließ er Tochter sein. Er schaltete den Fernseher ein. An diesem Abend aß er nichts. Ihm war der Appetit vergangen. Er trank nur das Bier und rauchte. Nelli verließ ihr Zimmer nicht mehr. Der Hund blieb unter dem Bett. Nellis Magen knurrte, als sie unter die Bettdecke kroch.

Rose kam spät nach Hause. Sie war müde und schlecht gelaunt. Sie verabscheute diese Elternabende. Väter und Mütter hockten auf Kinderstühlen im Klassenzimmer, hörten der Gotzkowsky zu, getrauten sich nicht, offen ihre Meinung zu sagen, um das Wohl des eigenen Kindes zu schützen. So auch Rose. Sie hasste sich dafür. Wie die anderen mied sie Blickkontakt. Sie wollte sich nicht verraten. Die Gotzkowsky, die mit ihrer Hakennase zeitweise einer Hexe ähnelte, je nachdem, wie sie den Kopf hielt, referierte über Spendenaktionen; über den Besuch des Offiziers, der in der Klasse für den Armeedienst werben sollte; über die Proben für den Aufmarsch zum 7. Oktober und über die Sozialistische Wehrerziehung, die demnächst an den Schulen eingeführt werden sollte.

»Lernen die Kinder dann etwa schießen?«, meldete sich ein Vater zu Wort.

»Die Sozialistische Wehrerziehung ist ein wichtiger Beitrag zur Erhaltung des Friedens«, sagte der Elternvertreter, selbst Pauker und Genosse. Sein Gesicht war rot und glänzte. »Der Friede muss bewaffnet sein.« Seine Tochter war die Beste in der Klasse und Gruppenratsvorsitzende. Sie würde mit Gewissheit zu den vier Kindern zählen, die nach der achten Klasse die Erweiterte Oberschule, die EOS, würden besuchen dürfen, um das Abitur zu machen.

Der andere Vater schwieg.

»Die Kinder sollen also Krieg spielen«, stellte Rose fest und biss sich gleich darauf auf die Lippen.

Die Gotzkowsky und der Elternvertreter sahen sie an. Die Lehrerin pikiert, der Elternvertreter fassungslos. Er taxierte Rose, als sei sie ein gefährliches Insekt. »Sie wollen damit doch nicht etwa andeuten«, bemerkte er leise und drohend, »dass unsere sozialistische Gesellschaftsordnung …«

»Frau Nikolow will damit sicher nur andeuten«, sprang eine andere Mutter Rose bei, »dass wir uns Sorgen machen.« Sie lächelte den Elternvertreter an. Der rückte seine Brille zurecht und schwieg eisig.

»Das ist doch auch im real existierenden Sozialismus, in dem wir heute leben, erlaubt?«, setzte die andere Mutter hinzu. Sie war die Frau eines Pastors. Ihre Tochter war nicht Mitglied bei den Pionieren und ihr Sohn leistete Dienst bei den Bausoldaten.

Rose nickte ihr dankbar zu.

Später kam der Elternvertreter noch einmal auf Rose zu: »Wenn Sie so weitermachen, Frau Nikolow«, raunte er, »wird es für Ihre Tochter nur zum Facharbeiter für Holztechnik reichen. Wenn überhaupt.« Rose sah, dass sein Mund, der so hässliche Sachen sagte, schön geschwungen war. Heuchelei und Gleichschaltung, schoss es ihr durch den Kopf. Es fiel ihr schwer, sich zu beherrschen. Sie wendete sich ab und verließ das Klassenzimmer.

Zu Hause im Treppenhaus stieg Rose die paar Stufen bis zur Wohnungstür hinauf und lehnte ihre Stirn an die Wand. Krieg spielen in der Schule, keine Zulassung zum Abitur, Wantschos Not in der Klinik, ihre problematische Ehe, Jakobi in Leipzig – Rose war, als befände sich ihr Hals in einer Schlinge, die sich immer weiter zuzog. Abhau'n!, dachte sie. Am liebsten abhau'n und alles hinter sich lassen.

Sie fand Wantscho schlafend auf der Couch im Wohnzimmer. Er schnarchte. Auf dem Tisch leere Bierflaschen. Rose ging leise ins Kinderzimmer. Tapsi saß hinter der Tür, er wedelte vorsichtig mit dem Schwanz und fiepte. Rose streichelte ihm über den Kopf und sah nach dem Kind. Es lag mit Anziehsachen im Bett und schlief. Was war hier los?

Am nächsten Morgen erzählte ihr Nelli stockend, was passiert war. Sie bemühte sich, den Vater nicht schlecht zu machen. Rose merkte das wohl. Tapsi döste in seinem Körbchen unterm Fenster. Als Wantscho in die Küche kam, verstummte Nelli. Der Hund verdrückte sich in den Flur. Kurz darauf klingelte Kerstin. Nelli schulterte ihren Ranzen und lief hinaus.

Wantscho schenkte sich eine Tasse Kaffee ein und zündete sich eine Zigarette an.

»Was war gestern Abend los?«, fragte Rose.

»Der Köter hat mein Abendbrot gefressen. Das war los!« Wantscho rieb sich die Augen und gähnte.

»Nelli hatte Angst vor dir«, sagte Rose.

Wieder gähnte Wantscho. »Sie hätte besser aufpassen müssen.«

»Du ebenfalls.«

Wantscho winkte nur ab.

Es kam nun vor, dass Nelli im Kinderzimmer den Hund misshandelte. Sie überwältigte ihn, drückte ihn zu Boden und würgte ihn. Das Tier biss um sich und versuchte, sich aus Nellis Griff zu befreien. Das machte Nelli wütend. Sie schlug den Hund mit der flachen Hand auf das Hinterteil. Gelang es ihm, sich loszureißen, rannte er panisch davon und rettete sich unter Nellis Bett. Versuchte Nelli das Tier hervorzuziehen, so zeigte es die Lefzen und knurrte. Doch in seinen Augen lagen Ratlosigkeit und Trauer. Dann ließ Nelli von ihm ab, schämte sich und weinte. Später nahm sie das Tier auf den Schoß, streichelte und tröstete es. Der Hund ließ es zu und leckte dem Kind die Hände.

Mitten im Schuljahr kam ein neuer Junge in die Klasse. Die Gotzkowsky ließ ihn vor die Klasse treten, sagte dass er Swen heiße und aus Dessau zugezogen sei. Der Neue stand lässig, die eine Hüfte eingeknickt, Standbein, Spielbein, vor seinen neuen Klassenkameraden, die er aus veilchenblauen Augen ruhig musterte. Er trug eine knallenge Jeans, hatte welliges braunes Haar und ebenmäßige Züge. Er war sehr groß. Größer noch als Roman, der bei Antreten im Sportunterricht die Reihe immer anführte. Swens Blick traf Nelli wie ein Pfeil, bohrte sich in ihr Herz. Sie hörte nicht mehr, wie die Gotzkowsky den Neuen rügte, weil er kein Halstuch trug, obwohl doch heute der Appell war. Sie nahm nur wahr, dass Swen die Lehrerin entwaffnend anlächelte und leise sagte, er habe es vergessen, es tue ihm leid. Überrascht sah die Gotzkowsky ihn an, dann sagte sie, er solle sich setzen.

Die Mädchen der Klasse gerieten in Aufruhr. Eine jede versuchte auf ihre Art, Swens Aufmerksamkeit zu erregen. Nelli machte sich keine Hoffnungen. Warum sollte dieser gut aussehende Junge sich ausgerechnet für sie interessieren, wenn er Cornelia haben könnte, die als Gruppenratsvorsitzende das Sagen hatte; oder Birgit, das schönste Mädchen der Klasse mit langen weißblonden Haaren, die nur West-Klamotten trug; oder Bettina, Abgängerin einer Sportschule, ein Ass in Leichtathletik und schnell wie eine Gazelle; oder die um zwei Jahre ältere Sylvia, die schon einen Büstenhalter trug und jeden wissen ließ, sie habe eine Menge Erfahrung. Was sie damit meinte, war Nelli nicht so ganz klar.

Doch Swen wollte nicht die Mächtigste der Klasse, nicht die Schönste, nicht die Sportlichste und auch nicht die Erfahrenste. Swen wollte Nelli.

Er fing an, ihr Briefe zu schreiben. Er fragte, ob sie mit ihm ins

Kino gehen wolle. Er gestand ihr, dass er sich in sie verliebt habe. Er bat sie, mit ihm zu gehen. Nelli konnte ihr Glück kaum fassen und sagte Ja. Händchen haltend lief sie mit Swen durch die Straßen. Sie war zwölf und zum ersten Mal richtig verliebt. Sie schrieben sich täglich. Swens Briefe waren kleine Kunstwerke. Er konnte sehr gut zeichnen. Aus den Versalien N und S zauberte er Bilder und versah seine Zeilen mit Herzen, Schmetterlingen und Blumen. Nelli sammelte Swens Briefe in einem orangefarbigen Plastehocker, dessen runder Plüschsitz abnehmbar war. Dort waren sie sicher. Auch vor den begehrlichen Blicken der Mutter, die die Liebe ihrer Tochter mit gemischten Gefühlen beobachtete. Rose spürte, dass Nelli ihr nicht mehr alles erzählte und dass das Kind sich abzunabeln begann.

Die Rollläden in Swens Zimmer waren runtergezogen. Auf dem Teppich hatte er Decken ausgebreitet und Kissen verteilt. Swen lag neben Nelli. Kerstin neben Gero. Cornelia neben Maik. Bettina neben Frank. Es lief Musik von *Chicago*. Die Schallplatte gehörte Swens großer Schwester. Die Spiellänge einer Seite betrug fünfzehn Minuten. So lange blieb das Licht aus. »If you leave me now, you'll take away the biggest part of me«, hörte Nelli, ohne den Text zu verstehen. Noch hatte sie in der Schule kein Englisch. »Ooh, no baby, please don't go …« Die Musik verursachte ein Sehnen in ihr, ein Sehnen nach etwas, das sie noch nicht kannte, von dem sie nur eine Ahnung hatte, dass es kommen würde. Eines Tages. Sie spürte Swen, der sich an sie drückte, seine Hand unter ihrem Pulli, ließ sich küssen. Sie roch seinen Schweiß. Es war ihr nicht unangenehm. Sie genoss alles. Die Schallplatte war zu Ende. Swen stand auf, knipste eine kleine Lampe an, die auf seinem Schreibtisch stand, und drehte die Platte um. Dann löschte er das Licht und legte sich wieder zu Nelli. So ging das den ganzen Nachmittag, bis Nelli nach Hause musste.

Die Gotzkowsky wurde krank. Die Russischlehrerin vertrat die kranke Kollegin in der Klasse 6b. Erst wurde gemunkelt, die Gotzkowsky habe Krebs, dann hieß es, sie habe Parkinson und schließlich Hämorrhoiden der schlimmsten Sorte. Nur Wantscho wusste es besser. Die Lehrerin war auf die Geschlossene eingewiesen worden, nachdem sie im Konsum einen Nervenzusammenbruch bekommen hatte. Wantscho diagnostizierte eine Psychose. Die Gotzkowsky würde längere Zeit ausfallen. Er informierte Rose. Er erzählte ihr auch von der Begegnung, die die Gotzkowsky mit dem alten Skowronek gehabt hatte, der immer noch auf sein Schiff wartete. In der Gotzkowsky glaubte er seine verblichene Mutter zu erkennen. Seither kümmerte er sich rührend um die Jüngere, die es stoisch über sich ergehen ließ.

Am nächsten Morgen erzählten sie es Nelli und nahmen ihr das Versprechen ab, zu niemandem auch nur ein Sterbenswörtchen zu sagen.

Nelli blühte auf. Die Russischlehrerin war streng, aber gerecht. Ihr Unterricht war einwandfrei. Sollte die Gotzkowsky doch bleiben, wo der Pfeffer wächst.

Bei den Wahlen zum Gruppenrat schlug Swen Nelli als Freundschaftsratsvorsitzende vor. Die Russischlehrerin war überrascht, weil Nelli nicht auf der Kaderliste stand, die die Gotzkowsky im Klassenbuch hinterlegt hatte. Ob sie sich vorstellen könne, fragte die Lehrerin Nelli, dass sie das Klassenkollektiv vor der Schule vertrete. Klar, antwortete Nelli. Sie bekam achtzehn von dreißig Stimmen und setzte sich damit klar gegen Gero durch, der das Amt bisher innegehabt hatte. Der wurde dann zum Stellvertretenden Gruppenratsvorsitzenden gewählt. Cornelia blieb Vorsitzende. Kerstin wurde Schriftführer, Maik Kassierer, Bettina Agitator.

Als Nelli zu Hause verkündete, sie sei zur Freundschaftsratsvorsitzenden gewählt worden, sahen die Eltern sie ungläubig an.

»Du spinnst!«, sagte Rose.

Nelli lachte.

»Du machst Witze!«, sagte Wantscho.

Dann brach Rose in schallendes Gelächter aus. Auch Wantscho musste lachen. Nelli hob die Hand über den Kopf zum Pioniergruß: »Für Frieden und Sozialismus seid bereit!«

»Wenn das so weitergeht«, sagte Rose und gluckste, »wird das Kind doch noch Abitur machen und Medizin studieren.«

Im Briefkasten lag ein Brief, aufgegeben in St. Gallen, adressiert an Dr. Iwan Christow Nikolow. Deutlich war der Poststempel zu erkennen. Die Schrift kam Rose bekannt vor. Sie las den Absender: Dr. Bojko Mladenoff, Postfach 1135, St. Gallen, Schweiz. Rose rief in der Klinik an. Schwester Rita sagte, der Herr Doktor sei auf Station, ob sie etwas ausrichten dürfe. Rose verneinte und beendete das Gespräch. Unschlüssig hielt sie den Brief in der Hand. Vielleicht befand Bojko sich ja auf einer Dienstreise? Aber wieso hatte er dann ein Postfach angegeben? Sie ging in die Küche und legte den Brief gut sichtbar auf den Küchentisch.

Nachdem Wantscho abends die ersten Sätze gelesen hatte, wurde er kreidebleich. »Sie sind drüben, Rose«, stammelte er. »Bojko ist in der Schweiz. Mit Barbara und den Zwillingen.«

Liebe Freunde,
bitte bekommt keinen Schreck, wenn Ihr diese Zeilen lest. Uns geht es sehr gut. Wir sind heil in der Schweiz angekommen. Ich habe bereits Arbeit gefunden. Gute Mediziner werden hier gebraucht, Wantscho! Wir sind sehr froh und dankbar, in St. Gallen zu sein. Und mehr als glücklich darüber, dass die unmenschlichen Belastungen der vergangenen Monate nun ein Ende haben. Hier, im freien Westen, wird mir niemand meinen Doktortitel abspenstig machen. Bitte, lieber Wantscho, melde Dich bei mir. Ich denke jeden Tag an Dich.
In Liebe
Dein Bojko

Am nächsten Morgen meldete Wantscho ein R-Gespräch nach Sofia an. Abends sprach er mit Bojkos Vater Mladen. Die Verbindung war schlecht, es rauschte und knackte in der Leitung. Wantscho brüllte ins Telefon, Mladen ebenfalls. Wantscho verstand so viel, dass Bojko angekündigt habe, seine Eltern zu besuchen, aber nie in Sofia angekommen sei. Am Ende schluchzte Mladen, und dann war nur noch ein langgezogenes Tuten zu hören.

Erstmals kam Roses Schwester Egede zu Besuch nach Nordroda. Sie hatte in einem der »Büros für Besuchs- und Reiseangelegenheiten«, die in West-Berlin von der DDR geführt wurden, einen Antrag auf Einreise gestellt und wenige Tage später ein Visum erhalten. Egede brachte Kaffee mit, Schokolade, Seife, Whisky, ein Kleid für Nelli, einen abgelegten Wollmantel für Rose, Schlips und Hemd für Wantscho und – oh Wunder, kein Grenzer hatte sie entdeckt – die aktuelle Ausgabe des *Stern*.

»Ihr müsst hier raus«, sagte sie, als sie von den Schwierigkeiten erfuhr, mit denen Wantscho und Rose zu kämpfen hatten. »Raus in die Freiheit!« Das klang großspurig, doch Egede meinte, was sie sagte. Rose bangte um den abendlichen Frieden. Doch Wantscho blieb ruhig. Er fühlte sich nicht bemüßigt, die Vorzüge des Sozialismus zu preisen und zu verteidigen. Vielmehr fragte er: »Wie stellst du dir das vor?«

»Ich werde drüben Kontakt zu euren Freunden aufnehmen«, sagte Egede. »Ich werde herausfinden, wie sie in die Schweiz gelangt sind. Diese Information lasse ich euch zukommen.«

»Aber nicht am Telefon!«, warf Rose ein.

»Nein, das ist zu unsicher.«

»Wir brauchen einen richtigen Plan«, sagte Rose und zupfte nervös an einer Haarsträhne.

»Ich weiß nicht«, sagte Wantscho.

»Lasst mich nur machen«, sagte Egede.

29

Im November 1976 wurde Wolf Biermann aus der DDR ausgebürgert. Wenige Tage darauf gab Manfred Krug ein Jazz-Konzert in Nordroda. Schon im September hatte Wantscho vier Karten ergattert, obwohl es hieß, Krug habe Berufsverbot und dürfe nicht mehr auftreten. Wie viele andere Künstler hatte er gegen Biermanns Rausschmiss protestiert. Das Politbüro, die SED, die gesamte DDR-Nomenklatur stand Kopf. Eine solche Protestbewegung der Intellektuellen hatte es im Land noch nie gegeben!

Einige Tage vor dem Konzert, das im Städtischen Kino stattfinden sollte, wurde gemunkelt, Krugs Auftritt sei abgesagt worden; dann wiederum, er finde doch statt. Die Freunde trafen sich eine Stunde vor Beginn im Foyer des Kinos. Wantscho und Rose, der Uhrmacher und Gitti. Vor der Kinokasse hatte sich eine Schlange gebildet, die bis weit auf die Straße hinausreichte. Es regnete, doch das störte die Wartenden nicht. Eine halbe Stunde später waren die Eintrittskarten restlos ausverkauft. Rose machte die anderen darauf aufmerksam, dass auffallend viele Gäste im Blauhemd erschienen waren. Und T. G. stellte fest, dass zahlreiche Männer ihre Windjacken und Regenmäntel anbehielten und nicht, wie die übrigen Gäste, an der Garderobe abgaben. Zwei von denen fotografierten. Rose und Gitti sahen sich vielsagend an. Die Atmosphäre war merkwürdig gedämpft. Die Flügeltüren des Kinosaals wurden geöffnet, Platzanweiserinnen in grauen Perlonkitteln wiesen Sitze zu. Die Freunde saßen in der fünften Reihe. Auf der Buhne, hinter dem geschlossenen roten Vorhang, wurde ein Instrument gestimmt. Vielleicht ein Banjo. Rose blickte um sich. Wantscho nahm ihre Hand.

»Die sind alle bestellt«, raunte Rose ihm zu. Wantscho nickte und drückte besänftigend ihre Finger. Und tatsächlich war im Saal keinerlei freudige Erregung zu spüren, wie es eigentlich hätte der Fall sein müssen. Mein Gott!, sie würden Manne Krug erleben! Einen Star! *Den* Publikumsliebling der DDR! Doch die Leute in den vorderen Reihen saßen stumm und starr auf ihren Klappsitzen. Weiter hinten ging es lebhafter zu. Doch die, die mit leerem Blick und verschränkten Armen auf den Beginn des Konzertes warteten, schüchterten die anderen ein.

Endlich erlosch das Licht, der Vorhang schwang auf. Oben auf der Bühne fünf Musiker. Sie stimmten die ersten Takte von *Oh when the saints* an. Und gleich darauf trat Manfred Krug auf, mit bedächtigen Schritten, das Mikro in beiden Händen dicht vor dem Mund. »Oh when the saints go marching in«, sang er zunächst behutsam und leise, »oh when the saints go marching in, I want to be in that number, …« Dann legte Manne richtig los. Wantscho zuckte es in den Knien, Rose klopfte mit dem Fuß den Takt. Gitti bewegte den Kopf zur Musik. Nur der Uhrmacher saß still. Neben ihm hockte ein Typ, der keinerlei Regung zeigte, außer dass er hin und wieder etwas in ein kleines Notizbuch schrieb. Der Uhrmacher nahm es aus den Augenwinkeln wahr. Der Applaus fiel mäßig aus. Manne Krug breitete die Arme aus und rief: »Ich grüße Nordroda! Ich freue mich, dass ich heute Abend hier singen darf!« Wieder nur mäßiger Applaus. Der Typ neben T.G. schrieb jedes Wort mit. Die Band stimmte *Careless Love* an, danach *Georgia* und *On the Sunny Side of the Street*.

»Ihr seid wohl noch nicht wach?«, rief Krug ins Publikum, das auf die Gassenhauer sehr verhalten reagierte. Einige Zuhörer klatschten, so laut sie konnten. Die, die herbestellt worden waren, regten keinen Finger. Zwei, drei Pfiffe waren zu hören. Krug ignorierte es. Er stimmte *Down by the Riverside* an. »Gonna lay down my sword and shield, down by the riverside, down by the riverside, down by the riverside.« Immerhin kam ein rhythmisches Klatschen zustande, das am Ende des Liedes in einen kräftigeren Applaus mündete.

»Sing deutsch!«, schrie einer aus den hinteren Reihen.

»Kein imperialistisches Liedgut«, brüllte ein anderer weiter vorne.

Manfred Krug wischte sich mit einem Taschentuch den Schweiß von der Stirn. »Für alle, die es nicht wissen«, sprach er ins Mikrofon, »*Down by the Riverside* ist ein Lied aus dem amerikanischen Befreiungskrieg.« Und leise sang er, ohne dass die Musiker ihn begleiteten: »Ich lege jetzt ab mein Schwert und Schild, dort an dem großen

Fluss, dort an dem großen Fluss, dort an dem großen Fluss. Ich lege jetzt ab mein Schwert und Schild, dort an dem großen Fluss. Ich studier' den Krieg nicht mehr. Ich studier' den Krieg nicht mehr, ich studier' den Krieg nicht mehr, will den Krieg nicht mehr …« Krug hörte auf zu singen.

Stille im Saal. Grabesstille.

Krug gab der Band ein Zeichen, zwo drei vier! »Ottilie, hmm, du bist süß wie Petersilie, hmm, quatsch, ich meine, wie 'ne Lilie, ich hab' dich so lieb …« Kaum Reaktionen aus dem Zuschauerraum. Auch Wantscho, Rose und die anderen verhielten sich ruhig. Abwartend.

»Ihr wollt mich fertig machen!?«, rief Krug wütend ins Publikum. »So wie gestern in Gera, vorgestern in Erfurt und letzte Woche in Neustrelitz? Und so wie in Dresden, wo ich für zweihundert bestellte FDJ-Sekretäre singen musste? Den Abend habe ich überstanden, weil ich irgendwann beim Singen die Augen zugemacht habe. Und das alles nur, weil ich gegen den Rausschmiss meines Freundes Wolf Biermann protestiert habe?«

Buhrufe.

»Wisst Ihr was, Ihr Bonzen: Meine Filme könnt ihr kassieren, mei ne Konzerte könnt ihr absagen, doch meine Meinung könnt ihr mir nicht nehmen!« Er schüttelte seine Faust. Die markante Narbe auf seiner Stirn schimmerte im Scheinwerferlicht. »Aber noch was könnt Ihr, Genossen: Ihr könnt mich alle mal am Arsch lecken!« Im Saal rumorte es. Wieder riefen einige: »Buh!«

Krug sprach weiter, dank des Mikofons übertönte seine Stimme den Tumult: »Allen anderen danke ich von Herzen! Ich bleibe euer Manne, egal was geschieht! Macht's gut!« Er verließ die Bühne. Die Musiker saßen da wie begossene Pudel. Buhrufe und Pfiffe mischten sich mit Applaus. Ein junger Kerl im Blauhemd stürmte auf die Bühne, er wurde von den Musikern abgedrängt. Zwei Typen im Regenmantel zogen ihn weg. Im Saal kam es zu Rangeleien. Wantscho gab Rose ein Zeichen. Sie standen auf, Gitti und der Uhrmacher ebenso. Sie verließen den Kinosaal, holten ihre Mäntel und gingen raus auf die Straße. Es wimmelte von Vopos und Polizeiwagen.

Am 11. Dezember, dem Tag des Gesundheitswesens, wurden auch in diesem Jahr wieder Mitarbeiter der Nervenklinik in Nordroda mit Medaillen für treue Dienste ausgezeichnet. Im Rahmen des feierlichen Festaktes erhielt Wantscho die Hufeland-Medaille in Silber. Der Ärztliche Direktor würdigte jeden einzelnen Preisträger. Über Wantscho sagte er: »Wir alle kennen Herrn Doktor Nikolow als einen überzeugten Genossen, der sich durch hohe ärztliche Einsatzbereitschaft vor allem gegenüber Schwerkranken auszeichnet. Er ist bekannt für sein großes Einfühlungsvermögen in die Probleme psychisch Kranker. Von den Mitarbeitern wird er hoch geschätzt und als Leiter des Kollektivs Erwachsenenpsychiatrie voll akzeptiert. Eine große Zahl von Patienten besucht seine wöchentliche Ambulanzsprechstunde. Die Klinik kann sich glücklich schätzen, einen so engagierten und fachlich hoch qualifizierten Nervenarzt in ihren Reihen zu wissen.«

Dem nun leider der Doktortitel aberkannt werden soll, dachte Wantscho missmutig, während heftiger Applaus einsetzte. Er stand auf und humpelte nach vorn zum Rednerpult. Rückwart heftete ihm die Medaille ans Revers, überreichte ihm eine Urkunde und schüttelte ihm die Hand. Dabei lächelte er ihn an. Lag da Hohn in seinem Blick? Wantscho wandte sich dem Publikum zu. Die Kollegen hörten nicht auf zu klatschen. Rita stand auf. Und mit einem Mal erhoben sich alle von ihren Plätzen. Sogar die Echse.

Im neuen Jahr verließ Elke Bernhard und zog nach Berlin. Ihre fünf Kinder nahm sie mit. Dieser Schritt kam für alle überraschend. Wantscho und Rose hatten angenommen, die Freunde seien miteinander versöhnt. Zwar hatte Elke sich, wenn sie mit Rose sprach, immer wieder darüber beklagt, dass Bernhard sie betrüge, dennoch hatte es den Anschein gehabt, Elke dulde Bernhards Eskapaden. Auf die Oberschwester war eine Schwesternschülerin gefolgt, auf die Schwesternschülerin eine Psychologin, auf die Psychologin eine Lehrerin. Hinzu kam, dass Elke finanziell vollkommen von Bernhard abhing. Sie hatte keine Ausbildung und keinen Beruf. Elke hatte »nur« die Kinder und den Haushalt.

Doch Elke hatte alles sorgfältig geplant. Sie hatte Kontakt mit Christín in Berlin aufgenommen. Die war vor Jahren von ihrem Bildhauer verlassen worden und zog die Kinder seither alleine groß. Das letzte Lebenszeichen hatte sie von Rosché 1972 erhalten: eine Ansichtskarte aus Irland. Elke zog mit den Kindern zu ihr nach Pankow.

Bernhard fiel in ein tiefes, schwarzes Loch. Wantscho fuhr nun an den Wochenenden öfter allein nach Kromberg, um dem Freund beizustehen. Der hoffte, seine Familie würde zurückkehren. Er bereute, dass er fremdgegangen war. Er weinte und wartete und fristete seine Tage dabei wie ein Mönch.

Elke lebte auf. Sie nahm zwölf Kilo ab, schnitt sich das Haar kurz und fand eine Stelle als Kassiererin im Centrum-Warenhaus am Alexanderplatz. Sie bemühte sich um eine eigene Wohnung und hatte Glück. Wegen ihres Kinderreichtums und angesichts der Tatsache, dass sie diese alleine erzog, sprach ihr die Kommunale Wohnungsverwaltung eine Drei-Raum-Wohnung in Prenzlauer Berg zu. Elke arbeitete von früh bis spät. Zunächst war es hart für sie. Doch sie gewöhnte sich daran. Zum ersten Mal in ihrem Leben ging sie einer Arbeit nach, die sich außerhalb ihrer eigenen Wände befand. Zum ersten Mal verdiente sie Geld. Sie arbeitete gern in dem riesigen Gebäude am Alex mit der eigentümlichen Wabenfassade aus Metall. Wenn sie abends nach Hause kam, hatten die Kinder den Abendbrottisch gedeckt. Auf diese gemeinsame Stunde freute sie sich jeden Tag. Zwar war sie abgespannt und müde, aber auch zufrieden und erfüllt. Sie sorgte für sich und die Kinder. Ihr Selbstwertgefühl wuchs. Bernhard schrieb ihr jede Woche einen langen Brief und schickte Geld. Elke schrieb nicht zurück. Noch nicht. Sie brauchte noch Zeit.

Rose besuchte Elke in Berlin. Sie bewunderte die Freundin, die so selbstständig geworden war. Elke fragte Rose, ob sie noch immer vorhabe, Wantscho zu verlassen. Rose schüttelte den Kopf. Elke sagte, sie habe ein schlechtes Gewissen, da sie ihr geraten habe, bei Wantscho zu bleiben. Sie habe Wasser gepredigt und selber Wein getrunken. Rose erzählte ihr, dass es aus sei mit Jakobi. Elke war erstaunt.

Und Rose erzählte, wie sie vor einigen Tagen mit ihm lange schweigend im Auto gesessen hatte, auf der Fahrt zu ihrem Hotel in Leipzig.

»Was ist mit dir?«, hatte Jakobi gefragt. »Bist du müde, Liebes?«

»Es ist nichts«, hatte Rose geantwortet, und in ihrem Kopf tauchte ein Bild auf: Jakobi, wie er im Klassenzimmer »Der Marxismus ist allmächtig, weil er wahr ist!« an die Tafel schrieb. So schwungvoll, dass die Kreide auf dem grünen Kunststoff der Tafel quietscht. Wie er über die wissenschaftliche Weltanschauung dozierte, die wissenschaftlich war, weil sie wahr war, oder wahr war, weil sie wissenschaftlich war. Wie auch immer! Rose brummte der Kopf, und ihre Ohren dröhnten.

Sie erzählte, wie Jakobi an einer roten Ampel gehalten hatte und wie ihr Blick auf einen weißen Transporter auf der anderen Straßenseite gefallen war. Das Kennzeichen begann mit einem »I«. Vor dem Transporter parkte ein Tschaika. Möbelträger verstauten gerade Tische, Stühle, Kommoden und Schränke.

»Hoher Besuch«, sagte Jakobi und lächelte wohlwollend, als er die schwarz glänzende Limousine sah.

»Komisch«, sagte Rose, »so einen Wagen habe ich in Nordroda auch schon öfter gesehen. Ebenfalls mit Berliner Nummernschild.«

»Da hat sich wohl wieder jemand verdrückt.« Die Ampel schaltete auf Grün, Jakobi fuhr an.

»Wohin verdrückt?«

»Na, rüber zum Klassenfeind, Liebes. Oder ins Gefängnis, falls sie ihn geschnappt haben.«

»Du willst damit sagen, die räumen gerade die Wohnung aus?« Roses Stimme klang ungläubig. Sie dachte an den Besuch ihrer Schwester Egede. An das, was sie und Wantscho mit ihr besprochen hatten. An den Brief, den Egede geschickt hatte. *»Habe alle Zutaten für das Rezept zusammengetragen, das euch so gut gefallen hat.«* Und sie dachte an Bojko, Barbara und die Zwillinge in der Schweiz.

»Alles, was in der Wohnung zurückbleibt, ist Staatseigentum.«

»Die Stasi reißt sich den privaten Besitz unter den Nagel?«

»Verräter brauchen kein Privateigentum!«

»Du bist widerlich.«

»Nein, ich habe nur einen Klassenstandpunkt. Du hingegen …«

»Halt an!«, fiel Rose ihm ins Wort.

»Aber, Liebes!«

»Halt an, du Scheißkerl!«, brüllte Rose und schlug mit der Faust gegen die Autoscheibe. Jakobi fuhr rechts ran und bremste. Rose stieß die Tür auf, sprang aus dem Wagen und stürmte davon.

Das alles erzählte sie Elke. Nur die Sache mit ihrer Schwester Egede behielt sie für sich. Sie fragte ihrerseits, wie es denn nun mit Bernhard weitergehen solle. Elke zuckte die Schultern. Er fehle ihr, sagte sie, vor allen Dingen nachts. Er wolle sie besuchen kommen. Doch das gehe ihr zu schnell.

Erneut kam Egede aus West-Berlin zu Besuch. Sie erzählte Rose und Wantscho, sie habe Bojko mit Frau und Kindern ausfindig gemacht. Sie lebten gar nicht in der Schweiz, sondern in Westdeutschland. In der Schweiz hätten sie nur ein Postfach, zur Tarnung. Bojko habe ihr am Telefon erzählt, er habe einen jugoslawischen Grenzübergang nach Österreich für die Flucht genutzt, der als »relativ offen« galt.

Was das bedeuten würde, relativ offen?, wollte Wantscho wissen.

»Die Grenzkontrollen sind dort recht locker«, antwortete Egede.

»Was genau heißt das denn?«

»Die Grenzer haben wohl nicht viel gefragt, weil sie Geld bekommen haben.«

Wantscho schüttelte den Kopf und rieb sich die Stirn.

»Westgeld?«, fragte Rose.

Egede nickte. Sie kramte in ihrer Handtasche und holte ein Kuvert hervor. Sie gab es Rose. »Für euch.«

Rose öffnete das Kuvert und sah, dass sich D-Mark-Scheine darin befanden, lauter Hunderter. Sie kämpfte mit den Tränen und gab Wantscho das Kuvert. Dann umarmte sie ihre Schwester.

»Ach du liebes bisschen«, sagte Wantscho, als er das Geld sah. Er räusperte sich.

»Ich bin dafür, es zu versuchen«, sagte Rose und putzte sich die Nase.

»Wie heißt der Grenzübergang überhaupt?«, fragte Wantscho. »Wir müssen uns das mal im Atlas ansehen.«

»Ich hab's mir irgendwo aufgeschrieben«, sagte Egede und klappte ihr Portemonnaie auf. »Ich weiß nicht mehr, wo ich den Zettel hingetan habe.« Sie fand ihn nicht mehr.

Sie verabredeten, dass Egede den Namen des Grenzübergangs noch einmal in Erfahrung bringen sollte. Sie würde aber keinen Brief schicken. Sie würden auch nicht innerhalb Deutschlands miteinander telefonieren, sondern Nikolows würden Egede anrufen, wenn sie sich auf der großen Fahrt nach Bulgarien befanden. Das war am sichersten. Wie jedes Jahr würden sie beantragen, über Jugoslawien reisen zu dürfen. Sie würden Wantschos Onkel Boris, einen entfernten Verwandten von Majka Sneza, und dessen Frau Mariechen in Belgrad besuchen. Sie würden dort aufs Postamt gehen, ein R-Gespräch nach West-Berlin anmelden, und Egede würde den Namen des Grenzübergangs durchgeben und alles, was sie noch wissen mussten. Egede würde am 28. Juli 1977 zwischen vier und sechs Uhr nachmittags den Anruf erwarten. Sollte es an diesem Tag nicht klappen, so würde sie sich auch an den Folgetagen um die verabredete Zeit in Reichweite des Telefons aufhalten.

»So könnte es funktionieren«, sagte Wantscho. Insgeheim dachte er: Dann können wir immer noch entscheiden, ob wir uns auf diesen Wahnsinn einlassen oder doch lieber nach Bulgarien fahren.

Oberstleutnant Wilke befürwortete Dr. Iwan Nikolows Antrag, über das blockfreie Jugoslawien zu fahren, und sandte ein Schreiben an die vorgesetzte Dienststelle in Erfurt:

> Zu Dr. Nikolow ist zu sagen, daß er unser Organ in speziellen Fragen, bedingt durch seine Tätigkeit als Nervenarzt, bei Anfragen und Anliegen in der Vergangenheit ehrlich unterstützte und dabei sich aufgeschlossen zeigte. Negative Momente zu

seiner Person bzw. seiner Ehefrau liegen nicht vor. Er zeigt eine gute Einstellung, besitzt einen guten Leumund. Von meiner Seite ist zu einer Durchreise durch Jugoslawien nach Bulgarien nichts Entgegenstehendes zu sagen.

Am 1. Mai, dem »Kampf- und Feiertag der Werktätigen« wurde Wantscho, Träger der Hufeland-Medaille in Silber, auf die Ehrentribüne von Nordroda delegiert. Diese Auszeichnung konnte er nicht ablehnen. Für ihn war es ein Hohn: Er dachte an Flucht, hatte berufliche Schwierigkeiten, die seine Gesundheit angriffen, und das System zeichnete ihn aus. Er stand in der dritten Reihe, trug den Orden an der Brust und unten auf der Karl-Marx-Straße marschierte das Volk. Das lange Stehen fiel ihm schwer, beide Beine schmerzten. In dem Meer von Gesichtern erkannte er kein einziges. Er sah Nelli nicht, die ihm aufgeregt winkte, in die Höhe sprang, das Fähnchen schwenkte. Er sah auch Rose nicht, die mit ihren Kolleginnen aus der Löwen-Apotheke vorbeimarschierte. Dieses Jahr wollte sie sich auf keinen Fall drücken. Bloß nicht auffallen. Die Füße auf der Straße, die Flucht im Kopf!

Rose schloss ihr Fernstudium ab. Von Jakobi hielt sie Abstand. Und er von ihr. Ihre Kenntnisse im Fach Marxismus-Leninismus bewertete er fair mit einer Drei. Rose war froh darüber. Es hätte schlimmer kommen können. Mit der Note und auch mit Jakobi.

Seit dem Tag, an dem Rose aus Jakobis Auto gesprungen war, hatten sie nicht mehr miteinander gesprochen. Jakobi verstand Roses Verhalten nicht. Was hatte er falsch gemacht? Er hätte gern mit ihr darüber geredet. Doch sobald er Roses verschlossenes Gesicht sah, traute er sich nicht mehr, auf sie zuzugehen. Und immer wenn Rose auf Jakobi traf, pochten seine Worte hinter ihrer Stirn, *Verräter brauchen kein Privateigentum!* Dann dachte sie fest an Wantscho. Sie wollte so sehr, dass alles gut würde. Und sie dachte an den bevorstehenden Sommerurlaub. An die Reise ohne Wiederkehr.

Der letzte Schultag kam heran, es gab Zeugnisse. Nellis Notendurchschnitt lag bei 1,2. Kerstins bei 1,3. Cornelia war wieder Klassenbeste mit 1,0. Nelli war erleichtert. Bestimmt würde sie auf die EOS gehen dürfen. Vier Schüler aus ihrer Klasse, so hieß es, würden nach der achten in die Vorbereitungsklasse delegiert. Nelli durfte nur nicht nachlassen! Sie durfte auf keinen Fall den zweiten Platz in der Rangfolge verlieren. Sie musste unbedingt vor Kerstin bleiben. Kerstin war Arbeiterkind, sie nicht. Die beste Freundin war zugleich die größte Konkurrentin. Sie würden Kerstin ihr doch nicht vorziehen? Aber Vati hatte ja gute Beziehungen in Nordroda. Er würde schon dafür sorgen, dass sie nicht übergangen wurde. Die Gotzkowsky würde ihr jedenfalls keine Steine mehr in den Weg legen. Seit ihrer Rückkehr aus der Kur war sie wie ausgewechselt. Sie hatte sich die Nase richten lassen, die Haare trug sie kürzer und sie war nett zu Nelli. Allen fiel das auf. Wurde Nelli darauf angesprochen, sagte sie nur: »Es geschehen noch Wunder.« Sie verschwieg, dass ihr Vater die Gotzkowsky vier ganze Monate lang behandelt hatte. Ihre Psychose hatte die Lehrerin, dank der Einnahme von Neuroleptika, so gut im Griff, dass sie ihre Arbeit an der Schule wieder aufnehmen konnte.

Manchmal beneidete Nelli Swen. Ihr Freund war, was Schule und Zukunft anging, so entspannt. Er stand auf 3,1 und scherte sich nicht drum. Einmal sprach Nelli ihn darauf an. Er wolle nicht studieren, sagte Swen. Er wolle nichts werden. Er werde irgendwo eine Lehre machen und später mal seines Vaters Laden übernehmen.

»Aber ein ganzes Leben lang Öfen setzen?«, fragte Nelli.

Swen zuckte mit den Schultern. »Hauptsache, glücklich!« Er griff ihr in den Nacken. Da musste Nelli lachen, doch recht geben konnte sie ihm nicht.

Rose und Wantscho weihten niemanden in ihren Plan ein. Nelli nicht. Viktoria nicht. Die Freunde auch nicht. Es war klar, dass nach einer geglückten wie auch nach einer missglückten Flucht die Stasi unerbittlich ihre Fangarme ausbreiten würde, um Kollegen, Freunde,

Bekannte und Verwandte zu verhören. Wer nichts wusste, konnte unbelastet in diese »Gespräche« gehen. Um ja keinen Verdacht zu erwecken, bestellte Rose Nellis Schulbücher für die 8. Klasse und holte sie gemeinsam mit der Tochter ab. Außerdem wurde der neue Schlafzimmerschrank geliefert, den Rose eigens noch gekauft hatte. Rose und Wantscho feierten mit ihren ahnungslosen Freunden eine letzte Fete. Sie brachten Tapsi zu Irene und Hajo, die sich bereit erklärt hatten, den Dackel in Pflege zu nehmen. Viktoria kam zu Besuch. Sie würde die Blumen gießen und nach dem Rechten sehen. Sie bat darum, ihr aus Bulgarien eins dieser bunt verzierten Holzkästchen mitzubringen. Das eine, in dem sie ihre Briefe aufbewahre, sei voll, sie benötige ein weiteres. Zum Abschied küsste Viktoria erst Nelli und anschließend ihre Tochter. Sie erteilte die üblichen Ermahnungen: »Fahrt vorsichtig!« und »Schreibt von unterwegs und wenn ihr angekommen seid!«

Todor Stanischew, der Mann von Roses Arbeitskollegin Margit, rief an und teilte erleichtert mit, dass ihre Fahrt durch Jugoslawien genehmigt worden sei.

»Wir warten noch auf den Bescheid aus Erfurt«, sagte Wantscho und verfiel ins Grübeln. Kam die Genehmigung, war es gut. Kam sie nicht, war es auch gut. Dann sollte es so sein. Wantscho verbrachte eine schlaflose Nacht. Traf Rose in der Küche, die rauchend im Morgenmantel am Tisch saß. Machen wir es richtig? Sie war sich sicher, er nicht.

Am nächsten Tag erhielten auch sie Post von der Bezirksverwaltung für Staatssicherheit:

> Hiermit erteilen wir die Genehmigung, mit dem Pkw, Wartburg 353, Baujahr 1975, Kennz.: LV 22-27, Farbe: gelb, Eigentümer: Dr. Iwan Nikolow, durch Jugoslawien nach Bulgarien zu fahren.

Am Abend vor der Abreise saß Wantscho ein letztes Mal bei seinem Freund, dem Uhrmacher. Jeder genoss die Anwesenheit des anderen, diesen Gleichklang, der zu spüren ist, wenn man miteinander schweigt. Und der mit Worten nicht beschrieben werden kann. Wantscho war elend zumute. Er konnte sich nicht vorstellen, nie wieder hier zu sitzen, um seinem Freund bei der Arbeit zuzusehen. Hinzu kam, dass er unaufhörlich vor sich hin grübelte. Würde er überhaupt zurechtkommen, im goldenen Westen? Immerhin war er bald siebenundvierzig Jahre alt und musste noch einmal ganz von vorne anfangen. Doch er wusste auch, dass es keine Alternative gab. Dass er hier vor die Hunde gehen würde. Er dachte an seine Patienten. Von jedem einzelnen hatte er sich verabschiedet und Mühe gehabt, das Zittern in seiner Stimme zu verbergen. Wie ein Schwein hatte er sich gefühlt – er ließ seine Patienten im Stich! »Schöne Ferien, Herr Doktor!«, »Kommen Sie bald wieder!«, klang es ihm noch in den Ohren. Schwester Rita hatte er zum Abschied umarmt. Überrascht hatte sie ihn angesehen, und er hatte es plötzlich eilig gehabt, die Klinik zu verlassen.

Rose verstaute derweil Dokumente im Futter des Reisekoffers. Geburtsurkunden, Abschlusszeugnisse, Impfausweise. Zu Nelli sagte sie: »Pack dein Zeugnis ein. Dann kannst du Baba und Djado mal deine guten Zensuren zeigen.«

»Meine sehr guten Zensuren, Mutti«, sagte Nelli. Sie steckte das Heft mit dem goldfarbenen Plasteumschlag in ihren Rucksack, ohne sich etwas dabei zu denken. Danach rief Nelli »Tschüss!« und ging. Sie war mit Swen verabredet. Rose war es eng ums Herz. Was muteten sie dem Kind zu? Bloß nicht nachdenken. Sie nahm die Urkunde in die Hand, die sie als Pharmazie-Ingenieur auswies. Sie hatte gehört, dass es eine solche Berufsbezeichnung im Westen gar nicht gab. Würde sie überhaupt Arbeit finden? Ihre Kolleginnen aus der Apotheke kamen ihr in den Sinn. Von ihnen hatte sie sich noch nicht einmal richtig verabschiedet. Sie spürte überdeutlich den Trennungsschmerz. Rose schob die Urkunde zu den übrigen Dokumenten und schloss den Koffer. Dann lief sie hinüber zu Gitti und T. G.. Wenigstens hier richtig Lebewohl sagen!

Sie umarmte den Freund und die Freundin, gab sich burschikos. Wantscho blieb auffallend still. Die Freunde wünschten eine gute Reise und sagten, was man eben so sagt, wenn man sich vier Wochen lang nicht sehen kann.

Als Rose und Wantscho wieder in ihre Wohnung zurückkamen, konnte Rose die Tränen nicht mehr zurückhalten. Sie lief durch die Zimmer, in denen sie fast dreizehn Jahre lang mit Mann und Kind gewohnt hatte. Was sollte sie noch einpacken? Was machte Sinn? Bald würde ein Transporter mit Berliner Kennzeichen vor dem Haus stehen. Die Stasi-Schergen würden in ihren privatesten Dingen herumschnüffeln und die Wohnung auflösen. *Verräter brauchen kein Privateigentum!* Rose gab sich einen Ruck. Sollen sie doch! Sie musste jetzt damit abschließen. Sie ermahnte sich, nur Dinge mitzunehmen, die sie für den Urlaub brauchte. Nur Sommersachen. Zwei Bücher vielleicht. Keine Schallplatten, kein Bild. Die Fotoalben? Sie erschrak. Sie konnte doch die Fotoalben nicht einfach so zurücklassen. All die Erinnerungen. »Was soll ich mit den Fotoalben machen?«, fragte sie Wantscho. »Lass sie, wo sie sind«, antwortete er. »Wir fangen ganz neu an.«

30

Rose und Wantscho packten das Auto. Sie schleppte Koffer und Taschen aus dem Haus und stellte sie am Wagen ab. Er verstaute alles im Kofferraum und auf der Rückbank. Zuvor war Wantscho bei Meister Gäbler in der Werkstatt gewesen. Der Meister hatte den Wartburg vollgetankt, den Reservekanister gefüllt, Luftdruck und Ölstand geprüft, alle Scheiben und Scheinwerfer geputzt und im Kofferraum eine Kiste mit Ersatzteilen verstaut.

Nelli und Kerstin sausten auf Klapprädern vorbei. Kerstin hatte zwei Meter Vorsprung, ihr langer geflochtener Zopf hüpfte hin und her. Und weckte eine Erinnerung in Wantscho: Er am Donau-Strand, im Schatten der Weiden, einen Grashalm im Mund. Neben ihm eine Frau, deren Name er vergessen hatte. Eine, die er begehrte. Sie trug einen roten Rock und am Hals einen lieblichen Leberfleck. Ihr volles schwarzes Haar war zu einem dicken Zopf geflochten. Er kitzelte sie mit dem Halm. Ihre Haut roch betörend. Sie ließ sich küssen und anfassen. Doch als er mehr wollte, wehrte sie ihn ab.

Nachts um drei fuhren sie los. Stanischews warteten wie verabredet am Ortsausgang. Todor hatte einen Gepäckträger auf das Dach des Trabis geschraubt. Der Berg aus Koffern, Taschen und Kartons, den er aufgetürmt hatte, sah gewaltig aus. Er war mit einer Plane abgedeckt und mit Stricken befestigt. Todor lehnte am Auto, eine Zigarette zwischen den Fingern. Margit kramte im Kofferraum. Dobri saß auf dem Rücksitz. Die Freunde begrüßten einander. Dann stiegen alle ein und los ging's. Stanischews fuhren voraus.

Fünf Stunden später machten sie Rast in der Sächsischen Schweiz, kurz vor der tschechischen Grenze.

Je näher sie danach der Grenze kamen, umso stiller wurde es im Auto der Nikolows. Allen war beklommen zumute. Rose hatte Angst vor der Grenze. Angst, die sich stets mit Zorn mischte. Zorn darüber, von Uniformierten gegängelt zu werden, ihnen auf Gedeih und Verderb ausgeliefert zu sein. Wantscho war nie etwas anzumerken. Er blieb stets gelassen. Selbst dann, wenn der Grenzbeamte am Kontrollposten verlangte, er solle aussteigen. So auch dieses Mal. Wantscho hielt dem DDR-Grenzer die Ausweise hin. Der wollte sie nicht haben, sondern gab zu verstehen, er, Wantscho, solle den Kofferraum öffnen. Wantscho griff nach seinem Stock, der neben der Handbremse lag, öffnete die Fahrertür, stemmte sich hoch und stieg aus. Als der Grenzer sah, dass er humpelte, zuckte er kurz mit den Augenbrauen und wandte sich ab. Der Anblick des gehbehinderten, gut gekleideten, schwarzhaarigen Mannes hatte fast immer eine beschwichtigende, ja heilende Wirkung. Meistens bekamen die Grenzer eine Art Beißhemmung. Denn bissig waren sie und neidisch. Warum durften die ins Ausland reisen und sie nicht?

Wantscho hob die Haube des Kofferraumes hoch, der Grenzer warf einen Blick hinein und fingerte an Taschen und Koffern herum, ohne ein Gepäckstück herauszuheben. Dann nahm er die Ausweise und lief zum Wärterhäuschen. Nach zehn Minuten kam er wieder heraus und gab Wantscho, der sich wieder ins Auto gesetzt hatte, die gestempelten Dokumente zurück. Wantscho bedankte sich, startete den Motor und fuhr langsam los. Im Rückspiegel sah er den Beamten zu Todors Trabi gehen.

Die Tschechen waren unfreundlich wie immer. Ohne zu grüßen, verlangten sie in harschem Befehlston, alle Türen, samt Motorhaube und Kofferraum zu öffnen. Und zwar: »Co nejrychleji!«, was »schnellstens!« bedeutete. Wantscho stieg aus, um die Befehle auszuführen. Der Tscheche umrundete den Wartburg. Nelli und Rose saßen unbeweglich auf ihren Sitzen und sahen stur geradeaus. Immer an den Grenzen setzte dieser Mechanismus ein: Mach dich klein! Vermeide Augenkontakt! Sei demütig! Sei unauffällig! Unterwirf dich! Und vor allem: Schweig! Denn du bist ein Nichts!

Der Grenzer blieb am Kofferraum stehen. Er hob eine Reisetasche heraus, öffnete sie und stöberte ein wenig darin herum. Er rückte die Koffer hin und her und begutachtete den Karton mit den Ersatzteilen. Schließlich streckte er die Hand in Richtung Wantscho aus und blaffte: »Legitimace!« Er sah sich die Ausweise an, gab sie Wantscho zurück und wies auf ein flaches Gebäude, vor dem sich eine Schlange gebildet hatte. Wantscho machte sich auf den Weg. Todor musste ebenfalls alle Türen und Klappen öffnen und sich dann anstellen, um die Dokumente stempeln zu lassen. Es dauerte eine Ewigkeit, bis die Männer wiederkamen. Rose saß still und stumm auf dem Beifahrersitz. Sie war nervös und beunruhigt und, wie immer an den Grenzübergängen, in Habachtstellung, dass etwas Unangenehmes passieren könnte. Doch dieses Mal war alles noch viel schlimmer. Es durfte nichts dazwischenkommen! Es stand *alles* auf dem Spiel. Sie drehte sich zu Nelli um. Die lächelte sie an. Rose lächelte zurück.

Als Nelli kleiner war, hatte sie ihr immer das Westgeld in die Unterhose gesteckt und ihr gesagt, sie solle sich an der Grenze schlafend stellen. Das war jeweils auf dem Hinweg gewesen. Auf dem Rückweg war das Westgeld alle. Dafür hatten sie West-Illustrierte dabei. Immer tat Nelli, als schliefe sie, wenn sie die Grenzübergänge passierten, und lag dabei auf der *Quick*, dem *Goldenen Blatt*, der *Neuen Revue*. Meistens hatten sie Glück gehabt. Nur manchmal hatten die Grenzer gefordert, das schlafende Kind zu wecken. Einmal filzten sie den Škoda. Mit einem langen Metallstab stocherten sie im Tank herum. Sie knieten auf den Boden und sahen unter das Auto. Sie beschlagnahmten die West-Illustrierten.

Doch heute steckte das Westgeld nicht in Nellis Unterhose, sondern Rose trug es selbst am Leib. So viel hatten sie noch nie dabeigehabt. Sie dachte voller Dankbarkeit an Egede. Das Geld würden sie als Bakschisch an der jugoslawisch-österreichischen Grenze brauchen. Es war ihr Pfand für die Freiheit.

Wantscho kam zurück, die Ausweise in der Hand. Er humpelte an dem Grenzer vorbei, der sie kontrolliert hatte, und nickte ihm zu. Der Grenzer reagierte nicht. Rose atmete auf. Die erste Hürde war genommen! Wantscho räumte die Reisetasche, die immer noch auf dem Asphalt stand, wieder in den Kofferraum, schlug die Haube zu und stieg ins Auto. »Los geht's!« Rose atmete auf.

»Gut gemacht, Vati«, lobte Nelli. Sie lächelte dem Vater im Rückspiegel zu und freute sich, als er ihr Lächeln erwiderte.

Wantscho fuhr langsam an. »Diese Ochsen!«, stöhnte er und lachte leise.

»Ich musste gerade daran denken«, sagte Rose, »wie sie uns hier auseinandergenommen haben.«

Wantscho lachte. »Wie lange ist das her?«

»Acht, neun Jahre?« Rose wandte sich zu Nelli um. »Kannst du dich daran erinnern?« Nelli schüttelte den Kopf.

»Damals hast du voller Empörung geschimpft: Ich dachte, die Tschechen sind unser Brudervolk!«, sagte Rose zu Wantscho.

Der lachte erneut. »Ich sagte aber auch: Dowerjaj, no prowerjaj. Vertrauen ist gut, Kontrolle ist besser. Frei nach Lenin.«

»Damals warst du noch überzeugt«, sagte Rose. »So ändern sich die Zeiten!«

»Tempora mutantur, nos et mutamur in illis«, rezitierte Wantscho gut gelaunt.

Hinter Hřensko, dem ersten Ort nach der Grenze, hielten sie an, vertraten sich die Beine und warteten auf Stanischews. Links erhob sich schroff ein Felsmassiv der Böhmischen Schweiz, rechts fiel die Straße steil ab, unten im Tal floss die Elbe.

Noch hundert Kilometer bis Prag. Sie fuhren inzwischen auf der E55. Stanischews im Trabi voran, Nikolows im Wartburg hinterher. Todor fuhr schnell, etwa achtzig Stundenkilometer. Wantscho war zufrieden damit. Denn natürlich machte der Wartburg mehr Sachen als der Trabi. Doch mit achtzig konnte er leben. Auf der Höhe von Roudnice nad Labem fing der Trabi an zu qualmen. Todor fuhr rechts ran, sprang aus dem Wagen und öffnete hektisch die Motorhaube. Wantscho parkte hinter ihm und stieg ebenfalls aus.

»Der Motor hat sich überhitzt«, rief Todor.

Beide Männer beugten sich über das Motorgehäuse.

»Mrda!«, fluchte Todor.

»Der Schlauch ist undicht«, sagte Wantscho und klappte die Gläser seiner Sonnenbrille nach oben. »Sieh mal, das Kühlwasser ist ausgelaufen.«

Todor zog sein Polohemd aus und warf es über einen Strauch am Straßenrand. Sein Unterhemd war weiß und gerippt. Er zündete sich und Wantscho eine Zigarette an. Es war sehr heiß, die Sonne brannte unbarmherzig vom Mittagshimmel herab, die Luft flimmerte über dem Asphalt. Pkws fuhren vorbei, Laster und Busse. Einige hupten, andere winkten. Todor ging zum Kofferraum und hob den Deckel hoch. Fluchend, die Zigarette im Mundwinkel, lud er Koffer, Taschen und Beutel aus, um an das Werkzeug zu gelangen. Auch er hatte vorgesorgt: Eine riesige Tasche enthielt transportable Trabant-

Ersatzteile. Er verklebte das Loch im Kühlwasserschlauch. Wantscho assistierte ihm, ohne sich die Hände schmutzig zu machen. Er sah dem Freund zu, kommentierte seine Handgriffe und lobte sein Geschick.

Durch Prag kamen sie glücklicherweise, ohne sich zu verfahren. Rose graute davor, die Route durch große Städte finden zu müssen. In der Regel las sie die Landkarte, die auf ihren Knien lag, und Wantscho fuhr in die Richtung, die sie vorgab. Im vergangenen Jahr hatten sie sich so verfranst, dass sie viel zu weit westlich, in Hradec Králové, gelandet waren. Bei einigen Fahrten hatten sie Stanischews verloren und zufällig in Ungarn am Balaton oder auch erst in Bulgarien am Schwarzen Meer wieder getroffen.

Sie ließen die tschechische Hauptstadt hinter sich und fuhren auf der E65 über Brno nach Bratislava. Einmal hielten sie an, um zu tanken. Sie aßen im Auto. Es wurde dunkel. Rose löste Wantscho ab. Er setzte sich auf den Beifahrersitz, legte den Kopf an die Nackenstütze und schloss die Augen. Er konzentrierte sich auf die Schwere in Armen und Beinen, auf seinen Herzschlag und versuchte so, sich mit der Technik des Autogenen Trainings zu entspannen. Nelli lag auf der Rückbank, unter dem Kopf ein kleines Kissen, über sich eine wollene Decke. Mit ihren dreizehn Jahren war sie inzwischen so groß, dass sie die Beine anwinkeln musste. Rose steuerte den Wartburg durch die Nacht. Vor ihr fuhr Todor. Die länglichen Rücklichter des Trabants leuchteten wie Reptilienaugen. Es wurde langsam Zeit, ein paar Stunden Rast einzulegen. Rose war müde, das Sehen strengte sie zunehmend an.

Hinter Bratislava steuerten sie einen Parkplatz an, der oberhalb der Donau lag. Schon einige Male hatten sie auf ihren Urlaubsreisen an dieser Stelle gehalten, immer nachts, um ein paar Stunden zu schlafen. Todor und Margit mühten sich damit ab, ein Zelt aufzubauen. Im Trabi war zum Schlafen kein Platz. Sie gerieten in Streit. Margit meinte, Todor sei ungeduldig und hektisch; er warf ihr mangelnde Begabung in technischen Dingen vor. Beide hatten recht. Als es endlich stand, trug Todor den schlafenden Dobri ins Zelt. Das Ratschen des Reißverschlusses, der den Zelteingang verschloss, war das Letzte, was in dieser Nacht von den Freunden zu hören war.

Wantscho kurbelte den Beifahrersitz von der Senkrechten in die Waagerechte. Rose tat das Gleiche mit dem Fahrersitz. Nelli schlief. Rose prüfte, ob alle Fenster hochgekurbelt waren, und tötete drei Mücken, die den Weg ins Wageninnere gefunden hatten. Dann machten Wantscho und Rose es sich, so gut es ging, auf den Sitzen bequem.

»In Ungarn müssen wir uns von den Freunden trennen«, sagte Rose leise.

»Ja«, antwortete Wantscho knapp.

»Und wir müssen es Nelli sagen.«

Wantscho seufzte. Er griff nach Roses Hand. Beide schliefen unruhig in dieser Nacht.

Am nächsten Morgen wurden Nikolows durch das Donnern eines Düsenflugzeugs geweckt. Sehen konnten sie nichts. Die Scheiben waren beschlagen. Nelli kletterte aus dem Auto und bewunderte den weißen Kondensstreifen, den der Flieger im Blau des Himmels hinterließ. Sie lief ans Ufer der Donau, hockte sich neben einen Busch und pinkelte. Vor ihr tuckerte ein Schleppkahn gemächlich den Fluss hinauf. Hinter ihr erhob sich in der Ferne der Gebirgszug der Kleinen Karpaten. Nelli zog ihre Hose hoch. Auf dem Schleppkahn stand ein Mann und winkte ihr. Sie winkte zurück. Sie überlegte, ob sie baden sollte. Doch es war noch zu frisch, zu früh am Tag. Nelli lief zurück. Der Vater kam ihr entgegengehumpelt. Er lief ohne Stock, setzte sorgfältig einen Fuß vor den anderen. Nelli wünschte ihm einen guten Morgen und gab ihm einen Kuss auf die Wange, wissend, dass der Vater Wert darauf legte. Er küsste Nelli ebenfalls. »Alles klar?«, fragte er und zwinkerte mit den Augen.

Nelli nickte und lächelte.

»Die Donau!«, sagte der Vater feierlich und zeigte auf den Fluss.

»Ja«, sagte Nelli.

»Wunderbar!«, sagte der Vater.

»Hm«, bestätigte Nelli.

»Jetzt muss ich aber auch mal.« Wantscho gab Nelli einen freundschaftlichen Klaps auf den Hintern. Danach gingen beide ihrer Wege.

Rose rauchte eine erste Zigarette, sie schmeckte scheußlich. Sie sehnte sich nach einer Tasse Bohnenkaffee. Sie sah Margit und Dobri aus dem Zelt krabbeln. Auch sie, wie Todor, in blauen Trainingsanzügen. Sie gähnten und rieben sich die Augen. Ihre Gesichter waren von Mückenstichen übersät und ganz geschwollen. »Diese Mistviecher«, jammerte Margit und betrachtete sich voller Abscheu in einem kleinen Taschenspiegel. »Dobri und ich haben süßes Blut. An Todor gehen sie nicht ran.«

Gemeinsam liefen sie zum Donaustrand, die Mütter schleppten die Kühltaschen, deren Inhalt unerschöpflich schien, die Kinder trugen Trinkflaschen und Kulturbeutel. Sie wuschen sich und putzten sich die Zähne. Das Wasser war klar und wärmer als erwartet. Sie aßen und tranken etwas, dann fuhren sie weiter.

Sie durchquerten das Dreiländereck und näherten sie sich der tschechoslowakisch-ungarischen Grenze in Komárno.

Wie nah Österreich ist, dachte Wantscho und sein Herz schlug schneller. Er dachte an die nächsten Tage. Wenn alles gut lief, waren sie übermorgen im Westen. Wenn nicht, wo dann?

»Hier geht es nach Österreich«, sagte Rose und wies nach rechts. »Da steht's auf dem Schild.« Sie sah Wantscho an, ihre Blicke trafen sich kurz. Er nickte ihr zu. Die Grenzer ließen sie warten. Sie kontrollierten jeden Wagen ganz genau, gaben mit barschen Stimmen und unbewegten Mienen Anweisungen. So wie jedes Mal. Als Nikolows und Stanischews auf die ungarische Seite gelangten, war es bereits Mittag. Die Sonne stand hoch am Himmel, in den Autos war es unerträglich heiß.

Die Ungarn waren, wie es ihrer Mentalität entsprach, lockerer und umgänglicher. Ein Grenzer saß auf einem Stuhl neben dem Zollhaus und biss Sonnenblumenkerne auf. Die Uniformjacke hatte er ausgezogen, die Ärmel seines Hemdes hochgekrempelt und die oberen Knöpfe geöffnet. Rose atmete auf. Nelli registrierte die Erleichterung der Mutter und begann, vor sich hin zu summen. Zwar musste Wantscho wieder aussteigen, den Kofferraum öffnen und die Stempel abholen. Und auch die Ungarn kontrollierten jedes Auto samt Insassen sorgfältig und behandelten die Reisenden wie Bittsteller und Befehlsempfänger. Doch hatte die gesamte Atmosphäre etwas viel weniger Bedrohliches. Die Grenzer hier waren nicht so verbissen wie ihre ostdeutschen und tschechoslowakischen Kollegen. Sie redeten laut miteinander, sie scherzten und sie lachten.

In Budapest fuhr Todor vor. Einmal offensichtlich im Kreis, was dazu führte, dass sie ein zweites Mal die prachtvolle Kettenbrücke überquerten. Ansonsten fand er jedoch wacker den richtigen Weg durch zahllose Kreisverkehre und breite Hauptstraßen.

Hinter Budapest, das Land wurde zunehmend flach und hügelig, tat es plötzlich einen Schlag, und der Wartburg begann zu eiern. »Ich glaube, wir haben einen Platten«, sagte Wantscho, gab Todor Lichthupe und ließ den Wagen ausrollen. Sie hielten am Rande eines Tabakfeldes, das an eine Weide grenzte, auf der Schafe grasten. In einiger Entfernung waren ein Ziehbrunnen und ein Gehöft zu sehen. Während die Männer den Reifen wechselten – wozu sie fluchend sämtliches Gepäck aus dem Kofferraum luden, um an den Ersatzreifen zu gelangen –, liefen die Frauen mit den Kindern zu dem Brunnen, um die Wasserflaschen neu zu füllen.

Der Tag neigte sich dem Ende zu und Nikolows und Stanischews fuhren weiter durch das fruchtbare Land der ungarischen Tiefebene.

Wantscho bat Rose um etwas Wasser. Die untergehende Sonne tauchte alles in ein dunkelrotes warmes Licht. Rose reichte ihm die Flasche. Wantscho trank in kleinen Schlucken, ohne die Straße aus den Augen zu lassen. Sie fuhren durch Dörfer, sahen dicke Bäuerinnen mit Kopftüchern, die gerade ihre Sonnenschirme zuklappten, unter denen sie den Tag zugebracht hatten, um Auberginen, Knoblauch, Tomaten und Kräuter zu verkaufen. Irgendwo an einer Straße hatte jemand ein Heer von Kerzen entzündet und huldigte einer eingezäunten Madonnenstatue aus weißem Stein. Anderswo roch es nach gegrillten Paprika.

Als es zu dämmern begann, sagte Wantscho: »Ich denke gerade daran, was wir tun würden, wenn wir die Genehmigung nicht bekommen hätten.«

»Dann wären wir jetzt auf dem Weg nach Rumänien«, sagte Nelli auf der Rückbank und gähnte herzhaft.

»Auch das«, sagte Rose. Wie sehr hatte sie es gehasst, durch Rumänien fahren zu müssen. Lieber, viel lieber, nahm sie den mörderischen Autoput durch Jugoslawien in Kauf. Sie genoss es, Tito sei Dank, ein blockfreies Land zu bereisen, das die Illusion von Freiheit in ihr nährte.

Zweimal war ihnen die Fahrt durch Jugoslawien nicht gestattet worden. Einmal 1968 wegen des Aufstandes in der ČSSR, das zweite Mal 1971, ohne Angabe irgendwelcher Gründe. Die Macht entschied, der Bürger, unmündig, wie er war, musste hinnehmen, ob er wollte oder nicht.

Kurz vor Szatymaz, unweit der ungarisch-jugoslawischen Grenze, draußen war es inzwischen fast völlig dunkel, sagte Wantscho: »Wir haben Todor verloren.«

»Vielleicht soll es so sein«, sagte Rose.

»Wieso?«, fragte Nelli.

»Wir sollten uns eine Stelle suchen, wo wir übernachten können«, sagte Rose, ohne auf Nellis Frage einzugehen.

Sie kamen an einem Schild vorbei, auf dem ein Zelt abgebildet war.

»Ein Campingplatz!«, rief Rose. »Kehr um Wantscho, lass uns auf den Campingplatz fahren.«

Nelli wunderte sich. Noch nie hatten sie auf einem Campingplatz übernachtet. Sie mieteten einen kleinen Bungalow für eine Nacht.

»Ich drehe mit Nelli noch eine Runde«, sagte Rose.

»Ich lege mich hin«, sagte Wantscho und entkorkte in Gedanken schon den Tokajer, den er unterwegs gekauft hatte.

Hand in Hand gingen Mutter und Tochter über den Campingplatz. Die Lichter der Straßenlaternen leuchteten nur schwach, Kies knirschte unter den Sohlen. Hier und da saßen Leute vor ihren Zelten, rauchten, tranken und unterhielten sich, hier und da wurde Feuer gemacht, hier und da rannten Kinder umher und spielten Fangen.

Sie kamen an einen kleinen See. Rose blickte sich um. Sie waren allein.

»Der Vati und ich«, begann sie und hielt inne. Nelli sah ihre Mutter an. Rose senkte die Stimme: »Also, weißt du, Nelli, wir wollen nicht mehr zurück.«

»Wie, nicht mehr zurück?«

»Pschsch!!« Rose legte einen Finger über die Lippen.

Festgetäute Boote schaukelten sanft auf dem Wasser.

»Dem Vati machen sie doch so viele Schwierigkeiten in der Klinik.«

Nelli nickte.

Rose flüsterte jetzt: »Wir wollen nach drüben. In den Westen.« Rose hielt die Luft an. Was, wenn das Kind zu weinen anfing, nicht mit wollte?

Einige Sekunden verstrichen, die Rose endlos vorkamen.

»In den Westen?« Nelli flüsterte ebenfalls. »Aber wie denn?«

»Wir fahren nicht nach Plowdiw, sondern nach Österreich und von dort nach Westdeutschland. So wie Bojko und Barbara vor zwei Jahren.«

»Aber da ist doch die Grenze!«

»Es gibt dort aber eine undichte Stelle.«

Nelli schwieg. In ihrem Kopf purzelten die Gedanken wirr durcheinander. Swen. Tapsi. Ihr Kinderzimmer. Kerstin. Die Schule. Oma Viktoria.

Rose zog ihre Tochter an sich. Nelli murmelte: »Was ist mit meinen Freunden? Mit Swen? Und was wird aus Tapsi?«

Rose nahm Nelli fest in die Arme. »Du wirst neue Freunde finden.

Tapsi ist gut aufgehoben. Und drüben kaufen wir dir einen neuen Hund. Das verspreche ich dir.« Rose musste schlucken, um die Tränen nicht aufsteigen zu lassen. Wie tapfer Nelli war. Und wie klar!

Nelli zog es innerlich hin und her. Sie konnte sich sehr gut vorstellen, im Westen zu leben. In Freiheit! Aber ohne Swen? Sie liebten sich doch! Sie dachte an das Bündel Briefe, das sie in ihrem orangenen Hocker im Kinderzimmer versteckt hielt. Das hätte sie doch zu gerne behalten. Und auch ihre Bücher. Und die Stofftiere … Sie schob diese Gedanken beiseite und horchte in sich hinein, ob sie Angst verspürte. Nein, keine Angst. Wenn Mutti sagte, es gibt da eine undichte Stelle in der Grenze, dann war das auch so. Und sie würden ja nicht in einem engen stickigen Kofferraum eingepfercht sein oder in einem selbst gebauten Floß die Elbe entlang schlingern. Würden sie nicht? Nelli hatte keine Vorstellung, wie der Grenzübertritt vonstattengehen sollte.

»Wenn du dagegen bist, tun wir es nicht«, sagte Rose.

»Ich bin nicht dagegen.«

»Nicht?«

Nelli schüttelte den Kopf. Rose zog ihre Tochter an sich und drückte sie. Nelli erwiderte die Umarmung. So verharrten sie eine Weile.

Als sie in den Bungalow zurückkehrten, hörten sie Wantscho schnarchen. Auf dem Tisch eine leere Flasche Tokajer.

Am nächsten Morgen sagte Rose zu Wantscho: »Nelli weiß Bescheid.«

»Und?« Wantschos Stimme klang besorgt.

»Sie ist einverstanden.«

Nelli kam herein. Wantscho sah sie an. Nelli bemerkte den Blick ihres Vaters und registrierte zugleich, dass er wusste, dass sie *es* wusste. Er nickte ihr zu, sie lächelte ihn an. Es bedurfte keiner Worte.

Den Stau sahen sie schon von Weitem. Zwei lange Schlangen hatten sich an der ungarisch-jugoslawischen Grenzstation gebildet. In der einen reihten sich Laster und Reisebusse, in der anderen Pkws.

In den meisten saßen Gastarbeiter, die in Belgien, den Niederlanden oder der Schweiz arbeiteten und sich auf der Heimfahrt nach Griechenland oder in die Türkei befanden. Wantscho fuhr mit dem Wartburg ans Ende der Pkw-Schlange. Zwei Stunden lang standen sie, ohne dass sich vor ihnen etwas bewegte. Wantscho kurbelte das Schiebedach auf, Nelli ihre Scheibe runter. Rose machte das Schiebedach wieder zu. Es war zu heiß.

Endlich ging es voran. Offenbar hatten die ungarischen Grenzer einige Pkws ausgiebig gefilzt. Ein Ford-Kombi mit einem »NL« auf der Heckscheibe, komplett leer geräumt, stand neben der Fahrbahn. Sogar die Sitze waren ausgebaut. Ein Mann mit grimmigem Gesicht war gerade dabei, das Auto wieder fahrtauglich zu machen. Neben ihm stand seine Frau, ein kleines Kind auf dem Arm. Um sie herum hockten drei größere Kinder.

Auch die jugoslawischen Grenzbeamten ließen sich natürlich Zeit. Wantscho musste aussteigen, Motorhaube und Kofferraum öffnen und das Gepäck ausräumen. Sogar den kaputten Reifen, der die Stelle des Ersatzreifens eingenommen hatte, musste er herausheben. Anschließend haute der Grenzer seinen Stempel in die Pässe, und sie konnten fahren. Bis nach Belgrad, wo sie Boris und Mariechen besuchen würden, waren es noch etwa zweihundert Kilometer.

Nachmittags kamen Wantscho, Rose und Nelli in Belgrad an. Herzlich wurden sie empfangen. Mariechen hatte Ćevapćići zubereitet. Der Onkel war bettlägerig. Als er Wantscho sah, weinte er. Er hob die eine Hand, die er noch bewegen konnte, Wantscho griff nach ihr, drückte sie. Hell und weinerlich klang seine Stimme. Wantscho und Rose konnten ihn, den Serben verstehen, denn Serbisch glich dem Bulgarischen. Boris, ein baumlanger Kerl mit riesigem kahlem Schädel, weinte viel und konnte sich mit seinem Schicksal nicht abfinden. Und Mariechen sang. Sie sang und tröstete ihn. Sie liebte ihn über alles. Neun gute Jahre waren ihnen geschenkt worden. Und nun musste dafür bezahlt werden, dass Boris seiner ersten Frau davongelaufen und mit Mariechen zusammengekommen war. Es gab im Leben nichts umsonst! Er weinte und sie lachte. Mariechen war ein zauberhafter Mensch, ein Engel. Zwei Jahrzehnte jünger als ihr Liebster. Sie wusch ihn, fütterte ihn, wickelte ihn, gab ihm die Medikamente. Boris und Mariechen lebten in einer Zweizimmerwohnung. Wantscho schlief nachts auf einer Luftmatratze, Rose und Nelli teilten sich Mariechens Bett. Und die legte sich auf das Sofa in der Küche.

Am nächsten Morgen weihten Wantscho und Rose die Verwandten in ihr Vorhaben ein. Sie erzählten von Bojkos Flucht und von Egedes bevorstehendem Anruf. Der Onkel wackelte sorgenvoll mit dem Kopf, aber Mariechen war sofort bereit, Rose zum Hauptpostamt zu bringen. Die Frauen machten sich auf den Weg. Nelli begleitete sie. Sie fuhren einige Stationen mit dem Bus. Den Rest gingen sie zu Fuß. Die Frauen nahmen Nelli in ihre Mitte, fassten jede nach einer Hand des Mädchens und liefen durch die Straßen von Belgrad. Noch eine Fußgängerampel trennte sie jetzt von ihrem Ziel. Sie überquerten die Straße, liefen die Treppen hinauf und in den mächtigen grauen Betonklotz hinein. Rose gab Mariechen den Zettel, auf welchem sie Egedes Telefonnummer notiert hatte. Mariechen reihte sich in die Schlange ein, die sich vor dem Schalter gebildet hatte, an dem die R-Gespräche vermittelt wurden. Rose und Nelli setzten sich auf die massive Holzbank, die in der Halle stand.

Nach zwanzig Minuten kam Mariechen zurück, setzte sich neben sie und sagte: »Wir werden aufgerufen.« Rose nickte. Mariechen strich ihr über den Arm. »Alles wird gut, meine Kleine«, flüsterte sie und nahm Roses Hand. Roses Herz klopfte schnell. Sie war aufgeregt. Was, wenn sie Egede nicht erreichte? Wenn die Schwester ihren Anruf, heute am 28. Juli 1977, vergessen hatte? Wenn die Leitung nach West-Berlin nicht zustande kam? Rose sah auf ihre Armbanduhr und bemerkte, dass sie stehen geblieben war. Sie löste die Uhr vom Handgelenk, stellte sie und zog sie auf. Sie dachte an den Uhrmacher und Gitti, an ihre Wohnung in der Sickstraße 3, an ihre Mutter, und ihr Herz, das immer noch zu schnell klopfte, wurde ihr schwer.

Sie warteten. Telefonate nach Damaskus in Syrien, nach Akaba in Jordanien und eins nach Montpellier in Frankreich wurden aufgerufen. Und endlich rief der Schalterbeamte: »Zapad Berlin, kabina dewjat!«

»West-Berlin, Kabine neun!«, rief Rose.

»Brzo! Schnell!«, sagte Mariechen. Die drei sprangen auf und eilten zu Kabine neun, wo bereits das Telefon schrillte. Rose riss den Hörer von der Gabel und rief: »Egede?« Die Verbindung war miserabel. Rose hörte die Stimme ihrer Schwester nur sehr leise. Die schrie ins Telefon. »Der Grenzposten heißt auf der österreichischen Seite Spielberg.«

»Osten«, verstand Rose. Und: »der Öster … berg«.

»Ich kann dich nicht verstehen«, schrie Rose panisch in den Hörer und presste ihn fester ans Ohr.

»Spielberg!«, wiederholte Egede. »Der Grenzposten heißt Spielberg.«

»Spielberg«, verstand Rose nun endlich. Egedes »Viel Glück! Ich hab' dich lieb« hörte sie nicht mehr, denn das Gespräch wurde unterbrochen.

Zu Hause bei Boris und Mariechen erzählte Rose Wantscho von dem Telefonat. Sie schlugen im Autoatlas nach.

»Egede sagte etwas von Spielberg im Osten.« Rose war nervös.

»Es gibt einige Spielbergs«, sagte Wantscho. »Aber nur im Landesinneren von Österreich. Und was bedeutet: im Osten?« Er fuhr mit dem Finger die Route nach. »Belgrad, Zagreb, Maribor, Šentilj. Hier gibt es ein *Spielfeld*, direkt hinter der Grenze.«

»Ja, Šentilj liegt an der Grenze«, bestätigte Mariechen.

Rose zündete sich mit zittrigen Fingern eine Zigarette an.

»Das wird es sein«, sagte Wantscho und tippte mit dem Zeigefinger auf die Stelle im Atlas, wo »Spielfeld« stand. »Es gibt keinen anderen Grenzübergang, der ähnlich heißt. Vermutlich hat Egede sich versprochen.«

»Gut«, sagte Rose, »dann soll es so sein.« Es klang beschwörend.

Wantscho nickte. Nelli sah von einem Erwachsenen zum anderen und nickte ebenfalls.

Als Wantscho, Rose und Nelli Abschied von Boris und Mariechen nahmen, weinten sie alle. Die Gewissheit, einander nie mehr wiederzusehen, machte den Schmerz unerträglich. Wantscho dachte an seine Eltern und an seine Schwester Lina, Rose an ihre Mutter und ihren Bruder Harald. Nelli dachte an Swen und Kerstin und an Tapsi.

Sie stiegen in den Wartburg und winkten Mariechen, die vor dem Haus stand, bis sie nicht mehr zu sehen war. Vor ihnen lagen sechshundert Kilometer Autoput: Belgrad, Bosanski Brod, Zagreb, Maribor, Sentilj. Und am Ende dieser Strecke wartete verheißungsvoll die Freiheit, repräsentiert durch den kleinen österreichischen Grenzort Spielfeld.

In den zurückliegenden Jahren waren sie dem Autoput einfach weiter in südliche Richtung über Niš bis nach Gjilan gefolgt, waren dort abgefahren, um die restlichen Kilometer bis zur bulgarischen Grenze auf der Landstraße zurückzulegen. Der erste Ort in Bulgarien war Kuystendil. Über Pernik gelangten sie nach Sofia. Hier hatten sich Nikolows und Stanischews in der Vergangenheit immer getrennt und erst am Schwarzen Meer wiedergesehen, wenn sie denn Quartiere im selben Ort gefunden hatten. In Nessebar, Warna, Burgas oder Albena.

Derweil warteten Sneza und Christo schon mit sehnsüchtiger Ungeduld. Wantscho kommt! Mit seiner deutschen blonden Frau und dem Töchterchen! Es war das Ereignis eines jeden Sommers. Früher in Lom, später in Plowdiw in der Plattenbauwohnung in der Uliza Lenin.

Nelli freute sich auf die Großeltern, doch zugleich fürchtete sie auch immer die Ankunft. Denn sofort wurde der Wartburg von einer Meute bulgarischer Verwandter, Bekannter, Freunde und Nachbarn umringt, die Wagentüren wurden aufgerissen und die Ankömmlinge laut schreiend in Empfang genommen. Als Nelli klein war, verstand sie noch nicht, dass die Bulgaren vor Freude schrien, dass sie ihr vor lauter Liebe in die Wangen kniffen. Das Kind hatte Angst vor der derben Herzlichkeit und dem hitzigen Temperament. Am meisten graute Nelli vor Baba Sneza. Die kam mit weit geöffneten Armen und tränenüberströmt auf ihre Enkeltochter zu und presste sie an sich. Sie übersäte das Kind mit feuchten Küssen und rief verzückt: »Babina kuklitschka!« Und jedes Mal störte Nelli der ungewohnte Geruch, der aus Baba Snezas Poren strömte, diese undefinierbare Mischung aus Knoblauch, Schweiß und Tschubritza. Kaum hatte Nelli die feuchten Küsse von ihrer Wange gewischt, packte sie Djado Christo, um sie ebenfalls zu herzen und zu küssen. Er kitzelte Nelli, sie zerwuschelte ihm das spärliche Haar und hielt sich an seiner kräftigen Nase fest. Baba Sneza stand daneben und ließ ihren Freudentränen freien Lauf.

Als Nelli größer wurde, kam sie mit der hitzigen Begrüßungszeremonie der Bulgaren besser zurecht. Dabei hatte sie jedoch nie wirklich einen Überblick darüber, wer jetzt Tante, Onkel, Neffe, Nichte, Cousine, Schwager oder einfach nur Freund oder Nachbar war. Selbst Rose fiel das mitunter schwer. Es war ein Gewimmel und Gewusel, bis Djado Christo schließlich ein Machtwort sprach und alle wegschickte. Nur Lina, Andreij und deren Tochter Antoaneta blieben übrig. Wantscho und Rose luden ihr Gepäck aus dem Auto. Baba Sneza lief in die Küche. Tagelang hatte sie dort vorgearbeitet und die leckersten bulgarischen Speisen zubereitet. Immer gab es eingelegte Auberginen und Zucchini, Unmengen von Schafskäse, Schopska-Salat, Letscho, gefüllte Paprikaschoten, Huhn mit Reis, Rippchen mit Sauerkraut, Baniza, Tarator, Oliven, Joghurt. Und natürlich Melonen in rauen Mengen: Wassermelonen, Zuckermelonen, Honigmelonen, außerdem grüne und rote Weintrauben, Aprikosen, Pfirsiche, Feigen.

Einmal hatte Sneza Nudelsuppe gekocht. Sie saßen in der engen Küche in Plowdiw, hatten sich alle um den Tisch gequetscht. Nelli zwischen ihren Eltern auf dem schmalen abgewetzten Sofa. Ihr gegenüber Antoaneta, zwischen Lina und Andrej, auf Stühlen. An dem einen Kopfende Djado Christo, an dem anderen Baba Sneza, die Suppe in die Teller füllte. Als sie Nellis Teller in die Hand nahm, sagte sie: »Dem Kind gebe ich nicht so heiß.« Sie schöpfte nur wenig Suppe vom Rand des Topfes, tat sie auf und pustete auf den Teller. Die Nudelsuppe schmeckte säuerlicher als bei der Mutter, doch genau das gefiel Nelli. Sie klaubte Nudeln mit den Fingern vom Teller und steckte sie in den Mund. Wantscho gab ihr einen Klaps auf die Finger. Nelli nahm den Löffel. Jetzt versuchte sie, die Nudeln einzeln durch die Zahnlücke ihres fehlenden Schneidezahns einzusaugen. »Lass das!«, grollte der Vater und Nelli zuckte zusammen. Da stand augenblicklich Djado Christo auf, sagte zu Wantscho: »Lass mich da hin!« Vater und Sohn wechselten die Plätze, wobei Wantscho sich beim Aufstehen den Kopf am Regal über dem Sofa stieß, auf dem das Radio stand. Nelli sah ängstlich zum Vater auf. Der rieb sich den Kopf, schien aber nicht sonderlich böse auf sie zu sein. Sie beobachtete, wie er mit den anderen sprach. Er redete laut. Viel lauter als zu Hause.

Überhaupt redeten hier alle lauter. Nelli lauschte auf die harte Aussprache. Einzelne Worte verstand sie, nali zum Beispiel hieß »nicht wahr« und taka bedeutete »so«, molja »bitte« und chubawo »schön«. Worüber sprachen die Erwachsenen? Plötzlich fing Baba Sneza an zu weinen. Sie betupfte ihre Augen mit der Kittelschürze. Doch das beunruhigte Nelli nicht sonderlich, Baba Sneza weinte andauernd. Djado Christo herrschte sie an. Da weinte sie noch mehr, wenn auch ganz still. Träne um Träne perlte aus ihren Augen und rann die Wangen hinab.

»Was hat Baba Sneza denn?«, fragte Nelli ihre Mutter später.

»Sie hat zu viel Gefühl, mein Schätzchen«, sagte Rose.

»Warum hat sie zu viel Gefühl, Mutti?«

»Weil Baba eine slawische Seele hat.«

»Hat Vati auch eine slawische Seele?«

»Aber ja.«

»Kriege ich auch eine slawischen Seele?«, fragte Nelli.

»Ich hoffe nicht, mein Kind.«

Fortan grübelte Nelli darüber nach, was es wohl bedeutete, zu viel Gefühl zu haben. So wie sie Mutter verstanden hatte, war das nichts Vorteilhaftes. Aber warum?

Als Djado Christo Baba Sneza wieder einmal harsch zurechtwies, als dieser in stillem Leid die Tränen über die Wangen liefen, sprang Nelli der Großmutter bei. »Du bist böse!«, sagte sie zu Christo und sah ihn streng an. Der blickte verdutzt seine Enkeltochter an, sein Ein und Alles, um sich im nächsten Moment fragend an Wantscho zu wenden. Der übersetzte, was Nelli gesagt hatte. Die Männer lachten und Djado Christo strich Nelli über den Kopf.

Natürlich verstand Nelli noch nicht, dass Baba Sneza unter Depressionen litt. Dass die Schwermut sie fest im Griff hatte. Wenn sie etwas erzählte, kamen ihr oft die Tränen. Sie wusste, dass das ihren Mann gegen sie aufbrachte. Er konnte ihre Weinerlichkeit nur schwer ertragen. Snezas Stimmungsschwankungen gingen ihm auf die Nerven und er reagierte mit Strenge und Unverständnis.

Sich selbst gestattete Christo nur bei einem Thema eine Schwäche: Dann, wenn es um den Verlust seines Hauses in Lom ging. Jedes Mal, wenn die Sprache darauf kam, fühlte er sich, als würde ihm der Verband von einer Wunde gerissen, die nicht heilen wollte. Nie würde er darüber hinwegkommen, dass man ihn aus seiner Heimat vertrieben hatte. Was er in jahrzehntelanger Arbeit aufgebaut hatte, war dahin: das Haus, der Garten, der Weinberg – alles. Was war ihnen geblieben? Eine poplige Zweizimmerwohnung in einem Plattenbau, mit einem schmalen Balkon, den sie nur nutzten, um Wäsche zu trocknen und Vorräte und Getränke zu lagern. Christo sehnte sich jeden Tag danach, seine eigenen Trauben zu ernten, seinen eigenen Schnaps zu brennen, sein eigenes Holz zu hacken, sein eigenes Huhn zu schlachten. Seine Rosenzucht fehlte ihm, ebenso die Werkelei am Haus und auch das ganze Getier. Stanko, dieser Verbrecher, hatte gleich am ersten Tag seiner Inbesitznahme von Christos Hab und Gut Marco zum Abdecker gebracht. Der Esel war fünfundvierzig Jahre lang ein treuer Gefährte gewesen. Christo hatte ihn nirgendwo anders unterbringen können. Niemand wollte den alten Esel haben. Als Christo erfuhr, was Marco widerfahren war, hatte er Tränen vergossen. Heimlich und für sich allein. Im Klo hatte er sich eingeschlossen. Auf den Steinboden gehockt und die klein geschnittene Tageszeitung vollgeheult, die eigentlich als Klopapier verwendet wurde. Das war ein richtiger Grund, um Tränen zu vergießen: Haus und Hof und einen Freund zu verlieren.

Einmal bekam Nelli von den Großeltern ein Kinderbuch geschenkt. Es hieß *Malkija Iwajlo (Der kleine Iwajlo)*. Nelli sah sich das Buch zusammen mit dem Vater an. Sie saßen am Küchentisch in der Wohnung in der Uliza Lenin. Der Vater der Hitze wegen im Unterhemd, ein mit Eiswasser verdünntes Glas Mastika, eine Art Anis-Schnaps, vor sich, Nelli in Unterhose, eine Scheibe Wassermelone in der Hand. Rose schlief, ihr war nicht wohl, der Magen tat ihr weh. Baba Sneza stand am Herd und wickelte Hackfleischbällchen in Weißkohlblätter, um Sarmichki zu kochen, und Djado Christo war als Schöffe zum Gericht bestellt worden. Seite für Seite blätterte Wantscho um und betrachtete mit Nelli die bunten Bilder in dem Kinderbuch. Er las ihr den Text vor und übersetzte ihn. Es ging um den kleinen Iwajlo, der in einem Dörfchen am Schwarzen Meer lebte. Iwajlo besaß einen Esel, der ihm half, die Ernte einzubringen.

»Kannst du dich denn noch an Marco erinnern, den Djado in Lom hatte?« fragte Wantscho.

Nelli schüttelte den Kopf.

»Der Esel im Buch sieht genauso aus wie unser Marco«, sagte Wantscho. »Auf dem bin ich auch geritten, als ich klein war.« Das Bild zeigte Iwajlo auf dem Rücken des Esels.

»Ob der Esel auch Marco heißt?«, fragte Nelli.

Wantscho lachte und sagte etwas zu seiner Mutter. Die wandte sich um, wackelte anerkennend mit dem Kopf und lachte ebenfalls. Sie kam zum Tisch und hielt Nelli ein Stückchen Hackfleisch vor den Mund. Nelli nahm es und kaute. »Babina kuklitschka!«, zärtelte

Sneza mit schimmernden Augen. Dann wandte sie sich wieder dem Herd zu.

»Dieser Esel hier heißt Buko«, sagte Wantscho zu Nelli und blätterte weiter. Auf der nächsten Seite befestigte Iwajlo gerade zwei Lastkörbe auf dem Eselsrücken, die durch einen Riemen miteinander verbunden waren. Und auf dem nächsten füllte er die Körbe mit Wassermelonen und Weintrauben.

»Unser Esel hat auch Weintrauben geschleppt«, sagte Wantscho und verscheuchte eine Fliege, die sich auf seinen Arm niederlassen wollte.

»In Djados Weinberg«, sagte Nelli und sah, dass der Vater nickte. Er blätterte um. Iwajlo auf dem Markt, er verkauft Weintrauben. Sein Haar ist schwarz gelockt. Er trägt kurze Hosen und einen blauweiß geringelten Pulli. Er läuft barfuß. Er ist ein glücklicher bulgarischer kleiner Junge.

Auf dem letzten Bild badet Iwajlo im Schwarzen Meer. Esel Buko steht am Strand unter einem Sonnenschirm, hat einen Strohhut auf dem Kopf und frisst Heu.

»Hast du auch im Meer gebadet, als du klein warst, Vati?«, fragte Nelli.

»Nicht im Meer. Aber in der Donau. Lom liegt an der Donau. Darin hast du auch schon gebadet. Einmal haben Mutti und ich dir im Fluss die Haare gewaschen. Da warst du noch ganz klein und hast geschrien wie am Spieß.«

Das Kind genoss es, dem Vater nahe zu sein. Nelli wusste, dass die Mutter im abgedunkelten Zimmer nebenan lag. Dass sie in der Nähe war. Als die Mutter sie vorhin gefragt hatte, ob sie sich mit ihr hinlegen wolle, hatte Nelli Nein gesagt. Sie wollte nicht schlafen am hellerlichten Tag. Sie scheute sich vor der grässlichen Langeweile, die an ihr nagte, wenn sie stumm und ohne zappeln zu dürfen neben der Mutter im Ehebett der Großeltern liegen musste. Nur das Gurren der Tauben war durch das geschlossene Fenster zu hören und die regelmäßigen Atemzüge der Mutter. Endlos tropften die Minuten vor sich hin. Die Fotos und die Sachen auf der Anrichte kannte Nelli auswendig. Ein Familienbild von Papa, Mama und ihr, auf dem sie böse in die Kamera guckte. Kurz bevor es fotografiert wurde, hatte Papa ihr einen Klaps gegeben; ein Portrait von Papa als junger Student mit stark gewelltem und nach hinten gekämmtem Haar; ein Bild von Lina und Andrej; ein kleineres von Antoaneta als Baby; noch eins von ihr, Nelli, mit Zuckertüte. Daneben, auf weiß-grün-rot bestickten Deckchen, ein hölzernes Kästchen und ein kleiner geschnitzter Esel aus Holz mit einem Martenizi um den Hals. Da war nichts, was ihr die Langeweile hätte vertreiben können. Dann lieber mit dem Vater in der Küche sitzen. Noch dazu, wo er heute so guter Dinge war. Es war ein besonderer Augenblick, das war Nelli bewusst. Es kam selten vor, dass der Vater sich die Zeit nahm, sich mit ihr zu beschäftigen.

Je näher der Tag des Abschieds rückte, umso stiller wurden die Großeltern. Djado Christo zog sich in sich selbst zurück und Baba Sneza verrichtete ihre Hausarbeiten mit kummervoller Miene. Oft weinte sie leise vor sich hin. Wantscho waren Snezas Tränen lästig. Wie die meisten bulgarischen Söhne liebte er seine Mutter, hatte jedoch keinen Respekt vor ihr. Vor dem Vater hingegen hatte er Respekt, doch Liebe empfand er für ihn nicht. So war er aufgewachsen: die Frau war die Dienerin, die Leidende; der Mann der Macher, der Bestimmer.

Wantscho, Rose und Nelli sagten Lebewohl, empfingen Küsse und gaben welche, drückten und wurden gedrückt, wanden sich aus den Umarmungen und stiegen in ihr Auto. »Chajde!«, rief Wantscho und startete den Motor. Es klang wie »cheidch«, weil er wie alle Bulgaren das »e« am Ende verschluckte. »Chajde!«, rief auch Nelli, kurbelte das Fenster runter und ließ sich von Djado Christo ein letztes Mal in die Wange kneifen.

Die Vorfreude war jedes Mal das Schönste. Dem Meer entgegenzufahren. Zu wissen, bald anzukommen, in Warna, Nessebar, Burgas oder Albena. Nach der Ankunft im Hotel schnell das Auto ausladen, alles Gepäck hoch ins Zimmer tragen. Wieder Glück gehabt: Ein Zimmer mit Meerblick! Alles so steh'n und liegen lassen, nur die Badesachen aus dem Koffer kramen und ab an den Strand.

Der Strand! Das Meer! Die Wellen! Die Luft!
Der Sand so fein, so weiß, so heiß.
Das Wasser so warm.
Die Wellen so hoch.
Die Luft so salzig.

Für Nelli waren diese Urlaube wunderbar. In ihrem Gedächtnis konservierte sie Bilder davon, Erinnerungsjuwelen, die sie über die Jahre begleiten würden:

Mit der Mutter auf einem Kamel, am Strand von Nessebar, in weiße Umhänge gehüllt und mit arabischer Kopfbedeckung. In der Hand Speere.

Der Vater, der von einem seiner Schwimmstreifzüge zurückkommt und bis zur Hüfte im Wasser steht. Die Haare hängen ihm nass und wirr ins Gesicht. Er wirkt abgekämpft, doch er lacht. Wie befreit. Er sieht schön aus.

Nelli selbst am Strand, neben einer riesigen Sandburg, mit einem Sladolet in der Hand. Nie wieder hat Eis so gut geschmeckt wie damals. Unvergessen die bulgarischen Eisverkäufer, die, eine Kühltasche vorm Bauch, schreiend ihre Ware anpreisen.

Die Eltern im Wasser. Die Mutter gehalten vom Vater. Sie streckt ihre Arme in die Luft und strampelt mit den Beinen, dass das Wasser spritzt.

Ab und zu fand Rose Kontakt zu anderen Urlaubern. Meist waren dies die Eltern der Kinder, mit denen Nelli oft am Strand spielte. Manchmal waren es West-Deutsche. Dann war Rose nicht darum verlegen zu fragen, ob sie sich deren Illustrierte ausleihen dürfe. Und so lasen Rose und Wantscho im Urlaub *Das Neue Blatt, Revue der Frau, Bunte* und *Stern.* Oft bekam sie diese Blätter sogar geschenkt.

Nelli liebte die Witzseiten und wurde nicht müde, wieder und wieder die gleichen Witze zu erzählen. In ihrem Vater fand sie einen geduldigen Zuhörer, der sich vor Lachen ausschütten konnte, auch wenn er denselben Witz bereits zum fünften Mal zu hören bekam.

Abends gingen Nikolows gerne essen. Geschah dies in Gesellschaft ihrer neuen westdeutschen Bekannten, so kamen sie in den Genuss einer bevorzugten Behandlung durch die bulgarischen Kellner. Denn diese erkannten sofort, ob sie Gäste mit oder ohne Westgeld zu bedienen hatten. Die Zugewandtheit des Personals empfand Rose als angenehm und unheimlich zugleich. Sie fühlte sich wie eine Hochstaplerin. Schließlich verfügten sie nur über Lewa und DDR-Mark. Wantscho hingegen machte sich keinerlei Gedanken. Er nahm einfach hin, dass die Bestellung erstaunlich schnell aufgenommen und die Getränke umgehend serviert wurden. Er ließ es sich gefallen, dass das Essen nicht so lange wie sonst auf sich warten ließ und das Abkassieren am Ende zügig erfolgte. Die zuvorkommende, ja unterwürfige Art, die die Kellner den Westlern gegenüber an den Tag legten, stand im krassen Gegensatz zu ihrem Verhalten gegenüber den Ostlern, die keine Devisen in ihren Portemonnaies hatten. Rose machte das wütend. Sie wollte sich damit nicht abfinden. Sie wollte keine Deutsche zweiter Klasse sein. Und sie scheute sich nicht, sich mit den Kellnern anzulegen, wenn diese das Essen ewig nicht brachten, den Westdeutschen, die nach ihnen gekommen waren, aber bereits das Dessert servierten.

31

Freiheit! Das war es, was Rose dachte, als sie mit Wantscho und Nelli 1977 von Belgrad nicht wie sonst weiter in Richtung Südosten nach Bulgarien, sondern in die entgegengesetzte Richtung, nach Nordwesten fuhr, wo der slowenische Teil Jugoslawiens an Österreich grenzt. Endlich frei sein! Würde es gelingen?

Auf dieser Fahrt ins Ungewisse sehnte sich Rose plötzlich nach der

Unbeschwertheit früherer Sommerurlaube. War es richtig, dass sie sich diesem Risiko aussetzten? Wenn die Flucht scheiterte, drohten ihr und Wantscho Gefängnis, Nelli würde ins Kinderheim gesteckt. Die Zukunft wäre für immer verbaut. Rose rauchte nervös eine Zigarette. Nelli blätterte in einem Comic-Heft, das Mariechen ihr in Belgrad gekauft hatte. Wantscho steuerte bedächtig den Wartburg und versuchte, Ruhe zu bewahren. Etliche Autofahrer, die sie auf der Landstraße überholten, hupten. Reisende aus der DDR waren in Jugoslawien seltene Exoten. Und dass sie aus der DDR kamen, war deutlich zu erkennen, denn an der Heckscheibe des Wagens klebte ein großes ovales Abziehbild mit schwarzen Buchstaben auf weißem Grund: D D R.

Etwa dreißig Kilometer vor dem jugoslawisch-österreichischen Grenzübergang sagte Nelli plötzlich: »Wir müssen das DDR-Schild abmachen.«

»Um Gottes willen, ja!« rief Rose.

Wantscho fuhr den Wartburg in einen Waldweg, neben einem Maisfeld, und Rose holte aus dem Kulturbeutel ihres Mannes eine Rasierklinge und schabte damit das DDR-Schild von der Heckscheibe. Ohne die Länderkennung sah der Wagen aus wie ein einheimisches Auto. Die Nummernschilder beider Länder glichen sich in bemerkenswerter Weise. Der einzige Unterschied war ein kleiner roter Stern, den die jugoslawischen in der Schildmitte trugen. Dass dieser Stern am Wartburg fehlte, fiel nur auf, wenn man genauer hinsah. Rose war zufrieden mit dem Ergebnis. Alles würde gut werden. An der Grenze würde Wantscho bei der Ausreise aus Jugoslawien seinen bulgarischen Pass vorzeigen, in dem sich das Bakschisch, also Westgeld, befinden würde, er würde dem jugoslawischen Grenzbeamten sagen, dass er eine Rundreise mit seiner Familie mache. Bei Bojko und Barbara hatte es so funktioniert, warum also nicht auch bei ihnen.

Gerade wollten sie wieder in den Wagen steigen, um weiterzufahren, da hörten sie den Aufprall. Ein dumpfer Schlag, Metall auf

Metall, ein grausiges Knirschen, dann Stille. Nelli duckte sich und hielt den Atem an. Rose und Wantscho standen wie erstarrt. Auf der Landstraße, genau vor ihnen, nur wenige Meter entfernt, waren zwei Autos frontal miteinander zusammengestoßen. Rauch stieg aus den Karosserien empor, die völlig verbeult waren. Scheiben waren zersplittert, es roch verbrannt. Am unheimlichsten aber war die Stille. Bis eine Frau aus dem einen Wagen kletterte. Sie hatte hinten gesessen und hielt ein Kind in ihren Armen. Die Frau wankte ein paar Schritte vorwärts, blieb stehen und blickte sich ungläubig um. Sie schien unverletzt. Doch mit einem Mal begann sie gellend und anhaltend zu schreien. Nelli hielt sich die Ohren zu. Das Kind in den Armen der Frau blieb merkwürdig ruhig.

Wantscho und Rose standen wie erstarrt. Das ist nicht wahr!, dachte Rose, wir müssen doch weiter! Doch dann sagte sie: »Wir müssen helfen.«

Wantscho rührte sich nicht von der Stelle.

»Komm schon!« rief Rose. »Es bleibt nicht viel Zeit!«

Da setzte sich Wantscho in Bewegung. Er lief an seinem Stock, so schnell es ihm sein krankes Bein erlaubte, auf die Straße.

»Du setzt dich ins Auto!«, befahl Rose Nelli und folgte Wantscho.

Der versuchte die Fahrertür des Wagens zu öffnen, aus dem die Frau geklettert war. Die hatte sich nicht von der Stelle gerührt und schrie noch immer. Nelli starrte wie gebannt auf die Szene, in die die Eltern nun eingetaucht waren. Andere Autos fuhren vorbei. Sie verringerten ihr Tempo, doch keines hielt an. Manche hupten. Wantscho rüttelte an der Tür, endlich gelang es ihm, sie aufzureißen. Der Mann hinter dem Lenkrad saß vornübergesunken, sein Gesicht war voller Blut. Wantscho fühlte seine Halsschlagader, sah zu Rose und schüttelte den Kopf. Die Frau schrie und schrie. »Hau ihr eine runter«, rief Wantscho und humpelte zu dem anderen Auto, in dem ein älterer Mann saß. Rose ging auf die Frau zu und gab ihr eine Ohrfeige. Augenblicklich war sie still. Sie sah Rose groß an, als verstünde sie nicht. Dann fing sie an zu weinen. Sie umklammerte das Kind. Rose führte sie zu einem Baum, half ihr, das Kind in den

Schatten zu legen. Sie sprach beruhigend auf die Frau ein und fühlte den Puls des Kindes. Wantscho rief nach Rose. Die sprang auf, rannte zu ihm und gemeinsam zogen sie den älteren Mann aus dem Auto. Sie schleppten ihn in den Schatten. Er sah völlig unversehrt aus. Wantscho massierte ihm die Herzgegend und machte Mund-zu-Mund-Beatmung. Danach kümmerte er sich um das Kind. In der Ferne erklang schwach das Geheul eines Martinshorns.

»Genug, Wantscho«, sagte Rose. »Sie kommen.« Sie half ihm auf und rannte zum Wartburg zurück. Wantscho humpelte, so schnell er konnte, hinterher. Die Sirene wurde lauter. Rose und Wantscho sprangen ins Auto und knallten die Türen zu. Mit zitternden Händen startete Wantscho den Motor und fuhr mit quietschenden Reifen los. Kaum waren sie auf die Landstraße eingebogen, kamen auch schon ein Polizeiwagen und ein Krankenwagen angesaust und hielten an der Unfallstelle. Nelli blickte so lange zurück, bis sie die zerbeulten Wagen, die Sanitäter, die Polizisten, die flackernden Blaulichter und das Maisfeld aus den Augen verlor.

Lange sprachen sie kein einziges Wort.

In Roses Kopf purzelten die Gedanken wirr durcheinander. War der Unfall ein gutes oder ein schlechtes Omen?

»Was ist mit dem Kind?«, fragte Nelli.

Keine Antwort.

»Mutti?«

»Dem Kind geht es gut«, sagte Rose mit tonloser Stimme. Nelli spürte, dass die Mutter nicht die Wahrheit sagte.

»Und der Mann von der Frau?«

»Ist tot«, sagte Wantscho.

»Und der andere Mann?«, wollte Nelli wissen.

»Er hat innere Verletzungen«, sagte Wantscho, »doch er kann es schaffen.«

Sie erreichten die Grenzstadt Šentilj. Hier befand sich der Grenzübergang. Auf der anderen Seite lag, in der südlichen Steiermark, Spielfeld. Langsam rollte der Wartburg auf den Grenzposten zu. Vor ihnen fuhr ein weißer Campingbus mit österreichischem Kennzeichen. Der Bus hielt vor der heruntergelassenen Schranke. Ein Uniformierter trat aus dem Wachhäuschen. Er kaute. Wurde er bei seinem Mittagbrot gestört? Die Schranke öffnete sich, der Bus fuhr langsam an. Der Grenzbeamte hob die Hand und bedeutete dem Fahrer, er solle zurücksetzen. Daraufhin fuhr dieser ein Stück rückwärts. Der Uniformierte schrie etwas und winkte erneut. Der Bus war ihm offenbar zu weit zurückgefahren. Er machte ein Zeichen. Das Gefährt sollte sich ein Stück vorwärts bewegen. Also rollte der Bus wieder nach vorn. Und wieder nicht nach den Vorstellungen des Grenzers, dessen Gesicht sich vor Wut verzerrte. Er fuchtelte mit den Händen. Offensichtlich wollte er, dass das Wagenfenster des Fahrers genau neben ihm zum Stehen kam.

Rose beobachtete das alles und ihr wurde heiß und kalt. So ein schlecht gelaunter Grenzbeamter konnte nur Unglück bedeuten! Sie spürte, wie Nelli ihr die Hand auf die Schulter legte. Wantscho zeigte keinerlei Regung. Seine Hände lagen auf dem Lenkrad, er wirkte völlig ruhig. Und in der Tat überkam ihn jetzt eine große Gelassenheit.

Nachdem der Campingbus noch einmal rückwärts und dann wieder nach vorne fahren musste, hatte auch der Fahrer des Busses die Nase voll. Er hielt die Hand aus dem Fahrerfenster und fuchtelte mit den Ausweisen herum. Da platzte dem Grenzer vollends der Kragen. Er begann den Fahrer anzuschreien, und sofort kamen Kollegen angerannt und umringten den österreichischen Bus. Der schlecht gelaunte Grenzer gab dem Fahrer zu verstehen, er solle an die Seite fahren. Jetzt ist er dran, dachte Rose und drückte Nellis Hand.

Der Grenzer winkte nun den Wartburg heran. Wantscho gab sachte Gas, fuhr auf den Grenzbeamten zu und blieb exakt neben ihm stehen. »Sdrawejte!«, grüßte er und lächelte den Uniformierten an. Der verzog keine Miene. Doch er konnte sich nicht der wohltuenden Wirkung des schwarzhaarigen Mannes entziehen, der ihn so freundlich ansah. Er entspannte sich, seine Erregung ebbte ab. Und im Bruchteil einer Sekunde spürte er, dass er keine Lust hatte, diesen Wagen zu kontrollieren. Er sah den Landsmann am Lenkrad, den dunkelbraunen Schopf des Kindes auf der Rückbank, er machte sich nicht die Mühe, nach der Frau auf dem Beifahrersitz zu sehen, die blond und blauäugig war. Er hielt die Insassen des Wagens für eine stinknormale jugoslawische Familie, die in ihrem jugoslawischen Auto nach Österreich reisen wollte. Das war in Titos Staat erlaubt. Und hinzu kam, dass er es nicht erwarten konnte, diesen renitenten österreichischen Campingbusfahrer auseinanderzunehmen. Und so …

… winkte er den Wartburg mit einer mürrischen Handbewegung durch!

Wantscho nickte dem Grenzbeamten zu und fuhr langsam an. Im Schritttempo passierte der Wartburg Meter um Meter die jugoslawischen Grenzanlagen von Šentilj.

»Nicht zu schnell«, flüsterte Rose.

Wantscho brummte nur.

Plötzlich rief einer: »Stoj!« Und ein anderer schrie: »Stani! Odmah!!« (Stehenbleiben! Sofort!)

Nelli drehte sich um und sah, wie zwei Grenzbeamte hinter ihnen herrannten. »Sie haben Gewehre«, sagte sie verwundert.

»Runter, Nelli!«, schrie Rose, »den Kopf runter! Gib Gas, Wantscho!«

Und Wantscho trat das Gaspedal durch, der Motor heulte auf und der Wagen schoss nach vorn. Schon waren sie im Niemandsland. Sie sausten in ein gerodetes Tal hinab und eine bewaldete Höhe wieder hinauf. Niemand verfolgte sie.

32

»Sind wir jetzt im Westen?«, fragte Nelli.

»Wir sind in Sicherheit«, sagte Rose.

Nelli sah ein letztes Mal zurück. Auf jugoslawischer Seite standen noch immer die Grenzer, spähten hinter ihnen her, die Gewehre im Anschlag. Klein wie Spielzeugfiguren sahen sie jetzt aus.

Wantscho verlangsamte auf Schrittgeschwindigkeit. Überdeutlich nahm er das österreichische Wappen wahr, das den Grenzposten markierte: ein gekrönter Adler mit gesprengter Eisenkette an den Fängen. Dass der Vogel in den Krallen Hammer und Sichel hielt, verwunderte ihn.

Ein Grenzbeamter, der trotz der Hitze einen Poncho über der Uniform trug, kam auf sie zu. »Grüß Gott«, sagte er und verlangte nach den Ausweisen. Er blätterte darin und schüttelte den Kopf. »Sie dürfen einreisen«, sagte er zu Wantscho. »Aber nicht die Frau und nicht das Kind.«

Rose, die auf den schmeichlerischen Singsang des Österreichers lauschte, dachte, sie hätte sich verhört. Der Grenzer gab Wantscho die Ausweise zurück. »DDR-Bürgern ist die Einreise in die Republik Österreich nur mit Visum gestattet.«

»Moment bitte«, sagte Wantscho und löste seinen Anschnallgurt. Er stieg aus. Er wollte dem Grenzer auf Augenhöhe begegnen. »Entschuldigen Sie bitte«, sagte Wantscho, als er ihm nun gegenüberstand, »hier ist gerade eine politische Flucht geglückt.« Rose begann zu schluchzen. Sie war am Ende ihrer Kräfte.

Der Grenzer schien nicht zu begreifen. »Fahren Sie zurück nach Ljubljana«, sagte er ungerührt, »und besorgen Sie für Frau und Kind ein Visum.«

Nelli bekam Angst. Was, wenn man sie wirklich zurückschickte, hin zu den jugoslawischen Grenzern mit den Gewehren?

Wantscho blieb ruhig. »Wir beantragen politisches Asyl«, sagte er mit Nachdruck.

Der Grenzer sah ihn erstaunt an.

»Und ich verlange, sofort Ihren Vorgesetzten zu sprechen. Ich verlange außerdem, mit der Botschaft der Bundesrepublik Deutschland in Wien zu telefonieren.«

Eine Stunde später saßen Nikolows wieder im Auto. In den Händen hielt Rose eine Genehmigung, die sie dazu berechtigte, die Republik Österreich innerhalb von vierundzwanzig Stunden zu durchqueren.

Dies war dem Angehörigen der bundesdeutschen Botschaft in Wien zu verdanken, mit dem Wantscho hatte telefonieren dürfen. Dieser hatte sie zunächst freudig willkommen geheißen und dann gebeten, nach Berchtesgaden zu fahren und sich dort bei der bayerischen Polizei zu melden.

Hinter Graz machten sie halt an einer Tankstelle. Der Tankwart füllte Super in den Tank des Wartburgs. Er war sehr zuvorkommend. Rose fragte, ob sie mit West-Mark bezahlen könne. Der freundliche Tankwart bejahte. Nelli begleitete Rose in die Tankstelle und stellte erstaunt fest, dass es hier nicht nur Benzin gab, sondern auch Getränke, Süßigkeiten, Zeitungen und Zeitschriften, ja sogar Blumensträuße. Nelli blieb wie angewurzelt stehen und schaute. Auch stank es nicht nach Benzin wie in den Tankstellen zu Hause, sondern es duftete nach Kaffee und frisch gebackenen Brötchen! Nellis Augen begannen zu tränen. Es war ein Angriff der Farben, eine Attacke der Wohlgerüche auf ihre Seh- und Riechnerven. Abrupt drehte sie sich um, lief zum Auto zurück.

Auf der Tauernautobahn wurde der Wartburg laufend von anderen Pkws, ja sogar von Bussen und Lastwagen überholt. Viele hupten und winkten. Ein Fahrer hielt gar seine Hand aus dem Fenster, Daumen nach oben.

Zum ersten Mal sahen sie die Alpen mit eigenen Augen. Die Naturgewalt der Berge verschlug ihnen die Sprache.

Auf der Höhe von Bischofshofen fragte Nelli: »Sind wir bald da?« Rose sagte Ja, überlegte allerdings insgeheim, was genau das Kind wohl damit meinte.

Wieder näherten sie sich einer Grenze. Die österreichischen Beamten kontrollierten ihre Ausweise, interessierten sich aber nicht weiter für sie.

Auf der deutschen Seite erfasste der Grenzer sofort die Besonderheit der Situation. »Herzlich willkommen in der Bundesrepublik Deutschland«, begrüßte er die drei Flüchtlinge. Rose kamen die Tränen. Sie konnte sich kaum mehr auf die Worte des freundlichen Beamten konzentrieren, der ihnen den Weg zur örtlichen Polizeibehörde in Berchtesgaden erklärte.

Wantscho, Rose und Nelli wurden erkennungsdienstlich behandelt. Die Erwachsenen wurden von vorn und von der Seite fotografiert. Sie mussten sich Fingerabdrücke abnehmen lassen. Als der Kriminalbeamte auch die dreizehnjährige Nelli dazu aufforderte, schritt Rose ein. »Schluss jetzt!«, schimpfte sie. »Wir sind doch keine Verbrecher!«

Sie nahmen ihre bundesdeutschen Ersatz-Ausweise in Empfang. Und sie durften telefonieren. Rose rief Egede in West-Berlin an. Ihre Schwester schrie vor Erleichterung ins Telefon. Sie gab Rose die Nummer von Mladenoffs und auch gleich deren Adresse in Bad Trossheim in Baden-Württemberg. Als Wantscho dort anrief, nahm Bojko den Hörer ab. Als er Wantschos Stimme hörte, beglückwünschte er seinen Freund gerührt und erzählte, sie packten gerade Koffer, da sie morgen in den Urlaub fahren würden. Nach Monaco. In drei Wochen seien sie wieder zurück. Dass sie sie dann unbedingt sofort besuchen müssten. Bojko empfahl, sie sollten sich so schnell wie möglich ein Postfach in der Schweiz zulegen, damit die Stasi denke, sie seien dort und nicht in Westdeutschland. Man könne nie wissen. Wantscho erwiderte, sie müssten aber an Roses Mutter und auch an seine Eltern schreiben. Die würden sich große Sorgen machen und wüssten von nichts. Bojko bot an, von Frankreich aus jeweils einen kurzen Brief nach Nordroda und nach Plowdiw zu schicken. Wantscho und Rose, so Bojko, sollten erst dann schreiben, wenn sie eine Anschrift in der Schweiz hätten. Das leuchtete Wantscho ein. Und Rose auch.

Die Kriminalbeamten fragten, ob Nikolows gewillt seien, eine Nacht im Gefängnis zu schlafen, und führten sie in den Keller des Polizeigebäudes, wo sich die Zellen befanden.

»Warum das denn?«, fragte Rose entgeistert.

»Dort ist es am sichersten«, sagte einer der Beamten. »Manche

Flüchtlinge werden von der Stasi verfolgt, gekidnappt und wieder zurückgeschafft.«

»Nicht eine Minute bleibe ich im Gefängnis«, polterte Rose. »Mir reicht, dass Sie uns wie Kriminelle fotografiert und Fingerabdrücke genommen haben.« Auch Wantscho schüttelte den Kopf. Nelli fand alles spannend.

Nach einer Nacht in einer Pension, die »Almenrausch« hieß, fuhren Nikolows nach Hessen, in das Notaufnahmelager Gießen. Dort wurde ihnen ein schmuckloses Zimmer von drei mal vier Metern zugewiesen, in dem ein Schrank, ein Tisch, zwei Stühle, drei schmale Betten sowie ein Gitterbett standen. Die Bettbezüge waren blau-weiß kariert. Das Gitterbett nutzten sie als Kleiderablage.

Das Lager war mit DDR-Flüchtlingen voll belegt.

Ein junger Mann hatte die Grenze bei Hof in einem Kofferraum mit doppeltem Boden überwunden. Ein Ehepaar in mittleren Jahren war mit seinen Kindern ausgereist. Jahrelang hatten sie Ausreiseanträge gestellt, die wieder und wieder abgelehnt worden waren. Schließlich kam die Erlaubnis. Sie hatten fünf Stunden Zeit, zu packen, sich zu verabschieden und ihre Heimat zu verlassen. Eine Frau war von einem Westbesuch bei ihrer Tante nicht wieder in die DDR zurückgekehrt. Sie hoffte nun darauf, dass ihre Töchter bald nachkommen würden.

Nikolows Schicksal war eins von vielen.

Von Frankreich aus sandte Bojko Briefe an Wantschos Eltern und an Roses Mutter. *»Ihre Kinder befinden sich in der Schweiz. Es geht ihnen gut. Ein Freund.«*

Wantscho und Rose wurden von den westlichen Geheimdiensten verhört. Zuerst von den Amerikanern, dann von den Engländern, danach von den Franzosen und zuletzt vom Bundesnachrichtendienst. Sie mussten über ihr Leben in der DDR Auskunft geben und darüber, welche Gründe sie zur Flucht getrieben hatten. Ein Beamter der CIA fragte direkt, ob sie für die Stasi arbeiten würden. Rose fühlte sich angegriffen und wurde laut. Wantscho blieb ruhig.

Nelli wartete währenddessen draußen vor der Tür. Sie lauschte auf das Klappern der Schreibmaschine und auf die gedämpften Stimmen der Vernehmer und der Eltern. Die Mutter sprach laut und erregt, der Vater bedächtig und leise. Später wurden sie von einem CIA-Beamten aus dem Zimmer geleitet. Er war groß und schlank, hatte grau meliertes, kurz geschnittenes Haar und trug einen eleganten Anzug mit Krawatte. Er sah ein bisschen aus wie Cary Grant und war eindeutig ein Mann von Welt. Freundlich fragte er Nelli mit rauchiger Stimme und amerikanischem Akzent, was sie denn mit ihrem Leben in Freiheit nun anfangen wolle.

»Auf jeden Fall richtig Englisch lernen«, sagte Nelli.

»Aber hatten Sie denn in der Schule, in the Dschi-Die-Ärr, kein Russisch?«

Nelli winkte ab. »Nie wieder Russisch!«

»Be smart, girl. Russisch zu lernen ist viel wichtiger als Englisch! Englisch kann jeder.«

Als Bojkos Brief in Nordroda eintraf, las Viktoria die Zeilen und verstand nicht. Sie sah sich den Umschlag mit der französischen Briefmarke genauer an. Kein Absender. Die Schrift kannte sie nicht. Wer war *ein Freund*? Was hatte das zu bedeuten? Es überstieg ihr Vorstellungsvermögen. *Ihre Kinder befinden sich in der Schweiz.* Mladenoffs lebten in der Schweiz. Sie waren aus der DDR geflüchtet. Geflüchtet! Und plötzlich wurden Viktorias Knie weich. Das konnte nicht sein! Das durfte nicht sein. Wieso hatte Rose noch nicht eine einzige Karte geschickt? Sonst schrieb sie immer von unterwegs. Viktoria hatte schon befürchtet, ihre Kinder hätten auf der Fahrt einen schlimmen Unfall gehabt. Sie hatte Angst gehabt, sie seien tot. Doch sie waren nicht tot. Sie waren im Westen! Aber war das nicht genauso schlimm? Sie würde die Kinder, auch wenn sie lebten, nie mehr wiedersehen! Viktorias Herz fühlte sich mit einem Mal ganz wund an. Ungewissheit wich Gewissheit. Sie blieb allein zurück. Ihre Tochter ließ sie wieder einmal im Stich. Viktoria sank auf die Couch im Wohnzimmer.

In Plowdiw erlitt Sneza einen Nervenzusammenbruch, nachdem sie Bojkos Brief gelesen hatte. Als Christo nach Hause kam, fand er seine Frau apathisch im Bett liegend vor. Er las den Brief. Er schimpfte und wütete. Er betrank sich. Sneza hingegen tauchte ab in eine lang anhaltende Depression. Als Lina erfuhr, was ihr Bruder getan hatte, weinte sie einen ganzen Tag und eine ganze Nacht lang. Danach war es gut. Wantscho hatte sich für die Freiheit entschieden. Sie bewunderte seinen Mut und betete für ihn, für Rose und für Nelli.

Im Notaufnahmelager in Gießen gaben Wantscho und Rose an, nach Süddeutschland ziehen zu wollen, da dort Freunde von ihnen wohnten. Zwei Wochen später wurde die Familie ins Durchgangslager Rastatt nach Baden-Württemberg geschickt. Und von hier aus fuhren sie zum ersten Mal ins achtzig Kilometer entfernte Bad Trossheim, um Bojko, Barbara und die Zwillinge zu besuchen.

Als Nikolows dort eintrafen, übten die Zwillinge vor dem Haus gerade Skatebord fahren. Sie waren sechs Jahre alt, sieben Jahre jünger als Nelli. Marlen war dunkel, wie der Vater, Hanna blond, wie die Mutter. Als die Mädchen Nikolows kommen sahen, rannte die Dunkle ins Haus. Die Helle kam, das Skateboard unter den Arm geklemmt, auf sie zu und sagte artig: »Grüß Gott.«

Kurz darauf kam Barbara auf sie zugeeilt. »Rose!«, rief sie. »Wantscho!« Sie fiel ihnen um den Hals. »Ich freu' mich so, dass ihr hier seid!« Rose heulte und umklammerte Barbara. Es tat so gut, jemanden zu sehen, der aus der Heimat stammte!

Barbara war eine elegante Erscheinung mit hochgesteckten blonden Haaren. Sie hatte ein hübsches, ebenmäßiges Gesicht und ein herzliches, offenes Wesen. Barbara führte sie ins Haus. Bojko würde bald kommen, sagte sie, er sei noch in der Praxis. Sie zeigte den Freunden das Gästezimmer, in dem sie schlafen würden. So kann es also aussehen, dachte Rose bei sich, während sie Barbara durch das geräumige geschmackvoll eingerichtete Haus folgte, wenn man drei Jahre im Westen gelebt und gearbeitet hat.

Kurz darauf kam Bojko. Es war ein bewegendes Wiedersehen.

Lange hielten sich die Männer umarmt. Klopften einander auf die Rücken, ohne viele Worte zu machen. In ihren Augen lag ein weicher Glanz.

Zur gleichen Zeit erhielt Viktoria in Nordroda Besuch von Oberstleutnant Wilke und einem ihm unterstellten Mitarbeiter der Staatssicherheit. Die Herren waren höflich, doch dabei bestimmt und gaben an, mit Viktoria eine »Aussprache zur Klärung eines Sachverhalts« führen zu wollen. Viktoria wappnete sich blitzschnell. Sie würde diesen ungebetenen Besuchern gegenüber die Ansicht vertreten, dass ihre Kinder wiederkehren würden. Nur so, glaubte sie, in diesem Verhör ihre Fassung bewahren zu können. Im Anschluss an diese »Aussprache« verfasste Oberstleutnant Wilke, für den einiges auf dem Spiel stand, denn schließlich war er es gewesen, der Jahr für Jahr die Fahrt der Familie Nikolow über Jugoslawien befürwortet hatte, folgenden Bericht an die vorgesetzte Dienststelle in Erfurt:

> Nichtfristgemäße Rückkehr des Arztes Dr. Nikolow aus der VR Bulgarien
>
> Am 22.8.77 wurde unserer Diensteinheit (DE) durch den Ärztlichen Direktor des Bezirksfachkrankenhauses N., Dr. Rückwart, sowie den Kreisapotheker, Dr. Parente, folgender Sachverhalt mitgeteilt: Dr. Nikolow und seine Ehefrau Rose Nikolow, geborene Ritterling, traten am 25.7.77 ihren 4wöchigen Jahresurlaub an. Er dauerte bis einschließlich 21.8.77. Am 22.8.77. hätten beide ihre Arbeit wieder aufnehmen müssen. Dieses war jedoch nicht der Fall.
>
> Wegen dieser Nichtaufahme der Arbeit wurde unsere DE verständigt. Es gibt jedoch keine Gründe, welche die Nichtaufnahme rechtfertigen. Bei den genannten Personen handelt es sich um
>
> Dr. med. Nikolow, Iwan
> Geb. 15.8. 1930 in Lom / VR Bulgarien
> Wh. Nordroda., Sickstr. 3

Tätig als Abteilungsarzt im Bezirksfachkrankenhaus Nordroda
Bulgarischer Staatsbürger
Und seine Ehefrau
Nikolow, Rose, geb. Ritterling
Geb. 29.3.1941 in Bernhausen
Tätig als Pharmazie-Ingenieur in der Löwen-Apotheke Nordroda
Staatsbürgerschaft: DDR
Und das Kind Petronella,
Geb. 24.5.1964 in Bernhausen
Staatsbürgerschaft: DDR
Diese genannten Personen fuhren im Juli 1977 mit eigenem Pkw Wartburg nach Bulgarien. Es bestand die Absicht, 8 Tage die Eltern des Dr. N. in Plowdiw zu besuchen, um anschließend einen 3-wöchigen Urlaub am Schwarzen Meer in Nessebar zu verleben.
Auf Grund der bisherigen Nichtrückkehr wurde mit der Person Ritterling, Viktoria, als Mutter der Nikolow, eine Aussprache geführt. Im Ergebnis dessen konnte festgestellt werden, daß die R. der Meinung ist, daß ein Unfall eingetreten sei und deshalb die bisherige Nichtrückkehr zu begründen ist. Einen anderen Grund sieht sie nicht. Die R. hat vor etwa 10 Tagen einen Brief aus Frankreich erhalten. In diesem Brief war nur ein Satz geschrieben. Er hatte den Inhalt: „Ihre Kinder befinden sich in der Schweiz. Es geht ihnen gut." Unterschrieben war dieser Brief mit „ein Freund" in ihr unbekannten Schriftzügen. Abgestempelt war er in der Stadt Nizza. Da sie diesem Brief keine Bedeutung beimaß, steckte sie ihn in den Ofen und verbrannte ihn. Sie glaubt bis heute nicht daran, dass ihre Tochter mit ihrem Ehemann nach der BRD ging. Dies begründet sie auch damit, daß sie den Schlüssel der Wohnung ihrer Tochter habe und die Wohnung ordentlich verlassen wurde und auch keine Gegenstände aus dieser entfernt wurden. Sie ist davon überzeugt, daß ihre Tochter mit Familie wieder nach N. zurückkehrt. Allerdings ist sie in großer Sorge, da sie bisher noch keine Post von ihrer Tochter erhalten

hat. In der Vergangenheit war dieses stets der Fall, daß zumindest eine Karte vom Urlaubsort an die Mutter geschickt wurde. Nach ihren bisherigen Feststellungen haben auch andere Personen, welche sonst stets aus dem Urlaub Post erhalten, solche nicht bekommen.

Unsererseits werden weitere Maßnahmen eingeleitet, um festzustellen, wann Dr. N. zurückkehrt, bzw. Ansatzpunkte zu ermitteln, um Verdachtsgründe für ein ungesetzliches Verlassen der DDR zu erforschen.

Sollten sich Dr. N. bei der Mutter melden, wird diese uns umgehend verständigen. Über die festgestellten Ergebnisse wird nachberichtet.

Mladenoffs fuhren mit Nikolows in die Schweiz. Gleich hinter der Grenze lag der Ort Ramsen. Hier richteten Wantscho und Rose ein Postfach ein.

Mit diesem neuen Absender schrieb Rose endlich persönlich an Viktoria. In ihren Brief fügte sie absichtlich einige Unwahrheiten ein, weil sie wusste, dass die Stasi mitlas und weil sie diese elenden Spitzel ärgern wollte:

Meine liebe, liebe Mutti!
Sicher hast Du inzwischen von Bojko die Zeilen erhalten, worin er Dir mitteilt, daß wir nicht mehr nach Hause zurückkehren. Ich hoffe sehr, daß Du mir verzeihst. Schon deshalb, weil ich Dir zu Hause nichts über unser Vorhaben erzählen durfte, um Dich nicht in Gefahr zu bringen. Inzwischen wirst Du viele Aufregungen durchmachen müssen, da Du aber von unserem Vorhaben keinerlei Ahnung hattest, wird man Dich nicht weiter belästigen können.
Sei stark, Mutti, und mache Dir wegen uns keine Gedanken. Uns geht es gut und Wantscho hat auch schon eine prima Anstellung gefunden. Momentan ist alles noch mit vielen Formalitäten ausgefüllt, aber das muß so sein.
Wir sind hier in der Schweiz und sehen uns fast täglich mit Mladenoffs.

Sie helfen uns in allen Dingen, da sie ja vor einigen Jahren den gleichen Schritt getan haben und es wohl auch nie bereuen werden.
Wir sind froh, daß wir uns entschlossen haben, diesen Schritt zu gehen. Denn wir brauchen hier in keiner Weise zu fürchten, daß mein Mann Schwierigkeiten bekommt, so wie das in letzter Zeit zu Hause der Fall war. Wantscho verdient im Monat zwischen 5 und 6000 Franken auf die Hand, und es wird nicht lange dauern und wir werden in ca. einem viertel Jahr unseren Hausstand neu aufgebaut haben. Ich trauere den Dingen in keiner Weise nach, die ich verlassen habe. Was mir nur unendlich leid tut, ist die Tatsache, daß wir unsere Freunde und auch Dich so enttäuschen mußten. Ich hoffe sehr, daß man für uns Verständnis hat und keiner irgendwelche Schwierigkeiten bekommt.
Sei bitte stark, Mami, und schimpfe nicht auf uns, sicher werden wir uns eines Tages wiedersehen. In nächster Zeit wird in Nordroda der Teufel los sein. Aber das haben sich gewisse Leute selbst zuzuschreiben. Hätte man meinen Mann ruhig seine Arbeit verrichten lassen und ihn nicht immer wieder angegriffen, wären wir nie auf den Gedanken gekommen abzuhauen. Aber es ist schon ein gutes Gefühl, frei zu sein und nicht unter dem ständigen Druck zu stehen, was wohl morgen sein wird. Wantscho ist ein sehr guter Psychiater, und er wird hier den Weg gehen, der ihm zusteht. Hier wird er nicht als lästiger Ausländer betrachtet.
Ich nehme an, daß alle Post, die Du erhältst, kontrolliert wird. Schreibe also bitte keine zweideutigen Sachen. Sicher wird der Staat unser gesamtes Hab und Gut kassieren. Sollen diese Leute damit glücklich werden, ich kann darauf sehr gut verzichten. Trauere auch Du diesen Gegenständen nicht nach, hier sind materielle Dinge in jeder Form zu ersetzen.
Sollte es Dir möglich sein, so schreibe uns!
Bleib schön gesund, damit wir uns eines Tages wiedersehen können.
Mit vielen lieben Grüßen
Dein untreues Röschen

Und in Nordroda tippte ein gewisser Oberstleutnant Hitzmann vom Volkspolizei-Kreisamt am 29. August 1977 den folgenden Aktenvermerk:

Am heutigen Tage wurde durch die Person Viktoria Ritterling, wh. Schlütergasse 11, Nordroda, ein Brief beim VPKA N. abgegeben. Dieser Brief befindet sich abschriftlich in der Anlage. Der Brief selbst wurde von ihrer Tochter Rose Nikolow geschrieben. Als Aufgabeort war Ramsen in der Schweiz zu verzeichnen. Als Absender wurde der Ort Ramsen, Postfach Nr. 47 angegeben. Dieser Brief wurde abschriftlich unserem Organ von der Abt. K übergeben. Der Originalbrief wurde an die Frau Ritterling zurückgegeben. Mit dem General Burkhardt wurde abgesprochen, daß eine Fotokopie dieses Briefes angefertigt wird, welche noch unserem Organ übergeben wird.
Referatsleiter Hitzmann, Oberstleutnant

In der Nervenklinik beklagte ein Patient bei Schwester Rita die Abwesenheit des Herrn Doktor. Er wolle nicht mehr länger vom Kollegen Hacker behandelt werden. Rita war natürlich sofort klar, dass mit »Herr Doktor« der bulgarische Arzt gemeint war. Und natürlich hatte sie registriert, dass Dr. Nikolow nicht wie sonst nach dem Urlaub seinen Dienst pünktlich wieder angetreten hatte. Sie hatte sogar schon versucht, ihn telefonisch zu erreichen. Eine böse Ahnung beschlich sie.

Und in der Sickstraße sagte Gitti niedergeschlagen zum Uhrmacher: »Unsere Freunde kommen nicht mehr wieder.«

T.G. ließ die Kaffeetasse sinken, die er gerade hatte zum Mund führen wollen, und sah seine Frau über den Rand seiner Brille hinweg an: »Wie kommst du darauf?«

Gitti schüttelte nur den Kopf.

Als der Uhrmacher später wieder in seiner Werkstatt saß, kreisten Gittis Worte in seinem Kopf. Und er rief sich in Erinnerung, wie Wantscho und Rose sich verabschiedet hatten. Hatte Rose nicht so sonderbar geguckt und Tränen in den Augen gehabt? Und war Wantscho nicht fahrig und nervös gewesen? Der Uhrmacher klemmte die Lupe ins Auge und griff nach der Taschenuhr, deren Sprungdeckel sich nicht mehr schließen ließ. Plötzlich hielt er inne, weil ihm in dem zigfachen Ticken, das seinen Alltag stets begleitete, etwas zu fehlen schien. Er drehte sich um, sein Blick fiel auf die Kuckucksuhr, an der sich Wantscho immer so kindlich erfreut hatte. Die Uhr war stehen geblieben.

Tag für Tag beklagten sich mehr Patienten. »Wir vermissen den Doktor Nikolow so sehr«, jammerte der eine. »Wann kommt er denn nur zurück?«, weinte ein anderer. Und gerade als Schwester Rita dabei war, einer dementen Patientin das dünne Haar zu einem Zopf zu flechten, überfiel sie die Gewissheit: Er kommt nicht mehr zurück. Und gleich darauf spürte sie eine riesige Enttäuschung. Der Herr Doktor hatte sie alle im Stich gelassen.

Der Staatsanwalt des Kreises Nordroda erließ Haftbefehl gegen Rose wegen ungesetzlichen Verlassens der DDR bzw. Nichtrückkehr von einer genehmigten befristeten Reise in die VR Bulgarien gem. § 213 Abs. 1 Abs. 2 Ziff. 2 StGB:

> Da die Beschuldigte Bürgerin der DDR ist, muß angenommen werden, daß dieselbe aus der VR Bulgarien mit gefälschten Ausweisen oder Grenzübertrittsdokumenten in die Schweiz ausgereist ist.
> Fluchtgefahr ergibt sich aus der Art des Deliktes, zum anderen hat die Beschuldigte bereits das Territorium der DDR verlassen.

33

An den Wochenenden besuchten Wantscho, Rose und Nelli stets Mladenoffs und entkamen so von Freitag bis Sonntag dem tristen Lageralltag. Bojko half Wantscho, eine Stellenanzeige in einer medizinischen Fachzeitschrift zu schalten. Umgehend trafen zahlreiche Anfragen ein. Fortan reisten Nikolows durch Baden-Württemberg, um Psychiatrische Krankenhäuser aufzusuchen, bei denen Wantscho sich vorstellen konnte. Der Bedarf an Nervenärzten war groß. Begünstigend kam hinzu, dass Wantscho Facharzt für Psychiatrie *und* Neurologie und somit doppelt qualifiziert war. Nikolows besuchten Kliniken in Heilbronn und Schwäbisch Hall. Sie fuhren nach Zwiefalten, Reutlingen und Tübingen. All diese Wege bewältigten sie im gelben Wartburg, der tapfer Kilometer für Kilometer zurücklegte. Sie trennten sich nie. Machten alles zu dritt. Begutachteten eine Klinik nach der anderen. Lauschten auf den schwäbischen Dialekt, der kehlig und nasal klang. Wantscho gefiel das Schwabenland. Rose fand die Mentalität eher befremdlich. Die Menschen hier erschienen ihr unzugänglich, ja abweisend. Nelli hingegen war es egal, wo sie sich befanden. Die Städte sahen für sie alle gleich aus: bunt, voller Leben und schmuck, wie geleckt. Ihr dringendster Wunsch war es, endlich irgendwo anzukommen, heimisch zu werden, den Begriff *Zuhause* wieder mit Bildern anfüllen zu können. Und dazu zählten eine Wohnung, ein eigenes Zimmer, eine neue Schule, neue Freunde, ein neuer Hund.

Schließlich wurde Wantscho zu einem Bewerbungsgespräch nach Ratlingen eingeladen. Am Rande dieses Städtchens im südlichen Teil des Schwarzwaldes gab es eine riesige Nervenklinik. Der Ärztliche Direktor, Professor Dr. Hans Kniebisch, empfing Familie Nikolow freundlich, ließ Mineralwasser und Apfelsaft servieren und bot einen Rundgang über das Gelände an. Während er die Gäste umherführte, erzählte Kniebisch, dass es sich bei dem Anwesen um ein ehemaliges Zisterzienserkloster handle, das seit dem 19. Jahrhundert als Heilanstalt für Geisteskranke genutzt würde. Bis heute sei es eine Einrichtung der Genossenschaft der Barmherzigen Schwestern. Und er wolle ihnen auch gleich die Schwester Oberin vorstellen, die hier das Heft in der Hand halte und gemeinsam mit ihm und dem Verwaltungsdirektor Blickle die Klinik leite. Weiter berichtete er, dass das Haus über 680 Betten verfüge. Und dass für die Geschlossene Station C dringend ein Oberarzt gesucht würde, der auf den Gebieten Sucht, Depression und EEG spezialisiert sei.

Sie liefen über den gepflasterten Innenhof, in dessen Mitte ein Brunnen stand. Ein Schwarm Ordensschwestern kam ihnen entgegen. Sie trugen schwarze Tracht und schienen in Eile. Als sie sich fast auf gleicher Höhe befanden, grüßten sie und strebten weiter in die kleine Kapelle, die am Rande des Hofes stand. Kniebisch zeigte Nikolows die Behindertenwerkstatt, das Wohnheim für psychisch Kranke und die Klinikwäscherei. Er führte die Gäste an die Pforte, wo eine Schwester saß, die alle Besucher empfing und bei Bedarf die Schranke öffnete und schloss, damit Krankenwagen, Pkws und manchmal auch Polizeiautos ein- und ausfahren konnten.

Zurück im Klinikgebäude folgten Wantscho, Rose und Nelli dem Direktor durch die Gänge. Alles hier war geräumig, hell und sehr sauber. Doch auch hier roch es nach Krankenhaus – und nach Essen. Kniebisch geleitete seine Gäste direkt in den Speisesaal und lud sie zum Mittagessen ein. Es gab Maultaschen in gebräunter Butter und Kartoffelsalat.

Am Bewerbungsgespräch nahmen außer Kniebisch und Wantscho auch der Verwaltungsdirektor Rudolph Blickle und die Oberin, Schwester Klothilde, teil. Blickle war ein ernster und unzugänglicher Mensch, Schwester Klothilde das ganze Gegenteil. Sie schloss den bulgarischen Arzt sogleich in ihr Herz. Kniebisch bat Wantscho, er möge über seine Arbeit in der DDR erzählen, damit sie sich ein Bild von seinem Wirken machen könnten. Wantscho hatte seiner Bewerbung das Zeugnis aus Bernhausen beigefügt, dass ihm seinerzeit Professor Findeis ausgestellt hatte. Über seine Zeit in Nordroda gab es selbstredend keinerlei Nachweise. Wantscho erläuterte, wie er seine Visiten abhielt, wie er mit den Patienten umzugehen pflegte. Er erzählte von den Heilerfolgen bei Depressiven durch Schlafentzug, von Autogenem Training, vom Umgang mit Suchtpatienten, potenziellen Selbstmördern und Kriminellen. Nach einer halben Stunde sagte Kniebisch, dass er persönlich sich sehr freuen würde, sollte Wantscho sich entscheiden, die Stelle in Ratlingen anzutreten. Dies sei gewiss auch die Ansicht des Herrn Blickle und der Oberin. Blickle brummte kurz, um Zustimmung zu signalisieren, und die Oberin lachte Wantscho an: »Sie basset do guad nai, Herr Dokdr.« Dann fragte sie nach den Umständen der Flucht, und als sie hörte, dass die Familie Nikolow nur noch das besaß, was sie in ihren Koffern über die Grenze geschafft hatte, entfuhr ihr tatsächlich ein »Heiligs Blechle!« Verwaltungsdirektor Blickle sah ostentativ auf seine Armbanduhr und räusperte sich. Er murmelte etwas von »unaufschiebbaren Verpflichtungen« und empfahl sich.

Die Oberin ließ sich davon nicht stören. Sie fragte und fragte, und Wantscho gab bereitwillig Auskunft. Sie nahm keinerlei Anstoß daran, dass es sich bei dem neuen Oberarzt um einen Menschen handelte, der auf dem Balkan geboren, griechisch-orthodox getauft und dann ein überzeugter Kommunist geworden war, der sich schließlich, nachdem er von dieser Doktrin abgefallen war, zu einem reinen Atheisten entwickelt hatte. Schwester Klothilde war eine tolerante, weltläufige Person. Sie war weit gereist, bis nach Indien. Dort hatte sie, nachdem sie ihr Leben als junge Frau Gott geweiht hatte, fünf Jahre lang in einem Orden als Missionarin gearbeitet. Nichts Menschliches war ihr mehr fremd. Nichts konnte sie mehr erschüttern. Ihrer Überzeugung nach wurde der Mensch nicht nach Aussehen, Gesinnung, Hab und Gut beurteilt, wenn er am Ende vor den Allmächtigen trat, sondern allein danach, was er in seinem Herzen trug. Und so war es für Klothilde keine Überraschung, dass der Herrgott ihr nun diesen bedürftigen bulgarischen Arzt schickte. Diesem wiederum wurde gerade durch sein Erzählen bewusst, wie verrückt es im Leben zugehen konnte: Denn nicht im Traum hätte er sich bis vor Kurzem noch vorstellen können, dass ausgerechnet er einmal bei barmherzigen katholischen Schwestern im tiefsten alemannischen Schwaben landen und sich dabei sogar wohlfühlen würde.

Rose und Nelli warteten draußen. Sie hatten eine Runde im Klinikgarten gedreht und sich auf eine Bank gesetzt, als sie schließlich eine Schwester mit wehendem Habit auf sich zukommen sahen. Die streckte ihnen die Hand hin, stellte sich als Schwester Klothilde vor und bat sie herzlich, ihr zu folgen. In ihrem Bürozimmer trafen sie auf Wantscho. Schwester Klothilde holte aus dem Schrank eine Tafel Schokolade, schenkte sie Nelli, und als alle Platz genommen hatten, machte sie der Familie ein wahrhaft christliches Angebot: »Was halde Sie davo«, sagte sie, »wenn Sie zunächschd hier im Krankahaus wohnet? Mir würdet Ihne oi Dienschdwohnung zur Verfügung schdelle. Miedfrei. Bis Sie sich wiedr hochgrabbelt hent.«

Rose und Wantscho wechselten einen Blick. Rose zweifelte, ob sie das breite Schwäbisch der Schwester richtig verstanden hatte.

»Das würde uns sehr helfen«, sagte Wantscho, der den Worten der Oberin mühelos folgen zu können schien.

Nelli schwieg. Sie betrachtete die Ordensfrau, um deren Hals eine Kette mit einem Kreuz hing, das sich bei jedem Atemzug auf- und abbewegte. Sie sah aus wie ein Pinguin. Ein gütiger Pinguin mit Brille, der gerade angeboten hatte, dass sie in der Klapsmühle wohnen sollten.

Nikolows folgten der Oberin durch das Klinikgebäude. Nelli fand, dass Klothilde nicht nur wie ein Pinguin aussah, sondern sich auch so bewegte. Sie konnte nicht wissen, dass die alte Dame auf die achtzig zuging und unter Arthrose im Hüftgelenk litt. Mit dem Fahrstuhl, in dem es süßlich nach Parfüm und widerlich nach Körperausdünstungen roch, fuhren sie in den zweiten Stock. Die Schwester drückte die Fahrstuhltür auf, grüßte zwei Frauen, die auf dem Flur in einer Sitzecke hockten und rauchten und von denen eine einen merkwürdig abwesenden Eindruck machte. Dann zog sie aus den Falten ihres Schwesterngewandes ein mächtiges Schlüsselbund und ging auf eine massive weiße Holztür zu. Während sie den Schlüssel zweimal im Schloss drehte, wies sie auf die Tür, die gegenüberlag. Auch diese war massiv und weiß. »Do gohd's zur Schdation B.«

Sie betraten die Wohnung. Nachdem die Schwester die Tür hinter sich geschlossen hatte, senkte sie die Stimme und sagte: »Koi Angscht, de Patiende von dr B sen harmlos und meischdens au sediert.«

Die Wohnung bestand aus einem sehr langen, breiten Klinikflur, einer Küche, einem Bad, einem WC und vier ehemaligen Krankenzimmern.

»Im Flur kann man ja Fußball spielen«, sagte Rose und lachte.

Im Wohnzimmer gab es Anrichte, Schrank, Esstisch, vier Stühle und eine üppig blühende Begonie. Schwester Klothilde zeigte die anderen Zimmer, in denen Betten, Stühle, Regale und Schränke standen. Die Möbel wirkten wie übrig geblieben. In allen Räumen, außer im Wohnzimmer, befand sich in einer Ecke, die mit weißen Kacheln gefliest war, ein Waschbecken. Und überall roch es nach Krankenhaus. Nelli rümpfte die Nase.

Rose ging in die Küche, öffnete die Balkontür und trat hinaus. Von hier oben konnte sie den Klinikparkplatz überblicken.

»Dord unde fährd dr Bus, dr des Frolloi noh zur Schule bringd«, sagte Schwester Klothilde und zeigte auf die Haltestelle gegenüber dem Klinikgebäude.

Am Abend fuhren Nikolows zurück ins Lager nach Rastatt. Wantscho, Rose und Nelli waren sich einig: Sie würden nach Ratlingen ziehen. Für Rose stand fest: Das Allerwichtigste war eine gute Stelle für Wantscho. Er sollte sich wohlfühlen an seinem neuen Arbeitsplatz und für all die Jahre der Mühsal, die hinter ihm lagen, entschädigt werden. Alles andere, was das Kind und sie selbst anging, würde sich fügen.

Da nun feststand, dass Ratlingen das neue Zuhause der Familie Nikolow werden sollte, wurden Wantscho, Rose und Nelli vom Lager Rastatt ins Lager Singen geschickt. Von Singen bis nach Bad Trossheim zu Mladenoffs waren es nun nur noch wenige Kilometer. Den Freunden waren sie immer willkommen. Barbara bot sogar an, sie könnten bis zu ihrem Umzug in die Klinik bei ihnen wohnen. Doch das wollten Wantscho und Rose nicht. Sie waren dankbar für die Wochenenden, für die Stunden, in denen sie nicht Bad und Küche mit anderen Flüchtlingen teilen mussten.

In Bad Trossheim war die Welt heil. Nelli spielte mit den Zwillingen Gummitwist und Playmobil. Sie las ihnen vor oder kämmte ihnen die langen Haare, Marlen die dunklen, Hanna die blonden. Sie band sie ihnen zu Pferdeschwänzen, oder flocht sie zu Zöpfen. Die drei spielten Mau-Mau, Mensch ärgere Dich nicht, Verstecken. Es war eine unbeschwerte Zeit. Nelli befand sich in einer Art Zwischenwelt. Aus ihrem alten Leben im Osten war sie herausgefallen und in dem neuen Leben im Westen noch nicht angekommen.

Wantscho unterschrieb den Arbeitsvertrag, und Rose besuchte mit Nelli das Gymnasium der Stadt Ratlingen. Der Direktor blätterte in Nellis Zeugnisheft, das ihre Noten und Bewertungen von der ersten bis zur siebten Klasse enthielt. So etwas hatte er noch nie zuvor gesehen. Er vertiefte sich in das Zeugnis der siebten Klasse vom Juli 1977. »Alles Einsen«, entfuhr es ihm. »Bis auf Mathe und Betragen.« Er sah Nelli anerkennend an. Dann las er die »Gesamteinschätzung«, die die Gotzkowsky verfasst hatte: »Petronella arbeitete rege im Unterricht mit. Vielseitig interessiert, belebte sie durch ihre Diskussionsbeiträge den Unterrichtsablauf. Gewissenhaft erfüllte sie als Mitglied des Freundschaftsrates den Pionierauftrag und nahm einen positiven Einfluß auf die Entwicklung des Klassenkollektivs. Sie beteiligte sich an gesellschaftlichen Einsätzen, wie am Pionierzirkel, an der Aktion ›Geschenk für den besten Freund‹, an den Wettkämpfen der Kreis-Kinder- und Jugendspartakiade (Silber- und Gold-Medaille). Sie erwarb das Abzeichen ›Für gutes Lernen in der sozialistischen Schule‹.«

»Über so einen Neuzugang freuen wir uns doch«, sagte der Direktor und lächelte.

»Sie meinen nicht«, fragte Rose, »dass es besser wäre, wenn Nelli die siebente Klasse wiederholen würde?«

»Aber doch nicht mit diesen Zensuren!« Er zwinkerte Nelli zu.

Die biss sich auf die Lippen.

»Ich meine, wegen der Umstellung«, ergänzte Rose.

»Das schafft sie«, sagte der Direktor, ohne den Blick von Nelli abzuwenden.

Ende August, nach sechs Wochen in drei verschiedenen Notaufnahmelagern, packten Nikolows ihre paar Habseligkeiten in den Wartburg und zogen um. Schwester Klothilde hatte die Dienstwohnung renovieren lassen. Auf dem Tisch im Wohnzimmer stand ein Strauß blauer und roter Mohnblumen und auf der Anrichte ein Fernsehapparat. Sie überreichte Wantscho die Wohnungsschlüssel und führte die Neuankömmlinge durch die frisch geweißelten Räume. Rose schnürte es den Hals zu. Wie konnten sie das alles je wieder gutmachen? Und auch Wantscho war gerührt von diesem liebevollen Empfang. Klothilde verabschiedete sich mit den Worten: »Für de Afang wird's scho gange.« Rose umarmte sie, Dankesworte stammelnd und bemüht, die Tränen zurückzuhalten. Wantscho gab der Oberin die Hand und machte einen Diener. »Herzlichen Dank für alles, Schwester.«

»Scho recht, Herr Doktor, 's kommt vo Herze.« Klothilde wandte sich zum Gehen, die Wohnungstüre klappte. Sie waren allein.

Nelli kam aus dem Raum, der ihr zugedacht war. »Im Kinderzimmer steht jetzt ein richtiges Bett. Und auf dem Kopfkissen saß der hier.« Sie hielt einen Teddy in die Luft und war ganz aufgekratzt. Sie lief in die Küche, öffnete Schranktüren und Schubladen, sah Geschirr und Besteck, griff nach der Kühlschranktür und zog daran. Der Kühlschrank war gefüllt. Rose kam hinzu, und als sie dies sah, wurden ihr die Knie weich, sie musste sich setzen. Die Tränen schossen ihr in die Augen, und nun ließ sie ihnen freien Lauf.

»Mutti!«, murmelte Nelli beunruhigt und legte die Arme um sie.

34

Wantschos erster Arbeitstag verlief vielversprechend. Sein Dienstzimmer lag genau unter der Küche der neuen Wohnung. Von hier aus waren es nur wenige Minuten zu Fuß bis zur Geschlossenen Station. Er lernte die Kollegen kennen. Einer von ihnen war Dr. Jan Pospíšil, ein tschechischer Arzt. Pospíšil war wie Wantscho vor dem

Mauerbau in die DDR gegangen und hatte bis Anfang der 1970er-Jahre in Leipzig gearbeitet. Als er einen Ärztekongress in Hannover besuchen durfte, war er im Westen geblieben. Er empfing Wantscho mit einem herzlichen »Ahoi«.

Dann waren da noch Dr. Alfons Sauter, ein Schwabe und Spezialist auf dem Gebiet der Zwangsneurose, sowie der Pflegeleiter und sein Team. Mit diesen Kollegen würde Wantscho auf Station eng zusammenarbeiten. Jedem Einzelnen gab er die Hand.

Wantscho nahm sehr bewusst wahr, wie gut die Klinik ausgestattet war. Alles war in Fülle vorhanden. Anfangs schockierte ihn die Selbstverständlichkeit, mit der hier Einwegmaterialien benutzt wurden. Er brachte es nicht übers Herz, Spritzen und Kanülen nach einmaligem Gebrauch einfach wegzuwerfen. Das erledigten die Schwestern für ihn. Er konnte es nicht lassen, ab und an zu erwähnen, dass *drüben* Impfbestecke und Pflegematerial stets sterilisiert und wieder verwendet wurden. Einerseits war der Überfluss Balsam für Wantschos Seele, andererseits dauerte es ihn, wenn er an die Kollegen in Nordroda zurückdachte, die ihm gut gewesen waren und die nun ohne ihn im Mangel zurechtkommen mussten.

Wantscho arbeitete, Rose kümmerte sich um den Alltag. Es gab noch genug Papierkram für das neue Leben zu erledigen. Barbara half, wo sie konnte. »Du musst den C-Ausweis beantragen«, empfahl sie. »Der steht DDR-Flüchtlingen zu. Dann bekommt ihr Geld vom Staat.«

Rose schüttelte den Kopf. »Das will ich nicht.« Sie brauchten keine Hilfe vom Staat. Sie würden es auch so schaffen.

»Sei nicht albern!« Barbara wurde resolut. »Das steht euch zu! Es muss auch nicht zurückgezahlt werden. Wir haben von dem Geld Möbel angeschafft.«

Also begab Rose sich ins Rathaus, um den Flüchtlingsausweis C zu beantragen. Sie erhielt die Unterlagen, füllte sie zu Hause aus und sandte sie zurück an das Amt. Bereits wenige Tage später erhielt sie ein Schreiben, in dem stand, dass ihnen nur der B-Ausweis zustünde. Es hätte in ihrem speziellen Fall in der DDR keine *besondere Zwangs-*

lage vorgelegen, das heißt, *keine unmittelbare Gefahr für Leib und Leben oder die persönliche Freiheit bestanden.*

Rose war schockiert. Wer maßte sich da an, ihnen das erlittene Unrecht abzusprechen? Rose rief im Rathaus an und vereinbarte einen Termin. Jetzt hatte sie sich schon durchgerungen, diese staatliche Zuwendung zu beantragen, jetzt wollte sie auch unbedingt dafür kämpfen.

Auf dem Amt empfing sie ein griesgrämiger Beamter mit nur einem Arm. Ohne Umschweife erklärte er, dass sie und ihre Familie in der DDR weder verfolgt noch bedroht worden seien, dass keine besondere Zwangslage durch einen schweren Gewissenskonflikt vorgelegen habe und somit die gesetzlich festgeschriebenen Voraussetzungen für die Bewilligung eines C-Ausweises nicht erfüllt seien. Ihr Flüchtlingsstatus berechtige nur zu einem B-Ausweis. Rose blieb ruhig. Sie erzählte von Wantschos Schwierigkeiten in der Klinik. Von den Schikanen und davon, dass ihm der Doktortitel aberkannt werden sollte. Sie erläuterte, dass Nelli, als Tochter eines Arztes, kein Abitur hätte machen und nicht hätte studieren dürfen. Sie beschrieb die Enge, das Eingesperrtsein, die alltägliche Gängelung.

»Keine Bedrohung für Leib und Leben«, sagte der Beamte und schüttelte den Kopf.

Da platzte Rose der Kragen: »Was fällt Ihnen ein! Unser Leben war sehr wohl bedroht! Unser Leben begann sich aufzulösen!«

»Bedaure.« Der Beamte schob mit dem Zeigefinger seiner einen Hand einen Zettel auf dem Schreibtisch von links nach rechts.

»Muss man sich an der Grenze denn erst erschießen lassen?!« Rose stand auf, die Stuhlbeine scharrten über den Boden.

»Ich bitte um Mäßigung«, sagte der Beamte.

»Sie sind ein Ignorant. Ich werde mich über Sie beschweren.«

»Das steht Ihnen natürlich frei.«

Rose verließ den Raum und schlug die Tür hinter sich zu.

Draußen auf der Gasse holte sie tief Luft. Von so einem würde sie sich nicht ins Bockshorn jagen lassen. Von so einem nicht! Es gab andere Mittel und Wege. Dann würden sie eben einen Kredit aufnehmen. Wantscho verdiente gut, sie würde auch bald Arbeit finden, und in absehbarer Zeit wären sie die Schulden wieder los. *Warum nur habe ich immer Pech.* Rose schob den Gedanken beiseite. *Pech! Pech! Pech!* Sie wollte diesen Gedanken nicht denken. Außerdem stimmte er auch gar nicht. Hatte sie etwa nicht alles gewagt und Glück gehabt!? Stand sie etwa nicht hier, im Westen des Landes, konnte tun und lassen, was sie wollte, hingehen, wohin sie wollte, oder es auch lassen!? Rose lenkte ihre Schritte in Richtung Münster. Es war Markttag. Die Sonne schien. Rose lief an den Ständen und Marktleuten vorbei, die ihre Waren feilboten. An einem Stand leuchtete es in satten Farben gelb, orange, grün und rot. Rose sah die zu einer Obstpyramide gestapelten Früchte: Bananen, Apfelsinen, Äpfel, Ananas. Der Anblick dieser üppigen Pracht traf sie plötzlich mit einer solchen Wucht, dass sie taumelte. Ein Mann fing sie auf und führte sie zu dem Mäuerchen, das das Münster umsäumte. Rose setzte sich. »Es geht schon wieder, vielen Dank.«

Die Glocken schlugen zwölf Uhr mittags. Rose sah auf ihre Armbanduhr. Sie ging richtig, nur der Sekundenzeiger stand still. Mit großer Wehmut dachte sie an Gitti, an den Uhrmacher und an alle, die sie zurückgelassen hatten. Ein feiner Schmerz zog ihr durch den Magen. Sie schloss die Augen und versuchte, sich auf etwas anderes zu konzentrieren. Sie rechnete nach, wie viel Zeit noch blieb, bis sie Nelli abholen musste.

Nelli saß in der Klasse 8b des Gymnasiums. Es war ihr erster Schultag im Westen. Morgens war sie von der Mutter gebracht worden. Der gelbe Wartburg, der vor der Schule hielt, war eine Attraktion gewesen. Gleich bildete sich eine Traube von Kindern, die das fremdartige Gefährt, dessen Zweitaktmotor so laut knatterte, bestaunten. Nelli stieg aus, und als sie die Wagentür hinter sich zuschlug, kam ihr das Geräusch zum ersten Mal blechern vor.

Der Direktor brachte Nelli in ihre neue Klasse. Er betrat, ohne anzuklopfen, einen Raum, an dessen Tür »Klasse 8b« stand. Drinnen erschrak der Lehrer, ein Stückchen Kreide in der Hand, und guckte wie ertappt. Nellis neue Klassenkameraden schauten neugierig und waren froh über die Unterbrechung.

»Ich bringe euch die Nelli.« Der Direktor legte Nelli kurz die Hand auf die Schulter. »Sie kommt aus der DDR und weiß sicher eine Menge zu erzählen. Nehmt sie gut auf und kümmert euch um sie.« Und an den Lehrer gewandt: »Ich verlasse mich darauf.«

Der Lehrer nickte, legte die Kreide weg und wischte sich die Hände an einem Tuch ab. Der Direktor ging. Der Lehrer reichte Nelli die Hand und sagte: »Klotz, Klassenlehrer der 8b, Deutsch und Englisch. Am besten setzt du dich in die zweite Bank, da ist ein Platz frei.«

Nelli setzte sich. Sie war froh, dass der Lehrer sie für den Rest der Stunde in Ruhe ließ.

In der großen Pause stand Nelli mit anderen Mädchen zusammen. Sie fragten Nelli, wo sie denn früher gewohnt habe, wieso sie in den Westen gekommen sei und ob es ihr hier gefalle. Ein Junge kam auf sie zu, größer als Nelli, mit schwarzem welligem Haar, und baute sich vor ihr auf. »Ich bin der Gregor«, sagte er, »der Klassensprecher.«

»Aha«, machte Nelli und sah ihn ruhig an. Hinter ihm standen drei weitere Jungen, feixten und boxten sich in die Seite. Gregor drehte sich zu ihnen um. »Etwas mehr Respekt, meine Herren.«

»Dein Gefolge?«, fragte Nelli.

»Kann man so sagen.« Gregor grinste. »Hier wird nämlich getan, was ich sage.«

Die Mädchen kicherten.

»Das merkt man an deiner großen Schnauze«, sagte Nelli burschikos und schob noch »alter Angeber!« hinterher. Die Mädchen verstummten und guckten mit großen runden Augen erst die Neue und dann ihren Klassensprecher an, dessen Gesichtszüge gerade einzufrieren schienen. Wie redete die denn mit ihm! Dieser schnoddrige Ton! Diese Ausdrücke! Gregor räusperte sich, um Zeit zu gewinnen. Und einer seiner Vasallen raunte jetzt: »Oh! Oh!«

»Spricht man so bei euch im Osten?«, sagte Gregor, drehte sich um und ging zur anderen Seite des Schulhofes. Seine Kumpels folgten ihm.

»Dem hosch es aba gäbe«, sagte ein dickliches Mädchen mit Haarreif.

Nelli zog verächtlich die Nase hoch.

»Der quasselt immer viel und nimmt sich wichtig«, sagte ein anderes Mädchen.

Nach der Hofpause standen noch die Fächer Mathe, Englisch und Biologie auf dem Stundenplan. Nelli sog alles in sich auf: Die Disziplinlosigkeit der Jungen, von denen viele nicht still sitzen konnten und störten. Die Bravheit der Mädchen, die sich, freilich im Verborgenen, Zettelchen schrieben oder malten. Die mangelnde Mitarbeit. Das Kaugummikauen im Unterricht. Dies alles erschien Nelli wie das reinste Chaos.

Im Laufe der Zeit luden einige der Mädchen aus der Klasse Nelli reihum zu sich nach Hause ein. Nelli besuchte ihre Klassenkameradinnen gerne, mochte aber selbst niemanden zu sich einladen. Hartnäckig hielt sie geheim, wo sie wohnte. Bis eines Tages, als die Mutter sie zur Schule fahren wollte, der Wartburg nicht ansprang. Schwester Klothilde half. Sie brachte Nelli mit ihrem alten DAF 55 pünktlich zum Unterricht. Als der DAF vor der Schule hielt, kam gerade Gregor vorbei. Die Ordensschwester und er winkten sich zu. Nelli wäre am liebsten im Boden versunken. Schnell rannte sie zum Schulgebäude, ohne Gregor weiter zu beachten. Der machte sich so seine Gedanken über die Neue aus dem Osten, die so gänzlich anders war als all die übrigen Mädchen, die er kannte. Sie war nicht so brav, still und langweilig. Sie war unerschrocken und nicht auf den Mund gefallen. Ihre burschikose Art, ihre Schnoddrigkeit beeindruckten ihn. Er umschrieb es für sich mit »Berliner Schnauze«, um es überhaupt einordnen zu können. Noch nie war er in Berlin, geschweige denn Ost-Berlin gewesen. Auch nicht in der DDR. Ein paar Mal war er nach Frankreich gereist. Ansonsten war er nicht aus der schwäbischen Provinz rausgekommen. Zu Nelli fühlte er sich hingezogen.

Immerzu musste er an sie denken. Und instinktiv begriff er, dass ihr lockeres Mundwerk nicht nur etwas mit ihrer Herkunft aus dem Osten zu tun hatte, sondern auch eine Art Schutzmantel war, um alles, was hinter ihr lag und jetzt neu begann, bewältigen zu können.

Im Klassenzimmer sagte Gregor zu Nelli an jenem bewussten Tag so laut, dass alle es hören konnten: »Du wohnst also in der Klapsmühle.«

Nelli wurde rot. Am liebsten wäre sie sofort hinausgerannt, doch sie war wie gelähmt. Sie versuchte, etwas zu sagen, doch ihre Zunge gehorchte nicht. Einer aus Gregors Gefolgschaft, der Klassenkasper, begann, kehlige Laute von sich zu geben und die Augen zu verdrehen. Gregor beachtete ihn nicht. »Mein Bruder schafft dort«, hörte Nelli ihn sagen. »Er ist Pfleger.« Augenblicklich verstummte der Klassenkasper und blickte ratlos von Gregor zu Nelli. Die wusste nicht, was sie sagen sollte.

»Ist doch nichts dabei«, sagte Gregor großspurig und sah Nelli erwartungsvoll an.

»Ihr müsstet mal erleben, was auf den Klinikfluren los ist«, sagte Nelli. »Da tummeln sich nur solche wie der da.« Sie zeigte auf den Klassenkasper, der sogleich wieder anfing, Fratzen zu schneiden. Alle lachten. Auch Nelli.

Nelli hatte sich angewöhnt, die Wohnungstür langsam zu öffnen. Erst mal wittern. Man konnte nie wissen, was für Gestalten sich auf dem Klinikflur gerade aufhielten. Die Patienten von der Station B waren eigentlich harmlos. Sie litten überwiegend unter Neurosen. Oft hockten einige von ihnen in der Sitzecke und quatschten. Wenn sie bemerkten, dass sich die Wohnungstür bei Nikolows öffnete, hielten sie inne und schauten. Dann nahm Nelli die Treppe, weil sie so schneller wegkam. Befand sich keiner auf dem Flur, holte sie den Fahrstuhl. So gelang es ihr, das Haus zu verlassen, ohne angesprochen zu werden.

Doch oft genug kam ein Patient auch direkt auf Nelli zu. »Mir geht's schlecht«, ließ er sie wissen. Oder: »Scheißwetter heute.« Oder: »Haste mal 'ne Zigarette?« Manch einer fragte auch nach dem Herrn Doktor. Nelli bemühte sich, freundlich zu sein. Aber diese Typen, die so glasig schauten, so merkwürdig gedehnt redeten, so komisch rochen, berührten sie unangenehm. Reiß dich zusammen, ermahnte sie sich, das sind Patienten und sie sind krank. Sie wusste, dass ihr Vater genau unter ihr sein Dienstzimmer hatte. Vermutlich saß er gerade jetzt an seinem Schreibtisch, studierte Krankenakten oder diktierte Gutachten. Dieser Gedanke half Nelli. Irgendwie fühlte sie sich dadurch beschützt. Und es gelang ihr, zu antworten, ohne sich in ein Gespräch verwickeln zu lassen.

Irgendwann kannte sie ihre Pappenheimer. Und es ängstigte sie auch nicht mehr, wenn sich Patienten anderer Stationen oder von der Akutaufnahme auf der Suche nach Zerstreuung in ihr Stockwerk verirrten.

Die Schwerkranken, darunter auch die gefährlichen Patienten, waren ja zum Glück auf der Geschlossenen, der Station C, weggesperrt – Geistesgestörte, Paranoide, Schizophrene, Manisch-Depressive und auch Kriminelle. Um die kümmerte sich ihr Vater.

Der Wartburg blieb immer öfter liegen. Er schien zu signalisieren: Ich habe meine Pflicht getan. Nelli fuhr nun mit dem Bus zur Schule. Rose machte sich Gedanken, wie sie ein neues Auto finanzieren könnten und neue Möbel und den kompletten Hausstand, den sie brauchten. Sie wollte nicht mehr länger in geborgten Möbeln wohnen, in geliehener Bettwäsche schlafen, und sie brauchte endlich eine eigene Waschmaschine. Nelli sollte ein Jugendzimmer bekommen und Wantscho ein neues Auto.

Nikolows nahmen einen Kredit auf, fuhren ins Möbelhaus, erstanden eine beigefarbene Couch mit zwei Sesseln, einen Couchtisch aus massiver Eiche, Kinderzimmermöbel in heller Kiefer und eine Waschmaschine. Außerdem vereinbarten sie mit einem Autohaus eine Ratenzahlung für einen Ford Taunus TC '76, in metallic Grün.

Wantscho genoss es, sich morgens den Arztkittel überzuziehen, ein Stockwerk hinabzusteigen und gleich in seinem Dienstzimmer zu sein. Er schätzte diesen kurzen Weg. Doch es gab auch schon etwas,

was ihn störte: Die Visite auf Station A, der Offenen Station, zu der er an manchen Tagen hinzugebeten wurde, wenn es um die Einschätzung von medizinischen Grenzfällen ging. Diese Visiten wurden der Einfachheit halber im Aufenthaltsraum durchgeführt. Dafür hatten sich alle Patienten morgens um neun Uhr früh dort einzufinden. Hinter einem Tisch saßen dann die Ärzte und jemand vom Pflegepersonal. Die Patienten mussten jeweils zu zweit oder gar zu dritt vortreten und sich nacheinander zu ihrem Zustand befragen lassen. Manche taten sich schwer, ihre Befindlichkeiten so vor anderen auszubreiten. Sie genierten sich, blieben einsilbig oder schwiegen ganz. Wantscho fand diese Verfahrensweise unsäglich. Er sprach erst mit Pospíšil darüber und später mit dem Ärztlichen Direktor. Er warb dafür, die Intimsphäre der Patienten zu achten und die klassische Form der Visite einzuführen. Kniebisch erwiderte, es sei angesichts der Fülle der Patienten nicht anders machbar. Wantscho spürte Unmut in sich aufsteigen. Und Ungeduld. Warum verstand der Kollege ihn denn nicht? Es stünde ihm frei, fuhr Kniebisch fort, auf der Geschlossenen Station, wo er das Sagen habe, so zu verfahren, wie er es für richtig hielte. Doch er solle bitte Verständnis haben, wenn dies an anderer Stelle nicht erfolgen würde.

Und noch eine Sache gab es, die Wantscho befremdet hatte. Kollege Sauter fragte ihn einmal, während einer Kaffeepause und im Beisein Pospíšils, ob sie denn auch DDR-Dissidenten in der Psychiatrie behandelt hätten.

Verdutzt sah Wantscho ihn an. »Ich hatte nie welche auf meiner Station.«

»Das können Sie mir nicht erzählen!«, entfuhr es Sauter.

»Die kommen eher ins Haftkrankenhaus Waldheim«, sprang Pospíšil Wantscho bei. »Es gab aber schon ab und zu Fälle, wo jemand aus politischen Gründen eingewiesen wurde. Unser Ärztlicher Direktor hat sich gegen die Einweisungen gewehrt und alle Kollegen zu korrektem Vorgehen angehalten. Diese Patienten wurden auch schnell wieder entlassen.«

»Ja, das kam vor«, ergänzte Wantscho und erzählte von dem jungen Mann und der Frau, die vor Jahren drüben an der Grenze geschnappt worden waren und die er dank seiner Gutachten vor dem Gefängnis hatte bewahren können. Pospíšil ergänzte, dass an Feiertagen wie dem 1. Mai oder dem 7. Oktober »potenzielle Störer«, die angeblich psychisch auffällig waren, zu Verwahrung in die Psychiatrie geschickt, jedoch am Tag danach wieder entlassen wurden.

»Aber in der Sowjetunion werden Regimegegner doch auch systematisch in der Psychiatrie mundtot gemacht«, erwiderte Sauter. »Ihnen wird Realitätsverlust unterstellt und ›Schleichende Schizophrenie‹ attestiert.«

Wantscho konnte sich nur mühsam beherrschen. Er fühlte sich von Sauters Fragerei angegriffen. Hatte er, Wantscho, denn nicht immer alles nur Menschenmögliche für seine Patienten gegeben? Nicht *einmal* hatte er einen von ihnen verraten! *Immer* hatte er nach bestem Wissen und Gewissen gehandelt! Was bildete sich Sauter überhaupt ein! Mit welchem Recht fällte er so leichtfertig sein Urteil!

»Werter Kollege«, begann Pospíšil, »das ist sicher richtig. Und gewiss gibt es drüben auch derartige Fälle. Nur ist die DDR nicht die Sowjetunion. Laufend werden DDR-Dissidenten von Bonn freigekauft, sie bringen der SED eine Menge Devisen. Und sobald sie im Westen sind, berichtet auch schon die Presse über sie. Ich habe bisher noch nicht mitbekommen, dass dabei von systematischer Zwangseinweisung und Gefangenschaft in DDR-Nervenkliniken die Rede gewesen wäre.

»So ist es«, sagte Wantscho und zündete sich eine Zigarette an. »Ich denke mal, die Stasi hat ihre ganz eigenen Mittel und Wege, um Abtrünnige zu terrorisieren. Die braucht die Psychiatrie gar nicht.«

Sauter schwieg jetzt. Skeptisch blickte er von Pospíšil zu Wantscho. Der eine lächelte ihm zu, der andere sah finster vor sich hin und rauchte.

Rose fuhr einmal in der Woche in die Schweiz, um das Postfach zu leeren. Die Briefe aus der Heimat waren für sie die Nabelschnur, die sie mit dem verlorenen Zuhause verband. Mit dem Uhrmacher und Gitti, mit Irene und Hajo, die ja nun Tapsi behalten mussten, mit Margit und Todor, mit Tante Trudchen und Onkel Benno, mit Viktoria. Mit Nelli hatte sie die Frage diskutiert, wem sie schreiben dürfe und wem nicht. Nelli wollte niemanden in Schwierigkeiten bringen. Rose riet ihr, sie solle ruhig an alle schreiben, an die sie schreiben wolle. Sie dürfe nur nicht traurig sein, falls jemand nicht antworte. Nelli schrieb an Kerstin und an Swen. Sie sandte bunte Ansichtskarten mit Motiven vom Rheinfall, von der Züricher Bahnhofsstraße, von den Alpen. Kerstin antwortete als Erste. Sie schickte eine schwarz-weiße Ansichtskarte von Hiddensee. Und wenige Tage darauf einen Brief. Nelli war außer sich vor Freude.

Das Wetter auf Hiddensee war toll, aber die Unterkunft war grauenhaft. Wir waren in einem Privatquartier untergebracht. Zu fünft in einem Kellerraum mit ollen Möbeln. Alles roch muffig. Dusche und Klo auf dem Gang. Und dann hatten wir auch noch Vollpension. Zum Essen mussten wir immer ins FDGB-Heim latschen. Frühstück um sieben Uhr dreißig! Um acht kamen schon die nächsten, die auf unsere Stühle wollten. Wir waren echt bedient. Nächstes Mal, falls wir es noch mal an die Ostsee schaffen, gehen wir wieder zelten.

Die Wochen vergingen. Nelli schrieb Kerstin und Kerstin schrieb Nelli. Von Swen kam nicht eine Zeile. Nelli war enttäuscht. Und dann antwortete er doch noch:

Der Vater hat mir verboten zu schreiben, aber heute will ich mich doch einmal bei dir melden. Mir geht es einwandfrei, heute früh waren wir mit der Klasse auf dem Kartoffelacker, nachher gehen wir mit den Massen ins Kino. Tauschen möchte ich mit dir nicht. Ich würde nie die anderen verlassen, und wenn es bei Dir den Himmel auf Erden gibt.

Tante Trudchen und Onkel Benno schrieben eine Ansichtskarte, auf der das Nordrodaer Wahrzeichen, die Rolandsfigur, abgebildet war:

Unsere liebe Nelli! Jetzt siehst Du ja viel von der schönen Welt. Wir sprechen oft von Dir, und Du fehlst uns! Es ist alles noch still und öde unter uns! Wir freuen uns, daß es Dir und Deinen lieben Eltern gut geht, was wir auch von uns soweit sagen können. Bald wirst Du neue Freunde haben!

Natürlich las die Stasi immer mit. Einen Brief von Nelli an Kerstin öffnete ein gewisser IM Schorsch über Dampf, kopierte ihn, klebte das Kuvert wieder zu und tat es in den Kasten, in dem er bereits erfasste Briefe sammelte, die später mit der Post an die Adressaten weitergeleitet wurden. IM Schorsch las den Brief und verfasste seinen Kommentar, den er der Kopie beilegte:

> Im Brief der ehemaligen Schülerin der Klasse 7b der Käthe-Kollwitz-Schule, Nelli Nikolow, ist folgendes zu bemerken: Im September hat Nelli an ihre Klassenkameradin Kerstin, mit der sie befreundet war, einen Brief aus der Schweiz geschrieben, in dem sie sich für ihr Verhalten zu entschuldigen versucht. Sinngemäß schreibt sie, sie hätte nichts von den Plänen ihrer Eltern gewusst. Gez. „Schorsch", 10.11.77

In der Sickstraße 3 in Nordroda wurde die Wohnung der Nikolows lange nicht versiegelt. Die Nachbarn wunderten sich. Ab und zu war Roses Mutter zu sehen, die mit einer Einkaufstasche auf Rollen erst die Straße hinauf und einige Zeit später die Straße wieder hinab lief. Manches Mal kam Viktoria auch noch einmal nach Einbruch der Dunkelheit vorbei, um Dinge aus der Wohnung zu holen. Es war absehbar, dass die Tage, an denen die Wohnung noch zugänglich sein würde, gezählt waren. In Viktoria kamen die alten Gefühle hoch, die sie gehabt hatte, als sie sich nach dem Krieg auf die scheußlichen Hamsterfahrten begeben musste. Sie spürte wieder, wie der Hüftgürtel voller Tauschgut ihr schmerzhaft in die Haut schnitt, wie die Last des schweren Mantels und der Rucksack sie niederdrückten, der Koffer an ihrem Arm zerrte. Die Gefühle verflüchtigten sich auch nicht, wenn sie endlich die Räume betrat, in denen Rose mit Mann und Kind gelebt hatte. Es kam ihr so vor, als müssten sie gleich nach Hause kommen. Dann überkam sie eine unendlich große Trauer. Vom Wohnzimmer lief sie in die Küche, von der Küche ins Kinderzimmer, vom Kinderzimmer ins Schlafzimmer und von dort aus wieder ins Wohnzimmer. Sie fühlte sich schrecklich allein. Und hilflos. Was sollte sie mitnehmen? Sie packte ein paar Stofftiere von Nelli ein, die Fotoalben und eine Blumenvase. Für sich selbst nahm sie die elektrische Kaffeemahlmaschine, den Fön, Roses Bademantel. Sie grübelte, wie sie den Fernseher wegschaffen könnte. Sie hatte keine Menschenseele, die ihr half. Einmal kam ihr Sohn Harald zu Besuch. Doch der war ja Genosse und ein guter Werktätiger. Er weigerte sich, Roses Wohnung zu betreten. Ein anderes Mal klingelte Viktoria beim Uhrmacher, um zu fragen, ob sie bei ihm eine Zeit lang einige Dinge aus Roses Wohnung unterstellen dürfe. Doch der Uhrmacher lehnte dies ab. Viktorias Ansinnen war ihm zu heikel. Er wollte nicht ins Fadenkreuz der Stasi geraten. Viktoria nahm ihm das sehr übel. Sie weinte viel in dieser Zeit. In ihrer Not schrieb sie einen Brief an den Rat der Stadt Nordroda, an die Abteilung »Finanzen Staatliches Eigentum«:

Ich möchte hiermit schriftlich bestätigen, daß von dem beschlagnahmten Eigentum meiner Kinder, dem Ehepaar Dr. Nikolow, Sickstraße 3, der elektrische Küchenherd, das Steppbett, was sich in der Liege im Kinderzimmer befindet, die Übergardine in der Küche sowie die Brücke im Wohnzimmer mein Eigentum sind, da sie von mir bezahlt wurden. Den Herd lieh ich ihnen, weil in der Wohnung, in die ich vor zwei Jahren zog, sich ein komb. Herd befand und ich den elektr. Herd nicht stellen konnte. Ich bitte daher um Rückgabe meiner Gegenstände.
Ferner wurde mir von meinem Schwiegersohn an meinem 67. Geburtstag dieses Jahres der Fernseher versprochen, da sie sich einen Farbfernseher zulegen wollten und der meinige schon 14 Jahre alt ist und ein sehr schwaches Bild hat, er wurde 1963 angeschafft. Ich bin Rentnerin mit einer Rente von nur 305 MK und kann mir daher keinen neuen Apparat leisten.

Da Ihnen Mobiliar von einer vollkommen eingerichteten Dreizimmerwohnung zur Verfügung steht, dürfte es wohl nicht schwer fallen, mir diesen Wunsch zu erfüllen. Sie könnten ja auch von der Summe, die meinem Schwiegersohn als Ausländer von dem Erlös beim Verkauf des Inventars zusteht und die auf ein Sperrkonto gelegt werden soll, den Betrag für den Fernseher abziehen. Eine Genehmigung dafür von ihm kann ich Ihnen jederzeit erbringen.
Im übrigen möchte ich bemerken, daß mein Schwiegersohn 13 Jahre als ein guter Nervenarzt an der hiesigen Klinik unserem Staat gedient hat. Er kam, als wir großen Ärztemangel hatten, u. hat mit Herrn Dr. Engelbrecht zusammen oft 10–12 Std. tgl. gearbeitet. Da er sich nach seiner langjährigen Tätigkeit jetzt nicht an die Wand drücken lässt und sich währenden Schikanen ausgesetzt sah, weil er als lästiger Ausländer in der Klinik betrachtet wurde, war schließlich das Maß voll und hat zu diesem Schritt geführt. Im übrigen war er ein guter Bürger unseres Staates. Die Leidtragende bin ich, da ich vor zwei Jahren nach Nordroda gezogen bin, um bei den Kindern zu sein, und jetzt im Alter allein dastehe.
Es zeichnet
Viktoria Ritterling

Viktorias Zeilen blieben unbeantwortet. Als sie sich einmal dazu aufraffte und beim Rat der Stadt vorstellig wurde, riet man ihr, sich ruhig zu verhalten und den Dingen ihren Lauf zu lassen.

Roses und Wantschos Freunde und Kollegen wurden von der Stasi vorgeladen und verhört. Die Namen und Anschriften fand Oberstleutnant Wilke in Roses Adressbuch, das bei einer Hausdurchsuchung sichergestellt worden war. Nun zahlte es sich aus, dass Rose und Wantscho niemanden in ihren Fluchtplan eingeweiht hatten. Jeder, der von der Stasi befragt wurde, ging zwar mit Unbehagen, jedoch unbelastet in das Verhör. So antwortete beispielsweise die Chefin der Löwen-Apotheke, in der Rose gearbeitet hatte, auf die Frage, ob es irgendwelche Anzeichen dafür gegeben habe, dass die Familie Nikolow die Absicht hatte, die Urlaubsreise auszunutzen, um nicht wieder in die DDR einzureisen: »Nein, derartige Anzeichen gab es nicht. Im Gegenteil, die Kollegin Nikolow wollte sich noch im kommenden Jahr neue Möbel anschaffen. Sie bot mir ihre anderen Möbel an, da ich die Absicht habe, ein Wochenendgrundstück auszubauen. Deswegen ist uns auch ihre Verhaltensweise nicht verständlich.«

Einmal beobachtete der Uhrmacher von seiner Werkstatt aus, wie der Wagen der Nervenklinik vor der Nummer drei hielt. Der Fahrer blieb im Wagen sitzen. Wantschos Stationsschwester Rita, Dr. Hacker, der Verwaltungsleiter der Klinik und ein fremder Mann stiegen aus und gingen ins Haus. Als sie wieder herauskamen, trug jeder von ihnen einen Karton und stellte ihn in den Kofferraum. Der Uhrmacher vermutete, dass sie Wantschos Fachbücher abholten. Der Verwaltungsleiter lief noch einmal zurück ins Haus und erschien wieder mit einem Stapel Schallplatten unter dem Arm und einem Plüschhund in der Hand.

Wieder einige Zeit später parkte ein Lieferwagen mit dem Berliner Kennzeichen »I« vor der Sickstraße 3. Einige Tage lang kam er immer vormittags. Dann war die Wohnung komplett geräumt. Nur die Gardinen hingen noch an den Fenstern.

Wantschos Kündigungsschreiben traf in Nordroda ein. Es war an den Kreisarzt beim Rat der Stadt, Abteilung »Gesundheits- und Sozialwesen«, gerichtet:

Sehr geehrter Herr Kreisarzt!
Wie Ihnen persönlich bekannt ist, war meine Tätigkeit am Bezirksfachkrankenhaus für Psychiatrie Nordroda besonders seit 1970 nur unter schwersten Bedingungen möglich. Es ist vielen Menschen in Nordroda bekannt, daß ich durch das rücksichtslose Treiben des damaligen Stationsarztes Dr. Hacker, mit Unterstützung meines ehemaligen Chefs Dr. Rückwart, als stellvertretender Ärztlicher Direktor verdrängt wurde, um dem rücksichtslosen Aufstieg des Herrn Hacker nicht im Wege zu stehen. Da ich über viele Jahre selbstlos, fleißig und gewissenhaft beim Aufbau und der Festigung des Gesundheitswesens der DDR mitgewirkt habe, was sowohl von vielen, vielen Patienten, die ich selbstlos und verantwortungs-

voll betreute, aber auch von den Kollegen, mit denen ich zusammengearbeitet habe, bestätigt werden kann, waren die Machenschaften der genannten Personen für mich unfaßbar und ungerecht.
In jüngster Zeit nahmen die Schwierigkeiten und Unannehmlichkeiten wieder zu. Es bedurfte vieler Kämpfe und Schreibereien hinsichtlich der weiteren Führung meines in Bulgarien (mit Abschluß des Medizinstudiums) erworbenen »Dr.«-Titels in der DDR. Weitaus schlimmer noch war es mit meiner Approbation. Ihre Gültigkeit wurde bis zum Jahre 1979 beschränkt, was ohne Zweifel eine rücksichtslose Diskriminierung bedeutet.
Hätte ich seitens meines ehemaligen Chefs das nötige Verständnis und eine gewisse menschliche Unterstützung erfahren, wäre dieser Schritt meinerseits nicht erfolgt. Stattdessen habe ich ständig seine Ungerechtigkeiten erdulden müssen.
Hier an der Einrichtung, an der ich jetzt tätig bin, finde ich eine Arbeits- und kollegiale Atmosphäre, die mich angenehm überrascht hat und diejenige ist, die mich unter anderem keinen Moment bedauern läßt, mein Tätigkeitsfeld gewechselt zu haben.
Hiermit betrachte ich mein Arbeitsverhältnis am Bezirksfachkrankenhaus Nordroda ab 22.08.1977 als gekündigt.
Mit freundlichen Grüßen und den besten Wünschen für Ihr persönliches Wohlergehen und das Ihrer Familie
Dr. Iwan Nikolow

Verteiler
Bezirksarzt OMR Dr. Knupp
Kreisvorsitzender H. Körner
OMR Dr. Rückwart
OMR Dr. Seitz

An einem Tag im November kritzelte ein demoralisierter und noch dazu schwermütiger Oberstleutnant Wilke mit Kugelschreiber unter einen Aktenvermerk: »Dr. Nikolow mit Pkw über Jugoslawien ausgereist. Wo ist der Pkw?«

Am gleichen Tag erließ die Staatsanwaltschaft Erfurt Haftbefehl gegen Rose Nikolow, geborene Ritterling, »wegen ungesetzlichen Verlassens der DDR, bzw. Nichtrückkehr von einer genehmigten befristeten Reise in die VR Bulgarien gem. § 213 Abs. 1 Abs. 2 Ziff. 2 StGB«. In der Begründung hieß es: »Fluchtgefahr ergibt sich aus der Art des Deliktes, zum anderen hat die Beschuldigte bereits das Territorium der DDR verlassen.«

Ebenfalls am gleichen Tag fing Rose an, Weihnachtspäckchen zu packen. Auf dem Tisch im Wohnzimmer stapelten sich Kaffee, Schokolade, Mandarinen, Ananas in Dosen, Feinstrumpfhosen, Seife und Zahnpasta. Das Zimmer glich einem Warenlager. Päckchen um Päckchen füllte Rose mit Westprodukten. Freute sich über die Freude, die sie den anderen damit bereiten würde. Am Ende waren es dreizehn Päckchen. Elf würde sie in die DDR schicken und zwei nach Bulgarien.

Rose beschloss, im Supermarkt frühzeitig eine Weihnachtsgans zu bestellen. In Nordroda war sie auch immer sechs Wochen vor Heiligabend zum Fleischer Müller gegangen, um sich auf die Liste derer setzen zu lassen, die eine Weihnachtsgans kaufen wollten. Wer diese Frist versäumte, ging leer aus.

Die Verkäuferin hinter der Fleischtheke sah Rose ungläubig an. Rose dachte, sie habe sie nicht verstanden, und wiederholte ihr Anliegen. »I han scho verschdande«, sagte die Verkäuferin jetzt. »Sie wellet a Gans bschdelle.«

Rose nickte. »Wisset Se, des isch dohanne net iblich. Kommet Se oifach drei Dag vorm Fäschd, mir hent gnuag do.« Rose nickte erneut und sagte: »Ach, so ist das« und tat ungerührt. Doch sie war beschämt. Musste sie sich denn von einer Wurstverkäuferin belehren lassen?! Wut stieg in ihr hoch. Wut auf die Frau hinter der Fleischvitrine und Wut auf sich selbst. Wie konnte sie nur so dumm sein! Natürlich hatten die immer alles da! Schließlich war sie hier im Westen. Mit kühler Stimme verlangte sie 150 Gramm gekochten Schinken, 100 Gramm Salami, drei Paar Wienerle, ein Paar Schinkenknacker, ein Schälchen Fleischsalat (»Aber nur, wenn der auch hausgemacht ist!«), 100 Gramm Corned Beef und ein Pfund Hackfleisch gemischt. So! Wenigstens war nun klar, dass sie eine solvente, ernst zu nehmende Kundin war. Weihnachtsgans hin oder her.

Rose war einsam. Sie lebte von den Briefen, die sie aus der Heimat erreichten. Anders als Wantscho und Nelli hatte sie keinen neuen Kreis, in dem sie sich zurechtfinden musste. Sie lernte kaum neue Leute kennen, hatte wenig Abwechslung. Zwar traf sie sich regelmäßig mit Barbara, doch die Freundin arbeitete und hatte nicht viel Zeit.

Rose freute sich an den Paketen, die ihre Mutter nach und nach schickte und die überwiegend unbeschadet in Ratlingen eintrafen. Sie enthielten Dinge, die Viktoria aus der Wohnung in Nordroda hatte retten können. Jedes Paket war ein Fest, eine Reise in die Vergangenheit. Rose blätterte in den Fotoalben, freute sich über die Spitzweg-Bilder, die in ihrem Wohnzimmer gehangen hatten, über Untersetzer, Wandteller, Kerzen und Kerzenhalter, filigrane Holzrehe und sogar Blumenvasen. Nelli frohlockte über ihre alten Stofftiere, Kasperlepuppen, Kinderbücher.

Kamen Briefe aus Bulgarien, so las Wantscho diese vor und übersetzte, was Sneza, Lina oder Christo geschrieben hatten. Er selbst schrieb kaum noch Briefe. Lieber griff er zum Telefon und meldete Gespräche nach Bulgarien an. Er telefonierte mit Lina, erkundigte sich nach den Eltern, ließ Grüße ausrichten. Ab und zu bat er Rose, ein paar Fotos nach Plowdiw zu schicken. Außerdem rief Wantscho auch seinen Batko Nasco in Sofia an. Sie sprachen miteinander in der Gewissheit, belauscht zu werden. Sie passten auf, was sie sagten. Aber allein die Tatsache, die vertrauten Stimmen zu hören, half, die innere Verbindung nicht abreißen zu lassen.

Bernhard schrieb regelmäßig. Und immer, wenn ein Brief eingetroffen war, rief Wantscho ihn an. Bernhard erzählte, er habe in Kromberg gekündigt und sei im Begriff, zur Familie nach Berlin zu ziehen. Er sei überglücklich, wieder mit Elke zusammenzukommen. Die Kommunale Wohnungsverwaltung habe ihnen eine Plattenbau-Wohnung in der Allee der Kosmonauten, in Marzahn, zugesprochen. Elke arbeite immer noch im Centrum-Warenhaus am Alex und er bald nebendran im »Haus der Gesundheit« beim alten Höck.

»Beim alten Höck?«, fragte Wantscho nach.

Ja, ein Glücksfall sei das. Auch weil bekannt sei, dass Professor Höck eine richtige Ausbildung in PA habe, die er noch vor dem Mauerbau in West-Berlin gemacht habe.

Wantscho wusste sehr wohl, dass »PA« Psychoanalyse bedeutete und dass Bernhard es vermied, dieses Wort am Telefon auszusprechen. Er wusste auch, dass Kurt Höck ein Kollege war, ein Psychiater, der in der DDR einen außerordentlich großen Handlungsspielraum hatte. Ihm war ebenfalls bekannt, dass im »Haus der Gesundheit« unter der Leitung des parteilosen Professors schon lange, wenn auch verdeckt, um nicht das Misstrauen der Staatsmacht zu erregen, mit Freud'schen Ansätzen gearbeitet wurde. Wantscho hielt sich zurück. Wer wusste schon, wer jetzt gerade mithörte.

Höck habe auch eine Lehranalyse gemacht, setzte Bernhard hinzu. Wantscho hoffte, dass der Freund nicht noch irgendwelche Sachen sagen würde, die ihn gefährden könnten. Doch wie es seine Art war, erzählte Bernhard unbekümmert drauf los. Er werde nun bei der von Höck entwickelten »Intendierten Dynamischen Gruppentherapie« mitarbeiten. Und er freue sich, im HdG gelandet zu sein.

Die schweizerische Postangestellte in Ramsen schlug eines Tages vor, Nikolows Post einfach ohne zusätzliche Kosten nach Ratlingen nachzusenden. Damit blieb Rose künftig eine Menge Fahrerei erspart. Der erste Brief, der auf diesem Umweg eintraf, kam Mitte Dezember von Uhrmachers Gitti. Sie schrieb, dass ihre Mutter auf der vereisten Sickstraße gestürzt sei und mit einem Oberschenkelhalsbruch im Krankenhaus liege, dass im Laden eingebrochen worden sei, und dass der neue Dacia 1300, den sie für dreißigtausend Mark gekauft hatten nun doch nicht mehr vor Weihnachten geliefert werden könne, weil die blöden Rumänen wieder mal einen Lieferengpass hätten. Ein Knochenbruch, ein Einbruch, ein Vertragsbruch – sie habe die Schnauze gestrichen voll.

Weitere Briefe trafen ein. In der Vorweihnachtszeit allein siebzehn Grußkarten von alten Patienten, adressiert an den bulgarischen Arzt, der nun in der Schweiz vermutet wurde. Verwandte eines Patienten baten um eine Fernbehandlung. Sie wollten wissen, ob die Medikamente, die jetzt verschrieben worden waren, auch die richtigen seien. Rose schrieb zurück, dass Dr. Nikolow dazu nichts sagen könne und sich da auch nicht einmischen wolle. Dass nun andere bestimmten und man sich da hineinfügen müsse.

Wantscho war gerührt von den liebevollen Briefen. Besonders freute er sich über die krakeligen Zeilen von Meister Gäbler, denen eine Geburtsanzeige beigefügt war. Sein Sohn Jürgen, inzwischen zweiter Violinist bei den Leipziger Philharmonikern, hatte geheiratet und war Vater geworden. All dies ging Wantscho sehr nahe. Auch weil er zwischen den Zeilen die Traurigkeit und die Enttäuschung der Menschen spürte, um die er sich nun nicht mehr kümmern konnte. Wie waren die alle nur an seine Adresse gekommen? Zum wiederholten Male betrachtete er die Kuverts, befühlte eins nach dem anderen. Seidenfutter knisterte. Jedem Namen konnte er ein Gesicht zuordnen. Jede Krankengeschichte war ihm präsent. Er saß auf der Couch. Draußen dämmerte es an diesem Sonnabendnachmittag bereits. Noch hatte er das Licht nicht eingeschaltet. Er spürte sein Herz schlagen. Manchmal hatte er in den letzten Wochen das Gefühl, als würde es kurzzeitig aus dem Takt geraten. Das machte ihm Angst. Manchmal tat es ihm auch weh, links in seiner Brust. So wie jetzt. Was konnte das sein? Hochdruck hatte er ja bereits. Doch Hochdruck verursachte keine Schmerzen. Hochdruck war ein schleichendes Gift. Eines, das er hoffte mit Tabletten im Griff zu haben.

Wantscho nahm den Kognak-Schwenker, der auf dem Couchtisch stand, trank einen Schluck und schaltete den Fernseher an.

Erneut kam Post von Tante Trudchen und Onkel Benno.

Unsere lieben Drei!
War das eine Freude zum 2. Advent. Kam doch hier ein reizendes Päckchen an und ich muß mich nun hiermit von ganzem Herzen für all die Liebe bedanken, die uns dadurch wieder bewiesen wurde! Es hat uns wunderbar geschmeckt, und Onkel Benno hat schöne Ringe geblasen! Ja, nun rückt das Weihnachtsfest immer näher, und die Gedanken sind sehr oft in Ramsen. Unter uns ist nun alles leer, ein komisches Gefühl, nur die Gardinen sind noch an den Fenstern, die der neue Mieter übernommen hat. Was nicht niet- und nagelfest war, ist ja herausgebracht worden, es waren keine schönen Tage für uns! Einen großen Sack mit Alt-Papier und Resten haben sie Onkel Benno zum Verbrennen hingestellt. Er fand darin noch einige Teddybären von Nelli, sie waren ihm zu schade, sie in den Ofen wandern zu lassen. Im Moment könnte ich heulen, wenn ich an die vergangenen Jahre zurückdenke, wie man doch zusammenwächst! Nun ziehen Leute aus der Unterstadt hier ein, ein Urteil kann man sich ja noch nicht erlauben. Er ist Elektriker, 53 Jahre alt, die Frau ist 50 Jahre, sie haben zwei Söhne. Einer ist schon verheiratet, der andere z.Z. beim Militär. Leider hört die Frau sehr schwer, so daß es für mich nicht so einfach ist, aber sie machen einen ganz freundlichen und sauberen Eindruck, man muß halt das Beste hoffen. Mutti Viktoria habe ich noch nicht wieder gesprochen, da ich schon 14 Tage eine Venenentzündung und hier das Bein verwickelt auf dem Stuhl liegen habe. Ja, da fehlt Ihr mir wieder sehr, wie hat man es doch bequem gehabt! Ich stehe aber auf und koche auch, Onkel Benno geht wie immer die Wege, sonst habe ich ja keinen Menschen im Haus, der mal nach mir guckt!!
Von F soll ich auch schön grüßen, ebenso von G, Frau H und vielen Bekannten noch. Ihr fehlt eben im Stadtbild, aber so nach und nach werdet auch Ihr Lieben wieder nette Bekannte haben und Schulfreunde hast Du, Nelli, gewiss schon eine ganze Zahl.

Nun, meine Lieben, das wäre es für heute. Ein gesegnetes und glückliches Weihnachtsfest wünschen wir Euch innig und ein gesundes und zufriedenes neues Jahr in Eurem neuen Lebensabschnitt!
Wir bleiben immer Eure Tante Trudchen und Euer Onkel Benno

35

Heiligabend glänzten am Weihnachtsbaum die neuen Christbaumkugeln in Silber und Rot mit Lametta und elektrischen Kerzen um die Wette. Rose schenkte Wantscho einen Schlips, ein Hemd, schwarze Strümpfe, ein Rasierwasser und das Buch *Der Stoff, aus dem die Träume sind* von Johannes Mario Simmel. Wantscho hatte für Rose eine Schallplatte, einen Schal und eine Schachtel *Mon Chéri* besorgt. Und Nelli bekam ganz viel: Hausschuhe, Bademantel, Rollkragenpullover, Dackelstoffhund, eine Schallplatte von den Beatles, Bücher von Karl May und Enid Blyton. Nelli schenkte der Mutter ein Räuchermännchen und dem Vater einen Aschenbecher aus buntem Glas.

Sie aßen Würstchen mit Kartoffelsalat. Die Gans, die Rose einige Tage zuvor (mit absichtlicher Meidung der Wurstverkäuferin!) bei einem Bauern gekauft hatte, schmurgelte derweil mit Äpfeln und Zwiebeln gefüllt im Backofen. Zum ersten Mal in ihrem Leben hatte Rose den Braten ganz alleine zubereitet. In Gedanken war sie ständig bei ihrer Mutter. Viktoria hatte geschrieben, dass sie das Fest bei ihrer Schwester Lotti in Bernhausen verbringen würde. Rose war erleichtert, zu wissen, dass ihre Mutter nicht alleine zu Hause sitzen würde.

Trotzdem plagten sie die Sehnsucht und das schlechte Gewissen, weil sie die Mutter im Stich gelassen hatte.

Später am Abend kam das Telefonat mit Plowdiw zustande, das Wantscho angemeldet hatte. Als Lina abhob und Wantschos Stimme erkannte, tat sie einen Freudenschrei, fast sang sie ins Telefon. Ja, alle seien wohlauf. Taka e! So ist es! Die üblichen Wehwehchen halt. Töchterchen Antoaneta sei gesund und gehe gern in den Kindergarten. Ja, sie hätten Schnee. Und 27 °C unter null. Einige Alte seien schon in ihren Wohnungen erfroren! Und die Vögel fielen tot von den Bäumen. Jetzt reiche sie den Hörer an die Mutter weiter. 1000 Zeluwki! (Küsse) Gesundheit! Frohe Weihnachten!

»Majka!«, schrie Wantscho ins Telefon. Sneza stammelte mit erstickter Stimme und schluchzte. Christo wand ihr den Hörer aus der Hand. »Wantscho?«, schrie er nun seinerseits. »Hörst du?« Dann erzählte er, die Mutter habe wieder eine Depression, würde nur Tabletten schlucken und kein Auge mehr zutun. Er habe mit der Gicht zu kämpfen. Alles werde nur immer schlimmer. Die Brotpreise seien schon wieder gestiegen. Und immer müsse man überall anstehen. Wantscho solle mal wieder Bilder schicken. Vor allem von dem Kind.

Als Wantscho den Hörer auflegte, hatte er eine halbe Flasche Rotwein getrunken. Anders war das ja auch nicht auszuhalten! Er trank weiter und bot auch Rose etwas an. Die lehnte dankend ab. Sie schaltete den Fernseher ein. Dass Wantscho nach wie vor so viel trank, gefiel ihr ganz und gar nicht. Im ersten Programm lief ein Unterhaltungsfilm. Nelli hockte, die Beine angewinkelt, im Sessel. Aus den Augenwinkeln beobachtete sie ab und zu den Vater. Sie war angespannt. Was, wenn es wieder Streit geben würde. Doch der Vater blieb friedlich. Er trank weiter Wein, rauchte und war schweigsam. Als der Film zu Ende war, stand er auf. Dabei stieß er sein Glas um und verschüttete Rotwein auf die neue beigefarbene Couchgarnitur. Mit einem Satz sprang Rose auf. »Salz!«, rief sie. Nelli rannte in die Küche, es zu holen. »Kannst du denn nicht aufpassen!«, herrschte sie Wantscho an.

»Tut mir leid«, sagte der.

Rose stellte das Glas geräuschvoll auf den Couchtisch zurück.

Nelli brachte Salz. Rose kippte reichlich davon auf das Polster.

»Ärgere dich nicht«, sagte Wantscho, »heute ist doch das Fest der Liebe.« Das »i« von »Liebe« zog er dabei in die Länge. Dann humpelte er leicht schwankend hinaus.

»So was Blödes«, schimpfte Rose.

»Er hat es doch nicht mit Absicht getan«, versuchte Nelli zu beschwichtigen.

»Nur wegen der Sauferei«, sagte Rose.

Kurz darauf kam Wantscho zurück und kündigte an, er wolle sich lang machen. Er gab Frau und Tochter einen Kuss. Die eine hielt widerstrebend ihre Wange hin, die andere drückte ihm ihre Lippen auf die kratzige Backe. »Gute Nacht, Vati.«

Wantscho verließ das Wohnzimmer. Nelli atmete auf.

Silvester verbrachten Nikolows bei Mladenoffs in Bad Trossheim. Bojko, schwarze Stoffhose, schwarzes Seidenhemd, eine Goldkette mit einem Amulett über der Brust, brachte während des Essens, es gab Karpfen, einen Trinkspruch aus. Ein Hoch auf den Westen! Ein Hoch auf die Freiheit! Feierlich sagte er, dass das Jahr 1977 das bislang beste für ihn und seine Familie gewesen sei: Haus gebaut, Jaguar gekauft, Sommerferien in Monaco, Herbsturlaub auf den Malediven. Und nicht zu vergessen: Lieben Freunden sei die Flucht in die Freiheit geglückt! »Darauf trinken wir!« Bojko erhob sein Champagner-Glas, Barbara, Rose und Wantscho taten es ihm nach. Nelli, Hanna und Marlen stießen mit Mangosaft an.

Rose nippte an ihrem Glas und lächelte Barbara zu. Wie schön sie ist, wie elegant und selbstsicher, ging es ihr durch den Kopf. Im Stillen bewunderte sie Barbaras schlanke Gestalt, das hochgesteckte hellblonde Haar, das teure Kleid. Sie selbst kam sich mit einem Mal behäbig vor. Barbara war das Reh und sie das Nilpferd. Barbara kaufte bei Chanel, Rose bei Quelle. Aber es gab Hoffnung, sie mussten nur durchhalten, einen Schritt nach dem anderen machen, nichts überstürzen. In den paar Monaten, die sie hier waren, hatten sie schon eine Menge erreicht. Zwar wohnten sie noch in der Klinik, doch inzwischen in eigenen Möbeln. Und sie hatten ein Auto gekauft! Sie konnten zufrieden sein. Es ging aufwärts! Barbara stand auf. »Ich mach' uns einen Espresso. Kommst du mit, Röschen?« Sie ging in die Küche. Ihre hohen Absätze klackten auf dem Parkett. Rose folgte ihr.

Die Zwillinge und Nelli liefen ins Kinderzimmer. »Nelli, Nelli, bitte spiel mit uns!« Hanna holte das Monopoly aus dem Schrank.

Nelli gefiel die Rolle der großen Schwester. Gemeinsam bauten sie das Brett auf dem Teppich auf. Hanna streifte ihre lila Lackschühchen ab und begann, das Spielgeld zu sortieren. Marlen schmiegte sich an Nelli. Nelli richtete ihr die verrutschte Haarschleife. Hanna fing an zu würfeln.

Die Männer saßen im geräumigen Wohnzimmer, von dem man am Tage einen herrlichen Blick über die Schwäbische Alb hatte, und genehmigten sich einen Pernod auf Eis. Sie redeten Bulgarisch miteinander.

»Du musst dich niederlassen«, sagte Bojko.

Wantscho erwiderte nichts.

»Ich habe in den letzten Jahren so viel Geld verdient, dass ich dieses Haus hier bauen *musste*, um Steuern zu sparen.«

»Wer viel hat, hat auch viel Sorgen«, sagte Wantscho und nahm einen Schluck Pernod.

»Ich habe überwiegend Privatpatienten. Die bringen das Geld.«

»Geld ist nichts alles.«

»Ja, willst du denn auf ewig in einer Anstalt wohnen? Denk doch mal an deine Frau und das Kind.«

Wantscho nestelte eine Zigarette aus der Packung und steckte sie sich in den Mund.

Bojko berührte ihn am Arm. »Bitte nicht hier drin.«

»Ja, ja, ich weiß. Hatte ich auch nicht vor.«

»Also, was ich sagen wollte: Ich habe mich erkundigt. Hier in Bad Trossheim gibt es einen – ich wiederhole, *einen* niedergelassenen Nervenarzt. Es ist Platz für einen zweiten. In Ratlingen brauchst du gar nicht erst anzufangen, wegen der Klinik. Außerdem leben hier, in der Nähe des Bodensees und der Schweiz, mehr begüterte Patienten.

»Und was soll ich mit solchen anfangen?« Wantscho zog an der Zigarette, die gar nicht angezündet war.

»Du therapierst die Neurosen der einsamen Millionärsgattinnen. Du kannst pro Stunde vierhundert DM aufrufen.« Bojkos Augen begannen zu funkeln.

Wantscho wiegte den Kopf hin und her. »Na ja«, sagte er zögerlich.

»Hier ist alles auf das Geschäftliche abgestellt«, fuhr Bojko fort. »Du musst beweglich sein.«

»Ich will mal eine rauchen.« Wantscho mühte sich aus dem Sitzpolster der Couch hoch. Bojko reichte seinem Freund die Hand und half ihm auf. Gemeinsam gingen sie auf die Terrasse. Bad Trossheim leuchtete zu ihren Füßen. Ab und zu waren Knaller zu hören, und vereinzelt zündete jemand bereits Feuerwerksraketen.

»Nachher haben wir hier die beste Aussicht.«

Wantscho zündete seine Zigarette an, wedelte das Streichholz aus und lachte. »Wie du das immer schaffst.«

»Wir sind hier im Kapitalismus, Wantscho. Du kannst dich neu erfinden. Dem Tüchtigen gehört die Zukunft!«

Eine Zeit lang schwiegen sie.

Wantscho fröstelte. Er löschte die Zigarette in einer mit Schnee gefüllten Blumenrabatte. »Es wird kalt.«

»Du musst geschäftstüchtig sein«, redete Bojko weiter. »Geld regiert die Welt.«

»Lass uns reingehen«, bat Wantscho und wandte sich zur Terrassentür. Als er den Fuß über die Schwelle hob, verlor er den Halt. Er versuchte, sich am Türrahmen festzuhalten, doch vergeblich. Der Länge nach schlug er hin. Bojko sprang sofort zu ihm hin, wollte ihm helfen. Aus der Küche kam Rose gerannt. Hinter ihr Barbara. Wantscho richtete sich auf und verzog vor Schmerz das Gesicht. Sie hoben ihn mit vereinten Kräften hoch, er konnte mit dem kranken Bein nicht auftreten. Sie schleppten ihn zur Couch. Rose schob das Hosenbein hinauf und untersuchte das Knie. Barbara eilte in die Küche, um Eiswürfel zu holen. Als sie zurückkam, nahm Rose ihr das in eine Plastiktüte und in ein Küchenhandtuch eingewickelte Eis aus der Hand und legte es behutsam auf Wantschos Knie, das zusehends anschwoll.

»Tut's sehr weh?«, fragte Rose und sah ihn bekümmert an.

»Es geht schon«, sagte Wantscho. Er biss die Zähne zusammen.

Das verdammte Bein, ausgerechnet das linke, auf das er sich sowieso nicht verlassen konnte, tat höllisch weh.

»Das ist immer mein Albtraum«, sagte Rose, »dass er hinfällt.«

Bojko legte dem Freund den Arm um die Schulter.

»Hol mir was zu trinken«, bat Wantscho.

Am Neujahrstag fuhren Nikolows zurück nach Ratlingen. Rose saß am Steuer des Fords. Wantscho tat noch immer das Knie weh.

»Ein tolles Haus haben sie«, sagte Rose.

»Wir fangen ja gerade erst an«, entgegnete Wantscho. »Und sie ackern auch rund um die Uhr.«

»Du etwa nicht?«

Rose sah Wantscho an.

»Sieh nach vorn!«, mahnte Wantscho.

Rose richtete ihren Blick wieder auf die Straße.

»Bojko meint, ich soll mich niederlassen«, sagte Wantscho.

»Das wäre das Allerbeste.«

»Warum?«

»Wir könnten uns ziemlich schnell sanieren.«

»Du klingst schon wie Bojko.«

Rose seufzte und setzte den Blinker, um ein Mofa zu überholen, das vor ihnen auf der Landstraße fuhr.

Wantscho spürte Unwillen in sich aufsteigen.

»Barbara hat mich auch beraten«, sagte Rose.

»Inwiefern?«

»Sie ist der Ansicht, ich solle mich so schnell wie möglich um die Anerkennung meines Pharmazie-Ingenieurs kümmern, damit ich wieder arbeiten kann.«

»Aha.«

»Es ist wirklich sagenhaft, wie lebenstüchtig sie ist.«

»Wieso denn, Mutti?«, fragte Nelli von hinten.

»Weil sie es geschafft hat, als Berufsschullehrerin in den Schuldienst übernommen zu werden. In ein paar Jahren ist sie Beamtin und unkündbar.«

»Kismet«, sagte Wantscho. »Die einen haben es, die anderen nicht.«

»Und dabei ist sie eigentlich nur Friseuse«, bemerkte Rose noch.

Eine Weile herrschte Stille. Jeder hing seinen Gedanken nach. Dann fragte Nelli: »Wenn Vati eine Praxis aufmacht, müssen wir dann in eine andere Stadt ziehen?«

»Das ist noch alles Zukunftsmusik, Kind«, sagte Rose.

»Ich will aber nicht schon wieder umziehen«, sagte Nelli. »Ich will in Ratlingen bleiben.«

»Ich auch«, sagte Wantscho. »Ich bin Kliniker. Ich will in der Klinik bleiben. Dort weiß ich, was ich habe. Die Arbeit ist zwar anstrengend, doch überschaubar.«

»Verstehe«, sagte Rose.

»Ich will meine Patienten behalten. Ich brauche den ›ganz normalen Wahnsinn‹, meine Depressiven, meine Alkis, meine Schizos, meine Paranoiden, meine Mörder und die Selbstmörder auch. Und die alle brauchen mich. Diese reichen Tanten vom Bodensee hingegen brauchen mich nicht. Ich habe keine Lust, ihre Neurosen zu behandeln. Damit sollen sie andere langweilen.«

Einmal lud Nelli Gregor zu sich ein. Ihre Scheu, Schulkameraden mit nach Hause zu nehmen, war verflogen, seitdem Gregor vor allen anderen zur Sprache gebracht hatte, dass sie in der Nervenklinik wohnte und dass sein Bruder dort arbeitete.

Sie saßen in der Küche und löffelten Sternchen-Nudelsuppe. Gregor genoss es, bei Nikolows zu sein. Nellis Mutter war eine herzliche und quirlige Person. Sie stellte ihm Fragen, war ehrlich interessiert. Das spürte er. Und das verwunderte ihn. Auch dass sie überhaupt mit ihm redete. Noch nie hatte er sich so locker und so ungezwungen mit einem Erwachsenen unterhalten. So etwas kannte er nicht. Das gab es bei ihm zu Hause nicht. Fünf Kinder waren sie. Der Vater ein Trinker, ohne Arbeit, wohnte nicht mehr zu Hause. Die Mutter hatte ihn vor die Tür gesetzt. Sie führte eine kleine Pension. Im Vergleich zu Nellis Mutter war seine dick und unförmig. Sie arbeitete unermüdlich, doch sie war, das wurde Gregor jetzt bewusst, unbeweglich und starr im Geiste.

Und hier eröffnete sich ihm nun etwas ganz Neues. Nicht nur die Sprache von Nellis Mutter war anders, sehr direkt und herzlich zugleich, sondern ihre ganze Art, in der etwas Schnoddriges, Liebenswertes, ja Wärmendes lag. Ihm wurde mit einem Mal klar, warum Nelli so war, wie sie war. Gregor empfand die Art und Weise, wie Mutter und Tochter miteinander umgingen, als atemberaubend. Er beobachtete, dass sie sich zur Begrüßung in den Arm nahmen und einen Kuss gaben, dass sie sich an der Hand hielten. Die beiden waren nicht nur Mutter und Tochter, sie waren viel mehr: Freunde.

Und ihn, Gregor, behandelte Nellis Mutter ebenso. Wie einen Kumpel. Er spürte, dass sie sich um ihn bemühte und sich darüber freute, dass ihre Tochter endlich Kontakt gefunden hatte.

Rose ihrerseits mochte Gregor auf Anhieb. Er hatte einen ehrlichen Blick und ein offenes Wesen. Vielleicht hatte dieser Junge ja einen guten Einfluss auf Nelli und half ihr anzukommen? Rose sorgte sich um Nellis schulische Leistungen. Ihre Tochter genoss ganz offensichtlich die Freiheit, schlechte Noten schreiben zu dürfen. Vieren und Fünfen juckten sie nicht. Aufgewachsen mit der Angst, kein Abitur machen zu dürfen, ließ sie sich jetzt treiben. Das Abi werde ihr doch hier geschenkt, hatte sie mal gesagt. Sie lernte kaum, Hausaufgaben machte sie, wie sie Lust hatte. Oft ließ Gregor Nelli abschreiben, hatte die Tochter ihr anvertraut. Das alles ging Rose durch den Kopf, während sie Gregor erzählte, dass diese Wohnung hier nach der Flucht nur eine erste Anlaufstelle für sie sei. Kurz darauf klappte die Eingangstür. Nellis Vater kam zum Mittagessen. Gregor sah einen nicht sehr großen Mann in mittleren Jahren, mit pechschwarzen, zurückgekämmten Haaren, der einen weißen Kittel trug und am Stock ging. Er kam auf ihn zu, Gregor erhob sich, er wusste, was sich gehört.

»Ah, ein Gast«, sagte Wantscho. Er lehnte den Stock in die Ecke neben den Küchentisch und gab Gregor die Hand. Dabei lächelte er und machte eine leichte Verbeugung.

»Gregor Hiller«, stammelte Gregor und machte einen Diener.

»Iwan Nikolow.« Nellis Vater setzte sich. Rose tat ihm Suppe auf. »Du bist der Schulfreund von Nelli?«

Gregor nickte.

»Schön, dass du uns besuchst. Hat dir die Suppe geschmeckt?«

»Ja, danke, sehr gut.«

Gregor musste sich konzentrieren, um Nellis Vater zu verstehen. Er sprach leise, fast murmelte er. Er wirkte auf Gregor wie ein Gelehrter, klug und weise.

»Gregors Bruder arbeitet auch in der Nervenklinik«, sagte Nelli.

»Ach ja?« Wantscho war überrascht. »Wie heißt er denn, der Bruder?«

»Werner Hiller.«

»Ja, jetzt, wo du es sagst! Ihr ähnelt euch. Der Werner ist ein guter Junge! Zuverlässig und einfühlsam.«

Dann löffelte Nellis Vater seine Suppe. Die Mutter goss ihm Zitronenbrause in ein Glas. Er bedankte sich dafür.

Die Stimmung in der Küche war eine andere geworden, seit Nellis Vater nach Hause gekommen war. Nelli und ihre Mutter hatten aufgehört, unbekümmert draufloszureden. Gregor fiel auf, dass Nelli sehr respektvoll mit ihrem Vater umging und nicht so unbeschwert wie mit ihrer Mutter. Nachdem Wantscho seinen Teller leer gegessen hatte, ging er ins Wohnzimmer, um sich, wie er sagte, eine halbe Stunde hinzulegen.

Als Wantscho wieder in sein Dienstzimmer kam und bemerkte, dass die von ihm angeforderten Krankenakten noch immer nicht auf seinem Schreibtisch lagen, stieg Ärger in ihm hoch. Sein Büro lag genau neben dem Dienstzimmer der Pfleger. Er griff nach seinem Stock und hieb mehrmals hintereinander energisch an die Wand.

»Es klopft!«, sagte der Pflegeleiter und machte ein erschrockenes Gesicht.

»Es klopft« war bereits zu einem geflügelten Wort geworden. Die Pfleger wussten, wenn der Chef sauer war, weil irgendwas nicht geklappt hatte, haute er mit seinem Stock an die Wand. Dabei stand

die Anzahl der dumpfen Schläge in direkter Beziehung zum Grad der Verärgerung.

»Du gehst«, sagte der Pflegeleiter zu dem jungen Mann, der für drei Monate ein Praktikum in der Psychiatrie absolvierte.

»Aber wieso denn immer ich?«

Keine Widerrede duldend schob der Pflegeleiter den Praktikanten aus dem Zimmer. Der Chef würde ihm schon nicht den Kopf abreißen.

Der Praktikant klopfte mit einem mulmigen Gefühl an die Tür des Dienstzimmers des bulgarischen Arztes, wartete auf das »Herein!«, drückte zaghaft die Klinke runter.

»Ach, dich schicken sie schon wieder«, sagte Wantscho streng.

Der Praktikant trat mit hängenden Schultern vor Wantschos Schreibtisch. »Wie soll ich Gutachten schreiben, wenn ich die Berichte nicht habe?!«

»Ich kümmere mich darum, Herr Doktor.«

Wantscho blickte den jungen Mann durchdringend an. Mit einem Blick, so von unten nach oben, den Kopf etwas schief gelegt. Das konnte schon Angst machen.

»Du kannst ja nichts dafür. Sag's den anderen.«

»Mach' ich.«

»Ich brauche die Unterlagen sofort!«

»Jawohl, Herr Doktor.«

Es kam allerdings nicht oft vor, dass Wantscho böse wurde. Er war zwar grundsätzlich streng und ließ keinen Zweifel daran, wer das Sagen hatte. Doch so lange alles nach seinen Vorstellungen lief, war er freundlich und charmant, großzügig und aufmerksam. Das Wichtigste für ihn war, dass es seinen Patienten an Nichts fehlte.

Und Wantscho sah auch zu, dass es ihm selbst an nichts fehlte. Dazu gehörte, dass er sich abends entspannen konnte. Rose sorgte dafür, dass zu Hause alles reichlich vorhanden war. Denn sie war zuständig fürs Einkaufen. Wantscho trank Bier zum Abendbrot. Später Wein oder auch Kognak. Oder beides. Je nachdem. Wenn er Nachtdienst hatte, hielt er sich zurück. Im Vergleich zu den Kollegen hatte er es gut: Er war im Haus. Musste nicht erst durch die halbe Stadt fahren. Wenn Wantscho Dienst hatte, trank er höchstens ein Bier am Abend.

Außerdem benötigte er, um seelisch und körperlich im Gleichgewicht zu bleiben, seine Medikamente. So dachte er. Ab und zu versuchte Rose, auf ihn Einfluss zu nehmen. »Setz doch die Betablocker mal ab!«, regte sie an.

»Mit *dem* Hochdruck?«, entgegnete Wantscho.

»Aber vielleicht brauchst du das Zeug gar nicht mehr? Oder in geringerer Dosierung.«

»Röschen, mir geht es gut, *weil* ich die Tabletten einnehme.«

»Du nimmst aber gleichzeitig auch noch Antidepressiva und trinkst regelmäßig Alkohol.«

Wantscho atmete geräuschvoll aus und nickte.

»Es gibt doch nun keinen Grund mehr, depressiv zu werden.«

»Ach, Röschen …«

»Du müsstest doch am besten wissen, wie diese Tabletten im Zusammenspiel mit Alkohol wirken. Ich hatte gehofft, du würdest das hier im Westen abstellen.«

»Ich werde es weiter beobachten«, sagte Wantscho.

»Wenn du es nicht lassen kannst, dann trinke entweder *oder* schlucke Pillen! Aber doch nicht beides zusammen!«

Wantscho wusste, dass Rose recht hatte. Und er fühlte sich psychisch tatsächlich stabil. Vielleicht hatte er ja Glück und blieb künftig von den Depressionen verschont? Vererbung hin, Vererbung her. Er musste nun nicht mehr um seinen Doktortitel fürchten, seine Approbation würde hier niemand anfechten, der Rahmen für seine Arbeit war denkbar günstig, niemand schikanierte ihn. Und in Kürze würde er Staatsbürger der Bundesrepublik Deutschland werden. Weil *er* es hier in der Freiheit wollte! Er könnte also wirklich wieder frei atmen.

Am Rosenmontag standen Rose und Nelli inmitten unzähliger Zuschauer an der Ratlinger Hauptstraße. Es war ein besonders kalter Februartag, nachts hatte es gefroren. Doch scherte sich hier niemand ums Wetter. Die Ratlinger Narren hatten schon ganz anderes während der Fasnacht erlebt. Sturzregen, Schneegestöber, Eisglätte. Nichts, aber auch gar nichts konnte einen echten Narren davon abhalten, die Stadt »nab z'jucka«, also »hinab zu hüpfen«. Ihrer Fasnet fieberten die Ratlinger entgegen. Weder Weihnachten noch Geburtstage noch sonst irgendwelche hohen Festtage konnten ihre geliebte Fasnet überstrahlen. Seit Jahrhunderten sogen die Ratlinger dies mit der Muttermilch ein. Allen Versuchen der Obrigkeit, die Fasnet zu beschneiden oder gar abzuschaffen, hatten sie stets getrotzt. Ratlingen war und blieb ein Narrennest.

Die Rathausuhr zeigte zehn Minuten vor acht. Ein paar tausend Narren hatten sich mittlerweile am Rathaus versammelt. Alle trugen traditionelle Kleidle und hatten ihre Masken auf den Scheitel geschoben. Es sah aus, als hätten alle Narren ihre Köpfe in den Nacken gelegt, um in den Himmel zu starren.

Rose und Nelli traten von einem Bein aufs andere, ihre Füße waren kalt. Sie standen in der ersten Reihe.

Gegenüber im zweiten Stock des Hauses sah Nelli den Vater am offenen Fenster. Er trug seine graue Schiffchenmütze aus Fellimitat mit ausgeklappten Ohrenschützern, die in einem von Viktorias Paketen gelegen hatte. Nelli winkte ihm zu, doch er sah sie nicht. Wantscho war der Einladung des Pospíšils gefolgt, sich das Spektakel von dessen Wohnung aus anzusehen. Er hätte auch schwerlich in dem Getümmel auf der Straße stehen können. Immer in der Angst zu stürzen. »Vati sieht mit der Kappe aus wie ein sowjetischer Genosse am 1. Mai auf der Ehrentribüne.«

Rose lachte. »Nur, dass es im Mai wärmer ist.«

In diesem Augenblick ertönte der erste Glockenschlag der Rathausuhr. Es schlug acht! Ein weiterer war nicht mehr zu vernehmen, weil im gleichen Augenblick die Narren und Zuschauermassen zu juchzen anfingen. Der »Narrensprung« begann! Und dann kamen auch schon die Herolde mit der reichsständischen Standarte geritten. Eine Trommel dröhnte dumpf. Und Rose bemerkte, dass der alte Mann neben ihr leise aufschluchzte.

»Net brieke, Alfred«, sagte seine Frau zu ihm.

»Ach, s'isch zu schee«, stammelte der Alte, »d'Fasnet – des isch Hoamad, Aschdrit!« Er winkte den Musikern der Jugendkapelle zu, die jetzt in ihren mittelalterlichen Kostümen erschienen. Der Narrenmarsch erklang. Und jetzt fielen die Narren ein und es gab kein Halten mehr. Sie trugen teuflische Masken und gefiederte Umhänge, hatten lange Stecken, grimmige Larven mit gefletschten Zähnen oder Glattlarven mit ebenmäßigen Zügen und mit Glocken besetzte Kleidle. Es war ein grandioses, ein magisches Schauspiel! Das Gejuchze und Gewimmel, das Gehopse und Geklinge, das Gesinge und Geschreie. So etwas hatten Wantscho, Rose und Nelli noch nie zuvor gesehen.

Der Strom der Narren riss nicht ab. Rose fror, doch sie sah, dass ihre Tochter Spaß hatte. Auch Wantscho stand noch oben am Fenster. Ihm gefiel das Treiben da unten auf der Gasse. Er hatte es warm und trocken, er mochte die Marschmusik, die gespielt wurde. Sein Gastgeber bot Glühwein und Fasnetsküchle an, es ging ihm gut. Als er Rose inmitten der Menge entdeckte, winkte er ihr zu, doch die sah nicht zu ihm hoch. Vielmehr blickte sie sich um und sondierte ihre und Nellis Lage. Es war kein Fortkommen, sie waren in der Menge eingekeilt. Die erste Stunde lang hatte Rose das Geschehen ja interessant gefunden. Die zweite Stunde hatte sie damit verbracht, darüber nachzusinnen, weshalb die Schwaben das ganze Jahr über so reserviert und humorlos schienen, um dann an zwei Tagen im Februar so durchzudrehen. Der einarmige Beamte kam ihr in den Sinn. *Keine Gefahr für Leib und Leben*, hatte er geurteilt. Ob der hier auch mit juckte und fröhlich war? Rose spürte einen Kloß im Hals. Sie wünschte sich zu Hause zu sein. Sie dachte dabei aber nicht an das Wohnzimmer, in dem die neue Couchgarnitur stand, nicht an die neuen Betten und nicht an Nellis neue Möbel. Sie dachte an Nordroda, wo heute Abend Bühnenball gefeiert würde. Gitti und der Uhrmacher, Irene und Hajo, Margit und Todor, Annegret und Sigmar würden ohne sie ins Stadttheater gehen. Wie sehr ihr die Freunde doch fehlten, die Gespräche mit ihnen, die innige Vertrautheit.

Manchmal überkam sie eine dumpfe Traurigkeit, abgeschnitten von ihrem alten Leben zu sein. Das Heimischwerden im Westen hatte sie sich einfacher vorgestellt. Gleichzeitig versuchte sie sich zusammenzureißen, wenn diese Gedanken sich in Endlosschleifen in ihrem Kopf hin und her bewegten. Sei froh!, ermahnte sie sich dann. Sei dankbar! Wantscho ist glücklich in der Klinik! Denk an die Zukunft! Vor allem für das Kind ist es das größte Geschenk in Freiheit aufzuwachsen! Verstohlen wischte Rose sich über die Augen. Und erschrak gleich darauf, als ein Narr seine Streckschere in ihre Richtung ausfuhr.

Nelli hingegen fand den Narrensprung großartig. Sie musste unbedingt Kerstin davon schreiben! Gegen die Fasnet war der Fasching drüben langweiliger Kram. Im Kindergarten hatten sie Kinderfasching gefeiert. Daran erinnerte sich Nelli gern. Sie war als Cowboy oder Indianer gegangen. In den Schuljahren hatte sich das dann verloren. Am Rosenmontag war stets Unterricht gewesen. War sie nach Hause gekommen, lief der Fernseher, und sie guckten den Karnevalsumzug in Köln. Das war immer interessant gewesen, doch nicht zu vergleichen mit dem, was sie hier erlebte! Schade nur, dass sie ganz allein an der Straße stand. Zwar war die Mutter neben ihr. Doch niemand ihres Alters, den sie kannte. Die Klassenkameraden juckten selbst die Straße hinab, steckten in anderen Kostümen, oder hatten Pläne, in die Nelli nicht mit einbezogen war. Sie hatte allerdings auch nicht gefragt. Und ein Gefühl machte sich leise bemerkbar, dunkel und undeutlich keimte es in ihr auf. Du gehörst nicht dazu, behauptete es. Nelli verbot sich diese Regung und war froh, als ein weiterer Narr auf sie zusprang.

36

Alles war so weit eingerichtet: Wantscho hatte eine hervorragende Stelle und wieder Spaß an seiner Arbeit. Nelli hatte sich nicht nur in der Schule eingelebt, gerade war sie – obwohl nicht katholisch –

Mitglied in einer Gruppe der Münsterjugend geworden. Nun konnte sich Rose guten Gewissens um ihre eigenen Belange kümmern. Sie sandte ihre Unterlagen nach Stuttgart zur Behörde, mit der Bitte, ihren Abschluss als Pharmazie-Ingenieur anzuerkennen. Bald kam ein Schreiben zurück, in dem stand, man könne diesen Abschluss nicht anerkennen, da es einen solchen in der Bundesrepublik nicht gäbe. Vom Ausbildungsgrad her sei der Titel des »PI« (Pharmazie-Ingenieur) zwischen dem des hier bekannten »PTA« (pharmazeutisch-technischer Assistent) und dem des approbierten Apothekers anzusiedeln. Anerkannt werden könne allerdings nur der Grad eines PTA.

Rose war am Boden zerstört. Wieder hatte sie Pech. Erst der abgelehnte C-Ausweis, nun auch noch die Behörde, die sie degradieren wollte. Mit Barbaras Hilfe formulierte sie ein Antwortschreiben, in dem sie darlegte, dass sie ein dreijähriges Studium an der Ingenieurschule für Pharmazie in Leipzig absolviert habe, mit dem Schwerpunkt auf Herstellung und Abgabe von Arzneimitteln; dass sie ihre Chefin oft als Apothekenleiterin vertreten habe; dass sie nachts allein Bereitschaftsdienst gehabt habe und insgesamt über zwanzig Jahre Berufserfahrung in öffentlichen Apotheken verfüge. Sie bat darum, Perspektiven aufzuzeigen, wie sie nun, nach ihrer Flucht in die Freiheit, ihrer Befähigung gemäß in einer Apotheke eingesetzt werden könne. Mit vorzüglicher Hochachtung!

Man habe Rücksprache mit der Bundesbehörde in Bonn gehalten, las Rose wiederum in der Antwort, und es sei in ihrem speziellen Fall möglich, den Titel »Pharmazie-Ingenieur« anzuerkennen, vorausgesetzt, sie würde sich einverstanden erklären, in Stuttgart eine Prüfung über ihre fachliche Befähigung abzulegen. Rose war außer sich. Das war das Allerletzte, was sie wollte! Sie rief Barbara an. Die beruhigte sie. »Das schaffst du! Was ist denn schon dabei? Merkst du nicht, dass sie dir entgegenkommen? Du telefonierst jetzt gleich mit Stuttgart und klärst das ab.«

Rose hörte auf die Freundin. Sie wählte die Nummer, die auf dem Briefkopf abgedruckt war, und ließ sich weiterverbinden, bis sie den richtigen Ansprechpartner am anderen Ende der Leitung hatte. Der

Herr war ausgesprochen freundlich und empfahl ihr auch gleich zwei Lehrbücher.

Rose notierte sich die Titel. »Ich lasse mich aber nur theoretisch prüfen«, ließ sie ihn wissen. »In Betriebskunde und Gesetzeskunde. Ich gehe nicht ins Labor, um irgendetwas vorzuführen.« Sie redete sich in Rage. »Im Osten habe ich so gut wie alle Salben selbst angerührt. Ich habe Pillen gedreht und Tinkturen angefertigt. Drüben versteh'n wir nämlich noch was von Galenik! Es ist doch wichtig, zu wissen, wie ein Medikament hergestellt wird. Hier im Westen gibt's fast nur Fertigarzneimittel und ...«

»Wir werden versuchen, dies alles zu berücksichtigen, Frau Nikolow«, fiel ihr der Herr am anderen Ende der Leitung ins Wort, wobei er verhalten lachte. »Ich schicke Ihnen ein Schreiben, in dem ich Ihnen einen Prüfungstermin vorschlage.«

Damit war das Gespräch beendet.

In Kerstins nächstem Brief fand Nelli zwei Fotos. Das eine zeigte Kerstin, Swen und andere ehemalige Klassenkameraden während der Jugendweihe. Sie standen in einer Reihe auf einer Bühne. Die Mädchen mit langen Röcken, hellen Blusen und dauergewellten Haaren. Die Jungen in dunklen Anzügen, mit Krawatten um den Hals. Hinter ihnen der Chor, Thälmann-Pioniere in Uniform. Swen sah auf dem Bild so umwerfend elegant aus, dass es Nelli wehtat. Auf dem anderen Foto war eine lachende Kerstin zu sehen, die den Bildband *Weltall Erde Mensch* in die Kamera hält. Und im Hintergrund deutlich zu erkennen: Swen, der seinen Arm um Cornelia legt. Swen ging mit der Gruppenratsvorsitzenden? Mit der Bonzentochter? Nelli war entsetzt. Wie konnte er nur! Und auch all die Argumente, die ihr Verstand sofort lieferte, wie etwa: Du bist nun mal hier und nicht mehr dort!, halfen nichts. Das Fundament ihrer Kindheit bröckelte. Sie hatte Heimweh. Sie stellte sich lebhaft vor, wie nun Cornelia bei Feten an Swens Seite liegen würde. Wie er sie streicheln und küssen würde. Wie er für sie Gedichte schreiben würde.

»Sei nicht traurig«, versuchte Rose sie zu trösten. »Dafür wirst du konfirmiert.« Doch Nelli ging es nicht um Jugendweihe oder Konfirmation. Es ging darum, dass sie nicht wusste, wo sie hingehörte. Im Osten war sie physisch nicht mehr anwesend, fühlte sich dort allerdings geistig sehr wohl noch präsent. Und mit dem Westen, ihrer neuen Heimat, verhielt es sich genau andersherum.

Wantscho ging morgens gern in sein Dienstzimmer. Er freute sich auf die Visiten. Er hatte bereits gute Erfolge mit Schlafentzug und Autogenem Training erzielt. Und er war auch hier außerordentlich beliebt bei den Patienten und sehr geachtet bei den Kollegen. Wieder einmal hatte er in einer Klinik die schwierigste Station unter sich. Keiner wollte auf die Geschlossene. Weder das Personal noch die Kranken. Auf die Station C kamen Ausreißer und suizidgefährdete Patienten, solche, die auf anderen Stationen randaliert, getobt oder jemanden angegriffen hatten. Außerdem noch jene, die die Nahrungsaufnahme verweigerten. Und auch Kriminelle, die zur Beobachtung in die Psychiatrie eingewiesen worden waren. Sie wurden hier verwahrt, weil diese Station die ausbruchssicherste war.

Wantscho fertigte über den Geistes- und Gemütszustand vieler Krimineller medizinische Gutachten für Gerichtsverhandlungen an. Unter ihnen waren mutmaßliche Betrüger, Drogenhändler, Vergewaltiger, Mörder. Wantscho hatte schnell festgestellt, dass diese Klientel hier so ganz anders war als in der DDR, wo es ohnehin weniger Verbrechen gab. Das lag sicher auch daran, dass es drüben untersagt war, die Entwicklung der Kriminalität offen zu thematisieren. Offizielle Statistiken wurden dort schon lange geschönt, Suizidzahlen geheim gehalten und auch Alkoholismus als Quelle vieler Delikte vertuscht. Wantscho war aufgefallen, dass psychisch erregte Patienten hier im Westen aggressiver reagierten als im Osten. Obwohl in der DDR geringere Dosen Psychopharmaka verabreicht wurden, waren die Kranken leichter zu lenken. Wantscho hatte überlegt, woran das liegen konnte. Er hatte auch mit Pospíšil darüber gesprochen. Dieser meinte, es sei ja bekannt, dass die jeweiligen gesellschaftlichen Strukturen ihre Individuen und damit auch die Psychiatrie prägten. Das jeweilige politische System sei ein Spiegel seiner Geistesgestörten und umgekehrt. Dabei lachte er und rieb sich die Hände. In einer Diktatur, so führte Pospíšil weiter aus, seien sogar die Verrückten angepasster.

Pospíšil klopfte Wantscho auf die Schulter. »Im Übrigen ist es zu bewundern, wie Sie innerhalb so kurzer Zeit auf der C aufgeräumt haben.«

Und das war in der Tat so. Die Station C war lange das Stiefkind der Nervenklinik gewesen. Wantscho hatte sie in eine funktionierende Einheit mit klaren Spielregeln umgestaltet. Seit er hier war, wurden weniger Zwangsmaßnahmen gegen Patienten angewendet. Die zwei Isolierzellen und die darin befindlichen Betten mit Anschnallgurten wurden nicht mehr benutzt. Rastete ein Patient aus, so reichte es normalerweise, ihn »niederzuringen« und ihm eine Spritze zu geben. Zwei Patienten, die bereits lange Jahre in der Klinik lebten und sich für den Stationsbetrieb zu überaus nützlichen Helfern entwickelt hatten, erlaubte Wantscho nun, sich die Isolierzellen als Zimmer zu nehmen. Die beiden waren Freigänger, quasi als Stationshilfen anzusehen, und jeder war froh, dass sie auf der C blieben. Sie genossen Privilegien wie Urlaub, Taschengeld, Pflegeressen. Eigentlich hätten sie gar nicht mehr auf der Geschlossenen bleiben müssen, einer von ihnen galt sogar als geheilt. Doch nach einem kurzen Ausflug in die Freiheit war er wieder eingeliefert worden. Man diagnostizierte ein Aufflammen seiner alten paranoiden Wahnvorstellungen, die aber innerhalb kürzester Zeit wieder abebbten. Der Mann nahm sein altes Leben im gewohnten Klinikumfeld wieder auf. Ihm war klar geworden, dass er sich in der »Draußen-Welt« nicht mehr zurechtfinden würde. Der andere hatte zwar eine Familie, doch legte diese keinen Wert auf seine Entlassung. Seine Frau besuchte ihn dreimal im Jahr. Wenn er Geburtstag hatte, an Ostern und zu Weihnachten. Immer brachte sie Süßigkeiten und ein Foto von der Tochter mit. So ging das bereits seit zwölf Jahren.

Die Arbeit forderte Wantschos ganze Kraft. Körperlich wie geistig. Zugleich befriedigte ihn sein Tun zutiefst. Er liebte seine Patienten.

Er liebte es zu helfen. Er liebte es zu heilen. Obwohl ihn die Erfahrungen all der Jahre auch abgeklärter hatten werden lassen, war er doch noch immer voller Empathie und Hingabe für seine Patienten und für sein Fach. Allerdings machten ihm mit seinen achtundvierzig Jahren die Anstrengungen des Klinikalltags zunehmend zu schaffen. Das Laufen war mühsam. Oft schmerzten seine Beine, das kranke, weil es schwach war, das gesunde, weil es mehr Last zu tragen hatte. Nach wie vor legte er sich mittags nach dem Essen für eine halbe Stunde hin. Das half ihm, den Rest des Tages zu überstehen. Abends war er dann fix und fertig und wollte nur noch seine Ruhe haben. Abendbrot mit Frau und Tochter, dann ohne Störung die Zeitung lesen, *Tagesschau* sehen und noch einen Film oder eine Show. Klingelte das Telefon, so sandte er einen unwilligen Blick in Richtung Wohnzimmertür. Rose lief dann in den Flur, wo der Apparat stand, nahm das Gespräch an und hielt die Anrufer möglichst von ihm fern.

Rose fuhr nach Stuttgart, um die Prüfung für ihre Anerkennung als Pharmazie-Ingenieur abzulegen. Als sie das Behördenzimmer betrat, in dem hinter einem langen Tisch zwei Herren in grauen Anzügen saßen und sie ansahen, der eine abschätzend, der andere wohlwollend und freundlich, wurde ihr bang ums Herz. Der Freundliche ergriff das Wort und begrüßte sie. Es stellte sich heraus, dass er derjenige war, mit dem Rose telefoniert hatte. Er fragte schmunzelnd, ob sie es denn noch immer ablehne, sich in Laborpraxis prüfen zu lassen. Rose nickte, nahm all ihren Mut zusammen. »So ist es!«

Der Beamte bat sie, Platz zu nehmen und begann sogleich eine erste Frage zur Pharmazeutischen Gesetzeskunde zu stellen. Rose antwortete mit Leichtigkeit. Es folgten noch zwei Fragen zur Arzneimittelkunde und eine zur Drogenkunde. Dann sagte der freundliche Beamte: »Das dürfte reichen.« Er erhob sich.

»Wie?«, sagte Rose. »Das war's schon?«

»Nun, ich denke, wir haben es hier mit einer erfahrenen Kollegin zu tun«, sagte der freundliche Beamte. »Ich beglückwünsche Sie zu Ihrer Anerkennung, Frau Nikolow.« Er nahm die Urkunde, die vor ihm auf dem Tisch lag und überreichte sie Rose feierlich. Rose griff nach dem Dokument, wusste nicht, wie ihr geschah, und machte ein verdutztes Gesicht. Jetzt lachten beide Herren.

»Sie dürfen Ihren Titel führen und sich ›Pharmazie-Ingenieur‹ nennen. Viel Erfolg!«, sagte der, der sie geprüft hatte und schüttelte ihr die Hand.

Rose stammelte Worte des Dankes und hielt auch dem zweiten Beamten noch die Hand hin. Dann stolperte sie, die Urkunde an die Brust gepresst, aus dem Raum, und erst langsam sickerte es in ihr Bewusstsein, dass sie nun endlich wieder würde arbeiten gehen können.

Sie fand eine Halbtagsstelle in der Rosen-Apotheke in Ratlingen. Sie war froh darüber, aus dem Haus zu kommen, und stolz darauf, wieder ihr eigenes Geld zu verdienen. Das steigerte ihr Selbstwertgefühl. Außerdem kam es der Familienkasse zugute. Es waren die Raten für den Kredit und den Ford abzuzahlen, und einige Dinge fehlten ein Jahr nach ihrer Ankunft im Westen im Hausstand noch immer. Zum Glück wohnten sie mietfrei.

Seit die Freunde wieder zusammenlebten, beschriftete Elke wie früher die Kuverts von Bernhard. Elke hatte, seit sie in der Marzahner Platte wohnten, aufgehört zu arbeiten. Die Kinder brauchten sie. Und sie wollte zu Hause sein, wenn sie aus der Schule kamen. Bernhard fühlte sich nach wie vor gut aufgehoben im »Haus der Gesundheit« am Alex. Er war dabei, zusätzlich seinen Facharzt für Psychotherapie zu machen, den es in der DDR seit Neuestem gab. Und noch etwas war neu und schien vielversprechend: Freuds Werke waren überraschend vom Index gestrichen worden. Zu verdanken war dies dem guten alten Höck, diesem psychiatrischen Urgestein. Er hatte Freud in einem Gutachten als »deutsches Kulturerbe« bezeichnet. Das Gutachten hatte das DDR-Gesundheitsministerium über ein Buch von Freud angefordert, welches die Stasi bei einem Kollegen konfisziert hatte. Und so schrieb Bernhard seinem Freund Wantscho: *»Schick Literatur von dem alten Traumdeuter. Hier gibt es nichts!«*

Wantscho vermisste Bernhard. Er fühlte sich wohl in Ratlingen, doch er hatte niemanden, mit dem er so offen reden konnte wie mit Bernhard. Auch mit Bojko nicht. Bojko vermittelte ihm immer das Gefühl, selbst nicht zu genügen, nicht das Richtige zu tun. Neben Bojko fühlte er sich klein und unsicher. Das wurmte ihn. Außerdem glimmte in ihm auch immer der Neid auf alles, was Bojko erreicht hatte. Dabei wurde es ihm schnell zu viel, wenn Bojko immer nur von Geld, Rendite und Besitzstandsmehrung sprach. Das war früher anders gewesen. Wie oft waren sie in Sofia zusammen ins Theater, ins Kino gegangen. Waren zufrieden gewesen mit billigen Stehplätzen. Wie oft hatten sie über die Bücher geredet, die sie gerade lasen, Karten gespielt oder stundenlang einfach nur, ohne viele Worte zu machen, die Zeit miteinander verbracht. Der Freund hatte sich im Westen sehr verändert, fand Wantscho. Laufend gab er Ratschläge, die Wantscho wie Schläge empfand, vor denen er sich wegducken musste. Für Rose war Bojko *lebenstüchtig*. Nicht viele, die von drüben kamen, waren so. Die meisten fanden sich beruflich wieder zurecht, doch nur wenige kamen mit dem *money making*, dem amerikanisierten *way of life*, der grenzenlosen Freiheit, dem Streben nach Glück so gut zurecht wie Mladenoffs. Bei den meisten kam nach der Euphorie, endlich im Westen zu sein, die Ernüchterung. Heimweh, Sehnsucht nach den Zurückgebliebenen, Trauer um das verlorene Hab und Gut gingen einher mit den psychischen Anstrengungen, sich an das neue Leben im freien Westen zu gewöhnen, wo jeder tun und lassen konnte, was er wollte, und niemand einem sagte, wie das ging.

Wantscho war jedenfalls froh, in der Klinik angestellt zu sein. Er war dankbar für die vorgegebenen Strukturen, in die er sich einfügen konnte. Er schätzte die Sicherheit, die ihm daraus erwuchs.

Als er eines Morgens gerade sein Dienstzimmer betreten wollte, kam der Pflegeleiter ganz aufgeregt angelaufen und berichtete ihm, dass ein Patient ausgerissen sei. Er habe einer Schwester die Schlüssel entwendet und sei von der C entwischt.

»Wer ist es?«, fragte Wantscho.

»Der Junge«, sagte der Pflegeleiter kleinlaut.

»Nein!«, entwich es Wantscho. In ihm krampfte sich alles zusammen. Der Junge, ein neunzehnjähriger Maurerlehrling, war ihm besonders ans Herz gewachsen. Vor drei Monaten war dieses schmächtige, empfindsame Kerlchen nach einem Selbstmordversuch eingeliefert worden. Der Junge litt seit dem zehnten Lebensjahr unter Depressionen, der Vater, ein gewalttätiger Patriarch, hatte dies stets als Charakterschwäche abgetan. Der Junge hatte schon mehrmals versucht, sich das Leben zu nehmen. (Noch nicht mal das schafft er, so der Vater.) Und hatte insgesamt bereits vierzehn Monate seines Lebens in der Psychiatrie verbracht, er war mit Eisbädern, Elektroschocks und Psychopharmaka behandelt worden – das Übliche eben. Als er Wantscho vorgestellt wurde, erprobte dieser, neben den Gesprächen, die er mit ihm führte, auch Autogenes Training und Schlafentzug. Das hatte dem Jungen gutgetan. Und nun das.

»Informieren Sie die Klinikleitung, die Eltern und die Polizei«, ordnete Wantscho an. »Und beten Sie, dass wir ihn lebend finden.«

Am Nachmittag kam die Nachricht, dass die Polizei im Stadtgraben unter der Hofbrücke einen Toten gefunden habe. Wantscho fuhr hin, um sich die Leiche anzusehen, und identifizierte den Jungen. Er hatte sich von der Brücke vierzig Meter in die Tiefe gestürzt und lag mit zerschmetterten Knochen auf dem Rasen.

Wantscho machte sich Vorwürfe. Klinikdirektor Kniebisch ließ ihn zu sich rufen. Er holte aus seinem Schreibtisch zwei Gläser und eine Flasche Klaren, goss ein, gab Wantscho ein Glas und hob das seine.

»Wir tun, was in unserer Macht steht, Kollege. Und doch ist alles Gottes Werk.« Kniebisch kippte den Schnaps.

Wantscho nickte seinem Chef zu und trank ebenfalls. Er fühlte sich schrecklich. Wie durch einen Zwang musste er an all die Patienten denken, die er schon verloren hatte, denen er nicht hatte helfen können.

»Machen Sie Schluss für heute«, hörte er Kniebisch sagen. »Gehen Sie nach Hause.«

In der Küche hockte Wantscho lange bewegungslos am Tisch. Irgendwann kam Rose mit Einkaufstüten beladen herein. Sie machte Licht und schrie auf, als sie Wantscho erblickte, der wie ein Geist im Dunkeln gesessen hatte. Erst auf den zweiten Blick fiel ihr auf, dass er weinte. Sie ging zu ihm, legte ihre Hand an seine Wange. Er zog sie zu sich heran, lehnte seinen Kopf an ihren Bauch und schluchzte auf. Stockend erzählte er von dem Jungen. Rose versuchte zu trösten. Später half sie ihm ins Wohnzimmer auf die Couch, schaltete den Fernseher ein und brachte ihm ein Glas Rotwein. Wieder zurück in der Küche, verstaute sie die Einkäufe und wusch Geschirr ab.

Der Winter kam und ging, das Jahr 1979 brach an. Und als es Frühling wurde, wohnten Nikolows noch immer in der Nervenklinik. Rose hatte sich schon einige Wohnungen angesehen, mal allein, mal mit Nelli. Doch immer war da etwas, das ihr nicht passte. Entweder fehlte ein Balkon oder die Räume waren zu dunkel, dann wieder war die Küche zu oll, das Bad zu klein, kein zweites Klo oder keine Garage vorhanden. Nelli betrübte das. Sie hatte die *Klapse*, wie sie die Klinik insgeheim bezeichnete, satt und wollte endlich wieder wie ein normaler Mensch unter normalen Menschen wohnen. Und sie wollte einen Hund haben. Rose tat ihr Bestes, gab Woche für Woche eine Annonce im *Ratlinger Boten* auf, vereinbarte Besichtigungstermine.

Eines Nachmittags, Nelli war allein zu Haus, klingelte es. Nelli öffnete. Vor der Wohnungstür stand eine Frau, deren Miene merkwürdig verzerrt war und die sofort einen Fuß zwischen Tür und Schwelle setzte. Nelli erschrak und versuchte, die Tür zuzudrücken.

»Ich will ins Bett vom Doktor!«, verlangte die Frau mit herrischer Stimme und stemmte sich gegen die Tür.

»Mein Vater ist nicht da«, sagte Nelli, die angestrengt bemüht war, dem Druck gegen die Tür standzuhalten. Sie sah, dass die Frau einen Kulturbeutel dabeihatte.

»Ich will ins Bett vom Doktor!«, verlangte diese nun nochmals mit lauter Stimme und begann, mit der Faust gegen die Tür zu schlagen.

»Hau ab!«, keuchte Nelli und hoffte, irgendjemand würde ihr zu Hilfe kommen. Die Frau fing jetzt an, sich wie wild gegen die Tür zu werfen. Dabei schrie sie und entwickelte solche Kräfte, dass Nelli die Tür nicht mehr halten konnte. Und in dem Moment, in dem die Tobende sich Zutritt in die Wohnung verschafft hatte und auf Nelli einzuschlagen begann, öffnete sich in der gleichen Etage die Fahrstuhltür und Rose kam nach Hause. Sofort erfasste sie die Situation, ließ Einkaufstüten und Handtasche fallen, sprang auf die miteinander Ringenden zu. Sie riss die Frau von Nelli weg und versetzte ihr einen kräftigen Schlag auf den Rücken. Verdutzt hielt die kurz inne, um sich gleich darauf auf den Boden zu werfen und aus Leibeskräften zu brüllen. Zwei Pfleger kamen herbeigerannt. Sie drehten der Frau die Arme auf den Rücken und hielten sie fest. Eine Schwester eilte herbei und gab der Tobenden eine Spritze. Kurz darauf erschlaffte die Frau und die Pfleger trugen sie weg.

Einen Moment standen Rose und Nelli wie erstarrt. Rose sah, dass Nelli zitterte, und nahm sie in die Arme. »Komm, wir gehen zu Vati und erzählen ihm alles.«

Sie trafen Wantscho in seinem Dienstzimmer an. Er war gut gelaunt, das fiel Nelli sofort auf. Er wirkte auf sie wie ein völlig anderer Mensch. Wie sein eigener jüngerer Bruder. So munter, so offen, so stark. Und ganz anders als abends, wenn er zurück in die Wohnung kam.

Als er hörte, was vorgefallen war, verfinsterte sich seine Miene.

»So etwas darf nicht passieren«, sagte er. »Es tut mir leid, Kind.«

»Dafür kannst du doch nichts, Vati«.

Doch das sah Wantscho anders. Er trug die Verantwortung. Nachdem Frau und Kind wieder gegangen waren, rief er den Pflegeleiter zu sich, um mit ihm ein ernstes Wort zu reden. Es gab zwei Dinge, die Wantscho auf den Tod nicht ausstehen konnte: Wenn seiner Familie Schaden zugefügt oder wenn das Wohl seiner Patienten in Gefahr gebracht wurde. Heute war beides geschehen.

Wenig später verließ der Pflegeleiter zerknirscht das Dienstzimmer seines Chefs.

Nach diesem Vorfall ging Rose noch entschlossener auf Wohnungssuche und hatte bald darauf Glück: vier Zimmer, Küche, Bad und WC in einem gepflegten Fünf-Parteien-Haus, am südlichen Rand der Stadt. Die Gegend war waldig und ruhig. Die Wohnung hatte zwei Balkone.

Der erste Besucher in der neuen Wohnung war Gregor. Er bewunderte die Sicht auf den Wald, den großzügigen Schnitt der Räume und natürlich Nellis neues Zimmer. Es war kleiner als das in der Klinik, doch das störte Nelli nicht. Sie war erleichtert und glücklich, endlich – so wie alle anderen auch – wieder in einer *richtigen* Wohnung zu wohnen.

»Endlich raus aus der Klapsmühle.« Gregor schien ihre Gedanken zu lesen. Nelli lachte. Als sie bemerkte, wie der Freund sie ansah, irgendwie versonnen und ein wenig traurig, verstummte sie. Gregor ging näher an Nelli heran. Er überlegte, ob er ihr ins Haar greifen sollte. Oder ob er ihr gestehen sollte, dass er sich in sie verliebt hatte. Doch er hatte Angst davor. Nelli behandelte ihn völlig neutral. Wie einen Kumpel. Keine Geste, kein Blick deuteten darauf hin, dass sie so empfand wie er. Gregor fürchtete, die Freundschaft zu gefährden, wenn er sich Nelli offenbarte. So konnte er wenigstens weiter hoffen und die rätselhafte Anziehungskraft genießen, die dieses Mädchen von der anderen Seite des Eisernen Vorhangs auf ihn ausübte. Nelli, obwohl in der DDR aufgewachsen, verkörperte für ihn eine Weltläufigkeit, die er bislang so nicht kannte, die ihm, der aus der schwäbischen Provinz kaum herausgekommen war, fremd war: Nellis Vater stammte aus Bulgarien, auf dem Weg dorthin hatte sie Jahr für Jahr im Urlaub viele Länder bereist und in der DDR hatte sie ein Leben gelebt, das ihm so fremd war wie ein Leben auf dem Mond.

Als Nikolows an einem Sonntagnachmittag wieder einmal Mladenoffs besuchten, stellte Wantscho erstaunt fest, dass Bojko unentwegt Deutsch mit ihm sprach. Auf Bulgarisch fragte er den Freund, was denn los sei, ob er seine Muttersprache verlernt habe. Daraufhin eröffnete ihm dieser, er wolle kein Bulgarisch mehr sprechen. Er sei jetzt in Deutschland, und hier regiere nun mal die deutsche Sprache. Am liebsten hätte Wantscho etwas Abfälliges über den harten Akzent des Freundes geäußert, doch er hielt sich zurück. Bojko erzählte, dass seine Praxis wie am Schnürchen laufe. Dass er regelmäßig Kurse für Weiterbildung belege und seine Fühler nun in die Schweiz und nach Liechtenstein ausstrecke.

»Um dort was zu tun?«, fragte Wantscho, der unverdrossen weiter Bulgarisch sprach.

»Schiefe Zähne operieren, Kiefer richten, Implantate setzten. Wantscho, das sind Steuerparadiese!« Bojko lächelte ihn offen an. »Steuerparadiese, verstehst du!? Es gibt Privatkliniken, die suchen Leute wie mich. Und die zahlen exzellent.« Bojko rieb die Kuppen von Daumen und Zeigefinger aneinander. »Das könntest du auch haben.«

»Ich bin Psychiater und kein Kieferchirurg«, sagte Wantscho leicht gereizt.

»Ich meine es grundsätzlich. Aber du willst ja auf keinen Fall eine Praxis eröffnen.«

»Taka e! So ist es. Ich will keine Praxis eröffnen. Ich bin Kliniker und ich bleibe es!«

»Jammerschade, mein Freund, jammerschade. Der Psychiater hier im Ort will in diesem Jahr seine Praxis abgeben. Du könntest den gesamten Patientenstamm übernehmen und würdest dich in ein gemachtes Nest setzen.«

Wantscho gefiel die Richtung, die das Gespräch nahm, überhaupt nicht. Also beschloss er zu schweigen.

»In einem Jahr kaufst du dir deinen ersten Jaguar.«

Wantscho erwiderte nichts.

Bojko seufzte. »Jeder ist seines Glückes Schmied.«

Auf der Rückfahrt mahnte Rose: »Denk doch an das Geld! Ich würde auch meinen Beruf aufgeben und die Praxis organisieren.«

»Wie oft soll ich es denn noch sagen«, schnaubte Wantscho und schlug mit der Hand aufs Lenkrad. »Ich werde mich nicht niederlassen!«

»Ich kann nicht verstehen, dass du nicht mehr aus dir machen willst.« Roses Stimme klang vorwurfsvoll.

»Hör endlich auf, an mir herumzuzerren und mich zu kritisieren«, sagte Wantscho böse.

Rose schmollte, sah aus dem Fenster und schwieg.

Nelli duckte sich auf der Rückbank.

An Wantscho nagte der Groll.

In der Folgezeit verspürte Wantscho immer öfter diesen Groll. Er kämpfte gegen ihn an. Doch immer, wenn in der Klinik etwas nicht nach seinen Vorstellungen lief, wenn er sich von Rose falsch behandelt fühlte oder Nelli nicht augenblicklich parierte, sobald er etwas von ihr verlangte, war der Groll da. Er trübte seinen Verstand und vergiftete sein Herz. Wenn Wantscho trank, war es besser auszuhalten. Trotzdem reagierte er oft aufbrausend. In der Klinik hatte er sich, wenn der Groll wie ein Schatten über ihn kam, im Griff. Dennoch spürten auch seine Mitarbeiter, dass in dem bulgarischen Arzt ein Wesenszug schlummerte, der ins Jähzornige wies und an den besser nicht gerührt werden sollte. Dies trug dazu bei, dass man vor Wantscho nicht nur Respekt hatte, der schon an Ehrfurcht grenzte, sondern zeitweise fast Angst.

Zu Hause gelang es Wantscho nach einem langen anstrengenden Arbeitstag oft nicht mehr, sich zusammenzureißen. Er ließ sich bedienen. Ohnehin krümmte er im Haushalt keinen Finger. Aber das kannte Rose ja schon. Sie schob es auf die bulgarischen Gene und auf die Pascha-Mentalität der bulgarischen Männer. Rose sorgte nach wie vor für Wantscho. Sie bereitete die Mahlzeiten zu, schaffte alles heran, was der Alltag so forderte, auch den Alkohol, doch sie redete nur das Allernötigste mit ihm. Und Nelli begann, dem Vater zunehmend aus dem Weg zu gehen.

Das Band zwischen Mutter und Tochter wurde so fest wie nie. Das zwischen Tochter und Vater wurde noch rissiger.

Wie bereits früher in Nordroda fand an den Sonnabendvormittagen hin und wieder eine Aussprache zwischen Rose und Wantscho statt, der eine Versöhnung folgte. Dann war es immer Wantscho, dem verziehen werden musste. Und immer Rose, die zu verzeihen hatte. Doch oft verlief das Familienfrühstück auch schweigend. Nelli hoffte jede Woche auf die Aussöhnung und war stets enttäuscht, wenn es nicht dazu kam. Dann hatte sie nicht übel Lust, die Mutter und den Vater zu schütteln und »Hört endlich auf!« zu rufen. Doch sie ließ sich nichts anmerken und schluckte all die Wut hinunter. Abends, wenn Nelli im Bett lag, musste sie oft daran denken, was der Vater für ein umgänglicher und freundlicher Mensch war, wenn man ihn in der Klinik traf. Als würde sich dort ein Hebel umlegen, der automatisch wieder zurückschwang, wenn er abends nach Hause kam. Sie suchte nach den Gründen dafür. Ihr fielen aber keine ein.

In den Sommerferien reisten Nikolows mit Mladenoffs nach Monaco. Bojko und Barbara waren ja schon öfter dort gewesen und hatten davon geschwärmt. Für Wantscho, Rose und Nelli war es der erste richtige Urlaub im Westen! »Monaco!«, »Monte Carlo!« – das klang nach Palmen und Strand, nach Juwelen und Spielcasino, nach Fürstentum und den oberen Zehntausend und nach viel, viel Geld. Mladenoffs fuhren mit ihrem silberfarbenen Jaguar voraus, Nikolows im metallic grünen Ford hintendrein.

Die Strecke von Ratlingen nach Monaco betrug siebenhundert Kilometer. Ein Klacks gegen die früheren Touren nach Bulgarien! Sie fuhren bis Zürich, von dort weiter in Richtung Italien. Die Grenzkontrollen waren – natürlich – moderat, die Grenzer freundlich. Trotzdem klopfte Rose das Herz bis zum Hals. Wantschos Hand zitterte, wenn er die Pässe durch das Wagenfenster reichte, und Nelli rutschte unruhig auf der hinteren Sitzbank hin und her. Die alte Angst blühte wieder auf. Sie saß tief und sie saß fest.

Sie gelangten nach Andermatt im Kanton Uri und von hier aus

auf dem Gotthardpass über die Alpen. Sie erfreuten sich an den breiten Straßen, die oft als gigantische Brücken in Schwindel erregender Höhe über grüne Täler und kleine Ortschaften führten, sie bestaunten die zerklüfteten Felsmassive, die sich imposant gen Himmel erhoben, und sie zählten die vielen Tunnel.

In der italienischen Schweiz kamen sie durch Airolo, fuhren weiter bis Lugano, wo Bojko entschied, haltzumachen. »Den Luganer See muss man gesehen haben!«

Sie kehrten in ein Café an der Strandpromenade ein, blickten ehrfurchtsvoll über das riesige Gewässer, und Bojko spendierte Kaffee, Kuchen, Cola und Eis.

»Dass wir mal so weit kommen …«, sagte Rose versonnen.

»Wer hätte das gedacht …«, kommentierte Wantscho.

Die Städte, die nun am Wege lagen, klangen verheißungsvoll: Como, Milano, Pavia. Nach weiteren hundert Kilometern erreichten sie die Côte d'Azur. Und wie jedes Mal, wenn Wantscho, Rose und Nelli ans Meer kamen, war es ein besonderer Moment, voller Andacht, Innehalten und Dankbarkeit. Kein Wölkchen zeigte sich am Himmel und das Mittelmeer lag still und glatt wie türkisblaues Glas.

Sie würden nicht direkt in Monaco, sondern einige Kilometer entfernt, in Roquebrune, einem winzigen Ort am Cap Martin, auf französischem Boden wohnen. Dort hatten sie in einer Ferienanlage zwei Wohnungen gemietet. Früh am Abend trafen sie in Roquebrune ein. Wantscho war die gesamte Strecke gefahren, hatte sich nicht einmal von Rose ablösen lassen. Nun äußerte er den Wunsch, noch einen Laden aufzusuchen, um etwas zu trinken zu kaufen. Er brauche dies nach der langen Fahrt zur Entspannung, wie er sagte. Rose wollte nicht. Es entstand ein kurzer, hitziger Streit darüber, ob es sinnvoller sei, jetzt noch einkaufen zu gehen oder sich bis morgen mit den vorhandenen Vorräten zu begnügen. Wantscho beharrte auf seinem Wunsch und gab Bojko Lichthupe. Der Freund hielt an. Rose sah ostentativ aus dem Seitenfenster. Wantscho griff nach seinem Stock und stieg aus. Bojko kam ihm entgegen, sie wechselten ein paar Worte, Bojko lachte und klopfte Wantscho auf die Schulter.

Er lotste sie zu einem kleinen Supermarkt im Zentrum. Unter Olivenbäumen parkten sie, und Rose nahm mit Leidensmiene ihr Portemonnaie, stieg aus und knallte die Wagentür hinter sich zu. In Nellis Magen hatte sich ein harter Klumpen gebildet. Sie sah den quadratischen Hinterkopf des Vaters, das Muttermal im Nacken, sie sah, wie er sich die Augen rieb und gähnte. Sie blieb still sitzen, doch in ihrer Fantasie griff sie in sein dichtes blauschwarzes Haar, riss und zerrte daran wie wild.

»Schön hier«, sagte Wantscho und wandte sich halb zu ihr um.

»Hm«, machte Nelli nur und kaute an ihrer Unterlippe.

Trotzdem wurde es ein schöner Urlaub mit bewegenden Eindrücken: Die Ferienanlage direkt in den Felsen gebaut. Die Wohnungen, jede für sich ein luxuriöser Traum mit riesiger Terrasse. Der atemberaubende Blick von der Halbinsel Cap Martin über die Bucht auf den monegassischen Jachthafen. Das prächtige Feuerwerk, immer sonnabends nachts über dem Fürstenpalast. Der weite Weg zum Strand. Steil bergab. Und dann beladen mit Kühltaschen, Badezeug, Sonnenschirmen. Bergauf eine beschwerliche, schweißtreibende Tortur. Vor allem für Wantscho mit seinem Bein. Die Enttäuschung über den Strand: unzählige runde weiße, graue, gesprenkelte Kieselsteine. Wantschos Anstrengung, beim Laufen den Stock richtig zu setzen, nicht hinzufallen. Sonnenbäder auf Luftmatratzen, der Steine wegen. Die Zwillinge, die stundenlang Mau-Mau spielten. Die Zöpfe, die Nelli ihnen flocht. Plantschen mit den Kleinen. Die Witze, die sie so gern erzählten – immer die gleichen. Die Sonnencreme, die Nelli ihnen auf die Rücken schmierte. Der Sonnenbrand auf Nellis eigenen Schultern. Lesen am Strand. All die Ansichtskarten, die sie schrieben. Das tägliche Essengehen. Nellis Vorliebe für panierten Tintenfisch, Roses Schwäche für frischen gegrillten Fisch, Wantschos für Lammkoteletts und Rotwein. Die Ausflüge nach Monte Carlo. Der Fürstenpalast. Roses vergebliche Hoffnung, einen Blick auf Gracia Patricia oder Prinzessin Caroline zu erhaschen. Der Nachmittag im Spielcasino. Der silberfarbene Rolls-Royce vor dem prächtigen weißen Gebäude. Die feine Gesellschaft darin. Schauen, schauen, schauen! All die Damen, sehr elegant, sehr mondän, sehr schlank. All die Herren, sehr distinguiert, sehr nobel, sehr gelassen. Dazu passend, Barbaras erlesene Garderobe und Roses Gefühl, neben der Freundin zu verblassen. Bojkos seidene Maßhemden und die Porsche-Sonnenbrille, die er auch im Spielcasino nicht abnahm. *Rien ne va plus.* Roses Gewinn beim Roulette: hundert Franc.

Der Brillantring, den Bojko Barbara zum Hochzeitstag in Monte Carlo bei Cartier kaufte. Das goldene Amulett, das sie ihm schenkte. Die großen Augen der Zwillinge, die jede ein silbernes Armkettchen bekamen. Roses und Wantschos Spöttelei darüber. Nellis heimlicher Wunsch, auch der Vater möge der Mutter einmal etwas so Schönes schenken. Die abendliche Fahrt nach Nizza, bei der Wantscho angetrunken mit dem Wagen erst den Felsen streifte und dann auf die Gegenfahrbahn geriet. Die Schreie von Rose und Nelli. Die gefährliche Nähe des Abhangs. Der glimpfliche Ausgang. Roses Zorn. Nellis Tränen. Das eisige Schweigen. Der zerbeulte Kotflügel. Die Atmosphäre voller Gift. Die Versöhnung drei Tage später, rechtzeitig vor der Rückfahrt nach Deutschland.

37

Im Herbst machte sich Viktoria auf den Weg nach Ratlingen, um erstmals ihre Kinder zu besuchen. An der Grenze in Probstzella wurde sie aus dem Zug geholt. Ein Uniformierter führte sie über den Bahnsteig in das Grenzgebäude und dort in einen kahlen Raum. Es gab kein Fenster, auch kein Mobiliar, nur eine Tür ohne Klinke und eine Pritsche. Er erteilte den Befehl, sie solle sich ausziehen. Viktoria dachte, sie hätte sich verhört. Der Grenzer wiederholte seinen Befehl. Viktoria war entrüstet. Sie weigerte sich zunächst, ließ sich dann aber doch einschüchtern und gehorchte. Sie legte ihre Anziehsachen ordentlich zusammen und stapelte sie auf die Pritsche. Als sie schließlich splitternackt war, öffnete sich die Tür ohne Klinke und vier weitere Uniformierte kamen herein. Unter ihnen eine Frau. Die streifte Gummihandschuhe über, forderte Viktoria in barschem Ton auf, sich zu bücken und dabei die Beine zu spreizen. Dann untersuchte sie mit flinken Fingern, versiert und grob zugleich, Viktorias Körperöffnungen. Erst die hintere, danach die vordere. Viktoria ließ es stumm über sich ergehen und biss die Zähne zusammen. Sie versuchte, daran zu denken, was sie in ihrem achtundsechzigjährigen Dasein schon alles überstanden hatte! Und dass dies hier nichts war. Nichts gegen zwei Weltkriege, nichts gegen ausgebombt werden, nichts gegen die Lebensgefahr bei ihren Schwarzmarkthändeleien, nichts gegen den Tod ihres Ehemannes, der im Krieg geblieben war. Doch tief in ihrem Inneren wusste Viktoria, dass sie sich noch niemals zuvor so bedroht, so beschmutzt und so beschämt gefühlt hatte, wie jetzt in diesem, der Herrgott möge ihr den Ausdruck verzeihen, verfluchten Moment.

Sie durfte sich wieder anziehen. Anschließend wurde sie von einem Oberstleutnant der Staatssicherheit vernommen. Sie sollte Auskunft geben über ihr Reiseziel und den Aufenthaltsort der Republikflüchtlinge Nikolow. Viktoria rang nach Fassung, behielt aber trotzdem einen kühlen Kopf und gab nicht preis, dass sie gar nicht in die Schweiz, sondern nur nach Stuttgart fuhr, wo ihre Kinder sie am Hauptbahnhof abholen würden.

Wohlweislich hatte sie eine Fahrkarte von Nordroda nach Schaffhausen gelöst, dem Kanton, zu dem das Örtchen Ramsen gehörte. Und tatsächlich verlangte der Oberstleutnant, die Fahrkarte zu sehen. Er warf einen kurzen Blick darauf, machte noch eine abfällige Bemerkung über *diese Landesverräter*, die schon sehen würden, was sie beim *Klassenfeind* erwarte, und ließ die alte Dame, die seine Mutter hätte sein können, zurück zum Zug bringen.

Rose war bestürzt darüber, was ihrer Mutter widerfahren war. Sie gab sich die Schuld dafür. Obwohl das gar nicht in Viktorias Sinn war.

Die hatte sich mit dem Weggang ihrer Tochter, wenn auch nicht abgefunden, so doch, vorsichtig ausgedrückt, angefreundet. Es war gut, dass die Kinder ein Tor in die Freiheit aufgemacht und durchwandert hatten. Allein schon für Nelli, ihre Motte, war es besser, im Westen und nicht bei den ollen Kommunisten erwachsen zu werden. Doch das sagte sie Rose nicht. Eine solche Erleichterung wollte sie ihr nicht verschaffen.

Rose wütete, schimpfte die ganze Fahrt über von Stuttgart nach Ratlingen. Auch noch, als sie zu Hause am gedeckten Kaffeetisch saßen. Sie konnte sich gar nicht freuen über die restlichen Fotoalben, die Viktoria aus der Sickstraße gerettet und über die Grenze geschleppt hatte. Nicht über die Fliese mit dem Nordrodaer Stadtwappen, nicht über das filigrane Reh aus Holz und auch nicht über die kleine Vase, die Egede ihr einmal aus West-Berlin mitgebracht hatte. Alles Erinnerungen an ihr altes Leben im Osten, Erinnerungen aus einem Wohnzimmer, das es nicht mehr gab. Rose schimpfte weiter auf *diese Schweine!* Sie tat es laut, weil sie die innere Stimme, ihr schlechtes Gewissen, das sich Gehör verschaffen wollte, zu übertönen hoffte. Am schwersten war es für Rose zu ertragen, dass *die* nicht zur Rechenschaft gezogen werden konnten. Dass *die* willkürlich Unrecht tun konnten. Dass *die* sich sogar an Rentnern vergingen, die sie alt und ergraut in den Westen reisen ließen, weil sie dem Staat Devisen einbrachten. Wenn die Alten wegblieben, war es *denen* nur recht, konnten sie doch so der BRD die Rentenzahlung aufhalsen. Immer schneller drehte sich Roses Gedankenkarussell. Der Kaffee schmeckte ihr nicht, der Bienenstich auch nicht. Erschöpft verstummte sie endlich und betrachtete ihre Mutter. Die saß eingesunken auf der Couch und hielt Nellis Hand.

Wantscho kam aus der Klinik nach Hause. Er begrüßte Viktoria, die sich mühsam erhob.

»Ich freue mich sehr, dass du hier bist, Mutti«, sagte Wantscho.

»Schön, dich wiederzusehen, Wantscho«, sagte Viktoria.

Sie drückten einander.

»Wie war's an der Grenze?«

Viktorias Augen füllten sich mit Tränen, sie ließ sich zurück auf die Couch sinken. Rose erzählte Wantscho, was vorgefallen war. Wantscho schüttelte den Kopf. Er setzte sich neben Viktoria und legte den Arm um sie. Der rannen jetzt Tränen über beide Wangen. Als Rose ihre Mutter weinen sah, wurde ihr schlagartig klar, was das Schlimmste für sie war. Die eigene Ohnmacht. Die vollkommene Hilflosigkeit. Nichts, aber auch gar nichts dagegen ausrichten zu können. Und ein Gedanke nistete sich hinter ihrer Stirn ein, wie ein Keim, der treibt und treibt und rasch zu einem Spross wird. »Mutti«, sagte Rose, »du ziehst zu uns nach Ratlingen!«

»Ja, Oma!«, rief Nelli. »Bitte komm zu uns!«

Doch Viktoria weinte nur noch heftiger.

»Das besprechen wir später in Ruhe«, sagte Wantscho und hielt seinen Arm fest um Viktoria gelegt. In seiner Erinnerung war es das erste Mal, dass er seine Schwiegermutter schwach erlebte. Was hatte sie ihn in all den Jahren nicht gepiesackt. Doch jetzt tat ihm die alte Dame wirklich leid. Und er freute sich, sie hier zu haben. Verkörperte sie doch einen Teil des alten Lebens, das er in Nordroda zurückgelassen hatte. Und er dachte auch daran, wie er es genießen würde, könnte er seine eigene Mutter im Arm halten. Kein Telefonat der Welt wog das auf. Er hatte Heimweh und die Sehnsucht packte ihn. Die Sehnsucht nach den Frauen seiner Familie, nach der Mutter, nach der Schwester. Nach dem Vater nicht. Nach Plowdiw auch nicht. Wohl aber nach Lom. Nach seinem Elternhaus. Oft sah er das Bild vor sich: er als Junge in der Küche, die Mutter am Herd. Sie verwöhnt ihn mit Leckereien, ist warm und weich und gütig, duftet geheimnisvoll. Dieses Geheimnisvolle liegt jenseits der Essensgerüche, die an ihr durch die Küchenarbeit haften. Es ist der ganz eigene Mutterduft, den er liebt, das Aroma, das ihre Haut verströmt. Die Sehnsucht danach war immer da. Hinzu kam die Sehnsucht nach all den Gerüchen, die die Heimat ausmachten. Und nach den Gefühlen, die diese auslösten. Je älter Wantscho wurde, umso mehr litt er unter solcherlei Anwandlungen. Ein kleiner Trost war, dass Rose oft nach

Snezas Rezepten kochte. Noch immer hielt er seine Schwiegermutter im Arm. Er nahm sich vor, morgen in Plowdiw anzurufen.

»Und wie geht es dir, Wantscho?«, fragte Viktoria jetzt und machte sich sanft von seinem Griff frei. Er sah sie an, ihre Tränen waren getrocknet, sie war stark, sie würde sich rasch wieder erholen.

»Es muss eine Menge bewältigt werden«, sagte Wantscho, »doch ich bin zufrieden.«

»Das ist das Allerwichtigste«, sagte Viktoria und putzte sich geräuschvoll die Nase.

»Wie wäre es mit einem Bierchen?«, fragte Wantscho und sah abwechselnd Rose und Viktoria an. Rose blickte fragend zu ihrer Mutter.

»Ach, ein Glas Bier wäre jetzt schön«, sagte Viktoria.

Rose stand auf. »Ich kümmere mich ums Essen.«

Nelli folgte der Mutter in die Küche und half ihr, das Abendbrot vorzubereiten. Sie stellte vor dem Vater zwei Flaschen ab, die dieser öffnete. Er goss sich und Viktoria ein Glas Bier ein, stieß mit ihr an, sie tranken. Viktoria erkundigte sich nach der Klinik und seiner Arbeit. Wantscho erzählte ein wenig, während Rose und Nelli schweigend den Tisch deckten.

Wenn Rose aus der Apotheke nach Hause kam, hatte Viktoria bereits gelüftet, die Betten gemacht, gebügelt, den Abwasch erledigt, Staub gewischt und gekocht. Einmal gab es Streit, weil Viktoria den Inhalt der Küchenschränke neu sortiert hatte. Ihrer Ansicht nach gehörten Teller zu Tellern und Tassen zu Tassen. »Dass du dich immer einmischen musst«, schimpfte Rose und machte alles rückgängig. Dabei fiel ihr wieder ein, wie die Mutter früher einmal, im alten Wohnzimmer in Nordroda, alle Bilder umgehängt hatte, während sie im Urlaub gewesen waren. Eins hatte sie sogar ganz entfernt, die tahitischen Frauen am Strand von Gauguin, und es durch ein kitschiges golden gerahmtes Gemälde ersetzt, das eine schwarz gelockte Zigeunerin mit üppigem Ohrgehänge und einer Laute zeigte.

An den Nachmittagen unternahmen Rose und Nelli mit Viktoria

Ausflüge. Einmal besuchten sie Mladenoffs in Bad Trossheim. Außerdem fuhren sie nach Tübingen und auf die Burg Hohenzollern bei Hechingen. Am Wochenende, wenn auch Wantscho Zeit hatte, fuhren sie bis nach Zürich und Basel. Sie zeigten Viktoria den Rheinfall in Schaffhausen. Und immer gingen sie Kaffeetrinken, aßen Kuchen oder Torte. Und immer ließ Viktoria ihren Hut auf dem Kopf.

Wantscho meldete mal wieder ein Telefongespräch nach Plowdiw an. Als die Verbindung zustande kam, war Sneza am Apparat. Ja, es gehe allen gut, sagte sie. Nur das Übliche. Der Vater habe mit der Gicht in den Beinen zu tun und sie selbst mit der Schwermut und dem Rheuma. Nein, der Vater sei nicht da, er sei als Schöffe bei Gericht. Lina sei ebenfalls wohlauf. Sie überlege nach dem Tod ihres Schwiegervaters mit Andrej und Antoaneta zur Schwiegermutter ziehen, die allein nicht mehr zurechtkomme, die Wohnung sei ja riesig. Eigentlich könnten sie selbst ja auch Hilfe gebrauchen, aber …

Je länger Wantscho mit seiner Majka sprach – eigentlich war es eher ein In-den-Hörer-Schreien – umso deutlicher spürte er, dass sie ihm, wäre sie physisch anwesend, unerträglich sein würde. Er erkannte, dass die Sehnsucht, dic ihn so oft quälte, niemals mehr würde gestillt werden können. Zwar war ihm schon lange klar, dass er keine Achtung vor seiner Mutter hatte. Doch er hatte sie immer geliebt. Und nun, das spürte er ganz deutlich, war ihm auch die Liebe abhandengekommen. Diese Erkenntnis machte ihn traurig. Die Traurigkeit erregte Unwillen. Der Unwillen seinen Zorn. Und mit diesem stieg der wohlbekannte Groll in ihm auf. Er fühlte die Aussichtslosigkeit seiner Gemütslage. Etwas, das er einmal besessen hatte, war auf immer verloren. Ihm war, als hielte eine große Leere Einzug in ihn. Die Leere war schwer auszuhalten. Nachdem Wantscho sich von Sneza verabschiedet hatte, legte er den Hörer auf die Gabel und humpelte ins Schlafzimmer, wo er im Kleiderschrank einen Vorrat angelegt hatte. Gleich nach dem ersten Schluck Kognak ging es ihm besser.

Erst nachdem Viktoria abgereist war, begann Rose mit dem Packen der Weihnachtspäckchen. Dank Barbara wusste sie, dass das Versenden von Paketen in die DDR von der Steuer absetzbar war. Sämtliche Quittungen bewahrte sie auf.

Wieder glich die Wohnung in diesen Tagen einem Warenlager. Päckchen für Päckchen stellte Rose zusammen, notierte Listen mit Inhaltsangaben und vergaß auch nicht, »Geschenksendung keine Handelsware« hinzuzufügen. Sie schlug die Päckchen in Packpapier ein, umwickelte sie mit Schnur und schrieb zu guter Letzt die Anschrift und den Absender drauf. Bei jedem Handgriff, den sie tat, dachte sie an ihre Mutter. Würde sie dieses Mal unversehrt über diese Grenze gelangen? Würde ihr wieder etwas zustoßen? Was, wenn sie wieder an die gleichen Grenzer geriet? Würde man sie wieder abführen? Sie demütigen? Und alles nur, weil die Tochter dem Arbeiter-und-Bauern-Staat den Rücken gekehrt hatte! Roses Magen fing an wehzutun. Der Schmerz wurde tagsüber jetzt immer schlimmer. Nachts schlief sie schlecht. Wantscho schnarchte. Ruhelos wälzte sie sich im Bett hin und her. Stand auf, wanderte in der Wohnung umher, rauchte. Sah nach Nelli. Hockte in der Küche. Verfluchte sich und den Umstand, dass ihre Mutter kein Telefon besaß.

Zwei Tage später dann die Erlösung. Viktoria sandte ein Telegramm: *»Gut in N. eingetroffen – stop – Mutti – stop …«*

Kurz darauf lösten die Eltern ihr Versprechen ein und kauften Nelli einen neuen Rauhaardackel. Rose hatte in der Nähe von Ratlingen einen Züchter ausfindig gemacht, dessen Hündin gerade geworfen hatte. Sechs Welpen standen zum Verkauf. Wantscho, Rose und Nelli fuhren gemeinsam hin. Spontan entschieden sie sich für einen Rüden mit struppigem Fell. Nelli war selig. Sie nannte ihn »Paule«.

Noch immer holte Rose Nelli gern von der Schule ab. Sie hatte sich einen gebrauchten knallroten VW-Käfer gekauft. Von ihrem selbst verdienten Geld, wie sie gern betonte. Wenn es sich zeitlich machen ließ, fuhr sie nach der Apotheke an der Schule vorbei. Manchmal kam Gregor mit und aß bei ihnen zu Mittag. Dann flachste er im Auto über Roses Fahrstil, der sich durch Rasanz und Sicherheit auszeichnete. »Sie brauchen einen Sturzhelm, Frau Nikolow«, neckte er sie und genoss es, wenn Nelli und ihre Mutter darüber lachten.

Außerdem hatte Nelli sich mit Anne aus ihrer Klasse angefreundet. Die Mädchen verbrachten viel Zeit miteinander, gingen spazieren, ins Kino, ins Café, oder hockten einfach Tee trinkend in Nellis Zimmer und hörten Musik. Sie gingen immer zu Nelli. Zu Anne konnten sie nicht. Ihre Mutter war bettlägerig. Und der Vater, ein sehr schwieriger Mensch, wie Anne etwas verschämt erzählte, duldete keine Fremden in seinem Haus.

Die Freundschaft zu Anne und zu Gregor führte dazu, dass Nellis Erinnerungen an Nordroda mit der Zeit etwas in den Hintergrund rückten. Nelli hatte beschlossen, in Ratlingen richtig dazuzugehören, sich einzufügen. Alles lief gut: Sie hatte endlich einen neuen Hund, wohnte in einer vorzeigbaren Wohnung, hatte Freunde. Sie legte ein Fotoalbum an, in das sie Bilder ihres neuen Lebens klebte. *Zu Hause in Ratlingen* schrieb sie mit rotem Filzstift auf die erste Seite.

Doch vergessen wollte Nelli das alte Leben nicht. Oft sprach sie mit Rose über die Vergangenheit. *Weißt du noch …?*

Sie hielt weiterhin Briefkontakt zu Kerstin. Ab und zu schrieb sogar Swen. Seine Briefe an Nelli warf er in anderen Städten in den Postkasten. Bleicherode stand auf dem Poststempel, Sondershausen oder auch Gotha. Swen bat darum, Nelli möge ihm keine Ansichtskarten mehr schicken, die seien zu auffällig. Kerstin blieb nach wie vor unbekümmert. Vielleicht lag es daran, dass sie sich als Sprössling der sogenannten Arbeiterklasse keine Gedanken um ihre berufliche Zukunft machen musste. Kerstin hielt Nelli über alles auf dem Laufenden. Von ihr erfuhr Nelli, dass der Nachbarsjunge Roland, mit dem Nelli als Kind oft gespielt hatte, inzwischen Facharbeiter für Wasserwirtschaft und zwei Meter groß sei, dass ihre ältere Schwester Medizin studierte und gerade fünf Wochen Zivilverteidigung habe, dass die jüngere sich für eine Ausbildung als Kindergärtnerin beworben habe und dass der Dicke Peter gestorben sei.

Die Fasnet kam heran, und Anne bat ihre Mutter, Nelli für den Narrensprung ihr Narrenkleidle leihen zu dürfen. Und sie selber, Anne, wollte im Kleidle der Mutter die Stadt »nab jucka«. Die Mutter, die schon seit Jahren aufgrund ihrer Erkrankung nicht mehr allein das Haus verlassen, geschweige denn, wie früher, als Närrin die Stadt mit unsicher machen konnte, erlaubte es.

Anne übernachtete bei Nelli. Die Kleidle brachte sie mit. Am Fasnetmontag standen die Mädchen in aller Frühe auf. Anne zog ein mit Glocken besetztes Kleidle an, zu dem eine Glattlarve mit freundlichem Gesichtsausdruck und Grübchen gehörte; Nelli einen gefiederten Umhang, der durch eine Holzmaske mit gerolltem Kinn, zwei Hauern und gefletschten Zähnen sowie einen Sprungstecken vervollständigt wurde. Die Mädchen halfen einander beim Ankleiden. Anne füllte einen geflochtenen Einkaufskorb mit Süßigkeiten und Gebäck. Nelli besprühte das am Stecken befestigte Kalbsschwänzchen mit Parfüm. Dann aßen die Mädchen die Marmeladenbrote, die Rose ihnen geschmiert hatte, tranken ein paar Schlucke heißen Tee, um endlich aufzubrechen. Gerade graute der Morgen. Bei jedem Schritt klingelten die silbrigen Schlittenglöckchen an Annes Kleidle. Die Larven hatten sie auf den Kopf geschoben – zwei gen Himmel gewandte Gesichter, das eine lieblich und engelsgleich, das andere grimmig und diabolisch.

Mehr und mehr Narren strömten herbei und sammelten sich am Ratlinger Rathaus. »Ich bin aufgeregt«, sagte Nelli zu Anne. Aber eigentlich dachte sie: *Ich bin verkehrt.* Anne nahm ihren Arm, zog sie mit sich und lachte.

Als die Rathausuhr acht schlug, setzten sich die Mädchen mit Tausenden anderen Narren in Bewegung. Der Jubel, der aufbrandete, war ebenso ohrenbetäubend wie das Juchzen der Narren, wie das Spiel der Bläser und Trommler, die den Narrenmarsch intonierten. Nelli fühlte sich inmitten des wogenden Narrenmeeres ein paar

Augenblicke so, als würden ihr die Sinne schwinden, als würde sie von einer Welle getragen, als habe sie keinen eigenen Willen mehr und auch keinen Anfang und kein Ende, kein Oben und kein Unten, als sei sie nur mehr die winzige Zelle eines riesigen Körpers. »Jucka, Nelli!«, hörte sie jetzt die Stimme der Freundin. »Du muscht jucka!« Nelli war, als erwache sie aus einem Traum, der genau hier gespielt hatte. Und nun verflüchtigte er sich, doch sie war noch immer an Ort und Stelle. Auch sie begann, ihre Beine zu lupfen, immer im Takt der Musik. Und dann machte sie es den anderen gefiederten Narren nach, lief balzend einher, wackelte mit beiden Armen, als seien es Flügel, stieß knurrende Laute aus, ging in die Knie, sprang wieder hoch und pinselte den Zuschauern am Straßenrand die Gesichter ab. Sie hielt Ausschau nach Menschen, die sie kannte. Da sah sie eine Arbeitskollegin der Mutter, dort stand die Kunstlehrerin, dort ein Nachbarskind. Es war wie ein Rausch. Sie konnte tun und lassen, was sie wollte. Keiner konnte ihr etwas nachtragen. Doch trotz dieser herrlichen Verrücktheit, die Nelli in vollen Zügen genoss, lag darunter noch jenes andere Gefühl, das sich nicht beiseiteschieben ließ. *Du bist verkehrt!,* schien es ihr sagen zu wollen. Doch Nelli wollte nichts davon wissen. Sie nahm Anlauf, stieß sich mit dem Stecken ab, wagte einen Sprung und landete wieder auf den Füßen. Und immer wusste sie Anne in ihrer Nähe. Die achtete darauf, Nelli nicht aus den Augen zu verlieren.

Am Abend erzählte sie der Mutter von der Zwiespältigkeit ihrer Empfindungen. »Ich wäre so gern wie die anderen«, sagte sie.

Rose strich ihrer Tochter übers Haar. »Es ist gut, dass du nicht wie alle anderen bist, Liebes.«

»Ich will aber richtig dazugehören.«

»Das kann ich verstehen. Trotzdem darfst du nicht vergessen, woher wir kommen, wer wir sind.«

Nelli sah ihre Mutter fragend an.

»Du bist etwas Besonderes, Nelli. Gerade *weil* du anders bist.

»Trotzdem ist es so …«, Nelli zögerte, … dass ich nur einesteils froh bin, hier zu sein. Anderenteils auch nicht. Ich fühle mich irgendwie unvollständig.«

Rose nickte. »Ja, das geht mir auch so. Manchmal fehlt mir Nordroda ganz schrecklich. Ich vermisse unsere Freunde und die Gespräche mit ihnen. Doch gleichzeitig bin ich unheimlich dankbar und glücklich, dem ganzen Schlamassel drüben entronnen zu sein. Frei zu sein. Tun und sagen zu können, was ich will. Und sieh mal, Nelli, du musst keine Angst mehr haben, nicht Abitur machen zu dürfen, und dein Vater kann seiner Arbeit nachgehen, ohne dass ihm jemand Probleme macht.«

»Hat Vati auch Sehnsucht nach Nordroda?«

»Ich glaube, er hat eher Heimweh nach Bulgarien.«

»Trinkt er deshalb so viel und ist immer so …« Nelli stockte.

»Ehrlich gesagt – ich weiß es auch nicht.«

38

Wantschos besondere Aufmerksamkeit in der Klinik galt einer jungen Frau, die wegen Depressionen und Angstzuständen eingeliefert worden war. Sie war Anfang dreißig, ihr dichtes schwarzes Haar war hüftlang. Sie wollte nicht essen und nicht sprechen. Wantscho fühlte sich zu ihr hingezogen. Wenn er mit ihr zusammen war, wurde er an etwas erinnert, das lange zurücklag. Doch kam er nicht darauf, was es war. Es fühlte sich süß an und schwer, verwirrend und schmerzlich. Die Patientin hieß Anita und hatte weder Mann noch Kind, beide Eltern waren tot. Sie rührte Wantscho in ihrer Verlassenheit und Hilflosigkeit. Doch was ihr genau fehlte, vermochte er noch nicht zu sagen.

Wantscho beriet sich mit den Kollegen. Pospíšil vermutete, die Patientin leide unter einer endogenen Depression, Sauter vermutete eine schizoide Störung. Doch Wantscho schüttelte den Kopf. Sein Gefühl sagte ihm, dass es sich mit dieser Patientin anders verhielt. Er ließ sich bei der Visite beträchtlich Zeit, und ihm fiel auf, dass die

Frau ihre Arme und Beine nur schwer ruhig halten konnte und manches Mal merkwürdig ruckartige Bewegungen vollführte. Die Patientin versuchte, dies zu kaschieren. Zuckte ein Bein, so nutzte sie das, um dieses Bein über das andere zu schlagen. Zuckte der Arm, so griff sie sich an den Haaransatz oder in den Nacken.

In Wantscho keimte ein Verdacht, der sich nach einer genetischen Analyse bestätigte. Die Frau litt unter der Chorea Huntington, im Volksmund »Veitstanz« genannt, einer erblichen Erkrankung des Gehirns, unheilbar und immer tödlich. Die physischen Verstimmungen und die Bewegungsauffälligkeiten waren die ersten Symptome eines langen Krankheitsverlaufs. Behutsam befragte Wantscho die Patientin wieder und wieder nach ihren Eltern, nach Geschwistern. Erklärte ihr das Krankheitsbild und war erleichtert, als die junge Frau endlich Vertrauen zu ihm fasste und zu sprechen anfing. Er erfuhr, dass Anitas Vater an der Krankheit gestorben war. Dass sie als Krankenschwester genau über den langwierigen und schrecklichen Veitstanz Bescheid wusste. Dass sie wahnsinnige Angst hatte. Und dass sie sich am liebsten umbringen würde.

Eines Nachmittags verließ Wantscho wieder einmal schweren Herzens Anitas Krankenzimmer und bat die Pfleger und Schwestern, ein besonderes Augenmerk auf seine Patientin zu haben. Er humpelte zu seinem Dienstzimmer. In dem Augenblick, als er seinen Schlüssel in das Türschloss steckte, um aufzuschließen, wurde ihm schlagartig klar, an wen Anita ihn erinnerte. Er sah sich als jungen Mann an der Donau und neben ihm die rassige Frau im roten Rock. Mit dem geflochtenen Zopf und dem kleinen Leberfleck am Hals. Wie war doch gleich ihr Name gewesen? Er küsste und streichelte sie. Am Hals, am Bauch, an der Brust. Doch als seine Hand ihren Schoß berührte, lachte sie und schob ihn weg. Mit einem Krüppel fange sie nichts an, sagte sie, stand auf und lief schnell davon. Er blieb zurück, wie betäubt. Sah ihr nach. Der Rock schimmerte rot wie Blut.

Wantscho stand noch immer vor seinem Dienstzimmer, die Hand an dem im Schloss steckenden Schlüssel. Hinter seiner Stirn pochte die Erinnerung so schmerzlich wie eine offene Wunde.

Kurz vor Dienstschluss sah Wantscho nochmals nach Anita. Sie saß mit anderen Patienten im Aufenthaltsraum vor dem Fernseher. Wantscho sprach mit der diensthabenden Schwester, die ihm sagte, dass die Patientin gebadet und ein belegtes Brot gegessen habe. Wantscho war beruhigt. Zurück im Dienstzimmer, zog er seinen Mantel an, schloss ab und ging zum Auto. Er nahm sich fest vor, Anita nicht aus den Augen zu lassen. Alles Machbare für sie zu tun. Unbedingt zu verhindern, dass sie sich etwas antat. Auch wenn die, an die Anita ihn erinnerte, ihn abgewiesen hatte. Auch wenn das, was er versäumt hatte, nicht mehr nachzuholen war. Er stieg in den Ford, verließ den Krankenhausparkplatz und fuhr in Richtung Stadt. Er fühlte sich müde und kaputt. Sein alter Groll stieg in ihm auf, und ein bitterer Geschmack sammelte sich in unter der Zunge. Der Groll war wie ein alter Bekannter, der ihn befiel, wann immer er wollte. An jeder roten Ampel, an der Wantscho den Wagen stoppen musste, wuchs der Groll noch ein Stück mehr. Seit Neuestem hielt er unterwegs an einem Kiosk an und kaufte Schnaps. Heute drei kleine Fläschchen Jägermeister. Zwei trank er aus, nachdem er in der Garage geparkt hatte. Die leeren Fläschchen versenkte er im tiefen Rund der übereinandergestapelten Sommerreifen. Die dritte nahm er mit.

Zu Hause befanden sich Rose und Nelli in banger Erwartung der Ankunft Wantschos. Wie dunkel würde seine Stimmung heute sein? Und würde er wieder getrunken haben? Keine sprach darüber, doch jede wusste, dass die andere ebenso empfand. Sobald sich der Schlüssel im Schloss drehte und der Ehemann, der Vater die Wohnung betrat, legte sich ein lähmendes Schweigen über alles. Natürlich wurde Wantscho begrüßt. Er legte auch Wert darauf, von Nelli einen Kuss auf die Wange zu bekommen. Doch das war's dann auch.

So auch an diesem Tag. Nelli gab vor, noch Hausaufgaben machen zu müssen, und verzog sich in ihr Zimmer. Wantscho verschwand im Schlafzimmer, entledigte sich des Anzugs und zog bequeme Sachen an. Den Jägermeister verstaute er in seinem Schrankdepot, nahm aus einer Kognakflasche noch einen kräftigen Schluck und humpelte dann ins Wohnzimmer, um Zeitung zu lesen. Mit der Zeit hatte er sich angewöhnt, das was er las, zu kommentierten. Dabei schimpfte er leise auf Bulgarisch vor sich hin. Er fluchte über die Kommunisten, über die Kriminellen, über die Politiker, über die Ausländer.

Rose bereitete in der Zeit das Abendbrot zu. Oft briet sie Küfteta oder Hühnerbeine, manchmal auch Schweinsfüßchen, die mochte Wantscho gern. Stets standen Schafskäse und scharfe, in Essig und Öl eingelegte Schoten auf dem Tisch. Zum Essen trank Wantscho Bier. Er ließ sich bedienen. Er hatte den ganzen Tag geschuftet, er ernährte die Familie, er musste sein Bein schonen.

Nach der Zeitungslektüre schaltete er den Fernseher ein. Um sieben Uhr abends wurde gegessen und die Nachrichten gesehen. Dabei war es streng untersagt zu reden. Aber Nelli und Rose redeten ohnehin nicht viel mit Wantscho. Der hatte wieder etliche Gründe zu grollen. Wurde über ein Verbrechen berichtet, konnte es vorkommen, dass Wantscho: »Kopf ab!« ausspuckte. Wurden sogenannte Integrationsdefizite thematisiert, gab Wantscho: »Schmarotzer!« von sich, hatte der VfB Stuttgart verloren, äußerte er: »Diese Scheißkerle!« Sagte die Vorhersage schlechtes Wetter voraus, fluchte Wantscho: »Mrda!«

Nelli nervte das Verhalten des Vaters hochgradig. Es machte sie nicht nur *scheiß-wütend*, dass er sich so gehen ließ, sie fand auch seine Sprüche *scheiß-lächerlich*. Der Vater hatte Schwerstkriminelle unter seinen Patienten. Und er behandelte sie unvoreingenommen. Das wusste Nelli. Erst kürzlich hatte er wieder ein Gutachten für einen Raubmörder erstellt, dem er glaubhaft eine verminderte Straffähigkeit attestieren konnte. In der Klinik behandelte er solche Verbrecher wie Menschen! Warum verhielt er sich dann abends vor dem Fernseher so anders? Und warum schimpfte der Vater, selbst ein gebürtiger Ausländer, auf die Gastarbeiter? Zwar hatte er mittlerweile einen bundesdeutschen Pass, aber hatte er denn vergessen, wie er als Bulgare in der DDR gedemütigt worden war? Die Sprüche des Vaters taten Nelli weh. Doch nie im Leben hätte sie gewagt, etwas dagegen zu sagen. Sie schwieg. Schluckte allen Zorn, alles Unbehagen hinunter, versuchte vielmehr, den Vater irgendwie bei Laune zu halten und auch der Mutter ein Trost zu sein.

Klingelte das Telefon, zuckte Nelli zusammen. Sie hoffte inständig, es möge jemand sein, der sie oder die Mutter zu sprechen wünschte. Denn wurde der Vater gestört, so reagierte er unwillig und wütend, stemmte sich von der Couch hoch und warf manchmal sogar die Tür hinter sich zu.

Dann verkroch sich sogar der Hund.

An den Wochenenden lief an den Abenden ebenfalls der Fernseher. Wantscho hatte bereits das Programm studiert und verhandelte, was gesehen werden sollte. Diesbezüglich war er jedoch überaus friedlich. Er richtete sich gern nach Roses Wünschen. Die Samstagabende war reserviert für *Dalli Dalli*, *Verstehen Sie Spaß*, die *Peter-Alexander Show.* Wurden innerhalb der Sendung Sketche gebracht oder gab es sonst etwas zu lachen, so nahm Nelli Blickkontakt mit dem Vater auf. Wie früher, als sie gemeinsam *Dick und Doof* oder *Väter der Klamotte* gesehen hatten. Wenn der Vater lachte, entspannte sich Nelli. Dann kam er ihr vor wie ein freundlicher gütiger Teddybär, der einem nichts zuleide tun konnte. Dann spürte sie, dass zwischen ihm und ihr eine Verbindung bestand. Dann war es ein guter Abend.

Rose konnte nicht verstehen, dass Wantscho sich so hängen ließ. Sie waren im Westen, sie hatten alle Möglichkeiten, und er machte so wenig daraus. Alles drehte sich nur um die Klinik, die Patienten, die Arbeit. In der Freizeit hockte Wantscho nur zu Hause, hatte kein Interesse, jemanden kennenzulernen, geschweige denn, Gäste zu empfangen. Er ließ sich gehen, war ein Spielball seiner Launen. Er hatte nicht mal große Lust, mit ihr zu reden. Die Psychen seiner Patienten kannte er in- und auswendig, die seiner Frau und seiner Tochter kannte er nicht.

Dieses Verhalten entsprach so gar nicht Roses Naturell. Natürlich hatte sie Verständnis dafür, dass Wantscho sich ausruhen wollte, doch wo blieb sie denn dabei? Schließlich hatte sie auch ein Leben! In Nordroda waren sie eingebettet gewesen in ihren Freundeskreis, hier hatten sie niemanden außer Mladenoffs. Außerdem wurmte es Rose, dass Wantscho sich nicht zutraute, eine Praxis zu eröffnen. Sicher lag das auch an Bojkos leuchtendem Beispiel, dessen kieferorthopädische Praxis das Geld nur so in die Kasse spülte und der inzwischen auch Privatpatienten aus Liechtenstein und der Schweiz betreute. Am allerwenigsten verstand Rose allerdings, dass Wantscho offensichtlich heimlich trank. Einmal hatte sie ihn dabei ertappt, wie er im Gästezimmer nach dem Schlüssel für den Bücherschrank stöberte, wo sie inzwischen Alkoholika aufbewahrte. Oder besser gesagt: vor ihm versteckte. Damit sie etwas anbieten konnte, für den Fall, es kämen Gäste. Doch sie hatten schon lange keinen Besuch mehr gehabt. Rose fehlten ihre alten Freunde so sehr, sie hätte heulen können. Was hatten sie für Feten gefeiert! Was hatten sie geredet, diskutiert, gesoffen, geraucht, gelacht! Und mit einem Mal erschien vor ihrem geistigen Auge ein Gesicht. Es lächelte sie an: Ernst Jakobi, ihr Dozent aus Leipzig. Rose erschrak. An den wollte sie jetzt wirklich nicht denken! Sie schüttelte den Kopf, versuchte, Jakobi wegzuwischen, doch er hatte sich in ihrem Kopf festgesetzt und mit ihm all das, was schön zwischen ihnen gewesen war.

Manchmal kam es vor, dass Rose und Wantscho miteinander redeten. Also nicht nur Belanglosigkeiten, sondern richtig. Vorzugsweise, wie immer, am Samstagvormittag, nach dem Frühstück. Sobald eine solche Aussprache zustande kam, verdrückte Nelli sich. Mitunter stand sie im Flur und lauschte. Und immer schöpfte sie wieder Hoffnung, dass sich vielleicht doch noch etwas ändern würde. Dass sich der Vater ändern würde.

An einem solchen Samstag erzählte Wantscho Rose von der Patientin, die unter Veitstanz litt, frühes Stadium. Er sagte ihr, dass sie die Krankheit vermutlich vom Vater geerbt habe und er große Angst davor habe, dass sie sich umbrächte. Von der Frau im roten Rock erzählte er nichts.

Rose tröstete ihn, sprach ihm gut zu, zeigte Verständnis und ermunterte ihn, mehr zu erzählen. Sie fing ihn auf. Wie immer. Es war ein gutes Gespräch. Das fand auch Nelli. Die Stimmung an diesem Sonnabend war friedlich und entspannt. Der Druck, den Nelli sonst in der Brust spürte, wenn der Vater anwesend war, war spürbar leichter geworden. Sie fuhren ein Stück raus, spazierten ein wenig durch den Wald und freuten sich, beisammen zu sein. Nelli warf bestimmt dreißig Mal einen Knüppel aufs Stoppelfeld, dem Paule nachjagte, um ihn zu apportieren. Sie aßen spät zu Mittag, anschließend bügelte Rose vorm Fernseher und Wantscho spielte mit Nelli eine Partie Schach. Als es Abend wurde, verschwand der Vater im Schlafzimmer und Nellis Laune verdunkelte sich. Sie schlich ihm nach, nahm all ihren Mut zusammen, legte ihre Hand auf die Klinke und drückte sie ganz behutsam nach unten. Durch den Türspalt sah sie den Vater am geöffneten Schrank stehen, er hatte eine Pulle angesetzt und trank in großen Schlucken. Es war ein Schock, den Vater so zu sehen. Nelli machte einen Schritt zurück, ließ die Tür offen und lief in ihr Zimmer zurück. Sie schwieg den ganzen Abend über.

Wantscho öffnete nach dem Abendbrot eine Flasche Rotwein. Er bot Rose ein Glas an. Sie lehnte ab. Wantscho trank die Flasche allein aus. Er blieb friedlich dabei. Er amüsierte sich köstlich über Hans-Joachim Kulenkampff, der in *Einer wird gewinnen* als Ludwig XV. herumstolzierte. Nelli, die sonst stets auf diese Signale reagierte, blieb still. Rose ebenfalls. Wantscho blieb trotzdem freundlich. Kuli überzog zweiunddreißig Minuten. Als der Abspann lief, richtete sich Wantscho ächzend auf und gähnte. Er kündigte an, ins Bett zu gehen. Sowohl Nelli als auch Rose gab er einen Gutenachtkuss. Als er das Zimmer verlassen hatte, waren beide erleichtert.

Immer öfter fühlte Wantscho sich schlapp und antriebslos. Er litt unter Schlafstörungen und düsteren Grübeleien. Er hatte keinen Appetit und nahm drastisch ab. Er ließ das Trinken sein. Dafür erhöhte er die tägliche Dosis Psychopharmaka und nahm zusätzlich ein Schlafmittel ein. Es half nichts. Jeder Handgriff bereitete ihm unendlich viel Mühe. Er sehnte sich nur nach Ruhe.

In der Klinik nahm Pospíšil ihn beiseite. »Ich sehe doch, was los ist, Kollege«, sagte er. »Sie sind in einem Tief. Ich werde Sie krankschreiben.« Wantscho blieb zu Hause und versuchte, sich zunächst mit Schlafentzug selbst zu helfen. Ohne Erfolg.

Rose rief Pospíšil in der Klinik an und bat ihn um Hilfe. Der sorgte dafür, dass Wantscho umgehend in der Psychiatrischen Klinik in Tübingen aufgenommen wurde, wo ein Freund von ihm als leitender Arzt tätig war. Rose packte einen Koffer für ihren Mann und fuhr ihn am nächsten Tag nach Tübingen.

Nelli war hin- und hergerissen zwischen Ablehnung und Mitleid. Einerseits warf sie dem Vater vor, sich so hängen zu lassen, andererseits sah sie, dass es ihm wirklich schlecht ging. Das verursachte ihr ein schlechtes Gewissen. Sie setzte sich hin und schrieb ihm einen Brief. Drei Wochen später erhielt sie Antwort.

Mein liebes Nellilein!
Herzlichen, lieben Dank für Deinen lieben Brief. Ich hoffe, Du hast Verständnis dafür, daß ich ihn erst jetzt beantworte. In Zukunft werde ich pünktlicher sein. Jedenfalls war Dein Brief eine große Freude für mich!! Mir geht's schon bedeutend besser, und ich hoffe auf baldige Genesung, bzw. Entlassung, denn Ihr fehlt mir ja so sehr! Es wird schon bald klappen. Hier bekomme ich gutes und reichliches Essen. Allerdings habe ich seit etwa 2 Wochen immer Kohldampf (also Hunger), was auf meinen Zustand bezogen ein gutes Zeichen ist. Ich habe schon ziemlich viel zugenommen; mein Bauch streckt sich nach vorwärts, und ich habe wirklich Angst, daß ich zu fett werde, aber den Hunger kann ich z. Z. nicht bremsen.
So, Nellilein! Und wie geht's Dir soweit, was macht die Schule und die Freizeitgestaltung? Das wär's für heute. Ich hoffe auf einen neuen Brief von Dir. Für heute 1000de Küsschen von Deinem Vati

Nelli war gerührt von diesen Zeilen. Vielleicht kam der Vater ja verändert zurück! Jetzt, wo er von der Depression geheilt war. Vielleicht musste er nun nicht mehr trinken, schimpfen und *so* sein. Nelli spürte den Hoffnungsschimmer und zugleich auch die Angst vor der Enttäuschung. Was, wenn er erneut depressiv wurde? Und warum wurde er das überhaupt immer wieder? Hatte das vielleicht etwas mit ihr zu tun? Weil sie gar nicht mehr mit ihm redete? Weil sie ihn zeitweilig aus tiefstem Herzen verabscheute? Weil sie immer nur an der Mutter hing?

Sechs Wochen verbrachte Wantscho in der Tübinger Klinik. In dieser Zeit stieß Rose auf die Schnapsflaschen in der Garage. Sie war gerade dabei, die Sommerreifen in den Kofferraum des Fords zu laden, als sie es klirren hörte. Sie sah genauer hin und traute ihren Augen nicht: Bis zum oberen Rand des dritten Reifens stapelten sich leere Pullen! Rose war entsetzt. So weit war es also schon gekommen! Sie sammelte die Flaschen ein und warf sie weg. Sie behielt die Sache für sich und erzählte Nelli nichts davon. Sonst gab es auch niemanden, mit dem sie hätte darüber reden können. Die Einzige, mit der sie solche Dinge hätte besprechen können, war für sie unerreichbar geworden: Elke.

Wantscho kam erholt zurück, zehn Kilo schwerer und voller guter Vorsätze. Nur das Laufen mit dem Übergewicht fiel ihm schwer. Mit Elan ging er wieder an die Arbeit. Erleichtert stellte er fest, dass es Anita den Umständen entsprechend gut ging. Die Kollegen hatten begonnen, ihr Sulpirid zu verabreichen, um die zwanghaften Bewegungen, die immer stärker wurden, einzudämmen. Als sich Wantscho und Anita wiedersahen, mussten beide lachen. Sowohl der Arzt als auch die Patientin hatten etliche Kilo zugelegt. Bei dem einen war es auf einen gesunden Appetit zurückzuführen, bei der anderen auf die Nebenwirkungen des Neuroleptikums.

Die Abende zu Hause verliefen angenehm. Wantscho bemühte sich, auf Rose einzugehen, er war freundlich zu dem Kind. Er bat Rose darum, ihm beim Abnehmen behilflich zu sein. Sie begann damit, mundgerecht Schnittchenteller zuzubereiten. Eine Scheibe Brot mit Margarine, belegt mit einer Scheibe Jagdwurst, ein Knäckebrot mit Quark, ein kleines Stück Schafskäse, ein paar Oliven, Tomaten- und Gurkenstückchen, scharfe Schoten. Dazu ein Glas Bier.

In der Woche darauf waren es zwei Gläser. Dann drei. Es dauerte nicht lange, und Wantscho hielt auf dem Nachhauseweg wieder beim Kiosk an und kaufte ein. Schon bald war alles wie zuvor. Wantscho kam abends nicht mehr ganz nüchtern nach Hause. Nelli verkroch sich in ihr Zimmer. Wantscho wollte nicht gestört werden und in Ruhe Zeitung lesen und fernsehen. Rose bereitete ihm schweigend das Abendbrot zu, das sie zu dritt, ebenfalls schweigend, vor dem Fernseher einnahmen. Und wehe, das Telefon klingelte! So wie eines Abends. Gerade begannen die Nachrichten. Nelli sprang auf und eilte hinaus in den Flur. Barbara war am Apparat und wollte Rose sprechen. Nelli ging ins Wohnzimmer zurück, der Vater starrte sie wütend an, und Nelli sagte leise: »Barbara.«

Jetzt ging Rose hinaus, und Wantscho grollte hinter ihr her. »Koschtramba.« Er stellte den Fernseher lauter. Nelli saß starr auf dem Sofa und brachte keinen Bissen mehr herunter. Wen meinte der Vater damit? Barbara? Die Mutter? Sie selbst?

Als Rose zurückkam, fragte Wantscho: »Und, was wollte deine Freundin?«

»Wissen, wie es uns geht.«

»Aha.«

»Bojko ist gerade für eine Woche in Liechtenstein.«

»Kasse machen.«

»Warum sagst du das so verächtlich?«

Wantscho winkte nur ab.

Nelli starrte verkrampft auf den Bildschirm. *Meister Propper macht so sauber, dass man sich drin spiegeln kann.*

»Bojko will eine Privatklinik eröffnen«, sagte Rose so leichthin wie möglich. »Er sieht sich in Vaduz gerade eine an, um sich zu informieren.«

Wantschos Unterkiefer mahlte mechanisch einen Bissen Jagdwurstbrot.

»Irgendwann wird er noch an seinen Moneten ersticken«, sagte er feindselig.

Rose verließ das Wohnzimmer. Nelli folgte ihr kurz darauf.

Mehr und mehr strafte Nelli den Vater mit Verachtung. Zwar wohnte sie mit den Eltern in einer Wohnung, doch zog sie sich in sich selbst zurück. Mit dem Vater sprach sie nur das Allernötigste. Sie mied ihn. Wenn er morgens aufstand, um in der Küche eine erste Zigarette zu rauchen, wusch sie sich im Bad. Hörte sie seine Schritte im Flur, wusste sie, dass er ins Schlafzimmer humpelte, um seinen Bademantel anzuziehen. War er im Schlafzimmer, huschte Nelli in ihr Zimmer und zog sich an. Der Vater humpelte ins Bad, Nelli ging in die Küche, um mit der Mutter zu frühstücken. In der Zeit zog der Vater sich an. Bevor er fertig war, griff Nelli schon nach Anorak und Schulranzen, rief laut »Tschüss« und verließ das Haus, um zur Schule zu gehen. Es war eine Choreografie trauriger Figuren.

Künftig zankten sich Wantscho und Rose immer öfter ums Geld.

»Ich bringe das Geld nach Hause!«, schrie Wantscho.

»Ich arbeite auch«, schrie Rose zurück.

Wantscho begann, die Kontoauszüge zu kontrollieren und Rechenschaft von Rose über einzelne Ausgaben einzufordern. Er warf ihr im Nachhinein vor, den VW-Käfer gekauft zu haben.

»Von meinem Geld!«, konterte Rose.

Er warf ihr vor, einmal im Monat zum Frisör zu gehen.

»Von meinem Geld!«, beharrte Rose.

Er warf ihr vor, zu viel für »das ganze Zeug« auszugeben, das sie in den Osten schickte.

»Das ist die Höhe!«, schäumte Rose.

Sie hatte die Nase voll. Sie kümmerte sich um alles, wirklich um *alles*, auch um solche Dinge, die gewöhnlich Männersache waren, wie Getränkekisten schleppen, verstopfte Abflüsse reparieren, Nägel in die Wände hauen, Winter- und Sommerreifen wechseln. Apropos Sommerreifen. Rose hielt Wantscho vor, dass er die Reifen als Müllhalde für seine leeren Pullen missbraucht habe. Sei das etwa keine Verschwendung?! Sie rannte aus dem Zimmer und warf die Tür hinter sich zu.

Gleich am nächsten Tag ging sie zur Bank und eröffnete ein eigenes Konto, auf das sie sich künftig ihr Gehalt zahlen ließ. Fortan trennte sie fein säuberlich zwischen Ausgaben, die für die Familie getätigt werden mussten, und solchen, die sie selbst betrafen. Doch im Gegensatz zu anderen Frauen, wie zum Beispiel Barbara, die Unmengen für Kosmetika, Schuhe und Kleidung ausgaben, gönnte sie sich nur wenig. Bald schon hatte Rose eine stattliche Summe gespart.

Die Streitereien hatten ihren Preis. In Roses Magen blühte ein neues Geschwür. Ständig hatte sie Schmerzen.

Sie zog aus dem ehelichen Schlafzimmer aus und baute sich ihr Bett im Gästezimmer. Als Begründung gab sie an, Wantscho würde schnarchen. Und das war auch so. Wie oft war Rose nachts wach geworden, weil ihr Mann »sägte«. Kein Schütteln und kein Schubsen hatten geholfen. Einmal war sie so wütend geworden, dass sie ihn sogar geschlagen hatte, doch Wantscho war nicht aufgewacht. Alkohol und Tabletten versetzten ihn Nacht für Nacht in einen komatösen Schlaf. Rose war durch die Wohnung gewandert. Alle hatten ihren Platz zum Schlafen: das Kind, der Mann, der Hund. Nur sie irrte umher.

Wantscho ließ sich nach Roses Auszug nichts anmerken, doch er fand es trostlos, nun allein in dem breiten Doppelbett zu liegen.

39

In Nordroda bemühte sich Viktoria derweil, die Formalitäten für ihren Umzug zu erledigen. Etliche Formulare mussten ausgefüllt, Packlisten geschrieben, Dokumente beglaubigt werden. Zigmal machte Viktoria sich auf den Weg zur Volkspolizei, verbrachte Stunden im Wartezimmer. Mehrmals ging sie unverrichteter Dinge wieder nach Hause. Wurde sie vorgelassen, so behandelten die Beamten sie wie eine Kriminelle. Sie weinte viel in dieser Zeit. Ihre Knie schmerzten. Sie bekam Herzrhythmusstörungen. Manchmal zweifelte sie daran, ob sie das alles überstehen würde. Sie betete inbrünstig zum lieben Gott, er möge ihr helfen, auch diese Prüfung zu meistern.

In der folgenden Juninacht dieses Jahres 1980 sandte Gott Viktoria ein Zeichen. Früh um halb zwei schreckte sie hoch. Sie hatte geträumt, eine Stalinorgel würde ihr Haus beschießen. Sie lauschte angestrengt und tastete nach ihrem Haarnetz, das sich während des Albtraums gelöst hatte. Draußen sauste und pfiff es, dass einem angst und bange werden konnte. Doch Viktoria erkannte jetzt, es war der Wind, der da heulte und sang. Regen klatschte an die herabgezogenen Jalousien. Sie stand auf, zog Hausschuhe und Morgenmantel an und lief ins Wohnzimmer. Sie machte kein Licht, stellte sich dicht ans Fenster und sah hinaus. Im Lichte der Straßenlaternen bot sich ihr ein bizarres, gespenstisches Schauspiel. Der Regen fiel sintflutartig, es blitzte, es donnerte. Der Wind jagte orkanartig über die Straße, Dachziegel wirbelten durch die Luft, der Ahornbaum vorm Haus war wie ein Streichholz umgeknickt und blockierte die Fahrbahn, ein Motorrad wurde von einer Bö über die Straße geschoben, alle Scheiben der Telefonzelle gegenüber waren zersplittert. Hagel setzte ein, er prasselte so hernieder, dass es sich anhörte, als knallten Steine auf den Asphalt. Viktoria hatte noch nie in ihrem langen Leben ein solches Unwetter erlebt. Je stärker es tobte, umso ruhiger wurde es in ihrem Innern. Es war der Herr, der da wütete. *Dir wird kein Leid geschehen*, hörte sie ihn sagen. *Glaube mir, dir wird kein Leid geschehen!* Es war ein heiliger Moment. Ergriffen lauschte Viktoria auf den Nachhall der Stimme, ihre Augen füllten sich mit Tränen, sie faltete die Hände und lächelte. »Ich weiß«, flüsterte sie, »dein Wille geschehe.«

Eine Stunde später war der Spuk vorüber. Der Wind legte sich, der Regen ließ nach. Sirenen von Feuerwehr- und Rettungswagen waren zu hören. Viktoria zog fröstelnd ihren Morgenmantel vor der Brust zusammen, ging pinkeln und dann zurück ins Bett. Sie fühlte sich innerlich wie gereinigt, war froh und guter Dinge. Der Herrgott hatte zu ihr gesprochen. Er würde seine Hände schützend über sie halten.

Am nächsten Morgen machte sich Viktoria wieder auf den Weg zur Polizei. Nordroda glich an vielen Orten einem Trümmerfeld. Entwurzelte Bäume, geknickte Leitungsmasten, eingedrückte Scheiben. Auch die riesigen Schaufenster der Kaufhalle waren zu Bruch gegangen. Überall lagen Scherben herum. Feuerwehrleute waren mit Aufräumarbeiten beschäftigt.

In der Polizeidienststelle musste Viktoria dieses Mal nicht lange warten, bis sie an die Reihe kam. Als sie das Dienstzimmer betrat, sah sie, dass das Fenster notdürftig mit Pappe verklebt war. Die Uniformierte nahm ihre Unterlagen entgegen. »Ich denke, Ihre Kinder wohnen in der Schweiz?«, fragte sie. »Warum wollen Sie dann in die BRD ziehen?«

»Weil ich gern in Deutschland wohnen möchte«, antwortete Viktoria. »Und dort, wo ich hinziehe, ist die Schweiz nicht weit.«

Die Uniformierte blickte sie zweifelnd an, haute dann aber den Stempel auf das Ausreisedokument, behielt einen Beleg bei sich und gab Viktoria die restlichen Papiere zurück. Die faltete die Unterlagen und steckte sie in ihre Handtasche. Beim Gehen wies sie auf das verklebte Fenster. »Das wird ja wohl wieder lange dauern.« Ohne eine Reaktion abzuwarten, verließ sie grußlos den Raum.

Entgegen ihrer sonstigen Gewohnheit beschloss Viktoria, zwei Stationen mit der Straßenbahn zu fahren. Normalerweise sparte sie die fünfzehn Pfennige Fahrgeld, weil sie es liebte, zu Fuß zu gehen. Doch heute wollte sie ihre Knie schonen. Am Kino stieg sie genau in dem Moment in die Bahn, als Kerstin ausstieg. Die beiden sahen einander nicht, die Ältere stieg vorne beim Fahrer ein, die Jüngere aus dem hinteren Waggon aus. Kerstin war auf dem Weg zum Kiosk. Sie hatte Nelli einen Brief geschrieben, in dem sie der Freundin von dem schweren Unwetter erzählte. Und nun wollte sie noch einen Zeitungsartikel aus dem *Volk* beilegen. Nelli sollte mit eigenen Augen lesen, was das Unwetter in ihrer Heimatstadt angerichtet hatte.

Zwei Wochen später hielt Nelli den Zeitungsausschnitt in ihren Händen. »Orkanartiger Wirbelsturm, Hagelschlag und Wolkenbrüche verursachten schwere Schäden« lautete die Überschrift. Ein Foto zeigte einen Mann beim Decken eines Daches, ein anderes Feuerwehrleute beim Zersägen von Birkenstämmen. »Hervorgehoben werden müssen die Forstleute aus unserem Kreis sowie aus den Kreisen Sondershausen und Wernigerode, die gemeinsam mit Sowjetsoldaten ab Sonntag früh 3.00 Uhr dafür sorgten, das die F 81 (Ilfeld – Netzkater – Hasselfelde) vom Windbruch geräumt wurde.«

Rose saß in der Küche und las einen Brief von Viktoria, in dem diese ihr schilderte, mit welchen Schikanen sie wegen ihres Umzuges zu kämpfen hatte. Diese Sache nahm Rose sehr mit. Sie saß hier im Westen und konnte der Mutter nicht helfen. Sie meldete ein Telefongespräch nach Bernhausen an. Sie wollte ihren Bruder um Hilfe bitten. Doch Harald war der Ansicht, er sei nicht zuständig. »Wie soll das gehen?«, fragte er. »Ich muss arbeiten und ich habe Familie. Ich kann doch nicht jedes Wochenende zur Mutter nach Nordroda fahren.«

Rose schrieb an Irene und Hajo und bat sie, bei Viktoria vorbeizuschauen. Irene schrieb zurück, sie gehe nun ab und zu mit Viktoria und Tapsi spazieren. *»Mach dir keine Sorgen, deine Mutter macht einen stabilen Eindruck.«*

Doch Rose grämte sich sehr und wurde zunehmend dünnhäutig. Eines Vormittags, als sie in der Apotheke gerade einen Patienten bediente, betrat eine alte Dame den Laden und Rose erschrak bis ins Mark. *Mutti!*, durchfuhr es sie, und ihr war, als würde ihr der Boden unter den Füßen weggezogen. Die alte Dame sah Viktoria auf den ersten Blick tatsächlich sehr ähnlich. Auch sie war groß und stattlich, hatte kurzes, in Wellen gelegtes graues Haar, trug Hut und Brille. Die alte Dame ließ sich auf den Stuhl sinken, auf dem die Kunden für gewöhnlich Platz nahmen, wenn ihnen der Blutdruck gemessen wurde. Sie schnaufte, beugte sich zu ihren Füßen hinunter und nestelte an der Schleife ihres Schnürschuhs. Rose ging zu ihr und hockte sich vor sie hin.

»Ich helfe Ihnen.«

»Das ist sehr freundlich.« Die alte Dame lehnte sich zurück und sah die Jüngere an. »Aber Kindchen, warum weinen Sie denn?«

40

Einige Wochen vor den Sommerferien bestellten Wantscho und Rose einen Mercedes-Benz. Sie entschieden sich für ein cremefarbenes Modell 190 E, mit Automatikgetriebe, braunledernen Sitzen und schwarzer Armatur. Das neue Auto war ein Schmuckstück! Wie erhaben der Mercedes-Stern auf der Kühlerhaube prangte! Wie luxuriös das Interieur war. Wie gut alles roch! Wantscho war überglücklich. Er steuerte sein neues Statussymbol behutsam und liebevoll.

Im Juli fuhren Nikolows wieder mit Mladenoffs nach Monaco. Wantscho hatte zwar gemault: »Können wir denn nicht mal wieder alleine verreisen?« Doch Rose war fest entschlossen, sich mit den Freunden zusammenzutun. Paule wurde in einer Hundepension untergebracht, und los ging die große Fahrt. Mladenoffs fuhren wie immer voraus. Nikolows hintendrein. Nagelneuer Mercedes folgte schnittigem Jaguar.

Obwohl Nelli noch vor dem Urlaub sofort auf Kerstins letzten Brief geantwortet hatte, musste sie nach ihrer Rückkehr lange auf Post von der Freundin warten. Dann endlich kam ein Päckchen. Im beiliegenden Brief schrieb Kerstin, dass sie mehrere Wochen mit einer Lungenentzündung im Krankenhaus gelegen habe. Im Herbst habe sie noch fleißig fünf Kilo Hagebutten gesammelt und beim Arbeitseinsatz in der LPG kiloweise Äpfel gepflückt. Dabei sei sie umgekippt. Und nachdem sie wieder gesund geworden sei, habe sie rund um die Uhr für die Schule büffeln müssen, so viel sei aufzuholen gewesen, und es ginge ja nun darum, wer auf die EOS komme und wer nicht.

Kerstin bedankte sich auch sehr für Nellis Paket, beklagte nur, dass der Kalender offensichtlich herausgenommen worden sei. Außerdem berichtete sie, dass Swen mit seinem Vater wieder großen Ärger bekommen habe, als rauskam, dass er Nelli schreibe. Jetzt habe der das endgültig verboten. Und weiter schrieb sie, dass Swen nun erst zur Armee ginge und nach den achtzehn Monaten zur Polizei. Nelli stockte. Sie las die Zeilen nochmals und konnte es nicht fassen. Ihr musischer Freund, der Verse schrieb und wie ein Genie zeichnen konnte, der Künstler werden wollte, würde bei der Volkspolizei landen? Was war aus seinen hehren Plänen geworden? Nelli las weiter. Cornelia habe sich von Swen getrennt, schrieb Kerstin, sie ginge jetzt mit einem aus der EOS.

Wantschos Schwester Lina kündigte an, Nikolows in Deutschland besuchen zu wollen. Als sie das Visum in der Tasche, das Busticket gekauft und ihren Koffer gepackt hatte, musste sie die Reise wieder absagen. Über Nacht war Andrej krank geworden. Er hustete und spuckte Blut. Im Krankenhaus wurde Lungenkrebs im fortgeschrittenen Stadium diagnostiziert. Nur drei Wochen später starb Andrej. Lina war untröstlich. Am Tag nach seinem Tod hängte sie in Plowdiw, so wie es bulgarische Sitte war, Gedächtniszettel auf. Sie zeigten ein Bild von Andrej, ein Kreuz und das Wort »Skarb«, was »Trauer« bedeutete. Darunter stand »1 den bes« (1 Tag ohne). Diese Aktion wiederholte Lina regelmäßig. »7 dni bes« (7 Tage ohne), »20 dni bes«, »35 dni bes«.

Und in Belgrad starb Boris. Mariechen schickte eine Traueranzeige Wantscho weinte um seinen Onkel. Sneza, Christo und Lina, die noch um Andrej trauerten, fuhren nach Belgrad zu Boris' Begräbnis. Es war das letzte Mal, dass Mariechen gesehen wurde. Sie hatte Boris, ihre große Liebe, viele Jahre lang gepflegt. Nun beerdigte sie ihn, brach mit ihrem alten Leben und verschwand. Keiner der Familie hat je wieder etwas von ihr gehört.

Eines Morgens fühlte Wantscho sich besonders unwohl. Er hatte schlecht geschlafen. Am liebsten wäre er im Bett geblieben. Das Aufstehen fiel ihm ungeheuer schwer. Ein Artikel kam ihm in den Sinn, den er in einer Fachzeitschrift gelesen hatte. Ein Kollege hatte darin die Korrelation der drei Variablen Stimmung – Antrieb – Leistung beschrieben. Eins stand für ihn fest: Seine Stimmung war im Keller und sein Antrieb gleich null. Und an Leistung wollte er erst gar nicht denken. Er zwang sich, eine Tasse Kaffee zu trinken, essen konnte er nichts. Stattdessen rauchte er. Dann verabschiedete er sich von Rose. Er schleppte sich zum Auto, doch anstatt den Wagen aufzuschließen, kehrte er um.

Einige Tage blieb er im Bett. Er war lustlos, schwach und hatte keinen Appetit. Er trank nicht. Bleich und kraftlos schleppte er sich durch die Wohnung. Es war schrecklich. Wantscho haderte mit sich und der Welt, weil ihn diese neue Depression ereilte, obwohl er doch regelmäßig seine Psychopharmaka schluckte.

Er sagte zu Rose, er wolle noch einmal versuchen, sich mit Schlafentzug zu kurieren. Er bat sie um Unterstützung. Nachts saß er nun vor dem Fernseher. Oder wanderte durch die Wohnung. Oder hockte in der Küche und rauchte. Er hielt durch. Wenn Nelli morgens in die Küche kam, um zu frühstücken, saß der Vater am Tisch wie ein Gespenst. Grau sein Gesicht, die Augen müde. In diesen Tagen konnte Nelli ihm nicht ausweichen. Sie fühlte sich gestört. So wie der Vater sich all die zurückliegenden Jahre durch sein Kind gestört gefühlt hatte, so fühlte das Kind sich nun durch den Vater gestört.

»Sei nicht so hart mit ihm«, ermahnte Rose ihre Tochter. Sie konnte durchaus anerkennen, dass Wantscho sich mühte, gesund zu werden, dass er nicht zimperlich war, sondern zäh. »Hast du denn gar kein Mitleid mit deinem Vater!« Doch Nelli konnte nichts dergleichen spüren. Sie fühlte nichts außer unversöhnlicher Abneigung, nichts außer stumpfem Widerwillen. Sie dachte, nur so könne sie alles bewältigen. Sie wusste noch nicht, wie eng Liebe und Hass miteinander verbunden sind.

Nach zwei Wochen ging es Wantscho besser. Er telefonierte regelmäßig mit dem Kollegen, der ihn in der Tübinger Klinik behandelt hatte. Dieser hielt Wantscho dazu an, seine Medikamente einzunehmen. Das hätte er sich allerdings sparen können, denn Wantscho war ein vorbildlicher Patient. Indem er seine Tabletten schluckte, hielt er seine Angst in Schach. Angst vor einem Schlaganfall, Angst vor einem Herzinfarkt, Angst vor einer neuen Depression, Angst vor allen möglichen unwägbaren Krankheiten. So nahm er gleich morgens nach dem Aufwachen etwas Anregendes, »damit der Motor anspringt«, wie er sagte. Über den Tag verteilt schluckte er Betablocker, die das unter Hochdruck leidende Herz besänftigen sollten. Und Psychopharmaka, um die Stimmung aufzuhellen. Dazu kamen Abführmittel und zeitweise ein Mittel gegen zu viel Magensäure. Diesen schillernden Medikamentencocktail verdünnte Wantscho allabendlich mit Alkohol, bevor er auf der Bettkante ein Hypnotikum schluckte, das ihm einen traumlosen Schlaf bescheren sollte.

Rose war des Arbeitens in der Apotheke überdrüssig. Immer wieder eckte sie an. Ein paar Mal hatte der Chef sie schon zur Seite genommen, ihr leise zugeredet und darum gebeten, sie möge doch gegenüber den Patienten, die in die Apotheke kämen, zuvorkommender sein. Zunächst hatte Rose nicht verstanden, was er meinte. Energisch forderte sie Aufklärung. Der Chef, ein Ratlinger Urgestein von behäbigem und zugleich starrsinnigem Gemüt, wand sich. Es hätte Klagen gegeben, sagte er. Ihr Ton wäre bisweilen ein wenig rüde. Klagen von wem, wollte Rose wissen. Doch das wollte der Chef nicht sagen. Rose wusste sehr wohl, aus welcher Ecke diese Beschwerden kamen. Nicht die Patienten vermissten etwas, sondern eine Kollegin. Ein junges Ding, gerade mit dem Studium fertig, erzkatholisch, hinterfotzig und hässlich wie die Nacht. Schleimte sich beflissen bei den Patienten ein, dass einem übel werden konnte. *Aber gewiss doch, gnädige Frau!, Selbstverständlich, der Herr!* Richtig wütend wurde Rose jetzt. Was hatte dieser Grünschnabel denn schon erlebt? Wer war die, und wer war sie, Rose! Die konnte ja noch nicht mal selbstständig eine Salbe anrühren! Kam immer angekleckert und brauchte Unterstützung im Labor.

Und hatte Rose ihr nicht immer aus der Bredouille geholfen? Und dann so was: anstelle eines offenen Wortes hintenrum hetzen.

Im Gespräch mit dem Chef versuchte Rose, sich zu beherrschen. Sie sei höflich zu den Patienten, ließ sie ihn wissen, und korrekt. Wenn es Klagen gäbe, so bitte sie darum, dass sich derjenige oder diejenige – das Wörtchen *diejenige* betonte sie besonders – direkt an sie wende. Und nun müsse sie den Apothekendienst anrufen, sonst sei es zu spät für die Bestellung. Sie machte auf dem Absatz kehrt und ließ den Chef stehen.

Rose sprach mit Barbara darüber. »Vielleicht bist du denen zu ehrlich«, mutmaßte die Freundin. Rose winkte ab. »Ich nehme kein Blatt vor den Mund. Und ich krauche keinem in den Arsch.« Sie sah Barbaras pikierten Blick.

»Und wenn du die Apotheke wechselst?«

»Da komme ich vom Regen in die Traufe. Die Schwaben können mit meiner Art nicht umgehen. Ich bin nun mal geradeheraus. Ich kann es auf den Tod nicht leiden, wenn Leute einen hinter dem Rücken schlecht machen, vornerum aber freundlich tun.«

»Du könntest als Pharmareferentin arbeiten«, schlug Barbara vor. »Eine Freundin von mir ist bei Bayer verantwortlich für das Rhein-Main-Gebiet. Die verdient ein Heidengeld.«

Rose war begeistert. Das war die Idee! Sie würde mit dem Auto herumfahren, in anderen Städten Arztpraxen und Krankenhäuser aufsuchen und Medikamente anpreisen. Sie wäre unabhängig und eigenständig. Und sie wäre diese blöde Apotheke los.

Als sie Wantscho davon erzählte, riet er ihr ab. Für ihn war der Gedanke unerträglich, dass Rose ihm nicht zur Verfügung stand. Und Nelli stand der Schrecken ins Gesicht geschrieben, als sie von den Überlegungen der Mutter erfuhr. Tagelang mit dem Vater allein zu Haus? Alles würde an ihr hängen bleiben. Essen machen, den Hund ausführen, einkaufen. Und dann die Abende, wenn der Vater in seinem Sessel grollte, angetrunken und schlecht gelaunt. Ein Albtraum!

Rose war in ihrem Elan gebremst. Sie war nicht der Typ, der sich einfach über Dinge hinwegsetzte. Sie ließ ihre Pläne fallen.

Die Freunde in Bad Trossheim hatten eine riesige alte Villa gekauft, die Bojko zu einer Privatklinik umbauen lassen wollte. Er plante, dort Patienten kieferorthopädisch zu behandeln und außerdem Schönheitsoperationen anzubieten. In zahlreichen Fortbildungen hatte er sich dafür die Befähigung erworben. Er würde zu dicke, zu große und zu krumme Nasen richten, hängende Augenlider straffen, Tränensäcke wegoperieren, Doppelkinne absaugen. Mittelfristig würde er einen Kollegen beschäftigen, der sich um Brustvergrößerungen und Brustverkleinerungen kümmern sollte. Der Millionenkredit für den Umbau war von der Bank bewilligt worden, die Baumaßnahmen hatten begonnen. Wantscho schüttelte den Kopf über so viel Unvernunft, wie er es nannte. Rose hingegen war beeindruckt vom Mut und von der Unbekümmertheit der Freunde.

41

Viktorias Übersiedlung nach Ratlingen stand bevor. Rose fand eine freundliche helle Zweizimmerwohnung mit Balkon, nur fünf Gehminuten von ihrer eigenen Wohnung entfernt. Preiswert war sie auch. Das war ganz in Viktorias Sinne. Man musste sein Geld zusammenhalten, wenn man es zu etwas bringen wollte!

An dem Tag, an dem Viktoria in Ratlingen ankam, zogen auch auf Nikolows Etage neue Nachbarn ein. Ein junges, frisch verheiratetes Lehrerpärchen. Als die Möbelpacker einen schwarzen Flügel die Treppe hoch bugsierten, beschlich Rose eine böse Vorahnung. Die jungen Leute klingelten und stellten sich vor. So, wie es sich gehörte. Eigentlich machten sie einen netten Eindruck. Doch dann fing der Mann nach ein paar Tagen an, Klavier zu spielen. Er übte immer abends, immer die gleichen Stücke, vorzugsweise Sonaten von

Mozart und Haydn. Hinzu kamen Fingerübungen, die sich anhörten, als hätte eine Schallplatte einen Sprung und würde unendlich oft dieselben Akkorde wiederholen.

Es dauerte nicht lange und Wantscho verlor die Beherrschung. Er haute mit der bloßen Faust wie verrückt an die Wand, hinter der er den Klavierspieler vermutete, und schrie wüstes Zeug. Das Klavierspiel hörte auf. Um nach wenigen Minuten wieder einzusetzen. Von Neuem hieb Wantscho an die Wand. Doch der Nachbar klimperte unverdrossen weiter. Rose stürzte ins Zimmer und herrschte Wantscho an, er solle sich zusammenreißen. Jetzt schrie Wantscho Rose an. Die brüllte zurück. Und nebenan übte der Nachbar eine Mozart-Sonate in Moll.

Viktoria lebte sich schnell ein. Sie konnte alles genießen: Die reizende kleine Wohnung, die Kinder in der Nähe, die Kaffeepläuschchen mit der ebenfalls alleinstehenden Nachbarin, die Spaziergänge durch Ratlingen, das Einkaufen im Supermarkt.

Nur eine Sorge belastete sie: Mit der Ehe ihrer Tochter stand es nicht zum Besten. Richtig bewusst wurde ihr dies, als die Nachbarin sie eines Tages fragte: »Was, die blonde Witwe aus der Apotheke ist Ihre Tochter?« Viktoria war schockiert. Sie erzählte es Rose nicht. Doch ihre alte Abneigung gegen den Schwiegersohn lebte wieder auf. Und damit hielt sie Rose gegenüber nicht hinter dem Berg. Sie gab ihm die Schuld an allem. Daran, dass Rose mit einem leidenden Gesichtsausdruck durch die Welt lief; daran, dass sie kaum noch lachte; daran, dass sie immer noch rauchte; daran, dass sie schlichtweg unglücklich war. Dagegen half doch nur ein richtiger Mann! Jedoch niemals so einer wie Wantscho, der charakterschwach und für Rose nicht geeignet war!

Fortan saß Rose mehr als je zu vor zwischen zwei Stühlen. Sie hatte nun das Gefühl, nicht nur mit Wantscho kämpfen zu müssen, um ihn im Zaum zu halten, sondern auch noch mit ihrer Mutter, die sich in alles einmischte und immer alles besser wusste.

Irgendwann steckte in Nikolows Briefkasten ein Zettel, auf den ein Gesetzestext kopiert war. »*Zur Kenntnisnahme*« hatte der Nachbar darauf geschrieben. Rose las, dass Klavierspielen in einem Mietshaus täglich zwei Stunden lang gestattet sei, außer in der Zeit zwischen 13 und 15 Uhr und 20 und 8 Uhr.

Der Klavierspieler hielt sich penibel an die vorgegebenen Zeiten. Es war die Hölle. Kam Wantscho abends nach Hause, klimperte der Nachbar bereits. Wantscho humpelte vor sich hin grollend ins Wohnzimmer, um Zeitung zu lesen. Hin und wieder, je nach Tagesform, konnte er seinen Zorn nicht bändigen. Dann schlug er mit der Faust an die Wand und fluchte lauthals. Einmal humpelte er sogar ins Treppenhaus und brüllte dort herum. Rose hätte im Erdboden versinken mögen, so peinlich war ihr das. Nur gut, dass der Nachbar nicht an die Tür kam. Sie versuchte, Wantscho dazu zu bewegen, in die Wohnung zurückzukommen. Als er dies tat, warf er mit Karacho die Tür hinter sich zu. Exakt um 20 Uhr hörte das Klavierspiel auf. Rose atmete auf. Nelli ebenfalls. Wantscho saß im Wohnzimmer, als sei nichts geschehen, und sah *Tagesschau*.

Nelli kam zu Rose in die Küche. Die war gerade dabei abzuwaschen.

»Na?«, sagte Rose.

Nelli griff automatisch nach einem Geschirrhandtuch und begann abzutrocknen.

»Es wird nicht besser, Mutti«, sagte sie.

Rose atmete geräuschvoll aus.

»Vati wird immer so weitermachen. Er ändert sich nicht mehr.«

»Du hast recht.« Rose wischte sich mit der tropfnassen Hand übers linke Auge.

Und dann sagte es aus Nelli heraus: »Du musst ihn verlassen.«

Rose wandte sich ihrer Tochter zu. Sie hatte Tränen in den Augen. »Das kann ich nicht, Nelli. Nicht nach allem, was war. Und dein Vater ist hilflos ohne mich.«

»Aber du machst dich kaputt. *Er* macht dich kaputt.«

Als Rose einige Tage später Betten bezog, fand sie unter Wantschos Matratze viele kleine Schnapsflaschen. Alle waren leer. Einem Impuls folgend öffnete sie den Kleiderschrank und fand den gesamten Vorrat.

Es gab einen Riesenkrach. Rose schrie Wantscho an. Wantscho brüllte ebenfalls. Nebenan übte der Nachbar immer gleiche Akkorde auf dem Klavier. Und der von gegenüber begann, seinen Rasen zu mähen. Wantscho, angetrunken und besinnungslos vor Wut, stürzte auf den Balkon und schrie aus vollem Hals: »Ruhe!« Der Nachbar, der den Rasen mähte, konnte ihn nicht hören, der Motor dröhnte zu laut. Das machte Wantscho noch zorniger. Rose stand wie gelähmt an der Balkontür, hinter der Gardine, und betrachtete fassungslos das Wüten ihres Mannes. Sie schämte sich in Grund und Boden. Und ihre Stimme hatte etwas Flehendes, als sie rief: »Wantscho, lass das, komm rein.« Doch der dachte nicht daran. Er schüttelte die Fäuste und schrie nochmals: »Ich will meine Ruhe haben!« Da kroch Rose in ihrer Not auf allen vieren zu ihm hin, zog ihn am Hosenbein ins Wohnzimmer zurück.

Nelli beobachtete die Szene vom Flur aus. Tobend der Vater, kniend die Mutter. Es hatte etwas Unwirkliches, die Eltern so zu sehen, so außer sich, so entblößt.

Wie viel Schmerz kann ein Herz ertragen?
Wantschos Herz. Roses Herz. Nellis Herz.

Was inwendig wütete, drang nicht nach außen. Die Fassade blieb schmuck. Weil nicht sein kann, was nicht sein darf. Niemand sollte wissen, wie es um den Herrn Doktor stand.

Nelli hasste es, wenn es an ihre Tür klopfte. Die Mutter klopfte nie. Es konnte nur der Vater sein. Einmal kam er ins Zimmer gehumpelt, vorsichtig, ja zögerlich. Nelli registrierte sofort, dass er getrunken hatte. Doch war er nicht bösartig und zornig, wie so oft, sondern verzagt und weinerlich. »Entschuldige, dass ich dich störe«, sagte er und setzte sich auf Nellis Bett. Nelli erstarrte innerlich. Sie machte dicht. Sie sah, dass es dem Vater nicht gut ging. Dass er einen Menschen brauchte, der ihm zuhörte. Aber doch bitte nicht ich!, dachte Nelli. Das habe ich doch nicht gelernt: Mit dem Vater *reden*! Also: *Richtig reden*! Über Gefühle und innere Sachen. Dieser Bereich wurde komplett durch die Mutter abgedeckt. Wo war die überhaupt? Warum ließ sie das zu? Am liebsten wäre Nelli aufgestanden und hinausgelaufen. Doch das traute sie sich nicht.

»Wie geht's?«, fragte der Vater. Er sprach ein wenig schleppend.

Nelli nickte und zuckte zugleich mit den Schultern.

»Ich bin so niedergeschlagen. Mich quälen so viele Gedanken und Erinnerungen.«

Nelli musste zuhören, ob sie wollte oder nicht.

»Zum Beispiel daran«, sprach der Vater weiter, »dass ich noch nicht ein Mal in deinem Leben mit dir tanzen konnte. So wie andere Väter mit ihren Töchtern.«

»Ist doch nicht schlimm«, sagte Nelli und betete, der Vater möge bald fertig sein.

»Ich konnte so vieles nicht in meinem Leben. Als ich jung war, habe ich kaum Frauen gehabt. Keine hat sich für mich interessiert. Nur eine gab sich mit mir ab. Ein sehr schönes Mädchen. Wir saßen ab und zu an der Donau. Aber auch sie hat mich sitzen lassen.«

»Du hast Mutti«, sagte Nelli kühl. »Die hat dich nicht sitzen lassen.« Wantscho nickte. »Trotzdem: Ich habe nichts vom Leben gehabt. Mir fehlt das Talent zum Glück.«

»Da kann ich auch nichts machen«, sagte Nelli abwehrend.

»Ich weiß, dass ich für andere Menschen eine Zumutung bin«, sagte Wantscho, »vor allem für Röschen.«

Insgeheim gab Nelli ihm recht.

»Nur für meine Patienten bin ich gut. Die brauchen mich. Ihr braucht mich nicht.«

Dieses *ihr* schnitt Nelli ins Herz. Doch sie sträubte sich gegen das Mitgefühl, das jetzt in ihr aufstieg. Sie wollte keinen Blick haben für die Verzweiflung des Vaters. Sie wollte nicht sehen, wie einsam er war. Sie wollte ihn nicht verstehen, ihm nicht verzeihen. Er sollte sie in Ruhe lassen. Als der Vater ihr Zimmer wieder verließ, war sie wie befreit.

Viktoria lebte sparsam. Jeden Pfennig drehte sie dreimal um, obwohl sie keine Not zu leiden hatte. Die Witwenpension fiel üppig aus, die eigene kleine Rente kam dazu, Viktoria war gut gestellt. Doch sie zählte zu den Menschen, die am eigenen Leib erfahren hatten, was Mangel und Hunger bedeuteten. Sie hatte zwei Weltkriege überstanden, Hunger gelitten, gefroren, von einem Tag zum nächsten überlebt. Diese Erfahrungen hatten sich unauslöschlich in sie eingebrannt. Viktoria gehörte zum »eisernen Jahrgang«, wie Wantscho immer wieder gern mit einer Mischung aus Bewunderung und Zärtlichkeit und einer Prise Spott betonte. Diese Generation war unverwüstlich. Anders als ihre verwöhnten und verzärtelten Kinder und Kindeskinder. Niemals würde sie verschwenderisch mit irgendetwas umgehen.

Viktoria fand eine besondere Lust darin, die Werbeprospekte, die in ihrem Briefkasten landeten, zu studieren, um anschließend dort einkaufen zu gehen, wo es am günstigsten war. Sie sparte eisern und führte ein Haushaltsbuch. Sie leistete sich nur einen Luxus: Kaffeefahrten! Mit dem Bus fuhr sie an den Bodensee und dort mit dem Schiff auf die Insel Mainau, oder nach Freiburg im Breisgau. Mit der Zeit vergrößerte sie den Radius: Sie besuchte Wien und Rom, Paris und Amsterdam. Außerdem fing sie an, einmal im Jahr in Bad Liebenzell zu kuren, weil dort die Moorpackungen für ihre heilende Wirkung weltberühmt waren und weil sie nicht die Hoffnung aufgab, dass ihre Knie, trotz ihres vorangeschrittenen Alters, doch noch einmal gesunden würden.

Penibel verfuhr Viktoria auch mit den Weihnachtspäckchen, die sie, wie sie sagte, *in die Zone* schickte. Bei ihr gab es keine solche Verschwendung wie bei ihrer Tochter, die das Geld nur so aus dem Fenster warf. Viktoria notierte haarklein, wem sie wann was schickte und ob und wann eine Antwort eintraf. Ihr Sohn Harald in Bernhausen erhielt kurz vor Weihnachten ein Paket mit folgendem Inhalt: Pullover: 18,– DM; Schokol. Tüte: 4,– DM; Marzipan: 2,– DM; Spüli: 2,– DM; 1 Pfd Margarine: 2,– DM; Teller: 3,70 DM; Spekulatius: 3,– DM; Gesamt: 34,70 DM

Harald sah zu, noch am selben Tag der Mutter handschriftlich einen langen Dankesbrief zu schreiben. Und das, obwohl er Genosse war.

An Wantschos Zustand hatte sich nichts zum Positiven geändert. Im Gegenteil. Immer öfter kam es vor, dass er sich durch den Tag schleppte. Er hatte keine Lust aufzustehen, mit irgendjemandem zu reden, arbeiten zu gehen. War er allerdings erst einmal in der Klinik angelangt, so beflügelte ihn nach wie vor die Liebe zu seinen Patienten. Sie brachten ihm die Zuneigung und die Wertschätzung entgegen, die er zu Hause vermisste. Dabei war ihm bewusst, dass er es sich bei Frau und Tochter durch sein Verhalten selbst verscherzte. Musste er denn auch so viel trinken! So unbeherrscht sein! So willensschwach! Wantscho haderte mit sich. Zeitweise hasste er sich selbst von ganzem Herzen und ertappte sich bei dem Gedanken, wie es wäre, diesem Elend einfach ein Ende zu setzen. Schlaftabletten hatte er mehr als genug. Es wäre ein sanftes Ende, eins, das nicht wehtun würde.

Das Schicksal eines Patienten zehrte in dieser Zeit besonders an Wantschos Nerven. Der Mann wurde beschuldigt, seine Ehefrau ermordet und die Leiche dann wochenlang in der Badewanne liegen gelassen zu haben. Er hatte das Badezimmer verriegelt und den Kindern gesagt, die Mutter sei auf und davon, das Badezimmer kaputt. Fortan wuschen sie sich in der Küche. Eine Nachbarin hatte irgendwann die Polizei informiert. Ihr waren das Verschwinden der Frau und das Verhalten des Mannes spanisch vorgekommen. Und hing da nicht ein merkwürdiger Geruch im Treppenhaus, der vor der Tür der betroffenen Familie am intensivsten war?

Der Mann kam in die Geschlossene der Ratlinger Psychiatrie.

Wantscho wurde beauftragt, über den mutmaßlichen Mörder ein Gutachten zu erstellen. Er nahm sich die Zeit, ausführliche Gespräche mit dem Beschuldigten, mit der Mutter der Toten, mit Freunden und Nachbarn zu führen. Danach kam Wantscho zu der Einschätzung, dass der Mann im Affekt gehandelt haben musste. Der Psychologe, mit dem er zusammenarbeitete, teilte diese Meinung. Während der Recherchen war deutlich geworden, dass die getötete Ehefrau ihren Mann offensichtlich über viele Jahre hinweg gedemütigt und seelisch gequält hatte. So musste es zu der Situation gekommen sein, in der der Mann offenbar in höchste Bedrängnis geraten war. Seine heftigen Gemütsbewegungen hatten zu dem Amoklauf geführt, bei dem er seine Frau erschlug.

Das Gericht erklärte den Angeklagten für schuldunfähig und ordnete die Unterbringung in einer Anstalt der forensischen Psychiatrie an.

Nach diesem Verfahren fühlte Wantscho sich, als sei er eine sehr lange Strecke durch einen finsteren Tunnel gefahren und komme endlich wieder ans Licht. Dieser Fall war eine Zäsur für ihn. Deutlich spürte er, dass das alles mittlerweile über seine Kräfte ging. Er war jetzt dreiundfünfzig Jahre alt und das Leben bereitete ihm mehr und mehr Mühe. Er nahm sich vor, die Gutachtertätigkeit künftig einzuschränken. Das, was er täglich in der Klinik zu leisten hatte, forderte ihn zur Genüge.

Mladenoffs luden zur Einweihung der Privatklinik ein. Die »Invitation« war in goldenen Lettern auf blütenweißem Büttenpapier gedruckt.

»Sieht aus wie die Ankündigung für 'ne Taufe«, sagte Nelli.

»In gewisser Weise ist es das ja auch«, antwortete Rose und wehrte sich gegen die Wehmut und den Neid, den sie empfand. Rose wollte, wenn überhaupt, nur wehmütig sein, nicht neidisch! Sie wollte sich für die Freunde freuen. Weil die so viel erreicht hatten. Weil die immer Glück hatten, bei allem, was sie anpackten. Weil die beeindruckend vorlebten, wie man es zu etwas Großem bringen konnte. Andererseits vergegenwärtigte sich Rose aber auch, mit welchen Summen Barbara und Bojko da jonglierten und wie viele Jahre es dauern würde, bis die beiden den sechsstelligen Kredit würden abbezahlt haben.

Nikolows zogen sich schick an und fuhren zur Einweihungsparty. In der neuen Klinik tummelte sich die Oberschicht von Bad Trossheim und Umgebung. Eine Band spielte Jazz, Kellner servierten Champagner, Orangensaft und Häppchen, Ansprachen wurden gehalten, Fotos gemacht, Bojko gab der Presse Interviews. Barbara repräsentierte gleich einer First Lady, die Zwillinge spielten mit anderen Kindern im Klinikgarten Verstecken.

Später saßen Wantscho und Rose noch ein wenig mit Bojko und Barbara zusammen. Die Auftragslage sei gut, erzählte Bojko, viele Patienten kämen aus der Schweiz, und mittlerweile habe er sogar Anfragen aus dem arabischen Raum. Er lächelte versonnen, öffnete den obersten Knopf seines Hemdes und lockerte den Krawattenknoten.

Sie sprachen dann noch über dies und das und auch über die Urlaubsplanung für den bevorstehenden Sommer. Mladenoffs wollten auf die Bahamas fliegen, und Nikolows hatten überlegt, nach Bulgarien zu fahren.

»Nach Bulgarien?« Bojko und Barbaras blickten entsetzt. »Um Gottes willen!«

Wantscho lächelte unsicher. Sollte er sich jetzt etwa rechtfertigen? Dafür, dass er seine Familie besuchen wollte. Dafür, dass er Heimweh hatte.

Er ließ sich nichts anmerken und erzählte, dass sein Batko Nasco, inzwischen stellvertretender Minister für Sport in Sofia, die Lage geprüft habe. Wantscho sei im Land willkommen, da er der Bulgarischen Volksrepublik einiges an Devisen bringen würde. Westgeld war der Türöffner. Und viele Bulgaren, die mittlerweile im Westen lebten, fuhren regelmäßig nach Hause.

42

Es sollte der letzte gemeinsame Urlaub werden. Nelli hatte hin und her überlegt, ob sie mit den Eltern fahren sollte oder nicht. Sie war nun volljährig und hatte wirklich anderes im Kopf. Doch schließlich siegte ihre Neugierde auf diese Reise in die Vergangenheit. Sie nahm das Vorhaben zum Anlass und sagte Wantscho und Rose, sie wolle künftig »Papa« und »Mama« zu ihnen sagen. Das klinge, so Nelli, ihrem Alter angemessener als »Vati« und »Mutti«.

Fast war es wie früher. Sie packten das Auto, fuhren nachts los. Wantscho am Steuer, Rose auf dem Beifahrersitz, Nelli auf der Rückbank. Nur starteten sie von Westdeutschland aus! In einem Mercedes-Benz! Sie waren jetzt Wessis! Mussten niemanden mehr um Erlaubnis fragen, ob und wann sie auf welcher Route reisen durften.

Sie durchquerten Baden-Württemberg und Bayern, gelangten nach Österreich und ließen die Tschechoslowakei und Ungarn frohen Herzens links liegen. Sie hatten entschieden, auf gar keinen Fall über Spielfeld und Šentilj nach Jugoslawien einzureisen. Da war die alte Angst doch immer noch zu präsent. Und Rose hatte sich lebhaft vorgestellt, was geschehen würde, wäre der Grenzer, der sie damals durchgewinkt hatte, noch auf seinem Posten. Was, wenn er ausgerechnet dann Dienst hätte, wenn sie die Grenze passierten? Was, wenn er sie wiedererkannte? Zwar hatten sie alle drei längst bundesdeutsche Pässe, und auch die Visa waren vom bulgarischen Konsulat in Stuttgart anstandslos erteilt worden, doch sollte man – so Rose – das Schicksal besser nicht herausfordern.

»Du meinst die Pferde, die vor der Apotheke kotzen?«, hatte Nelli gefragt und Rose hatte genickt. Mit Wantscho hatten sie sich über Nellis Schulatlas gebeugt und beschlossen, den Weg über den Wurzenpass nach Ljubljana zu nehmen. Zwar war die Strecke über die Alpen kurvenreich, die Steigungen der Karawanken mussten erklommen werden, und es gab auch keine durchgängige Autobahn, doch das nahmen sie gern in Kauf.

Je näher sie Jugoslawien kamen, umso mehr malte Rose sich aus, wie die Grenzer sie identifizieren, aus dem Auto zerren und einbuchten würden. Sie hatte Magenschmerzen der übelsten Art. Auch Wantscho war nervös, seine Finger trommelten auf dem Lenkrad herum. Nelli kaute an ihren Mundschleimhäuten.

Die jugoslawischen Grenzer wirkten desinteressiert. Sie kontrollierten die Ausweise, ließen sich das Innere des Kofferraumes zeigen, stempelten die Dokumente und würdigten die Insassen des Mercedes keines weiteren Blickes. Rose heulte vor Erleichterung und Wantscho parkte bei der nächstbesten Gelegenheit, um wie er sagte, erstmal »eine Pfeife« zu rauchen. Nelli äußerte nur: »Na siehste!«, und ging pinkeln.

Sie gelangten gut in das Land hinein und auf den Autoput hinauf. Die Fahrerei auf der schnurgeraden Strecke war mörderisch wie eh und je. Sie passierten Orte, die Erinnerungen in ihren Köpfen weckten. Erinnerungen, die wie wacklige Schwarz-Weiß-Filme alte, vergessen geglaubte Gefühle wieder heraufbeschworen.

Ist da vorne nicht der Abzweig, den wir ab und an genommen haben, um einen Badesee zu suchen? Wisst ihr noch: Todor, Margit und Dobri im Trabi? Und könnte das hier das Maisfeld sein, in dem wir vor der Flucht unser DDR-Schild abkratzten? Aber nein, das war doch viel weiter nördlich! Erinnert ihr euch noch an den schrecklichen Unfall? Das tote Kind!?

Ljubljana, Zagreb, Slavonski Brod und endlich Belgrad. Sie dachten wehmütig an Mariechen und Boris. Sie passierten Niš und kamen hinter Dimitrowgrad an die bulgarische Grenze. Die Bulgaren waren ruppig und streng, nichts hatte sich geändert. Sie ließen Wantscho alles Gepäck ausräumen, öffneten Koffer und Taschen und durchstöberten das Auto. Drei Stunden mussten Wantscho, Rose und Nelli ausharren. Wantscho rauchte nervös eine Zigarette nach der anderen. Rose blieb erstaunlich ruhig, denn ihrer Ansicht nach hatten sie das Schlimmste – die österreichisch-jugoslawische Grenze – überstanden. Nelli las in einem Roman. Und schließlich kam ein Grenzer, gab die Pässe zurück und forderte Wantscho auf, den vorgeschriebenen Geldumtausch zu erledigen. Danach konnten sie weiterfahren.

Von dem Augenblick an, als sie die Stadtgrenze von Plowdiw erreicht hatten, war ihnen, als hängten sie in einer Zeitschleife fest. Als hätten sie alles, was auf dieser Reise in diesem Jahr 1982 passierte, schon viele Mal erlebt. »Wie ein Déjà-vu nach dem anderen«, sagte Rose, und Wantscho und Nelli verstanden sofort, was sie meinte. Alles war so wie immer. Aber gleichzeitig war auch alles ganz anders.

Die Uliza Lenin an der Mariza. Der Plattenbau, in dem Sneza und Christo wohnten. Der Mercedes sofort von Menschen umringt. Eine schluchzende Baba Sneza, ein gerührter Djado Christo, beide kleiner und gebeugter als in der Erinnerung. Die altbekannten, vertrauten Gerüche, Schweiß, Knoblauch und etwas Undefinierbares Drittes. Linas Strahlen, ihre Herzlichkeit. Antoanetas Anhänglichkeit. Das Menschengewimmel – verwirrend viele Nachbarn, echte und angeheiratete Verwandte, kaum auseinanderzuhalten. Deren laute und hitzige Begrüßung, oftmals schreiend vor Freude vorgetragen. All die feuchten Küsse, die innigen Umarmungen. Die unglaubliche Hitze. Christos rigorose Befehle, sich von dem Mercedes fernzuhalten. Die Wohnung der Großeltern, der Duft nach gebratenen Paprika und Küfteta, der sich mit dem von Mottenpulver mischte. Der Mercedes unter dem Balkon, hinterm Haus. Die Plane, mit der Vater und Sohn das Auto abdeckten. Christos Eifer, das West-Auto zu bewachen, und die Angst, es könnte gestohlen werden. Sein Lager auf dem Balkon in der Nacht. Snezas köstliches Essen. Die Frauen, die stundenlang beim Kochen in der Küche zubrachten und sich unterhielten. Die Männer, die unten an der Mariza hockten, rauchten, tranken, redeten. Das Bildchen, das Antoaneta an einer Kette um den Hals trug: ihr verstorbener Tatko Andrej. Belotspielen nach dem Essen in der Küche. Die Freude von Baba und Djado, wenn Nelli ihnen abends einen Gutenachtkuss gab und »leka noscht« wünschte. Das Erdbeben eines Abends und das kräftige Gewitter danach. Snezas große Angst vor den Naturgewalten. Ihr verschämtes »Huch!«, als ihr vor Anspannung ein praz, ein Furz, entwich. Die vielen Besuche von Verwandten und Nachbarn. Ihre Fragen, die sie dem bulgarischen Arzt stellten. Ihr litaneiartiges Reden über Krankheiten und Medikamente.

Die Spazierfahrten mit dem Mercedes, Wantscho chauffierte. Erst die Männer, dann die Frauen, zuletzt die Kinder.

Brot kaufen mit Djado. Der Weg durch die schöne Stadt, die kaputte Stadt – marode Hauswände; schiefe, bedrohlich sich senkende Dächer; morsche, von Brennnesseln überwucherte Mauern; baufällige Balkone aus Holz; schmiedeeiserne Zäune und Gartentore, zerfressen von Rost; unbewohnbar gewordene Gebäude mit zerschlagenen Scheiben. Die liegengebliebenen Autos, wie der Škoda, aufgebockt am Straßenrand, ohne Vorderräder. Aber auch dies: Die historischen, reich verzierten Holzhäuser aus der Zeit der »Nationalen Wiedergeburt«. Das in Hufeisenform erbaute römische Stadion aus weißem Stein. Die vielen Transparente und Losungen. Nellis Aufmerksamkeit dafür. Djados Nicht-Wahrnehmung. Sein schmerzverzerrtes Gesicht beim Anstehen nach Brot. Die Gicht in seinen krummen Beinen. Das Lotterielos, das er für Nelli kaufte. Und auf dem Rückweg: das golden gerahmte Schiwkow-Portrait, das in der KP-Zentrale wie vergessen an der Scheibe lehnte, so als würde der bulgarische Staatschef höchstselbst aus dem Fenster gucken.

Der tränenreiche Abschied. Die Vorfreude aufs Schwarze Meer. Und auf Wantschos Batko Nasco und dessen Frau Dantsche, die in Warna warteten. Tscherno more! So unendlich weit, so wunderschön, so vertraut. Der weiße feinkörnige Sandstrand, das klare warme Wasser. Die Alpen? Lugano? Monaco? Die nie gesehenen Bahamas? – nichts dagegen. Die innige Vertrautheit mit Nasco und Dantsche. Das Sporthotel, vor Jahren höchster Luxus, heute in Wantschos, Roses und Nellis Augen schäbig. Das Schweigen darüber, um die Freunde nicht zu beschämen. Wantschos prahlerisches Benehmen eines Abends im Restaurant. Gebieterisch immer neuen Wein ordernd. Die Kellner beflissen und unterwürfig. Roses Pein. Nellis stumme Wut. Nasco und Dantsche verwundert. Die scheelen Blicke der anderen Gäste, die immer noch kein Essen hatten, als Wantscho endlich großspurig mit Westgeld bezahlte.

Und jeden Tag am Strand. Wie weit Wantscho hinausschwamm,

glücklich und in seinem Element! Die Besorgnis von Rose, Nasco und Dantsche. Der Gedanke Nellis, als der Vater wieder an Land humpelte: Sein Oberkörper so wohlgeformt, das rechte Bein so schön.

Drei Wochen hatten Nikolows am Meer verbracht. Die Rückfahrt starteten sie braun gebrannt und gut erholt. Unterwegs fotografierte Nelli alle Losungen und Plakate, die sie zu Gesicht bekam. Auf einem, an der Landstraße, mitten in der bulgarischen Pampa, war auf rotem Grund ein riesiger Mann mit freundlichen Gesichtszügen abgebildet, der sich auf einen Tisch stützte und auf einen schwarz-weißen Wicht in Nazi-Uniform, mit Fassonschnitt, hinabsah, der, nur von hinten sichtbar, die Hände in den Hüften, zu ihm aufblickte. »50 godini laipzigski prozes«, buchstabierte Nelli. »Was bedeutet das, Papa?«

»50 Jahre Leipziger Prozess«, übersetzte Wantscho. »Also ganz vereinfacht gesagt, waren die Leipziger Prozesse die Vorgänger der Nürnberger Prozesse. In Leipzig sollten damals die deutschen Kriegsverbrechen des Ersten Weltkrieges geahndet werden, in Nürnberg die des Zweiten.«

Wenige Kilometer weiter kamen sie nach Weliko Tarnowo. Kurz hinter dem Ortsschild, am Rande einer Plattenbausiedlung, war ein Transparent aufgestellt, das das Portrait von Karl Marx und die Jahreszahlen 1818 – 1883 – 1983 zeigte. Daneben das Lenin-Zitat: »Utschenieto na Marks e wsesilno, saschtoto e wjarno!« Im Vergleich zu den Häusern, die heruntergekommen aussahen, wirkte das Banner frisch und neu. Nelli zückte die Kamera.

»Die Lehre von Marx ist allmächtig, weil sie wahr ist!«, übersetzte Wantscho.

Rose gab einen abfälligen Laut von sich.

»Mama!«, lachte Nelli. Und an den Vater gerichtet: »Weißt du, was die Zahlen bedeuten?«

»1818 wurde Marx geboren, 1883 ist er gestorben, und 1983 ist Letzteres 100 Jahre her.« Wantschos Stimme klang heiter.

»So ein Schwachsinn.«

»Du sagst es.« Rose wandte sich zu ihrer Tochter um. »Weißt du eigentlich, dass dein Vater mal Modell für eine Marx-Büste gesessen hat?«

»Papa?«

Rose nickte. Wantscho amüsierte sich.

»Wie? Wann? Und das sagst du erst jetzt?«

Rose erzählte ihrer Tochter von dem Nachmittag im März 1961 in Ost-Berlin. Wie Rosché, der verschollene Bildhauer, der den Whisky und die Frauen liebte, Wantscho bat, seinen Schädel als Vorlage für eine Marx-Büste benutzen zu dürfen. »Sie steht immer noch im ›Haus des Lehrers‹ am Alexanderplatz in Ost-Berlin.«

»Also ehrlich!«, jammerte Nelli. »Die hätte ich mir doch mal angeguckt, solange wir noch drüben waren.«

Rose winkte ab. »So toll ist das auch nicht.«

»Ist es doch!«, widersprach Nelli. »Ich möchte ohnehin mal rüber, Bernhard und Elke besuchen. Und dann gehe ich ins ›Haus des Lehrers‹ und sehe mir Papas Büste an.«

Mit dem Interzonenzug fuhr Nelli von Stuttgart nach West-Berlin. Das war möglich geworden, weil die DDR im Juni 1982 eine Verordnung erlassen hatte, die festschrieb, dass all diejenigen, die vor dem 1. Januar 1981 geflüchtet waren, aus der DDR-Staatsbürgerschaft entlassen wurden. Sie galten in der DDR als Ausländer und durften wieder einreisen. Das brachte Ost-Berlin einen enormen Zuwachs an Devisen. Und Nelli brachte es eine weitere Reise in die Vergangenheit.

Drei Tage wollte Nelli bleiben. Sie würde bei Tante Egede in West-Berlin wohnen und tagsüber mit einem Tagesvisum den Osten der Stadt besuchen. Gleich nachdem sie ihre Reisetasche bei Egede abgestellt hatte, fuhr sie mit der S-Bahn zum Bahnhof Friedrichstraße. Nelli war wie in Trance. Sie nahm nur undeutlich wahr, dass der Zug abbremste, als er in den Ostteil einfuhr, dass er diesen im Schritttempo passierte. Haltestellen, die im Dunkeln lagen, glitten geisterhaft vorbei: Otto-Grotewohl-Straße, Stadtmitte, Französische Straße und endlich Friedrichstraße. Aussteigen. Nellis Beine liefen wie von selbst, einfach immer dem Vordermann hinterher. Treppen hinauf. Gekachelte Wände, steinerner Fußboden. Das Schild »Einreise in die DDR«. Uniformierte überall. Mit Maschinengewehren. Schäferhunde an kurzer Leine, mit und ohne Maulkorb. Vor der Passkontrolle anstellen. Rein in die Kabine. Nur keine Panik kriegen, weil hinter einem die Tür zuklappte. Vor den Grenzer treten, dessen Gesicht hinter der Scheibe halb verdeckt war. Den Pass reinschieben. Das Taxieren des Grenzers aushalten, wortlos hinnehmen, dass er in seinen Unterlagen blätterte und nach etwas zu suchen schien. Der Stempel knallte in den Pass. Jetzt fünfundzwanzig Westmark bezahlen. Pass und Quittung an sich nehmen. Ein Summton, der dazu aufforderte, die andere Tür der Kabine zu öffnen. Grußlose Verabschiedung. Wieder gekachelte Wände und steinerner Fußboden und an deren Ende eine große graue Stahltür. Nelli drückte die Tür auf, machte einen Schritt, und es traf sie wie ein Faustschlag, denn …

… es roch nach Kindheit! Nach Braunkohle, nach Zweitaktmotoren, nach Osten eben. Gerade fing es an zu regnen. Wassertropfen trafen auf den Straßenbelag. Und in den altbekannten, eigentümlichen Geruch mischte sich der fast vergessene Duft nach nassem Asphalt. Im Westen roch es nie so, wenn es regnete. Nelli wurde zurückgeschleudert nach Nordroda, fast wurde ihr schwindelig, sie war wieder das kleine Mädchen, das vor dem Lebensmittelladen Spangenberg auf die Mutter wartete. Ihre Mundschleimhäute reproduzierten den Geschmack der Lakritzstangen, die die Mutter ihr dort so oft gekauft hatte. Nelli schwankte. Und jetzt schmeckte sie Pfeffis, weiß waren die gewesen, scharf und süß. Die hatte sie gerne gemocht. Nelli taumelte auf eine Straßenlaterne zu und hielt sich daran fest. Sie lehnte ihre Stirn an den Lampenmast und fing an zu weinen.

Durchnässt und verheult stieg sie später in die Straßenbahn Richtung Springpfuhl. Die Menschen beachteten sie nicht. So nahm es Nelli jedenfalls wahr. Niemand sah ihr offen ins Gesicht. Doch die anderen Fahrgäste registrierten sehr wohl diese junge Frau, die ganz offensichtlich aus dem Westen kam, die ein Taschentuch in der Faust hielt und gerötete Augen hatte. Nelli empfand die Atmosphäre als bedrückend. Sie sah in verschlossene Gesichter von fahler Blässe. Überhaupt wirkte alles grau und gedämpft. Nelli schnäuzte sich. War das denn früher auch schon so?, dachte sie. Und waren sie, also die Eltern und Nelli, damals auch so gewesen?

Inmitten der riesigen Marzahner Plattenbau-Wüste stieg Nelli an der Haltestelle Allee der Kosmonauten aus. Sie fand die Hausnummer 207, Elke hing am Fenster und winkte. Bernhard kam ihr in Hausschuhen und Elastik-Trainingsanzug entgegen. Genau wie früher, schoss es Nelli durch den Kopf. Auf den ersten Blick sah Bernhard sehr gealtert aus. Nelli erschrak über sein graues Haar und die Falten im Gesicht. Doch vier, fünf Blicke später gab sich das. Das Auge hatte den neuen Eindruck verarbeitet und reagierte nun milde. Ähnlich erging es Nelli noch einmal, als sie Elke gegenübertrat. Sie sieht aus wie ihre ältere Schwester, die sie nicht hat, dachte Nelli. Elke war dick geworden. Ihr runder Körper steckte in einer weißen Kittelschürze. Doch ihre Augen waren unverändert. Ihr Blick sprühte Funken. Sie lachte und schloss Nelli in die Arme.

Im Wohnzimmer gab es Kaffee und Schnitten. Auch wie früher. Zwei der fünf Kinder, Konrad und Almut, inzwischen siebzehn- und vierzehnjährig, saßen mit am Tisch. Die älteren Geschwister waren bereits ausgezogen.

Nelli holte ihre Mitbringsel aus dem Rucksack: Kaffee, Schokolade, Kaugummi. Einen Liebesroman von Rose eigens für Elke. Und ein Fachbuch von Wantscho für Bernhard, *Lebensweg und Alter der Schizophrenen*, von Ciompi und Müller, erschienen 1976 im Springer Verlag Berlin. Die Freunde waren gerührt. Nelli musste erzählen. Von der Flucht, von Ratlingen, von der Schule und dem bevorstehenden Abitur, von den Reisen, von Vaters Arbeit in der Klinik, von Mutters Tätigkeit in der Apotheke. Und vor den Augen der Freunde entwarf Nelli ein Bild des Familienfriedens und der Harmonie.

Später fragte sie Elke und Bernhard nach der Marx-Büste. Bernhard lachte leise. Er begann, sich die Hände zu reiben, und erzeugte dabei ein quietschendes Geräusch.

»Bernhard geht regelmäßig ins ›Haus des Lehrers‹ und hält Zwiesprache mit deinem Vater«, sagte Elke.

Nelli sah ihn fragend an.

Bernhard nickte. »Ab und zu besuche ich ihn in der Mittagspause. Du weißt doch, dass ich am Alex arbeite. Das ›Haus der Gesundheit‹, wo ich arbeite, ist nur einen Katzensprung entfernt.

»›Haus des Lehrers‹, ›Haus der Gesundheit‹«, sagte Nelli zerstreut. »So viele besondere Häuser hier.«

»Ich werde nie vergessen, wie dein Vater uns mal nach Berlin chauffiert hat«, sagte Elke. »Das muss Anfang 1961 gewesen sein. Er hatte ein Auto, verstehst du? Das war damals ein großer Luxus. Er schleppte uns ins Kranzler am Ku'damm. Er war sehr weltgewandt. Er hat uns Landeiern mal die große weite Welt gezeigt.« Elke lachte. »Und anschließend besuchten wir den Bildhauer in seinem Atelier. Wie war doch gleich sein Name, Bernhard?«

»Robert, glaube ich.«

»Rüdiger, genannt ›Rosché‹«, verbesserte Nelli.

»Ja, genau, Rosché«, rief Elke. »Seine Frau Christín kochte dann noch Kartoffelsuppe für uns alle.«

»Was ist aus ihnen geworden?«, wollte Nelli wissen.

»Rosché hat Christín sitzen lassen und ist nach dem Westen. Christín ist eine gute Freundin geworden. Nachdem ich aus Kromberg weg bin, hat sie mir sehr geholfen.«

Jetzt machte Bernhard ein zerknirschtes Gesicht.

»Weißt du, Nelli«, sagte Elke, »dein Vater war ein sehr eleganter Mann. Nie ging er ohne Schlips aus dem Haus. Er war charmant, gesellig und unternehmungslustig. Er hatte viel mehr von der Welt gesehen als wir. Er sprach neben Bulgarisch auch Russisch und Französisch. Und Deutsch so gut wie ein Einheimischer.«

»Gesellig, unternehmungslustig, charmant?« Nelli machte große Augen und schüttelte den Kopf.

Elke nickte lebhaft. »Ich sehe uns noch an der Raststätte Michendorf im Restaurant sitzen. Deinen Vater aß das Hackepeterbrötchen mit Messer und Gabel! Mir ist fast das Besteck aus den Fingern gerutscht.«

Bernhard zeigte mit dem Finger auf Elke und rief lachend: »Genau! Genau!«

»Schade, dass ich diesen Menschen nie kennengelernt habe«, sagte es jetzt aus Nelli heraus. »Zu Hause zieht Papa an, was Mama ihm rauslegt, er schimpft auf die Ausländer, hasst den Klavierspieler von nebenan und alle, die ihn sonst stören, hockt nur im Sessel und säuft wie ein Loch.« Nelli stockte. »Wir haben eigentlich nicht viel miteinander zu tun.«

Die Freunde sahen sie betreten an. »Wenn es so ist, wie du sagst«, meinte Bernhard nach einer Weile, »dann geht es ihm nicht gut.«

»Die Ehe deiner Eltern war noch nie einfach«, fügte Elke hinzu.

Nelli zuckte nur mit den Schultern. »Trotzdem bin ich hier, um mir die Büste anzusehen.«

Am nächsten Morgen fuhr Nelli zum Alexanderplatz. In der Kuppel des Fernsehturmes spiegelte sich ein Lichtreflex. Er sah aus wie ein Kreuz. »Die Strafe Gottes« hatte es der Volksmund getauft. Von hier aus waren es nur noch wenige Hundert Meter bis zum »Haus des Lehrers«.

Niemand hinderte Nelli daran, das kastenförmige Hochhaus mit dem umlaufenden Fries zu betreten. Die Büste stand gleich im Foyer, links vom Eingang. Langsam ging Nelli auf sie zu. Die Büste wirkte monströs und düster zugleich. Nelli lief um sie herum. Stellte sich ganz nah vor sie hin. Las das Schild: »Rüdiger Kalmhäuser (1963)«. Nelli berührte den Mund, er glich dem ihres Vaters. Sie strich über die Augenbrauen, es waren die seinen. Sie befühlte das steinerne Haar. Es war dicht, wellig und aus der Stirn gekämmt. Aber die Stirn? Die war viel zu hoch. Ihres Vaters Stirn war flach. Wie die von Baba Sneza. Wie die ihre. Nelli musste daran denken, wie der Vater am 1. Mai einmal in Nordroda auf der Ehrentribüne gestanden hatte. Die Birken hatten schon geblüht, in jenem Mai. Nelli war mit ihren Klassenkameraden vorbeimarschiert. Stolz hatte sie Kerstin und Swen ihren Vater gezeigt, inmitten all der honorigen Genossen, mit den dicken Abzeichen an der Brust. Sie hatte ein rotes Halstuch getragen, hatte Fähnchen und Wimpel geschwenkt, sie hatte gerufen und gewinkt, war in die Höhe gehüpft und aus Reih und Glied geraten. Der Vater aber stand unbeweglich, ernst und würdevoll. Er zeigte keinerlei Regung und sah sie nicht. Wie ein Denkmal war er schon damals, ging es Nelli jetzt durch den Kopf. Starr wie ein steinernes Monument auf einem Podest, um das man herumgehen kann, ansonsten unerreichbar.

Nelli bestand ihr Abitur und zog von zu Hause aus. Sie ließ Ratlingen hinter sich, um in einer anderen Stadt zu studieren.

Für Rose war es, als hätte man ihr einen Körperteil amputiert, der sie, obwohl abhandengekommen, heftig schmerzte. Oft saß sie in Nellis Zimmer, sah aus dem Fenster, sah den Wald hinter dem Haus und sah doch nichts. Was sollte sie nun anfangen mit ihrem Leben? Was hatte das alles noch für einen Sinn? Sie telefonierte täglich mit ihrer Tochter. Doch die Leere blieb.

Wantscho vermisste Nelli ebenfalls. Auch für ihn fühlte sich das Leben unvollständig an. Er wusste aber, dass es eine Frage der Gewöhnung war. Und er wusste, es war richtig, dass das Kind das Elternhaus nun verlassen hatte, auch wenn es sich eine Stadt ausgesucht hatte, die viele Hundert Kilometer entfernt lag. Ab und zu raffte er sich auf, das Kind anzurufen. Die Gespräche waren nur kurz, auch ging es um nichts Tiefgreifendes, es waren eher Wortplänkeleien, doch immerhin war es noch ein Kontakt.

43

Der Ostblock bröckelte. In Berlin fiel die Mauer. Die Riege der senilen halsstarrigen Männer, die die DDR über vier Jahrzehnte mit eiserner Faust regiert hatte, wurde hinweggefegt. Das Land jubilierte. Wantscho und Rose waren im Freudentaumel. Nelli ebenso. Sie reisten nach drüben, Freunde aus Nordroda, Bernhausen und Ost-Berlin kamen sie erstmals besuchen. Es war ein Fest, das nicht enden wollte.

Roses Mutter hingegen erschien die ganze Entwicklung suspekt. Sie traute dem Frieden nicht. Wenn nur nicht der Russe noch eingriff, warnte sie immer wieder, auch dann noch, als die Wiedervereinigung längst vollzogen und ein schwergewichtiger Pfälzer zum ersten gesamtdeutschen Kanzler gewählt worden war.

Viktoria war nun achtzig Jahre alt. Immer noch hielt sie sich sehr aufrecht, war streitlustig und bei guter Gesundheit. Wo immer es sich ergab, machte sie sich um zehn Jahre jünger. In ihrem Personalausweis hatte sie ihr Geburtsjahr mit einem schwarzen Faserstift übermalt. Wo vorher 1910 gestanden hatte, war jetzt 1920 zu lesen.

Mit der Zeit wurde Viktoria wunderlich. Auf ihren Kaffeefahrten fing sie an, Dinge zu kaufen, die sie sich früher nie hätte aufschwatzen lassen, die sie früher als Kokolores bezeichnet hätte. So erstand sie auf einer Busreise ins Salzkammergut ein Frittiergerät für 689,–DM.

»Um Himmels willen, Mutti, wofür brauchst du das denn?« Rose rang um Fassung. Darauf wusste Viktoria auch keine Antwort, doch sie hatte eine offensichtliche Freude an der Fritteuse, die eine Menge Platz in ihrer winzigen Küche einnahm. Von einem Ausflug nach Genf kam sie mit einer Strahlenschutzmatte nach Hause. Preis: 799,– DM. Wieder versuchte Rose, ihre Mutter zur Vernunft zu bringen. Da wurde die böse und fuhr ihrer Tochter über den Mund.

»Sie hat das Geld, lass sie doch«, sagte Wantscho.

Rose hörte auf ihn.

Aus Oberammergau schleppte Viktoria eine Kaschmirbettdecke an (1.298,– DM), aus Florenz ein Lana-Deluxe-Kopfkissen (155,– DM), aus Meersburg eine Heizdecke (375,– DM), von der Mainau eine medizinisch geprüfte Nackenrolle samt dazugehöriger Hausstiefel (998,– DM komplett). Diese Hausstiefel trug Viktoria, als sie sich eines Winterabends zu Bett begab. Sie behielt die Stiefel an, die sich so angenehm um ihre Füße schmiegten. Jeden Pfennig waren sie wert! Draußen war es war bitterkalt, im Schlafzimmer auch. Denn in diesem Raum schaltete Viktoria nie die Heizung an. Kalt schlafen war gesund! Und nur in einem gesunden Körper wohnte bekanntlich ein gesunder Geist!

Sie deckte sich mit ihrer Kaschmirbettdecke zu, bettete ihren Kopf auf das Lana-Deluxe-Kopfkissen, ruckelte die Nackenrolle zurecht und faltete die Hände. Sie betete zu ihrem Herrgott, der ihr so oft im Leben beigestanden hatte: *Dein Reich komme, dein Wille geschehe.* Sie schlief ein, mit sich, dem lieben Gott und der Welt im Reinen. Als der Tod ins Zimmer trat und sich zu ihr hinabbeugte, entfuhr Viktoria ein wohliger letzter Seufzer. Und wäre es ein Mensch gewesen, der sich über sie gebeugt hätte, einer, der um die Dinge von Tod und Leben weiß, so hätte er einen Luftzug spüren können oder gar eine zarte Berührung im Gesicht, die sich angefühlt hätte, als würde ihn eine Spinnwebe streifen. Und vielleicht hätte er wahrgenommen, wie die Fenstergardine sich bewegte – Viktoria trat ihre letzte Reise an.

Rose fand ihre Mutter am nächsten Tag um die Mittagszeit, steif und kalt im Bett liegend. Trotzdem war es ein friedvolles Bild. Die Hände gefaltet, die Augen geschlossen, auf dem Kopf das Haarnetz. Wantscho kam und stellte den Tod fest. »Sie hat ein erfülltes Leben gehabt«, sagte er und legte Rose, die auf dem Bett saß und weinte, beide Hände auf die Schultern. Dabei kamen auch ihm die Tränen.

Nelli fuhr noch am selben Tag nach Ratlingen. Egede kam aus West-Berlin. Und es reiste an, was von der Ritterling-Sippe übrig geblieben war: Viktorias Sohn Harald samt Ehefrau Evi; Viktorias Schwestern, die verwitwete Lotti, die alte Jungfer Irmchen; die Frau ihres verstorbenen Bruders Josef. Im Schlepptau Kind und Kindeskinder.

Nach dem Begräbnis lösten Rose, Egede und Nelli Viktorias kleinen Haushalt auf. Im Schreibtisch stieß Nelli auf ein bunt verziertes Holzkästchen, wie es sie in Bulgarien zu kaufen gab. Es war voller Briefe, die Oma Viktoria von den Eltern erhalten hatte, nachdem diese 1963 nach Bulgarien gezogen waren. Nelli war erstaunt und zeigte ihrer Mutter den Fund. Doch Rose schüttelte nur stumm den Kopf und wies auf einen blauen Müllsack. Nelli zögerte. Sie konnte doch so etwas Persönliches nicht einfach in den Müll werfen. Sie suchte Egedes Blick. Die nickte ihr zu. Nelli steckte das Kästchen in ihren Rucksack.

Wantscho trug sich schon länger mit dem Gedanken, in den Vorruhestand zu gehen. Er war nun einundsechzig Jahre alt und hatte keine Lust mehr zu arbeiten. Er war müde. Wer wusste schon, wie viel Zeit ihm noch blieb? Er sehnte sich nach Ruhe. Das Laufen fiel ihm schwer, die Beine schmerzten immer mehr. Er hatte Angst vor einem Herzinfarkt, Angst vor einem Schlaganfall, Angst vor einer neuen Depression. Überall lauerten die Feinde seiner Gesundheit, jederzeit konnten sie zuschlagen. Er fühlte sich ausgeliefert.

Bei Rose stieß sein Vorhaben auf wenig Gegenliebe. Wie stellte er sich das vor? Wollte er dann nur noch zu Hause hocken? Ihr graute davor. Sie bat Bernhard, Wantscho umzustimmen. Bernhard, der sich nach der Wende selbstständig gemacht und in der ehemaligen Lichtenberger Poliklinik eine psychiatrische Praxis eröffnet hatte, die – dank Elkes Büromanagement – hervorragend lief, rief seinen Freund an. »Was willst du denn den lieben langen Tag tun?«, gab er zu bedenken. »Dir wird die Decke auf den Kopf fallen. Sieh mich an, ich habe noch mal ganz von vorne angefangen.«

»Du hast zwei gesunde Beine.«

Da schwieg der Freund.

»Ich bin kaputt, mein Lieber«, sprach Wantscho weiter. »Ich will nicht mehr. Jetzt müssen die Jüngeren ran«.

In der folgenden Zeit wurde Wantscho, was seine Arbeit in der Klinik anbelangte, eine Spur nachlässiger. Zum ersten Mal in seinem Leben gingen ihm in Situationen, die er als kräftezehrend empfand, in denen es hektisch wurde, die Worte »Was soll's« durch den Kopf.

Eines Abends hatte er Hintergrunddienst, er sollte für einen jungen, noch unerfahrenen Kollegen telefonisch erreichbar sein. Doch im Laufe dieses Abends betrank sich Wantscho. Als er zwischendurch mal aufs Klo humpelte, kippte er in dem winzigen Raum um und kam nicht mehr hoch. Rose versuchte, die Tür zu öffnen, doch es gelang ihr nicht, weil Wantscho genau dahinter lag. In diesem Moment klingelte das Telefon. Es ging auf Mitternacht zu und der junge Kollege war am Apparat. Eine Wasserleiche sei gefunden worden, rief er aufgeregt. Er müsse sofort den Herrn Doktor sprechen. Rose brach der Schweiß aus. Der befinde sich gerade auf Toilette, erwiderte sie, und das entsprach ja auch der Wahrheit, sie werde es ausrichten. Der Kollege sagte, es bliebe keine Zeit, er würde sofort ins Leichenschauhaus fahren, der Herr Doktor solle auch dort hinkommen, um den Toten zu identifizieren, bei dem es sich höchstwahrscheinlich um einen seiner Patienten handele. Rose schmiss den Hörer zurück auf die Gabel, rannte zur Klotür und versuchte erneut, sie aufzustemmen. Irgendwie gelang es. Sie half Wantscho hoch, hievte ihn auf die geschlossene Klobrille, schimpfte mit ihm wie mit einem ungehorsamen Kind und erzählte von der Leiche.

»Den suche ich schon seit einer Woche«, sagte Wantscho mit schwerer Zunge.

Rose fuhr ihn zum Leichenschauhaus. Im Auto nickte Wantscho ein. Dort angelangt, stieg Rose aus, lief um das Auto herum und öffnete die Beifahrertür. Sie griff nach Wantschos Oberarm, wollte ihm helfen.

»Lass mich!«, ranzte er sie an. Er griff nach seinem Stock, stemmte sich ächzend hoch und stieg aus. So schnell es ihm sein krankes Bein erlaubte, humpelte er auf das Leichenschauhaus zu. Rose ließ er stehen, ohne sie eines Blickes zu würdigen. Obgleich er hinkte, hielt er sich sehr aufrecht, er lief sicher und wirkte überhaupt nicht betrunken. Auch die Stufen, die zum Eingang führten, bewältigte er, ohne zu schwanken. Dennoch schämte sich Rose fürchterlich für ihn. Sie hatte Angst, die Kollegen, die Polizei, die Mitarbeiter des Leichenschauhauses würden bemerken, dass der Herr Doktor nicht nüchtern war.

Wenige Minuten später kam Wantscho wieder heraus, tänzelte behände die Stufen hinab und stieg in den Mercedes. »Zur Klinik!«, befahl er, und Rose fuhr los.

Dort wieder das gleiche Schauspiel: Wantscho stieg aus, lief wie eine Eins ins Klinikgebäude. Rose sah, wie in seinem Büro Licht angeknipst und einige Minuten später wieder gelöscht wurde. Kurz darauf kam Wantscho zügigen Schrittes auf den Wagen zu. Er stieg ein, legte seinen Stock ab, lehnte seinen Kopf an die Nackenstütze und schlief augenblicklich ein.

Rose fuhr nach Hause und hielt vor der Garage. Sie berührte den Oberarm ihres Mannes. »Wantscho!« Sie rüttelte ihn leicht. Er schlief. Rose griff fester zu, schüttelte ihn an der Schulter. »Wantscho! Aufwachen!« Aber Wantscho wachte nicht auf. Was sollte sie tun? Ihn im Auto sitzen lassen, das Auto in die Garage fahren!? Sollte er doch seinen Rausch hier ausschlafen! Noch einmal versuchte sie es. Sie schrie, sie rüttelte, sie schüttelte, sie schlug ihn sogar. Wantscho wachte nicht auf.

Rose stieg aus, lief um das Auto herum, riss die Fahrertür auf. Sie zog ihren Mann aus dem Auto, lud ihn sich auf den Rücken und schleppte ihn vom Auto in den Hausflur und dort die Treppen hinauf. Vierundzwanzig Stufen waren es. Sie schloss die Haustür auf, schleppte ihn ins Schlafzimmer, wuchtete ihn aufs Bett. Ließ ihn so liegen. Nicht einmal die Schuhe zog sie ihm aus. In diesem Moment hasste sie ihn von ganzem Herzen.

Wantscho war des fremden Leids müde. Und er war des Kämpfens müde. Den letzten Kampf focht und verlor er gemeinsam mit Klinikdirektor Kniebisch gegen den Bau einer Autobahnbrücke, die in unmittelbarer Nähe der Nervenklinik gebaut werden sollte. Sie protestierten gegen das Bauvorhaben, es gab sogar ein Gespräch mit dem Ratlinger Oberbürgermeister. Doch sämtliche Bedenken, die Kniebisch und der bulgarische Arzt vorbrachten, wurden von der Gegenseite nicht geteilt. Die Brücke sei verkehrstechnisch und wirtschaftlich unverzichtbar, hieß es. Also wurde gebaut. Die Brücke, ein zwanzig Meter hohes Ungetüm aus Stahl und Beton, befand sich in Sichtweite des Klinikgeländes und war innerhalb weniger Minuten zu Fuß erreichbar. Das Ende vom Lied: Zwei Patienten der Geschlossenen Station stürzten sich bereits während des Brückenbaus in den Tod. Wantscho fühlte sich am Ende seiner geistigen und körperlichen Kräfte.

Hinzu kam das Drama um seine Patientin Anita, das ihm ungewöhnlich stark zu Herzen ging. Der Veitstanz hatte sein Endstadium erreicht und Anita war nicht mehr Herrin ihrer selbst. Unentwegt zwang sie die Krankheit, Grimassen zu schneiden. Unvermittelt riss sie den Mund auf, streckte die Zunge weit raus, um sie gleich wieder zurückzuziehen. Ihre Arme und Beine schlackerten unkontrolliert, wie willenlos umher. Immer öfter musste sie ans Bett fixiert werden, um sich und andere nicht zu verletzen. Die Spannung ihrer Muskeln war so erhöht, dass, während Anita herumhampelte, ihre Arme und Beine oftmals einfach »stehenblieben«. Das konnte Minuten, manchmal sogar Stunden dauern und war sehr schmerzhaft. Außerdem litt Anita immer öfter unter Wahnvorstellungen und konnte sich anderen nicht mehr verständlich machen. Wenn sie angesprochen wurde, reagierte sie nicht. Das Schlucken fiel ihr stetig schwerer, sie musste künstlich ernährt werden.

Wantscho konnte nur hilflos mit ansehen, wie Anita langsam krepierte. Er hatte in all den Jahren schon viel Leid gesehen, viele Patienten waren ihm gestorben, doch noch nie hatte ihn ein Schicksal so tief berührt, wie das dieser jungen Frau. Wantscho tat, was er konnte, um ihr das bisschen Leben, das noch in ihr war, zu erleichtern. Sein Schicksal schien ihm auf unerklärliche Weise mit dem Anitas verknüpft zu sein. Und zum ersten Mal in seiner gesamten Laufbahn regte sich in dem bulgarischen Arzt der Wunsch, einer Patientin eine tödliche Dosis Morphin zu setzen, um sie zu erlösen.

Darüber erschrak er zutiefst. Wie konnte er nur! Hatte er etwa nicht den hippokratischen Eid geschworen!? Und war es nicht immer sein unverrückbares Credo gewesen, das Leben seiner Patienten unter allen Umständen, koste es, was es wolle, zu bewahren? Wantscho verurteilte sich aufs Schärfste. Doch war da zugleich eine neue Stimme in ihm, die sich Gehör verschaffen und ihn wissen lassen wollte, dass *etwas* in seinem Innern irreversibel die Richtung geändert hatte. Und da wurde ihm bewusst, dass es ihm nun von diesem Augenblick an nicht mehr möglich sein würde, seinen Beruf so unvoreingenommen und leidenschaftlich wie bisher auszuüben.

Anita erstickte am hellerlichten Tag. Wantscho stand ihr bei, bis es zu Ende war. Er weinte um sie. Rose tröstete ihn, so gut sie es vermochte.

Später sagte Wantscho ihr, mit dieser Patientin sei auch etwas in ihm gestorben. »Es ist nun Zeit, dass ich mich von der Klinik verabschiede.«

44

Seit Wantscho in den Vorruhestand getreten war, glich ein Tag dem anderen. Er verbrachte seine Tage überwiegend im Sessel. Er las die Fachzeitschriften, die ihm auch weiterhin zugestellt wurden, die *Bild*-Zeitung, den *Spiegel* und später dann auch den *Focus*. Außerdem verschlang er dicke Kriminal- und Spionagethriller von le Carré, Follet, Archer. Er sah ausgiebig fern, doch selten vor fünf Uhr am Nachmittag. Ihn interessierten Nachrichtensendungen und politische und historische Magazine. Spannende Filme, die er Rose zuliebe nicht abends guckte, zeichnete er auf Videokassetten auf. Manchmal legte er sich an den nicht enden wollenden Vormittagen einen solchen Reißer ein.

Bisweilen hob er die Gardine an und betrachtete das Stückchen Himmel, das sichtbar war, wenn er im Sitzen aus dem Fenster sah.

Gelegentlich stand er auf, humpelte in die Küche, naschte ein paar Teelöffel Kirschmarmelade, rauchte eine und ging pinkeln.

Er tat nur das Nötigste.

Er war einfach da.

Er wurde dick. Das Laufen fiel ihm immer schwerer. Jeder Schritt tat ihm weh.

Er beobachtete seine Körperfunktionen penibel mit den Augen eines Arztes. Mehrmals am Tag maß er seinen Blutdruck. Der war immer viel zu hoch. Ihm war klar, dass sein Herz permanent mit erhöhter Anstrengung pumpen musste und dies Gift für die Herz- und Gefäßwände war. Und es gab weitere Risikofaktoren: Er war übergewichtig, rauchte und trank, sein Cholesterinwert war erhöht. Er hatte panische Angst vor möglichen Folgeerkrankungen wie Herzinfarkt, Hirninfarkt, Hirnblutung oder Thrombosen. Lebhaft malte er sich wieder und wieder aus, wie es wäre, das Opfer einer solchen Krankheit zu werden. Nie vergaß er seine tägliche Dosis Betablocker zu schlucken. Sie entlasteten das Herz. Es musste nicht mehr so viel pumpen, benötigte weniger Sauerstoff, die Herzkranzgefäße wurden besser durchblutet. Das beruhigte ihn. Wenn er andererseits daran dachte, seit wie vielen Jahren er diese Tabletten schon nahm, und sich mögliche Langzeitfolgen vergegenwärtigte, ängstigte ihn das wiederum. Ach, es war ein Fluch, vom Fach zu sein! Glücklich die Unwissenden!

Auch seine Antidepressiva nahm er nach wie vor ein. Prophylaktisch sozusagen. Es ging ihm stimmungsmäßig zwar besser als noch zu Zeiten, in denen er in der Klinik gearbeitet hatte. Trotzdem fühlte er sich meist niedergeschlagen.

Die Medikamente, die er brauchte, verordnete er sich selbst über ein Privatrezept. Rose brachte ihm klaglos alles aus der Apotheke mit. Sie hatte schon lange aufgehört, auf ihn einzuwirken, er möge den Medikamentenkonsum reduzieren. Sie hatte begriffen, dass es zwecklos war.

Ab und zu raffte Wantscho sich auf und fuhr zum Kiosk. Er kaufte Kognak oder Whisky, manchmal beides. Manchmal ging er danach zum Frisör, zur Volksbank, um Geld abzuheben, oder er machte eine Spritztour. Mal steuerte er seinen Mercedes durch die Straßen von Ratlingen, mal fuhr er auf den Schoberberg, mal hinauf zum Felseneck. Sobald er das Ziel erreicht hatte, wendete er und fuhr wieder zurück. Nie stieg er aus. Es reichte ihm, im Auto zu sitzen. Am Steuer fühlte er sich sicher.

Nachmittags, bevor er den Fernseher einschaltete, genehmigte er sich einen ersten Schluck, direkt aus der Flasche. Er trank nur im Schlafzimmer. Die leeren Flaschen versteckte er nicht mehr, sondern warf sie in die Mülltonne.

Im Übrigen verbrachte Wantscho seine Zeit mit Warten. Er wartete auf Rose, die in der Apotheke arbeitete oder einkaufen war, sich mit Barbara oder einer anderen Bekannten traf. Er wartete darauf, dass die Zeit fürs Mittagessen herankam, damit er sich etwas warm machen konnte. Etwas, das Rose vorgekocht hatte, oder eine Dose Suppe. Er wartete darauf, dass Rose ihm die Zeitung brachte, dass Nelli anrief, dass Linas Brief eintraf, dass der Tag verging und ein neuer begann. Er horchte auf Geräusche von draußen. Ein vorbeifahrendes Auto hier. Ein Gesprächsfetzen dort. Der Rasenmäher des Nachbarn. Schon lange störten ihn Geräusche nicht mehr. Der Klavierspieler von nebenan war längst ausgezogen. Die Stille bedrückte ihn.

Ab und zu holte ihn Rose raus. Dann fuhren sie gemeinsam zu Mladenoffs nach Bad Trossheim. Oder weiter weg: nach Nordroda zum Uhrmacher und Gitti oder nach Berlin zu Bernhard und Elke. Einmal besuchten sie Nelli in der fernen Stadt.

Doch Rose fuhr lieber allein. Dann fühlte sie sich freier. Und mit der Zeit zog Wantscho es vor, zu Hause zu bleiben, wenn seine Frau auf große Fahrt ging. Alles wurde ihm zu viel. Er brauchte seine Ruhe, seine immer gleichen Abläufe in der gewohnten Umgebung.

Das Kuriose war: Sobald hinter Rose die Tür ins Schloss gefallen war, wartete Wantscho auf ihre Rückkehr.

Rose hatte sich an das Alleinsein im Zu-Zweit-Sein gewöhnt. Sie hätte gern anders gelebt, wusste aber nicht, wie. Hin und wieder gab es Männer, die ihr Avancen machte. Mal ein Patient in der Apotheke, mal ein Herr auf der Straße, mal ein Verkäufer in einem Geschäft. Doch Rose war nicht empfänglich für solcherlei Anbändeleien. Sie wollte nicht mit fremden Männern Kaffeetrinken gehen. Zwar dachte sie oft, dass etwas verkehrt liefe in ihrem Leben, dass es ihr ohne Wantscho besser gehen würde, doch sie tat nichts, um die Situation zu ändern. Sie versorgte ihren Mann auch weiterhin. Er war von ihr abhängig, ohne sie würde er vor die Hunde gehen. Sie konnte ihn nicht im Stich lassen.

Einmal kam Bojko zu Besuch, um nach seinem Freund zu sehen. Er war jetzt viel im arabischen Raum unterwegs. Während eines Urlaubs auf Barbados hatte er die Bekanntschaft eines saudischen Industriellen gemacht, der exzellente Kontakte zum Königshaus hatte. Seither flog er einmal im Vierteljahr nach Riad, um vor Ort Patienten zu behandeln. »Eine Goldgrube!«, sagte er und sah Wantscho mit glänzenden Augen an.

»Ist das denn nicht gefährlich?«, fragte Wantscho und betrachtete die mit Juwelen besetzte Uhr an Bojkos Handgelenk. »Dort herrscht doch noch das Mittelalter.«

Bojko schüttelte den Kopf. »So lange ich mich den Sitten gemäß verhalte, ist alles gut. Die Frauen legen bei der Behandlung natürlich den Tschador nicht ab.« Er lachte. »Ich hoffe, bis zum Königshaus durchzudringen. Einen guten Dentisten braucht schließlich jeder.« Wieder lachte er. »Und wie geht es dir so?« Prüfend sah Bojko den Freund an. Der zündete sich eine Zigarette an, zuckte mit den Schultern und sagte. »Ich bin zufrieden.«

Bojko nippte an seinem Glas Selter. »Ich habe Angst, dass du hinfällst, wenn du läufst«, sagte er. »Du wirkst unsicher.«

»Die Knochen werden morsch«, sagte Wantscho. »Schlimmer wird's immer.«

»Hast du mal darüber nachgedacht, dein Bein operieren zu lassen?«

»Du spinnst.«

»Also, ich würde das tun. Da kann man doch heute so viel machen. Sonst sitzt du irgendwann im Rollstuhl. Ich kenne da einen hervorragenden Orthopäden, er praktiziert in Genf und ist Spezialist für …«

Wantscho winkte ab und sah aus dem Fenster.

Irritiert brach Bojko ab.

Eine Weile schwiegen sie.

Bald darauf verabschiedete sich Bojko.

Wantscho war froh, wieder allein zu sein. Er studierte die Fernsehzeitung und umrandete mit blauem Kugelschreiber die Sendungen des heutigen Tages, die er sehen oder aufzeichnen wollte. Die Sendungen, die für ihn infrage kamen, markierte er mit einem roten Ausrufezeichen. An manch andere schrieb er mit Grün: Nein. Noch war es hell draußen, doch er fühlte sich schon erschöpft. Träge tröpfelte die Zeit dahin. Wantscho war sich bewusst, dass er sie ungenutzt verstreichen ließ. Aber, was sollte er tun? Was konnte er schon tun?

Lange saß er so da.

Ohne einen Gedanken.

Bewegungslos, innen wie außen.

Ein Monument.

Erstarrt.

Wie aus Stein.

Die Jahre vergingen. Nelli war inzwischen verheiratet und lebte mit ihrer Familie in Berlin. Und eines Tages war Rose es leid. Es gab nichts mehr, was sie in Ratlingen hielt. Gut, ihre Mutter lag hier auf dem Friedhof. Aber sollte sie wegen eines Grabes endgültig im Schwabenland verkümmern? Sie hatte aufgehört, in der Apotheke zu arbeiten. Sie sehnte sich nach ihrer Tochter und den Enkelkindern. Sie wollte weg aus Ratlingen.

»Nein«, sagte Wantscho.

»Doch«, sagte Rose. »All die Jahre bin ich nach deiner Pfeife getanzt, jetzt richtest du dich mal nach mir.«

»Aber, ich fühle mich hier wohl«, maulte Wantscho.

»Für dich ändert sich nicht viel«, erwiderte Rose streng. »Wo du im Sessel sitzt, ist doch egal.«

45

Nachdem Papa wieder einmal gestürzt war und sich das Bein gebrochen hatte, das gesunde rechte, dachte er zunächst, es handle sich nur um eine Prellung. Mama versorgte ihn, half ihm, sich an- und auszuziehen, schleppte ihn durch die Wohnung. Bis es nicht mehr ging. Erst dann willigte Papa ein, sich im Krankenhaus untersuchen zu lassen. Fraktur des Oberschenkelknochens lautete die Diagnose. Das rechte Bein wurde in Gips gelegt. Das linke war sowieso zu nichts mehr zu gebrauchen.

So fing das Ende an.

Als ich Papa zum ersten Mal im Krankenhaus besuche, ist mir klar, dass diese Art Leben künftig für ihn vorgesehen sein wird: betreut zu werden, bedürftig und krank zu sein. Ich laufe durch die Klinikflure und suche nach seinem Krankenzimmer. Ich weiß, dass er nicht einfach wieder nach Hause kommen wird. Es gibt kein Zurück mehr ins normale Leben.

Ich bin erleichtert und schäme mich nicht dafür. Ich denke an Mama, die Papa über so viele Jahre im wahrsten Sinne des Wortes auf ihrem Rücken durchs Leben geschleppt hat. Bis er schließlich auch an Krücken nicht mehr alleine laufen konnte. Nicht aus Liebe tat sie das, sondern aus Pflicht- und Verantwortungsgefühl. Niemals den anderen im Stich lassen! Sich immer um den Schwächeren kümmern! Das ist Mamas Devise. Sie kann nicht anders. Doch damit ist es nun vorbei.

Ich finde die Tür, an der ein Schild mit Papas Namen angebracht ist: Dr. Nikolow. Ich klopfe und trete ein. Das Zimmer ist leer, das Bett fehlt, ein Hausschuh liegt am Boden. Der rechte. Der, der an den Fuß des gesunden Papa-Beines passt, dessen Knochen gebrochen ist.

Wo ist mein Vater? Wird gerade der Gips gewechselt? Oder ist ihm etwas geschehen?

Auf dem Stuhl steht eine leere Bettpfanne und auf dem fahrbaren Tischchen eine Schnabeltasse, halb gefüllt mit Saft. So eine habe ich erst vor Kurzem ausgemustert, weil nun auch unser jüngerer Sohn gelernt hat, aus einem Glas zu trinken. Papas Körpergeruch hängt im Zimmer, und ich frage mich, wo der andere, der linke Hausschuh sein mag.

Auf dem Nachttisch steht ein Telefonapparat. Der Fernseher ist mit Metallstreben an der Decke befestigt. Er neigt sich mir bedrohlich zu. Hell ist es in diesem Krankenzimmer, hier im vierten Stock. Und ruhig. Friedlich. Nur die Vögel tschilpen. Die Wände sind in einem dezenten Rosa gestrichen, die Möbel in Weiß gehalten. Dicke Bücher liegen auf dem Bett, die Thriller, die Papa so gern liest. Action und Spannung für ein eintöniges Leben. Daneben die Fernsehzeitung und der *Spiegel*.

Die Tür des Krankenzimmers wird geöffnet, eine fröhliche Schwester schiebt das Bett herein, in dem mein Vater liegt. Dein Gesicht ist grau, Papa, dein Haar wirr. Müde siehst du aus und grimmig ist dein Blick.

»Hallo, Papa«, begrüße ich dich.

»Wenn ich erst wieder zu Hause bin«, sagst du und siehst mich böse an. In deiner Stimme schwingt ein drohender Unterton mit. Ich nicke dir zu und denke: Du kommst nicht mehr nach Hause.

Abwehr und Mitleid ringen in mir um die Oberhand.

Zwei Wochen später kommt Papa zur Reha in ein Pflegeheim im Süden Berlins. Er bewohnt das kleinste Zimmer und weigerte sich strikt, den zweimal vier Meter großen Raum gegen einen größeren zu tauschen. Als wäre dann alles verloren. Als würde er niemals wieder hier herauskommen.

In dem Zimmerchen stehen ein Kleiderschrank, ein Bett, ein Serviertisch, ein bauchhohes Schränkchen, ein kleiner runder Tisch, ein massiver Stuhl mit Armlehnen. Der Stuhl klemmt zwischen Bett und Tisch. Wer darauf sitzen will, muss ihn hervorholen oder sich weit weg von Papa hinsetzen. Ein Fernsehapparat hängt auch hier an der Decke.

Mit dem Rollstuhl, in dem Papa nun Tag für Tag sitzt, kann er gerade mal die vier Meter bis zum Fenster vor- und zurückfahren. Kurven sind wegen der Enge unmöglich. Es gibt noch ein kleines Bad mit Waschbecken und WC. Die Tür zu diesem Raum bleibt ständig offen. So wirkt das Zimmer größer.

Einige Zeit später wird im ersten Stock ein großes helles Zimmer frei.

»Bitte, Papa«, sage ich, »überleg es dir.« Widerwillig schüttelt er den Kopf. Ich schiebe ihn trotzdem zum Fahrstuhl, wir fahren nach oben. Als sich die Fahrstuhltür öffnet, schlägt uns ein Geruch nach Urin, abgestandener Luft und nach Essen entgegen. Ein junger Pfleger geht vorbei und grüßt. Auf dem Flur hocken alte Frauen an einem Tisch, manche in Rollstühlen, manche in Sesseln. Die erste brabbelt vor sich hin, die zweite wiegt den Oberkörper vor und zurück, die dritte ruft immerzu »Hallo?«, die vierte stiert apathisch vor sich hin, die fünfte sammelt Fusseln von ihrem Pulli. Und die sechste sitzt hier nicht mehr. Sie ist vorgestern gestorben. Ihr Zimmer ist frei geworden. Das will ich Papa zeigen. Ich bin froh, als ich die Tür hinter uns schließe.

Als Erstes öffne ich das Fenster. »Du könntest hier mit dem Rolli Kreise fahren«, sage ich, »es ist viel geräumiger als unten. Wir könnten einen Tisch und Stühle reinstellen. Und sogar eine Couch. Es wäre bequemer für dich.«

Papa schnaubt verächtlich durch die Nase.

»Bequemer für uns alle«, setze ich hinzu.

Papa deutet zum Fenster. »Hier sehe ich doch nur auf Kirchenmauern. Da ist nicht mal ein Baum.«

»Auch das Badezimmer ist größer«, sage ich.

»Nur Glockengeläut und Totengräber«, knurrt Papa.

Ich sehe ihn an.

»Und vor der Tür die Psychiatrie. Die hatte ich vierzig Jahre lang. Das reicht.«

»Du gehst doch sowieso kaum raus«, erwidere ich schwach.

Papa sagt nichts mehr. Grimmig schweigt er und blickt finster vor sich hin.

Ich ärgere mich über seinen Starrsinn. Über seine Unvernunft. Über seine Anmaßung, sich an dieses enge Kabuff im Erdgeschoss zu klammern.

Auf dem Flur kreischt eine Alte: »Schwester, hol mir Wasser!«

Ich bringe Papa zurück in das kleine Zimmer.

»Er fühlt sich sicher dort«, sagt Mama später zu mir. »Lass ihn.«

»Vielleicht wird ja im Erdgeschoss was frei«, sage ich.

»Falls jemand stirbt«, sagt Mama.

Papa versucht, wieder auf die Beine zu kommen. Zweimal in der Woche besucht ihn eine Physiotherapeutin, die ihn massiert und Übungen mit ihm macht. Bald schon kann er sich allein aufsetzen. Allerdings vermag er sich nur langsam, wie in Zeitlupe, zu bewegen. Alles dauert unendlich lange. Er hat Schmerzen dabei.

Und dann, als er einmal probiert, allein aufzustehen, fällt er hin. Die Beine tragen ihn nicht mehr. Von diesem Tag an will Papa nicht mehr laufen. Richtig muss es heißen: Er will nicht mehr *versuchen* zu laufen. Vermutlich ist dies der Zeitpunkt, an dem er sich aufgibt.

Papa bekommt Pflegestufe 2.

Stundenlang sitzt er im Rollstuhl, leicht nach vorn gebeugt, die Hände übereinandergelegt und starrt aus dem Fenster. Was sieht er dort? Einen Metallzaun, eine grünbelaubte Hecke, den Stamm einer Kiefer, die herabhängenden Zweige eines wilden Kirschbaums. Und was hört er? Die Geräusche der Straße. Motoren, ab und zu Hupen, das Geheul der Martinshörner – in der Nähe befindet sich eine Feuerwehrwache –, Sprachfetzen von vorübergehenden Passanten, Hundegebell.

Im Herbst fallen die Blätter von der Hecke. Nun kann Papa die

Autos, Menschen, Hunde und Fahrräder sehen. Hinzu kommen die Geräusche, die vom Flur zu ihm dringen. Das Geschirrgeklapper bei der Essenausgabe, die Stimmen der Schwestern, die Rufe von Patienten, Lachen, Heulen, Schritte. Und plötzlich verstehe ich Papa. Hier unten ist er dem Leben näher. Er ist näher dran an der »Draußen-Welt«. Obwohl von allem abgeschnitten und an der Endstation seines Lebens, fühlt er sich hier lebendig.

Mama besucht ihn jeden Tag. Ich nur zweimal in der Woche. Mama macht sich kaputt. Das schlechte Gewissen peinigt sie. Es hilft nichts, ihr immer wieder zu sagen, sie brauche keins zu haben. Sie hat es trotzdem. Papa will wieder nach Hause kommen. Doch wie soll das gehen? Wer soll dich durchs Leben schleppen, Papa? Mama hat es viele Jahre lang getan. Sie versorgte und umsorgte dich. Sie stützte dich, als deine Beine immer schwächer wurden. Sie half dir beim Baden, bei den Toilettengängen, beim Anziehen. Dein Gewicht wog schwer auf ihren Schultern. Mehr und mehr drückte deine Last sie nieder. Und als du auch an Krücken nicht mehr laufen konntest, kamst du allein nicht mehr zurecht. Jedes Aufstehen eine Tortur. Jeder Schritt eine Qual. Raus gingst du schon lange nicht mehr. Mama versuchte alles, um dich beweglich zu halten. Sie opferte sich auf, ohne zu klagen. Bis es nicht mehr ging. Als du dir das Bein brachst, gab es keinen Ausweg mehr. Es klingt zynisch, doch für Mama war es die Rettung.

Die Krankenkasse lehnt eine Kostenübernahme für den neuen Rollstuhl ab. Mama ist mit den Nerven am Ende. Was das alles kostet! Die Medikamente, zu denen zugezahlt werden muss, die Windeln, die Arztbesuche im Heim, die Physiotherapie, die sowieso zu nichts nütze ist, weil Papa nicht mehr aufstehen will. Ganz zu schweigen von der stattlichen Summe, die der Heimaufenthalt monatlich verschlingt. Die Pflegeversicherung deckt ja nur die Hälfte davon ab. Es geht in die Tausende. Das Ersparte schmilzt dahin, und es ist absehbar, dass Mama die Wohnung, in der sie sich so wohlfühlt, nicht mehr wird halten können.

So gesehen, hat Papa natürlich recht, wenn er sagt: »Wenn ich wieder zu Hause wäre, würde auch das Geld reichen.« Doch wer soll ihn dort medizinisch betreuen? Die Katze beißt sich in den Schwanz. Wir müssen aushalten, dass es keine zufriedenstellende Lösung gibt. Wir müssen ertragen, dass Papa uns mit finsterer Miene vorwirft, wir hätten ihn abgeschoben.

Wenn ich Papa besuche und es warm draußen ist, nehme ich öfter meine Söhne mit. Dann gehen wir alle zusammen zur Eisdiele. Opa Wantscho, wie sie ihn nennen, wartet oft schon im Hof auf uns. Im Rollstuhl sitzend, einen Stoffbeutel um den Hals, in dem sich seine Brille, seine Bürste und sein Portemonnaie befinden. Er steht abseits von den anderen alten Menschen, die an Tischen hocken. Manche spielen Halma, andere lesen Illustrierte, wieder andere plaudern oder gucken vor sich hin. Sobald Papa uns sieht, huscht ein Lächeln über sein Gesicht. Die Enkelchen kommen und das Kind-Kind! Er tippt mit dem rechten Fuß auf den Boden, um sich vorwärtszubewegen. Zentimeterweise. »Denkt ihr denn auch an mich?«, begrüßt er uns.

»Aber klar, Opa«, antwortet mein jüngerer Sohn unbekümmert und gibt ihm einen Kuss auf die Wange. Zwar können die Kinder nicht viel mit Opa Wantscho anfangen, der meistens milde lächelt oder vor sich hin sieht, doch sie gehen unvoreingenommen mit ihm um. Sie stören sich nicht an dem Urinbeutel, der am Rollstuhl befestigt ist und in dem eine gelbe Brühe schwappt. Sie akzeptieren, dass Opa zur Begrüßung und zum Abschied ein Küsschen kriegen und auch eins geben will. Sie quasseln mit ihm, wie ihnen der Schnabel gewachsen ist. Die Kinder haben es gut, denke ich. Sie haben nicht diese Angst, die ich hatte.

Papas 75. Geburtstag feiern wir nachmittags in einer Kneipe. Der Herr Doktor Nikolow dürfe aber keinen Alkohol trinken, hatte die neue Schwester zuvor gemahnt. Sie heißt Walburga, ist groß, stämmig und hat Kräfte wie ein Kerl. Alle haben Angst vor ihr. Wir auch, denn sie kann furchterregend bärbeißig sein.

Natürlich bestellen wir trotzdem Bier. Eins wird Papa ja wohl trinken dürfen. Es ist sein 75. Geburtstag! Wir versuchen, heiter zu sein. Wir überspielen, dass wir in einer schäbigen Kneipe sitzen. Es gibt keine andere Lokalität in der Nähe. Keine, die eines solchen Jubiläums würdig gewesen wäre. Und eigens einen Krankentransport zu organisieren, um in eine solche zu gelangen, oder gar, um nach Hause zu fahren, hätte gleich wieder eine Stange Geld gekostet. Ohnehin hat die Heimleitung angeraten, die Patienten nicht zu sich nach Hause zu bringen. Der Abschied würde umso schwerer fallen.

Dann soll Papa wenigstens mal ein Glas Bier trinken dürfen. Er ist schnell betrunken. Er bekommt ja überhaupt keinen Alkohol mehr. Als wir ihn zurückbringen, bemerkt Walburga es natürlich sofort. Schmallippig bringt die Schwester Papas Abendbrot, einsilbig kümmert sie sich um ihn. Beklommen verabschieden wir uns. Es tut uns leid, Papa mit ihr allein zu lassen.

Doch Schwester Walburga hat auch gute Seiten. Sie behandelt Papa bevorzugt, und er genießt es. Sie lobt seine zarte Haut, sein dichtes Haar. Sie sagt, es sei wohltuend, nicht nur alte Damen zu betreuen, sondern auch einen »jungen« Herrn. Denn die Bewohner des Heimes sind überwiegend weiblich und über neunzig Jahre alt. »Wenn sie erst mal die neunzig geschafft haben, dann geht's lange!«, so Walburgas Worte. »Dagegen ist der Herr Doktor ein junger Hüpfer.«

Walburga unterhält sich viel mit Papa. Er erzählt ihr von Bulgarien und dass er mit Tieren aufgewachsen sei. Daraufhin schneidet sie Bilder von Hunden, Katzen und Eseln aus Illustrierten aus und hängt sie an die Wände des kleinen Krankenzimmers. Papa freut sich darüber wie ein Kind. »Guck mal, die ›Pissimiau‹!«, sagt er, als ich ihn besuche, und zeigt auf die Katzen. Die Hunde nennt er alle »Beppo«, Esel heißen »Marco«. Wird Walburga von ihrem Mann abgeholt und hat der den Cockerspaniel dabei, so lässt sie ihn zu Papa ins Zimmer. »Beppo!, Beppo!«, ruft er erfreut und streichelt den Hund, aber nur mit dem Handrücken. Anschließend möchte er sich sofort die Hände waschen.

Ich weiß nicht, warum Papa bei Schwester Walburga plötzlich in Ungnade fiel. Eines Tages fing er jedenfalls an, sich über den »Drachen« zu beklagen. Sie habe ihm Fernsehverbot erteilt, ihn mit Schweigen bestraft und Türen zugeworfen. Papa will allerdings nicht, dass wir es weitererzählen. Er hat Angst vor Walburga. Mama spricht trotzdem mit Schwester Ina, der Vorgesetzten. Wir erfahren, dass wir nicht die Einzigen sind, die sich über Walburga beschweren. Ina verspricht, sie zu ermahnen. Doch bald darauf erzählt Papa, dass Walburga ihm wehtun würde. Genaueres ist aus ihm nicht herauszukriegen. Mama ist außer sich. Sie geht sofort zur Heimleiterin und verlangt eine Stellungnahme der Schwester. Walburga behauptet, Dr. Nikolow habe sie geschlagen, sie habe sich nur verteidigt. Doch alle wissen: Papa ist so gut wie bewegungsunfähig. Mama verlangt, dass ihr Mann nicht mehr von dieser Frau gepflegt wird. Die Heimleitung sagt es zu. Es fehlt jedoch hinten und vorn an Personal, sodass es nicht immer ohne Walburga geht.

Alle Vierteljahre schneide ich Papa die Haare. Jedes Mal staune ich darüber, wie voll sie immer noch sind. Nur die tiefe Schwärze ist einem Silbergrau gewichen. Ich kämme ihm mit seiner runden gelben Plastik-Bürste das Haar aus der Stirn und kürze es Strähne um Strähne. Eigens dafür habe ich eine Haarschneideschere gekauft, wie sie Frisöre benutzen. Zum Schluss rasiere ich ihm mit dem Rasierer den Nacken aus. Papa hält geduldig still. Mit geschlossenen Augen. Er genießt es, berührt zu werden. Mich stimmt es traurig, denn mir wird bewusst, dass Papa sich nach Berührung sehnt und dass meine Hände die letzten sein werden, die ihn liebevoll anfassen.

Einige Zeit später sitze ich an seinem Bett und füttere ihn mit pürierten Rinderrouladen und Klößen. Das Schlucken fällt ihm schwer. Plötzlich hält er inne und starrt mich mit großen Augen an, als sei ich ein Gespenst.

»Papa, was ist denn?« Erschrocken springe ich auf.

Angstvoll stiert er mich an und reißt den Mund auf. Er beginnt zu schreien. Dabei krampft er. Das Schreien wird zu einem Röcheln. Ich renne aus dem Zimmer und rufe um Hilfe.

Später im Krankenhaus sagt der Arzt, dass Papa einen leichten Schlaganfall erlitten habe. Doch der Herr Kollege habe Glück gehabt, vermutlich würden keine Schäden zurückbleiben. Ich sehe Papa an, der etwas abseits im Rollstuhl sitzt. Er wirkt auf eine entrückte Weise heiter. Ich blinzele ihm zu. Er blinzelt zurück und lächelt spitzbübisch, wie jemand, der weiß, dass er einen Haufen Scherereien macht und doch nichts dafür kann.

Von nun an geschieht es immer häufiger, dass Papa geistig abwesend ist. Er spricht nur noch wenig. Ich bin mir nicht immer sicher, ob er mich erkennt. Keine bleibenden Schäden?

Ab und zu sieht Bernhard bei Papa vorbei. Er beobachtet ihn, lauscht auf seine Atmung. Er registriert seine Schlaf- und Wachphasen. Er sagt, er versuche, es als Kollege zu sehen. Alles andere sei unerträglich. Ich frage nach seiner fachlichen Einschätzung. »Zu viele Psychopharmaka über all die Jahre«, lautet seine Diagnose. »Psychopharmaka dämpfen die Wahrnehmung. Sie schneiden den, der sie schluckt, von seinen echten Gefühlen ab. Wer sie einnimmt, verändert sich unmerklich, doch unabänderlich. Bei deinem Vater kommen noch die ganzen anderen Tabletten und der viele Alkohol hinzu. Die Chemie und der Alkohol bewirken über lange Zeit, dass das Gehirn mehr und mehr Fehlermeldungen sendet. So kommt es zu den Aussetzern, die dein Vater jetzt hat.«

Ich treibe die Kinder an. »Los, bewegt euch«, schimpfe ich. »Wir sind spät dran.« Ich bin gereizt und ungerecht. Und ich weiß, dass es daran liegt, dass ich gleich Papa besuchen werde. Da spüre ich es wieder: diesen Widerwillen, diese Abwehr. Die Gefühle ballen sich in meinem Magen zusammen. Am besten für alle wäre es, wenn Papa weg wäre. Wenn er tot wäre. Dann würde er endlich nicht mehr unser Leben dirigieren. So schlimme Sachen denke ich und verachte mich dafür.

Ich bringe den Älteren in die Schule, den Jüngeren in den Kindergarten und fahre zum Pflegeheim. Schwester Ina begrüßt mich freundlich auf dem Flur.

»Wie geht es meinem Vater?«, frage ich.

»Sehr gut«, antwortet sie gut gelaunt. »Er hat ordentlich gefrühstückt, ein halbes Brötchen.« Sie lacht.

Ein untersetzter Herr von Anfang sechzig tritt zu uns, seine Augen flackern unruhig. Er bittet um Verzeihung und fragt die Schwester: »Wie geht es meiner Mutter?« Seine Stimme klingt ängstlich. Und während Schwester Ina auch ihm geduldig Auskunft gibt, wird mir klar, dass scheinbar alle das so machen: Sich erst eine Pflegekraft suchen, um zu sondieren: Wie geht es ihr oder ihm heute? Aus Bangigkeit, vor dem, was einen im Krankenzimmer erwartet. Sich zunächst einmal wappnen, tief durchatmen, ein mildes Gesicht aufsetzen, erst dann eintreten.

Heute also soll es Papa *sehr gut* gehen. Im Krankenzimmer finde ich einen Menschen vor, der an die Decke stiert. Ich begrüße Papa und setze mich. Nimmt er mich überhaupt wahr? Ich sehe deine von Arthritis verformten Hände, die auf der Bettdecke liegen. Hände, die mich gestreichelt, Hände, die mich geschlagen haben. Ich traue mich nicht, diese Hände anzufassen. Ich habe Angst, dass die Berührung dir wehtun könnte. Die linke Hand setzt sich in Bewegung. In Zeitlupe. Sie will das Gesicht erreichen. Am liebsten würde ich meine Hand auf deine Wange legen, um dir diesen Weg abzunehmen, doch ich tue es nicht. Millimeterweise bewegt sich die Hand durch die Luft. Es ist so, als würdest du mehr und mehr erstarren, Papa. Als würde dein Körper nun gänzlich erlahmen.

Die Hand ist jetzt an deiner Wange angelangt. Die Fingerkuppen berühren das Jochbein.

»Willst du dich kratzen?«, frage ich.

»Es geht nicht darum«, flüsterst du.

Ich bin verblüfft, weil du gesprochen hast. Es sind seit Monaten die ersten Worte, die ich aus deinem Mund höre. Ich warte ab, ob du vielleicht erläutern willst, worum es denn dann geht.

»Keiner von euch kann sich vorstellen …« Du hustest krampfhaft und quälend. Vom langen Liegen sind die Bronchien voller Schleim. Allmählich klingt der Husten ab. Du wisperst etwas. Ich nähere mein Ohr deinen Lippen und entschlüssele die Worte: »Erzähl was!« Wieder hustest du.

Mein Kopf ist völlig leer. Was soll ich erzählen? Ich schweige.

Auch du schweigst und siehst mich vorwurfsvoll an. Dann schließt du die Augen. Am liebsten würde ich abhauen. Doch bei der kleinsten Bewegung, die ich tue, öffnest du die Augen und guckst mich an. Die Dekubitus-Matratze summt. Ich ertrage es nicht länger. Ich stehe auf und stelle den CD-Player an. Aus dem Lautsprecher erklingt Opernmusik. Die magst du doch so gern. Jetzt lächelst du.

Nacht für Nacht träume ich in dieser Zeit, dass ich Papa schlage.

Bojko kommt zu Besuch. Als er Papa sieht, ist er tief erschrocken. Dass es so schlecht um seinen alten Freund steht, hat er nicht gewusst. Papa erkennt Bojko. Ein Leuchten geht über sein Gesicht, doch reden tut er nicht. Zwei Stunden sitzt Bojko an Papas Bett. Er spricht Bulgarisch. Papa sagt nichts, doch er scheint zuzuhören. *Škoda* schnappe ich auf und *Belot* und *Sofia*. Ich lasse die beiden allein. Als Bojko später aus dem Krankenzimmer kommt, sehe ich, dass er weint.

Auch der Uhrmacher und Gitti kündigen sich an. Sie bleiben ein paar Tage und wohnen bei Mama. Bei ihrem ersten Besuch im Pflegeheim hat Papa einen guten Tag. Zwar spricht er nicht, doch er strahlt vor Freude. Gitti gibt er ein Küsschen auf die Wange, seinem Freund drückt er lange die Hand.

Beim zweiten Mal ist er kaum ansprechbar. Der Uhrmacher setzt sich auf sein Bett, hinter ihm stehen Gitti, Mama und ich.

»Wantscho?«, sagt der Uhrmacher. »Hier ist der Theodor-Gustav, dein T.G.! Mit der Gitti.«

Tatsächlich hebt Papa die Lider und sieht T.G. groß an. Freudig und warm sein Blick. Doch schon wenige Momente später schließt er die Augen und taucht wieder ab.

Später sagt der Uhrmacher: »Man weiß nicht, was in einem solchen Menschen vor sich geht.«

Ich erwarte wieder ein Kind. Wir freuen uns alle sehr. Steffen, ich, Mama, auch die Jungs. Sie hoffen, dass sie einen Bruder bekommen. Papa kriegt davon nichts mit. Oder vielleicht doch? Schade, dass ich das nicht weiß. Die meiste Zeit liegt er apathisch in seinem Bett. Nur manchmal schlägt er die Augen auf. Doch, was nimmt er dann wahr?

»Dieses Mal wird es ein Mädchen, Papa«, sage ich. Und ich denke: Eine kommt, einer geht.

Papa bewohnt nun ein anderes Zimmer. Es ist größer als das bisherige, in dem er fast vier Jahre lang ausgeharrt hat. Dass er umzieht, haben Mama und ich entschieden. Papa kann sich nicht mehr gegen einen Wechsel wehren.

Das Bad ist ein Durchgangsraum und mit einer geistig verwirrten 98-Jährigen zu teilen. Ganz wichtig sei es, so die Schwester, die Tür zum Bad immer abzuschließen. Die Alte sei bekannt dafür, dass sie in anderen Zimmern herumgeistere und gern zu den Leuten ins Bett schlüpfe.

An der Wand neben dem Bett hängt ein kitschiges Gemälde mit Meeresblick. Es könnte die Côte d'Azur sein. Ein Zitronenbaum in weißer Blüte ist zu sehen und Zypressen, Häuser an der Küste, das Meer. Das Bild ist kitschig, doch es hat zugleich auch etwas Tröstliches. Das Meer …

Bernhard kommt nicht mehr regelmäßig vorbei. Er kann den Verfall seines Freundes nur schwer ertragen. Er sagt, es sei immer Papas Angst gewesen, so zu enden. Durch Demenz in die vermeintliche Sicherheit des Vergessens zu versinken. Bernhard ist untröstlich. Irgendwann bleiben seine Besuche ganz aus. Er ruft auch nicht an. Elke meldet sich und sagt, Bernhard schaffe es nervlich einfach nicht mehr.

Es ist früh am Abend. Ich bereite das Abendbrot zu. Gleich kommen Steffen und die Jungs nach Hause. Ich schneide Gurken und Paprika klein, viertele Tomaten. Den in Salzlauge eingelegten Schafskäse hebe ich aus der Packung und lasse ihn abtropfen. Dass ich mit Papa noch einmal nach Bernhausen fahren wollte, fällt mir ein. Dass ich ihm, bevor er sich das Bein brach, versprochen hatte, mit ihm die Klinik zu besuchen, in der er als Psychiater so glücklich war. Dass ich dieses Versprechen nicht gehalten habe. Ich richte den Käse und das Gemüse auf einem Teller an. Mein älterer Sohn stürmt in die Küche. »Hunger!«, ruft er und drückt mir einen Kuss auf die Wange. »Du riechst nach Opa.« Er zieht seinen Anorak aus und wirft ihn über den Küchenstuhl.

»Wie riecht Opa denn?«, frage ich.

»Na, wie Opa eben. Keine Ahnung«, sagt er.

»Wasch dir die Hände, gleich gibt's Essen«, ermahne ich ihn. »Und häng deinen Anorak an die Garderobe!«

Er ist acht Jahre alt und ähnelt meinem Vater sehr. Einmal habe ich den Kindern Bilder gezeigt, auf denen Opa Wantscho als kleiner Junge zu sehen ist. Es waren Schwarz-Weiß-Fotografien mit gezackten Rändern. Eins davon zeigt Papa, wie er durch die Zweige eines Baumes lugt. Mit ernstem Blick, abgerissener Kleidung und kahlrasiertem Schädel. Damals grassierten Läuse. »Der sieht ja aus wie ich«, rief mein Sohn, als er den bulgarischen Jungen auf dem Foto erblickte.

Die Tränen, die auf den Käse tropfen, werden nicht stören, auch sie sind salzig. Ich lege Käsescheiben auf Butterbrote. Papa liebte Schafskäse. Wieso eigentlich »liebte«? Noch ist er ja am Leben.

Als ich dich das nächste Mal besuche, schläfst du gerade, Papa. Ich sitze an deinem Bett und lasse die Zeit verstreichen. Du öffnest die Augen und siehst mich an. Doch du siehst durch mich hindurch und reagierst nicht auf Worte. Ich male ein Herz auf eine weiße Papierserviette und zeige es dir. Da verziehst du den Mund zu einem kindlichen Lächeln, entrückt und voller Staunen. Du schläfst wieder ein.

Bist so friedlich, schon nicht mehr richtig hier, pendelst bereits im Reich zwischen Leben und Tod.

Ich registriere, dass sich in den Kummer um deinen Zustand auch Erleichterung mischt. Dass es mir nun leichtfällt, dich zu mögen. Weil du keine Gefahr mehr für mich bist. Weil du keine Macht mehr über mich hast. Ich habe keine Angst mehr vor dir, Papa. Angst davor, dass sich deine schwarzen Brauen über deinen dunklen Augen zusammenziehen. Angst vor deinem bösen Blick. Angst vor deiner Ungeduld, deinem Groll, deiner Unbeherrschtheit.

Meine Söhne haben mich gelehrt, wie frei man mit seinem Vater umgehen kann. Wenn ich sehe, wie unbekümmert sie meinen Mann fordern und beanspruchen, so macht mich das froh und traurig zugleich. Wenn ich sehe, mit welcher Leidenschaft unser älterer Sohn sich seinen Gefühlsausbrüchen hingibt, bin ich oft fassungslos. Und wenn ich sehe, wie unser jüngerer Sohn meinem Mann und mir widerspricht und mit Wonne erst einmal das Gegenteil von dem macht, was wir verlangen, weil er sich ganz sicher sein kann, dass er trotzdem geliebt und beschützt wird, so empfinde ich das nicht nur als ärgerlich, sondern auch als befreiend, weil das Kind uns diesen Widerstand entgegenzusetzen vermag.

An solch ein *unartiges Benehmen* war in meiner Kindheit nicht zu denken. Es wurde im Keim erstickt. Es war eben eine andere Zeit. Für meine Generation galten rigidere Maßstäbe, was Gehorsam anbetraf. Kinder hatten sich zu beherrschen, keine Widerrede zu führen, ihre unguten Gefühle, wie Wut, Enttäuschung oder Trauer, am besten zu ignorieren und nicht offen zum Ausdruck zu bringen.

In meinem Bauch strampelt meine kleine Tochter. Was werde ich von ihr alles lernen?

Ich, das Kind-Kind, sitze an deinem Bett, Papa, wie du früher an meinem gesessen hast, wenn ich Ziegenpeter, Windpocken oder Masern hatte. Du warst einfach nur da. War ich krank, so fühlte ich mich nicht durch dich bedroht, sondern behütet. Ich hoffe, es geht dir jetzt auch so. Ich streiche dir das Haar aus der Stirn und lege meine Hand auf deine Hand. Dein Kinn ist voller silbriger Bartstoppeln.

Mama muss dich rasieren, und es wird Zeit, dass ich dir die Haare schneide.

Lina kommt aus Bulgarien angereist. Sie hat dreißig Stunden Busfahrt hinter sich, Plowdiw – Berlin in anderthalb Tagen. Fliegen ist zu teuer.

Mama und ich begleiten Lina ins Pflegeheim. Sie ist schockiert über den Zustand ihres geliebten Bruders, der in einem komatösen Schlaf liegt. Sie will nicht allein bei ihm bleiben. Sie sagt, sie verstehe nicht, was die Schwestern sagen. Ich kann es nachvollziehen. Mama ist verstimmt. Lina wird drei Wochen bleiben, aber was Papa anbelangt, wird sie keine Entlastung sein.

Später sagt Lina, dass es richtig sei, dass Papa im Pflegeheim betreut würde und nicht zu Hause. Da sieht Mama sie dankbar an. Sie hätte es nur schwer ertragen, hätte Lina dies nicht gutgeheißen. Ihr schlechtes Gewissen lastet schon schwer genug auf ihr. Doch Lina weiß, wovon sie spricht. Zuerst pflegte sie Andrej, ihren geliebten Mann, der innerhalb kurzer Zeit an Krebs starb, dann zwei Jahre lang die bettlägerige Sneza und anschließend Christo, der kurz nach Snezas Tod schwer krank wurde. Fünf lange Jahre kümmerte sich Lina um ihren Vater. Sie erzählt, er habe unter der gleichen Krankheit gelitten wie Papa. Das habe sie sofort erkannt, als sie ans Bett ihres Bruders getreten sei. Vater und Sohn hätten einander in ihrer Krankheit sehr geglichen. »Bei beiden ist das Gehirn aufgeweicht«, sagt Lina.

»Aber Christo trank nicht«, erwidert Rose.

»Aber er nahm Pillen«, sagt Lina. Und sie erzählt weiter, wie sehr der Vater sich gegen den Tod gewehrt habe. Er wollte partout nicht fort von dieser Welt. Fünf Jahre lag er zu Hause im Bett und terrorisierte seine Tochter. Fünf Jahre lief Lina täglich dreimal von sich zu Hause, wo sie mit ihrer Tochter Antoaneta lebte, zur Wohnung in der Uliza Lenin, wo Christo ungeduldig auf sie wartete. Dreimal täglich drei Kilometer hin und wieder drei Kilometer zurück. Macht insgesamt 18 Kilometer täglich. Macht 540 Kilometer monatlich, 6480 Kilometer jährlich, ergibt in fünf Jahren 32 400 Kilometer.

»Lina macht sich kaputt«, sagte Papa damals. Doch tat er nichts, um sie zu unterstützen. Was hätte er auch tun können? Er lebte im Westen, seine Schwester auf dem Balkan. Er rief sie regelmäßig an und ließ sich den Stand der Dinge schildern: Tatko hat sich wund gelegen, kriegt schwer Luft, hat Wahnvorstellungen. Rose schickte Päckchen mit selbst angerührten Heilsalben, mit Schmerztabletten, Vitaminpräparaten und Verbandszeug. Zuletzt Opium. Manche Post erreichte Lina, manche kam abhanden. Am Ende erkannte Christo seine Tochter nicht mehr. Kurz nach seinem vierundneunzigsten Geburtstag starb er. Doch Linas »Pflegedienst« war noch nicht zu Ende. Ihre Schwiegermutter bekam Blasenkrebs. Wieder war Lina zuständig. Drei Jahre dauerte das Leiden, dann wurde Andrejs Mutter erlöst. Jetzt endlich konnte Lina aufatmen.

In Bulgarien ist es selbstverständlich, die Eltern irgendwann zu sich zu nehmen und zu versorgen. Oder sich, so wie Lina, um sie zu kümmern. Es gibt keine Krankenversicherung wie im Westen. Es ist nicht üblich, die Alten und Kranken in Heime zu geben. Ohnehin herrschen in den bulgarischen Heimen überwiegend erbärmliche Zustände. Im Vergleich dazu sind die Verhältnisse in den hiesigen Pflegeheimen paradiesisch.

Lina erinnert daran, dass es in Bulgarien üblich ist, nach dem Tod naher Angehöriger Gedächtniszettel aufzuhängen. Sie werden an Baumstämme gepinnt, kleben an Laternenpfählen und Fahnenmasten, an Hauswänden und Gartenzäunen. Ein ganzer Zettelwald nur für die Toten. Lina sagt, sie hänge in regelmäßigen Abständen Gedächtniszettel für Andrej, für die Eltern und die Schwiegereltern auf. Und mit einem Mal steht unausgesprochen die Frage im Raum, wann sie wohl die ersten Zettel für ihren Bruder aufhängen wird.

Es ist Dezember geworden. Ich sitze an Papas Bett und sehe aus dem Fenster. Draußen ist es kalt und diesig. So, als könnte der Tag sich nicht zwischen hell und dunkel entscheiden. Ich habe das Licht im Zimmer gelöscht. Es ist ruhig und friedlich. Zeit für Abschied, geht es mir durch den Kopf, Zeit fürs Sterben.

Im Winter ertrage ich Papas Zustand leichter als im Sommer. Wenn es draußen sonnig ist und warm, alle Leute kurzärmelig und unternehmungslustig sind, denke ich, ich werde verrückt, hier an diesem Krankenbett. Doch jetzt, da es draußen ungemütlich ist und die Menschen frieren und auf das Wetter schimpfen, bin ich besänftigt. Man kann und will sowieso nicht raus. Es ist gut, hier zu sitzen und einfach nur da zu sein.

Mein Blick fällt auf das Glas Kirschmarmelade auf dem Nachttisch. Es ist unberührt. Daneben steht ein Foto, auf dem Papa und sein Batko Nasco abgebildet sind. Es wurde vor einigen Jahren aufgenommen. Meine Eltern lebten noch in Ratlingen. Nasco und Dantsche waren zu Besuch. Am Tag, als das Bild entstand, haben sie die Insel Mainau am Bodensee besucht. Papa hat sich bei Nasco untergehakt. Nasco, ein großer, starker Bär mit schlohweißem Haar, Papa ein hinkender Zwerg am Stock. Beide lachen in die Kamera. Papa fiel das Laufen schon damals schwer. Es war sein letzter Ausflug. Nasco ist anzusehen, dass er seinen Freund gerne stützt. Dass er acht auf ihn gibt, damit er nicht fällt. Dass er seinen Batko beschützen will. Weil er ihn liebt.

Draußen beginnt es leicht zu schneien. Du liegst jetzt mit geöffneten Augen da. Ich beginne, dir etwas zu erzählen, irgendwas, damit du meine Stimme hörst. Von der bevorstehenden Schulaufführung deines älteren Enkels; dass der jüngere gerade Mitglied im Fechtverein geworden ist; dass Steffen ein dreimonatiges Beratungsmandat in Düsseldorf angetreten hat; dass beim letzten großen Ultraschall deutlich zu sehen war, dass das Kindchen in meinem Bauch am Daumen nuckelte. Ich verhalte mich so, als würdest du alles verstehen, was ich sage, alles sehen, was ich tue. Auch wenn du nicht reagierst und mit leerem Blick in Richtung Fenster siehst.

An der Handschlaufe, die über deinem Bett baumelt, sind drei silberne Christbaumkugeln mit falschem Tannengrün und silberner Schleife befestigt. Ein klarer Hinweis darauf, dass der Patient, der hier liegt, die Schlaufe nicht mehr benutzen wird.

Die Schneeflocken fallen jetzt dicht an dicht. Aus der Schublade nehme ich die kleine Spieluhr, die ich ein paar Tagen zuvor mitgebracht habe. Ich beginne an der Kurbel zu drehen. *Ihr Kinderlein kommet, oh kommet doch all.* Sehr fein erklingt die Melodie, sehr zart. Und jetzt beginnt ein Lächeln sich um deinen Mund zu schmiegen. Deine Augen bekommen jenen entrückten kindlichen Blick, den sie nun manchmal annehmen.

Der Tod ist nah.

Die Schwestern bitten um unsere Einwilligung, die künstliche Ernährung für Papa einstellen zu dürfen. Schon lange kann er nicht mehr selber essen. Und als er noch konnte, wollte er nicht. Die Nahrung zu verweigern, ist der Anfang vom Ende, heißt es. Wie in der freien Natur. Tiere wissen, wann ihre Zeit gekommen ist. Sie hören auf zu fressen. Sie verhungern einfach. Hier im Heim müssen die Angehörigen zustimmen, dass die Infusionspumpe, die den Sterbenden mit Nährstoffen versorgt, abgestellt wird. Mama und ich erklären uns einverstanden. Von nun an wird Papa nur noch Flüssigkeit zugeführt, damit er nicht verdurstet.

»Papa, ich bin da«, sage ich und setze mich an dein Bett. Wie dünn du geworden bist, wie knochig. Und wie spitz deine Nase ist. Vorsichtig nehme ich deine Hand. Sterbende nehmen noch vertraute Stimmen und Berührungen wahr, heißt es, aber ihre Augen sehen und fixieren nicht mehr.

Ich habe schon auf dich gewartet, Tochter. Wie gut, dass du gekommen bist. Ich spüre, wie du mich berührst. Weißt du, dass wir nicht alleine sind? Sieh mal, neben dir sitzt ein kleiner Junge – der kleine Wantscho. Ich, der große Wantscho, lächle das Kind an. Es lächelt zurück. Der Junge greift jetzt mit der Linken nach meiner Hand und mit der Rechten nach deiner, Nelli. Nun sind wir alle drei miteinander verbunden. Was für ein friedlicher, versöhnlicher Augenblick. Ich schließe nun die Augen. Mir ist kalt. Ich muss noch warten. Hab' nur vergessen, auf wen. Wer hat mich eigentlich in dieses Bett gebracht? Meine Majka? Doch Majka ist nicht hier. Sie kommt immer erst am Wochenende nach Hause zurück. Wie auch Tatko, der strenge Vater. Ich hebe meinen linken Arm. Auf halber Strecke bleibt er in der Luft stehen. Ich lausche. Ein Esel schreit. Ein Huhn gackert. Ein Knabe spielt auf seiner Geige. Sein eines Bein ist viel kürzer und schmaler als das andere. Irgendjemand beugt sich jetzt über mich und sagt etwas. Majka? Ich habe Durst. Soll ich heimlich Vaters Traubenmost trinken oder besser von dem roten Wein? Ich lasse den linken Arm wieder auf die Bettdecke sinken und hebe den rechten. Und wechsle abermals. Linker Arm hoch, rechter Arm runter. Und noch einmal. Zusehends fällt es mir leichter. Vielleicht sollte ich schwimmen gehen. Die Donau liegt doch vor der Tür. Und der Sommer ist so heiß. Ich bewege meine Arme schneller jetzt. Und schwimme los. Die Donau entlang, immer weiter, bis zum Schwarzen Meer und aufs offene Meer hinaus. Mein geschundener Körper schiebt sich mit Leichtigkeit durch das klare türkisblaue Salzwasser. Schwerelos bin ich jetzt und beweglich wie ein Fisch. Alle Schmerzen sind von mir gewichen. Die Beine gehorchen, unablässig paddeln sie. Das linke Bein ist genauso kräftig wie das rechte. Immer weiter schwimme ich hinaus. Immer weiter. Salz brennt in meinen Augen, doch das macht mir nichts aus. Ich freue mich über diese Empfindung. Mein Körper ist stark und gesund. Die Lungen füllen sich mit Luft und stoßen sie wieder aus. Meine Arme pflügen durch das Wasser, die Beine hebeln auf und nieder, die Füße wie Paddel. Weiter und weiter schwimme ich aufs Meer hinaus. Tiefer und tiefer tauche ich in die Schwärze der Nacht und – meine Seele so frei …

… werde eins mit ihr.

Leka noscht.

Epilog

Zwei Jahre nach dem Tod meines Vaters fahre ich mit meiner Familie ins brandenburgische Ruthwalde, wo ein schwäbischer Industrieller einen Skulpturenpark errichtet hat. Aus der Zeitung habe ich von dem exzentrischen Sammler ehemals sozialistischer DDR-Reliquien erfahren.

Im Park angekommen, nehme ich meine Tochter an die Hand, die Söhne laufen mit ihrem Vater voraus. Wir verlieren sie aus den Augen, bis plötzlich mein Ältester angerannt kommt. »Mami!«, schreit er, »komm schnell, da drüben steht Opa!«

Seine Erregung überträgt sich auf mich. Ich beschleunige meinen Schritt, zerre meine Kleine hinter mir her. Als sie stolpert, nehme ich sie auf den Arm. Ich eile meinem Sohn nach, der jetzt den Hauptweg verlässt und einem Trampelpfad folgt. Ich passiere einen sitzenden Wladimir Iljitsch Uljanow, genannt Lenin, aus Bronze, platziert unter zwei knorrigen Eichen, erklimme einen mit Pusteblumen übersäten Hügel, von dem ein steinerner Ernst Thälmann grüßt – und bleibe wie angewurzelt stehen. Auf einer Anhöhe sehe ich sie: die Büste! Karl Marx aus weißem Alabaster. Unverkennbar und doch so anders als in meiner Erinnerung. Mich trennen vielleicht zwanzig Meter von ihr. Steffen hat den Arm um den Hals des monumentalen Kopfes gelegt und grinst mich an. Die Jungs stehen neben ihm und sehen erwartungsvoll zu mir her. Mein Vater, mein Mann, meine Söhne. Ein kurzer Schauder ergreift mich. Ich kneife die Augen zu.

»Weißer Geist da«, sagt meine Tochter, die ich immer noch auf dem Arm halte und zeigt mit dem Finger auf die Büste.

»Nein, mein Schatz, das ist nur ein Denkmal«, erwidere ich und öffne die Augen wieder. Steffen kommt zu mir. Seinen Arm, der eben noch die Büste berührte, legt er nun um mich. Unsere Söhne gesellen sich ebenfalls hinzu. Ich setze meine Tochter ab.

»Das ist die richtige Büste, nicht wahr, Mami?!«, fragt der Jüngere.

Ich nicke, um gleich darauf die Schultern zu zucken. Ich suche Steffens Blick. »Marmor?«, fragte er.

»Alabaster«, erwidere ich und lächle ihn an.

Er blinzelt mir aufmunternd zu und gibt mir einen sachten Schubs. Ich setze mich in Bewegung. Vorsichtig nähere ich mich der Marx-Vater-Büste. Bilder ziehen durch meinen Kopf. Bilder an eine versunkene Zeit. Meines Vaters Zeit. Meine Zeit. Scheinbar unsinnig reihen sie sich aneinander:

Der weiße Arztkittel. Ein metallener Gehstock. Der gelbe Wartburg. Eine kostbare Geige. Martenizi, rot-weiß. Eine Klinik aus Backstein. Bulgarien, oh Heimat. Rose blutjung. Nordroda, Sickstraße 3. Marschieren am 1. Mai. Ein exzentrischer Bildhauer.

Was davon ist erlebte Erinnerung? Und was erzählte? Ich bin an der Büste angelangt. Als ich sie im »Haus des Lehrers« besuchte, über zwanzig Jahre ist das jetzt her, wirkte sie düster, monströs und kraftvoll. Diese Büste hier ist schlichter, das Gesicht schmaler. Ein alternder Marx. Trügt mich mein Gedächtnis? Doch wie seine Züge denen meines greisen Vaters gleichen! Der Mund, die Augenbrauen, das Haar, nur nicht die Stirn. Ich lege ihm die Hand an die Wange. Der Alabaster fühlt sich warm an. Als wäre Leben in ihm. Und am Sockel das Schild: »Rüdiger Kalmhäuser (1963)«. Ich wende mich zu meinem Mann und den Kindern um. Ich lache.

Nachwort

Ich möchte all jenen danken, die zum Entstehen dieses Romans beigetragen haben, sei es durch ihre Lebensgeschichte, durch Gespräche, die ich mit ihnen führen durfte, oder auch durch Hilfe, die mir beim Recherchieren zuteil wurde. Sie alle haben mich auf verschiedenste Weise unterstützt und inspiriert.

Besonderer Dank gebührt meinen Eltern, ohne die *Der bulgarische Arzt* undenkbar gewesen wäre. Sie sind die Keimzelle dieses Romans. Ich danke meinem Vater, Dr. Alexander Pawlow, der mich – egal, was gewesen sein mag – doch immer über alles geliebt hat. Ruhe in Frieden, Papa!

Und ich danke meiner Mutter, Sigrid Pawlow, deren Herzblatt ich bin und die mir in unerschöpflicher Liebe zugetan ist. Ich bin dankbar für all ihre Erinnerungen, die sie hier eingebracht hat. Denn fast immer ist es schmerzhaft, wenn Kinder das von den Eltern sorgsam wegsortierte, ja teilweise tief vergrabene oder gar geheim gehaltene familiäre »Erinnerungsgepäck« wieder ans Licht zerren wollen. Insofern, liebe Mama, ist deine souveräne und großherzige Haltung gegenüber diesem Buchprojekt bewundernswert.

Weiterhin danke ich meinem Mann Michael, der mich bei allem, was ich tue, bei allem, wovon ich träume, bei allem, was ich bin, stets liebevoll ermutigt und tatkräftig unterstützt.

Mein Dank gilt meinen langjährigen treuen Freundinnen Tanja Langer und Stefanie Berger, Leserinnen der allerersten Manuskriptfassung, die von Anfang an vom *Bulgarischen Arzt* überzeugt waren und mich immer wieder bestärkt haben, diese Geschichte zu erzählen.

Dankbar bin ich Laura Popow, die mir half, dem richtigen Klang und dem wahren Sinn der im Roman verwendeten bulgarischen Begriffe und Redensarten nachzuspüren.

Außerdem danke ich meiner wunderbaren Lektorin Gabriele Rieth-Winterherbst für ihr unerschütterliches Vertrauen in diesen Roman. Durch ihre Genauigkeit, ihre Kreativität und ihre Klugheit konnte *Der bulgarische Arzt* nur gewinnen.

Ein herzliches Dankeschön gilt auch dem großartigen Team des Langen*Müller* Verlags. Selten wurde ich so professionell und hingebungsvoll betreut.

Am Ende sei gesagt, dass *Der bulgarische Arzt* der Geschichte meiner Familie nachempfunden ist. Dennoch gibt es neben den realen Orten, Institutionen und Ereignissen auch solche, die ich erfunden habe. Dies gilt ebenso für die Personen, die von mir zur Wahrung ihrer Persönlichkeitsrechte anders benannt und verfremdet wurden. Die Wirklichkeit stand mir hier Modell, wie einst mein Vater dem Bildhauer Rüdiger Kalmhäuser für die Karl-Marx-Büste in seinem Atelier in Berlin-Prenzlauer Berg. Den bulgarischen Arzt hat es wirklich gegeben, doch der Bildhauer heißt eigentlich ganz anders, das Atelier existierte so nur in meiner Phantasie und die Büste … sie ist mittlerweile verschollen.

Eine Geschichte auf diese Weise zu erzählen gehört zu den Freiheiten einer Schriftstellerin.

Nicki Pawlow
Berlin, im August 2014